DANI WADE

Pour protéger son secret

Traduction française de
PEGGY SASTRE

PASSIONS

HARLEQUIN

Collection : PASSIONS

Titre original :
THE BLACKSTONE HEIR

Ce roman a déjà été publié en 2016

HARPERCOLLINS FRANCE
83-85, boulevard Vincent-Auriol, 75646 PARIS CEDEX 13
Service Lectrices — Tél. : 01 45 82 47 47 - www.harlequin.fr
ISBN 978-2-2804-5277-9 — ISSN 1950-2761

Composé et édité par HarperCollins France. Achevé d'imprimer en avril 2021.
par CPI Black Print - Barcelone - Espagne
Dépôt légal : mai 2021.

FSC www.fsc.org MIXTE Papier issu de sources responsables FSC® C159065

Pour limiter l'empreinte environnementale de ses livres, HarperCollins France s'engage à n'utiliser que du papier fabriqué à partir de bois provenant de forêts gérées durablement et de manière responsable.

- 1 -

— Salut, beauté !

Katie Gatlin s'immobilisa. Cette voix qui lui faisait l'effet d'une tornade ravageant tout sur son passage — son cœur, son corps et son esprit —, elle l'aurait reconnue entre mille. Sans compter qu'il s'agissait des mêmes mots qu'elle avait entendus le soir de leur premier rendez-vous, celui qui avait inauguré une longue année de rencontres clandestines et torrides. Cette voix, c'était celle de son ancien amant, Jacob Blackstone, et son intonation semblait aujourd'hui bien plus étonnée que séductrice.

Katie, elle aussi, était surprise de le croiser dans la rue. En passant devant la pharmacie, elle avait entendu la clochette indiquant qu'un client sortait de l'officine, mais elle n'y avait pas véritablement prêté attention. En revanche, la voix de Jacob l'avait atteinte comme une déflagration.

La gorge nouée, elle se retourna lentement et se retrouva face à un homme qu'elle n'espérait pas revoir avant des semaines. Une espérance fragile : elle s'était réinstallée dans sa ville natale et savait qu'il rendait visite à sa famille dès qu'il en avait l'occasion. Des occasions d'autant plus nombreuses maintenant que son grand-père était mort et qu'il n'y avait plus que son frère, Aidan, pour rester au chevet de sa mère, Lily Blackstone, plongée dans un profond coma à la suite d'un accident de la route.

Quand bien même, Katie n'avait pas du tout prévu de tomber nez à nez avec l'homme qu'elle avait été contrainte de fuir quelques mois plus tôt. Que n'aurait-elle pas donné pour profiter d'un peu de répit supplémentaire, d'un peu de temps pour réfléchir aux erreurs du passé et tenter de remettre sa vie en ordre... Mais le destin en avait, semble-t-il, décidé autrement.

Elle leva les yeux vers lui. Seigneur, il n'avait pas changé... ce qui augurait une catastrophe des plus certaines tant elle reconnut, en une fraction de seconde, tout ce qui l'avait fait chavirer près de deux ans auparavant. Son allure altière et nonchalante, son solide corps d'athlète, ses cheveux qui, même coupés court, ne cachaient rien de leurs hypnotiques ondulations dorées. Tout ce qui avait peuplé ses rêves depuis qu'elle avait dû le quitter, à son corps défendant. Tout ce qui, à cette minute, plantait dans son cœur un implacable poignard et lui faisait ressentir la froide et cruelle douleur des regrets.

Elle s'éclaircit la voix.

— Jacob Blackstone, ça alors, qu'est-ce qui t'amène par ici ?

Les mots sortirent de sa bouche avec une pétulance sucrée qui lui donna envie de se gifler elle-même. Ce ton était sans doute approprié dans son travail de serveuse — l'inflexion lui assurait quasi invariablement de généreux pourboires —, mais à cet instant il était aussi saugrenu qu'une poule traversant un passage clouté en maillot de bain et chapeau haut-de-forme.

Elle se mordit la lèvre supérieure. Il fallait qu'elle se ressaisisse, qu'elle se contrôle et tienne à distance le sentiment de panique qui menaçait de la submerger. Petit problème : les yeux ambrés et piquetés d'éclats noisette que son ancien amant posait maintenant sur elle n'arrangeaient nullement les choses. Pour tout dire, ce regard aussi chaud qu'une plage tropicale réduisait en miettes ce qui pouvait lui rester de rationalité.

— Je veux dire, précisa-t-elle, que fais-tu dans ce quartier ?

Le dérapage était-il contrôlé ? Rien n'était moins sûr, mais au moins cette question était logique : le manoir familial des Blackstone se trouvait de l'autre côté de Black Hills. Jacob n'avait donc a priori aucune raison de se trouver là.

D'un geste, il leva le petit sac de papier marron qu'il tenait.

— J'avais besoin de passer à la pharmacie sur le chemin de la maison. Je me suis blessé à l'usine, il me fallait du désinfectant et des sparadraps.

Katie s'écarta légèrement pour mieux voir le visage de Jacob. Elle avait toujours adoré qu'il la dépasse de plusieurs têtes, cela lui avait procuré un délicieux sentiment de sécurité lorsqu'ils étaient ensemble. Enfin, ensemble… non, ils n'avaient jamais formé un couple véritable et encore moins officiel. Cette sécurité avait toujours été bien illusoire…

— A l'usine ?

— Oui, je me suis installé à Black Hills et je m'occupe maintenant de la filature. A ta mine déconfite, j'en déduis que tu n'étais pas au courant ?

Il ponctua sa question d'un sourcil lourd de sous-entendus. Katie eut l'impression qu'une brique venait d'atterrir sur sa poitrine. Installé à Black Hills ? Pourquoi sa mère et sa grand-mère ne lui avaient-elles rien dit ? La réponse était aussi évidente que douloureuse à admettre : parce qu'elles la voulaient auprès d'elles et qu'elle ne serait jamais revenue si elle avait su que Jacob vivait lui aussi dans la région.

Elle prit une profonde inspiration et ne put s'empêcher de repenser à leur première rencontre. C'était dans un avion les ramenant tous les deux à Black Hills. Katie revenait de chez sa tante, à Seattle, et Jacob arrivait de Philadelphie pour rendre visite à sa mère. Le coup de foudre avait été immédiat et réciproque. Ensuite, ils s'étaient vus à chaque fois que Jacob était en ville. Leur routine s'était établie quasi instantanément : à chacun de ses passages, il se présentait à sa porte en début de soirée, après avoir passé la journée au manoir, auprès de sa mère. Ils restaient ensuite ensemble jusqu'au matin, à parler, manger, boire, rire et faire l'amour jusqu'à en perdre le souffle et la notion du temps.

Leur liaison s'était poursuivie jusqu'à ce que les menaces de son grand-père, le terrible James Blackstone, y mettent un point final et forcent Katie à partir à Seattle sans se retourner.

— Oui, balbutia-t-elle avant de baisser les yeux. Je ne suis là que depuis quelques jours.

Que la raison de son retour ait été la mort de son grand-père, désormais incapable de mettre ses menaces à exécution, Jacob n'avait pas à le savoir.

— Coïncidence, coïncidence, dit-il en s'approchant d'elle, avec le ton badin qui la faisait fondre. Pour ma part, je me suis installé à Black Hills pour aider Aidan à s'occuper de l'usine. Il est obligé de repartir de temps en temps à New York, et avec tous les soucis que nous avons il fallait que quelqu'un soit là tout le temps. Je me suis porté volontaire.

— Oui, j'ai cru comprendre qu'il se passait des choses étranges dans vos locaux.

Prise d'une nouvelle angoisse, elle ne put s'empêcher de faire un pas en arrière. Sa mère et sa grand-mère allaient sortir du supermarché d'une minute à l'autre ! Qu'allaient-elles dire et penser si elles la voyaient en pleine conversation avec Jacob Blackstone ?

Du temps de leur relation — si tant est que ce terme ait pu s'appliquer à ce qu'ils avaient vécu —, jamais ils ne se seraient même salués dans la rue. Jacob ne l'avait jamais présentée à sa famille, jamais il ne l'avait invitée à dîner ou au cinéma. Toutes les soirées où il était en ville, ils les passaient à l'abri des regards. Une fois, Katie l'avait rejoint à Philadelphie. Ils n'avaient jamais quitté son appartement.

Pendant toute sa vie, Katie avait eu une soif inextinguible d'amour et d'attachement, elle qui avait été tant de fois abandonnée et livrée à elle-même durant son enfance. Mais Jacob, elle l'avait bien vite compris, était dans un tout autre état d'esprit. Tout ce qui ressemblait de près ou de loin à de l'amour ou à de l'engagement le faisait fuir à toutes jambes.

Elle n'avait donc pas insisté, s'efforçant de prendre leur histoire telle qu'elle venait. Qu'aurait-elle gagné à lui demander des comptes ? A le forcer à l'aimer ? Rien, parce que l'amour ne se force pas. Ça aussi, elle l'avait appris toute petite.

Jetant un rapide regard autour d'elle, elle poussa un bref soupir de soulagement. En cette période de l'année, elle pouvait compter sur la riche floraison printanière des poiriers miniatures plantés tout le long de la Grand-Rue de Black Hills. Derrière la rangée d'arbres, elle était sauvée des regards indiscrets… du moins pour un temps.

— Tu attends quelqu'un ? demanda Jacob, l'air légèrement inquiet, en croisant les bras.

Elle ne connaissait que trop bien ce geste. Il le faisait à chaque fois qu'il se sentait mal à l'aise… et voulait que personne ne le remarque. Pour plaisanter, Katie avait même surnommé cette posture « la pose du macho ». En vérité, il n'avait nul besoin de jouer les gros durs. Sa taille, sa carrure et sa musculature imposaient un respect naturel. Autant de caractéristiques qui la faisaient encore frissonner de désir.

A l'évidence, il pouvait compter sur sa force et son autorité naturelles. Pour autant, jamais elle n'avait espéré qu'il s'en serve pour la protéger, et encore moins pour la retenir. Telle était une autre leçon que lui avait apprise son enfance.

Perdue dans ses pensées, elle mit quelques secondes avant de se rendre compte qu'il faisait un nouveau pas vers elle.

— Un homme, peut-être ? lâcha-t-il avec un sourire en coin.

Elle sursauta. Un homme ? Pour tout dire, il y a encore quelques minutes, elle pensait avoir tiré une croix sur la gent masculine. Mais ça, c'était avant que le hasard ne lui fasse retrouver Jacob Blackstone, que ses grands yeux se posent de nouveau sur elle et qu'elle entende les battements de son cœur lui chanter une tout autre chanson.

— Euh, non, balbutia-t-elle. J'attends ma mère qui fait des courses, voilà tout.

Elle se sentit rougir. Encore un peu et le mot « coupable » allait s'afficher sur son front en lettres clignotantes. Elle devait absolument réorienter la conversation à son avantage.

— Mais tu ne crois pas si bien dire, il y a un nouvel homme

dans ma vie, dit-elle en faisant tout son possible pour ne pas quitter Jacob du regard.

— Alors, je comprends mieux pourquoi tu n'as plus répondu à mes appels, avant de tout simplement changer de numéro de téléphone.

Oh… Ce n'était absolument pas ce à quoi elle pensait en voulant réorienter la conversation. Mais il avait toujours su la surprendre, ne serait-ce parce que tout un pan de sa vie lui était entièrement inconnu.

Elle baissa un court instant les yeux, avant de reprendre ses esprits, puis poursuivit :

— Ecoute, Jacob, je te dois des excuses, je n'aurais pas dû disparaître ainsi…

— Je ne veux pas des excuses, Katie, coupa-t-il. Mais, si tu as une explication, je ne serais pas contre.

Une explication ? Comment dire… Comment lui expliquer qu'elle avait été obligée de s'installer à Seattle parce que son grand-père l'avait menacée de ruiner sa famille si jamais elle continuait à le voir ? Que le passé prouvait combien James Blackstone était un homme capable de mettre ses menaces à exécution ? Comment lui dire qu'elle… qu'il…

Pour cette explication, et pour tous les secrets qu'elle ne pouvait encore lui révéler, elle avait besoin de temps, un temps qui lui filait entre les doigts comme les grains de sable coulaient dans un sablier.

— J'en ai vu d'autres, tu sais, fit-il avec un haussement d'épaules. Si tu voulais rompre, il fallait juste me le dire, je suis un grand garçon, j'aurais pu le supporter.

Elle secoua la tête et poussa un profond soupir en espérant réussir à feindre l'agacement. Elle savait qu'il s'agissait d'une bonne tactique pour éloigner Jacob.

— Bon, oui, voilà. Je n'étais plus intéressée et je n'ai pas su comment te le dire. Je suis désolée, vraiment.

Elle prenait certes quelques largeurs avec la vérité, mais il ne s'agissait pas d'un mensonge.

— De toute façon, ajouta-t-elle, nous savions tous les deux que notre histoire n'avait rien de sérieux et qu'elle n'était pas faite pour durer. Alors pardon, mais ce qui est fait est fait.

Le cœur lourd, elle s'éloigna et se mit à la recherche de sa mère et de sa grand-mère. Hors de question qu'elle les laisse sortir du supermarché sans les prévenir que Jacob Blackstone était dans les parages. Elle ne pouvait pas prendre le risque qu'elles paradent avec son bébé sur la Grand-Rue.

Oui, elle devait dire à Jacob qu'il avait un fils, mais il ne devait pas l'apprendre comme ça. Pas maintenant.

Jacob Blackstone avait très bien senti que Katie Gatlin lui cachait quelque chose. Il n'avait pas son pareil pour détecter quand il y avait anguille sous roche.

Dès qu'elle l'avait entendu l'appeler et s'était retournée vers lui, elle n'avait pas cessé de gigoter, de croiser et de décroiser les bras, de jouer avec ses cheveux, de sautiller d'un pied sur l'autre, de se mordiller les lèvres. Le tout en évitant au maximum de croiser son regard. Le pire, c'est qu'elle avait eu l'air de ne même pas s'en rendre compte.

Il en était plus que certain : elle n'avait pas simplement disparu de sa vie parce qu'il ne l'intéressait plus. Il y avait autre chose, et il était bien décidé à découvrir de quoi il retournait. Raison pour laquelle il avait accepté de passer la soirée en compagnie de ses frères au Lola's, le bar où Katie travaillait.

A leur table, située en face du zinc, trônait une corbeille de pilons de poulet pané et de frites généreusement recouvertes de bacon et de fromage fondu. Un vrai plat d'hommes, que Jacob et ses frères s'apprêtaient à faire descendre à coup de rasades d'alcool. Les gars avaient opté pour des bières, mais Jacob ne pouvait pas se passer de vin. Souvent, il se faisait taquiner pour ses goûts sophistiqués, mais il n'allait pas s'excuser d'être le plus raffiné de la famille. Et puis quoi encore…

Katie, en revanche, était loin d'être sophistiquée, ce qui n'était pas pour lui déplaire. Au contraire, comme son corps le lui avait parfaitement rappelé ce matin, elle avait cette sensualité brute qui lui faisait bouillir le sang. C'était une véritable diablesse, pour son plus grand bonheur lorsqu'ils étaient amants.

Et leur rencontre… Oh ! jamais il ne l'oublierait. Dès qu'elle s'était assise à côté de lui, dans l'avion qui le ramenait à Black Hills, il était tombé sous son charme. Elle avait cette pétulance sauvage et sucrée si irrésistible, un peu comme ces bonbons qui éclatent sur la langue. Lorsque l'avion avait atterri, il lui avait proposé de partager un taxi, et…

A partir de ce moment-là, dès qu'il était de passage en ville, il venait taper à sa porte pour partager la soirée et la nuit avec elle. Leur routine avait duré de longs mois, sans aucune ombre à l'horizon.

Puis, du jour au lendemain, tout s'était arrêté. Un soir, il n'y avait plus eu personne chez elle, elle n'avait plus répondu à ses appels. Quelques semaines plus tard, composer son numéro l'avait fait basculer directement sur les abonnés absents.

Qu'avait-il pu se passer ? Il serra les poings. Il détestait le manque qu'elle avait creusé en lui. Cela lui donnait l'impression d'être vulnérable. Qui plus est, cette obsession était absurde. Katie l'avait très bien dit le matin même : leur histoire — si tant est que ce terme puisse s'appliquer à ce qu'il avait partagé — n'allait nulle part.

Ils venaient de deux mondes différents, habitaient sur deux planètes éloignées et avaient deux personnalités diamétralement opposées. Alors, pourquoi son absence lui avait-elle autant noué le ventre ? Et pourquoi, depuis qu'il l'avait revue ce matin, il n'avait pensé qu'à une seule chose : revenir dans sa vie et dans son lit ?

Sans doute parce que jamais une femme ne l'avait autant

intéressé. En général, il se lassait vite et ne voyait pas l'intérêt de chercher autre chose que des ébats sexuels avec une femme. Il préférait se remettre en chasse.

Avec Katie, c'était tout l'inverse de ce qu'il avait pu connaître auparavant : dès qu'il avait fait l'amour avec elle, il avait eu envie de le refaire, encore et encore. Dès qu'il posait le pied sur le tarmac de l'aéroport, il comptait les heures le séparant du moment où il allait pouvoir passer sa porte. Et, dès qu'il la retrouvait, une étrange envie l'étreignait : ne plus jamais repartir, ne plus jamais la quitter… Heureusement, le réel et ses obligations professionnelles reprenaient le dessus… jusqu'à la fois suivante.

Il soupira. Oh non, il n'était pas prêt à se passer de leur relation. Maintenant qu'il savait qu'elle était revenue en ville, il allait tout faire pour la reconquérir.

— Désolé, les gars, je vous laisse, dit-il en se levant d'un bond, avant de se diriger vers le bar.

Qu'importe le regard médusé de ses frères et qu'importe qu'ils risquent de se douter de quelque chose. Tant pis pour sa discrétion légendaire. Il était si désespéré qu'il était même prêt à être l'objet de commérages et que son aventure avec la serveuse du Lola's fasse parler pendant des semaines à Black Hills.

— Jake, qu'est-ce que je te sers ? fit Katie lorsqu'il arriva à sa hauteur.

Toi, voulut-il répondre, mais il devait se montrer plus subtil s'il voulait arriver à ses fins. Reste que la voix onctueuse de Katie lui rappelait toutes les soirées qu'il avait passées en sa compagnie, après des journées bien difficiles à s'occuper de sa mère et de l'usine. Des souvenirs vraiment très lointains. Trop lointains.

— Rien, répondit-il. J'ai juste envie de profiter du spectacle.

— Du spectacle ?

— Oui, de voir une belle femme travailler, cela m'enchante.

Il y a encore quelques mois, il aurait vu dans ses yeux un

éclat mutin prouvant qu'elle appréciait le compliment. Mais pas ce soir. Ce soir, son visage était fermé, et elle semblait soucieuse.

Elle prit un verre pour l'essuyer d'un geste machinal.

— C'est bien la première fois que tu viens au bar pour me regarder, dit-elle d'une voix blanche. D'ailleurs, je crois bien que c'est la première fois que je te vois au bar. Dans le temps, tu faisais exprès de venir quand je n'étais pas de service.

Touché. Elle n'était visiblement pas d'humeur à la badinerie. D'ailleurs, elle ne semblait pas d'humeur *tout court*, comme l'indiquait la noirceur de son regard. Qu'avait-il bien pu faire pour l'exaspérer de la sorte ? Et était-il simplement responsable ? Ne pouvait-il pas y avoir quelque chose dans sa vie qui la contrariait ? Il fallait qu'il en ait le cœur net. Et pour cela il allait devoir remiser un peu de sa fierté au garage.

— Allons, Katie, explique-moi, s'il te plaît. Du jour au lendemain, tu disparais sans me donner de raison ? Même en tant qu'ami, je ne mérite pas un tel traitement.

Elle leva vers lui un regard empli de lassitude qui lui sembla exagéré.

— Parce que nous sommes amis maintenant ?

Il ne la reconnaissait pas. Qu'est-ce qui avait bien pu lui enlever sa joie de vivre ? Sa spontanéité ? Ce soir, elle jouait un rôle qui ne lui allait pas du tout.

— Bon, Katie, on peut quand même parler, non ? C'est à cause de l'homme mystérieux, c'est ça ? Tu es partie pour être avec lui ?

Il vit passer dans ses yeux une étrange lueur. Comme une émotion profonde et, pour le coup, parfaitement sincère. Avait-il tapé juste ?

Elle se pencha vers lui. Il ne put s'empêcher de plonger le regard dans son décolleté. Il n'avait pas le souvenir que sa poitrine eut été aussi généreuse. Elle avait visiblement pris un peu de poids pendant les sept mois de sa disparition. Ce qui lui allait à ravir.

— Jacob, dit-elle avec un sourire empreint d'une légère tristesse. Je ne suis pas prête, pas ce soir.

Mais prête à quoi ? A lui expliquer les raisons de sa disparition ? En quoi pouvaient-elles être si complexes ? A moins que, pour des raisons de fierté, elle n'ait pas encore envie d'admettre qu'elle s'était mal comportée ? Dans les deux cas, il n'allait pas en rester là.

— Katie…

— Ça suffit ! s'écria-t-elle en jetant son torchon sur le comptoir, avant de se précipiter vers l'issue de secours.

Sans la moindre hésitation, il la suivit. Il savait que sa mère et sa grand-mère avaient une petite maison donnant sur la cour du Lola's. Parfait, la discussion houleuse qui s'annonçait se ferait devant un minimum de témoins.

Dans le noir, il distingua la silhouette de Katie monter à toute vitesse la dizaine de marches menant au perron de la petite maison. Là, la lumière s'alluma et la porte s'ouvrit. Une femme s'avança sur le perron.

Jacob reconnut la mère de Katie. Dans ses bras, elle portait quelque chose qu'il n'aurait pas pu identifier sans le bruit qui parvenait jusqu'à lui. Un bruit aussi inhabituel que reconnaissable entre mille : les cris d'un bébé !

— Seigneur Dieu ! s'exclama la mère de Katie, je ne sais pas ce qu'a Carter ce soir, il ne veut pas s'arrêter de pleurer ! Sa maman lui manque, le pauvre chouchou.

Jacob s'avança pour mieux voir et observa Katie prendre le bébé dans ses bras, d'un geste habile et naturel. Comme par magie, le bébé cessa immédiatement de pleurer.

Il sentit son cœur se nouer. Impossible de faire le tri entre toutes les émotions et les pensées qui le submergeaient. Sous la lumière du perron, il vit la tête du bébé. Elle était recouverte de fines boucles, d'un blond cendré caractéristique. Immédiatement, il comprit ce qui était en train de se jouer sous ses yeux et eut l'impression que sa mâchoire allait se décrocher.

— Les photos…, murmura-t-il la gorge sèche. Il a les mêmes cheveux que Luke et moi quand nous étions bébé. C'est mon…

Le regard embrumé, il vit les deux femmes entrer dans la maison, puis refermer la porte derrière elles. Machinalement, il tourna les talons et regagna le bar. A leur table, ses frères avaient fait un sort à leur plat.

— Jacob ? s'étonna Luke. Qu'est-ce qui se passe ? Tu es tout blanc, on dirait que tu as vu un mort !

Jacob resta silencieux de longues secondes, le temps d'avaler d'un trait son verre de vin, puis de s'en resservir un autre. Avant de le porter à ses lèvres, les mots sortirent tout seuls de sa bouche.

— Les gars, il faut que je vous dise, je crois que je suis papa.

- 2 -

Vingt-quatre heures plus tard, Jacob avait suffisamment tergiversé pour s'arrêter chez Katie et lui demander des explications.

S'il avait pu un jour imaginer qu'il deviendrait père, il aurait voulu l'apprendre de la bouche de sa femme, autour d'un dîner romantique, voire dans le cabinet d'un médecin où ils se seraient rendus tous les deux. Mais non, voilà, le destin en avait décidé autrement. La femme la plus sexy du monde avait porté son enfant et ne lui avait rien dit…

La sidération du choc s'était progressivement muée en rage, et il n'avait pas fermé l'œil de la nuit. Il avait refait les calculs des dizaines de fois. Ils ne s'étaient plus vus depuis sept mois — d'ailleurs, qu'il se le rappelle aussi précisément n'était pas loin de lui faire honte. Il n'était pas expert en la matière, mais, à le voir de loin et dans la pénombre, le bébé semblait avoir dans les trois ou quatre mois.

Alors, quoi ? Katie était donc enceinte de deux mois quand elle avait disparu ? De trois ? Dans tous les cas, ils se fréquentaient toujours quand elle avait dû l'apprendre. Forcément. Ce qui signifiait qu'elle lui avait bel et bien menti. En revanche, les boucles du petit ne mentaient pas. Elles prouvaient qu'il s'agissait bien d'un héritier Blackstone.

Pour autant, il n'avait pas voulu parler à Katie sous le coup de la colère. Cela n'aurait mené à rien, et il le savait. Non, il voulait être parfaitement responsable de ses actions et de ses propos, tout en gérant les émotions sans doute les plus profondes qu'il avait ressenties de toute sa vie.

Le contrôle : il mettait un point d'honneur à le garder en toutes circonstances ou presque. Et, quand il lui arrivait de le perdre, il s'arrangeait pour que personne ne le voie ni le sache. Et ce fut donc maître de lui qu'il prit sa voiture et traversa la ville pour rejoindre la maison de Katie.

Elle habitait une toute petite maison dans les faubourgs. Même s'il y avait d'autres pavillons autour, ce n'était pas vraiment un lotissement. Plutôt un ensemble disparate, érigé à mesure des diverses installations d'amis, de proches, ou même de collègues des premiers habitants. Le résultat était assez charmant et original, avec beaucoup d'arbres et de verdure.

Jacob savait que Katie serait là — connaître son emploi du temps lui donnait une certaine avance —, et il ne s'était pas trompé. A peine avait-il posé le pied sur l'allée gravillonnée menant à la porte d'entrée que celle-ci s'ouvrit.

Katie le regarda un court instant puis, sans un mot, se retourna et se dirigea vers le salon. Il la suivit et ne put s'empêcher de constater ses formes nouvelles, soulignées par son jean moulant et son T-shirt échancré. Sa taille était légèrement moins marquée, ses seins s'étaient arrondis, ses hanches étaient diaboliquement pulpeuses.

Oui, elle avait changé et, même s'il n'aurait jamais pu imaginer qu'elle puisse être plus belle qu'avant, il fallait qu'il se rende à l'évidence : savoir qu'elle avait eu un enfant, le sien, lui donnait un indéniable supplément de sensualité.

L'attirance qu'il ressentait encore pour elle ne fit qu'ajouter à son agacement. Alors, il s'attela à fermer toutes les écoutilles de son âme, s'apprêtant à lui lancer un regard froid comme la glace, comme seuls les Blackstone en avaient le secret.

Il s'éclaircit la voix, puis désigna l'allée d'un mouvement de tête.

— Quelqu'un d'autre est là ? dit-il en faisant référence à la voiture garée.

Il serra les poings. L'idée qu'un autre homme puisse vivre

ici menaçait de lui faire perdre son cher contrôle. Comment aurait-elle pu passer si vite à quelqu'un d'autre ? Et, pire, comment avait-elle pu confier son fils à quelqu'un d'autre ?

— C'est ma mère, précisa Katie.

Jacob sentit la tension qui lui nouait les épaules retomber d'un cran. Mais la boule qui s'était formée dans sa gorge ne se dissipa pas.

— Elle est à l'étage, avec Carter.

Il fit mine de s'étonner.

— Il s'appelle Carter ?

— Oui, Jake Carter.

Ce premier prénom lui fit comme un coup au cœur. *Jake*, son diminutif.

— Alors, tu admets qu'il est de moi ?

Katie leva les yeux au ciel.

— Naturellement, fit-elle, comme s'il s'agissait d'une évidence.

Il fit un pas vers elle.

— Katie, tu peux me dire pourquoi tu m'as fait ça ? Etait-ce vraiment si affreux d'imaginer que je pourrais prendre part à…

— Ce n'est pas la question, coupa-t-elle, Jacob, cela ne l'a jamais été.

— Ah bon ? Dans ce cas, pourquoi m'as-tu caché l'existence de ce bébé ? Enfin, Katie, on se voyait encore quand tu as appris ta grossesse, c'est forcé !

Elle ne répondit pas.

— Parle, Katie, insista-t-il. Qu'est-ce qui a bien pu te pousser à me mentir ainsi ?

Elle croisa les bras sur sa poitrine, ce qui fit délicieusement pigeonner ses seins. Quelque chose qu'il ne devait pas remarquer. Pas du tout, pas maintenant.

— Je ne t'ai pas menti, Jake. Je ne savais pas comment te l'annoncer, voilà tout. Il me fallait du temps.

— Et maintenant, c'est bon, tu en as eu assez ?

Il s'en voulut immédiatement du ton employé. Il tenta de se radoucir et tendit la main vers elle.

— Il a trois mois, c'est ça ? demanda-t-il.

Elle plongea les yeux dans les siens.

— Oui, il les a depuis une semaine.

Il ne put se retenir plus longtemps.

— Ce qui veut dire qu'en douze mois tu n'as jamais trouvé un moment pour décrocher ton téléphone et me l'annoncer ? Ou, je ne sais pas, moi, répondre à mes appels et m'expliquer ?

— J'avais peur, Jacob, je t'assure. Je ne savais pas comment m'y prendre. Sur le moment, m'enfuir m'a semblé la chose la plus simple et la plus sûre.

— Simple, je veux bien, mais sûre ? T'es-tu un jour sentie en danger avec moi ?

Elle détourna les yeux.

— Non, bien sûr, c'est juste que…

— C'est juste quoi, Katie ? Juste que tu m'as privé des trois premiers mois de la vie de mon fils ? Sans même un mot, une carte, rien ! Même pas un SMS ! C'était si difficile de m'écrire : « Salut Jacob, au fait, je suis enceinte de toi ? » C'était vraiment si difficile ? Non, tu n'en as même pas eu la décence.

Il fit un pas de plus vers elle et posa sa main sur son épaule.

— Alors maintenant, poursuivit-il, c'est moi qui décide.

— Jake, laisse-moi t'expliquer, je t'en prie.

— Non, trancha-t-il. Pas d'explication, plus rien, plus de paroles, plus de réflexion, que des actes.

Il vit qu'elle se raidissait. Il ne se laissa pas attendrir, quand bien même un profond désir de l'étreindre l'assaillait. Comment pouvait-il être excité par une femme qui l'avait trahi ? Il fallait qu'il se ressaisisse.

— Carter viendra à la maison, ajouta-t-il.

Katie écarquilla les yeux.

— Mais il *est* à la maison.

— Ma maison. Carter est un Blackstone, il doit être avec sa famille.

Elle le fixa d'un regard suppliant, qui ne fut pas loin de le désarmer.

— Jacob, je t'en prie, ne fais pas cela.

— Entends-moi bien, Katie. Je vais te faire regretter ce que tu m'as fait. Je te le promets.

Dès que Jacob sortit de la maison, Katie en vint à redouter le moment où il mettrait sa menace à exécution. Elle en avait la nausée.

Elle savait pertinemment qu'elle avait fait le mauvais choix, qu'elle n'aurait jamais dû lui cacher l'existence de son fils. Mais que pouvait-elle faire d'autre ? Attendre la mort de James Blackstone pour lui annoncer la nouvelle était tout ce qu'elle avait trouvé pour se protéger, elle, et protéger sa famille. Une protection bien nécessaire en l'absence d'un mari ou d'un père sur qui compter…

C'était d'ailleurs ce qui était arrivé à sa propre mère quand leur père les avait abandonnés. Non, sa mère ne s'était pas effondrée ; elle les avait élevés seule, son frère et elle. Elle n'avait personne sur qui compter, à part sa mère, et, de temps en temps, ses tantes. Comment ce foyer de femmes aurait-il pu se défendre contre un caprice de James Blackstone ?

Elle soupira.

Jacob allait-il la croire si elle lui racontait tout ? Non, c'était improbable. Il venait d'apprendre qu'il avait un fils et qu'elle le lui avait caché pendant des mois. A l'évidence, dans un tel contexte, il allait suivre ses émotions, pas sa raison.

Mais alors, comment allait-elle s'y prendre pour lui faire accepter les faits ? Elle savait mieux que quiconque que les Blackstone pouvaient compter sur les meilleurs avocats de la région. Seigneur, ils devaient d'ailleurs sans doute être d'ores et déjà en train de rédiger des conditions de garde draconiennes… favorables à Jacob, évidemment.

Le supporterait-elle ? Non, c'était impossible. Même passer quelques heures loin de son cher petit ange, lorsqu'elle devait assurer son service au Lola's, lui déchirait le cœur au quotidien. Alors être séparée de lui pendant des jours, voire des semaines ?

L'étau qui lui pesait sur la poitrine se resserra. Et si jamais Jacob partait ? Ne supportait pas son rôle de père ? Allait-elle tolérer de soumettre son fils aux mêmes tourments de l'abandon qu'elle avait connus, petite ? Lorsque son père, peu après son huitième anniversaire, avait décidé d'aller faire une course pour ne plus jamais revenir ?

Après avoir ruminé toute la matinée, elle prit une décision : elle n'allait pas attendre que Jacob fasse le premier pas. Décidée, elle composa son numéro. Oh ! non, il ne répondait pas à son téléphone portable… ce qui l'angoissa au plus haut point.

Alors, elle prit son courage à deux mains pour appeler le manoir des Blackstone. Elle tomba sur son vieux majordome, Nolen. Elle avait déjà eu affaire à lui par le passé les fois où elle avait voulu joindre Christina, son amie, mariée avec le frère de Jacob. Nolen lui expliqua qu'il ne savait pas bien où se trouvait Jacob, sauf qu'il lui avait dit avoir quelques courses à faire chez Bébés & Bulles.

Elle serra les poings, entre panique et amertume, la gorge nouée. Il s'agissait de la seule boutique de puériculture de luxe de la ville. Evidemment… Jacob avait tout l'argent qu'il voulait pour assouvir ses moindres caprices. Elle ne faisait pas le poids avec ses vêtements et ses jouets achetés au supermarché du coin. Jacob allait acheter les plus belles gigoteuses, les plus beaux meubles… et se payer les avocats les plus redoutables qui la feraient passer pour une mauvaise mère.

Elle prit une profonde inspiration afin de se donner du

courage. Certes, elle avait fait une erreur en cachant l'existence de Carter à Jacob, mais elle n'allait pas se laisser faire et transformer toute cette histoire en catastrophe. Il fallait qu'elle reprenne la main et, pour cela, qu'elle retrouve Jacob au plus vite.

Le ventre noué, elle monta dans sa voiture et prit la direction du centre-ville. Une fois sa minuscule Honda garée sur le parking de Bébés & Bulles, elle se précipita à l'intérieur. La Tahoe de Jacob était garée devant la boutique. Quant à lui, elle le trouva dans l'allée des berceaux, penché devant le modèle le plus beau qu'elle ait jamais vu… et sans doute aussi le plus cher.

— Qu'est-ce que tu fais ? lança-t-elle tout de go.

Jacob se retourna, et son visage sembla illuminé par la surprise. Pendant quelques secondes, elle vit l'homme qu'elle désirait plus que tout au monde. Puis il la gratifia d'un petit sourire ironique et l'effet disparut aussitôt. Le feu et la glace… il n'avait pas son pareil pour lui faire tourner la tête.

— Vous pouvez nous laisser une minute ?

Katie n'avait même pas remarqué la vendeuse debout de l'autre côté du berceau. La femme se dirigea à pas feutrés vers le fond de la boutique, et Jacob poursuivit.

— Qu'est-ce que j'ai l'air de faire, Katie ? Je m'occupe de meubler la nursery du manoir.

Oh ! non, c'était un cauchemar, elle allait se réveiller. Et il fallait aussi qu'elle garde son calme.

— Jacob, tu n'en as pas besoin, Carter ne va pas venir vivre avec *toi*.

Elle appuya délibérément sur le pronom.

Jacob arqua un sourcil circonspect.

— Et pourquoi, je te prie ?

— Parce que tu ne peux pas, c'est tout. Tout ne tourne pas autour de ta personne. Tu dois penser à ce qu'il y a de mieux pour Carter.

— C'est exactement ce que je suis en train de faire,

figure-toi. J'ai les moyens de m'occuper correctement de mon fils, contrairement à toi.

La remarque l'atteignit en plein cœur. Elle se raidit.

— En es-tu bien sûr ? S'occuper d'un bébé n'est pas uniquement une affaire d'argent, loin de là. As-tu la capacité de l'aimer ? De le réconforter ? De le guider dans la vie ? Ou est-ce que tu as simplement l'intention de payer une nourrice hors de prix pour qu'elle s'occupe de lui et te laisse vivre ta vie si parfaite, planifiée et minutée ?

Jacob baissa un moment les yeux, comme s'il était blessé par ce qu'il venait d'entendre. Mais il était hors de question qu'elle se laisse attendrir. Non, elle n'avait aucune envie de lui faire du mal, mais que dire sinon pour l'atteindre ? Lui faire comprendre que son idée d'élever Carter au manoir était insensée ?

— Ce dont je suis sûre, ajouta-t-elle, c'est que je suis capable de lui offrir des choses essentielles. Toi, je n'en suis pas si certaine.

Décidée, elle s'avança vers lui.

— Tu veux que Carter vienne vivre avec toi ? Très bien, je comprends, et je comprends aussi que tu ne me fasses pas confiance, mais je te le dis, Jacob, il est hors de question qu'une étrangère, même ultra-qualifiée, s'occupe de mon bébé.

Jacob plongea les yeux dans les siens.

— Mais tu pourras très bien t'en occuper, dit-il d'une voix si froide qu'elle manqua frissonner. Tu pourras tout à fait t'installer au manoir. D'ailleurs, moi aussi, j'aimerais beaucoup que tu viennes y vivre. J'ai une petite idée de la manière dont tu pourrais m'être utile.

Le sous-entendu la piqua au vif. Comment les choses auraient-elles pu être autres ? Jacob n'était intéressé que par une relation physique.

Après quelques secondes de silence, il ajouta :

— Qui plus est, je te rappelle que tu as eu Carter pour

toi toute seule pendant trois mois. Tu ne penses pas que j'ai le droit de rattraper mon retard, qui, entre nous soit dit, est irrattrapable ?

Elle ne put que bredouiller :

— Jacob, je… je sais que tu es en colère et je le comprends. J'ai fait une erreur, une énorme erreur, et je ferai tout pour me faire pardonner. Mais je t'en supplie, je ne veux pas me battre avec toi, je ne veux pas de procès, pas d'avocats. Si tu veux faire partie de la vie de Carter, il faut que tu me le prouves, mais seul.

S'il vous plaît, s'il vous plaît, faites que ça marche…

— Qu'est-ce je peux bien avoir à te prouver, s'étonna-t-il. Nous nous sommes fréquentés pendant plus d'un an ? Tu sais tout ce qu'il y a à savoir de moi !

Décidément, il ne manquait pas de culot.

— Ah bon ? Alors voyons que je fasse la liste de ce que je connais de toi. Je sais que tu n'es pas si mauvais au lit. Que tu dragues les filles dans les avions. Je sais aussi que tu adorais être avec moi chez moi, mais que tu ne voulais jamais mettre le nez dehors, de crainte qu'on nous voie ensemble. Que tu aimais coucher avec moi, mais que tu n'avais aucune envie de me voir faire partie de ta vie. Et tu vois, ça, Jacob, ça ne me dit absolument rien du genre de père que tu pourrais être !

Il poussa un soupir agacé.

— Alors quoi, tu veux que je te prouve que je peux changer des couches ?

Cette remarque — et l'image de Jacob changeant une couche — aurait pu la faire éclater de rire, si elle n'avait pas été transie d'angoisse.

— Non, Jacob, je voudrais savoir quel homme tu es. Et que je peux te faire confiance pour ne pas me casser du sucre sur le dos devant mon enfant lorsque je ne suis pas dans les parages. Car je te jure, Jacob, je ne laisserai pas mon fils devenir aussi pervers que James Blackstone.

Jacob écarquilla les yeux.

— Mais qu'est-ce que tu racontes ?

Les mots étaient sortis de sa bouche sans qu'elle en ait même conscience. Tant pis, elle n'allait pas se démonter.

— Parce que tu ne sais pas que ton grand-père est venu me voir avant sa mort ?

Jacob resta interdit quelques secondes.

— Non, absolument pas, Aidan ne m'a rien dit.

— C'est normal, il n'était pas là.

— Alors, qui l'était ?

— Ton avocat.

— Canton ?

— Oui, celui-là. Ils ont frappé à ma porte un matin. Cela faisait à peine une semaine que je savais que j'étais enceinte.

Jacob secoua la tête. Il avait l'air estomaqué. Elle poursuivit :

— Et, par je ne sais quel miracle, il le savait et il savait aussi qu'on se voyait depuis plusieurs mois. Il m'a demandé de quitter la ville et a menacé de s'en prendre à ma famille.

Jacob se figea. Elle avait le cœur brisé de lui révéler les manœuvres de son grand-père, mais que pouvait-elle faire d'autre ?

— Comment ? demanda-t-il d'une voix blanche.

— Il a toujours loué le terrain du Lola's à ma mère et à ma grand-mère, il n'a jamais accepté qu'elles l'achètent. Je suppose qu'il aurait pu rompre le bail à tout moment si je n'avais pas obéi à ses ordres.

— Tu n'as pas totalement obéi, tu es revenue…

— Oui, s'empressa-t-elle de répondre. A sa mort, j'ai pensé que tout danger était levé. Qui plus est, je voulais que tu saches pour Carter, je te jure.

— Tu me le jures peut-être, mais mon grand-père est mort il y a quelque temps déjà.

Elle sentit un frisson désagréable courir dans son dos. Où voulait-il en venir ?

— Je ne…, bredouilla-t-elle. Je ne comprends pas.

— Katie, admets-le, tu es partie à l'autre bout du pays avec un bébé dont tu m'as caché l'existence. Si je ne t'avais pas suivie hier soir, pendant combien de temps m'aurais-tu encore menti ? Ce que tu dois comprendre, c'est que je ne suis pas le seul à devoir te prouver quelque chose, toi aussi tu dois me prouver que je peux te faire confiance. Reste à savoir comment.

- 3 -

La dernière fois que Jacob s'était autant senti à fleur de peau… c'était le soir où il avait mis Katie dans son lit. Sauf qu'aujourd'hui il n'était plus question de désir, mais bien de rage. Quoi qu'il en soit, il était bien décidé à se servir de cette énergie pour aller s'expliquer avec John Canton, qu'il savait se trouver dans le bureau de son frère, Aidan.

Au matin, son frère lui avait dit avoir rendez-vous avec l'avocat à propos de documents concernant l'héritage de leur grand-père. La fortune des Blackstone était toujours gérée par Canton, chose qui allait devoir changer fissa. Il allait falloir surmonter quelques ultimes obstacles, et la fratrie serait enfin libérée de James Blackstone et de son infernal serviteur.

Les poings serrés, Jacob entra en trombe dans le bureau d'Aidan.

— Salopard, fit-il à l'attention du juriste.

Ce même avocat qui avait aidé son grand-père dans ses odieuses manœuvres. Quelques années plus tôt, il avait même forcé Aidan à se marier avec Christina, alors infirmière de sa mère, en les menaçant de s'en prendre à la pauvre femme. Là encore, il n'avait fait que suivre les ordres de son maître.

— Je savais que vous étiez capable de forcer deux personnes à se marier, tempêta Jacob. Les intimider et les persécuter quitte à ruiner toute une ville pour satisfaire aux caprices d'un vieux manipulateur ! Mais, là, empêcher un homme de connaître son propre fils, je pensais qu'il vous restait suffisamment d'éthique pour ne pas franchir cette ligne jaune.

Aidan écarquilla les yeux.

— Jacob, tu veux bien m'expliquer ce qui se passe ? dit-il, avant de se lever de son fauteuil.

De l'autre côté du bureau, Canton ne sourcilla pas et resta parfaitement calme et serein, comme s'il ne se passait rien. Il se contenta d'articuler :

— Je n'ai fait que suivre les ordres de votre grand-père.

Jacob s'avança.

Comment pouvait-il oser ? Quel culot !

— Et moi ? Je n'avais pas mon mot à dire, peut-être ?

Canton haussa les épaules.

— Ce n'était pas à moi d'en décider.

Alors qu'il faisait encore un pas dans la direction de l'avocat, avec la ferme intention de le corriger, Aidan s'interposa d'une main ferme sur son avant-bras.

— Bon, Jacob, à l'évidence, j'ai raté un épisode. Tu veux bien m'expliquer ?

Canton se racla la gorge.

— Je pense que Jacob veut parler d'une conversation que votre grand-père a eue avec Mlle Gatlin.

Aidan se retourna vers l'avocat.

— Quoi ? De quelle conversation s'agit-il ?

Jacob alla s'asseoir dans un fauteuil, libérant Aidan de sa fonction de bouclier. De toute sa vie, il n'avait jamais fait l'expérience d'émotions aussi fortes, aussi incontrôlables. Ce qui n'était vraiment pas pour le ravir. Il avait besoin de calme et de stabilité. Encore une raison de s'éloigner de Katie. Mais c'était désormais impossible.

Il croisa les mains devant lui.

— Je viens justement de parler à Katie Gatlin, précisa-t-il, en s'efforçant de ne pas croiser le regard de Canton.

Aidan hocha rapidement la tête.

— Alors, c'est vrai ? Le bébé est de toi ?

— Oui, il a trois mois. J'ai rencontré Katie dans un avion et…

Comment allait-il s'y prendre pour expliquer ce qu'il avait vécu avec elle sans passer pour un obsédé sexuel ?

— Bon, ajouta-t-il, je la voyais à chaque fois que j'étais en ville.

Aidan arqua un sourcil réprobateur.

— Eh bien, si on m'avait dit que tu…

— Ce n'est pas le moment, Aidan.

— Vraiment ? C'est pourtant toi qui as abordé le sujet.

— Le vrai sujet, c'est que j'ai un enfant, et que notre grand-père aurait préféré que je ne le sache jamais.

Aidan tourna la tête vers l'avocat.

— Mais comment est-ce possible ? Comment notre grand-père a-t-il pu savoir que Katie était enceinte ? Les dossiers médicaux sont confidentiels. Ne me dites pas que vous avez fouillé ses poubelles pour récupérer le test de grossesse !

Sans se départir de son insupportable flegme, Canton précisa :

— Tout s'achète, vous savez, lorsqu'on a suffisamment d'argent. Le fait est qu'une assistante du cabinet de gynécologie de Katie avait contracté de très grosses dettes.

Sans même en avoir totalement conscience, Jacob se leva de son fauteuil et se précipita vers l'avocat. Aidan s'interposa une nouvelle fois.

Son cœur battait à mille à l'heure. Le sang affluait à ses tempes. Il savait que son grand-père était une teigne, mais à ce point-là ? Profiter de la faiblesse d'une femme en pleine détresse financière pour lui soutirer des informations confidentielles sur la santé d'une autre ? La manœuvre dépassait tout ce qu'il aurait pu imaginer.

— Calme-toi, fit Aidan. Laissons-le répondre à nos questions, et il partira, pour ne plus jamais revenir.

Le silence emplit alors la pièce pendant de longues secondes. Jacob essaya de rassembler tout ce qui pouvait lui rester de sang-froid. Les pensées se bousculaient dans son esprit. Et s'il n'était jamais revenu à Black Hills ? Est-ce qu'il n'aurait jamais su pour son fils ?

— Pardon, mais vous vous rendez compte que j'ai appris l'existence de ce bébé par hasard ?

— Je ne vois pas où est le problème, dit Canton, plein de morgue.

— Le problème ?

Il se tut quelques instants pour reprendre son souffle et son calme. Si Canton continuait sur le même mode, il n'allait pas tarder à lui flanquer son poing dans la figure.

— Le problème ? répéta-t-il. C'est que vous avez voulu me séparer de mon fils !

Canton ne daigna pas même le regarder. Quelle sale petite fouine…

— Si je vous comprends bien, nous n'avons pas réussi. L'affaire est donc close ?

— Dans vos rêves, pesta Jacob. Si je n'avais rien découvert par moi-même, vous m'auriez informé ?

L'avocat prit un air pincé des plus agaçants.

— Ecoutez, votre grand-père louait mes services à la fois pour leur loyauté et leur discrétion. Donc non, évidemment, je ne vous aurais rien dit.

Il déblatérait ses insanités avec un tel aplomb…

— Et, vu que Mlle Gatlin est partie sans vous contacter et n'est revenue qu'après le décès de votre grand-père, elle a respecté les clauses du contrat. De mon point de vue, l'affaire est en effet terminée.

— De votre point de vue ? Et du point de vue de votre conscience ?

— En l'occurrence, monsieur, il n'est pas question de conscience, mais de professionnalisme. J'ai fait mon travail, voilà tout.

— Je ne sais pas comment vous arrivez à vous regarder dans la glace.

— Ça suffit ! coupa Aidan, exaspéré. Canton, ce sera tout pour aujourd'hui. Je reprendrai rendez-vous avec votre cabinet pour en terminer avec la paperasse de l'héritage. Mais en attendant je ne veux plus ni vous entendre ni vous voir, c'est compris ?

Sans un mot, l'avocat quitta la pièce.

Lorsqu'il passa la porte, Aidan poussa un profond soupir.

— Je te jure, Jacob, je serai soulagé quand je n'aurai plus jamais affaire à ce type. Il me tarde.

— Tu en as encore pour combien de temps ?

Aidan venait de passer une bonne partie de l'année écoulée en pourparlers avec l'avocat, après le chantage au mariage que James avait effectué sur Christina et lui. Heureusement, l'affaire s'était terminée pour le mieux, mais la seule présence de Canton devait à l'évidence lui rappeler de bien cruels souvenirs.

Il prit une liasse de papiers et l'agita devant lui.

— C'est bientôt fini. Encore deux ou trois détails à régler, et cet être malfaisant disparaîtra pour toujours de ma vie. En revanche, j'aimerais tant qu'il y ait un moyen de se venger de cet énergumène, car au train où vont les choses il va s'en tirer avec le bon petit pactole que grand-père avait prévu pour lui. Et j'enrage, je te promets. Mais bon, changeons de sujet. Alors, cette Katie ?

A la simple évocation de ce nom, Jacob sentit son cœur se nouer et un flot d'émotions le submerger.

— Une tornade.

Il regarda Aidan prendre place dans son fauteuil. Tout son être respirait le marchand d'art sophistiqué qui faisait la pluie et le beau temps des galeries new-yorkaises. A ceci près qu'il vivait désormais en Caroline du Sud.

— Elle est très belle, mais ce n'est pas le genre de mondaines auxquelles toi et moi avons été habitués, n'est-ce pas ?

Jacob ne put que confirmer.

— En effet.

Il se mit à faire les cent pas dans le bureau.

Qu'allait-il bien pouvoir faire de toute cette énergie ? Il avait déjà couru plus de dix kilomètres ce matin, mais ses nerfs n'avaient pas l'air de vouloir se calmer de sitôt. Surtout après la passe d'armes avec l'avocat, qui avait elle-même succédé à une discussion orageuse avec Katie.

Il prit une profonde inspiration. Aidan en profita pour lui demander :

— Et alors, que comptes-tu faire ?

Il resta silencieux de longues secondes, en espérant pouvoir faire le tri entre toutes les pensées contradictoires qui se bousculaient dans son esprit.

— Je ne sais pas, Aidan. Je mentirais si je disais que je n'avais plus envie de la revoir, c'est certain. En réalité, j'aimerais pouvoir reprendre notre histoire là où elle l'a laissée en s'enfuyant. Mais non, je sais bien que c'est impossible. Elle n'est pas faite pour moi, pas pour le long terme.

— Pourquoi ?

La question était bonne, mais il n'était pas sûr d'avoir envie d'y répondre.

— Disons qu'elle ne correspond pas à ce que je veux dans la vie, avec ce que je suis. Elle est plus proche de Luke — imprévisible, émotive, tête brûlée.

Ce que Jacob préféra passer sous silence, c'était que cela le rendait lui aussi imprévisible, et qu'il n'en avait pas du tout envie. Même si cela pouvait le rendre fou de désir.

— Arrête, Jacob, elle est magnifique.

— Oui, et elle travaille dans un bar !

— Il s'agit donc d'une femme courageuse et indépendante. Qu'est-ce que tu trouves à y redire ?

Jacob s'absorba dans la contemplation des livres de la bibliothèque, avant d'ajouter :

— Et elle m'a caché l'existence de mon fils.

Aidan croisa les mains devant lui.

— Bon, elle a paniqué et a fait des erreurs. Ça peut arriver, non ? Qui plus est, tu étais très bien avec elle avant, alors, qu'est-ce qui a pu changer ? Quel est le véritable problème ?

Le véritable problème ? C'est qu'il n'avait pas envie de baisser sa garde.

— Avant, c'était facile, mais cela ne peut plus continuer ainsi. Je ne peux plus l'isoler du reste de ma vie, par peur des interférences qu'elle pourrait causer. Mais c'est impossible, c'est trop inconfortable.

— Jacob, les relations amoureuses ne sont pas vraiment faites pour être confortables, tu sais ? Moi-même, j'apprends à m'y faire, parce que les bénéfices surpassent de loin les coûts éventuels, je te jure.

Jacob ressentit une pointe de jalousie. Aidan avait-il raison ? Devait-il lâcher un peu de lest ? Depuis toujours, la rigidité avait été comme une seconde nature pour lui. Une stratégie qui lui réussissait parfaitement en affaires… un peu moins en amour.

En règle générale, jamais il ne voyait une femme plus de deux ou trois fois. Mais Katie avait fait exploser toutes les règles. Pour autant, il ne se sentait pas encore prêt pour une véritable et longue histoire. Le serait-il seulement un jour ?

Oui, Katie était bien une tornade qui avait tout emporté sur son passage. Il devait bien l'admettre : s'il l'avait isolée du reste de sa vie, c'est qu'il avait peur. Peur de perdre le contrôle, peur d'être régi par ses émotions — ces si délicieuses émotions qu'elle faisait naître en lui — et non plus par sa raison.

Subitement, une pensée s'imposa à lui : *Je veux avoir une autre chance avec cette femme.* Il devait chasser cette pensée opportune au plus vite !

— Elle est la mère de mon fils. Mieux vaut rester proche de ses ennemis, pas vrai ?

Aidan le gratifia d'un sourire en coin.

— Jacob, la dernière fois que j'ai usé de cette formule,

j'ai fini marié à une femme qui a tout changé dans ma vie. Ma façon de voir les choses, ma façon de penser, pour toujours. Et pour le meilleur…

— Cela ne m'arrivera pas, trancha Jacob.

L'expression d'Aidan semblait dire : « Il ne faut jamais dire : fontaine, je ne boirai plus de ton eau », mais il s'efforça d'ignorer le message.

Après tout, Aidan savait bien de quoi il parlait : à dix-huit ans, il jurait les grands dieux de ne jamais revenir au manoir des Blackstone. Aujourd'hui, il s'y était installé, était heureux en mariage, et s'accordait quelques allers-retours à New York pour gérer son entreprise d'import-export artistique.

Et si la même chose lui arrivait ? Revenir à Black Hills avait été le bon choix, surtout depuis qu'il savait pour son fils. Mais se marier ? Lui ? Non, pas avec Katie en tout cas. Etre à ses côtés le rendait fou, et il n'avait vraiment pas envie d'une telle folie dans sa vie. Il voulait du solide, du stable, du prévisible.

Le regard d'Aidan se fit subitement très sérieux.

— Jacob ?

— Oui ?

— Qu'est-ce que tu comptes faire ? Avec Katie ? Avec le bébé ?

— Carter, précisa-t-il. Il s'appelle Carter.

Prononcer le prénom de son fils n'était pas loin de lui faire venir les larmes aux yeux.

— Je ne sais pas, ajouta-t-il dans un murmure. En fait, je ne peux pas la forcer à m'en donner la garde. Nous nous lancerions dans un combat judiciaire dont je n'ai pas envie. Et qui ne fera que prouver que je suis un beau salopard. Non, la question est de savoir ce qu'elle est prête à m'accorder.

— Et toi ? De quoi as-tu envie ? De renouer avec elle ?

— Oui, c'est évident, mais ce n'est pas possible, comme je te l'ai dit.

— Tu sais, parfois la vie prend des chemins surprenants et imprévus.

Et toute sa vie il avait fui l'imprévisibilité comme la peste...

— Enfin, je ne peux pas m'en aller, admit-il. C'est mon fils, je dois m'en occuper.

Quel hypocrite... Comme s'il pensait d'abord à son fils. Il était important, bien sûr, mais la force qui le poussait irrépressiblement vers Katie avait davantage à voir avec ce qu'il avait vécu avec elle.

— Alors, il te faudra faire très attention, conseilla Aidan. Pour toi et pour eux.

Il arqua un sourcil.

— Que veux-tu dire ?

— Je veux parler de l'usine. A l'heure actuelle, nous n'avons pas encore éclairci le mystère des sabotages, et tant que nous n'aurons pas découvert le fin mot de l'histoire mieux vaut être très prudent. Que personne ne soit associé de près ou de loin à notre famille. Retarder les livraisons et modifier les commandes de nos clients, c'est une chose, mais ce qui est arrivé l'an dernier avec Christina aurait pu la tuer. Certes, elle n'était pas la cible, mais cela n'aurait rien changé en dernier ressort.

Jacob se souvenait parfaitement de ce triste épisode. L'an dernier, des pyromanes avaient mis le feu au studio d'Aidan, sans savoir que Christina s'y trouvait. Il ne s'agissait que d'un événement parmi tant d'autres qui avaient touché la filature et ses environs. Il se raidit.

— Tu crois qu'ils pourraient s'en prendre à mon fils ?

— Peut-être pas directement, mais encore une fois je pense que nous devons vraiment nous montrer prudents. A mon avis, il vaut mieux encore garder secrète ta relation avec Katie pour un certain temps.

— Oui, acquiesça-t-il.

Pour un certain temps. Question secret, Jacob n'était pas loin d'être passé maître.

— Bon, ponctua Aidan. Il faudrait d'ailleurs qu'on parle boutique. Bateman m'a appelé de la filature, juste avant l'arrivée de Canton.

Jacob aussi avait reçu un appel, mais il avait laissé son répondeur prendre le message. Il était trop obnubilé par Katie pour gérer autre chose, y compris l'usine. Et c'était bien la première fois de son existence que sa vie privée prenait le pas sur sa vie professionnelle…

Il se sentit flageoler sur ses jambes. Vite, il alla s'asseoir dans le fauteuil faisant face au bureau d'Aidan. Les vieux clubs en cuir avaient été remplacés par de chaleureux fauteuils à oreilles en tissu beige, ce qui modernisait indéniablement l'ensemble.

Depuis leur mariage, Aidan et Christina avaient entrepris une petite mise à jour du manoir. Peu à peu, ils le nettoyaient des traces de James Blackstone et de ses odieuses manipulations, et révélaient la beauté d'une demeure sur laquelle des générations d'industriels dévoués corps et âme à leur métier et à leur famille avaient pu compter. Et ce depuis près de deux cents ans.

Jacob se passa la main sur le visage.

— Cette histoire de sabotage est effroyable, on n'en voit pas le bout, soupira-t-il. Cela fait plus d'un an qu'on essaie de coincer les auteurs, mais j'ai l'impression qu'on n'a pas avancé d'un iota. En plus, même si je suis à l'usine tous les jours, je ne quitte pas souvent les bureaux. Il faudrait quelqu'un sur les plateaux techniques, quelqu'un de fiable et de loyal.

— Oui, ni toi ni moi ne pouvons réellement nous en occuper, affirma Aidan. Il faudrait voir avec Bateman, lui a une vue d'ensemble du personnel. Il saura nous conseiller, et le plus tôt sera le mieux.

Le plus tôt sera le mieux. Il s'agissait là d'une formule que leur mère n'avait cessé de répéter pendant leur enfance.

Un conseil qui collait parfaitement à la situation présente. Le temps des tergiversations n'avait que trop duré.

Après deux jours de silence, Jacob avait enfin répondu à ses appels. Et maintenant, debout face à lui devant la porte de sa maison, Katie savait qu'elle ne faisait que retarder l'inévitable, mais elle ne pouvait s'empêcher d'argumenter.

— Et si ma mère n'était pas là pour veiller sur Carter ?

Bien sûr, elle n'allait pas réussir à faire changer d'avis Jacob. Mais pour autant devait-elle baisser tout de suite les bras ? Il fallait au moins qu'il prenne conscience des bouleversements qu'il allait générer dans la vie d'autrui. Tout l'univers ne tournait pas autour de son nombril… même s'il l'avait niché au creux d'abdominaux parfaitement dessinés.

Comme elle pouvait se détester quand ce genre de pensée intrusive lui passait par la tête… Comme si elle n'était pas déjà sur des charbons ardents, à vouloir que Jacob garde ses distances, tout en désirant se jeter dans ses bras.

— Si on veut que cela marche, dit Jacob, la tirant de ses pensées, nous devons définir des règles et les respecter. Et pour cela nous devons parler, seul à seule.

Il voulait l'emmener pour une promenade dominicale. Pourquoi pas, mais elle aurait largement préféré qu'il la prévienne un peu avant et ne débarque pas chez elle dix minutes après son coup de fil.

Pour le punir, elle prit son temps pour aller saluer sa mère qui, comme tous les dimanches ou presque, avait profité de la fermeture hebdomadaire du Lola's pour venir s'occuper de Carter. Lui demander de rester plus longtemps que prévu, avant le traditionnel dîner dominical chez sa grand-mère, n'allait être qu'une formalité, mais quand même. Jacob méritait bien qu'on le fasse un peu attendre.

Avant de redescendre, elle passa dans sa chambre pour changer de jean et relever ses cheveux en queue-de-cheval.

Lorsqu'elle ressortit, après dix bonnes minutes, Jacob ne lui fit aucun commentaire. Il se contenta de lui ouvrir la portière côté passager de sa Tahoe et de la fermer d'un geste ferme.

L'atmosphère feutrée du 4x4 ne fit rien pour calmer ses sens. L'habitacle de la voiture était imprégné de l'odeur de Jacob, une fragrance sombre et épicée. Fermant les yeux un instant, elle prit une profonde inspiration. Elle adorait cette sensation d'être imprégnée de ce parfum, si suave et entêtant.

Lorsqu'elle avait fui Black Hills, elle avait pris conscience du manque physique qu'une personne pouvait laisser dans votre vie. Elle avait aussi réalisé combien il était triste de vouloir quelqu'un entièrement, et de n'avoir accès à lui que sur le plan sexuel.

Les hommes étaient familiers de ce genre de choses, disait-on. Quoi qu'il en soit, jamais elle ne s'était sentie aussi seule que dans son lit, le cœur brisé, sachant qu'elle ne partagerait jamais entièrement sa vie.

L'ouverture de la portière côté conducteur la tira de ses rêveries douces-amères. Jacob, son téléphone collé à son oreille, s'installa derrière le volant.

— J'arrive, dit-il à son interlocuteur.

Puis, sans autre forme d'explication, il plaça le téléphone sur le chargeur du tableau de bord et démarra la voiture.

Katie voulut briser le silence.

— Tu n'as pas parlé de règles, tout à l'heure ?

Jacob ne détourna pas le regard de la route pour lui répondre.

— J'ai clairement exprimé ce que je voulais.

Elle sentit son estomac se nouer. Que voulait-il dire ?

— Non, pas vraiment, hésita-t-elle.

Il lui jeta un bref coup d'œil.

— En fait, non, vraiment pas, insista-t-elle. Tu veux avoir la garde totale de Carter, c'est ça ? Eh bien, cela n'arrivera pas. Même à mi-temps, tu as réfléchi à la masse de travail que cela allait te demander ? Tu ne t'es pas dit que ta vie professionnelle pouvait le bouleverser si…

— Katie, ça suffit, coupa-t-il avant de poser un court instant la main sur son genou.

Elle frissonna.

— L'autre jour, j'ai agi par impulsion et je te prie de m'excuser. Mais essaie de me comprendre. Contrairement à toi, je n'ai pas eu de temps pour réfléchir à ce que ce bébé signifiait pour moi.

A entendre le rythme soutenu de sa respiration, elle comprit qu'il faisait tout son possible pour garder son calme.

Une part d'elle-même — la part blessée — voulait le pousser dans ses retranchements. Qu'il promette de tout faire pour leur accorder, à elle et Carter, une place plus importante dans sa vie. Quelque chose qu'il n'avait encore jamais offert jusqu'à présent. Et une autre part d'elle-même voulait faire voler en éclats ce sang-froid et cette retenue.

Pourtant, il y avait un endroit où Jacob savait lâcher prise : au lit. Mais, dès qu'il en sortait, il redevenait un monstre de contrôle et d'égoïsme. Un monstre atrocement séduisant et même, à ses heures, attentif, mais un monstre tout de même, capable de disparaître à tout moment.

— Il faut faire ce qu'il y a de mieux pour Carter, dit-il dans un souffle. Comment doit-on s'y prendre ?

— Laisse-moi mieux te connaître.

— Mais dans quel but, Katie ? Qu'est-ce que tu cherches ? Ecoute-moi bien : si tu crois que tu vas pouvoir t'enfuir une nouvelle fois si ce que tu vois en moi ne te plaît pas, je t'assure que tu te trompes. Je te retrouverai partout.

Elle soupira.

— Jacob, ma famille est ici. J'ai fait une erreur, je le sais et, contrairement à ce que tu peux penser, je n'ai pas mis longtemps à m'en rendre compte.

Jacob lui caressa tendrement la joue. Un geste inédit. Elle sentit les battements de son cœur s'accélérer.

— Tu ne sais pas ce que je pense, Katie.

Encore du Jacob tout craché : un peu de miel, puis un peu de vinaigre. A chaque petite porte entrouverte, il se précipitait pour tout cadenasser à triple tour. Croisant les bras, elle se cala son siège.

— Mais là est tout le problème. Si tu veux faire partie de la vie de ton fils, il va falloir que tu t'ouvres davantage à moi.

Il resta muet un instant, de trop longues secondes de silence. Elle poursuivit :

— Ce que je ne veux pas, c'est passer mon temps à te faire la guerre. Il n'y a que Carter qui compte.

Jacob lui lança un regard circonspect, qu'elle décida d'ignorer.

— C'est à lui qu'il faut penser, à lui et à personne ni rien d'autre. Et pour cela il faut que nous soyons sur la même longueur d'onde. Alors, montre-moi qui tu es en dehors d'un lit, et je verrai si je peux te laisser Carter.

Il se racla la gorge.

— Quoi ? Il faut que je te prouve que je suis un type bien ? Mais enfin, Katie, je ne sais même pas si je suis un bon père. Comment faire ? Il y a un examen à passer ?

— Non, plutôt une épreuve de terrain. Tu ne dois plus rien me cacher. Je ne veux plus de secrets entre nous.

Il la gratifia d'un petit sourire.

— Tu es sérieuse, là ? Parce que durant tous les mois où nous avons été ensemble je t'ai caché des choses ? Tu n'as rien appris de moi ? Dis-moi plutôt ce que tu veux savoir, cela ira plus vite.

Tous les souvenirs de leur histoire lui revinrent subitement en mémoire. Toutes les soirées à rire et à faire l'amour.

Elle se pencha alors vers lui, autant que la ceinture de sécurité le lui permettait, tendant la main.

— Par exemple, fit-elle en suivant une ligne allant de son lobe à sa mâchoire, je sais que tu es sensible ici et je sais aussi que tu mets un point d'honneur à te raser tous les matins pour ne pas paraître négligé. Je sais que ta position préférée est le missionnaire, car c'est là que tu as l'impression d'avoir le contrôle des opérations.

Elle le sentit frémir.

— Arrête, Katie, que veux-tu vraiment savoir ?

Elle resta interdite un instant, puis précisa :

— Qui tu es, qui tu es vraiment. Ce que tu fais, ce que tu aimes faire. Quels sont tes projets. As-tu l'intention de rester ici longtemps, ou juste assez pour remettre la filature sur les rails ?

— Et toi, alors ?

Il s'agissait là de sa tactique préférée : répondre à une question par une autre question. Elle savait que c'était aussi parce qu'il se sentait — ou se craignait — vulnérable. Elle décida de ne pas insister.

— Que veux-tu dire ?

— Que je pourrais aussi te poser les mêmes questions, fit-il en la fixant quelques secondes. Ce petit jeu n'est pas à sens unique, Katie.

Touché. Jamais elle n'aurait dû lui cacher l'existence de Carter. Mais pendant combien de temps allait-elle payer le prix de ses erreurs ?

Il sembla alors se radoucir. Sans un mot, il se gara le long de la chaussée. Puis il se tourna vers elle et plongea les yeux dans les siens. Elle se sentit rougir, son cœur n'était pas loin d'exploser.

— Je ne suis pas le seul à avoir des choses à me faire pardonner, Katie, déclara-t-il en se penchant vers elle. Nous allons passer beaucoup de temps ensemble dans un avenir proche.

Elle hocha la tête et essaya de calmer sa respiration afin de parler d'une voix assurée.

— Oui, nous nous verrons beaucoup, je pense.

Il eut un petit rire et détacha sa ceinture de sécurité, afin de se rapprocher encore un peu plus d'elle et de prendre son visage en coupe.

— Tu penses ? Le problème, Katie, c'est que je ne sais pas si je peux prendre au mot ce qui sort de tes si jolies lèvres.

Puis il se redressa, rattacha sa ceinture et redémarra la Tahoe.

Elle prit une profonde inspiration afin de calmer le trouble intense qui s'était emparé d'elle. Il la bouleversait bien plus qu'elle n'était encore prête à l'admettre.

— Bon, très bien, concéda-t-elle. Que veux-tu savoir ? Comme tu peux t'en douter, ma vie est plutôt simple. Mon temps se divise entre mon travail et ma famille.

— Et cette famille ? Tu peux compter dessus ? On t'aide avec Carter ?

La douceur avec laquelle il prononçait le nom de son fils la fit fondre.

— Oui, tout à fait, assura-t-elle. Nous sommes très proches. Ma mère, ma grand-mère et mon frère, tout le monde adore le petit.

Ce qu'elle se garda bien de dire, c'était que les liens que le bébé représentait entre les Gatlin et les Blackstone angoissaient considérablement sa mère. Nerveuse, elle se frotta les mains sur son jean, cherchant ses mots.

— Et toi, alors ? demanda-t-elle enfin. Ta famille ? Tu leur as dit pour Carter ?

— Je crois que tu vas bientôt le savoir, dit Jacob, avant de garer la voiture devant une zone de chantier.

Katie comprit tout de suite où ils se trouvaient : sur le terrain qu'Aidan, le frère de Jacob, venait d'acheter au sud de la ville pour y construire un parc d'attractions. Devant un immeuble en construction, un groupe de personnes était rassemblé.

— Tu les as prévenus de notre arrivée ? s'enquit-elle, alors qu'une boule d'inquiétude se mettait à grossir dans sa gorge.

— Ils sont au courant de ma venue, en tout cas, commenta-t-il laconiquement. Disons que tu es un bonus.

Elle s'esclaffa.

— Et sinon, dit-il avec un air goguenard en descendant de voiture, ma position préférée n'est pas le missionnaire. C'est l'amazone, quand tu es sur moi.

Elle crut s'étouffer. Cette révélation la saisit, et elle se remémora tout ce qui… non, ce n'était vraiment ni le lieu ni l'heure.

Tant qu'à raviver de vieux souvenirs, pourquoi ne pas penser plutôt à toutes les fois où il était reparti pour Philadelphie sans prendre la peine de l'appeler ? Toutes les fois où elle lui avait laissé la porte ouverte, toutes les fois où elle s'était détestée d'être *ce genre de fille* qui, contre un peu d'attention, est prête à mettre son ego au placard et à attendre le bon vouloir de monsieur ?

Toutes les fois où elle avait fait en sorte de le rendre heureux, lui, sans penser à son propre bonheur.

Autant de pensées qu'il fallait aussi mettre sous cloche jusqu'à nouvel ordre. L'essentiel, à présent, consistait à sortir de la voiture et à suivre Jacob. Si seulement il pouvait y avoir un visage familier dans le comité qui les attendait !

Dans le groupe, elle reconnut le couple de jeunes mariés, Aidan et Christina. A voir leur expression, ils savaient ce qu'elle faisait là — qu'elle avait été la maîtresse de Jacob et qu'un bébé était né de leurs amours clandestines.

Lorsqu'elle arriva à hauteur du groupe, Jacob la présenta à son frère, et Christina fit un pas vers elle.

— Nous nous connaissons, fit-elle avec un enthousiasme dans la voix qui lui parut forcé. Salut, Katie !

Avant son départ, elles avaient été assez proches l'une de l'autre. Mais les choses avaient changé avec son mariage avec Aidan. Désormais, elle était une Blackstone, vivait au manoir, et Katie ne pouvait s'empêcher de la considérer comme une ennemie potentielle. Elle allait donc devoir redoubler de prudence avant de savoir sur quel pied danser.

Voir Christina lui rappela aussi tout ce qu'elle avait pu abandonner en quittant la ville, même si la sécurité de Carter avait toujours été le plus important.

— Katie, fit Aidan en lui tendant la main. Je suis désolé que nous n'ayons pas encore formellement fait connaissance.

Que devait-elle répondre ? Qu'elle aussi ? Le prétendre n'aurait été qu'un mensonge : elle avait tout fait pour s'éloigner le plus possible des Blackstone.

Heureusement, il poursuivit.

— Pas besoin de tourner autour du pot, Jacob nous a tout expliqué. Ou, du moins, il nous a dit pourquoi tu avais dû quitter la ville.

Il se tourna alors vers sa femme. Dans leurs yeux, elle lut un amour sincère et réciproque qui lui fit chaud au cœur.

— Et Christina et moi sommes bien placés pour savoir à quel point mon grand-père pouvait être manipulateur, ajouta-t-il. Il n'avait pas son pareil pour faire plier les autres à ses caprices. Mais sache que nous avons hâte que vous fassiez partie de la famille, toi et Carter.

La surprise la fit bredouiller.

— Je ne… je ne sais pas encore comment les choses vont se passer, mais…

Aidan hocha la tête en lui souriant.

— Ne t'inquiète pas, Katie, si tu as besoin de nous, pour n'importe quoi, nous sommes là.

Elle se retourna alors vers Jacob, pour vérifier s'il n'était pas en train de rire du canular qu'il venait de lui faire. Mais il était toujours aussi stoïque qu'à son habitude.

— Oui, tu n'as pas à t'en faire, affirma Christina. Crois-moi, je sais ce que ça fait d'être sous le coup des menaces de James Blackstone.

Elle sentit son cœur se serrer. Katie ne pouvait imaginer ce que Christina avait dû supporter au manoir, lorsque

James était encore vivant. Au départ, elle était l'infirmière à domicile de Lily, la fille de James, la mère de Jacob et d'Aidan, plongée dans le coma depuis un grave accident de voiture. Puis, sur un coup de tête, James l'avait forcée à se marier avec Aidan. Si elle refusait, il avait menacé de s'en prendre à Lily.

A l'évidence, l'année qui venait de s'écouler avait été aussi traumatisante pour elle que pour Christina.

— En revanche, ce que je ne comprends pas, ajouta-t-elle, c'est pourquoi tu n'es pas venue me voir, pourquoi tu ne m'as pas appelée ou demandé de l'aide avant de t'enfuir. Tu pensais que j'aurais refusé ? Que je n'aurais pas voulu te soutenir, toi et ton futur bébé ?

Katie se sentit chanceler. Elle ne s'était pas préparée à une telle conversation. Elle avait déjà tant à gérer en termes de culpabilité avec Jacob…

— Je suis désolée, Christina, finit-elle par murmurer. Mais je ne pouvais pas risquer que tu fasses le rapprochement.

— Entre quoi et quoi ? dit Christina, avec un large sourire. Entre ta grossesse et le fait que, peut-être, tu aies eu un amant ? Certes, j'aurais pu m'en douter, mais je t'assure que jamais je n'aurais pu penser à Jacob.

La franchise de Christina la rassura considérablement.

— Il y a encore quelque chose qui me tracasse, pourquoi n'as-tu pas contacté Jacob dès que tu as su que son grand-père était mort ?

Pouvait-elle lui avouer la vérité — et, accessoirement risquer que quelqu'un d'autre l'entende ? Parce qu'elle avait toujours terriblement envie de lui, bien plus qu'elle ne pouvait se l'avouer. Parce qu'elle ne savait pas comment s'y prendre pour qu'il les accepte dans sa vie, elle et le bébé.

Oh ! comme elle avait pu en rêver pendant sa grossesse… Toutes les fois où elle avait imaginé former un couple normal avec Jacob. Il lui aurait massé les pieds, ils se seraient gentiment disputés pour choisir un prénom…

Elle sentit son cœur se serrer. Maintenant que Jacob savait pour Carter, qu'il avait compris pourquoi elle lui avait caché son existence, allait-elle trouver suffisamment de courage en elle pour lui avouer ce qu'elle ressentait ? Pour lui demander qu'il prenne la place qu'elle avait toujours voulu qu'il ait dans sa vie ?

- 4 -

Sur le chemin du retour, Jacob brûlait d'envie de demander à Katie ce que lui avait dit Christina. Manifestement, il s'agissait de mots agréables et rassurants, mais il avait été bien trop noyé sous ses propres émotions — et, accessoirement, par les questions techniques relatives au chantier — pour suivre leur conversation.

Pour autant, il préféra se taire et profiter du silence de l'habitacle pour démêler l'écheveau de pensées qui lui obscurcissait l'esprit. Ou, du moins, essayer de le faire.

Mais, arrivés devant la maison de Katie, un détail lui donna un coup au cœur. Dans l'allée, une voiture inconnue était garée, une Ford F150. Immédiatement, il sentit l'aiguillon désagréable de la jalousie.

Certes, dans le sud des Etats-Unis, les femmes étaient nombreuses à conduire des camionnettes, mais il s'agissait néanmoins majoritairement d'un véhicule masculin. Quel homme pouvait se trouver chez Katie quand elle n'y était pas ? Quel homme pouvait bien avoir les clés de chez elle ? Il n'allait pas attendre bien longtemps avoir de le découvrir...

A peine eut-il franchi le seuil que la mère de Katie vint à sa rencontre. Dans ses yeux écarquillés, il lut une forte angoisse, ce qui lui fit oublier un instant sa jalousie et l'emplit de honte. A l'évidence, elle redoutait la place qu'il allait tenir dans la vie de son petit-fils. Et, compte tenu des menaces de James Blackstone, il ne pouvait pas lui donner tort.

— Carter dort, dit-elle à voix basse, comme s'ils étaient dans la chambre du bébé.

— Merci, maman, répondit Katie avec un large sourire. Il ne t'a pas fait trop de misères ? Il était un peu agité ces derniers temps.

— Comme si un bébé pouvait me faire des misères.

— La dernière fois qu'il a été malade, il a hurlé pendant des heures, dit un homme qui venait de surgir du couloir de la cuisine. Les bébés sont mignons, mais ils savent comment te pourrir la vie.

La mère de Katie haussa les épaules.

— On voit bien que c'est un célibataire qui parle.

— Ce n'est pas leur faute, répliqua Katie, les bébés pleurent pour s'exprimer, ils n'ont pas d'autres moyens.

L'homme ne parut pas choqué par ce qu'il venait d'entendre. Jacob prit un moment pour l'étudier. La couleur de ses yeux vint apaiser sa jalousie : à l'évidence, il s'agissait de Zachary, le frère de Katie. Son teint était légèrement plus mat que celui de sa sœur et ses cheveux plus foncés, mais son regard ne faisait aucun doute. Katie avait exactement le même.

Subitement, tout ce que Katie lui avait raconté sur son frère lui revint en mémoire. Qu'il travaillait dur pour aider sa mère et sa grand-mère, qu'il était employé à la maintenance de la filature et faisait parfois des doubles journées pour joindre les deux bouts. Un homme courageux et consciencieux, en somme.

Jacob tourna la tête vers Mme Gatlin, qui l'observait, comme si elle cherchait à savoir ce qu'il avait fait de sa fille durant la matinée. Cette petite inspection le mit un peu mal à l'aise, mais il ne voulut rien lui expliquer. Ce n'était pas à lui de le faire. Si la mère de Katie se posait des questions, elle devait demander des éclaircissements à sa fille, et c'était à elle et à elle seule de lui en donner si elle le voulait.

— Maman, je ne vais pas pouvoir déjeuner avec vous aujourd'hui, lança Katie. Mais la semaine prochaine nous serons là.

Le regard de sa mère se durcit.

— Nous ? s'étonna-t-elle.

— Oui. J'ai décidé que Jacob pouvait non seulement voir Carter, mais qu'il allait en avoir souvent la garde.

La femme se raidit.

— Pourquoi, Katie ? Tu es devenue folle ? Tu ne vois pas qu'il est notre ennemi ?

Le mot le frappa en plein cœur. Devait-il intervenir ? Se défendre ? Défendre Katie ? Et comment pouvait-il justifier ses droits paternels face à quelqu'un qui, à l'évidence, voulait les lui retirer sans autre forme de procès ?

— Maman, coupa Katie. C'est le père de Carter, je te rappelle.

— Oui, et je te rappelle aussi que tu l'as fui pour une bonne raison. Tu crois vraiment qu'il pourrait être un bon père ?

Si seulement on lui en donnait la possibilité…

— Je me suis trompée, ajouta Katie les yeux baissés. Je n'aurais jamais dû faire ce que j'ai fait et lui cacher l'existence de Carter. Aujourd'hui, je veux rattraper le temps perdu et je vais avoir besoin de ton aide, maman.

Elle s'approcha d'elle et lui prit la main.

— Tu ne t'en doutais pas quand je suis revenue en ville ? Tu pensais bien qu'il allait entrer dans notre vie, non ?

— Non, dit la mère, ravalant un sanglot. Je n'y croyais pas et je n'y crois toujours pas. Tu es en train de me dire que tu le laisses nous prendre Carter ? Tu réalises un peu ?

Jacob ne put rester silencieux plus longtemps.

— Madame Gatlin, je vous jure que…

— Vous jurez quoi ? Que vous n'êtes pas de la même trempe que votre grand-père ?

Jacob soupira.

Oui, James Blackstone était un affreux personnage, mais Jacob commençait à en avoir plus qu'assez de cet amalgame.

— Je sais qui était mon grand-père, je vous assure. C'était un homme égoïste et manipulateur, et je peux vous assurer qu'il a aussi fait beaucoup de mal à sa propre famille, c'est-à-dire à la mienne. Je ne suis pas comme lui, je n'ai aucune intention de faire du mal à quiconque, et surtout pas à Carter.

La mère de Katie le fixa du regard.

— Donc, c'est une bonne chose qu'elle n'ait pas accepté son argent pour avorter, n'est-ce pas ?

Il crut s'étouffer.

— Quoi ?

Il se tourna vers Katie. Ses yeux étaient humides. Elle murmura :

— Oui, il m'a promis un gros chèque si je me débarrassais du bébé. Mais je n'ai pas pu, et…

Un petit détail que Canton avait sans doute omis par inadvertance.

Il serra les poings.

— Et tu as préféré partir ?

Katie hocha la tête, et la résignation qu'il lut dans son regard fut pour lui un crève-cœur.

— Oui, tant que j'acceptais de quitter la région et de ne plus jamais te contacter, il n'aurait pas mis ses menaces à exécution. D'ailleurs, il m'avait même dit que…

— Quoi, Katie ?

Une boule se forma dans sa gorge, un douloureux mélange de rage et d'amertume.

— Que j'étais un oiseau rare, répondit-elle, la voix cassée par un sanglot.

— Pourquoi ?

— Parce que j'étais quelqu'un d'honnête et qui connaissait ses limites. Je suppose que, venant d'un type capable de ruiner trois femmes célibataires, il s'agissait d'une sorte de compliment pervers dans sa bouche.

A son corps défendant, Jacob comprit ce que son grand-père voulait dire. Il aurait préféré que Katie avorte et que la preuve de leur relation disparaisse à tout jamais, mais il reconnaissait aussi l'intégrité de Katie. Il s'agissait d'une qualité qu'il avait toujours mise en avant, qu'importe que cette intégrité soit le prix à payer pour ses manipulations et son chantage.

La mère de Katie s'avança vers lui.

— Bon, vous n'êtes pas votre grand-père, très bien. Mais reste que je sais comment vous avez pu traiter ma fille. Qui plus est, vous êtes toujours un redoutable homme d'affaires, n'est-pas ? Comment vous faire confiance ? Comment savoir que vous n'allez pas vous servir de Carter pour nous détruire, si jamais nous devenons un obstacle à votre réussite ?

Que pouvait-il répondre ? Qu'elles devaient simplement lui faire confiance ? C'est ce qu'il fit.

— Je suppose que vous allez devoir juger sur pièces. Mais en attendant je ne peux que vous enjoindre à me faire confiance.

La mère de Katie poussa un soupir agacé.

— Les hommes ne sont pas fiables !

Il lut dans son regard la marque d'une douleur profonde, à l'évidence bien plus ancienne que la seule malveillance de James Blackstone. Il se tourna vers Katie et perçut la même lueur sombre dans ses yeux.

Que s'était-il passé dans cette famille ? Toute sa vie, il avait vécu dans la même ville que les Gatlin, mais il n'en avait pas la moindre idée.

— Madame Gatlin, dit-il d'un ton qu'il voulut rassurant, sans réussir pour autant à effacer la tristesse et la défiance qu'exprimait son regard. Je vous jure que Katie et moi allons faire de notre mieux pour nous occuper de Carter. Et nous allons le faire *ensemble*, là est notre objectif.

Il ne la quitta pas des yeux. La mère de Katie semblait des plus sceptiques. Tant pis, c'était surtout à sa fille qu'il avait des choses à prouver.

— Bon, très bien, concéda-t-elle en soupirant. Katie, on se voit demain ?

— Oui, maman, même programme qu'aujourd'hui. Tu viens vers midi ?

Un *programme*, voilà bien quelque chose à laquelle il n'avait pas pensé… et qu'il allait vite devoir mettre au point avec Katie.

Sa mère et son frère sortirent. Jacob ne bougea pas et, à travers le rideau de la fenêtre, regarda Katie les raccompagner à la voiture de Zachary. Il ne put s'empêcher de pousser un profond soupir. Enfin, il pouvait relâcher un peu de pression.

Le silence se fit alors de la pièce. La sensation de calme était des plus agréables et pour un peu… non ? Il aurait juré avoir entendu la respiration d'un bébé. Etait-ce possible ? Certes, la maison de Katie était petite et ses murs très fins, mais tout de même…

Peut-être son esprit lui jouait-il des tours. Comme un lancinant rappel : *Tu es père, maintenant, tu dois t'occuper de ton fils*. Jamais il n'avait cru un jour ressentir les tiraillements de la fibre paternelle. Et pourtant, il devait aujourd'hui se rendre à l'évidence, elle était bien là et ne semblait pas vouloir partir de sitôt.

Et s'il allait voir son enfant sans attendre que Katie fasse les présentations formelles ? Après tout, un bébé de trois mois pouvait très bien faire l'économie de ce genre de formalités, non ? Tout ce qu'il avait à faire, c'était grimper les quelques marches menant à l'étage et, une fois arrivé en haut, trouver la nursery n'allait sans doute pas être une tâche insurmontable vu la taille de la maison.

Oui, il pouvait le faire. Soit, il ne s'était peut-être pas préparé à avoir un enfant, mais un bon manager ne sait-il pas aussi gérer l'imprévu ?

Ignorant la pointe d'appréhension qui lui piquait la poitrine, il se dirigea vers l'escalier.

Dans le couloir, il tendit l'oreille un instant : Katie était toujours en pleine conversation avec sa famille, elle allait probablement encore en avoir pour un petit bout de temps.

Arrivé à l'étage, il n'eut aucun mal à trouver la chambre

de Carter. La porte était ornée d'un petit écusson de base-ball, brodé de son prénom.

Doucement, il la poussa et trouva une petite chambre aux tons clairs. Les rideaux étaient tirés, mais il devina l'emplacement du berceau et crut même distinguer les motifs du papier peint : des petits outils cartoonisés. Un ventilateur émettait un bruit presque hypnotique et, au-dessus du berceau, un mobile lumineux projetait au plafond des silhouettes de dinosaures colorées.

Malgré la tension qu'il ressentait, il fit quelques pas en direction du berceau. Il se pencha et… découvrit une petite personne si minuscule qu'il n'en crut pas ses yeux. Allongé sur le dos, Carter dormait profondément, les bras écartés et ses petites jambes potelées en étoile.

Comme il était adorable… On aurait dit un ange, paisible et innocent, avec ses mignonnes boucles blondes. Jacob tendit la main vers lui et, avec la plus grande délicatesse, passa un doigt dans les cheveux soyeux du bébé.

De *son* fils.

Il entendit Katie grimper les escaliers, mais ne bougea pas et, quand elle entra dans la chambre, il ne tourna pas non plus la tête vers elle. Il voulait continuer à admirer son fils et, surtout, il craignait avoir laissé échapper quelques larmes sans s'en rendre compte.

— Tu peux le prendre, si tu veux, murmura-t-elle, en s'approchant du berceau. Il est encore dans la phase où ils dorment beaucoup.

Jacob ne savait même pas que ce genre de phases existait, il ne savait même pas de quoi il s'agissait. Ses frères n'avaient encore jamais eu d'enfants. Au travail, des collègues et des employés étaient certes parents, mais jamais il n'avait évoqué le sujet en leur compagnie. Jusqu'à présent, les bébés étaient quelque chose de très virtuel pour lui. Des petites bouilles roses encadrées et ornant quelques bureaux, rien de plus.

Et voir Carter ainsi, en chair et en os, si vivant, si concret, lui prouva qu'il n'aurait pas pu se tromper davantage. Les bébés n'avaient rien de virtuel, ils étaient de véritables réservoirs d'amour et de pureté.

Il sentit son cœur se serrer. Allait-il s'en sortir en tant que père ? Comment allait-il s'y prendre ? Il ne pouvait pas prendre exemple sur son propre père, il n'en avait à peine quelques souvenirs, flous et lointains, vestiges d'une enfance si vite volée par James Blackstone.

Un flot de rage monta en lui, et il agrippa le bord du berceau si fort qu'il vit ses phalanges blanchir sous la pâle lumière du pendule. Il prit une profonde inspiration. Il fallait qu'il se calme. Surtout s'il voulait réussir à prendre le petit dans ses bras…

Comme si elle avait lu dans ses pensées, Katie se pencha pour passer tendrement ses mains sous le corps de Carter et lui tendit son enfant.

Seigneur, voilà qu'il en tremblait de trac !

Sans un mot, elle lui mit le petit dans les bras.

— C'est facile, tu verras, il suffit de bien lui tenir la tête, c'est tout ce qu'il y a à savoir. Laisse ton instinct te guider.

Il suivit méticuleusement les instructions. Il soutint la tête de Carter du coude et plaça son bras dans le dos du bébé. Sa main s'arrondit sous les fesses potelées et rembourrées de leur couche.

Bien vite, la chaleur du petit corps l'envahit tout entier, et il ne put retenir une larme. Avait-il un jour connu un bonheur plus vrai ? Plus intense ? Plus… *évident* ? Katie avait tellement raison de parler d'instinct.

Tout, en lui, semblait se mettre en mouvement sans qu'il ait à y penser, le pilote automatique de l'amour paternel allait le guider. Il n'y avait rien à craindre.

Il leva alors la tête vers Katie, la femme grâce à laquelle le petit miracle qu'il tenait dans ses bras était arrivé dans sa vie.

— Merci, murmura-t-il.

Elle lui sourit, et les émotions qui étaient en train de le

submerger redoublèrent d'intensité. Au beau milieu d'entre elles, il crut distinguer une petite pointe de panique, car si elles lui indiquaient une chose, c'était qu'il n'allait plus quitter Black Hills pendant un très, très long moment.

Après les émotions et les découvertes des derniers jours, Jacob avait un furieux besoin d'activité. Une activité à l'avenant de ce qu'il venait de vivre, quelque chose de radicalement nouveau : installer une nursery au manoir.

En prenant le dernier virage menant à la demeure, il remarqua dans son rétroviseur un camion qui le suivait. Il reconnut aussitôt l'inscription sur la remorque. Il s'agissait des livreurs de Bébés & Bulles. Parfait, il s'en serait voulu de rater leur arrivée.

Après avoir supervisé la montée des meubles au troisième étage et déballé le gros de sa commande, il entendit Aidan se précipiter dans l'escalier et venir le rejoindre. Un sourire lui monta aux lèvres en imaginant la tête que son frère allait faire en le trouvant au beau milieu d'un berceau en pièces détachées. Il avait vu juste.

— Je ne comprends pas, dit Aidan en passant la tête à l'intérieur de la pièce. Pourquoi est-ce le seul meuble à ne pas être monté ? Tu sais que des professionnels pouvaient s'en occuper, n'est-ce pas ?

Il sourit de plus belle.

— Je voulais m'en charger.

Aidan le regarda comme s'il venait de croiser un extra-terrestre.

— Si on m'avait dit un jour que tu serais passionné de puériculture, je pense que j'aurais éclaté de rire.

Jacob ne répondit rien. Quelle ligne de défense pouvait-il adopter quand toute la pièce prouvait que son frère avait raison ?

— Et la femme, alors, poursuivit-il. Elle te passionne aussi ?

Là encore, Jacob garda le silence, car il n'avait pas envie de répondre. Pas envie de penser à ce qu'il ressentait pour Katie.

Aidan alla s'asseoir en tailleur dans un coin de la chambre et le regarda assembler le berceau. Quand il reprit la parole, ce fut d'un ton bien plus sérieux.

— J'aimerais que tu m'expliques, en fait.

Jacob haussa un sourcil. Spontanément, il aurait botté en touche avec une blague, mais le regard d'Aidan lui disait que ce n'était vraiment pas le moment. Pour peu, il ne l'aurait pas reconnu. Tant de choses avaient changé depuis son mariage forcé. Ou bien avait-il changé, lui ? Commençait-il à mieux comprendre son frère ?

— Que veux-tu dire ? Que je t'explique comment c'est avec Carter ?

Aidan acquiesça.

Il prit quelques secondes pour réfléchir à la meilleure façon d'exprimer ce qu'il ressentait.

— C'est effrayant, c'est certain, commença-t-il. Mais c'est aussi follement agréable, amusant et décoiffant.

Aidan sourit.

— On dirait que tu décris le mariage.

Il pensa alors à Katie. Pour parler d'elle, il n'emploierait pas les mêmes termes. Avec elle, il se sentait comme attiré par une force magnétique. Quelque chose de plus fort que lui et de profondément addictif. Quelque chose de troublant et de surprenant, de bouleversant, de fou… Quelque chose qui mettait sens dessus dessous sa vie tirée au cordeau. Quelque chose qui lui donnait l'impression d'être le seul homme du monde à ressentir de telles émotions.

— Comment pourrais-je le savoir ?

— Qu'est-ce que j'entends ? fit Christina d'un ton ironique

en entrant dans la pièce. Un homme qui admet ne pas tout savoir ? C'est sans doute le signe que l'Apocalypse est proche.

Elle se pencha vers Aidan pour l'embrasser. Sa riche chevelure d'un brun intense sembla un instant l'ensevelir. Puis elle se redressa et examina la pièce.

Jacob ressentit alors une légère angoisse.

Avait-il commis un impair, voire plusieurs ? Son choix de couleur pour les murs — un vert d'eau légèrement soutenu —, de mobilier — un ensemble en bois clair — et de thématique — les petites voitures de course — allait-il recevoir les faveurs de la seule femme de la maisonnée ?

Christina applaudit.

— Jacob, c'est magnifique. J'avoue que je n'ai pas pu résister à l'envie de jeter un coup d'œil lorsque les peintres étaient là, mais aujourd'hui, avec le mobilier et tout le reste, je suis ébahie. Tu as fait du très bon boulot, bravo. Tout s'harmonise à merveille.

Aidan commenta :

— En termes masculins, ça veut dire : ça va.

Jacob éclata de rire en voyant son frère esquiver la petite tape que Christina voulut lui donner. Il n'avait peut-être jamais vu de couple si complice, si heureux d'être ensemble — et sûrement pas au manoir. Fallait-il donc croire à l'impossible et aux miracles ? Pouvait-il, pour lui-même, espérer un jour accéder à un tel enchantement ?

Comme si Christina lisait dans ses pensées, elle demanda :

— Et Katie, va-t-elle bientôt emménager ?

— Pas pour le moment, non, répondit-il.

Aidan et Christina se regardèrent, et leur expression valut mille mots. Jacob eut un petit pincement au cœur en reconnaissant le type de communication tacite qu'il pouvait, parfois, lui aussi partager avec Katie. Puis le visage de Christina se fit plus sérieux.

— Je ne comprends pas, fit-elle. Pourquoi te donner tout ce mal pour cette nursery si elle ne vient pas vivre ici avec le bébé ? Tu es en train de nous dire qu'elle refuse de te donner une chance ?

Aidan se leva.

— Jacob, dit-il d'un ton soucieux. Ne me dis pas que tu envisages de séparer une mère de son enfant ?

La tension qui sembla subitement électriser l'atmosphère ne lui plut pas du tout. Tout comme la sensation de panique qu'il sentait poindre dans sa gorge. D'autant plus qu'il n'en comprenait pas l'origine. Craignait-il de perdre Katie ou… au contraire, qu'elle prenne une place encore inédite dans sa vie ?

— Non, non, bredouilla-t-il. Nous n'avons encore rien décidé.

Christina s'avança vers lui.

— A l'évidence, *toi*, tu as décidé quelque chose. Ou alors ces travaux sont parfaitement absurdes !

— Christina, ne t'en mêle pas, s'il te plaît, lui enjoignit Aidan.

Elle se retourna vers son mari.

— Et comment, je te prie ? Katie est mon amie. Je sais qu'elle a dû prendre une décision très difficile et qu'elle regrette amèrement son choix. Mais la séparer de son fils n'est vraiment pas la solution !

Jacob secoua la tête.

— Je ne cherche pas à punir Katie, je t'assure. Ni d'avoir la garde permanente de Carter aux dépens de sa mère.

Il s'absorba un instant dans la contemplation de la décoration de la pièce, le temps de rassembler ses pensées, de les traduire en mots cohérents.

Une chose était certaine : sans même parler d'engagement avec Katie, son amour pour son fils ne cessait de se solidifier. Au moins, avec la nursery, il pouvait compter sur un endroit fixe, un point de repère sur lequel bâtir sa famille, et ce, même s'il n'arrivait pas à récupérer Katie.

— Je ne sais pas trop ce que je veux, admit-il. Mais,

ce qui est sûr, c'est que j'ai besoin de cette chambre et que Carter en aura besoin, que Katie et moi formions ou non un couple.

Christina lui prit la main.

— C'est tout ce que j'avais envie d'entendre, dit-elle tendrement. Tu ne veux faire de mal à personne, et c'est l'essentiel.

Elle fit un clin d'œil à Aidan, puis ajouta :

— Tu n'as peut-être pas besoin de mes conseils, et peut-être que mon mari pense que je devrais me taire, mais il y a quelque chose que vos deux cerveaux de mâle doivent entendre. Alors je serai claire : si Katie voit cette pièce et que tu ne t'engages pas avec elle d'une manière ou d'une autre, je t'assure, elle ne pensera qu'à une seule chose. Qu'elle a eu tort de te faire confiance et que, depuis le début, tu veux lui enlever son enfant.

- 5 -

Accoudée à la barrière faisant face à l'entrée de la filature, Katie attendait l'arrivée de Jacob. Plus d'une semaine s'était écoulée depuis leur dernière discussion, et ils ne s'étaient toujours pas mis d'accord sur les termes de la garde de Carter.

Elle en était quasiment à perdre le sommeil d'angoisse, ce qu'elle ne pouvait pas se permettre. Non, quand on a un enfant en bas âge et un travail à plein temps, le sommeil est plus qu'essentiel. Sans compter que des insomnies ne pouvaient que rajouter à la nervosité ambiante.

Enfin, elle vit Jacob passer les portes de l'usine et se diriger vers sa voiture. Ses sourcils froncés indiquaient qu'il était préoccupé, mais son visage se détendit immédiatement quand il croisa son regard. Pour autant, il ne vint pas à sa rencontre. Il lui fit un signe discret, puis s'engouffra dans sa Tahoe, dont il ouvrit la portière côté passager en arrivant à sa hauteur.

Elle en fut agacée, ce qu'elle ne manqua pas de souligner.

— Tu as toujours honte d'être vu en ma compagnie, c'est ça ?

Jacob leva les yeux au ciel.

— Et toi, tu as vraiment envie qu'on apprenne ainsi notre ancienne relation ?

Techniquement, il n'avait pas répondu à sa question, mais il n'avait pas tort non plus. Elle ne voulait absolument pas que ce qu'ils aient pu partager devienne un prétexte à ragots. Et elle ne voulait pas non plus admettre que c'était aussi le qualificatif « ancienne » qui lui nouait l'estomac.

Jacob tourna la clé, et la voiture redémarra. Katie préféra rester silencieuse et se caler dans son siège, regarder les gouttes de pluie qui commençaient à tomber sur le pare-brise.

— Qu'y a-t-il ? finit-il par demander.

Elle soupira. Le temps de formuler ses craintes à voix haute était venu.

— Ton avocat, tu vas me le mettre dans les pattes ?

Il parut étonné, puis sa mâchoire sembla se crisper.

— Canton ? Non, jamais il ne s'approchera de mon fils.

Quel soulagement. Cela cachait-il quelque chose ?

— Un autre avocat, alors ?

— Pourquoi ? Tu as peur que tout soit mis par écrit ?

L'angoisse lui assécha la gorge, et elle ne put répondre tout de go. Quelques secondes plus tard, la voiture négocia un virage, et Jacob se pencha légèrement vers elle. Qu'importe leur proximité réelle, elle avait l'impression d'être à des kilomètres de lui.

— Ecoute, poursuivit-il, nous avons deux choix. Soit on se décide entre nous, soit on en passe par des avocats et un juge.

Elle secoua rageusement la tête. Et qui avait le plus à perdre ? A l'évidence, jamais elle n'aurait les moyens de se payer un avocat aussi efficace que ceux que Jacob avait sans doute en réserve.

— Ta mère a raison, je suis un homme d'affaires, et j'aime me couvrir avec un contrat.

Malgré la froideur de ses mots, il tendit la main vers elle et lui caressa les cheveux. Le geste la déconcerta et lui rappela des sensations qu'elle aurait préféré ne pas ressusciter.

Sa voix se fit plus douce lorsqu'il ajouta :

— Même si ce n'est pas d'une entreprise dont il est

question, mais d'un petit être humain. Qui plus est, tu as déjà prouvé que tu aimais bien davantage Carter que l'argent.

Que voulait-il dire ? Elle essaya de le comprendre en le fixant du regard, mais elle ne croisa que l'impassibilité de son expression. Toutefois, comme s'il lisait dans ses pensées, il précisa :

— Tu aurais pu toucher un gros chèque et t'éviter bien des tracas, mais tu as préféré mener ta grossesse à terme. Même si je n'accepte pas que tu m'aies caché les choses, je te serai éternellement reconnaissant d'avoir gardé le bébé.

Elle avait la gorge nouée, mais elle réussit tout de même à murmurer :

— Merci.

Pendant de trop courts instants, ce fut comme si le fossé qui l'éloignait de Jacob quelques minutes auparavant avait disparu. Comme si la complicité qu'ils avaient pu partager était revenue. Comme s'ils se comprenaient, à nouveau.

Son cœur se mit à battre la chamade. Seigneur, elle en voulait tellement plus… Mais ce genre de désir, concernant Jacob, ne pouvait être qu'un rêve. Un rêve dont elle devait se réveiller au plus vite.

— Pour que notre affaire reste amicale, je propose qu'on parte sur un planning, pour qu'on ait chacun du temps avec le petit.

Ces mots firent éclater en mille morceaux l'impression de douce intimité qu'elle avait eue.

— Comment ? s'égosilla-t-elle. Tu veux pouvoir rendre visite à Carter seul ?

— Non, Katie, je veux qu'il vienne vivre avec moi.

Décidément, le temps ne faisait rien à l'affaire, Jacob n'avait pas bougé d'un pouce sur ses revendications.

Secouant la tête, elle déclara laconiquement :

— Non.

Jacob demeura impassible.

— Pourquoi ?

Elle le détestait de réussir ainsi à garder son calme, alors qu'elle avait l'impression de bouillir de l'intérieur.

— Parce que je te l'ai déjà expliqué, Jacob. Je ne sais pas quel genre de père tu peux être.

— Et comment pourras-tu le savoir si tu ne me laisses aucune chance ?

— Je ne te laisse pas *aucune* chance, insista-t-elle. Tu as évidemment le droit de voir ton fils, mais, dans un premier temps, je n'ai pas envie que tu le voies seul.

Elle resta silencieuse quelques secondes, apeurée devant les mots qui s'apprêtaient à sortir de sa bouche. Mais il s'agissait de mots dictés par la raison, et c'était la voie qu'elle se devait d'emprunter : suivre la logique, pas ses émotions.

— En attendant, poursuivit-elle, tu peux le voir chez moi. Ainsi, je saurai qu'il va bien, c'est la seule manière. Qui plus est, en termes d'équipement, tu n'as pas ce qu'il faut pour t'occuper d'un bébé, moi si.

Il se tourna un court instant vers elle.

— Tu en es sûre ?

Elle sentit un frisson la parcourir. Elle se souvint du magnifique berceau de Bébés & Bulles. Avait-il… ? Il semblait si sûr de lui ! Quel plan machiavélique avait-il bien pu fomenter tandis qu'elle se rongeait les sangs ?

— Bon, pour le dire autrement, ajouta-t-elle, Carter et moi, nous ne faisons qu'un. Et, comme je ne vais pas m'installer au manoir, tu ne pourras que le voir chez moi.

— Très bien, alors c'est moi qui déménagerai chez toi.

Une éventualité à laquelle elle n'avait absolument pas pensé. Ses mains se mirent à trembler.

— Quoi ? Qu'est-ce que tu veux dire ?

— Que je ne vais pas tolérer trois heures de visite par semaine. Je veux être là vingt-quatre heures sur vingt-quatre et sept jours sur sept pour mon fils. Si je ne suis pas au travail ou sous la douche, alors je serai avec lui.

Elle se mordit les lèvres. Voir Jacob de temps en temps était une chose, mais le savoir *constamment* présent ?

— Non, rétorqua-t-elle. A mon avis, ce n'est pas une bonne solution.

— Au contraire, c'est la meilleure. Et encore, tu as de la chance que je n'emmène pas le bébé avec moi au travail.

Il gara la voiture sur le bas-côté de la route et se tourna vers elle après avoir coupé le contact. Elle sentit les battements de son cœur s'accélérer tandis qu'il la fixait du regard. L'expression de son visage était atrocement sérieuse.

— Ecoute, Katie, nous sommes une famille, alors mieux vaut agir de la sorte, et au plus vite. C'est à toi de choisir, et de choisir maintenant : soit je m'installe chez toi, soit on fait appel à la justice, mais il n'y aura pas d'autre solution.

Katie lavait les tables du bar avant la fermeture de l'après-midi. Le samedi, l'établissement faisait restaurant à midi et ne désemplissait pas. Elle n'avait que quelques heures devant elle pour s'occuper de tout le nettoyage avant le coup de feu du soir.

Si seulement l'activité pouvait lui faire oublier l'ultimatum de Jacob… Il lui avait donné vingt-quatre heures pour se décider. Elle savait pertinemment ce qu'elle désirait : cet homme chez elle, dans son lit, pour fonder la famille dont elle avait toujours rêvé. Mais ce n'était pas ce qu'il proposait. Et emménager au manoir des Blackstone était tout simplement… impensable.

La sonnette de la porte d'entrée la tira de ses pensées, et elle fut passablement surprise de voir Christina avancer vers elle. Fière et élancée, son amie avait toujours symbolisé pour elle la véritable féminité. Une féminité amicale et accueillante, tout à fait chaleureuse et rassurante.

Leurs regards se croisèrent. Christina la gratifia d'un timide sourire, et la distance qui les séparait encore fut immédiatement rompue. Si seulement il pouvait en être de même avec Jake…

— Coucou, lança Katie. Tu veux quelque chose à manger, à boire ?

Christina hocha la tête et accentua son sourire.

— Un verre ne serait pas de refus.

Christina prit place sur une chaise haute, près du bar, avec une aisance remarquable compte tenu de sa jupe crayon ajustée. Katie lui servit un grand verre de thé glacé, elle savait que son amie ne buvait pas d'alcool.

Christina en prit une gorgée.

— Selon Jacob, vous êtes dans l'impasse, dit-elle en reposant son verre sur le zinc.

— Ah oui ?

Cela la surprenait-elle ? Non, pas vraiment. Enfin, que Jacob se soit confié à quelqu'un, si, la chose était même complètement inédite.

Christina se mordit la lèvre, et son regard se perdit sur la buée de son verre.

— En vérité, il ne m'a rien dit, mais je l'ai entendu parler avec Aidan qui, lui, lui a fait subir un véritable interrogatoire.

Elle releva les yeux. Son regard semblait empreint d'une légère tristesse.

— Pourquoi tu ne veux pas que Carter vive au manoir ?

Katie sentit une boule se former dans sa gorge.

— Non, non, bredouilla-t-elle. Ce n'est pas que je ne veux pas qu'il… ou que vous… C'est que…

Les mots n'arrivaient pas à sortir de sa bouche. Le problème, elle ne le savait que trop, venait de son cœur. De sa peur de s'offrir corps et âme à Jacob et d'essuyer un refus. De ne pas lui faire confiance… et de ne pas savoir comment lui faire confiance pour qu'il s'occupe de son fils.

Toute sa vie, les hommes avaient piétiné son cœur, pourquoi Jacob serait-il différent ? Pourquoi le fait d'être père changerait-il quoi que ce soit ? Son propre père ne l'avait-il pas…

Cette pensée lui fit monter les larmes aux yeux. Et la main que Christina posa alors sur la sienne ne fit rien pour calmer son émotion.

— Je sais, chuchota-t-elle, je sais, tu peux me faire confiance.

Christina avait sûrement raison. De ce qu'elle lui avait dit, Aidan et elle étaient eux-mêmes passés par de bien sombres moments avant de s'avouer leur amour réciproque et de vouloir rester mariés. A vrai dire, Katie était même un peu jalouse du bonheur de son amie qui semblait vivre un conte de fées. Car, de son côté, elle n'avait que la bonne vieille réalité qui lui faisait de l'œil.

Elle se raidit.

— Il ne me prendra pas mon enfant, un point c'est tout.

Elle aurait voulu que sa voix soit aussi assurée que son esprit, mais elle ne put retenir un sanglot.

— Et pourquoi pas ? lança sa mère, de l'arrière-cuisine où elle terminait la vaisselle. C'est un homme après tout, et j'ai toujours dit qu'on ne pouvait pas leur faire confiance.

Christina grimaça.

— Madame Gatlin, je ne crois pas que Jacob veuille vous retirer Carter. Il veut simplement avoir une chance de connaître son fils.

Elle s'arrêta un moment et regarda, songeuse, la bague qui brillait à son annulaire gauche.

— En réalité, poursuivit-elle, je ne le connais pas si bien, mais si je sais une chose, c'est qu'il est très différent des autres hommes. Avec son frère, ils se sont occupés jour et nuit de leur mère depuis des années. Je ne connais pas beaucoup d'hommes qui en seraient capables, même quand cela concerne leur famille.

Christina fixa Katie.

— Je te jure que tu peux lui faire confiance.

Vis-à-vis de Carter ? Ou de son cœur ? Jacob lui avait déjà appris à ne pas lui faire confiance avec son cœur, mais Christina avait raison. Toutes les fois où il était venu chez elle, il avait vu en elle son statut de mère. Et elle savait qu'il s'occupait très attentivement de sa mère.

Oui, Jacob était un homme qui se souciait de sa famille. Pouvait-elle enlever à son fils la chance de connaître son père ? Pouvait-elle lui infliger ce que son frère avait connu ? Non, c'était impossible. Il fallait donc qu'elle accepte de voir Jacob emménager chez elle.

Elle sourit à Christina en hochant la tête.

— Bon, je vais réfléchir, mais je te jure que je ne viendrai jamais au manoir.

Christina arqua un sourcil interrogateur.

— Pourquoi pas ?

— Parce que je serai mal à l'aise. Jamais il ne m'y a invitée lorsque nous étions, comment dire, ensemble. Alors maintenant de quoi aurais-je l'air ?

— D'être sa maîtresse, lança sèchement sa mère.

— Maman !

Prenant le verre de Christina pour le mettre au lave-vaisselle, elle poursuivit :

— Alors, voilà, tu baisses les bras ? Tu le laisses revenir dans ta vie, dans ta maison, dans ton lit ? Tu n'as donc rien appris ? Tu as oublié comme il leur est facile de disparaître ?

— Non, maman, je n'ai rien oublié. Et, je t'assure, il ne reviendra pas dans mon lit, pas avant un million d'années. En revanche, je lui proposerai le canapé pour dormir, et on verra si monsieur est vraiment prêt à des sacrifices pour le bien de son fils.

- 6 -

Jacob termina une conversation avec l'un des contremaîtres de l'usine, puis avança vers une ligne de production à l'arrêt pour cause de maintenance. Jour après jour, il se passionnait de plus en plus pour cette entreprise. Non qu'il soit devenu un fana de textiles, mais grâce aux hommes et aux femmes d'une volonté extraordinaire qui y travaillaient.

Certains de ces employés, il les connaissait depuis des années, et certains appartenaient à une toute nouvelle génération venue tenter sa chance aux Blackstone Mills. Pour la plupart, il s'agissait d'habitants de la région, fiers d'œuvrer pour l'industrie locale. Apprendre à mieux les connaître était un privilège et un plaisir.

De nouveau, la question vint le tarauder : qui pourrait vouloir ruiner un tel édifice ? Saboter tant d'années de travail ? Et, surtout, mettre à la rue des salariés dévoués ?

Un peu plus loin, il crut distinguer une silhouette familière avançant vers lui, mais il lui fallut un certain moment avant de reconnaître parfaitement l'individu. Oui, il s'agissait du frère de Katie, Zachary. Parfait, encore quelqu'un qui allait être de son côté… ou pas.

Il s'immobilisa, laissant Zachary approcher. Ils étaient à peu près de la même taille.

Que voulait-il ? S'expliquer ? Depuis qu'il s'était installé dans la petite maison de Katie, aucun membre de sa famille n'avait montré le bout de son nez.

Zachary s'avança encore d'un pas. Il semblait l'étudier de son regard noisette, si ressemblant à celui de Katie.

Jacob sentit ses épaules se raidir sous l'effet de la tension, palpable entre eux.

— Jacob, fit Zachary d'une voix blanche.

— Zachary.

Il lui tendit la main, qu'il accepta sans forcer sur sa poigne. Les choses s'annonçaient finalement moins électriques qu'il l'avait initialement présumé.

— Pas besoin de me regarder comme vous le faites, patron, je ne suis pas du tout là pour le discours « touchez pas à ma sœur », vous savez.

Il ne put réprimer un petit soupir de soulagement. De toute façon, ne pas toucher sa sœur ne faisait pas vraiment partie des options possibles… Enfin, c'était du moins ce qu'il espérait. Katie l'avait appelé deux heures avant la limite de son ultimatum : il allait donc rester chez elle.

Pour autant, et ce même si Katie lui avait donné l'impression qu'elle lui accordait une faveur, il ne savait pas vraiment s'il allait pouvoir se contrôler. Et ce n'était pas le fait de s'installer avec elle qui risquait d'apaiser la tension sexuelle dont il était la proie dès qu'il était en sa présence.

En réalité, il avait l'impression que, dès qu'ils s'étaient retrouvés, ils étaient revenus à cet état de flirt permanent qui ne les avait pas quittés depuis leur toute première rencontre dans l'avion. Enfin… Katie n'était pas des plus claires, il ne fallait pas exagérer. Dans ce cas, pourquoi l'avait-elle fait dormir sur le canapé ?

Zachary le tira de ses pensées.

— Qui plus est, fit-il avec un petit sourire en coin, c'est un peu trop tard pour un tel discours, compte tenu de l'existence de Carter.

— En effet. Mais je répète ce que j'ai pu dire l'autre jour : je serai là pour Carter et je ferai tout pour lui. Je ne vois pas comment je pourrai abandonner votre sœur après avoir fait une telle promesse.

Zachary arqua un sourcil.

— Patron ?

— Oui, Zachary ?

— Cela vous dérange si on se tutoie ? Après tout, on est à peu près de la même famille, désormais.

— Bien sûr, quelle question !

— Bon, maintenant que cela est réglé, on peut peut-être passer aux choses sérieuses ?

— Qui sont ?

— Pour commencer, j'aimerais te féliciter pour ta discrétion. Jamais je ne me serais douté que Katie et toi, vous…

Jacob éclata de rire.

— Oui, enfin, j'imagine que l'arrivée de Carter a été un gros indice, non ?

Zachary l'imita.

— Pour le reste de la famille, cela ne fait aucun doute. Moi, en revanche, je l'ai su quelques mois avant.

— Je suppose que cela a été un choc, non ?

— Ça, tu peux le dire, mais je respecte trop ma sœur pour m'immiscer dans sa vie.

Un concept avec lequel Jacob n'était pas trop familier ces temps-ci… Tant de gens semblaient sauter sur l'occasion de mettre leur nez dans ses affaires.

— Katie est une femme forte et indépendante, poursuivit Zachary. De toute façon, compte tenu de notre passif familial, elle n'a pas eu d'autre choix. En revanche, je ne m'explique pas la raison pour laquelle elle n'a pas voulu te le dire tout de suite pour Carter.

Là non plus, Katie n'avait pas vraiment eu le choix, Jacob le savait maintenant. Elle avait eu un tout autre point de vue que le sien sur la clandestinité de leur relation. Pour lui, elle était un moyen de l'avoir toute à lui. Il s'agissait d'une manœuvre possessive, bien évidemment, mais pas seulement. Non seulement il n'avait pas voulu se compliquer la vie avec l'opinion de son entourage, mais, ainsi, il ne partageait Katie avec personne. Leur intimité était totale.

Seigneur, rien que d'y penser lui faisait bouillir le sang…

— Cela étant dit, ajouta Zachary.

Et voilà, il allait quand même avoir droit au laïus du frère protecteur…

— Je serai du côté de Katie quoi qu'il arrive.

Jacob hocha la tête. Il respectait profondément l'homme qui lui faisait face. Tout le monde n'aurait pas eu le courage de venir voir son employeur pour lui tenir un tel discours de loyauté familiale. Heureusement, sans la partie « je te traquerai avec mon fusil à pompe si tu la fais souffrir ». A la bonne heure, Zachary paraissait sincèrement attaché au bien-être de sa sœur et ne semblait vraiment pas d'humeur à un combat de coqs. Lui non plus.

— C'est parfait, affirma-t-il. Une famille, ça reste soudé.

Sa famille n'était pas la plus parfaite, mais au moins il savait qu'il pouvait compter inconditionnellement sur ses frères. Dans ce cas, pourquoi ne les avait-il pas mis au courant pour Katie et lui ? Pas avant, du moins, d'y être réellement obligé ?

Un nœud se forma dans sa gorge. La réponse à cette question, il n'avait pas trop envie de se la donner. Il préférait la laisser clapoter encore quelque temps, bien à l'abri, dans les recoins les plus sombres de son esprit.

Il préféra changer de sujet.

— Et sinon, Zachary, ton travail à l'usine te plaît ?

Zachary sembla étonné par une telle question et croisa les bras sur sa poitrine.

— Comme ça, mon travail ? Je ne vois pas le rapport.

Une expression inquiète apparut alors sur son visage.

— Je vais être viré, c'est ça ?

Jacob secoua vivement la tête.

— Oh non, vraiment pas, je te rassure.

Il jeta un regard alentour afin de rassembler ses esprits. Et si… Non, ce n'était pas possible, il savait que Zachary n'avait rien à voir avec les sabotages, son instinct ne pouvait pas le tromper.

— Je voulais simplement avoir ton avis sur les problèmes que nous rencontrons en ce moment.

Zachary le regarda, perplexe.

— Pourquoi tu te fierais à mon avis ?

Jacob attrapa la balle au bond.

— Pourquoi, je ne devrais pas ?

Zachary roula des yeux.

— Ce n'est pas ce que je voulais dire, mais si tu veux mon avis, le voilà. Je pense qu'on a affaire à de sacrés sournois, car ce n'est vraiment pas simple de passer incognito par ici, avec tant de monde dans les parages, tout le temps…

Jacob ne put s'empêcher de lui couper la parole.

— Tu parles d'expérience ?

— On peut dire ça. J'ai été dans l'armée, dans l'aviation pour être précis.

Hmm, cela pouvait se révéler bien utile.

— Tu ne sais pas comment cela a pu se produire ?

— Non, répondit Zachary. Ce n'est pas mon boulot.

— Et si ça le devenait ?

Avant que son potentiel allié ne réplique à cette offre, des bruits de pas se firent entendre. Il ne s'agissait pas du crissement si distinctif des chaussures de chantier, mais bien de claquement de talons sur le béton. Des chaussures de ville. Un cadre de l'entreprise.

Jacob se retourna et vit un visage qu'il reconnut aussitôt. Il s'agissait de Mark Zabinski. Ils avaient été à l'école ensemble. En réalité, ils avaient même fait la même école de commerce et, aujourd'hui, Mark était le comptable en chef de Blackstone Mills. Et son petit doigt lui disait qu'il ne voyait pas d'un si bon œil son retour dans l'équipe dirigeante…

— Salut les gars, tout va bien ? fit Mark d'un air trop détaché pour être naturel.

— Tout baigne. Zachary était en train de me familiariser avec certains équipements, j'ai encore un peu de mal.

Mark se lança alors dans une longue dissertation sur les machines et les outils, mais avec son air de premier de la classe il n'était pas du tout crédible. Jacob vit Zachary se pincer les lèvres. Manifestement, il avait du mal à réprimer un fou rire, ce qu'il allait lui aussi vite lui arriver s'il ne faisait pas cesser tout de suite cette mascarade.

Mais Zachary lui coupa l'herbe sous le pied.

— Pardon, mais c'est bientôt la fin du service de l'équipe de jour, il faut que je retourne à mon poste.

Puis il se tourna vers lui.

— Jacob, si tu as besoin d'autre chose, tu sais où me trouver.

Oh ! bien sûr qu'il allait revenir vers lui. Avoir un homme de sa trempe sur place était précisément ce dont il avait besoin pour résoudre les sabotages. Mais, avant, il allait vérifier auprès de Bateman s'il n'avait pas d'autre chose à savoir sur le frère de Katie.

Lorsque Zachary s'en fut allé, Mark demanda :

— Tu es sûr que tout va bien ?

— Oui, ne t'inquiète pas.

Bien évidemment, il n'allait pas lui parler de la dernière partie de sa conversation avec Zachary. Ni même de la première, d'ailleurs. Même s'il détestait désormais tout le secret qui avait entouré sa relation avec Katie, il s'était mis d'accord avec Aidan pour ne rien révéler au grand jour avant d'en savoir davantage sur les actes de malveillance.

— Mais dis-moi, Mark, ajouta-t-il, toi, que fais-tu là ?

Une ombre sembla passer dans le regard du comptable. Ce qui ne fut pas pour le rassurer sur ses intentions.

— Rien, je fais mon petit tour. Tu ne le sais peut-être pas encore, mais les employés ont besoin de sentir que nous sommes sur leur dos.

— Nous ?

— Oui, les cadres dirigeants.

Jacob eut beaucoup de mal à retenir un éclat de rire. Mark était-il sérieusement en train de remettre en question ses qualités de patron ? Ne savait-il pas qu'il n'en était pas à son coup d'essai en matière de gestion d'entreprise ? Il préféra clore la conversation.

De toute façon, il ne fallait pas qu'il traîne. Une femme l'attendait à la maison…

- 7 -

Jacob roulait à toute vitesse vers le Lola's. Il aurait aimé ignorer son besoin d'appuyer sur l'accélérateur. A mesure que le paysage défilait sous ses yeux, il se rappela que Katie était au bar et que Carter était chez sa mère. Sa promesse d'être là en permanence pour son fils n'était pas une raison pour risquer l'amende pour excès de vitesse ou, pire, l'accident.

Mais son corps lui dictait autre chose : retrouver Katie, le plus vite possible. Et il ne savait même pas pourquoi : son corps n'allait pas obtenir ce qu'il désirait, qu'importe la vitesse affichée au compteur ?

Pour autant, il ne put que lui obéir.

Heureusement, il ne rencontra aucun policier sur la route et arriva au Lola's en évitant l'accident. A cette heure de la soirée, un mercredi, le bar était assez peu fréquenté.

Il n'eut pas de mal à trouver une table libre. En revanche, il avait plus de mal à démêler la raison de sa venue : était-il là pour surveiller Katie ? Non, non… Enfin, il ne lui restait plus qu'à s'en convaincre. Pas simple.

Décidément, son esprit était vraiment embrumé. Mais pas assez pour remarquer l'absence de Katie et la présence de sa mère au comptoir, devant une demi-douzaine de verres à essuyer.

Il eut un coup au cœur. Sans doute avait-il mal compris les horaires de Katie, sans doute allait-elle bientôt sortir de l'arrière-cuisine et faire une apparition. Sans doute que…

Plusieurs secondes passèrent, puis des minutes entières et… rien.

La gorge nouée, il se leva et se dirigea vers le zinc.

— Madame Gatlin ?

La mère de Katie leva les yeux vers lui, sans pour autant cesser son travail. Dans son regard se lisait de la défiance.

— Oui, *monsieur* Blackstone ?

La manière qu'elle avait d'insister sur son titre de civilité ne le rassura nullement.

— Vous pouvez m'appeler Jacob.

Puis, sans plus attendre, il posa la question qui l'obsédait :

— Où est Katie ? Je croyais qu'elle était de service ce soir.

— Oui, elle l'était, mais elle ne l'est plus.

Son laconisme camouflait mal une franche hostilité. Il insista :

— Je peux vous demander où elle est ?

A ces mots, il sortit son téléphone de sa poche, afin de vérifier qu'il n'avait pas manqué un appel. Non, aucune notification ne s'affichait sur son écran.

— Elle n'est pas là, répondit-elle sèchement.

Jacob se raidit. Face à Katie, il aurait été bien plus à l'aise, sachant que la tension pouvait avoir un intérêt érotique. Mais là… il était face à une mère, avec des émotions de mère, et même en passer par une argumentation rationnelle n'allait rien changer. Que pouvait-il faire ?

— Madame, commença-t-il, sans même savoir ce qu'il voulait ni pouvait dire.

Zachary fit alors irruption dans le bar.

Le frère de Katie tenait son téléphone à la main, avec sur l'écran ce qui ressemblait à un texto, mais Jacob était trop loin pour le lire.

— Elle est à la maison, dit-il, en ignorant le regard noir de sa mère. A midi, Carter avait de la fièvre, alors elle a préféré rester avec lui ce soir.

Tiraillé entre son irritation envers la mère de Katie pour de la rétention d'informations et son agacement envers Katie pour ne pas l'avoir prévenu, il se contenta de répondre :

— Merci, Zachary.

Il s'apprêtait à sortir et à se rendre chez Katie quand sa mère l'arrêta :

— Vous voulez emporter quelque chose ?

Il ne se retourna pas totalement, intrigué par cette proposition. S'il s'écoutait, il aurait dit qu'elle lui avait préparé un plat empoisonné. Enfin, non, cette hypothèse était totalement saugrenue : il était impossible que cette femme lui ait préparé quoi que ce soit à manger.

Elle poursuivit, les yeux fixés sur le comptoir :

— Quand on a un enfant malade, en général, on n'a pas trop de temps pour cuisiner.

La mère de Katie gagna alors la cuisine. Jacob regarda Zachary, qui le gratifia d'un sourire en coin entendu. Oui, cette femme n'allait pas lui faire de cadeau, mais elle n'était pas une sorcière pour autant.

Vingt minutes plus tard, il était en route pour la maison de Katie, avec deux portions de poulet frit enveloppées dans de l'aluminium et posées sur le siège passager. Lorsqu'il descendit de voiture, il entendit les cris de Carter et se raidit.

Bien sûr, il pouvait jouer les gros durs indifférents aux pleurs d'un bébé, ou le type tellement sûr de lui qu'il savait immédiatement quoi faire. Mais, la vérité, c'était que les cris de son fils lui déchiraient le ventre et le pétrissaient de trouille. Non, il ne savait absolument pas quoi faire et il était tout simplement désemparé.

Comme la fierté pouvait être bien peu de chose…

Franchir la porte fut une épreuve difficile, mais, après avoir pris une profonde inspiration, il y parvint. Et ce qu'il trouva à l'intérieur l'enchanta.

Comment une femme s'occupant d'un enfant malade pouvait être aussi belle ? Vêtue d'un simple pantalon de jogging rose et d'un débardeur noir, Katie avait relevé ses cheveux dans une grosse pince en plastique, ce qui dévoilait la délicieuse finesse de sa nuque. D'un bras, elle faisait sautiller Carter et, de l'autre, lui tapotait gentiment le dos. Et, malgré les marques de fatigue et de préoccupation, son visage était divinement lumineux.

S'il s'écoutait… Il se serait précipité pour l'embrasser à pleine bouche. Mais, à la voir au bord des larmes quand le petit fut pris d'une quinte de toux, il sut que même un sourire allait être déplacé.

Afin de signifier sa présence, il s'éclaircit la voix.

Katie lui jeta un regard si noir qu'il eut l'impression d'être à l'origine de tous ses malheurs. A l'évidence, lui faire remarquer qu'elle aurait dû l'appeler pour l'informer de la santé de Carter n'était pas non plus la meilleure idée du moment. Tant pis, il trouverait bien un moment pour lui en parler plus tard.

— Si tu es là pour me faire la leçon, sache que je ne suis vraiment pas d'humeur, dit-elle d'un ton aussi dur que son regard.

Il fronça les sourcils et fit tout son possible pour ne pas perdre son calme.

— Non, je suis là parce que c'est ce que nous avions convenu, je crois. Tu te souviens ? Que je serai là vingt-quatre heures sur vingt-quatre ?

Elle ouvrit la bouche, mais il ne lui laissa pas le temps de parler.

— De quoi as-tu besoin ?

Il vit les larmes se former dans ses beaux yeux noisette avant de couler sur ses joues. A l'évidence, elle était exténuée.

— Euh, bredouilla-t-elle, avant de détourner la tête.

Il lui laissa quelques instants pour se reprendre en allant dans la cuisine pour poser les victuailles préparées par sa mère. Lorsqu'il revint dans le salon, Carter semblait calmé et Katie rassérénée.

— Chérie, dis-moi de quoi tu as besoin, répéta-t-il, d'un ton qu'il voulut le plus tendre possible. Tu veux que je le tienne pour que tu ailles te reposer ?

— Non, il a besoin de moi, je suis la seule qui puisse le calmer. En revanche, il a faim, tu pourrais aller préparer un biberon ?

Il s'exécuta. Dans la cuisine, tandis qu'il mélangeait la poudre du lait maternisé et l'eau minérale, il se dit qu'il devait reprendre la situation en main. De ce que Zachary avait dit, Katie s'occupait du bébé depuis le milieu de la journée et son épuisement ne faisait aucun doute, comme le prouvaient les larmes qu'elle n'avait su retenir.

Et pourtant elle essayait toujours de garder son masque de superwoman, de faire comme si elle pouvait tout gérer toute seule. Sauf que non, elle ne le pouvait pas, et il n'allait pas la laisser se ruiner la santé pour s'occuper de celle de Carter…

Une fois revenu dans le salon avec le biberon, il l'aida à s'installer dans le rocking-chair avec le petit dans les bras. Elle eut l'air soulagé de voir Carter avaler goulûment son lait sans protester.

— Dieu soit loué, commenta-t-elle, je crois que le médicament qu'a prescrit le médecin commence enfin à faire effet. C'est la première fois qu'il mange sans rechigner depuis ce matin ! Son premier biberon de la journée, j'ai dû le jeter, il en a à peine avalé une gorgée.

Jacob la laissa exposer le reste de ses soucis sans rien objecter. D'ailleurs, que pouvait-il dire ? Rien. Il n'avait qu'une chose à faire : la regarder se détendre, progressivement, à mesure que le lait diminuait dans le biberon du bébé.

Mais, au bout d'un moment, il fut pris de court par son estomac qui n'était plus d'avis de rester silencieux.

— Bon, je crois que Carter n'est pas le seul à avoir faim, dit-il en se tenant le ventre.

Katie leva des yeux contrariés.

— Pour le coup, ajouta-t-elle en fronçant les sourcils, tu vas devoir te faire à manger tout seul.

Il ne fallait pas qu'il prenne ombrage de son ton assassin.

Des bébés indisposés créent des mamans sur les nerfs, et il ne servait à rien ni de leur en vouloir, ni de vouloir les sermonner sur leur mauvaise humeur. Cela n'aurait fait qu'aggraver les choses. Il décida donc de faire preuve de compassion.

— Et toi, tu n'as pas faim ? demanda-t-il. J'ai rapporté du poulet frit du Lola's, spécialement préparé par ta mère. Elle a insisté pour que tu manges.

En revanche, il ne précisa pas qu'elle avait fait tout son possible pour se montrer désagréable.

Les pupilles de Katie s'arrondirent.

— Tu sais quoi ? dit-elle dans un souffle, je n'avais même pas remarqué que tu avais apporté quelque chose.

Elle passa la main sur la tête de Carter.

— Désolée.

— Aucun problème.

A sa grande surprise, il n'y en avait effectivement aucun. Sa mauvaise humeur ne l'incitait pas du tout à lui faire des remarques ou à prendre au plus vite la poudre d'escampette. Non, au contraire, il ressentait un besoin impérieux de relever à bras-le-corps le défi qui se présentait à lui. Il allait réussir. Que Katie le veuille ou non.

Ils restèrent silencieux pendant plusieurs minutes. A peine Carter eut-il terminé son biberon qu'il plongea dans un profond sommeil. Katie ne fut pas longue à le rejoindre. Ses longs cils se refermèrent sur ses yeux cernés. Elle avait l'air si fragile… Comment pouvait-il résister à l'envie de la protéger ?

Doucement, il prit Carter et l'installa dans le transat que Katie avait installé dans la salle à manger. Elle ouvrit les yeux, mais il ne lui laissa pas le temps de parler.

— Allons manger quelque chose, d'accord ?

Elle s'étira et acquiesça.

— Oui, tu as raison. Mieux vaut que j'en profite tant qu'il dort.

Il la regarda se lever et passa la main dans son dos, pour la mener tendrement, mais fermement, vers la cuisine.

— Ne t'inquiète pas, nous sommes juste à côté, il ne lui arrivera rien.

Une fois dans la cuisine, elle se jeta sur le poulet avec une avidité de lionne. Depuis quand n'avait-elle rien avalé ? Avait-elle passé toute la journée à s'occuper de Carter, en négligeant ses besoins les plus essentiels ? Il ne put s'empêcher de soupirer, tout en ressentant un vif sentiment d'admiration et de fierté.

Lorsqu'elle eut terminé, elle se précipita pour faire la vaisselle, mais il ne lui en laissa pas l'occasion.

— Non, ma chérie, je vais m'en occuper. C'est à toi de retrouver ton lit, maintenant.

Elle secoua la tête.

— Je ne peux pas aller me coucher, voyons, et si Carter se réveille et a une nouvelle poussée de fièvre ?

— C'est pour cela que je suis là, la rassura-t-il. Tu t'en es occupée toute la journée et, à ce que j'ai cru comprendre, sans même prendre le temps de t'alimenter. Il faut que tu ailles te reposer, c'est un ordre !

Il lui prit la main et la conduisit à l'étage, dans la chambre qu'il connaissait si bien. Celle qui avait été le théâtre de tant de nuits torrides. Mais pour cette nuit il allait devoir, à regret, la laisser seule.

— Je suis en bas et je viendrai te voir si jamais nous avons besoin de toi, je te promets.

— Et s'il se remet à hurler ?

— Et alors ? Tu crois que cela me fait peur ?

Evidemment, cette perspective le paniquait, mais l'essentiel était de ne pas le faire sentir à Katie. Ce qui signifiait garder son masque de sérénité et de confiance.

— Tu ne sauras pas ce qu'il faut faire.

Elle avait raison, mais ce n'était pas le sujet.

— Je me débrouillerai. Maintenant, trêve de discussion, au lit, jeune fille !

Comme pour montrer sa défiance, elle se raidit et se dirigea vers la salle de bains, dont elle claqua la porte, avant de fermer ostensiblement le loquet.

Il n'allait pas abdiquer pour autant. Il fallait qu'il attende qu'elle en ressorte et s'assure qu'elle ne se précipite pas au rez-de-chaussée. Il attrapa le baby-phone qui était posé sur la table de nuit et s'installa dans le couloir. De la sorte, il pouvait entendre si Carter se réveillait, tout en surveillant Katie pour s'assurer qu'elle ne rechigne pas plus longtemps à la nuit de sommeil dont elle avait tellement besoin.

Quelques minutes plus tard, il la vit sortir de la salle de bains. Son visage exprimait une plus grande vulnérabilité encore. Elle avait passé un ensemble en éponge qui lui sembla non seulement confortable, mais qui lui donna une profonde envie de la serrer dans ses bras.

Non, il fallait qu'il se maîtrise. Comme cela risquait d'être difficile… atrocement difficile.

Elle lui tendit la main, et il se releva.

— Tu me promets de remonter me prévenir si jamais tu as besoin de moi, n'est-ce pas ?

Il plongea les yeux dans les siens, dans son beau regard où se mêlaient angoisse et fatigue. Il lui caressa doucement la joue.

— Je te promets, maintenant va te coucher.

Avec une petite moue délicieusement mutine, elle alla vers sa chambre.

Comme il avait envie de la rejoindre ! Tout son corps était tendu de désir. Juste une fois. Une dernière fois… Mais non, il fallait que sa détermination soit la plus forte.

Avant qu'elle disparaisse derrière la porte de sa chambre, il dit :

— Katie, on est ensemble dans cette aventure, d'accord ? Quoi qu'il arrive, toi et moi.

Elle lui sourit.

— Et rappelle-toi, ajouta-t-il, que j'ai aussi promis à ta mère que je m'en sortirai. Je sais bien qu'elle n'y croit pas, mais il est hors de question que je lui donne raison.

A peine Katie ouvrit-elle les yeux qu'elle se redressa brusquement dans son lit. Son cœur battait à mille à l'heure, comme si elle venait de finir un marathon. Quelque chose n'allait pas, quelque chose…

Carter !

Sans même jeter un regard au réveil, elle se précipita dans le couloir, puis au rez-de-chaussée. Et il lui fallut arriver au salon pour comprendre ce qui l'avait fait dormir si longtemps… le silence.

Dans un coin, un abat-jour éclairait la pièce d'une lumière douce. Assis dans le rocking-chair, les yeux fermés, Jacob avait allongé ses longues jambes devant lui. Sur son torse nu, Carter dormait paisiblement.

Elle en eut le souffle coupé.

Elle s'avança et se pencha vers le petit. Ses joues avaient repris leur rose naturel. Plus aucune trace visible de fièvre. Elle posa la main sur son front. Oui, sa température était vraiment redescendue.

Elle remarqua que Jacob avait pris soin de le changer et lui avait passé une grenouillère. Le visage endormi du bébé reposait tendrement sur la peau nue de son père, sa petite main recroquevillée.

Comment pouvait-elle résister à la tentation ? Certaine que Jacob dormait lui aussi à poings fermés, elle prit un moment pour le contempler. Ses yeux coururent sur ses pectoraux, d'habitude cachés sous ses chemises. Il avait aussi ôté sa ceinture, et le bleu marine de son pantalon créait un beau contraste avec sa peau légèrement mordorée et le jaune poussin de la grenouillère de Carter.

Quand elle vit les pieds nus de Jacob, elle ne put s'empêcher de sourire. Elle savait mieux que personne que son premier réflexe était de se débarrasser de ses chaussures et de ses chaussettes à peine sa journée terminée. Comme une sorte de besoin primitif de sentir le sol sous ses pieds. Des pieds fins et musclés, aussi sexy que le reste de sa personne.

Elle sentit une nouvelle vague d'émotion la submerger. Elle pensa subitement à sa grossesse, à ses rêves d'une véritable famille, à l'idée que Jacob pouvait réellement lui être dévoué.

Cela faisait à peine deux jours qu'ils s'étaient mis d'accord et, déjà, ses angoisses qu'il l'abandonne s'étaient envolées, dissoutes dans l'instant présent comme du sucre dans de l'eau.

Son cœur se serra. Bien sûr qu'il n'allait pas l'abandonner, car il n'allait pas abandonner Carter. Les enfants sont le véritable amour éternel. Mais l'amour entre un homme et une femme… l'histoire lui avait appris combien la chose pouvait être fragile.

Le petit bruit de succion produit par la bouche de Carter la tira de ses pensées. Le petit avait faim… Sans ouvrir les yeux, Jacob lui tapota doucement le dos. Elle en eut la gorge nouée par l'émotion.

Oui, Jacob était un bon père. Mais pouvait-il faire un bon compagnon ?

Lentement, il tâta le front du bébé. A l'évidence, il voulait vérifier sa température. Elle ne put s'empêcher de sourire, mais, quand il ouvrit enfin les yeux, elle se raidit.

Pouvait-il lire dans ses pensées ? Décrypter le flot d'émotions contradictoires qui la submergeait ? Afin de camoufler au mieux le feu intérieur qui la tourmentait, elle choisit un sujet de conversation banal :

— Quand a-t-il mangé pour la dernière fois ?

Jacob prit quelques secondes pour s'étirer d'un bras, tout en maintenant Carter sur son torse de l'autre.

— Ça fait un peu plus de quatre heures, fit-il en vérifiant sur l'écran de son téléphone.

Katie se précipita alors dans la cuisine. Cela lui offrait une échappatoire facile. Sur la table, elle remarqua un ordinateur portable dont l'écran allumé l'attira inexorablement.

En quelques clics, elle vérifia l'historique de son navigateur. Ah ! il avait peut-être joué les fiers-à-bras en l'obligeant à se reposer, mais monsieur avait cherché « Comment calmer un bébé qui pleure ? » Il avait un cœur de père, mais toujours une vie de célibataire.

Dans tous les cas, ce qu'il avait trouvé avait manifestement fonctionné, car elle n'avait pas aussi bien dormi, et tant d'heures d'affilée, depuis très longtemps.

Sur le mur de la cuisine, l'horloge indiquait 3 heures du matin, soit le moment du biberon de milieu de nuit. Elle se dirigea alors vers l'évier pour en préparer un, avant de le mettre au micro-ondes pour le réchauffer.

Quand elle referma la porte de l'appareil, Jacob entra dans la cuisine, s'avançant vers le réfrigérateur.

Seigneur, ne pouvait-il pas remettre sa chemise ? Bien malgré elle, ses yeux coururent sur le bas de son dos, si fort et tonique, et elle devina le haut de son tatouage.

Elle se rappelait parfaitement du moment où elle l'avait découvert pour la première fois. Cela lui avait procuré comme un choc sensuel, qu'un homme d'affaires de sa trempe se laisse aller à une telle coquetterie. Puis il lui avait expliqué le symbole, le yin et le yang, tatoués en l'honneur de son frère jumeau et des liens si particuliers qu'ils avaient partagés.

Elle secoua la tête, essayant de revenir au présent. Jacob était en train de sortir divers ingrédients du réfrigérateur et avait mis une poêle à chauffer avec dessus une bonne dose de bacon juteux.

Elle ne put réprimer les grognements de son estomac et lui demanda :

— Il est 3 heures du matin, qu'est-ce que tu cuisines ?

Elle connaissait déjà la réponse : une omelette. C'était à peu près la seule recette que Jacob maîtrisait… mais il la maîtrisait à merveille. Elle eut l'eau à la bouche en se remémorant les petits déjeuners pantagruéliques qu'il lui arrivait de lui préparer après leurs nuits d'amour.

— Je nous fais une omelette. A l'heure qu'il est, cela ne sert à rien que j'essaie de me rendormir, car j'ai un rendez-vous très matinal à l'usine. Autant que j'en profite avant de me préparer à y aller.

— Merci, dit-elle en faisant un pas vers lui.

Il hocha machinalement la tête, comme s'il l'avait ailleurs.

— Jake ?

Il leva les yeux et les plongea dans les siens. Elle sentit un flot de désir l'assaillir.

— Merci, bredouilla-t-elle, merci pour ton aide, vraiment.

Il lui sourit, de ce sourire qu'elle connaissait que trop bien, celui qu'il avait juste avant qu'ils ne tombent dans les bras l'un de l'autre, juste avant qu'ils…

Non, il fallait qu'elle se ressaisisse, surtout que Carter commençait à réclamer son biberon dans l'autre pièce.

Elle s'éclaircit la voix. Que pouvait-elle bien dire ? Quelque chose de productif, rien de suggestif. Elle choisit le sujet éternel du travail.

— Quand dois-tu être à l'usine ?

Jacob sembla décontenancé par cette question, mais il ne tarda pas à répondre :

— Je ne sais pas vraiment, mais tôt, c'est certain. Je dois appeler Bateman. Hier, je l'ai laissé tomber parce que je voulais te voir.

Son cœur bondit dans sa poitrine. Ses rêves étaient-ils en train de devenir réalité ?

Jacob avait-il l'intention de revenir dans sa vie, non seulement comme père de son enfant, mais comme compagnon ?

- 8 -

Jacob avait eu affaire à des requins de la finance qui l'impressionnaient moins que la grand-mère de Katie. Pas à cause de sa taille ou de sa force, mais de l'implacable ténacité qu'elle mettait en œuvre pour ne pas l'apprécier.

Elle lui faisait penser à un chihuahua enragé qui, dans ses dents acérées, refusait de lâcher le morceau. En l'occurrence, le morceau prenait la forme d'une rancœur qu'il avait du mal à comprendre. Comme si elle entendait le tenir pour responsable de maux qui n'avaient rien à voir avec lui.

Et, quand Katie avait insisté pour qu'il l'appelle par le surnom que tout le monde lui donnait — Nana —, il n'avait tout simplement pas pu concevoir qu'une personne si acrimonieuse soit gratifiée d'un sobriquet d'une telle tendresse.

Jacob prit une profonde inspiration. Le dimanche soir était arrivé, et la tradition voulait que toute la famille se rassemble pour le dîner. Sa promesse d'être présent vingt-quatre heures sur vingt-quatre et sept jours sur sept signifiait qu'il ne pouvait pas y couper…

Si seulement Mme Gatlin, la mère de Katie, pouvait elle aussi y mettre du sien et cesser d'avoir l'air aussi paniqué quand il prenait Carter dans ses bras. Sans compter que, depuis une semaine, il sentait bien qu'il gagnait en aisance. Toutes les nuits passées à ses côtés, à aider Katie à lui faire prendre son bain, à changer ses couches ou à lui donner le biberon rendaient désormais les choses quasiment automatiques.

Au tout début, Katie avait essayé de le repousser, mais lorsqu'il lui avait fait comprendre qu'il n'était pas comme tous ces hommes qui cherchent à se décharger de leurs responsabilités paternelles sur leur « petite femme », elle s'était radoucie. Sans compter que, si elle l'avait voulu, il l'aurait aidée dans toutes les étapes antérieures — la grossesse, l'hôpital, l'accouchement. Bientôt, il réussirait à s'occuper de Carter sans qu'elle soit dans les parages, bientôt…

D'une manière ou d'une autre.

Une pensée s'imposa alors à lui, le prenant de court. La facilité avec laquelle il s'était introduit dans la vie de Katie et de Carter l'étonnait lui-même. Mais quelque chose le tracassait, comme si la vie qu'il partageait désormais avec eux était superficielle, comme s'ils flottaient tous les trois à la surface d'un lac profond. Allait-il oser mettre la tête sous l'eau, au risque de troubler cette fragile quiétude, pour trouver un remède à son léger malaise ?

Une solution qu'il aurait peut-être moins de mal à dénicher si Katie le laissait dormir dans son lit, et pas sur le canapé…

L'arrivée du rôti sur la table familiale le tira de ses pensées. Il jeta un coup d'œil à Zachary, assis en face de lui, et remercia le ciel pour sa présence. Un autre homme n'était pas de trop pour rééquilibrer une atmosphère un peu trop chargée en œstrogènes.

Trop de femmes, pas assez d'excuses.

En outre, avant la fin de la soirée, il allait devoir le prendre entre quatre yeux pour lui parler de la mission de surveillance industrielle qu'il avait envisagée pour lui. Avec un peu de chance, Zachary allait accepter, ce qui lui ôterait une sacrée épine du pied, au moins sur un plan professionnel.

Alors qu'il cherchait un moyen d'attirer discrètement l'attention de Zachary, Carter, installé dans son transat au pied de la table, commença à s'agiter. Il ne pleurait pas encore vraiment, mais il était grognon. Ce qui tombait sous le sens, vu qu'il n'avait pas réellement fait de sieste l'après-midi. Comme souvent, d'ailleurs. Autant le petit s'endormait sans problème le reste du temps, autant un quelconque mystère faisait qu'après son biberon de la mi-journée il savait se montrer réfractaire.

Katie se leva de table pour prendre Carter dans ses bras, mais les autres femmes continuèrent leur repas comme si de rien n'était. Jacob en fut incapable et, quittant à regret la texture fondante du cake au beurre de cacahuètes de Mme Gatlin, il se précipita vers Katie.

— Reste assise et mange, intima-t-il, je m'en occupe.

— C'est bon, Jacob, je mangerai quand il sera calmé.

Il jeta un œil à son assiette, elle avait à peine touché au plat principal. Il n'allait pas se laisser faire.

— Non, tu manges maintenant, répéta-t-il en fronçant les sourcils.

Puis, avant qu'elle puisse protester, il lui prit Carter et l'installa sur son avant-bras, comme il avait rapidement appris à le faire. De l'autre main, il tapota doucement sur le dos de son fils, en le berçant patiemment.

Avoir son bébé contre lui était peut-être l'une des sensations les plus agréables au monde. Après quelques minutes, Carter finit par se calmer et plongea dans un léger sommeil, tant et si bien qu'il put le placer dans son lit pliable.

Quand Jacob revint s'asseoir, il croisa le regard de Katie. Un regard plein de gratitude.

A passer beaucoup de temps ensemble, près d'un bébé endormi, ils en étaient venus à développer une sorte de langage télépathique. Il suffisait qu'il la regarde dans les yeux pour qu'il sache ce qu'elle pensait. Il n'y avait plus besoin de mots, et il s'agissait peut-être de l'expérience d'intimité la plus profonde qu'il ait jamais vécue avec un autre être humain.

Oui, encore plus profonde que le sexe et, à cet instant, ce qu'il lisait dans ces beaux yeux noisette lui disait qu'il cesserait de dormir sur le canapé plus tôt que prévu.

La voix de Zachary le tira de ses pensées peu convenables pour un dimanche soir en famille.

— On peut dire que tu sais y faire avec le petit, dit-il avec un air amusé.

A voir l'expression du reste des convives, Jacob comprit qu'il était devenu l'attraction de la soirée. Sur les visages des membres de la famille Gatlin, il lut différents degrés de suspicion, d'incrédulité, mais aussi d'approbation. Ce qui le laissa à la fois perplexe et, oui, il devait bien l'admettre, quand même drôlement fier de lui.

Il sourit.

— Oui, j'ai rapidement acquis de l'expérience, je crois.

La grand-mère eut un petit rire ironique :

— La question que tout le monde se pose, mon bon monsieur, c'est si cette expérience va servir à quelque chose.

Que voulait-elle dire ? Il leva un sourcil afin de signifier sa perplexité. Elle poursuivit :

— Allez-vous rester dans la vie de cet enfant et dans celle de sa mère ?

Jacob devait bien admettre que la redoutable Nana n'avait pas peur de parler franchement. Et elle ne semblait pas non plus intimidée par son statut social ou son argent, ce qui la rendait pour le moins admirable. Sa seule et unique préoccupation était sa famille.

Voilà au moins une chose qu'ils avaient en commun.

— Nana ! coupa Katie. Ne manque pas de respect à Jacob, s'il te plaît.

A l'évidence, elle n'appréciait pas trop la franchise de sa grand-mère.

La vieille dame se tourna vers sa petite-fille. Son regard était aussi noir que le charbon.

— Parce que tu n'y penses pas, peut-être ? Après tout ce qu'ont subi les femmes de cette famille ? Les divorces, les abandons, les abus et la négligence ?

Jacob regarda Katie. A voir son expression déconfite, elle y avait effectivement déjà pensé.

Son cœur se serra. Lui avait-il donné des raisons de croire qu'il allait l'abandonner ? Qu'il allait mal la traiter ?

— Arrête, Nana, fit Zachary avec une fausse désinvolture, comme s'il cherchait, mais sans trop y croire, à détendre l'atmosphère. On dirait que vous êtes toutes hostiles aux hommes !

La grand-mère gratifia son petit-fils d'un sourire en coin.

— Tu es l'exception, mon chéri, pas la norme.

Katie se raidit sur sa chaise.

— Nana, ça suffit, insista-t-elle. Tu ne peux pas juger tous les hommes sur la base de quelques-uns. Il y en a de très bien, tu sais.

Par exemple, à cette table ?

L'espoir qu'il lut dans les yeux de Katie, qu'elle refusait pourtant de tourner dans sa direction, fit grossir le nœud qu'il avait dans la gorge. Il se retourna vers Carter, qui dormait maintenant à poings fermés dans son lit pliable, indifférent à la tension, pourtant palpable, qui chargeait la pièce. Quel homme allait-il devenir ? Quel homme espérait-il qu'il devienne ? Comment voulait-il que son fils se comporte, si jamais il venait à se retrouver dans la même situation que lui ?

Jamais il n'aurait pu imaginer penser à de telles choses. Et pourtant ces idées l'obsédaient désormais. Etre père, c'était aussi accompagner un nouvel être humain dans le monde. Et, avoir un fils, c'était être potentiellement responsable de beaucoup de souffrances…

Nana tint tête à sa petite-fille.

— Tu es trop naïve, ma chérie, dit-elle. Un seul homme, d'accord, voire deux. Mais dans notre famille nous avons déjà quatre exemples. Votre père, avec Zachary, qui en a eu marre de ses responsabilités. Mon mari, qui buvait. Le petit ami que j'ai eu après notre divorce et contre lequel j'ai dû me défendre avec une poêle à frire pour qu'il ne me batte pas.

Elle secoua la tête.

— Alors, je pense que mon point de vue est justifié, ajouta-t-elle.

Le sang de Jacob ne fit qu'un tour. Nana avait cité trois hommes. Se pouvait-il qu'il soit le quatrième ?

Il n'eut pas le temps d'y songer plus avant, le chihuahua enragé se transforma en oiseau de proie et fondit sur lui.

— Alors, jeune homme, qu'avez-vous à dire pour votre défense ?

Il tourna le regard vers Katie. Elle semblait mortifiée, mais en même temps impatiente de connaître sa réponse. Le temps était donc venu de jouer cartes sur table.

— Rien, je n'ai rien à dire.

Un épais silence tomba sur la tablée. Zachary se prit la tête dans les mains.

Jacob s'éclaircit alors la gorge et poursuivit.

— Si je n'ai rien à dire, c'est que je sais que ce n'est pas de cette manière que je pourrai vous convaincre. Je ne suis pas un beau parleur, cette qualité est allée à mon frère, Luke. Moi, je suis un homme d'action, et ce sont mes actions qui prouveront ma valeur.

Les yeux de Katie s'illuminèrent, dans une expression de soulagement et de fougue mêlés. Sans conteste, il venait de marquer plusieurs points, et non des moindres.

Les tensions s'apaisèrent ensuite progressivement jusqu'à la fin du repas, sans pour autant disparaître. Au moment de débarrasser la table, Jacob comprit que les femmes avaient besoin d'un moment pour discuter entre elles. Parfait, il en profita pour suivre Zachary à l'arrière de la maison où se trouvait un garage d'une taille impressionnante, compte tenu de la modestie générale des lieux.

Lorsqu'il entra dans ce qui avait tout d'un petit hangar, il en comprit immédiatement l'usage et l'intérêt. Une magnifique Camaro vintage prenait le frais sur le sol en béton brut.

— Seigneur, quelle beauté, fit-il après un long sifflement. C'est toi qui l'as remise à neuf ? Tout seul ?

Zachary acquiesça, avec un large sourire de satisfaction.

— Oui, il n'y a rien de mieux pour se relaxer.

— Toi, tu t'entendrais à merveille avec mon frère Luke.

— Je n'ai jamais eu le plaisir d'être présenté à notre célébrité locale, ironisa Zachary. Mais je l'ai déjà croisé au Lola's. Reste que je donnerais cher pour pouvoir un jour approcher l'une de ses voitures de course.

— Il a un mécanicien attitré qui s'occupe de son écurie, mais il met de temps en temps les mains dans le cambouis. Il dit que ça le détend, comme toi.

Zachary le gratifia d'un clin d'œil amusé.

— Oui, on doit avoir ce point commun. Mais, dis-moi, tu m'as vraiment suivi pour parler bagnoles ?

Jacob laissa échapper un petit soupir et longea le capot de la Chevrolet afin d'avoir la merveille dans son dos et éviter d'être distrait par ses courbes affolantes.

— Touché. J'aimerais te parler de Katie et de son enfance. Les choses ont été si difficiles que ça ?

Zachary haussa les épaules.

— Pourquoi tu ne lui demandes pas directement ?

Jacob n'eut même pas besoin d'étudier le visage de Zachary, il comprit à son ton de voix tous les reproches qu'il lui faisait.

— Je ne lui ai pas demandé parce que je ne…

Pourquoi était-il si nerveux ? Il se frotta rapidement les mains pour se donner une contenance et poursuivit :

— En réalité, je ne sais pas si nous sommes prêts à avoir ce genre de conversation.

— Eh bien, quand tu seras sûr, cingla Zachary, c'est à Katie que tu devras parler, pas à moi.

— Tu as raison, mais j'avais aussi autre chose à te dire. Tu as repensé à la conversation que nous avons eue à l'usine l'autre jour ?

— Un peu que j'y ai repensé, fit Zachary avec un clappement de langue. D'ailleurs, c'est assez difficile de ne pas y penser. Je garde mes oreilles et mes yeux ouverts. C'est fou comme les gens ne font pas attention aux agents de maintenance !

— Cela ne m'étonne pas, commenta Jacob. Mais il y a autre chose qui m'étonne.

Zachary ouvrit de grands yeux étonnés.

— Et qu'est-ce que c'est ?

— Ton travail.

— Quoi, mon travail ?

— Oui, je m'étonne que tu aies choisi d'être agent de maintenance dans une filature. De ce que Bateman m'a expliqué, tes faits d'armes dans l'armée sont exemplaires, et tu étais promis à une belle carrière, pourquoi ne pas y être resté ?

— Pff, pour être l'énième type qui préfère son travail à sa famille et n'est jamais là pour s'occuper d'elle ? Je ne regrette absolument pas mon passage dans l'armée, elle m'a offert une éducation et une formation que je n'aurais jamais eu les moyens de me payer. Mais je préfère avoir un bon boulot, près de chez moi, et pouvoir veiller sur ma famille au quotidien. Car c'est quelque chose qu'on a jamais eu chez les Gatlin, tu sais ?

Oui, il le savait. Ou, du moins, il le devinait. Cela expliquait une grosse partie du poids qui pesait sur ses épaules. Il fallait, lui aussi, qu'il prouve à Katie qu'il était capable de veiller sur elle au quotidien. Et sur Carter. Il n'y avait pas d'autre solution.

Reste qu'un autre problème lui pesait sur la conscience : l'avenir de la filature. Pouvait-il, lui, le résoudre assez rapidement ? Le moment était venu d'avoir une réponse claire.

— Bon, lança-t-il, et pour l'usine, quelle est ta décision ? Es-tu prêt à nous aider ?

Zachary soupira :

— Pour être franc, ce n'est pas toi ou ton frère que j'ai envie d'aider, et encore moins Bateman. Mais je me fais du souci pour l'usine, ça, je ne peux le nier. Je tiens à la sécurité des gens qui y travaillent et à la sûreté de la ville. A mon avis, grâce aux agents de sécurité, vous allez pouvoir résoudre les problèmes lorsqu'ils arrivent, mais j'ai vraiment envie de savoir comment les saboteurs se faufilent sur les lignes de production et trifouillent le matériel.

Jacob ne put s'empêcher de sourire.

— Donc, si je comprends bien, je te donne un prétexte pour faire quelque chose dont tu as déjà envie ?

Zachary eut un petit sourire en coin.

— Ça, patron, tu ne le sauras jamais.

Comme Zachary et Katie se ressemblaient… Le frère était un animal aussi prudent que la sœur. A coup sûr, il n'aurait pas hésité à refuser son offre si l'avenir de la filature, et avec lui celui de Black Hills, ne lui tenait pas réellement à cœur. Manifestement, Zachary était un homme de caractère, et aussi de parole. Un frère parfait pour Katie, et un merveilleux exemple pour Carter.

En lui serrant la main et en prenant congé, Jacob se fit une promesse à lui-même : non, Zachary ne serait pas le seul exemple que le petit Carter aurait dans sa vie. Il ne lui restait plus qu'à trouver un moyen pour être aussi digne de confiance que lui. Et, surtout, de le faire comprendre à Katie.

Que faire d'un homme que vous avez simultanément envie de gifler et d'embrasser à perdre haleine ? Katie sentait son cœur battre fort dans sa poitrine, fébrile de toutes les émotions contradictoires qui se bousculaient dans son esprit.

— Merci de nous confier le petit, dit Christina à voix basse.

Dans les yeux de son amie, Katie lut combien cette dernière comprenait son mal-être. Ce qui ne fit que la rassurer davantage : Carter était vraiment entre de bonnes mains.

Elle, en revanche…

Une heure auparavant, Jacob l'avait prise de court avec une invitation pour une excursion mystère. Pour autant, elle n'avait pas pu refuser. Il s'agissait du premier vrai rendez-vous qu'il lui proposait depuis leur rencontre. Et elle n'avait pas non plus pu résister au beau et large sourire qui avait illuminé son visage lorsqu'il avait formulé sa demande.

Qu'est-ce qui pouvait bien le rendre si heureux ? Lui qui, d'habitude, détestait les surprises et la spontanéité ? Un tel mystère ne faisait que renforcer son impatience et même… son excitation.

— J'espère que je n'ai rien oublié, dit-elle dans un soupir, en faisant mentalement l'inventaire des couches, biberons et autres fournitures dont elle venait de garnir tout un sac.

D'ordinaire, elle aurait donné Carter à garder à sa famille, ce qu'elle faisait lorsqu'elle devait travailler, mais Christina et Aidan s'étaient proposés… et les Gatlin avaient, eux aussi, besoin d'un peu de repos.

Mais il ne fallait pas qu'elle se perde à rêver. Bien sûr, depuis quelques jours, les regards de braise et les caresses délibérément accidentelles s'étaient multipliés entre Jacob et elle, mais elle devait garder les pieds sur terre : cela ne voulait absolument rien dire.

Un ardent désir la tenaillait et, à de nombreuses reprises, elle avait été à deux doigts de lui proposer de partager de nouveau son lit. Mais elle n'avait pas osé, pas sans savoir ce qu'il était réellement prêt à faire pour elle. Et pendant combien de temps.

L'arrivée d'Aidan dans la pièce la tira de ses pensées. Jacob apparut derrière son frère.

— Ne t'inquiète pas, Katie, même si tu as oublié quelque chose, je suis sûr qu'on pourra s'arranger.

Les mots d'Aidan piquèrent sa curiosité. Ce que Christina, confirmant ses dons télépathiques, remarqua.

— Ce qu'il veut dire, précisa-t-elle, c'est que nous devons

nous aussi nous exercer, car nous avons prévu de faire un bébé d'ici peu.

Katie se sentit tiraillée entre la joie qu'elle éprouvait pour son amie et la jalousie. Cette vie de famille était réelle, pas comme le simulacre qu'elle partageait avec Jacob.

— Mais c'est merveilleux, Christina ! s'écria-elle avant de la prendre dans ses bras.

Ce qui permit à Jacob de s'immiscer dans la conversation.

— Et pour New York ? Comment allez-vous vous organiser si tu dois souvent t'y rendre ?

Aidan haussa les épaules. Une telle nonchalance la surprit. Jamais elle n'aurait prêté ce trait de caractère à aucun des Blackstone.

— Je ne me fais pas de souci, assura Aidan. Christina pense que tout ira bien, et je lui fais confiance.

Katie ne put s'empêcher d'intervenir.

— Et tu as bien raison.

Christina était effectivement la femme la plus fiable et la plus solide que Katie avait pu rencontrer, en dehors de sa famille. Elle s'occupait de Lily Blackstone, veillait sur la tenue de la maison et était très active dans la communauté. Et, avec tout cela, elle avait encore le temps de construire un foyer avec son nouveau mari…

Si Katie se fondait uniquement sur Jacob, elle aurait dit que l'inflexibilité coulait dans les veines des Blackstone. Le respect des règles et des procédures était comme une seconde nature pour Jacob. Ce qui lui réussissait parfaitement dans sa vie professionnelle, un peu moins au niveau relationnel et affectif.

Mais à voir Aidan… On aurait dit le jour et la nuit. Il réussissait à tenir la barre de sa galerie d'art new-yorkaise, tout en passant de longues semaines dans le manoir des Blackstone, en Caroline du Sud. Avait-il appris à s'adapter tout seul ? Avec l'aide de Christina ? Allait-elle, un jour, elle aussi réussir à orienter le cours de la vie de Jacob ?

Elle ne put s'empêcher de sourire… Et si, finalement, c'était Jacob qui était l'exception de sa famille ? Après tout, son frère jumeau, Luke, le « Renégat » comme il le surnommait affectueusement, était une tête brûlée capricieuse, mais il réussissait dans sa carrière de pilote de course automobile.

La voix de Jacob la ramena au présent.

— Oui, mais c'est à Aidan de s'occuper des couches, s'amusa-t-il. Il paraît que c'est le test de virilité ultime.

Jacob lui prit alors la main et la conduisit jusqu'à la porte. L'heure du départ avait sonné.

En approchant de la voiture de Jacob, elle se risqua à demander :

— Puis-je enfin savoir où nous allons ?

Il eut un sourire mystérieux.

— Non, se contenta-t-il de répondre.

Quel homme têtu. L'expression de son visage raviva le trouble qu'elle ressentait auprès de lui. Dans la lumière rasante du soir, il était encore plus beau que d'habitude, les rayons du soleil caressant le blond cendré de ses cheveux, leur conférant presque une nuance argentée. Pendant un instant, le temps sembla suspendre son cours.

Il était si proche… Elle n'avait qu'à tendre la main pour qu'il se rapproche encore et… non, une étrange angoisse l'empêcha de faire le geste.

Le cliquetis de la boucle de la ceinture rompit le charme. Le mystère de leur destination s'épaissit encore quand elle comprit qu'il ne prenait pas la direction de l'autoroute.

— Jacob, insista-t-elle, où allons-nous ?

Il ne répondit pas et conduisit la Tahoe sur un chemin de terre filant entre d'épaisses prairies herbeuses. Au bout de quelques dizaines de mètres, le paysage s'ouvrit sur une petite cabane, qui semblait encore en construction, et sur un bois épais.

Jamais elle n'avait mis les pieds dans ce secteur de Black Hills. Ses familles appartenaient vraiment à deux mondes opposés. A elle, la frénésie laborieuse du centre-ville. A lui, les balades et le bon temps dans un écrin de verdure secret…

Il s'éclaircit la gorge.

— Je voulais te faire une surprise, déclara-t-il.

Elle eut un léger coup au cœur. Une surprise ? Lui qui les détestait ? Combien de fois avait-elle vu ses sourcils se froncer lorsqu'il avait le sentiment de perdre le contrôle ? Quand les choses ne se déroulaient pas comme prévu ? Bien évidemment, elle n'avait aucun problème avec sa rigidité, qu'elle trouvait souvent rassurante. Reste que le changement de cap était pour le moins intrigant… et délicieusement excitant.

— Je croyais que tu détestais les surprises ?

Il la fixa du regard. Un regard fort, profond, un regard empli d'un désir qui aurait pu lui faire perdre l'équilibre si elle n'avait pas été assise dans une voiture.

— C'est vrai, fit-il avec un sourire ravageur. Mais toi, tu les adores, n'est-ce pas ?

Normalement, oui. Les fêtes d'anniversaire surprises, les cadeaux imprévus coloraient sa vie comme des confettis. Sa famille le savait. La plupart de ses amis le savaient. Mais que Jacob le sache n'était pas loin de la rendre euphorique… si l'allégresse n'avait pas été couplée à une intense nervosité. Non parce qu'elle n'était pas heureuse — elle l'était. Mais parce qu'elle n'avait pas encore obtenu de réponse aux questions qui l'obsédaient : pourquoi faisait-il tout cela ? Que cherchait-il ?

Il coupa le moteur. Au-dehors, une belle étendue d'herbe piquetée çà et là de coucous et d'orchidées sauvages donnait sur un petit ruisseau tempétueux. Sur la berge, un imposant saule pleureur ajoutait au puissant romantisme des lieux.

Katie sortit de la voiture. Jacob s'approcha d'elle.

— Et toi, tu ne cesses de me surprendre, dit-il en baissant les yeux. Tu es toujours sur le pont, nuit et jour, avec ton travail et le bébé. J'ai pensé que tu méritais quelque chose de spécial pour te changer les idées.

Et comment… l'atmosphère était électrisante de sérénité et de sensualité. L'endroit était rêvé pour se laisser séduire.

Une ultime question restait en suspens. Allait-elle s'autoriser à succomber ?

- 9 -

— Tu n'as pas faim ? demanda Jacob en voyant que Katie avait à peine touché à son assiette de salade cajun. Mary est une super cuisinière, tu sais, je pensais que cela allait te plaire.

De fait, Katie semblait bizarre depuis qu'ils avaient quitté le manoir. Bien sûr, il comprenait qu'elle soit angoissée de laisser Carter à Christina et à Aidan, mais il était certain que tout allait bien se passer. Qui plus est, les choses auraient été pires s'il avait voulu embaucher une baby-sitter. Katie n'était pas du genre à laisser des inconnus s'approcher de son fils.

Peut-être que cette petite virée était finalement une mauvaise idée… mais, Dieu sait pourtant qu'il mourait d'impatience de se retrouver seul avec elle.

Quelque chose semblait la tourmenter. Elle tourna ses beaux yeux noisette vers lui et, après avoir avalé une gorgée de thé glacé, lui dit :

— Je ne comprends pas, Jacob, cette soirée, le pique-nique… tout ressemble à un rendez-vous amoureux.

Elle secoua la tête. Un rayon du soleil couchant fit rougeoyer sa chevelure.

— Parce que si c'est le cas, ajoutait-elle, je ne sais vraiment pas comment réagir.

Il se redressa. Il fallait qu'il y aille en douceur. La dernière chose à faire était de lui donner le sentiment d'être sous une quelconque pression. Il s'éclaircit la gorge.

— Comment dois-je m'y prendre pour te faire comprendre que j'aimerais que les choses changent entre nous ?

Il resta silencieux un court instant, puis ajouta :

— Enfin, qu'elles redeviennent comme avant. J'aurais pu faire mes avances au beau milieu d'un changement de couche, mais cela n'aurait pas été très approprié, n'est-ce pas ?

Elle sourit. Ce sourire était tout ce qu'il attendait.

— Que se passe-t-il, Jake, lança-t-elle d'un ton mutin, tu en as marre du canapé ?

Il lui prit la main.

— Oh ! cela fait très longtemps que j'en ai marre, fais-moi confiance.

A son grand regret, elle retira sa main. Il décida d'insister.

— Quoi, Katie ? Tu m'en veux ? Je n'aurais pas dû te le dire ? Après tout, nous vivons ensemble, non ?

Pour le moment. Il secoua la tête afin de chasser cette pensée intrusive de son esprit.

Elle baissa les yeux.

— Non, je ne t'en veux pas, dit-elle dans un murmure. Mais cela te ressemble tellement de me le demander. La plupart des hommes auraient trouvé un moment pour saisir leur chance…

Il se raidit.

— Tu es sérieuse ? Avec tout ce que nous avons vécu auparavant ? Non, cela ne m'a pas semblé opportun. Qui plus est, je n'aime pas avancer dans la vie à tâtons, il me faut un plan.

Elle pouffa.

— Voilà, un *plan*, insista-t-elle. Ça aussi, ça te ressemble tellement !

Il ne put s'empêcher de tendre la main vers elle et de lui caresser la joue du bout des doigts. La sensation l'électrisa.

— Tu mérites le meilleur, Katie.

Il le pensait sincèrement. Après tout ce qu'elle avait vécu, et après tout ce que sa famille avait enduré, Jacob ne pouvait la laisser se dévaluer plus longtemps. Un sentiment que leur aventure secrète avait sans doute fait naître en elle. Comme il s'en voulait…

Mais avait-il vraiment le choix ? Que se serait-il passé s'il avait révélé leur liaison du vivant de James Blackstone ? Aurait-elle supporté la pression ? Et les gens de la ville ? Qu'auraient-ils pensé ? Auraient-ils accepté leurs différences ? Ou auraient-ils jugé Katie ? Se serait-elle fait traiter de fille facile, toujours disponible quand son amant est en ville ?

Il serra les poings. La vérité n'était décidément pas toujours une jolie chose qu'il était facile de regarder en face.

Il prit une profonde inspiration, car il avait autre chose à dire à Katie. Il avait déjà trop attendu. Avec son doigt, il suivit un instant l'ovale de son visage, puis se redressa.

— Katie, il y a quelque chose que tu dois savoir.

Elle plongea les yeux dans les siens. Un puissant désir l'assaillit, mais il se résigna à le brider encore une fois.

— Oui ?

— Il faut que je parte un moment, mais j'aimerais que tu viennes avec moi.

Elle fronça les sourcils.

— C'est lié à ta promesse d'être là vingt-quatre heures sur vingt-quatre et sept jours sur sept, n'est-ce pas ?

— Non, ce n'est pas du tout ça, rétorqua-t-il. Sache que je suis plus que prêt à être davantage que le père de ton fils pour toi. Mais, pour le voyage dont je parle, nous ne serons que tous les deux, sans le bébé.

Elle écarquilla les yeux. Il ne lui laissa pas le temps d'objecter quoi que ce soit.

— Il faut que je rentre un moment à Philadelphie, précisa-t-il. Il faut que je me rende à une collecte de fonds, à un bal de charité dont je suis mécène depuis plusieurs années. Et j'adorerais t'avoir dans mon lit quand j'en reviendrai.

A sa grande déception, elle ne lui sauta pas au cou pour marquer son enthousiaste. En vérité, elle ne semblait pas du tout enchantée par cette perspective.

— Tu veux que je retourne avec toi à Philadelphie ? dit-elle, les yeux dans le vague et les sourcils plus froncés que jamais.

— Oui, c'est cela.

Subitement, tous les souvenirs de leur week-end à Philadelphie envahirent son esprit. Sans doute parmi les meilleurs de toute sa vie. N'était-ce pas la même chose pour elle ?

A la voir se lever d'un bond, comme un diable à ressorts, il en déduisit que non.

— Non, je ne pense pas que cela soit une bonne idée, dit-elle en enjambant la couverture qu'il avait déployée sur le sol pour les protéger de l'humidité du soir.

Elle se dirigea alors vers la voiture. Jacob se leva à son tour et la suivit.

— Et pourquoi pas ? fit-il en lui en attrapant le bras pour la retenir.

Elle se dégagea d'un geste brusque qui lui noua le cœur.

— Mais quel intérêt ? s'écria-elle, avec des sanglots dans la voix. Rien ne changera jamais, n'est-ce pas ? Je pensais pouvoir le supporter, mais non, je me suis trompée. Je ne peux pas le supporter, je ne le peux plus !

Il sentit son pouls s'accélérer. Que voulait-elle dire ? Et pourquoi semblait-elle si bouleversée ?

— Je ne comprends pas, Katie, explique-moi !

— Tu veux que je t'explique ? fit-elle, désormais en colère. Très bien. Tu as un bal de charité à honorer de ta présence à Philadelphie, mais, comme tu as honte de me montrer à tes amis millionnaires et que tu culpabilises d'avoir une autre cavalière pour la soirée, tu me promets un week-end de sexe pour faire amende honorable.

Il crut que sa mâchoire allait se décrocher.

D'un geste furieux, elle croisa les bras sur sa poitrine.

— J'ai vraiment cru que je pouvais continuer à vivre

ainsi, Jacob, mais non, c'est impossible. Je ne peux plus être la maîtresse cachée.

Il voulut s'approcher d'elle, mais elle se raidit.

— Je suis sincèrement désolé, dit-il d'une voix qu'il voulut la plus tendre possible. Je ne savais pas que cela t'atteignait autant, mais à ma décharge je le fais pour te protéger.

Elle lui lança un œil noir.

— Pour me protéger ? Et tu te moques de moi en plus ?

Il prit une profonde inspiration et s'avança vers elle. Comme il avait envie de la prendre sans ses bras, de la toucher, de l'embrasser, de lui faire oublier sa rage sous les caresses.

Une nouvelle fois, il devait attendre et il devait la regarder dans les yeux pour lui dire la vérité.

— Je te jure, Katie. Je n'avais pas réalisé comme notre vie actuelle pouvait ressembler à notre vie d'avant. Mais je n'ai jamais eu l'intention de te cacher, ni toi ni Carter. Tout ce que je veux, c'est vous protéger, je t'assure.

Elle secoua la tête.

— Mais qu'est-ce que tu racontes à la fin ?

Il se rappela alors que Katie et Christina ne s'étaient pas parlé pendant un long moment l'année précédente. Ce qui expliquait tout.

— Pardon, j'avais oublié que tu n'étais pas là quand Christina a été blessée.

La surprise sembla la pétrifier sur place.

— Blessée ? Comment ça ?

— Un incendie, précisa-t-il. Un soir, le studio d'Aidan, le petit bâtiment en bois que nous avons croisé en quittant la propriété, a pris feu. L'incendie était criminel, mais les salauds ne savaient visiblement pas que Christina était à l'intérieur. Ils voulaient s'en prendre à Aidan, mais c'est sa femme qui a été touchée. Heureusement, mon frère n'était pas loin et il a pu la sauver à temps. Cela aurait pu être beaucoup plus grave.

Elle porta la main à sa bouche.

— Mon Dieu, je n'étais absolument pas au courant.

Il put lire un immense regret sur son visage, le regret du temps perdu loin de Christina. Ce qui était d'ailleurs sa faute, car elle avait eu peur de lui dire la vérité sur leur aventure et sur Carter, et de la mettre dans une posture délicate vis-à-vis de sa nouvelle belle-famille.

— Avec Aidan, poursuivit-il, dès que nous avons été au courant pour le bébé, nous nous sommes parlé. Selon lui, tant que les choses ne sont pas réglées une bonne fois pour toutes concernant les sabotages, il vaut mieux faire profil bas et ne faire courir de risque à personne. En gardant mes liens avec toi et Carter secrets, personne ne s'en prendra à vous.

Comme elle tremblait, il passa un bras autour de ses épaules. Elle ne résista pas et plaça même la tête sur son torse. Elle allait sans doute entendre que son cœur cherchait à battre un record de vitesse.

— Tu penses vraiment que nous sommes en danger ? demanda-t-elle en levant les yeux vers lui.

— Je ne pense rien, admit-il, mais je ne veux prendre aucun risque.

Elle se dégagea doucement de son étreinte et se plaça face à lui. Le vide qui les séparait était plus que jamais insupportable. Ses bras lui semblèrent engourdis par un manque qui avait nécessité à peine quelques minutes pour s'installer.

— Donc, tu as en parlé avec Aidan, c'est bien ça ? lâcha-t-elle d'une voix blanche.

— Oui.

Où voulait-elle en venir ? Cette femme était tout bonnement imprévisible, il le savait mieux que personne. Pour autant, ce qu'elle ajouta allait le laisser bouche bée.

— Et à moi, alors, tu comptais m'en parler quand ?

Grâce à son travail, Katie avait acquis de bonnes connaissances en psychologie humaine. Elle était aussi devenue experte pour lire entre les lignes. Savoir ce qu'une ride sur le front ou un tressautement de la lèvre voulait dire. Et, à voir la surprise qu'exprimait le visage de Jacob, elle était désormais sûre d'une chose : jamais il n'avait compté lui parler des sabotages et des risques qu'il craignait. A l'évidence, cela ne lui avait même pas traversé l'esprit.

Du moins, pas tant que leur relation ne serait pas clarifiée, car il voulait que leur couple soit davantage qu'un duo de parents. Là-dessus, il avait été aussi clair et n'avait pas menti.

A la bonne heure, car avec les mensonges chroniques de son père qui avaient empoisonné sa famille avant son départ, elle n'était vraiment pas disposée à renouveler l'expérience.

— Jake, tu ne peux pas prendre de décisions qui me concernent, ou qui concernent Carter, sans me consulter. Qu'importe ce qui s'est passé entre nous quand nous étions un couple, nous allons être les parents de Carter pendant de très longues années. Il faut que nous nous serrions les coudes et que tu sois franc avec moi. Tu ne pouvais pas me laisser dans l'ignorance, même si tu pensais bien faire.

Il s'avança et lui prit la main, qu'il caressa doucement de son pouce. Elle en eut la chair de poule.

— Je n'y ai pas pensé en ces termes, j'avoue, murmura-t-il. J'avoue même que je n'y ai pas pensé du tout. Je suis désolé.

— Et la vigilance, alors ? Comment pourrais-je protéger mon fils et redoubler de prudence si je ne sais même pas que nous sommes en danger ?

Il cilla. Encore un élément qui lui avait visiblement échappé.

— Malgré ta promesse, ajouta-t-elle, tu ne pourras pas être avec nous en permanence. Je ne suis pas une poupée qu'on change d'étagère sur un coup de tête. J'ai passé des années à dépendre des mauvaises décisions des autres et je compte bien m'épargner cela à présent, et l'épargner à mon fils, tu comprends ?

— Oui, je comprends, dit-il les yeux baissés. Tu mérites tellement mieux que ça, Katie.

Il se détourna. Elle ne sut pas quoi en penser. A voir

comment il se frottait nerveusement la nuque, les pensées devaient se succéder dans son esprit.

Un nœud se forma dans sa poitrine. Elle l'avait observé tant de fois, elle le connaissait si bien, que cela lui faisait mal de l'avoir si loin d'elle.

Au fond d'elle, elle savait qu'il était un homme bien. Mais était-il le type d'homme sur lequel elle pouvait compter ? Quoi qu'il arrive ?

Lorsqu'il lui refit face, il semblait plus déterminé que jamais. Il avait dans les yeux une force qu'elle ne lui avait jamais connue en dehors d'un lit.

— Katie, je te veux, dit-il d'une voix ferme et assurée. Je veux qu'on passe à la vitesse supérieure. Mais je veux aussi vous protéger, toi et Carter, tant que cette histoire de sabotage n'est pas réglée à l'usine. Que des gens sachent que j'habite chez toi n'est pas pour me rassurer, donc si tu le veux bien, pour le moment, j'aimerais que rien ne change et que seuls nos familles et nos amis proches soient au courant, d'accord ?

La boule qu'elle avait dans la gorge ne cessait de grossir et semblait même vouloir l'avaler tout entière. Sa réponse était déterminante, elle le savait. Etait-elle capable de prendre la bonne décision ? Pour elle et pour Carter ?

— Mais ce n'est que du provisoire, je te le jure, assura Jacob. Alors, qu'est-ce que tu en dis, tu es d'accord ?

Que pouvait-elle répondre ? Est-ce qu'elle voulait continuer à vivre cachée ? Non. Mais pouvait-elle en vouloir à Jacob de la cacher pour sa sécurité et celle de leur enfant ? Non plus.

— Oui, Jacob, dit-elle en souriant tandis qu'elle repensait à la demi-heure qui venait de s'écouler.

La plupart des hommes auraient cherché à coucher avec elle et auraient laissé tout le reste en suspens. Jacob n'était pas de cette trempe. Elle savait qu'il ne laissait rien au hasard et planifiait tout. Même si, pour le moment, elle n'avait pas la moindre idée de ce que pouvait être le plan en question.

Elle ne pouvait que l'admettre : personne ne la rassurait comme Jacob. Elle fit un pas vers lui.

— Oui, Jacob, répéta-t-elle. Je viendrai avec toi à Philadelphie. Mais à une condition : que je t'accompagne au bal.

Il poussa un long soupir. Son soulagement était palpable.

— C'est promis. Il faut que nous restions encore discrets sur notre relation passée et notre petit bébé, mais tu pourras être ma cavalière. A vrai dire, cela m'enchante.

Enchanté, il avait vraiment l'air de l'être, mais il semblait encore hésiter quant à la suite des événements. La preuve, au lieu de l'embrasser à pleine bouche, il lui reparla de nourriture.

— Tu veux qu'on termine le pique-nique ?

Elle aurait voulu le gifler. Ne voyait-il pas qu'elle mourait d'envie de lui faire l'amour ? Pourquoi ne faisait-il pas le premier pas ? Heureusement, elle savait sur quelles cordes appuyer pour obtenir ce qu'elle voulait. En l'occurrence, lui faire le petit sourire mutin qui le faisait fondre.

— En réalité, j'avais d'autres idées en tête. On vient de prendre une grande décision, le moment est peut-être venu de la fêter, tu ne crois pas ?

— Que veux-tu dire ?

Comme il pouvait être pénible quand il s'y mettait… Ce petit jeu avait trop duré, qu'importe qu'il prenne ou non l'initiative, ses nerfs n'allaient pas pouvoir le supporter encore longtemps.

— Qu'est-ce que tu crois, Jake ? Nous sommes dans un endroit paradisiaque et isolé, sans personne ni bébé à l'horizon, et je te parle de célébration, que penses-tu que je veuille dire ?

Sans attendre une seconde de plus, elle recula d'un pas et ôta son T-shirt d'un geste, puis fit tomber son short à ses chevilles, avant de s'en débarrasser d'un coup de pied. Enfin, elle dégrafa son soutien-gorge et se glissa dans l'eau d'une petite cuvette formée par le ruisseau près de la berge. Après une journée chaude et ensoleillée, la température était délicieuse.

Mais pas aussi délicieuse que la soif de plaisir qui commençait à l'irradier d'entre les jambes.

Jacob ne la quittait pas des yeux. Elle y reconnut ce besoin brut qu'elle avait lu à chaque fois qu'ils s'apprêtaient à unir leurs corps, ce qui l'emplissait d'une émotion sans pareille. Comme tout cela lui avait manqué. Comme il lui avait manqué…

C'était dans de tels moments qu'elle pensait voir *le vrai* Jacob. Un Jacob sans plans, sans règles, sans tous ces remparts qu'il savait si bien ériger autour de lui pour cacher ses failles et sa vulnérabilité. Non, cette lueur dans ses yeux ne pouvait pas mentir. Oui, il avait envie d'elle, aussi intensément qu'elle avait envie de lui.

- 10 -

Lorsqu'il entra dans l'eau, Jacob ne prêta pas attention à sa température. Mais il fut tout de même surpris de ne pas voir de la vapeur à la surface ondoyante, tant le feu qui couvait sous sa peau était intense.

Les yeux rivés sur l'ange nu qui nageait à ses côtés, il prit un moment pour l'admirer.

A chacune de leurs rencontres, ses charmes l'hypnotisaient comme un chant de sirènes. Et le désir qu'il éprouvait pour elle avait perduré en lui après sa disparition…

Mais à vivre avec elle, à la voir tous les jours, à savoir quelle femme et quelle mère elle était au quotidien, son esprit s'était peu à peu empli d'une félicité nouvelle.

Telle était Katie : à moitié ange, à moitié démon, avec un corps à se pâmer. La maternité avait arrondi ses seins et ses hanches. Son nombril, niché dans un ventre un peu plus gourmand, lui faisait l'effet d'une délicate friandise… si attirante, si enivrante.

Il s'approcha d'elle. Elle éclata d'un rire cristallin, puis l'aspergea et s'enfuit quelques mètres plus loin. Le corps tendu par le désir, il la prit en chasse. Jamais il n'avait autant ri avec quelqu'un qu'avec elle. Même pas avec ses frères. Katie semblait si évidente, si parfaite pour lui.

Ils jouèrent au chat et à la souris aquatiques pendant quelques minutes. Voir l'eau jouer avec les courbes de Katie était un délice pour les yeux. Mais bientôt la voir ne suffirait plus. La pulpe de ses doigts brûlait de la toucher. Le reste de son corps brûlait de ne faire plus qu'un avec elle.

Prenant appui sur sa jambe, il l'attira à lui. Elle se cala contre ses hanches en gémissant. Immédiatement, l'étreinte se fit torride. Dans les yeux de Katie, il reconnut l'éclat mutin qu'il connaissait si bien. Le signal de départ d'une course frénétique vers la passion.

— Tu aimes ce que tu vois ? demanda-t-elle dans un soupir, tandis qu'il faisait courir ses mains sur son corps.

Ah, la tentatrice… Comme elle lui avait manqué.

Il enfouit la tête dans son cou. Elle frissonna.

— Oui, j'aime ce que je vois mais, si je me souviens bien, c'est aussi savoureux au goût, n'est-ce pas ?

Elle poussa un petit cri quand il passa les bras sous ses cuisses pour la soulever et venir la porter sur la berge. Il grogna, impatient, tout son corps tendu.

Allongée sur l'herbe, les derniers rayons du soleil faisaient chatoyer les gouttelettes sur sa peau nue, comme autant de minuscules pierres précieuses.

Une main sous sa tête, il l'embrassa à pleine bouche avant de l'installer sur la couverture. Le goût fruité de ses lèvres l'avait toujours rendu fou. Le souffle court, elle l'enserra de ses jambes. Il perçut le rythme affolé de son cœur, en accord parfait avec le sien.

Elle était la mère extraordinaire qu'il avait appris à connaître. L'incroyable tentatrice qu'il avait toujours connue. Et, ce soir, dans la torpeur d'un début d'été, elle était toute à lui. Enfin.

Il l'embrassa de nouveau, avec une fougue presque brutale. Il sentit combien elle se laissait faire avec délice. Sa bouche se mit alors à courir sur elle, sur sa nuque, sur ses épaules, sa poitrine, son ventre et le creux de ses cuisses. Elle se cambra, avec un soupir rauque, en enfouissant ses mains dans ses cheveux.

— Viens, maintenant, murmura-t-elle.

Il se redressa. Il était désormais impossible de camoufler la force de son érection. Lentement, prudemment, il s'introduisit en elle. Elle eut un long gémissement, qui submergea son esprit de souvenirs, toutes les fois où il avait entendu ce même chant de désir, cette même marque d'un galop vers l'extase.

Mais il ne voulait pas aller trop vite. Il voulait profiter du moindre centimètre de sa peau, explorer patiemment les tréfonds de son intimité... et la rendre si folle de plaisir qu'elle lui demanderait bientôt grâce.

Il se retira un court instant, pour revenir plus intensément en elle. Son corps se raidit de nouveau. Il savourait les tressaillements de son corps, la musique de ses gémissements.

Et, bientôt, il le sentit au plus profond de lui-même, cet orgasme qu'elle lui offrait, et qui le fit immédiatement abdiquer.

Alors, il perdit le contrôle et se laissa submerger par la morsure électrique de la jouissance.

Quand il reprit ses esprits, une pensée s'imposa à lui. Ce qu'il ressentait pour Katie, là, maintenant, ce bonheur pur et total qu'elle suscitait en lui... Non, ce n'était pas que le fruit du désir. C'était tellement plus. Mais quoi ? Aurait-il un jour le courage de l'admettre ?

Une semaine s'était écoulée depuis le pique-nique, et Katie avait bien du mal à contenir son enthousiasme. Jacob, son Jacob, était enfin revenu dans sa vie et, tous les soirs, elle se délectait de leurs ébats. Jamais elle ne semblait si proche de lui, jamais elle n'avait l'impression de si bien le connaître que lorsqu'ils se retrouvaient tous les deux nus dans un lit. Tous les souvenirs de leurs émois passés avaient resurgi en quelques instants... et le manque des mois vécus loin de Jacob n'avait fait que renforcer son ardeur. Et, à l'évidence, Jacob aussi avait souffert du manque, si elle en jugeait par la soif insatiable qu'il manifestait entre ses draps.

Pour autant, la libre intimité des corps tenait d'une

gageure dans une maison emplie des cris et des rires d'un nourrisson. Leurs ébats, s'ils étaient tout aussi intenses, voire davantage, n'avaient pas la spontanéité du temps où elle était une femme célibataire et sans enfants. Impossible d'expérimenter tous les recoins de la cuisine, par exemple, et les délices que ses armoires pouvaient renfermer... Mais ils avaient tout de même réussi à trouver leur rythme. Dans tous les cas, le week-end à Philadelphie, sans Carter, s'annonçait des plus prometteurs.

Mais Katie avait une autre idée en tête. Qu'elle formula dès qu'ils passèrent le seuil de leur chambre d'hôtel et que Jacob s'avança vers elle, une lueur de désir dans les yeux.

— Où allons-nous acheter ma robe ? dit-elle en croisant les bras sur sa poitrine.

Jacob se figea, interdit.

— Nous avons du temps libre sans le bébé, et tu penses à faire du shopping ?

Ah, les hommes. Dès qu'une perspective de faire l'amour se présentait, la terre pouvait bien s'arrêter de tourner...

Elle avait beau elle-même être en proie aux affres du désir, elle ne céda pas.

— Nous n'avons pas eu le temps avant de quitter Black Hills, et tu as promis que je t'accompagnerai au bal.

Il la dévisagea, comme s'il entendait lui faire passer un scanner mental et deviner ses pensées.

— Tu es sérieuse ?

— Absolument, je t'ai dit que je ne voulais pas que ce voyage soit identique au précédent.

Il s'approcha d'elle et lui caressa le menton. Une caresse pleine de sous-entendus qui n'étaient pas loin de la faire chavirer.

— Je ne vois pas quel est le problème, nous avions passé un merveilleux week-end, est-ce que je me trompe ?

Non, il ne se trompait pas, mais la question n'était pas là.

— Oui, c'était un week-end très agréable, fit-elle en jouant de l'euphémisme pour l'agacer. J'ai adoré ton appartement, vraiment. Mais je n'aurais pas été contre prendre un peu plus souvent l'air. Si je ne m'abuse, on n'a quitté ton lit que pour venir de l'aéroport et y retourner.

Il éclata de rire.

— Je ne vois toujours pas où est le problème…

— Cela dépend, coupa-t-elle, n'écoutant que son courage pour poser la question qui l'obsédait depuis tant de temps. Est-ce que seul le sexe t'intéresse avec moi ?

A Black Hills, avec le bébé et les dangers qu'ils couraient à révéler leur relation, elle ne pouvait pas lui demander des preuves de son engagement. Mais ici, à Philadelphie, il ne pouvait plus se cacher derrière de telles excuses. Il fallait qu'il dévoile ses projets, et elle n'avait pas la moindre intention de lâcher prise.

Sa déception fut presque palpable, et elle ne put qu'en ressentir l'écho dans son propre corps. Peut-elle devait-elle le rassurer ? Lui dire qu'ils allaient encore et encore faire l'amour, mais pas tout de suite ? Non, elle balaya immédiatement cette idée de son esprit.

Mais pourquoi ? Par espièglerie ? Par provocation ? Ou parce qu'elle voulait lui faire payer son comportement passé ? Dans tous les cas, il méritait ce supplément d'attente qu'elle lui imposait.

— Le bal a lieu ce soir, rappela-t-elle, tandis qu'ils se dirigeaient vers l'ascenseur menant à la réception. Je n'ai toujours pas de robe et, comme tu m'as dit que tu avais prévu quelque chose pour cet après-midi, autant ne pas perdre de temps.

En silence, ils sortirent de l'hôtel. Jacob héla un taxi et se retourna vers elle.

— Trouver une robe te prendra toute la matinée ? C'est ce que tu es en train de me dire ?

Son air de chien battu était tout à fait irrésistible, mais pas assez pour la faire abdiquer.

Elle jeta un coup d'œil à sa montre.

— Dans deux heures, il sera midi, ce n'est pas vraiment ce que j'appelle toute la matinée…

Le taxi arriva. Jacob lui tint la porte et l'invita à monter, puis prit place dans le véhicule et précisa ses instructions au chauffeur.

Quelques dizaines de minutes plus tard, le taxi les laissa dans une artère commerçante, pleine de boutiques de prêt-à-porter. Sa gorge se serra. Devait-elle avouer à Jacob qu'un tel étalement de luxe la mettait mal à l'aise ? La dernière fois qu'elle avait cherché une robe de soirée, c'était pour son bal de fin d'année au lycée. Et elle l'avait trouvée dans un dépôt-vente.

Elle prit une profonde inspiration. Non, il ne fallait pas qu'elle flanche. Hors de prix ou pas, elle allait en profiter et se laisser aller au plaisir du lèche-vitrines.

Très vite, une devanture attira son attention. Oui, elle allait à l'évidence trouver son bonheur dans cette boutique. Ce qu'elle indiqua à Jacob.

— Je vais faire un petit tour dans celle-ci, tu m'attends ?

Il fronça les sourcils.

— Parce que je ne peux pas venir avec toi ?

Elle eut du mal à réprimer un fou rire. Quel supplice était-elle en train de lui infliger… Rien ne se déroulait comme ce qu'il avait prévu !

— Non, répondit-elle, je tiens à ce que ma tenue soit une surprise.

Il resta silencieux un court instant. Comme s'il cherchait à ménager son effet.

— J'avais prévu de te l'offrir. Ce sera difficile de le faire de la rue, tu ne penses pas ?

L'information ne la surprit qu'à moitié. Au bout d'un moment, il fallait toujours que Jacob prenne la direction des opérations et joue les mâles dominants. Devait-elle se laisser faire ?

De toute façon, d'un point de vue très pragmatique, même si elle s'apprêtait à choisir une robe hors de prix selon ses standards personnels, selon ceux de Jacob, cela ne risquait de représenter qu'une toute petite goutte d'eau dans un océan. Pour autant, elle était décidée à ne pas capituler. Qu'importe que son budget en prenne un coup.

— Cela ne sera pas nécessaire, Jacob, je m'occupe de la note.

— Non, dit-il d'un ton sec.

Dans un autre contexte, et surtout face à quelqu'un d'autre, cette intonation et l'expression de son visage n'auraient pas manqué de l'impressionner. Mais elle connaissait très bien l'homme et savait que s'il pouvait se montrer insistant, en dernier lieu, il resterait coûte que coûte un gentleman. A elle de faire preuve de persévérance.

— Pas la peine de discuter, Jacob, je paierai ma robe, un point c'est tout.

— Non, pas d'accord, dit-il en lui prenant la main. C'est moi qui ai eu l'idée de cette excursion, c'est donc à moi de tout prendre en charge. Qui plus est, je veux que tu trouves la robe de tes rêves et, tu as beau être têtue comme une mule, tu ne la trouveras pas si tu es limitée dans ton budget.

Un point qu'elle ne pouvait que lui accorder.

— Mais, je…, bredouilla-t-elle, sentant sa volonté flancher.

— Tu… rien du tout ! ironisa Jacob, avant de lui déposer un furtif baiser sur le dos de la main. Tu me laisses faire, tu fais ton choix tranquillement, tu demandes à la vendeuse de venir me trouver et on se retrouve à la caisse, d'accord ?

Elle ferma les yeux quelques secondes et prit une profonde inspiration. Que pouvait-elle répondre ? Il allait payer sa robe, et rien d'autre, et surtout pas profiter de la situation dans les cabines d'essayage, alors qu'il en avait totalement la possibilité.

— Merci, soupira-t-elle en rouvrant les yeux. Merci, Jacob.

Il avait gagné. Elle entra dans la boutique.

Avant que la porte de verre se referme, il lui lança avec un clin d'œil :

— Et prends aussi des chaussures et un sac. Je ne le répéterai pas deux fois.

— Chef, oui chef ! dit-elle avec toute l'impudence dont elle était capable.

Contrairement à ses attentes, les vendeuses ne la prirent pas du tout de haut. Elles furent même aux petits soins, car elles avaient entendu parler du bal de charité auquel Jacob l'avait invitée et surent la conseiller au mieux.

Au bout de quelques essais, elle trouva la robe parfaite.

— Oh ! pas de doute, dit-elle devant la glace. C'est celle-là, je la prends !

Il s'agissait d'une petite robe noire, mais qui n'avait rien de classique ou d'ordinaire. Le fond, en soie rose, était recouvert d'un entrelacs de dentelle dessinant un motif floral. Au niveau de la poitrine, la robe formait un corsage suggestif mais suffisamment emboîtant pour soutenir ses nouvelles formes. Au niveau de la nuque, le tissu rappelait les fleurs et les broderies végétales de l'ensemble. Le résultat était aussi chic que terriblement sensuel et féminin. Jacob allait l'adorer.

Vingt minutes plus tard, elle avait aussi craqué sur LA paire d'escarpins qui allait mettre en valeur ses jambes, des bas légèrement irisés et une petite pochette brodée de sequins noirs. Le moment était venu de faire appeler Jacob, qu'elle retrouva comme convenu à la caisse du magasin.

Sans la moindre seconde d'hésitation, il tendit sa carte de crédit, sous les regards admiratifs des vendeuses.

— Vous n'allez pas en croire vos yeux, dit l'une d'entre elles en lui tendant les paquets.

Le cœur de Katie battait à mille à l'heure. Jacob se tourna vers elle et lui déposa un délicieux baiser sur la joue.

Elle se sentit rougir. C'était sans doute l'une des premières fois qu'il manifestait son affection en public.

— Elle pourrait se vêtir d'un sac de jute que je n'en croirais pas mes yeux, ironisa-t-il. J'aime tout ce qu'elle porte.

— C'est presque vrai, déclara-t-elle. Je crois qu'il adore même me voir dans mes vieux débardeurs élimés.

La vendeuse lui fit un clin d'œil et lui dit à l'oreille :

— Ça, c'est un signe qui ne trompe pas. Si votre tenue l'indiffère, c'est que vous avez trouvé l'homme de votre vie.

Katie sentit un flot de panique l'envahir. Seigneur, et si cette vendeuse qu'elle ne connaissait ni d'Eve ni d'Adam avait raison ?

- 11 -

Lorsque Katie sortit de la chambre, Jacob en eut le souffle coupé. Elle ne plaisantait pas quand elle avait dit que la robe méritait un peu de patience.

Et il s'était montré vraiment patient.

Si une chose pouvait résumer la dualité de Katie — ange et démon —, c'était bien cette robe. Sa dentelle noire, sur un fond rose chair, donnait une impression de lingerie. Imaginer ce qu'elle pouvait avoir en dessous, si jamais elle portait le moindre sous-vêtement, lui mit l'eau à la bouche. Attendre la fin de la soirée pour le savoir allait être un supplice.

Et s'il essayait de la convaincre de rester à l'hôtel ce soir ? D'oublier la raison même de leur venue à Philadelphie ? Non, il ne pouvait pas lui faire ça.

Il se rappela ses paroles de colère quand il avait parlé de ce week-end. Son cœur se serra. Il avait tellement honte que Katie puisse penser que seul faire l'amour avec elle l'intéressait.

Oui, à Black Hills, il fallait encore qu'ils jouent la discrétion, mais ici, à des milliers de kilomètres, il pouvait fièrement la présenter au monde, il n'y avait aucun danger.

— Tu es époustouflante, commenta-t-il. Je suis si fier de t'avoir à mon bras ce soir, si tu savais !

Elle lui sourit, de son petit sourire mutin qui le faisait chavirer.

— Merci pour vos compliments, mon bon monsieur, vous serez récompensé tout à l'heure.

Vite, il fallait qu'ils quittent la suite au plus vite, ou il n'allait pas pouvoir se retenir bien longtemps.

Dans la salle de bal bondée, bruissant des discussions des convives, jamais la double nature de Katie ne lui parut si évidente. Les hauts lustres faisaient miroiter les dizaines de paillettes de sa pochette et soulignaient le délicat scintillement de ses bas. Elle était tout simplement étincelante et semblait maîtriser l'art de la conversation mondaine comme si elle avait fait cela toute sa vie.

Elle avait l'air d'un ange, mais Jacob savait mieux que personne quelle sensualité féroce pouvait se cacher sous la finesse de ses gestes et de ses paroles.

Une annonce dans le micro le tira de ses pensées.

— Mesdames et messieurs, bonsoir. Nous sommes heureux de rendre hommage aux membres de notre conseil d'administration qui œuvrent avec tellement de dévotion pour améliorer le quotidien des enfants malades. J'appelle Jacob Blackstone, notre président, qui va vous les présenter.

Jacob pesta intérieurement. S'il avait su que sa fonction allait être ainsi dévoilée, il aurait prévenu Katie, mais il avait malheureusement été si obnubilé par le temps à passer avec elle qu'il en avait oublié ce petit détail…

Quelques dizaines de minutes plus tard, après avoir rempli le gros de ses obligations, il la retrouva sur la piste de danse, afin de savourer un bref instant d'intimité. Elle l'accueillit par un large sourire.

— Mazette, j'aurais sans doute dû faire une recherche Internet sur toi lorsque nous nous sommes rencontrés, ironisa-t-elle. J'aurais compris que tu n'étais pas simplement une célébrité de Black Hills, mais du monde entier.

— Je suis désolé, Katie, j'aurais dû te dire que j'étais le président de cette association, mais je n'ai pas pensé…

— A autre chose qu'à me mettre dans ton lit ?

Il éclata de rire.

— Votre honneur, je plaide coupable, dit-il en levant la main droite.

— Mais dis-moi, ajouta Katie, tu es prêt à renoncer à tout cela ?

— Je ne vois rien ici qui pourrait me retenir, surtout qu'à Black Hills j'ai Carter, mes frères…

Et toi. Les mots restèrent coincés dans sa gorge.

— Qui plus est, poursuivit-il, je ne vais pas y renoncer totalement.

Il sentit Katie se raidir dans ses bras.

— Que veux-tu dire ?

— Que je ne peux pas abandonner cette association avec laquelle je travaille depuis tant d'années. Il faudra que je revienne de temps en temps, ne serait-ce que pour le conseil d'administration. Mais aussi pour le glamour, car je détesterais ne plus jamais te voir porter cette robe.

Elle lui donna un petit coup de coude dans les côtes.

— Pas de doute, tu es un homme, fit-elle d'une voix terriblement sensuelle.

Il ne put résister plus longtemps et captura sa bouche un court instant, avant de reprendre une attitude plus… convenable en société.

— En outre, j'aimerais beaucoup installer une fondation à Black Hills. Une aile du manoir serait l'emplacement parfait, mais il faut que je trouve une cause qui me tienne à cœur.

— Oui, il faut que tu trouves quelque chose qui te passionne.

Elle se mordit la lèvre. A l'évidence, elle ne pensait pas uniquement à une œuvre de charité. Parfait, ils étaient sur la même longueur d'onde, encore une fois.

— Je sais, dit-il en essayant de garder la maîtrise de lui-même. Ce qui me plairait beaucoup, c'est qu'elle porte mon nom. Pas pour honorer la mémoire de mon grand-père, tu t'en doutes, non, mais pour léguer quelque chose à Carter dont il pourrait être fier.

Elle leva les yeux vers lui. Ce soir, sous les hautes lumières, ils semblaient presque verts. Une raison de plus pour s'y perdre et oublier le monde. Elle se serra un peu plus contre lui.

— Avoir un enfant change bien des choses, n'est-ce pas ?

— Oui, je dois bien l'avouer, admit-il en riant.

Puis il se pencha vers elle et, malgré la foule, malgré les convenances, il l'embrassa à perdre haleine.

Le baiser de Jacob la fit chavirer. Katie se sentait si bien… Mais pas aussi bien que s'ils avaient été seuls dans une chambre.

— Et si on rentrait ? osa-t-elle en reprenant son souffle.

Il acquiesça par un clin d'œil et, en moins de temps qu'il ne fallut pour le dire, ils se retrouvèrent sur le seuil de leur chambre d'hôtel.

A l'intérieur, l'ambiance était féerique. Le clair de lune filtrant à travers les fins rideaux des fenêtres donnait aux nuances taupe de la pièce une lueur presque irréelle. Dans cette lumière, le souffle court, Katie regarda Jacob ôter sa veste de smoking, puis sa chemise.

Il s'avança vers elle, son torse nu et musclé tendu de désir. Sans un mot, il glissa une main sous sa robe et, dans un frôlement d'étoffe, la fit patiemment remonter sur ses hanches. Elle fut parcourue d'un long frisson voluptueux.

— Si tu savais, Katie, murmura-t-il, depuis cet après-midi je ne fais que penser à ce que tu caches sous cette robe. J'ai failli devenir fou.

Elle ne put retenir un éclat de rire.

— C'était mon plan.

Il commença par dégrafer les attaches de son porte-jarretelles, puis prit un moment pour, lentement, aller dénicher la fermeture Eclair dans son dos et la faire coulisser.

La robe tomba au sol, la laissant plus exposée que jamais. Non parce que son corset de guipure ne laissait plus beaucoup de place à l'imagination, mais parce que l'homme qui lui faisait face ne semblait pas seulement vouloir lui faire l'amour.

Non, en voyant la lueur de convoitise dans ses yeux, elle comprit qu'il s'apprêtait à la consumer tout entière.

Et elle allait le laisser faire. Elle allait s'offrir à lui.

De la paume de ses mains, il suivit le tracé de ses hanches et remonta jusqu'à sa taille, puis caressa langoureusement ses seins. Le bout de ses seins était tendu par le désir, et il les caressa, avant de se mettre à embrasser son buste et de descendre, lentement.

Elle gémit.

La tête pressée contre ses cuisses, il murmura :

— Du satin blanc. Rien ne serait plus adéquat pour un ange.

Pourquoi la comparait-il à une créature céleste ? Elle n'en avait pas la moindre idée, mais elle ne pouvait qu'apprécier la révérence qu'elle entendait dans sa voix.

Savourer ses gestes, sa patience, son doigté qui se faisait de plus en plus expert, de plus en plus déterminé. Se laisser hypnotiser par la chaude humidité de sa langue explorant les replis les plus intimes de sa chair.

— Jacob, supplia-t-elle, haletante. Prends-moi vite, je t'en prie.

- 12 -

La sonnerie du téléphone réveilla Katie du sommeil le plus réparateur dont elle avait pu profiter depuis des lustres. En réalité, elle n'avait pas aussi bien dormi, et aussi longtemps, depuis la naissance de Carter…

Carter !

Sans même en avoir totalement conscience, elle se redressa et, en à peine une seconde, fut debout à côté du lit, cillant pour s'extirper du sommeil.

Assis au bord du lit, Jacob était en pleine conversation, l'air soucieux. Que se passait-il ?

Il mit une main sur le combiné.

— Va t'habiller s'il te plaît, il faut qu'on rentre.

Elle sentit son cœur se serrer. Jacob était déjà prêt, vêtu d'un pantalon de toile marine et d'un polo gris. Sa tenue préférée pour prendre l'avion. L'amant fougueux et lascif qu'il avait été la veille avait cédé le pas à un homme d'action sévère et concentré.

Avec à peine un regard pour elle, il se leva et sortit de la chambre.

La poitrine serrée par une terrible angoisse, elle le suivit dans le salon de la suite.

— Que se passe-t-il, Jacob ? Est-ce que Carter va bien ?

Il ne répondit pas. Un instant, l'exaspération prit le pas sur l'angoisse. Résolue, elle tendit la main pour lui ôter le téléphone de l'oreille et attirer ainsi son attention.

Les sourcils froncés, il lui lança un regard désapprobateur et, avec un mouvement d'épaules, remit le téléphone à sa place.

Elle insista.

— Carter ? Il va bien ? Que se passe-t-il ?

Jacob secoua la tête et raccrocha.

— Oui, oui, pardon, Carter va très bien, mais il faut quand même que nous attrapions le premier avion.

— Pourquoi ? Que se passe-t-il, alors ? demanda-t-elle en se rhabillant à toute hâte.

— Rien, un truc à l'usine, fit-il d'un ton énigmatique.

Quelle mouche l'avait donc piqué ? Pourquoi semblait-il vouloir éviter de lui parler ? La nuit qu'ils venaient de partager avait-elle… Non, elle se faisait des idées, sans doute était-il déjà parti mentalement à Black Hills, en la laissant derrière lui.

Elle retourna dans la chambre pour terminer de s'habiller et faire son sac. Quand elle regagna le salon, elle trouva Jacob de nouveau rivé à son téléphone, cette fois-ci à pianoter frénétiquement des textos.

Elle soupira. La nuit précédente, elle aurait cru qu'ils ne faisaient plus qu'un, mais ce matin Jacob manifestait une distance et une froideur qu'elle ne lui avait jamais connues.

Une nouvelle angoisse l'étreignit.

Pourquoi cette attitude ? La punissait-il de quelque chose ? Mais de quoi ?

Lorsqu'ils quittèrent l'hôtel, elle ne put que déplorer la brièveté du temps qu'ils venaient de passer ensemble. Ils étaient censés rester deux jours entiers à Philadelphie, et voilà qu'en à peine vingt-quatre heures ils étaient déjà sur le retour.

L'expérience avait-elle été si désastreuse pour Jacob qu'il ressente le besoin de rentrer au plus vite ?

Elle prit une profonde inspiration. Il fallait qu'elle se calme. Si Jacob lui disait qu'il y avait un problème à la filature, même s'il ne semblait pas vouloir lui en dire davantage, elle devait le croire. Et, Dieu soit loué, le problème ne concernait pas Carter.

Pendant tout le trajet jusqu'à l'aéroport et, ensuite, pendant l'intégralité du vol, Jacob resta étrangement silencieux. Elle décida alors de fermer les yeux pour tenter de terminer sa nuit, mais l'agitation de Jacob à ses côtés rendit tout repos quasiment impossible. Essayant de penser à autre chose, elle attrapa un magazine.

Tant pis, elle avait déjà bien dormi, bien assez pour être en pleine forme et s'occuper de son petit ange tout l'après-midi. Leur séparation avait certes duré moins longtemps que prévu, mais cela ne l'empêchait pas de ressentir une vive impatience à l'idée de le serrer contre elle.

Mais pourquoi Jacob était-il si nerveux ? Et pourquoi jouait-il au roi du silence ? Après l'atterrissage, une fois sur le parking de l'aéroport, Jacob se décida enfin à parler :

— On passe au manoir pour que tu récupères Carter et, ensuite, je te dépose chez toi. Après, il faut que je file à l'usine, j'ai des choses à voir avec Aidan.

Elle savait bien qu'il ne fallait pas qu'elle insiste, mais elle ne put s'en empêcher :

— Je peux savoir ce qui se passe ? Je peux faire quelque chose ?

Elle n'eut pour toute réponse qu'un bref hochement de tête. Très bien, si ce silence l'exaspérait, elle n'allait pas non plus le supplier. Les bras croisés sur sa poitrine, elle bascula la tête en arrière et se laissa bercer par le ronronnement du moteur. L'essentiel était que son fils se porte bien, le reste, elle allait pouvoir le supporter.

Lorsque Katie ouvrit les yeux, Jacob passait devant le Lola's. Plusieurs voitures de police étaient garées sur le parking. Elle se figea, son cœur battait si fort qu'elle se crut au bord de la crise cardiaque.

— Jacob ! s'écria-t-elle.

Mais, au lieu de s'arrêter, il appuya sur l'accélérateur.

— Jacob, qu'est-ce que tu fais ? Arrête-toi !

Dans la confusion et la panique, elle lui agrippa le bras. Avec un long soupir, il consentit à garer la voiture à quelques centaines de mètres du bar. Affolée, elle ne put se contenir plus longtemps.

— Qu'est-ce qui se passe, Jacob ? Tu vas me le dire à la fin ?

Elle haletait, le souffle coupé par l'angoisse. Sans réfléchir plus longtemps, ni attendre une réponse qui n'allait pas venir, elle se précipita hors de la voiture.

Arrivée devant la maison de sa mère, elle fendit la foule de badauds qui s'était amassée sur le trottoir. Jacob la suivit.

Elle était en train de monter les premières marches du perron quand la porte de la maison s'ouvrit. Là, deux policiers encadrant son frère en sortirent.

— Zachary ! hurla-t-elle.

Son frère, le visage grave, n'avait pas de menottes. Un des deux policiers le tenait simplement par le haut du bras. Mais assez fermement pour qu'elle comprenne qu'il ne s'agissait pas d'une visite de courtoisie.

— Tout va bien, ne t'inquiète pas, dit Zachary en passant devant elle.

Elle eut bien du mal à le croire, surtout en le voyant se faire escorter jusqu'à une voiture de police et prendre place à l'arrière. Elle gravit alors quatre à quatre les marches de l'escalier.

Derrière la moustiquaire, elle trouva sa mère, défaite.

— Maman, que se passe-t-il ? demanda-t-elle la voix brisée par un sanglot.

Sa mère se prit la tête dans les mains, avant de répondre, le souffle court :

— Je ne sais pas, je ne comprends rien. Il paraît que ton frère a aspergé un champ de produits chimiques et que les cultures sont mortes. Mais ça n'a pas de sens, ils l'emmènent pour un interrogatoire. On en saura davantage bientôt.

Furieuse, Katie se tourna vers Jacob.

— Pourquoi tu ne m'as rien dit ? Qu'est-ce que c'est que cette histoire ?

Jacob la regarda d'un air désolé.

— Pardon, Katie, je ne pensais pas qu'ils viendraient chez ta mère, je pensais qu'ils iraient chez lui…

Sa mère s'interposa.

— Comme si cela changeait quelque chose ! Il était chez moi pour déboucher l'évier de la cuisine, si vous voulez tout savoir !

Elle tendit la main vers sa mère.

— Maman, il faut rester calme, ça ne sert à rien de s'énerver. Comme tu dis, on en saura davantage bientôt. Il faut attendre.

Jacob s'éclaircit la voix.

— Katie ? On passe au manoir pour que tu récupères Carter ?

Elle lui lança le regard le plus noir qu'elle avait en réserve.

— Non, ne te donne pas cette peine, je vais appeler Christina et m'en occuper avec maman. Tu peux t'en aller.

Manifestement, Jacob en savait bien plus qu'il n'en disait. Ce qui la brisait intérieurement. Sans doute avait-il une raison, une bonne raison, de garder le silence, mais rien ne lui faisait plus mal que de voir, une fois de plus, comment il pouvait l'exclure d'un pan entier de son existence. Et lui cacher, par la même occasion, la vérité.

Jacob se précipita dans sa voiture et démarra en trombe afin de suivre le fourgon de police. Arrivé au commissariat, il retrouva Zachary dans une minuscule salle d'interrogatoire.

Heureusement, Jacob était dans les petits papiers de la police locale, car ils travaillaient main dans la main pour résoudre l'affaire des sabotages. Il n'eut pas à insister très longtemps pour voir le suspect.

— Tu as intérêt à m'expliquer ce qui s'est passé, car ta sœur va m'arracher les yeux si je ne reviens pas fissa avec des réponses, tu m'entends ? fit-il en tirant une chaise pour s'asseoir.

Zachary haussa les épaules.

— Si je le savais moi-même.

Jacob serra les poings. Pourquoi Zachary n'allait-il pas droit au but ? Il n'avait assurément pas besoin de ce genre de petit jeu en ce moment. Surtout qu'il n'était vraiment pas prêt à retourner dormir sur le canapé… si jamais Katie tolérait d'ailleurs de le revoir chez elle.

Jamais il ne l'avait vue aussi furieuse et aussi déçue qu'une demi-heure auparavant, devant la maison de sa mère. Mais que pouvait-il dire de plus ?

La vérité, c'est qu'il ne savait à peu près rien, sauf que Zachary était en passe de se faire inculper pour un crime qu'il n'avait pas commis, et que des saboteurs devaient se taper sur les cuisses de joie. Ce qui le rendait nerveux, atrocement nerveux. Et il détestait se mettre dans des états pareils.

Il tenta une nouvelle approche avec Zachary.

— Bon, et si tu me racontais encore une fois tout depuis le début ?

Zachary soupira.

— Si tu veux, mais il n'y a rien de nouveau depuis que je t'ai appelé ce matin.

— J'insiste.

— Très bien, si tu insistes. Comme l'aviation me manquait après mon passage dans l'armée, je me suis acheté un petit Cessna. Pour le rentabiliser, je m'en sers de temps en temps pour aider les agriculteurs du coin à traiter leurs cultures.

Zachary se frotta quelques instants la nuque, puis poursuivit :

— La semaine dernière, j'ai fait ma sortie habituelle en

cette saison pour asperger de pesticides plusieurs champs de coton. Le problème, c'est que les plantations se mettent aujourd'hui à mourir, toutes, sans exception.

— Et tu es sûr d'avoir chargé des pesticides et pas autre chose ?

— Absolument, affirma Zachary. Je m'approvisionne toujours au même endroit et je fais bien attention aux étiquettes des bidons. Je ne comprends pas ce qui s'est passé. Mais c'est épouvantable. Toute la récolte de cette année va être fichue.

— Tu crois que la filature peut dire adieu à sa matière première cette année ?

Zachary roula des yeux.

— Franchement, c'est un peu le cadet de mes soucis. Je pense surtout aux fermiers et à leurs familles qui n'avaient vraiment pas besoin de ça. Les pertes doivent se chiffrer en plusieurs dizaines de milliers de dollars, tu te rends compte ?

Soit Zachary était un très bon acteur, soit il n'était absolument pas responsable de ce dont on l'accusait. Car feindre une telle empathie et une telle détresse frôlait l'impossible.

Mais il devait en avoir le cœur net.

— Donc, tu n'as rien fait ?

Zachary tapa du poing sur la table.

— Evidemment que je n'ai rien fait ! J'ai chargé les bons bidons et j'ai vérifié deux fois ! La seule hypothèse, c'est que quelqu'un a saboté les produits. Et, comme on parle de coton, il doit s'agir des mêmes personnes que celles qui s'en prennent à ton usine.

Un policier entra alors dans la salle d'interrogatoire.

Jacob se leva et se dirigea vers lui.

— Combien de temps allez-vous le garder ? demanda-t-il, essayant de contrôler au mieux ses nerfs.

L'agent fronça les sourcils.

— Quelques heures, au minimum.

Zachary fit alors part de son exaspération.

— On se calme, fiston, dit le policier. L'affaire est grave, il va nous falloir du temps pour y voir plus clair et, en attendant, on ne peut pas te relâcher dans la nature, ne serait-ce que pour ta propre sécurité. J'ai des fermiers très en colère qui commencent à faire le pied de grue autour du poste.

— Mais je n'ai rien fait ! protesta Zachary.

— On en est tous persuadé, tempéra Jacob. Mais, si ça peut te réconforter, sache que ce que tu vas vivre ces prochaines heures est une promenade de santé par rapport à ce s'apprête à me faire subir ta sœur.

Car nul doute que Katie l'attendait de pied ferme. Il valait mieux qu'il se dépêche de trouver des explications… L'avenir de son couple renaissant en dépendait.

- 13 -

Jacob entra à pas de loup dans la maison de Katie. Carter devait être couché depuis bien longtemps, et il n'avait vraiment pas envie de le réveiller. Jamais il n'était rentré aussi tard. Anxieux des proportions que commençait à prendre l'affaire des pesticides empoisonnés, il était resté jusqu'à ce que Zachary soit relâché de sa garde à vue. Ensuite, il avait discuté un long moment avec Aidan pour déterminer quelle stratégie adopter.

A intervalles réguliers, il avait envoyé des SMS à Katie pour la tenir au courant. Sans jamais recevoir de réponse.

Il la trouva dans le salon. A voir l'expression de son visage, il comprit que la situation était pire encore que ce qu'il avait imaginé. Dans ses bras, Carter ne dormait pas, et elle essayait tant bien que mal de le bercer pour le calmer. De ses yeux rougis, il saisit qu'elle avait longtemps pleuré.

Ce qui ne l'empêchait pas d'être la plus belle créature qu'il ait vue de toute son existence. Mais il savait que le moment était mal choisi pour le dire.

Manifestement, Carter ressentait la détresse de sa mère. Il ne pleurait pas, mais ne cessait d'agiter ses bras et ses jambes.

Sans un mot, Jacob s'avança vers elle pour lui prendre le petit. Elle ne protesta pas, bien trop épuisée. Il installa alors Carter dans ses bras, dans cette position spéciale qu'il aimait tant. Son fils le regarda longtemps et intensément, avant de commencer à bâiller et à cligner des yeux. Après quelques minutes d'un subtil mouvement de balancier dont il avait le secret, Jacob vit le bébé s'endormir enfin.

Il sourit.

— J'ai l'impression qu'il a grandi le peu de temps que nous étions partis.

Katie hocha mollement la tête et lui répondit sans le regarder :

— Oui, c'est fou.

Sa phrase se termina dans un sanglot. Ce fut comme si quelque chose se brisait au fond de lui. Il connaissait la Katie sexy, la Katie aimante, la Katie indépendante, forte, courageuse. Mais jamais il ne l'avait vue dans un tel état de tristesse. Il se sentait terriblement démuni.

Que faire ? Il n'en avait pas la moindre idée. Pour se donner une contenance et quelques minutes pour réfléchir, il sortit de la pièce pour installer Carter dans son berceau, à l'étage. Penché sur le petit lit, il respira profondément un long moment avant de redescendre au salon.

Que Katie souffre lui était tout bonnement insupportable. Cette femme méritait tellement mieux… Il la trouva dans la cuisine, en train de laver des biberons. Sans doute sa technique à elle pour se dérober à son regard. Il pouvait bien le lui accorder. Après tout, il lui avait caché la vérité puis, lorsqu'elle l'avait découverte, il l'avait laissée seule toute la journée.

— Je suis désolé de rentrer si tard, Katie, mais j'ai voulu attendre que Zachary sorte du commissariat. Ensuite, j'ai dû retrouver Aidan pour discuter. Je ne pensais pas que cela allait prendre autant de temps.

Elle haussa les épaules.

— Et qu'est-ce que tu pensais ? dit-elle sèchement. Que Zachary est coupable ?

— Jamais de la vie, et surtout pas depuis qu'il m'a tout raconté.

Katie se retourna et lui lança un regard aussi dur que la pierre.

— Jacob, pour une fois, dis-moi la vérité.

— C'est la vérité ! Zach n'est pas un saboteur, je le sais parce que je lui ai demandé de m'aider à les débusquer.

— Quoi ?

Katie ouvrit grands les yeux et resta interdite.

— Oui, ça me paraissait logique. Ton frère s'occupe de la maintenance et connaît très bien l'usine, dans ses moindres recoins. Sans compter qu'il travaille souvent en horaires décalés. Je lui ai donc demandé de garder les oreilles et les yeux ouverts et, aujourd'hui, je me dis qu'il a été pris pour cible pour cette raison.

Il osa alors s'avancer plus près d'elle.

— C'est pour cela que je n'ai rien dit à ta mère, car je ne savais pas qui pouvait nous entendre dans la foule, qui pouvait nous surveiller. Et je ne voulais surtout pas que ta mère pense que j'avais mis Zachary dans le pétrin.

— Mais…

Jamais il ne l'avait vue ainsi. Son visage était livide.

— Jacob, je ne sais pas par où commencer.

Il essaya de lui prendre la main, mais elle se dégagea brusquement.

— Tout ira bien pour Zachary, je te le promets.

Elle soupira et le fixa d'un regard aussi froid que la glace.

— Zachary ? Mais cela n'a rien à voir avec Zachary !

Elle avait haussé le ton, ce qui lui fit craindre pour le sommeil de Carter.

— S'il te plaît, calme-toi.

— Que je me calme ? Mais tu ne vois même pas le problème, Jacob ! Encore une fois, tu m'as exclue de ta vie. Cela n'a rien à voir avec mon frère. Ce que je te reproche, c'est ta manie de tout compartimenter et de croire que tu le fais pour me protéger. Tu le fais parce que tu as la trouille que je fasse vraiment partie de ton existence !

Il resta silencieux. Katie n'avait pas complètement tort, sans avoir pour autant complètement raison.

— Je ne sais pas quoi dire, Katie, je ne pensais pas que le quotidien de la filature t'intéressait.

— Arrête, Jacob, et regarde la vérité en face. Tu m'as dit craindre pour ma sécurité et celle de Carter, mais tu n'as même pas daigné me dire ce que tu avais manigancé avec mon frère, alors que cela pouvait le mettre en danger, et nous avec. Tu te rends compte ?

Non, en réalité, il ne comprenait pas ce que Katie lui reprochait. Mais ce n'était pas, à l'évidence, ce qu'elle voulait entendre.

— Les choses m'ont paru logiques, c'est tout, concéda-t-il. J'avais besoin…

— D'un espion ?

— Si tu veux, mais ton frère a accepté de m'aider, je ne l'ai pas forcé. C'est une question professionnelle, pas personnelle.

— Quand cela concerne ma famille, c'est une question personnelle, je suis désolée.

Que répondre à cela ? Il savait que Katie avait une façon très émotionnelle de voir les choses, mais il ne pensait pas non plus que la situation prendrait de telles proportions. Jamais il n'aurait imaginé que les saboteurs s'en prendraient à Zachary pour nuire à la filature et aux Blackstone.

Plus furieuse que jamais, elle poursuivit :

— Et me cacher la vérité et nous laisser croire qu'il irait en prison pour un crime qu'il n'a pas commis, ça ne te dérangeait pas ? Ma mère est malade d'inquiétude depuis ce matin, et moi aussi. Qu'est-ce que tu voudrais que j'en pense ?

— Katie, je t'en prie, calme-toi. Je vais m'en occuper, je te l'ai dit. Zachary n'ira pas en prison, j'ai un plan.

— Un plan dont je ne fais pas partie, c'est ça ?

Il sentit sa gorge se nouer. Ce qu'il désirait le plus au monde, c'était que Katie lui fasse confiance. Mais comment concilier ce désir avec son besoin de tout contrôler ?

Comme si elle avait lu dans ses pensées, Katie ajouta :

— Il faut que tu te décides, Jacob. Soit on travaille ensemble, soit tu restes tout seul. Je précise que je ne veux pas que tu m'embauches pour que je puisse surveiller mon frère à l'usine, ou que tu m'envoies des textos à chaque minute. Mais je ne vais pas rester assise les bras ballants à attendre que les choses se fassent. Si tu veux que nous soyons partenaires, alors il faut agir en fonction. Il faut que tu m'inclues dans ta vie et dans tes décisions. Il faut que je sois au courant des choses avant, pas après qu'elles se produisent. Tu comprends ?

Oui, il le comprenait. Comme il comprenait aussi que Katie était la femme la plus forte et la plus déterminée qu'il connaissait. Ce qui le remplissait d'une émotion si forte, si profonde, qu'il en était terrorisé.

Certes, il avait mis un point d'honneur à vivre sa vie de façon à tout contrôler seul, sauf que si, aujourd'hui, Katie quittait sa vie et le laissait véritablement seul il en mourrait. Il en était persuadé.

A peine Jacob avait-il ouvert la porte à Zachary que celui-ci eut un long sifflement admiratif.

— Eh bien ! Déjà que ce manoir était impressionnant de l'extérieur, s'exclama-t-il la tête levée vers la coupole du vestibule. Autant dire que je n'avais rien vu.

A cet instant, Christina descendit les marches de l'escalier central. Sa blouse mauve clair contrastait avec le riche brun de ses cheveux.

— Enfin un peu d'enthousiasme dans cette maison, lança-t-elle d'un air amusé, ça fait plaisir à entendre.

Jacob ne put s'empêcher de sourire.

— Comment va maman ? demanda-t-il.

— Bien, je crois qu'aujourd'hui est un bon jour pour elle.

— Parfait.

Christina se tourna alors vers le visiteur.

— Tiens, Zachary, comment vas-tu ?

— Assez bien, fit-il avec un sourire en coin. La police vient de recevoir les résultats d'analyse, et les fûts de pesticides ont bien été remplis de défoliant à mon insu. Il faut encore qu'ils s'occupent des caméras de vidéosurveillance.

— Et comment va Katie ? Ça fait plusieurs jours que je l'ai vue.

Zachary lui jeta un rapide coup d'œil. Il savait qu'il prêterait une attention toute particulière à sa réponse.

— Pas mal, mais assez sombre. Au Lola's, elle n'arrête pas de me tourner autour comme si je pouvais disparaître dans l'instant. Qui plus est, elle a très peur de la réaction des fermiers.

Ce qui angoissait aussi Jacob, même s'il n'avait toujours pas trouvé de moyen pour y remédier.

— Elle est aussi très sombre à la maison, commenta-t-il.

Ce qui, là aussi, le laissait désemparé. Il savait bien qu'il n'avait pas réussi à la convaincre de sa loyauté, ou de son désir de la considérer comme une partenaire, avec laquelle travailler d'égal à égal. Il ne s'était pas encore résolu à le lui dire, incapable qu'il était de dépasser ses angoisses.

Le jour, leurs conversations en restaient donc au minimum syndical. Une distance qui, heureusement, se dissipait la nuit lorsqu'ils faisaient l'amour.

Aidan fit alors une entrée fracassante. Ce qui le tira de ses pensées.

— Il a remis ça ! dit-il, hors d'haleine.

Jacob se figea.

— Tu parles du saboteur ?

— Oui, lâcha son frère. Voire *les* saboteurs, car je crois qu'il va falloir se rendre à l'évidence, c'est plus que probable qu'ils soient plusieurs.

— Ce qui les rend d'autant plus imprévisibles, soupira Jacob en serrant rageusement les poings.

— Il y a eu deux attaques coordonnées cette fois-ci, précisa Aidan. A la fois en dehors et à l'intérieur de l'usine. Avec le coup des pesticides trafiqués et de l'incendie de mon studio, ça confirme qu'ils ont changé de tactique.

Jacob crut que son cœur allait se décrocher. Cela voulait-il dire que Katie était en danger ? Allait-elle être, elle aussi, prise pour cible ?

Prouvant une nouvelle fois ses dons d'observateur, Zachary se tourna vers lui :

— Ce qui explique que tu n'aies toujours pas officialisé les choses avec ma sœur ?

Le frère de Katie méritait de connaître la vérité. De la sorte, il serait d'autant plus à même de veiller sur sa nouvelle petite famille.

— Oui, même si ce n'est pas la seule raison, je l'avoue. Je ne veux pas que Katie et Carter deviennent des cibles, raison pour laquelle nous devons rester discrets en public.

Le regard que Zachary lui lança lui fit dire qu'il voulait, aussi, connaître les autres raisons.

Il préféra changer de sujet.

— Aidan ? Que s'est-il passé à l'usine ?

Son frère haussa les épaules, avec un air désolé.

— Ils ont fait sauter le mur donnant sur la salle de repos des employés et en ont profité pour voler plusieurs ordinateurs à l'étage de la comptabilité. Résultat, les salaires vont prendre du retard. Tout le monde est à cran là-bas.

Jacob croisa les bras sur sa poitrine.

— C'est effroyable, qu'est-ce qu'on va pouvoir faire ?

— Si vous voulez mon avis, fit Zachary, le mieux serait de commencer par calmer les esprits. Les choses commencent à vraiment chauffer du côté des agriculteurs, et comme beaucoup travaillent aussi à l'usine pour joindre les deux bouts…

— Tu veux dire organiser une réunion ? demanda Aidan.

— Non, c'est encore trop tôt, vous allez vous faire lyncher.

— Alors quoi ? insista Jacob. De quoi ont-ils besoin ? D'argent ? De nourriture ?

— Les besoins sont différents selon les gens, il faut voir au cas par cas. Mais l'essentiel, c'est aussi de faire repartir la production de la filature au plus vite.

— Mais comment ? s'enquit Jacob. Nos stocks de coton sont presque vides !

— C'est justement l'idée que j'avais en tête, car il se trouve que Katie connaît un producteur de coton qui pourrait vous aider. C'est un vieil ami à elle.

Solliciter Katie ? Sa première intuition le poussait à refuser, mais il se ravisa. Car quoi de mieux pour lui prouver qu'il entendait réellement l'impliquer dans ses décisions ? Que, plus que tout au monde, il désirait qu'elle fasse partie intégrante de sa vie ?

- 14 -

Jacob regardait Katie terminer son nettoyage du bar. D'habitude, l'établissement aurait été fermé depuis longtemps, et ils seraient déjà rentrés pour s'occuper de Carter. Mais la mère de Katie avait insisté pour que Carter passe la nuit chez elle, et Katie n'avait rien trouvé de mieux à faire que de profiter de ce supplément de temps en redoublant d'efforts au Lola's.

Il savait que se plonger dans le travail était sa manière à elle d'éviter une douloureuse discussion. Après tout, il avait été lui-même un fervent adepte de cette stratégie…

Ce soir, il avait une chance de se rapprocher d'elle. Pas physiquement, non, car elle était toujours disponible pour les corps à corps, mais psychologiquement. Retrouver cette belle complicité qui semblait en berne depuis la garde à vue de Zachary.

— Katie, dit-il en s'avançant vers le zinc, j'ai besoin de ton aide.

Elle leva les yeux vers lui, son visage trahissant un mélange de curiosité et de méfiance.

— Que se passe-t-il ?

Impossible de louvoyer, il devait aller droit au but.

— Il va falloir aider les fermiers à se remettre d'aplomb.

— Tu comptes organiser un bal de charité au Lola's ? ironisa-t-elle.

Il secoua la tête.

— Non, j'ai pensé à quelque chose de plus personnel.

C'est d'ailleurs Zachary qui y a pensé, pour être honnête. Il paraît que tu connais un marchand de coton ?

Un petit sourire de satisfaction se dessina sur ses lèvres.

— C'est vrai, je sais qui je pourrais appeler. C'est un type que j'ai rencontré il y a cinq ans. Il ne travaille pas toujours dans la région, mais il suit toujours les prix de près. Quoi d'autre ?

Elle appuya sur le bouton du lave-vaisselle pour le démarrer. Parfait, Jacob avait maintenant toute son attention.

— Tu te rappelles mon projet d'association dont je t'ai parlé à Philadelphie ? Quand je te disais qu'il fallait que je trouve une cause qui me tienne à cœur ?

Katie hocha la tête. Dans ses yeux, une lueur nouvelle lui fit comprendre qu'elle commençait à s'adoucir. Elle s'accouda au bar, ce qui lui donna une vue imprenable sur son décolleté.

Difficile de rester concentré…

Il s'éclaircit la gorge.

— L'idée serait de profiter de l'occasion, si je puis dire, pour monter un fonds de secours pour les travailleurs de Black Hills. Qu'en penses-tu ?

— J'en pense que c'est une merveilleuse idée, mais quel rapport avec moi ?

— Le rapport, ma chérie, c'est que j'ai besoin de quelqu'un qui connaisse la ville et ses habitants depuis longtemps. Raison pour laquelle j'ai pensé à toi pour être coordinatrice de cette association.

Elle parut sidérée.

— Mais, bredouilla-t-elle, je ne sais absolument pas comment on s'occupe d'une œuvre caritative. Je veux dire, je n'ai pas un réseau très étendu et…

— Tu as un talent humain incroyable, coupa-t-il. Je suis sûr que tu feras des merveilles. Qui plus est, si la paperasse te fait peur, je pourrai m'en occuper, ne t'inquiète pas.

Elle resta silencieuse un moment, puis poursuivit :

— Et les saboteurs alors ? Faut-il craindre qu'ils s'en prennent à moi ?

— Parce que tu aideras la communauté ? J'en doute. L'hypothèse la plus probable, c'est qu'il s'agisse de gens qui en veulent personnellement aux Blackstone et à la filature. Les gens qui en vivent sont des dommages collatéraux dans l'affaire, j'en suis persuadé. Qui plus est, imaginons que le coton soit leur cible, renouveler les stocks va peut-être nous permettre de les faire sortir de leur tanière et de les coincer. C'est en tout cas ce que pense Aidan.

— Ce n'est pas bête, commenta Katie.

— Bon, chaque chose en son temps. Alors, qu'est-ce tu en dis ? Tu veux bien m'aider en faisant appel à ton ami et pour l'association que je veux créer ?

— Absolument, dit-elle dans un éclat de rire.

Seigneur, comme son rire avait pu lui manquer…

Quand Katie disait qu'elle savait qui appeler, elle ne plaisantait pas. Deux jours à peine s'étaient écoulés depuis la conversation avec Jacob, et le marchand qu'elle avait en tête venait de faire irruption dans le bar, pour prendre un petit verre de l'amitié. Jacob avait un peu trouvé à redire que les choses se déroulent dans une atmosphère aussi décontractée, mais elle avait su le convaincre.

A y réfléchir, il se rendait très souvent à son avis ces derniers temps, tellement que cela en devenait presque suspect. Mais Dieu que cela était agréable…

— Salut Toby, dit-elle tandis que le marchand s'avançait vers le bar, comment vas-tu ?

— Toujours bien quand je vois ton joli minois !

Le masque professionnel de Jacob se fissura un bref instant, exprimant une pointe de jalousie. Ce qui ne fut pas pour déplaire à Katie… Monsieur voulait que leur relation se fasse toujours discrète en public, soit, mais dans ce cas il fallait qu'il en accepte les conséquences.

— Qu'est-ce que tu peux être charmeur, fit-elle avec son plus beau sourire de barmaid. Mais laisse-moi te présenter un ami à moi, Jacob Blackstone.

Toby sembla impressionné.

— De la célèbre famille Blackstone ?

— J'en ai peur, ironisa Jacob. Si cela ne vous dérange pas, j'aimerais que nous en venions rapidement aux faits.

— Pas de souci, répondit Toby. J'ai moi-même un emploi du temps assez serré. Selon ce que m'en a dit Katie, vous n'êtes pas loin d'avoir épuisé votre stock de coton, n'est-ce pas ?

— Tout à fait. Si on ne trouve pas rapidement un nouveau fournisseur, les employés de notre filature seront au chômage technique dans quelques semaines.

Katie n'aimait pas la direction que semblait prendre la conversation. Il fallait qu'elle y ajoute une touche d'humanité, car elle savait quel rapace pouvait être Toby s'il ne ressentait pas d'empathie pour ses clients. Heureusement, il connaissait sa famille.

Une corde sur laquelle elle ne pouvait que jouer. Et sur quelques autres aussi…

— C'est effroyable, fit-elle en croisant les bras.

Un geste qui, comme par inadvertance, fit pigeonner son décolleté.

Dans les yeux de Toby, elle lut que sa stratégie fonctionnait à merveille. Dans ceux de Jacob, déjà un peu moins.

— Mon frère n'est pas passé loin de la prison, poursuivit-elle. C'est lui qui a arrosé les plantations avec des pesticides trafiqués qui les ont toutes fait mourir. Si tu savais comme il s'en veut…

— Ah pour une affaire sérieuse, c'est une affaire sérieuse, s'exclama Toby. Vous savez pourquoi on vous en veut autant ?

— Pas encore, mais on enquête, fit Jacob, la mâchoire crispée. Bon, comment voulez-vous procéder ?

Toby haussa les épaules.

— A vrai dire, je suis un peu gêné, car j'ai déjà vendu quasiment la moitié de mes récoltes et…

— Votre prix sera le mien, coupa Jacob.

L'appât du gain dilata les pupilles de Toby. Katie se devait d'intervenir une nouvelle fois.

— Toby, dit-elle la bouche en cœur, on parle de gens qui vont se retrouver sur la paille. Tu ne pourrais pas faire un petit effort ?

— Je vais voir, poupée, mais je ne te promets rien.

— Nous n'avons pas besoin de promesses, cingla Jacob, mais de résultats. Selon Katie, vous êtes l'homme de la situation.

Toby se frotta le crâne.

— Hé, c'est vrai ? Elle a dû dire ça parce qu'elle en pince pour moi, c'est tout.

— Cela m'étonnerait fort, pesta Jacob.

Avait-elle bien entendu ? De la possessivité ? Dans la voix de Jacob ? Intéressant, très intéressant… Et si elle en profitait ? Juste un petit peu ?

S'avançant vers Toby, elle posa la main sur son avant-bras.

— Ne t'inquiète pas, fit-elle, monsieur est un peu trop collet monté.

Toby éclata de rire.

— Je ne m'inquiète pas, bébé, mais vu comment il te regarde je crois que j'ai parfaitement compris ce qui l'agace. Tu es sûre que tu ne veux pas abréger ses souffrances et lui donner sa chance ?

Elle décida de narguer Jacob.

— Et qui te dit qu'il ne l'a pas déjà eue, sa chance ?

— Katie ! protesta Jacob. Il va falloir qu'on parle.

Son cœur s'accéléra. Elle resta interdite.

Toby toussota.

— Eh ben mes aïeux, si on m'avait dit qu'un jour cette petite tigresse serait domptée !

Il tendit sa carte de visite à Jacob.

— Vous, je vous aime bien, mon vieux, lui dit-il en posant la main sur son épaule. Je vais voir ce que je peux faire pour vous.

Toby avait à peine passé la porte que Jacob fondit sur elle.

— Tu peux m'expliquer ton petit numéro ?

Elle feignit l'innocence.

— Quel petit numéro ? Je croyais que tu ne voulais pas qu'on révèle notre relation en public ?

— Peut-être, mais ce n'est pas une raison pour minauder de la sorte !

Elle fronça les sourcils.

— A ce que je sache, mes minauderies nous ont valu du coton, non ?

— Rien n'est encore gagné.

— Pff, je suis persuadée que si, contesta-t-elle. Que cela te plaise ou non, je connais bien Toby et on peut lui faire confiance. Qui plus est, même s'il ne nous vend que la moitié de ses récoltes, cela sera suffisant pour mettre la ville à l'abri pendant un certain temps.

Elle ne put s'empêcher de ressentir une pointe de fierté. Savoir qu'elle avait un rôle à jouer pour sa communauté et qu'elle était capable de faire la différence la réjouissait. Sans compter qu'elle avait déjà appelé Christina pour lui parler de l'association et du fonds de secours.

Malheureusement, Jake n'en avait pas encore fini avec elle.

— Dans tous les cas, il va falloir que nous ayons une petite conversation.

Sa voix était subitement devenue plus grave. Un indice qui ne trompait pas : malgré son agacement, il avait envie d'elle. Le moment du coup de grâce était donc venu.

Lentement, elle fit le tour du bar et s'accouda au zinc, lui donnant une vue imprenable sur son décolleté.

— Très bien, mon chéri, mais à une condition : que tu sois capable de me regarder dans les yeux.

- 15 -

Katie rentra chez elle les bras chargés. Dans les mains, elle avait le siège-auto de Carter — avec dedans un Carter en larmes —, son sac à couches, son sac à main et un sac de courses. Certes, elle aurait pu faire deux voyages, mais les trombes d'eau qui se déversaient du ciel depuis le matin l'avaient incitée à faire au plus vite. Et la météo annonçait des orages tonitruants pour la soirée. Autant ne pas traîner.

D'un coup de pied, elle ouvrit la porte d'entrée.

— Jake ? Tu peux venir m'aider ?

Son 4x4 était garé dehors, mais la maison semblait étrangement silencieuse.

Laissant tomber ses sacs au sol, elle se dirigea vers le salon pour poser Carter. Ses yeux larmoyants qu'il faisait rouler tandis qu'elle défaisait les sangles de son siège étaient à la fois émouvants et amusants. Ce petit démon n'avait pas son pareil pour la faire fondre.

Le calant sur son épaule, elle alla à la cuisine.

Vide.

Elle monta à l'étage.

Personne non plus.

Dans la chambre, elle remarqua que le placard de Jacob était ouvert. Sur le parquet, un tas de vêtements informe. Le signe qu'il était rentré de l'usine et s'était changé à la va-vite. Mais pour aller où ?

Son cœur se serra, et un atroce pressentiment l'assaillit.

Sans plus attendre, elle se précipita au rez-de-chaussée pour attraper son téléphone. L'écran lui indiqua qu'elle avait manqué plusieurs appels. Malheureusement, il ne s'agissait que de Christina.

Fébrile, elle composa le numéro de Jacob. Après plusieurs sonneries dans le vide, son appel fut basculé sur son répondeur.

Devait-elle laisser un message ? Rappeler plus tard ?

Carter commença à s'agiter. Seigneur, cet enfant était une véritable éponge à émotions. A la moindre détresse de sa part, il le sentait et devenait lui aussi très nerveux. Il fallait qu'elle se calme.

Reposant le combiné, elle lui tapota sur le dos.

— Tout va bien, mon amour, ne t'inquiète pas. On va te préparer à manger, d'accord ? Et ensuite on verra ce que papa est allé trafiquer.

Elle venait d'installer Carter dans sa chaise haute lorsqu'on sonna à la porte.

Jacob ? Non, bien sûr, quelle idiote, il avait sa clé et aucun besoin de sonner. C'était Christina.

Parfait, sans doute allait-elle pouvoir la renseigner et évacuer au plus vite les sombres pensées qui se bousculaient dans son esprit.

— Christina, qu'est-ce qui se passe ? Où est Jacob ?

Son amie entra. Elle n'avait pas de parapluie et était trempée jusqu'aux os.

— Ne t'inquiète pas, fit-elle en s'ébrouant, ils ont dû partir pour la Caroline du Nord avec précipitation.

— Comment ça ?

Son cœur battait à mille à l'heure.

— C'est Luke, précisa Christina. Il a eu un accident sur un circuit. C'est a priori assez grave, ils en ont même parlé aux informations, tu n'es pas au courant ?

Dans sa poitrine, la panique céda le pas à une franche colère. Non, elle n'était pas au courant, elle n'avait pas allumé la radio de la journée. Mais ce n'était pas aux médias de lui apprendre la nouvelle ! Pourquoi Jacob ne l'avait-il pas prévenue ? C'était si difficile de l'appeler ? De lui envoyer un texto ? Mais enfin, qu'est-ce qui clochait chez cet homme ?

Comme si elle lisait dans ses pensées, Christina secoua la tête.

— Je suis désolée, il est parti en trombe, il n'a pas réfléchi. Tu sais comment il est avec son jumeau. C'est pour ça que je me suis dit qu'il valait mieux que je vienne te prévenir en personne.

— Et tu as bien fait. Mais ne reste pas là, tu es trempée ! Viens dans la cuisine, c'est l'heure du repas de Carter. Je vais te faire un café.

— Ce n'est pas de refus, commenta Christina. A vrai dire, je ne voulais pas que tu restes seule, mais je n'avais pas non plus très envie de faire les cent pas au manoir. Ça te dérange si on attend des nouvelles ensemble ?

— Pas le moins du monde.

Elles restèrent silencieuses un long moment tandis que Carter finissait son biberon du bout des lèvres.

Plus le temps passait, plus Katie ruminait. Elle savait que Jacob avait une relation particulière à Lucas, son frère jumeau. Elle ne la comprenait pas totalement, mais elle savait qu'elle existait. Jacob ne l'avait-il pas saisi ?

Les questions tournaient dans son esprit. Pourquoi avait-il quitté la ville sans la prévenir ? N'était-elle pas importante pour lui ? N'était-elle qu'une obligation, un pensum, une annexe à son fils ?

Elle sentit les sanglots lui monter à la gorge. Non, elle ne pouvait plus le supporter. Malgré tous leurs petits jeux de séduction, malgré tout ce que Jacob avait pu lui dire, les actes étaient toujours plus criants de vérité. C'était d'ailleurs Jacob qui le lui avait appris. Et ce que ses actes prouvaient, c'est qu'elle ne comptait pas dans sa vie. Du moins, pas autant qu'elle l'espérait.

Une sonnerie de téléphone brisa le silence. C'était celui de Christina.

— Aidan ! Dieu soit loué !

Sa colère monta de plus belle. Si Aidan avait trouvé un moment pour prévenir sa femme, pourquoi Jacob ne l'avait-il toujours pas contactée ?

La main agrippée au combiné, Christina tourna les yeux vers elle. Katie vit qu'elle pleurait. *Pitié, faites que Luke n'ait rien.*

Son cœur battait à un rythme effréné dans sa poitrine.

— Oui, oui, très bien, dit Christina. Oui, oui, je suis chez elle, je la mets au courant. Bon courage, mon amour, on se parle plus tard.

Christina raccrocha.

— Luke est en salle d'opération. Ça semble assez grave, mais je n'en sais pas plus.

Katie ne se fatigua même pas à lui demander si Jacob avait demandé de ses nouvelles. Elle connaissait la réponse. A l'évidence, pour une raison qui n'était que trop criante, il avait tout simplement oublié son existence. Encore une fois. Une fois de trop.

Jacob était épuisé. Physiquement, nerveusement, mentalement. Et avoir passé des heures à essayer de dormir sur un siège d'hôpital n'avait rien arrangé.

Il leva les yeux vers le lit de son frère. A sa gauche, une batterie d'appareils bipaient et clignotaient. Presque une demi-journée que son frère était sorti du bloc, et il ne s'était toujours pas réveillé. Jacob se prit la tête dans les mains. L'idée que son frère suive le destin de leur mère était tout simplement impossible.

— A quoi tu penses ?

Il fallut plus d'une minute à Jacob pour comprendre que la voix qu'il venait d'entendre était réelle et n'était pas le produit de son imagination.

— A quoi tu penses ? répéta Luke, la voix rendue pâteuse par les médicaments que lui délivrait sa perfusion.

— Luke ! Tu es réveillé !

D'un bond, Jacob se leva et s'avança vers le lit.

Pouvait-il lui avouer le fond de ses pensées ? Facile, elles n'étaient focalisées que sur deux choses : Katie et lui.

Son cœur se serra. Comme il aurait voulu qu'elle soit là. A le faire rire. A le rassurer par ses gestes, son espièglerie. A lui faire oublier, un court instant, que son frère ne remarcherait peut-être plus jamais…

Il soupira et choisit de taire ces dernières réflexions.

— Je me demandais si tu allais arrêter de gâcher toute ta journée en dormant. Je sais que tu peux être une feignasse, mais quand même il y a des limites.

Luke le gratifia d'un demi-sourire, qui fit beaucoup pour l'apaiser.

— Que veux-tu, ironisa Luke, tout le monde ne peut pas être comme toi, toujours l'œil rivé sur la montre.

Jacob éclata de rire. Comme il était bon de retrouver son frère… Ses multiples fractures aux jambes allaient lui demander des mois de rééducation, mais au niveau du cerveau il n'avait à l'évidence aucune séquelle. Il était toujours le même. Quel bonheur !

Aidan fit irruption dans la chambre.

— Alors comme ça tu te réveilles, et on ne me dit rien ?

Toujours souriant, Luke tourna les yeux vers lui.

— Désolé, je n'ai pas pu résister. Quand j'ai vu la tête de poisson frit que faisait notre cher frère ici présent, j'ai préféré prendre le temps de l'admirer que d'appuyer sur le bouton d'appel.

Le chameau… S'il ne venait pas de frôler la mort, il l'aurait bien gratifié d'une petite brûlure indienne, en souvenir du bon vieux temps.

— Je viens juste de raccrocher avec Christina, dit Aidan. Il y a eu un gros orage hier soir, mais tout le monde va bien.

— Katie ? demanda Jacob.

Aidan secoua la tête, l'air désolé.

— Quoi ? Qu'est-ce qui se passe ?

— Malgré l'insistance de Christina, elle n'a pas voulu passer la nuit au manoir. Apparemment, elle est assez déçue que tu ne l'aies pas appelée.

Ce n'était pas comme s'il n'y avait pas pensé. En réalité, il avait presque la marque de son téléphone fichée dans la main tellement il avait hésité. Mais entre ce qu'il voulait dire, ce qu'il devait dire et ce qu'il avait besoin de dire, il n'avait pas réussi à se décider.

— Je le ferai, dit-il d'une voix blanche.

— Quand ? insista Aidan. Tu te rends compte que tu es parti sans prévenir et que c'est Christina puis la télé qui lui ont appris pour Luke ?

La voix de ce dernier eut du mal à dépasser le niveau sonore des appareils.

— Frérot, je sens que tu vas devoir ramper pour te faire pardonner.

Il serra les poings. Quel idiot il pouvait être… Ces six derniers mois avaient changé tellement de choses en lui qu'il n'arrivait pas encore à en prendre totalement conscience. Le retour à la maison, le travail et les problèmes à la filature, Carter. Sa relation nouvelle avec Katie.

Il savait qu'il avait besoin d'elle, au quotidien, dans sa vie. Mais il voulait aussi rester un homme fort et ne dépendre de personne. Mais il devait l'admettre : il dépendait atrocement de Katie. Et, pire encore, il ne pouvait se passer d'elle.

Ses mains se mirent à trembler. Voilà pourquoi il avait voulu rester discret. Pour ne pas perdre le contrôle. Mais, à ressentir la panique qui s'emparait de lui, le contrôle était quelque chose qu'il avait perdu depuis bien longtemps. Il devait se rendre à l'évidence.

Allait-il seulement pouvoir le tolérer ? Il avait perdu son père, il avait failli perdre son frère, il avait quasiment perdu sa mère. Pouvait-il accepter de faire entrer Katie totalement dans sa vie, et prendre le risque de la perdre ? L'aimer représentait une telle bombe à retardement sentimentale…

Je suis un abruti.

— Ça, je te l'ai toujours dit, mais tu ne m'as jamais écouté, ironisa Luke.

Pensait-il à voix haute depuis tout à l'heure ?

Levant les yeux, il vit le regard médusé d'Aidan sur lui.

— Jacob ? Ça va ? Tu es livide, on dirait que tu as vu un fantôme.

C'était sans doute cela. Son esprit venait d'entrer en collision avec tous les fantômes qu'il cherchait à enfouir au plus profond de lui-même depuis des années.

Les tergiversations n'avaient que trop duré. Il fallait qu'il retrouve Katie et lui avoue la vérité. Elle avait raison, comme toujours. Oui, il était pétri de trouille et ne cessait de l'exclure de sa vie pour essayer vainement de se protéger.

Pourquoi ? Parce qu'il l'aimait d'un amour qu'il n'aurait jamais cru pouvoir ressentir.

- 16 -

Sur le parking du Lola's, Jacob prit une profonde inspiration. Une clameur sourde indiquait que le bar était bondé, comme tous les vendredis soir. En temps normal, il serait déjà à l'intérieur à se délecter de plats hypercaloriques avec ses frères.

Mais pas ce soir.

Tout d'abord, parce que Luke était hospitalisé. Ses blessures étaient très graves, et il avait eu beaucoup de chance. Mais il allait devoir s'armer de patience pour réussir à remarcher un jour. Si un jour il y arrivait. En attendant, il allait s'installer au manoir. Il y avait assez d'espace pour qu'il y vive avec son physiothérapeute et se rééduque à son rythme, auprès de sa famille.

Ensuite, parce que ce soir n'était vraiment pas un soir ordinaire. Non, c'était le soir qu'il avait choisi pour officialiser sa relation avec Katie.

Il l'avait enfin compris : il ne voulait pas être un père et un amant à mi-temps. Il avait pris sa décision, contre toute attente. Katie allait-elle l'accepter ? Au ton glacial qu'elle avait eu lorsqu'il l'avait enfin appelée, il pouvait en douter. Ce qui lui nouait le ventre. Jamais il ne pourrait supporter de la perdre.

La voix de Zachary le tira de ses pensées.

— Tu comptes rester toute la nuit devant la porte ?

Jacob lui jeta un regard noir. Ce qui, comme à son habitude, ne sembla pas déranger le moins du monde Zachary.

— Katie sait que tu es rentré ?

— Je l’ai rapidement eue au téléphone hier pour le lui dire, oui, mais je viens tout juste d’arriver en ville. Je viens directement de l’aéroport.

— D’accord, commenta laconiquement Zachary. Et sinon tu vas tourner autour du pot encore longtemps ou tu vas te défiler ?

Il eut un petit rire nerveux. Manifestement, les Gatlin étaient porteurs du gène de la télépathie.

— Non, espèce de crétin, s’amusa-t-il. Je cherche simplement les bons mots.

— Tu es un gars qui cherche trop, si tu veux mon avis. Suis ce que te dit ton cœur et, tu verras, ça coulera de source.

Si seulement les choses étaient aussi faciles…

— A ce propos, poursuivit Zachary. Tu es au courant ? Toby accepte de vous vendre toutes ses récoltes à prix coûtant et de reverser la moitié sur le fonds d’urgence pour les travailleurs de la ville. Ma sœur est une négociatrice hors pair. On est bon jusqu’au printemps.

Il sentit un sentiment de satisfaction l’envahir.

— Alors, j’ai eu raison de donner des responsabilités à Katie, n’est-ce pas ?

Zachary porta la main à son front pour lui faire un salut militaire

— Oui, patron, on a toujours raison de donner des responsabilités à Katie. C’est sans doute la fille la plus solide que j’ai rencontrée de toute ma vie.

Et moi donc.

— Ce qu’il faut espérer, ajouta-t-il avant de s’éloigner, c’est que tu aies choisi un caillou à sa mesure.

Quand il disait que les Gatlin étaient télépathes.

Sans hésiter plus longtemps, Jacob entra dans le bar et se dirigea d’un pas décidé vers le zinc.

Katie était là, plus belle que jamais.

Quand elle croisa son regard, elle le gratifia d’un petit sourire, qui faillit le faire chavirer. Pendant quelques secondes, il la regarda remplir des verres. Tout, dans ses gestes, respirait la grâce et la sensualité. L'ange et le démon.

— Il faut qu'on parle, dit-il en arrivant à sa hauteur.

Elle ne répondit rien.

— Pour être honnête, je ne sais même pas ce qu'il faut te dire, mais je sais ce que j'ai besoin que tu entendes. Je suis désolé, Katie, j'aurais dû t'appeler et te dire pour Luke.

Elle hocha la tête.

— Alors pourquoi ne l'as-tu pas fait ? Pourquoi tu as attendu plus de vingt-quatre heures avant de m'appeler ?

— Je ne sais pas, admit-il, ça ne me paraissait pas logique. Qui plus est, j'avais peur de réveiller Carter.

Il mentait. La seule chose qu'il ne voulait pas réveiller, c'était une passion bien trop déraisonnable pour lui. Un amour qui le pétrifiait de peur. Tout cela, il l'avait compris à l'hôpital. D'un coup, telle une épiphanie.

— Katie, fit-il, le souffle coupé par l'émotion. J'ai été un abruti. J'ai cru que tu pouvais tenir dans la petite case bien confortable que j'avais préparée pour toi, mais c'est impossible, Katie. Tu n'es pas confortable, l'amour n'est pas confortable.

Elle écarquilla les yeux.

— L'amour ?

— Oui, Katie, je t'aime de toute mon âme, et il faut que tu le saches. Et il faut aussi que tu saches que j'ai compris. Que la stabilité, les règles, le contrôle, c'est bon pour la vie professionnelle, mais pas pour la vie que je veux mener avec toi.

— Et quel est ce genre de vie que tu envisages ?

— Je veux tout, Katie. Je ne veux plus que l'on se cache, tant pis si cela te met en danger, je serai là pour te protéger. Je te veux, toi et Carter, dans ma vie, tous les jours et pour toujours.

Katie semblait sidérée. Etait-ce de la joie ? De la peur ?

N'écoutant que son cœur, comme le lui avait conseillé

Zachary, il la rejoignit derrière le bar pour lui prendre la main et y déposer un baiser.

— Je sais que je ne vais pas toujours me comporter comme tu le voudrais. J'ai encore du chemin et du travail à faire sur mes peurs et mes émotions. Mais il y a une chose dont tu peux être sûre : je serai toujours là pour toi et pour Carter. Et pas parce qu'il le faut, mais parce que je le veux.

Il mit alors un genou à terre et sortit le petit écrin de velours qu'il avait dans sa poche, renfermant un solitaire d'une demi-douzaine de carats.

— Jacob ! s'écria Katie. Tu es fou, tout le monde nous regarde !

— J'espère bien, mon amour.

De fait, tous les clients du bar avaient la tête tournée vers eux. A la clameur des conversations avait succédé un profond silence.

Jacob s'éclaircit la voix.

— Et j'espère que tout le monde va entendre ce que j'ai à te demander : Katie Gatlin, je t'aime plus que ma vie, veux-tu partager la mienne ? Veux-tu devenir ma femme ?

Il vit une larme couler sur la joue de Katie.

Elle se baissa vers lui et lui murmura à l'oreille :

— Tes désirs sont des ordres.

Un tonnerre d'applaudissements emplit la salle.

Le moment était enfin venu pour ses lèvres de retrouver celles de Katie.

- 17 -

Plus tard dans la soirée — bien après la fermeture du bar, assurée par Jacob et Zachary, qui avait proposé une tournée générale —, Katie eut enfin Jacob pour elle toute seule.

Il passa de longues minutes sous la douche pour se débarrasser de la fatigue du voyage et, lorsqu'il sortit de la salle de bains, Katie l'attendait dans le lit, les yeux rivés sur sa nouvelle bague.

— Carter s'est endormi ? demanda-t-il en s'approchant d'elle, un large sourire aux lèvres.

— Oui, je viens tout juste d'aller vérifier.

Voir son petit homme éclater de rire lorsque son papa était rentré n'avait fait qu'ajouter une dose de bonheur à la soirée riche en émotions.

Jacob lui prit alors la main et la caressa tendrement quelques instants avant d'ajouter :

— J'ai réalisé quelque chose sous la douche.

— Ah oui ? Quoi ?

— Que je ne t'avais pas dit le plus important.

Katie sentit les battements de son cœur s'accélérer. Allait-il tout simplement exploser ?

— Je t'ai dit que j'étais quelqu'un de trop logique, dit-il avant de déposer un baiser sur sa paume.

Sa légère expression de mécontentement, destinée à lui-même, la fit fondre. Jake n'était vraiment pas homme à admettre ses faiblesses.

— Je t'aime, Katie, poursuivit-il, le souffle court. Tu

m'as changé. Grâce à toi et à Carter, j'ai changé, je le sais, et je crois bien que c'est pour le mieux.

Elle voulut répondre. Elle voulut même hurler « je te crois » et se pendre à son cou, mais les mots restèrent bloqués dans sa gorge. Le souvenir de son père partant un jour faire une course au supermarché, pour ne plus jamais revenir, n'avait pas fini de la hanter, même si elle savait pertinemment que les deux situations n'avaient rien de comparable.

— Katie, fit-il en s'asseyant près d'elle sur le lit. Tu te rappelles ce que j'ai dit à ta mère et à ta tante ?

Son cœur battait la chamade. Elle ressentait un mélange d'excitation et d'angoisse, comme un enfant à qui on a donné quartier libre dans une confiserie, mais qui a peur de succomber à une overdose de sucre.

— Quand ? hésita-t-elle.

— La première fois que je suis venu dîner un dimanche. Tu te souviens ? Quand ta grand-mère m'a demandé comment elle pouvait me faire confiance ?

Oh ! oui, bien sûr qu'elle s'en souvenait… Mais elle se contenta de hocher la tête, tant l'image réveillait quantité de souvenirs et de pensées contradictoires qu'elle voulait désormais remiser dans les tréfonds de son esprit.

Il poursuivit.

— Et, ce soir-là, je lui ai dit ce que je te redis ce soir, que je promettais d'être toujours là, de toujours te faire passer avant toute chose, de faire de Carter la première de mes priorités.

Il s'arrêta quelques secondes et plongea les yeux dans les siens.

— Mais ce n'était que des paroles, Katie. Que des mots. Ce qu'il faut que je fasse aujourd'hui, c'est te le prouver par des actes.

Elle se mordit la lèvre.

— Tu veux dire, dévoiler notre relation au grand jour plus que tu l'as déjà fait ?

Il lui serra la main encore un peu plus fort et s'attarda sur sa bague, qu'il mit un instant sous la lampe de chevet pour voir comment elle reflétait la lumière.

— Oui, tout à fait, dit-il. Mais, pour ma défense, ton frère ne m'a pas aidé.

Elle ne put s'empêcher de sourire.

— C'est un sacré loulou, celui-là. Mais sérieusement, Katie, je sais que cela prendra du temps et que je peux encore faire des erreurs, mais je te prouverai, à toi et à Carter, que vous pouvez me faire confiance, je te le promets.

Il la regarda comme s'il connaissait tous ses secrets. Et, comme s'il pouvait lire dans ses pensées et comprendre qu'il ne pourrait l'obliger à répondre, il changea de tactique.

— Veux-tu que je m'allonge à tes côtés ?

En avait-elle eu un jour plus envie, maintenant qu'il lui avait demandé de devenir sa femme ? Bien sûr que non. Pour autant, ses pensées tourbillonnaient encore dans son esprit, et elle ne put que bredouiller :

— Je ne sais pas Jacob, tu…

— Pas pour faire l'amour, coupa-t-il, les yeux emplis d'une sincérité qui l'émut au plus profond d'elle-même. Là, tout de suite, j'ai besoin de quelque chose d'autre, de quelque chose de plus.

Mais quoi de plus ? Elle avait toujours pensé que les hommes voyaient dans le sexe l'expression ultime de leurs émotions. En un sens, elle devait bien avouer que se focaliser sur la dimension sexuelle de leur relation lui était bien plus facile. Sauf qu'elle ne pouvait plus se mentir à elle-même : elle aussi avait besoin de quelque chose d'autre, de quelque chose de plus.

— Katie, je t'aime, murmura-t-il en s'allongeant à ses côtés. Et, après tout ce qui a pu se passer entre nous, il n'y a pas d'autre lieu où je rêve d'être qu'entre tes bras.

Sa voix se fit alors plus grave, presque cassée par l'émotion.

— Je t'aime, Katie, j'ai besoin de toi.

Alors, en se pelotonnant contre lui, elle sut qu'elle pouvait dire adieu à ses peurs, elle sut qu'elle n'était plus seule et abandonnée.

— Moi aussi je t'aime, chuchota-t-elle à son oreille, juste avant de s'endormir profondément.

Moins d'une semaine plus tard, Katie surmonta l'obstacle qu'elle avait continuellement cherché à contourner depuis le retour de Jacob dans sa vie. Le cœur battant et le ventre noué, elle se trouvait devant l'imposant portail ouvragé du manoir des Blackstone.

Même le lion du marteau de porte semblait vouloir l'intimider.

A ses côtés, Jacob posa doucement la main sur sa taille. Ce qui suffit pour lui donner un regain de confiance et lui permettre d'avancer.

— Bienvenue chez toi, Katie, fit-il en lui embrassant le lobe de l'oreille.

Elle plongea les yeux dans les siens et sentit une pétillante excitation prendre le pas sur toutes ses angoisses. Enfin, presque sur toutes…

Ce monde de richesse n'était pas le sien. Certes, elle n'avait jamais vécu dans le besoin, même si elle se souvenait des vaches maigres qui avaient suivi le départ de son père, mais cette exubérance… Une demeure de cette taille… Autant de luxe, de personnel pour faire la cuisine, le ménage…

Non, elle n'était absolument pas dans son élément.

Allait-elle un jour réussir à s'intégrer ? A trouver sa place ?

Mais avec Jacob près d'elle, et le petit Carter endormi dans ses bras, tel un bouclier, elle réussit à s'avancer dans l'énorme hall d'entrée, malgré une envie folle de tourner les talons et de retrouver sa petite maison à l'autre bout de la ville.

Avec un large sourire, Christina vint l'accueillir. Puis

ce fut le tour de Nolen et de Mary. Très vite, Katie eut l'impression d'avoir toujours appartenu à cette famille. Au pire, elle pouvait en être la fille prodigue, revenant après un long voyage, après une longue absence.

Mary s'avança et l'embrassa sur les deux joues, puis commença à chatouiller gaiement Carter.

Jacob sourit et lui dit à l'oreille :

— Bon, comme je n'ai pas envie de déclencher une rivalité, je m'abstiendrai de tout commentaire sur les cookies au beurre de cacahuètes de ta mère devant Mary, j'espère que tu ne m'en voudras pas.

Elle ne put s'empêcher d'éclater de rire, tandis que la cuisinière fronçait les sourcils. A l'évidence, elle en avait déjà trop entendu.

— Ne vous en faites pas, Mary, plaisanta Jacob. Vos cookies aux pépites de chocolat ne souffrent aucune concurrence, je vous le promets.

Puis il se tourna vers Katie.

— Mon amour, fit-il d'une voix douce. Veux-tu que je te montre nos appartements ?

Elle leva les yeux vers l'imposant escalier de marbre montant aux étages, mais ne put s'empêcher de poser cette question :

— Tu ne penses pas qu'il faudrait d'abord que nous allions saluer ta mère ? Et que tu me la présentes par la même occasion ?

Dans le regard de Jacob, elle vit toutes les émotions qu'il essayait tant bien que mal de garder au fond de lui, sauf aux heures les plus avancées de la nuit, lorsqu'il la serrait dans ses bras.

Sans un mot, il la conduisit vers une chambre aux tons lavande des plus féminins. Au centre de la pièce, telle un ange de glace, Lily Blackstone était allongée dans un lit médicalisé.

Les yeux fermés, elle était parfaitement immobile, sauf

pour les imperceptibles et réguliers mouvements de sa poitrine soulevée par sa respiration.

Katie attendit que Jacob s'approche du lit, puis le suivit.

— Maman, fit-il dans un murmure. Je te présente Katie.

Il se tourna alors vers elle et lui fit doucement signe d'avancer.

— Katie, je te présente ma mère, Lily.

Prenant une profonde inspiration, elle fit un pas en avant. Puis, à regret, elle lâcha le bras tiède et réconfortant de Jacob.

— Madame Blackstone, je suis ravie de faire votre connaissance. Permettez-moi à mon tour de vous présenter votre petit-fils, Carter.

Elle posa alors le bébé endormi près de Lily et le laissa un long moment.

Jacob fit le tour du lit. Il semblait trembler. La lueur qu'elle vit dans son regard lui rappela celle qu'elle y avait devinée quelques jours plus tôt, quand il lui avait demandé de l'épouser. Son cœur se serra, elle sentit une larme couler sur sa joue.

— Merci, dit-il à voix basse.

Un mot. Un simple mot, mais qui signifiait tant pour elle…

Ensuite, Jacob déposa un baiser sur la joue de sa mère, puis reprit Carter, avant de le mettre de nouveau dans les bras de Katie.

— Bon, maintenant, il faut que je te montre quelque chose, dit-il avec un clin d'œil qui allégea subitement l'atmosphère.

Elle le suivit dans le couloir et sur deux étages du grand escalier de marbre.

Arrivé au palier du troisième, il tourna vers la gauche.

— Je te rassure, il y a aussi un ascenseur, plaisanta-t-il, le souffle court.

Elle haussa les épaules.

— Tu rigoles, je vais en profiter pour retrouver ma silhouette d'avant. Un mois à crapahuter, et les jambes que j'avais lorsque tu m'as connue reviendront, tu verras.

Il s'approcha d'elle et l'embrassa sur la bouche.

— J'adore tes jambes telles qu'elles sont, mon amour, tu es magnifique.

— Oh ! arrête un peu tes flatteries. Mais, dis-moi, que voulais-tu me montrer ?

— Ça, dit-il en s'avançant vers une porte donnant sur une large chambre décorée dans un subtil nuancier vert d'eau.

Une nursery ! Renfermant tout ce dont des parents pouvaient rêver.

Elle crut que sa mâchoire allait se décrocher devant tant de faste et de goût.

— C'est… c'est magnifique, s'extasia-t-elle. C'est Christina qui a fait tout ça ?

Il haussa un sourcil.

— Christina ? Ah non, ma chère, j'ai tout fait moi-même de mes mains, de la peinture jusqu'au montage du berceau.

Il avait fait tout cela tout seul ? Mais il était parti pendant près de deux jours pour s'occuper de son frère et il n'avait pas pu se consacrer à cette nursery depuis son retour. Ce qui voulait dire que…

— Seigneur, Jacob, tu t'y es mis dès que tu as su, je me trompe ?

Il sourit.

— Non, tu as vu juste.

Il lui prit Carter des bras et l'installa délicatement dans son berceau. Le petit ange laissa échapper un mignon babil, puis se rendormit aussitôt.

— En fait, je pensais, hésita-t-il. Non, j'espérais que ce jour arriverait. Qu'avec Carter, tu viendrais vivre avec moi, chez moi.

Un torrent d'émotions la submergea. Elle ne put retenir ses larmes plus longtemps.

— Je suis si heureuse, Jacob, dit-elle en posant la tête contre son torse. Si heureuse, si tu savais.

— Je crois que j'en ai une vague idée, fit-il, avant de

l'embrasser tendrement. Parce que, moi aussi, je n'ai jamais été aussi heureux.

— Je t'aime, je t'aime tellement.

— Moi aussi, mon amour. Plus jamais je ne te quitterai, tu peux me faire confiance, je te le promets.

Au fond d'elle-même, elle savait que ces mots n'étaient pas des paroles en l'air, elle savait que Jacob allait tenir sa promesse.

— Et moi non plus je ne te quitterai jamais, murmura-t-elle. Une famille, ça reste ensemble, n'est-ce pas ?

— Oui, parfaitement. Nous allons rester ensemble. Soudés. Pour toujours.

EMILIE ROSE

Le maître de Sutherland Farm

Traduction française de
FLORENCE MOREAU

PASSIONS

HARLEQUIN

Titre original :
HER TYCOON TO TAME

Ce roman a déjà été publié en 2012.

- 1 -

Hannah Sutherland appuya sur l'accélérateur de sa voiturette électrique et remonta la longue allée sinueuse qui menait à la maison principale.

Je t'attends dans mon bureau avec un invité. Viens TOUT DE SUITE.

C'était le texto lapidaire qu'elle venait de recevoir de son père et qui expliquait son empressement. Elle n'avait pas osé le faire attendre même si, ces derniers temps, ce dernier s'était montré particulièrement odieux avec elle. En outre, elle se demandait qui pouvait bien être ce visiteur pour qui elle avait dû abandonner son travail séance tenante.

Arrivée à la hauteur des marches qui menaient au patio arrière, elle se précipita vers la maison. Tout en traversant l'entrée pavée de marbre noir et blanc, elle remit de l'ordre dans ses cheveux et rajusta les vêtements qu'elle avait passés en hâte. L'écho de ses boots résonna étrangement sous le plafond voûté.

A la vue de la porte fermée du bureau, elle s'immobilisa. La dernière fois où elle l'avait vue fermée remontait au jour où sa mère était morte. Un frisson d'appréhension la parcourut.

S'efforçant de repousser cette sensation de malaise, elle frappa à la porte. Ce fut Al Brinkley, l'avocat de la famille, qui lui ouvrit. Il était l'ami de son père et son conseiller juridique depuis toujours.

— Ravie de vous voir, monsieur Brinkley, lui dit-elle.

Ce dernier lui adressa alors un sourire un peu forcé.

— Bonjour, Hannah. Tu ressembles de plus en plus à ta mère.

— Oui, c'est ce que tout le monde me dit.

Elle n'avait hérité que du physique avantageux de sa mère, alors qu'elle aurait souhaité posséder sa force de caractère. Mais là n'était pas le sujet. Brinkley se rembrunit et elle sentit son angoisse rejaillir.

— Entre, dit-il.

Son père était assis derrière son bureau, visage crispé, un verre à la main. Elle s'étonna de le voir siroter un cocktail si tôt dans la journée.

Un mouvement du côté de la grande porte-fenêtre qui donnait sur le paddock lui signala la présence d'une troisième personne dans la pièce. Elle ne distingua d'abord qu'une silhouette, haute et élancée, campée devant la fenêtre. Puis l'homme pivota lentement sur ses talons pour lui faire face et elle put l'observer de plus près.

Elle ne l'avait jamais vu, elle en était sûre. Elle se serait survenue d'un homme pareil. Tout dans son apparence inspirait la crainte et le respect. Depuis ses cheveux bruns coupés très court jusqu'à sa mâchoire carrée et ferme, en passant par son allure virile rendue encore plus élégante par le costume hors de prix qu'il portait. Pourtant, de petits détails lui apparurent soudain qui vinrent briser cette impression de sévérité : des petites boucles de cheveux qui s'échappaient de sa coupe impeccable, cette lueur étrange au fond de ses yeux d'un brun chaud et sombre… Il était imposant certes, mais aussi terriblement séduisant.

— Avance, Hannah, lui dit son père.

Elle perçut nettement une certaine tension dans sa voix, qui ne laissa pas de l'inquiéter.

— Brink, ferme la porte, je te prie.

L'avocat obtempéra, et elle se retrouva prisonnière du bureau lambrissé et de son atmosphère étouffante. Que lui voulait son père ? Les discussions à huis clos n'étaient pas de mise ici, dans la mesure où seule Nellie qui faisait office à la fois de majordome, de cuisinière et de mère de substitution, aurait pu les entendre. Or cette dernière était considérée comme un membre de la famille à part entière. Aussi pourquoi tous ces secrets ?

— Wyatt, je vous présente ma fille, Hannah. Elle est vétérinaire et s'occupe de la reproduction des chevaux, à Sutherland Farm. Hannah, voici Wyatt Jacobs.

Elle tressaillit sous le regard perçant dont ce dernier la gratifia, comme s'il voulait sonder jusqu'au plus profond de son être. Etait-ce de l'attirance ou de la répulsion qu'elle éprouva à cet instant ? Pour l'heure, elle passa outre l'étrange malaise qu'elle ressentit pour s'acquitter de ses devoirs d'hôtesse, et foula le tapis Aubusson pour aller lui serrer la main. Qui était-il, et quel genre d'affaires voulait-il mener avec le haras qui nécessitait une telle discrétion, de tels secrets ?

A en juger par son costume onéreux et sa montre en platine, il avait de l'argent, mais tous les visiteurs qui venaient à Sutherland Farm n'en possédaient-ils pas ? Les concours hippiques tel le Grand Prix n'étaient pas destinés aux gens modestes, ni même aux classes moyennes. Leur clientèle était constituée de nouveaux riches, d'aristocrates bien établis, de membres de la jet-set et, bien sûr, de cavaliers chevronnés dont le seul talent suffisait à leur ouvrir toutes les portes.

A quelle catégorie appartenait Wyatt Jacobs ?

Peut-être un cavalier célèbre dont le nom lui aurait échappé ? Il devait avoir fière allure sur un pur-sang avec son port droit et confiant.

— Bienvenue à Sutherland Farm, monsieur Jacobs, dit-elle machinalement en lui tendant la main.

Ses longs doigts se refermèrent sur les siens, et l'effet de sa poignée ferme et chaude, conjuguée à l'impact de son regard dur et sombre, lui coupa le souffle. Elle eut un haut-le-corps, comme si elle portait un corset trop serré qui l'aurait empêchée de respirer.

— Docteur Sutherland, fit-il en inclinant la tête.

Elle se fit la réflexion que sa voix profonde, légèrement rauque et éminemment sensuelle, aurait été parfaite pour la radio.

Il retint quelques instants sa main dans la sienne, et elle se sentit gênée par une telle proximité. Percevait-il l'odeur éventuelle des écuries où elle passait la plupart de son temps ? Elle regretta presque de ne pas avoir pris le temps de se maquiller ni de se parfumer, mais se reprocha aussitôt une telle idée. Qu'est-ce qui lui passait par la tête ? Cet homme était un client, et elle n'avait nullement besoin de se lancer dans un flirt et encore moins dans une liaison. Avait-elle oublié sa précédente déconvenue ?

Elle fit mine de vouloir retirer sa main, et après une brève résistance, il la relâcha. Elle eut l'impression que la main lui brûlait… Depuis quinze mois qu'elle avait rompu avec son fiancé, elle n'avait pas pensé une seule fois au sexe. Jusqu'à présent. Wyatt Jacobs venait de faire frissonner des parties de son corps endormies depuis longtemps.

Ce fut alors que son père lui proposa un verre de whisky.

— Papa, tu sais bien que je ne bois pas quand je travaille. Je dois m'occuper de Commander, ce matin.

L'évocation de l'étalon lui rappela ses ennuis de la matinée. Commander en voulait à la terre entière, et surtout à la vétérinaire chargée de collecter son sperme ! Sur le champ de course, c'était un concurrent phénoménal mais, dans l'écurie, il devenait une bête avide d'en découdre. Elle ne pouvait renoncer à sa tâche étant donné son pedigree et la liste de ses victoires. Sa semence avait une valeur inestimable. Le texto de son père était en réalité tombé à point nommé : après une heure passée autour de Commander en compagnie de son équipe à essayer de l'amadouer en vain, tout le monde avait bien eu besoin de faire une pause.

Son père posa le verre qu'elle avait refusé sur le bureau juste devant elle, comme s'il s'attendait à ce qu'elle change d'avis, ce qui raviva son inquiétude. Agacée, elle le repoussa et se tourna vers leur invité. Jacobs la fixait de son regard perçant qui provoqua en elle une réaction aussi étrange que confuse…

Au cours de sa vie, elle avait déjà rencontré des stars de cinéma, des députés, et même des membres de familles royales. Elle en avait même embrassé quelques-uns sans que cela ne lui fasse un tel effet. Pourquoi le charisme de Jacobs avait-il ce pouvoir sur elle ?

— Qu'est-ce qui vous amène dans notre haras, monsieur Jacobs ? demanda-t-elle alors d'un air dégagé.

— Luthor, voulez-vous bien expliquer à votre fille la raison de ma présence à Sutherland Farm ?

Elle aurait pourtant juré qu'il n'était pas le genre à se dérober. D'ailleurs, il semblait agacé de devoir esquiver la question. Que signifiait tout cela ?

Comme le silence s'abattait sur le bureau, elle détourna les yeux du séduisant Wyatt Jacobs pour fixer son père. Lui d'ordinaire imperturbable paraissait sur la défensive et mal à l'aise. Il était aussi très pâle. Il vida son verre d'un trait et le reposa brutalement sur le bureau.

Elle sentit son estomac se nouer un peu plus.

— Papa, qu'est-ce qui se passe ?

— J'ai vendu le haras, Hannah, déclara-t-il d'un ton abrupt.

Elle fronça les sourcils. Son père n'avait jamais vraiment été le genre d'homme à avoir le sens de l'humour, et la phrase qu'il venait de prononcer était trop ridicule pour qu'elle puisse la prendre au sérieux.

— Vraiment ? fit-elle.

Il jeta un regard à Brinkley, qui était demeuré de marbre, avant d'affronter celui de sa fille.

— J'ai de nombreux projets en perspective et je ne pourrai rien entreprendre si le haras me prend tout mon temps.

Elle scruta l'expression résolue de son père et comprit qu'il ne plaisantait pas. Elle eut la sensation que le sol se dérobait sous ses pieds et dut s'agripper au rebord du bureau pour ne pas s'effondrer.

Elle ouvrit la bouche, la referma, incapable d'émettre le moindre son. Puis, dans une ultime tentative, elle parvint à rassembler quelques pensées.

— C'est impossible… Tu n'as pas vendu le haras. C'est ta raison de vivre, dit-elle d'une voix haletante.

Pour autant qu'elle le sache, son père n'avait pas d'autres centres d'intérêt. Les chevaux, les courses et Sutherland Farm, c'était toute sa vie.

— Plus maintenant.

Quelque chose ne devait pas tourner rond. En proie à la plus vive panique, elle sentit la sueur perler à son front.

Tel un automate, elle tourna la tête vers Jacobs.

— Vous voulez bien nous laisser seuls un instant, monsieur Jacobs ?

Il ne fit pas un geste.

— S'il vous plaît ! ajouta-t-elle.

Et elle détesta la note de désespoir qu'elle entendit dans sa propre voix. Elle n'était pas loin de le supplier, elle qui ne suppliait jamais personne.

Il finit par hocher la tête, et gagna la véranda par la porte-fenêtre. Une bouffée d'air sentant l'herbe fraîchement tondue pénétra alors par la porte ouverte. Cette odeur familière n'eut pas le pouvoir d'apaiser Hannah, comme c'était le cas d'habitude.

— Est-ce que tu veux que moi aussi je sorte ? demanda Brinkley.

Son père leva la main.

— Reste, Brink. Hannah aura peut-être des questions auxquelles toi seul seras capable de répondre.

— Papa, que se passe-t-il ? Tu es malade ? s'enquit-elle.

Il soupira.

— Non, Hannah, je ne suis pas malade.

— Alors comment peux-tu faire une chose pareille ? Tu as promis à maman que tu garderais toujours le haras !

Les traits de son père se creusèrent.

— Cela remonte à dix-neuf ans, Hannah, et elle était mourante. J'ai dit ce qu'il fallait pour qu'elle parte en paix.

— Et moi, alors ? Moi, j'ai promis à maman de toujours m'occuper de Sutherland et je le pensais *vraiment*. Je suis censée reprendre la propriété de mes grands-parents et la transmettre à mes propres enfants.

— Des enfants que tu n'as pas.

— C'est vrai, pas encore, mais un jour…

Elle s'interrompit d'un coup. Une pensée douloureuse venait de lui traverser l'esprit.

— Ce n'est quand même pas parce que je n'ai pas épousé Robert que tu as vendu le haras ?

Elle vit son père se renfrogner un peu plus, sa bouche ne formant plus qu'une mince ligne.

— C'était l'homme idéal pour toi, et tu as refusé de l'admettre.

— Non, papa, c'était l'homme idéal pour *toi*. Robert était le fils que tu aurais voulu avoir.

— Robert savait s'occuper d'un haras.

— Moi aussi !

— Hannah, tu ne montes pas à cheval. Tu ne fais pas de courses. Tu n'as pas la fibre pour le monde hippique, tout comme tu n'as pas les épaules assez solides pour faire en sorte que les chevaux de Sutherland Farm remportent les Grands Prix. Tu préfères perdre ton temps et ton argent à soigner des animaux qui devraient être euthanasiés.

Ce n'était pas la première fois qu'il lui adressait ce reproche qui, chaque, fois la blessait…

Mettant de côté ses émotions, elle tenta de se justifier.

— Maman croyait elle aussi que c'est important de secourir les chevaux. Mon programme de réhabilitation est un succès. Si tu prenais le temps de regarder les statistiques et si tu lisais les rapports…

— Ce programme est toujours dans le rouge ! Tu dépenses sans compter parce que tu n'as jamais eu à te battre pour gagner de l'argent.

— Je travaille, lui rappela-t-elle.

— Quelques heures par jour.

— Mon travail n'est pas quantitatif mais qualitatif !

— Quand ta mère et moi avons repris cette ferme qui produisait alors du tabac, elle était au bord de la faillite. Nous avons construit le haras et c'est à la sueur de notre front que nous en avons fait un lieu prestigieux. Ta mère avait de l'ambition, pas toi. Robert serait peut-être parvenu à te faire entendre raison, et te suggérer des passe-temps moins onéreux. Mais hélas, ça n'a pas marché.

De fait, elle avait rompu avec Robert le jour où elle s'était rendu compte que son fiancé aimait plus les chevaux et la propriété qu'elle-même. Par ailleurs, il n'hésitait pas à écraser les autres pour faire un surcroît de bénéfice. Mais il était inutile d'arguer avec son père, puisque Robert et lui se ressemblaient comme deux gouttes d'eau : ils ne pensaient qu'au gain.

Elle avait tout de suite compris que Robert était le gendre idéal pour son père : agressif en affaires, adoré dans le cercle hippique. Malheureusement, il n'était pas son idéal de mari. Elle aurait occupé trop peu de place dans son cœur et elle en aurait souffert. Mais elle ne pouvait pas décemment dire à son père que le seul endroit où son fiancé se montrait passionné, c'était sur un champ de courses.

— Robert n'était pas l'homme qu'il me fallait, c'est tout.

— Tu as vingt-neuf ans, Hannah, et jusque-là tu as été incapable de rester avec le même homme plus de quelques mois. Tu es trop difficile.

— Papa, je suis désolée de ne pas avoir hérité de la grâce de maman, de son talent de cavalière ou de son goût pour la compétition. Mais cette propriété, c'était son rêve, et maintenant c'est le mien. Je peux tout à fait gérer le haras. C'est vrai que je ne sais pas monter un champion, mais je sais comment en reproduire un. J'ai la carrure pour reprendre les affaires.

— Non, Hannah, tu te trompes. Tu as fait naître quelques champions, je te l'accorde, mais tu n'as ni l'énergie ni l'ambition nécessaires, et surtout tu ne connais absolument rien aux affaires. Il était impossible que tu prennes la tête de Sutherland Farm.

Elle tressaillit. Il ne se donnait même pas la peine de mettre des gants pour lui assener des horreurs qui confirmaient ses pires craintes : depuis des années, il la prenait pour une incapable.

— Ce n'est pas vrai, protesta-t-elle.

— Je ne te rendrais pas service en continuant à te dorloter.

Il s'interrompit et, lançant un regard à Brinkley comme pour chercher du courage, poursuivit :

— Je ne serai pas toujours là pour te soutenir, Hannah. Il est temps que tu apprennes à te prendre en charge toi-même.

— Qu'est-ce que tu veux dire ?

— Que je te coupe les vivres.

Sous le choc de la nouvelle, elle chancela.

— Qu'est-ce que tu veux dire au juste ? répéta-t-elle, abasourdie.

— Je ne veux plus te prendre en charge ni financer tes causes perdues.

— Pourquoi ? Qu'est-ce que je t'ai fait ? Et comment est-ce que je vais vivre ?

— Tu devras gagner un salaire, comme tout le monde.

Elle se sentait à la fois blessée, paniquée et trahie. Plus rien n'avait de sens…

— Est-ce que nous n'aurions pas pu parler de tout cela avant que tu ne prennes une décision aussi radicale ? articula-t-elle enfin.

Son père haussa les épaules.

— A quoi cela nous aurait-il servi ?

— Je t'aurais dissuadé de vendre. Quelqu'un aurait dû le faire, d'ailleurs…

A cet instant, elle adressa un regard aussi noir que meurtri à l'avocat qui prit un air contrit.

— Cette propriété appartient à notre famille depuis des générations, reprit-elle. Beaucoup de personnes dépendent de toi et de moi…

— Il est trop tard, Hannah…

Son père poussa un soupir, et il lui apparut soudain comme un homme vieilli et fatigué. Il se resservit à boire puis se laissa tomber dans son fauteuil en cuir.

Elle se tourna vers Brinkley.

— Est-ce qu'il a légalement le droit de me faire une chose pareille ? Et les parts de ma mère ?

— Tes grands-parents avaient mis la ferme au nom de ton père avant qu'il n'épouse ta mère. Et le nom de celle-ci n'avait jamais été ajouté sur l'acte. Tu as reçu ta part d'héritage à l'âge de vingt et un ans.

Héritage dont elle avait déjà utilisé sans compter la plus grande partie pour les chevaux, certaine que son père continuerait à la soutenir financièrement.

Ce fut alors qu'elle comprit ce qui justifiait la présence de Wyatt Jacobs, à Sutherland Farm : *c'était lui qui venait de racheter la propriété*. Elle retint un cri de stupéfaction. Quel sournois, quel intrigant, quel voleur d'héritage !

« Yeux froids, cœur froid », disait toujours Nellie. Et elle ne se trompait pas.

Son pouls résonnait à ses oreilles, comme les sabots d'un cheval au galop. Si elle ne pouvait faire entendre raison ni à son père ni à Brinkley, elle devait s'adresser directement à l'usurpateur et le convaincre de renoncer à l'achat.

Sans un mot, elle sortit par la porte-fenêtre.

Assis dans le patio, Jacobs était en train de grignoter des

cookies confectionnés par Nellie et de boire un verre de lait, comme si de rien n'était, alors qu'il venait de renverser son monde. Elle fonça sur lui et l'attrapa par le coude.

— C'est chez moi, ici ! Vous ne pouvez pas débarquer et voler ma propriété. Mon père a eu un moment d'égarement et…

Jacobs se leva et sa silhouette la domina d'un coup. Son visage était aussi dur que du marbre.

— Je n'ai pas *volé* Sutherland Farm, toubib. J'ai payé la propriété au-delà de sa valeur marchande.

Sur ces mots, il prit calmement un autre cookie et mordit dedans. Son insolence lui fit l'effet d'une gifle. Elle fixa le biscuit, et se rendit soudain compte qu'elle n'allait pas être la seule personne anéantie par la désastreuse nouvelle. Elle se tourna vers son père qui l'avait suivie dans le patio.

— Et Nellie, que va-t-elle devenir ? lança-t-elle d'un ton accusateur. Elle vit avec nous depuis la mort de maman. Nous sommes son seul foyer, sa seule famille. Elle est trop jeune pour prendre sa retraite et il est si difficile de trouver du travail, de nos jours.

— Wyatt a promis qu'il continuerait à l'employer.

Que pouvaient valoir les promesses de ce requin ? Elle le considéra avant de reprendre :

— Et les autres employés, les chevaux des clients, les écuries ? Vous comptez tout balayer ?

En général, les nouveaux propriétaires apportaient leurs propres équipes. L'idée que les gens qu'elle côtoyait tous les jours et qu'elle aimait comme s'ils faisaient partie de sa famille soient renvoyés la mettait au supplice.

— Il ne se passera rien tant que je n'aurai pas évalué les résultats de la propriété, et son potentiel, répondit Jacobs.

— Et ensuite ?

— Mes décisions dépendront de ce que je découvrirai.

— Il n'y a rien à découvrir ! Vous avez acheté un haras de premier ordre…

— Hannah, coupa alors son père, Brink te fournira tous les détails du contrat. Tout ce que tu as besoin de savoir, c'est que Wyatt s'est engagé à garder le personnel actuel pendant une année entière sauf incompétence évidente.

Elle redressa les épaules, outragée.

— Sutherland Farm n'emploie que des gens compétents.

— Dans ces conditions, il n'y a pas d'inquiétude à avoir, observa Jacobs.

De nouveau, elle sentit le désespoir la saisir à la gorge.

— Papa, s'il te plaît, ne vends pas. Je suis sûre que nous pouvons revenir en arrière. Donne-moi une chance de te prouver que je peux gérer la propriété et …

— Hannah, nous avons signé la vente il y a une semaine. Aujourd'hui, c'est la première fois que Wyatt et moi nous rencontrons en personne pour discuter de la transition.

— Une semaine, répéta-t-elle, incrédule.

Son monde s'était écroulé et elle n'avait rien vu venir… Les jambes tremblantes et l'esprit en déroute, elle lutta pour recouvrer son sang-froid et faire face à la crise.

— J'ai déjà acheté une maison en ville, précisa son père, et la date du déménagement est fixée.

C'était un nouveau choc à encaisser.

De son côté, Jacobs se raidit.

— Une maison en ville ? Et le cottage ? fit-il durement.

— C'est Hannah qui occupe le cottage, déclara son père.

Jacobs serra les poings, les yeux brillant de colère.

Confuse, Hannah regarda l'usurpateur, puis son père.

— Ma maison et mon travail se trouvent à Sutherland Farm, s'écria-t-elle. Où est-ce que je vais vivre ? Qu'est-ce que je vais devenir ?

Son père soupira.

— Wyatt va t'expliquer.

— Luthor a exclu le cottage et deux hectares de terrain de notre marché. Vous pourrez donc garder *votre* maison, puisque contrairement à ce que j'avais cru comprendre, le cottage n'est pas le domicile de votre père. Vous conserverez aussi votre poste si la qualité de votre travail correspond à mes critères.

C'était cet homme aussi agréable qu'une porte de prison qui allait devenir son patron. Et il était clair que ses critères seraient si hauts que personne ne pourrait les atteindre.

Son cottage, là où avaient vécu ses grands-parents, était au beau milieu de Sutherland Farm, pensa-t-elle encore. Elle serait en plein territoire ennemi. Toutefois, elle gardait un toit, et n'était-ce pas le principal ? Il convenait de rester positif.

S'éclaircissant la voix, elle demanda alors :

— Et quand sont censés prendre effet tous ces bouleversements ?

— Je prends dès aujourd'hui mes fonctions de directeur général et j'emménage dans cette maison dès que votre père sera parti.

En d'autres termes, la vie telle qu'elle l'avait toujours connue était définitivement révolue.

- 2 -

Wyatt fulminait. Le vieux Luthor Sutherland l'avait délibérément roulé dans la farine.

Ce dernier n'avait jamais eu la moindre intention de se retirer dans le cottage comme il l'avait laissé entendre lorsqu'il avait insisté pour que la parcelle soit exclue de la vente. En réalité, c'était sa fille que Sutherland avait voulu protéger. S'il avait su, il n'aurait jamais signé le contrat par lequel il s'engageait à garder les employés un an.

Si Sutherland attendait qu'il accorde quelque faveur à sa petite princesse, il allait être déçu. Si Hannah ne faisait pas le poids, elle serait renvoyée, conformément à la clause de compétence qu'il avait tenu à inclure dans le contrat de vente.

Ce qui l'irritait le plus, c'était qu'il n'avait personne d'autre à blâmer que lui-même. Pendant toute la durée de la transaction, il avait été complètement pris ailleurs à négocier un contrat de distribution internationale et, par manque de temps, d'intérêt et de connaissance en matière de haras, il avait délégué l'opération à l'un des meilleurs acheteurs qu'il connaissait.

Sutherland Farm correspondait à tous ses critères. Et pourtant, il se demandait à présent quelle autre mauvaise surprise, outre la belle brune aux longues jambes qu'il venait de découvrir, lui réservait l'avenir. Mais il se faisait fort, le cas échéant, de les éradiquer.

Il avait assez de problèmes sans en plus s'encombrer d'une pauvre petite fille riche qui se faisait entretenir par son père. Les bribes de conversation qu'il avait perçues quand il était dans le patio lui avaient confirmé que la description correspondait tout à fait à Hannah Sutherland. Il suffisait de la voir pérorer dans sa jupe de soie, juchée sur des boots vernis à talons hauts.

Il aurait parié sa fortune qu'elle avait toujours misé sur sa beauté et ses sourires charmeurs pour se faire une place au soleil. Son instinct lui disait clairement qu'elle était synonyme d'ennuis. Les diamants de deux carats qui brillaient à ses oreilles, la montre à son poignet, si onéreuse qu'un voleur aurait pu la mettre en gage pour s'acheter une voiture, indiquaient clairement qu'on avait jusque-là toujours cédé à ses caprices.

— Je veux tous les dossiers des employés avant de partir, dit-il sans lâcher du regard ses prunelles bleues qui lançaient des éclairs.

— Ce sont des informations confidentielles, objecta-t-elle.

— Hannah, intervint alors l'avocat de Sutherland, en tant que nouveau propriétaire de Sutherland Farm, M. Jacobs a libre accès aux données des employés.

— Mais…

Wyatt lui décocha un regard impitoyable.

— Et d'ailleurs, je vais commencer par le vôtre, renchérit-il. J'ai déjà ma petite idée sur ce que je vais trouver. Vous avez dû fréquenter les meilleures écoles privées. Vous avez fait partie d'associations d'étudiantes très sélectives. Vous avez voyagé en Europe aux frais de Sutherland Farm, etc.

La posture raide d'Hannah ne lui avait pas échappé. Il voyait sa poitrine se soulever très rapidement, au rythme de sa respiration saccadée. En dépit de son aversion pour les femmes gâtées et de sa colère concernant le cottage, il se sentit tout à coup troublé.

Quelque chose chez Hannah Sutherland venait de le toucher. Elle possédait une grâce subtile, une élégance qui l'attirait et le repoussait à la fois en raison des mésaventures qu'il avait connues avec des femmes du même type.

— J'ai obtenu mon diplôme de vétérinaire dans une école reconnue, dit-elle du bout des lèvres. Mes références ne sont pas falsifiées, et il est vrai que j'ai fait des séjours en Europe dans la mesure où les warmbloods sont de race européenne. Une partie de mon travail consistant à trouver les meilleurs accouplements possible, il est normal que j'aille étudier les bêtes sur place.

— Je ne doute pas que les lettres de références de vos précédents employeurs fassent vos louanges.

Elle releva le menton et soutint son regard avec effronterie et mépris, comme seules les femmes riches savent le faire. Cela lui rappela sa jeunesse, lorsqu'il travaillait dans l'écurie de son beau-père : à l'époque, il était trop crédule pour comprendre que les riches filles à papa n'épousaient pas les garçons qui nettoyaient les écuries de leur beau-père, quel que soit le degré d'intimité qu'ils entretenaient avec elles.

— Je travaille ici depuis que j'ai obtenu mon diplôme, il y a presque cinq ans. Je suis douée dans ma partie.

— J'en jugerai par moi-même.

Elle croisa les bras.

— Dites-moi, monsieur Jacobs, quelles sont exactement vos références pour que vous soyez en mesure de déterminer si un membre de l'équipe est performant ou non ?

— Hannah ! s'écria l'avocat.

— Je suis le directeur général de Triple Crown Distillery. J'emploie plus de six cents personnes. Je sais faire la différence entre un bon travailleur et un tire-au-flanc.

Il constata avec un certain plaisir que ses joues avaient rosi sous l'effet de la colère : visiblement, elle s'était sentie visée.

— Comme je vous l'ai déjà dit, notre équipe ne comporte pas de maillon faible. Nous formons une unité cohérente, l'une des meilleures dans notre domaine.

— Cela reste à voir.

Il commençait à regretter de ne pas avoir choisi l'une des douze autres propriétés que l'agent immobilier lui avait proposées. Pourtant, aucune ne correspondait aux descriptions de Sam, et toutes auraient requis qu'il en assume la gestion. Or, il n'en avait ni le temps ni l'envie.

Ce n'était que lorsqu'il évoquait le haras de pur-sang qu'il possédait jadis que Sam retrouvait toute sa lucidité, et Wyatt en oubliait presque que son beau-père déclinait chaque jour à petit feu sous ses propres yeux. Sutherland Farm ressemblait plus que toutes les autres à l'ancienne propriété de Sam et Wyatt désirait que celui-ci soit heureux, et surtout en sécurité, pour le temps qu'il lui restait à vivre.

Ce n'était pas Hannah Sutherland qui allait l'empêcher de payer la dette qu'il avait envers cet homme qui avait été un bien meilleur parent que ses géniteurs.

— Votre père était sans doute très indulgent avec vous, toubib, ajouta-t-il alors. Ce ne sera pas mon cas. Tenez-vous à carreau si vous voulez rester mon employée. Et maintenant, veuillez m'excuser, j'ai des dossiers à étudier et vous devez retourner travailler.

Epuisée, Hannah avançait d'un pas lourd. Elle avait hâte d'arriver au cottage, de prendre un bon bain chaud et de boire un verre de vin.

L'une des juments qu'elle avait sauvées trottait à sa hauteur, de l'autre côté de la clôture. Cette compagnie l'apaisait. Contrairement aux hommes, les chevaux n'attendaient jamais grand-chose.

La semaine avait été difficile. Depuis que son univers s'était effondré, elle avait dû jongler entre ses tâches habituelles en plus des nouvelles qui lui étaient tombées dessus de manière inattendue, comme répondre à toutes les questions de l'équipe. Le problème était qu'elle ne détenait aucune réponse.

L'atmosphère qui régnait dans les écuries devenait de plus en plus lourde, comme lorsqu'un orage était sur le point d'éclater. Wyatt Jacobs ne se montrait toujours pas. Les employés les plus affables étaient à cran, et même les chevaux se montraient plus nerveux et bien plus difficiles à gérer que d'ordinaire. Hannah espérait que Jacobs allait enfin venir pour apaiser la situation, même si elle n'avait nulle envie de le revoir.

Son portable se mit à vibrer. C'était un appel privé. Ce pouvait être un client, si elle avait de la chance, ou bien un mauvais numéro. En tout cas, pas un collaborateur et elle s'en réjouit car elle n'avait pas l'énergie pour faire face à une nouvelle crise de panique de l'un d'entre eux.

Elle prit l'appel.

— Hannah Sutherland, dit-elle.

— Wyatt Jacobs. Venez immédiatement dans mon bureau.

Et il raccrocha.

Ses pieds lui parurent soudain aussi pesants que si elle avait marché dans du bitume frais. Elle fronça les sourcils, puis leva les yeux au-delà de la prairie, vers la maison principale du domaine. Une lumière brillait dans le bureau de son père. *Ou plus exactement celui de Wyatt Jacobs.*

L'usurpateur était arrivé. Bouillonnante de colère, elle eut soudain une bouffée d'adrénaline. Comment osait-il la convoquer si tard dans la soirée ? Quel manque d'égards et de savoir-vivre !

Elle envisagea un instant de le rappeler pour lui dire qu'étant donné l'heure il devrait attendre le lendemain avant de la voir. Mais son nouveau contrat stipulait noir sur blanc qu'elle ne pouvait refuser les convocations du chef sans mettre son poste en péril.

Elle considéra ses vêtements maculés. Si elle voulait lui faire bonne impression, mieux valait d'abord passer chez elle pour se changer. Mais en réalité, elle s'en fichait. La seule chose qui l'intéressait chez lui était de savoir quelles étaient ses véritables intentions concernant le haras. Elle avait effectué des recherches sur internet et n'avait rien trouvé dans son parcours qui le relie au domaine équestre. Pourquoi avait-il acheté le haras ?

Etait-il l'un de ces parvenus qui pensaient que posséder un haras était amusant et dans l'air du temps ? Dans ce cas, elle devrait tout lui apprendre — à supposer qu'il soit disposé à retrousser ses manches.

Pour l'instant, elle allait lui montrer à quoi on ressemblait quand on avait passé une journée à travailler dans une écurie !

Ragaillardie à l'idée de le provoquer, elle traversa la pelouse et entra par la porte arrière. Un coup d'œil vers le patio la stoppa dans son élan.

Une table rectangulaire en tek entourée de chaises de même bois occupait l'espace autrefois orné de meubles en verre et fer forgé et de bacs à fleurs luxuriantes. Cela la ramena tout droit à la réalité : ce n'était plus la maison de son père. Elle n'avait pas le droit d'entrer par l'arrière et de profiter de la délicieuse cuisine de Nellie.

Quelques mètres seulement séparaient le patio du bureau. La porte était ouverte et de là où elle se trouvait, elle pouvait apercevoir la large silhouette de Wyatt Jacobs qui en emplissait l'encadrement. L'impact de son regard sombre la cloua sur place, et elle se fit l'effet d'un papillon épinglé par un entomologiste.

— Entrez, dit-il d'un air assuré.

Au lieu de lui sourire, elle eut envie de pousser un grognement. Sa propre réaction la choqua. Qui était cette étrangère qui avait pris possession d'elle-même ? Elle avait toujours préféré les sourires gracieux et le charme persuasif à l'agressivité. Nellie elle-même lui avait toujours conseillé de désarmer ses pires ennemis par un sourire et jusque-là la manœuvre avait marché.

Wyatt Jacobs faisait ressortir le pire d'elle-même. Elle devait pourtant rester sur ses gardes. Jacobs tenait son futur entre ses mains, tout comme celui de ses chevaux et du reste du personnel. Il était impératif qu'elle se montre coopérative. Et il ne devait surtout pas percevoir la peur folle qu'elle avait de tout perdre.

— Parlons sur le seuil, si vous le voulez bien.

Sur ces mots, elle lui adressa un sourire poli, mais il était manifeste qu'Hannah Sutherland vibrait d'animosité à son encontre. Elle désigna alors ses bottes noires à talons bas recouvertes de poussière.

— Je ne m'attendais pas à ce que vous m'appeliez si tard, j'arrive directement des écuries.

Ses bottes n'étaient pas aussi sales qu'elle voulait bien le dire. Il remarqua une traînée sur l'une de ses hautes pommettes, et une tache sur son polo blanc, sur lequel figurait le logo de Sutherland Farm. Incidemment, il se trouvait que cette tache s'étirait sur la courbe de ses seins. Elle avait aussi un peu de poussière sur son pantalon, au niveau de sa cuisse droite, qu'il devinait musclée et effilée. Ces vêtements n'avaient rien à voir avec ceux qu'elle portait le jour de leur première rencontre, mais elle avait toujours sa montre et ses boucles d'oreilles hors de prix.

Elle charriait dans son sillage une légère odeur de cheval et de forêt, mais on percevait aussi, derrière, une note bien plus féminine, sans doute celle d'un onéreux parfum français.

— A part vos années passées à l'université, vous n'avez jamais vécu loin de votre cher vieux père et de son carnet de chèques, n'est-ce pas ? attaqua-t-il, bille en tête.

— J'ai étudié, j'ai mérité mes diplômes. Et j'ai acquis de l'expérience au cours de stages dans des écuries destinées aux étudiants. Je ne me suis pas préoccupée d'être rémunérée, c'est vrai, parce que je n'avais pas besoin d'argent. Je ne pense pas qu'il soit équitable de le prendre à ceux qui en ont besoin.

Quelle différence avec son propre parcours ! Même aidé de Sam, lui avait dû se battre pour arriver là où il était arrivé. Il avait appris comment marchaient les affaires en commençant tout en bas de l'échelle. Et depuis que Sam avait pris sa retraite, il pouvait se vanter que les profits de Triple Crown Distillery avaient augmenté de soixante pour cent.

Le ressentiment que lui inspirait la vie insouciante d'Hannah n'empêchait pas une curieuse énergie de courir dans ses veines quand elle le regardait.

— Ecoutez, monsieur Jacobs, reprit-elle. J'ai fini ma journée. Ce que vous souhaitiez me dire ne pouvait attendre demain ?

Le soleil couchant illuminait les mèches blondes de sa chevelure brun clair ondulée, des mèches qu'elle s'était sans doute offertes chez un coiffeur hors de prix. Ses yeux bleus ne reflétaient aucune douceur. Elle ne voulait pas de lui ici et, en dépit de ses efforts, elle n'arrivait pas à masquer ses sentiments.

— Venez demain à midi dans le bureau du haras, concéda-t-il alors.

— Pourquoi ? dit-elle en plissant les yeux, suspicieuse.

— Vous allez me faire visiter la propriété.

Elle redressa les épaules, et lui décocha alors son fameux regard de petite fille riche qui lui rappelait son premier amour et la première femme qui l'avait trahi.

— Je ne peux pas tout laisser tomber en pleine journée pour vous faire visiter les lieux, monsieur, répliqua-t-elle.

Il n'était pas habitué à entrer en conflit ouvert avec les femmes. En raison de son physique et de sa fortune, ces dernières s'empressaient en général de le satisfaire. Mais celle qui se tenait devant lui se fichait pas mal de ce qu'il pensait en général, et de ce qu'il pensait d'elle en particulier.

— Si vous tenez à votre emploi, vous serez au rendez-vous demain à midi.

— J'ai une journée non-stop demain. C'est la haute saison, en ce moment.

— Pourquoi ?

Elle fronça les sourcils, manifestement surprise par sa question.

— En ce moment, nous préparons la période de reproduction. Sans compter que le samedi, beaucoup de nos chevaux courent. Mais ce sont des choses que vous devriez savoir.

Ses connaissances en la matière étaient limitées. Sam lui avait toujours confié des tâches subalternes, celles qui faisaient les muscles et donnaient des cals aux mains.

— Sans doute, docteur Sutherland.

— Je vais trouver quelqu'un qui vous fera visiter les lieux, quelqu'un qui aura le temps de le faire.

— Non, je veux que ce soit vous ! Votre père prétend que vous êtes celle qui connaît le mieux le haras. Ce sera vous et personne d'autre. Ce n'est pas négociable.

— Bien sûr que je suis celle qui le connaît le mieux ! J'ai vécu toute ma vie ici. J'aimerais vous guider dans votre visite, mais je dois respecter mon programme de reproduction.

Sa résistance éveillait en lui le besoin de la défier, tout comme elle l'excitait à son corps défendant. Il s'efforça de cacher l'irritation que faisaient naître en lui ces sentiments contradictoires.

— Vous n'allez pas me faciliter la tâche, n'est-ce pas, Hannah ? Sachez toutefois que si vous ne répondez pas à mes exigences, vous serez renvoyée, cela figure dans votre contrat. Soit vous trouvez du temps demain pour la visite, soit je vous signe votre dernier chèque.

La colère empourpra ses joues et elle serra les dents.

— Cela vous plaît de nous tenir la dragée haute avec ces contrats que nous avons été contraints de signer, n'est-ce pas ? Cela fait des années que nous faisons un excellent travail, et nous voilà revenus en période d'essai !

— Je suis le chef. *Votre* chef. C'est comme ça.

Elle fit glisser son regard sur son costume Armani. Ses yeux étaient totalement dépourvus de l'admiration à laquelle il était habitué de la part des femmes.

— A demain midi, déclara-t-elle d'une voix plus rauque. Je vous conseille de renoncer à vos costumes de ville, à moins que vous n'ayez l'intention de rester dans la voiturette.

Sur ces paroles, elle pivota sur ses talons avec une précision quasi militaire et s'éloigna.

Son regard s'attarda sur les courbes gracieuses de son postérieur, et son corps réagit alors de façon bien surprenante…

Il l'avait perçu depuis le début : cette Hannah Sutherland, avec ses bijoux onéreux, sa chevelure méchée, ses doigts manucurés et ses airs supérieurs, ne lui vaudrait que des ennuis.

Sauf s'il se débarrassait d'elle au plus vite.

- 3 -

La porte du laboratoire s'ouvrit brusquement, faisant sursauter Hannah. C'était Wyatt qui venait de pénétrer dans les lieux avec l'assurance d'un propriétaire, alors qu'elle considérait que le laboratoire était son domaine à elle, le seul endroit qui demeurait en ordre et tranquille, quelque chaotique que soit sa vie par ailleurs.

Elle se raidit aussitôt. Elle qui n'avait jamais été en conflit ouvert avec quiconque s'étonnait d'avoir des réactions aussi excessives.

— Vous aviez dit midi. Vous êtes en avance, observa-t-elle en s'efforçant de rester polie.

Sourcils froncés, il entreprit une visite minutieuse du laboratoire avant de finalement se tourner vers elle et de la jauger de la même façon.

— La pluie va redoubler, je veux que nous commencions la visite maintenant.

La pluie ? Elle cligna des yeux et tendit l'oreille. De fait, la pluie tambourinait doucement sur le toit en tôle. Elle avait été tellement absorbée par sa tâche et les problèmes à résoudre qu'elle n'avait pas perçu ce bruit régulier, au-dessus de sa tête.

Elle se redressa et l'observa à son tour. Il était rasé de frais et ses cheveux humides bouclaient légèrement. Etait-ce à cause du temps, ou parce qu'il venait juste de prendre une douche ? Si tant est qu'il soit le genre d'homme à faire la grasse matinée. Une image de lui, enroulé dans les draps, s'imposa brusquement à son esprit.

Incommodée, elle la repoussa bien vite.

Il portait un pull en cachemire noir qui épousait ses larges épaules et dont le col en V révélait un T-shirt blanc, en dessous. Son jean délavé moulait ses hanches et ses cuisses musclées. Elle sentit son pouls s'accélérer. Ce ne pouvait être dû qu'à la contrariété, pensa-t-elle promptement. Rien d'autre ne pouvait expliquer cette réaction. Elle ne le supportait pas, et son arrogance l'irritait.

— Je dois passer des commandes avant que le coursier n'arrive, dit-elle. Revenez à midi, s'il vous plaît.

— Parfait ! Continuez à travailler, je vous observe, puisque j'ai de toute façon l'intention de vérifier les compétences de tous mes employés.

Devant son impuissance à se débarrasser de lui, elle sentit un nœud lui serrer la gorge.

— Très bien, fit-elle, mais fermez au moins la porte ! C'est une pièce réglementée. Il ne doit pas y entrer de poussière et la température doit rester constante.

— C'est vraiment impératif ?

— Etant donné que les produits que je gère ont une valeur qui se chiffre en milliers de dollars, oui, le contrôle qualité est impératif.

Il fronça les sourcils, visiblement intrigué. Puis il s'approcha d'elle, envahissant sans scrupule son espace personnel. Mais elle se campa fermement devant son microscope.

— Sur quoi est-ce que vous êtes en train de travailler, toubib ? interrogea-t-il.

— Je vérifie la viabilité d'un échantillon avant de le mettre au frais et de l'envoyer.

— Un échantillon de quoi ?

Il plaisantait ? C'était une bien curieuse question de la part d'un homme qui possédait tout ce qui se trouvait dans la pièce — à part elle, bien sûr.

— De sperme. Vous voulez voir ?

Elle le vit hésiter un court instant, puis il s'approcha un

peu plus encore, l'obligeant à reculer. Il se pencha alors au-dessus du microscope.

— Dites-moi ce que je dois voir.

Elle se demanda s'il testait ses connaissances, ou s'il n'y connaissait vraiment rien.

— Il faut évaluer si l'échantillon est assez « viril » pour accomplir sa tâche.

Il se redressa. Leurs regards se croisèrent de façon inattendue et restèrent soudés l'un à l'autre. On aurait pu entendre l'électricité crépiter entre eux.

— Et quelle est la réponse ?

Elle respira lentement, s'efforçant de se rappeler la question, car l'odeur de son après-rasage — un mélange de patchouli, de santal et de sapin — l'empêchait de se concentrer. Il sentait bon et avait fière allure. *Mais elle ne devait pas oublier qui il était !* Pour avoir déjà eu affaire à des hommes à l'ego démesuré, elle savait que leurs défauts l'emportaient toujours sur leurs côtés positifs.

— Oui, c'est un étalon fertile, et c'est très bien, car Commander est le cheval le plus lucratif de Sutherland Farm.

Déterminée à poursuivre son travail, elle lui fit signe de se pousser, et reprit possession du microscope. Toutefois, sa présence la perturbait. Elle se sentait observée dans ses moindres gestes, dans l'attente qu'elle commette une erreur. Elle se rendit compte, en réglant le microscope, que ses mains tremblaient, et elle fut fort contrariée qu'il ait un tel pouvoir sur elle.

— A quoi servent tous ces instruments et ces tableaux ?

C'était encore une fois une question bien étrange de la part du nouveau propriétaire de Sutherland Farm. Elle releva la tête, et reposa le stylo qui lui servait à prendre des notes.

— Si je vous explique à quoi tout cela sert, est-ce que vous vous en irez et me laisserez terminer mon travail ?

— Je ne partirai pas tant que vous ne m'aurez pas fait visiter le haras.

Ce n'était pas vraiment la réponse qu'elle attendait.

— Vous ne connaissez donc rien à l'affaire dans laquelle vous venez d'investir des millions ?

Elle se mordit la langue. Ne s'était-elle pas promis de se tenir tranquille ?

— Vous parlez de *ma* propriété, celle qui paie votre salaire ?

— Pardonnez-moi, dit-elle aussitôt, consciente que si elle voulait continuer à s'occuper des chevaux elle devait faire profil bas. Seulement, l'heure tourne et je dois vraiment finir la préparation de cet échantillon avant qu'il ne vaille plus rien.

— Répondez à ma question, Hannah.

— Sur les étagères, il y a tous les instruments de collecte que nous utilisons. Chaque étalon a son propre…

Elle s'interrompit, se sentant rougir. Elle se reprocha aussitôt d'avoir une réaction aussi sotte. La reproduction, c'était son travail et elle en discutait tous les jours. Aussi pourquoi se trouvait-elle si embarrassée en abordant ce sujet avec lui ? Ce n'était pas ses préférences sexuelles personnelles qu'elle exposait.

Les siennes ne l'intéressaient pas davantage.

Soudain, elle eut la vision furtive de lui penché au-dessus d'elle, torse nu, le visage exprimant la plus vive passion…

Cette image la remua jusqu'au plus profond de son être. Décidément, il y avait trop longtemps qu'elle n'avait pas couché avec un homme ! Elle s'éclaircit la voix, faisant abstraction de son trouble.

— Les étalons ont des préférences et des aversions qui peuvent favoriser ou contrarier la production et la collecte, continua-t-elle. Nous obtenons les meilleurs résultats quand tous les éléments positifs sont réunis, et nous consignons les préférences de chaque étalon dans des tableaux.

Il plissa les yeux et il lui sembla que la tension monta d'un cran.

— Il y a deux vétérinaires à Sutherland Farm, observa-t-il. Pourquoi ?

A cette question elle se raidit, prête à en découdre.

— Vous me demandez de justifier mon salaire ?

— Tout à fait. Apportez-moi la preuve que le piston n'a rien à voir dans votre recrutement.

Elle humecta ses lèvres devenues soudain toutes sèches.

— Notre équipe vétérinaire se charge de la santé générale des animaux. Je m'occupe plus particulièrement de la reproduction.

— Une occupation que les animaux ont réussi à mener à bien sans assistance depuis la nuit des temps.

— La reproduction, c'est ce qui rapporte le plus d'argent à Sutherland Farm. Sans matériau brut, nos entraîneurs ne peuvent pas produire de champions. Nous continuons à gagner de l'argent sur nos juments et étalons des années après qu'ils ne courent plus.

— Et pourquoi l'équipe vétérinaire ne peut-elle pas prendre également en charge cette partie-là ?

— Développer un pedigree gagnant est bien plus compliqué que d'accoupler des animaux au hasard et prier pour qu'ils engendrent un beau poulain. C'est un processus minutieux, au croisement de la généalogie, de la génétique, de la biologie et du domaine vétérinaire, bien sûr. Son objectif est de renforcer les traits optimaux et de réduire au minimum les défauts. C'est une science dans laquelle il se trouve que j'excelle.

Il ne parut nullement impressionné.

— Dites-moi, monsieur Jacobs, reprit-elle, que connaissez-vous à la reproduction des chevaux ?

— Mes connaissances se limitent aux pur-sang.

Voilà qui expliquait beaucoup de choses !

— Et pourtant, vous venez d'acheter une ferme de warmbloods. Les pur-sang se reproduisent de façon naturelle.

Sutherland Farm pratique essentiellement l'insémination artificielle.

— Pourquoi ?

— Pour plusieurs raisons. Nos chevaux sont trop précieux pour qu'on prenne le risque d'un accident lors d'un accouplement naturel. Par ailleurs, l'insémination artificielle nous permet de donner le sperme à d'autres juments que celles de notre écurie. C'est moins stressant pour les juments que d'être amenées aux mâles, et moins cher, aussi.

Il désigna alors un autre tableau.

— Et ça, qu'est-ce que c'est ?

Elle fit la grimace. Elle adorait les tableaux et les diagrammes, car cela lui permettait d'y voir plus clair et de mieux peser les avantages et les inconvénients de chaque cas. Que ne pouvait-elle faire pareil dans sa vie privée !

— C'est le planning de l'étalon. Des collectes régulières et programmées. C'est notre façon aussi d'adapter l'offre à la demande. Le tableau d'à-côté, c'est la liste des prochaines livraisons. Et justement, je dois terminer celle-ci avant que mon échantillon ne perde sa viabilité, aussi, monsieur Jacobs, laissez-moi travailler, je vous prie.

— Wyatt, corrigea-t-il.

Elle n'avait aucune envie de l'appeler par son prénom, mais c'était lui le chef, et elle devait faire attention à la façon dont elle se comportait avec lui.

— Notre propriété, *Wyatt*, produit des champions depuis des années. Allez donc faire un tour dans le salon, où nous recevons les visiteurs. Vous pourrez prendre un café et feuilleter le catalogue de tous nos étalons, juments et poulains pendant que je finis mon travail.

Son regard sombre s'attarda sur elle, et elle ressentit une étrange sensation la traverser de part en part.

— Je vais suivre votre conseil, concéda-t-il alors.

Dès qu'il fut sorti du laboratoire, toute la tension qui

l'habitait reflua. Elle s'appuya à sa table de travail, tête penchée, prenant le temps de retrouver contenance.

Comment allait-elle pouvoir travailler avec un homme comme lui dans les parages ? Il la mettait extrêmement mal à l'aise à l'observer de façon si intense, à la recherche du moindre prétexte pour la renvoyer.

Elle s'était à peine remise de ses émotions que la porte se rouvrit. Elle tressaillit en constatant que c'était Wyatt qui était de retour, le fameux catalogue à la main. Il alla s'asseoir sur la chaise la plus proche de son microscope.

— Je pensais que vous alliez me laisser travailler, dit-elle en prenant sur elle pour ne pas hurler.

— Je ne vous empêche pas de travailler. Plus tôt vous aurez fini, et plus vite nous pourrons commencer la visite.

Sur ces mots, il se plongea dans la lecture de l'album.

C'était un comble. Il n'arrêtait pas de la déranger et il insinuait que c'était sa faute si elle n'était pas prête pour la visite.

Serrant les dents, elle décida de l'ignorer et de poursuivre sa tâche. Chaque fois qu'elle détachait les yeux de son microscope, elle se heurtait à son regard, et sentait le trouble l'envahir.

Elle voulait qu'il s'en aille. De son laboratoire, du haras, de sa vie. Elle ne pouvait s'empêcher de maudire son père. Et pourtant, il lui fallait se concentrer. Elle fut soulagée quand le dernier tube pour la livraison fut enfin fermé… avant de se rappeler que cela signifiait aussi qu'elle allait devoir passer du temps seule avec son nouveau chef.

Résignée, elle soupira.

— Bon, par où voulez-vous commencer ?

Il referma le catalogue, et se leva lentement comme s'il déployait chacun de ses muscles l'un après l'autre. Même si cela l'agaçait, elle devait bien admettre que Wyatt Jacobs était bien bâti et qu'il se déplaçait avec la souplesse d'un félin. Il ressemblait à un champion dressé pour le Grand Prix.

— Je n'ai pas de préférence.

Elle ravala un nouveau soupir. Elle souhaitait que cette visite soit le plus rapide possible, mais il ne lui facilitait pas la tâche !

— Nous possédons deux mille hectares. Quelles sont les parties de la propriété que nous n'avez pas encore vues ?

— A part la maison, ce laboratoire et les bureaux, je n'ai encore rien vu du haras.

Elle en resta bouche bée.

— Vous avez versé des millions de dollars sans savoir ce que vous achetiez ?

— J'ai vu des photos, des cartes topographiques et la vidéo que l'agent immobilier m'avait préparées. Sutherland Farm correspond exactement à mes besoins.

Elle se rappela le vidéaste qui était venu au haras, quelques mois plus tôt. Son père lui avait dit que le film servirait à des fins promotionnelles et l'idée de mettre en doute ses paroles ne l'avait même pas effleurée, car ils recevaient souvent des reporters. Son cœur se serra douloureusement en songeant que son père avait programmé depuis des mois la fin de son monde, et qu'elle avait été tenue à l'écart d'une telle décision.

Mais elle ne devait pas s'attarder sur le passé. Ce qui importait, c'était le présent, et le présent incluait un problème bouillonnant de testostérone, en face d'elle.

— Et quels sont exactement vos besoins ?

A voir la façon dont son visage se rembrunit, elle eut l'impression d'avoir posé une question indélicate.

— Posséder un haras, c'est tout.

Wyatt Jacobs mentait effrontément, elle en était persuadée. Mais elle ne pouvait rien prouver. Et quand bien même, à quoi cela aurait-il conduit ? Elle n'était plus qu'une marionnette dont il tirait les fils !

Wyatt perçut tout de suite qu'elle ne le croyait pas, mais pour tout dire, il s'en fichait. Il n'était pas ici pour se faire des amis. D'ailleurs, il aurait aimé qu'elle se lasse de leur guéguerre et démissionne.

Il n'avait jamais eu l'intention de chaperonner une princesse gâtée. Il avait acheté le haras pour Sam et comptait y passer le moins de temps possible. Mais Hannah avait besoin d'être surveillée de près, et des visites sporadiques ne suffiraient pas.

Soudain, la porte du laboratoire s'ouvrit, et un grand gars roux fit irruption à l'intérieur.

— Le Dr Will vient d'en amener un nouveau.

A ces mots, Hannah parut recouvrer son énergie.

N'était-il pas curieux qu'elle ne reproche pas au jeune garçon de ne pas avoir frappé avant d'entrer, ou de répandre de la boue sur le sol ? Au lieu de quoi, elle l'encouragea à continuer.

— Il a reçu un appel pour une euthanasie, mais il préfère vous demander votre avis. Il est dans les écuries.

— Quoi ? fit-elle en écarquillant les yeux. Il s'est déplacé au lieu de m'appeler ?

— En fait, la situation est critique. Il a transporté la bête hors de la propriété dès que les autorités lui en ont donné la permission. Il dit que ce cas devrait présenter un véritable défi pour vous.

— Et bien sûr, il pense que je vais être d'accord ?

Le jeune homme se mit à rire.

— Hannah, vous ne dites jamais non.

Wyatt essayait de suivre la conversation sans comprendre vraiment de quoi il retournait. Il doutait que le jeune gars, qui avait l'air d'avoir à peine vingt ans, fasse des allusions de nature sexuelle ; or c'était la première chose qui lui venait à l'esprit quand il entendait dire d'une femme qu'elle ne savait pas dire non.

Il se reprocha aussitôt de laisser ses pensées s'égarer ainsi.

Hannah Sutherland avait beau avoir un corps à se damner et une moue des plus sexy, il n'y aurait jamais la moindre intimité entre lui et son employée temporaire.

— Je suis Wyatt Jacobs, déclara-t-il alors. Et vous ?

Deux paires d'yeux se tournèrent vers lui.

— Désolée, fit Hannah. Jeb Jones, notre assistant vétérinaire. Wyatt est le nouveau propriétaire.

— Qui est le Dr Will ? demanda Wyatt en serrant la main du jeune homme.

Hannah retira sa blouse blanche qu'elle accrocha au portemanteau.

— Will est un vétérinaire de campagne. Votre visite devra attendre.

— Est-ce que vous vous rendez compte à quoi vous vous exposez, en refusant ma demande ?

— Ce n'était pas une demande que vous m'avez faite, monsieur Jacobs, répondit-elle en le défiant du regard, mais un ordre que vous m'avez donné. Et je ne refuse pas de l'exécuter. Je remets simplement la visite à plus tard, quand j'aurai traité cette urgence.

Elle ponctua ses paroles d'un sourire poli avant d'ajouter :

— Allons-y, Jeb !

Le garçon hésita, comme s'il était pris entre deux feux, pour finalement emboîter le pas à Hannah. Wyatt se figea, stupéfait qu'elle ose le défier de la sorte et entraîner son fidèle assistant avec elle. Puis il retrouva ses esprits : ce n'était pas la passion de son travail qui motivait cette femme, elle se sentait tout simplement au-dessus des lois. Il allait lui montrer qu'elles s'appliquaient aussi à elle !

Il suivit le duo, bien résolu à signifier à Hannah qu'elle était licenciée, et à donner un avertissement à l'assistant vétérinaire, tout en l'informant que désormais Sutherland Farm ne servirait plus de dépotoir pour les animaux dont personne ne voulait. Si Hannah ne savait pas dire non, lui n'avait pas ce genre de problème.

Devant lui, Hannah et Jeb avançaient à vive allure, sans se préoccuper de la pluie. Les voyant quitter l'allée pavée et s'engager sur un chemin de gravier qui menait à un bâtiment situé derrière un bosquet, à quelques mètres de l'écurie principale, il préféra sauter dans sa Mercedes pour parcourir le trajet sans être trempé.

Il trouva le terrain bien cahoteux, en contraste avec le reste de la propriété, et se promit de demander au gérant de faire livrer du gravier pour combler les ornières.

Un pick-up avec un fourgon à chevaux stationnait devant le bâtiment. Il gara sa voiture tout près, puis observa l'édifice à travers le pare-brise. Son architecture était la même que celle de l'écurie principale, mais il semblait moins bien entretenu. Curieux, pensa-t-il.

Il sauta hors de la voiture et pénétra à l'intérieur. Les odeurs de copeaux, de foin et d'avoine firent subitement remonter à sa mémoire les souvenirs des temps heureux avec Sam.

La rampe arrière du van avait été transportée à l'intérieur de l'écurie. Dans le box, un cheval trépignait, ses sabots résonnant lourdement sur le tapis en caoutchouc qui recouvrait le sol métallique.

Hannah se tenait près de l'animal dont elle était séparée par une barrière qui lui arrivait à la taille. Elle lui caressa la crinière et se mit à lui parler calmement.

— Tout va bien, jeune fille, lui disait-elle. Tu n'as plus à avoir peur. Nous allons prendre bien soin de toi.

Son ton, doux et apaisant, était bien différent de celui qu'elle avait employé pour répondre à ses questions, un peu plus tôt.

Le cheval poussa alors un gémissement qui lui donna la chair de poule. Cela faisait presque quinze ans qu'il n'avait pas été en contact direct avec des chevaux, mais il était encore capable de reconnaître un animal terrorisé.

— Eloignez-vous de ce cheval ! s'écria-t-il alors. Il peut être dangereux.

— Dans une minute, répondit-elle sans élever la voix. Allez, les gars, sortons-la d'ici et examinons-la.

— Cela ne va pas vous plaire, la prévint un palefrenier plus âgé.

Vêtu d'un jean maculé et d'une veste défraîchie, il émergea de derrière le box et vint tapoter sur l'épaule de Wyatt.

— Il vaut mieux ne pas rester derrière, mon garçon, lui fit-il savoir.

Combien de fois il avait entendu ce même conseil, des années plus tôt, à l'époque où il était adolescent ! Sam était alors dans la force de l'âge et avait toute sa tête — et non par intermittence, comme aujourd'hui.

— Je vous appellerai quand j'en aurai terminé avec elle, lui lança Hannah d'un ton sec.

— Je reste !

— Vous risquez d'être blessé.

— J'ai travaillé dans une ferme de pur-sang, depuis l'âge de quatorze ans jusqu'à ce que j'entre à l'université. Mais ne déchargez pas ce cheval. Il doit revenir d'où il vient.

Cette fois, elle prit un air proprement belliqueux.

— Je n'ai pas le choix, répliqua-t-elle. Appelez la police, elle vous le confirmera. Demandez le lieutenant…

— Harris, se hâta de compléter le vétérinaire.

L'idée qu'elle le défiait une nouvelle fois lui était insupportable.

— Je ne veux pas de cet animal sur ma propriété, dit-il d'une voix tranchante.

Elle s'avança alors vers lui d'un pas décidé et se campa devant lui. Elle était si proche qu'il pouvait sentir son haleine mentholée et percevoir la chaleur qui se dégageait de son polo trempé.

Il s'efforça de ne pas se laisser distraire par le vêtement blanc quasi transparent à cause de la pluie… sans y parvenir. L'étoffe mouillée collait à ses seins et laissait entrevoir son soutien-gorge blanc. Aucun homme en bonne santé ne resterait insensible à un tel spectacle.

— Monsieur Jacobs, *Wyatt*, si vous avez la même opinion une fois que je l'aurai examinée, alors nous en discuterons. Mais pour l'instant, reculez et laissez-moi faire mon travail.

— Je pensais que votre spécialité, c'était la reproduction.

— Le samedi, je ne travaille que le matin. Je remplis mon temps libre sous une autre casquette.

— Avez-vous oublié qui vous rémunère ?

— Grâce à vous, je ne risque pas de l'oublier. Accordez-moi une heure pour examiner cette jument et voir ce qu'on peut faire. C'est une question de vie ou de mort, et je ne suis pas prête à laisser mourir un animal sans raison. Et vous ?

— Etes-vous toujours aussi mélodramatique ?

— C'est très rare, répondit-elle d'un ton glacial.

Il devait reconnaître que sa détermination l'impressionnait.

— C'est bon, faites vite alors.

— Merci.

Elle retourna près du box, sans montrer le moindre signe d'intimidation face à la bête qui n'avait pas cessé de trépigner.

Sous ses instructions, l'équipe sortit le cheval du box. L'animal avançait avec hésitation, donnant des ruades dès qu'il se sentait en danger. Soudain, il donna du collier vers l'avant, soulevant un nuage de copeaux. Puis il s'arrêta, tremblant des sabots à la tête, ouvrant de grands yeux apeurés.

Wyatt découvrit alors ce que l'habitacle sombre lui avait caché. Des plaies ouvertes recouvraient le dos émacié de la jument et des traces de sang étaient visibles au niveau de ses genoux.

On l'avait martyrisée. Il ne put contenir un accès de rage.

— Qui lui a fait ça ? s'écria-t-il.

— Son ignoble propriétaire, répondit le vétérinaire sans lâcher l'animal des yeux. J'espère que la police saura lui rendre ce qu'il a fait.

Hannah donna la corde à Jeb puis contourna la jument

tout en gardant sa main posée sur son échine. Wyatt reconnut dans le geste ce que Sam lui avait enseigné : il ne fallait jamais perdre le contact avec l'animal pour qu'il sache toujours où était la personne qui s'occupait de lui, et ne prenne pas peur.

— Tu sais bien qu'on ne poursuit pas ceux qui maltraitent les animaux, Will, dit Hannah avec tristesse. La pauvre, elle est dans un état pitoyable.

Il jaugea la jument. Elle avait dû être splendide autrefois, mais aujourd'hui elle n'était plus que l'ombre d'elle-même. *Comme Sam.*

Le parallèle qui lui était venu spontanément à l'esprit le bouleversa.

— Vous devriez l'abattre, dit-il.

— Peut-être. C'est Hannah qui en décidera.

— Pourquoi prolonger son calvaire ? Il serait plus humain de mettre fin à ses souffrances.

Ces propos irritèrent visiblement Hannah, et l'animal fit aussitôt un pas de côté.

— Ce n'est pas parce que son propriétaire était un bon à rien que l'animal l'est aussi. Chaque vie a une valeur. Sa dentition indique qu'elle a dix ans. Elle peut encore avoir de belles années devant elle.

— Elle est terriblement affaiblie, terrifiée, et souffrante, répliqua-t-il en serrant les poings.

— Si quelqu'un peut la sauver, c'est bien Hannah, intervint le vétérinaire.

Wyatt serra les mâchoires. Ce cheval avait vécu un enfer, pourquoi ne pas faire preuve de compassion en abrégeant ses souffrances ?

— Elle est à bout, reprit-il, il se peut même qu'elle soit porteuse de virus et qu'elle contamine les autres. Qui plus est, elle ne pourra plus jamais faire confiance à l'homme.

Hannah se planta entre lui et la jument. Elle ne ressemblait plus du tout à une petite fille gâtée, plutôt à une maman grizzly prête à tout pour défendre ses petits.

— On ne peut pas la supprimer sans lui donner sa chance.

Elle lui lança un regard douloureux et furieux. Un homme plus faible que lui se serait sans doute laissé attendrir.

— Mon travail consiste précisément à donner une seconde chance aux chevaux, Wyatt, continua-t-elle. Et si vous aviez pris des renseignements sur le haras avant de sortir votre argent, vous auriez compris que c'est ce que vous faites à présent.

Il se raidit. Elle avait fait mouche, les faits étaient incontestables : il avait négligé de faire sa propre enquête. Le rapport de l'agent immobilier ne mentionnait nulle part que Sutherland était un refuge pour animaux en détresse, ni d'ailleurs la présence d'Hannah Sutherland ! Il commençait à regretter son manque d'implication initiale.

— Sa patte arrière droite a l'air cassée, dit-il.

— Non, je ne crois pas. La blessure est plus superficielle qu'elle n'y paraît. La radio nous éclairera.

— Vous allez engager des dépenses pour une cause perdue ?

Elle lui lança un regard noir.

— Il ne s'agit pas d'argent ! Find Your Center sauve des vies. Il ne les détruit pas d'emblée.

— De quoi me parlez-vous ? Qu'est-ce que c'est que ce « Find Your Center » ?

Les yeux de la belle Hannah ressemblaient à un ciel d'orage tandis que son cou était tendu comme une corde. Si elle avait été un homme, elle lui aurait probablement jeté son poing sur la figure.

— Cela prouve une nouvelle fois que vous avez acheté le haras à l'aveuglette.

— Il était à vendre et je l'ai acheté, je ne vois pas où est le problème.

Il était évident qu'elle cherchait à conserver son calme. Elle prit une profonde inspiration, puis souffla lentement.

— Sutherland Farm est spécialisée dans la naissance *et* la renaissance.

A ce moment, un oiseau profita de la porte ouverte pour s'engouffrer dans l'écurie, effrayant au passage le cheval qui fit un bond de côté. Hanna se trouva bousculée à son tour et Wyatt s'élança vers elle pour l'empêcher de tomber. Il la plaqua contre lui et perçut alors la force que dissimulaient ses courbes féminines.

— Tout va bien ? demanda-t-il, tendu.

Elle lui adressa un regard méfiant. Ses joues étaient rouges, ses lèvres entrouvertes… Quant à lui, il sentait son cœur battre la chamade et il dut se rendre à l'évidence : il existait entre eux une attirance physique incontestable, même si cette idée lui déplaisait.

— Oui, dit-elle. Merci. Relâchez-moi, s'il vous plaît.

Comme il ne réagissait pas, elle posa les mains sur son torse et le repoussa. Sans le lâcher du regard, elle contourna la jument.

— Je suis désolé, Hannah, dit Jeb. Je la tiens, maintenant.

— Ce n'est rien, Jeb, c'est ma faute. Je n'aurais pas dû lui tourner le dos.

Elle jeta un bref coup d'œil à Wyatt, et il eut l'impression que c'était lui l'animal en question, puis elle se pencha pour examiner les plaies de la jument avec la même minutie que lorsqu'elle se trouvait derrière son microscope. Visiblement, ce n'était pas juste une méthode pour l'irriter mais son *modus operandi*.

Elle finit par se redresser.

— Je la garde, décréta-t-elle.

— Sa présence peut mettre en danger la sécurité des autres chevaux, rétorqua-t-il.

— Elle sera en quarantaine jusqu'aux résultats des tests.

Le vétérinaire hocha la tête.

— Merci, Hannah. Je vais m'occuper des formalités. Pourrez-vous m'envoyer des photos indiquant qu'elle a été maltraitée ? J'ai déjà fait une vidéo avec mon portable pour la montrer aux autorités, mais des photos détaillées nous aideront.

— Je vais faire des photos et je vous les enverrai par e-mail dès que j'aurai lavé et soigné ses plaies. Je vous adresserai aussi les résultats du labo dès que je les aurai.

Mais lui n'était pas du tout d'accord sur la façon dont se déroulait l'affaire.

— Il vaut mieux l'abattre, insista-t-il. Je couvrirai les frais.

Elle l'attrapa par le bras sans ménagement. Son contact lui fit l'effet d'une flamme qui se répandit dans tout son corps.

— Si le sort de cette jument vous indiffère, laissez-moi vous présenter un autre aspect de l'affaire, dit-elle. Pour que le sale individu qui lui a infligé ces blessures soit poursuivi et ne recommence pas sur un autre animal, il nous faut des documents. Il est par ailleurs manifeste qu'elle vivait dans des conditions épouvantables. Aucune créature ne mérite un tel sort. S'il vous plaît, Wyatt, laissez-moi faire ça pour elle.

Exprimée en ces termes, il ne pouvait refuser une telle requête. Et puis elle éveillait un écho en lui. C'était parce qu'il redoutait que Sam soit négligé qu'il ne l'avait pas mis en maison de retraite. Hannah avait raison : cette jument devait être traitée avec dignité.

Elle s'était rapprochée d'elle, et lui susurrait des paroles rassurantes à l'oreille, sans se soucier apparemment de récolter des coups de pied.

— Regardez ses yeux, Wyatt, elle mérite une deuxième chance. Donnez-moi deux semaines et vous pourrez juger du résultat. Dans le pire des cas, elle finira ses jours sereinement.

Il était loin d'être convaincu que la petite fille riche qui minaudait devant lui avait le pouvoir de ressusciter le pauvre animal, mais son ultime argument en faveur d'une fin de vie paisible eut raison de ses réticences. C'était pour cette raison qu'il avait acheté le haras pour Sam.

— Deux semaines, pas plus, concéda-t-il.

Il vit son expression s'adoucir. Elle était manifestement soulagée, comme si elle avait douté d'arriver à le convaincre.

— Vous allez voir, je vais la dorloter et faire des miracles.

— Je ne crois pas aux miracles.

— Vous avez tort. Il s'en produit chaque jour.

— C'est de l'optimisme irréaliste, trancha-t-il.

— Ce n'est pas le pessimisme qui aide à vivre.

A cet instant, le portable du vétérinaire sonna. C'était son répondeur. Après avoir écouté le message, il déclara :

— Hannah, on m'attend pour un cas de colique à l'autre bout de la région. Je dois m'en aller. Vous vous en sortirez sans moi ?

— Pas de problème, dit-elle avec un sourire, avant d'ajouter : Vous aussi, Wyatt, vous pouvez partir. Je vais être très occupée pendant un bon bout de temps. Quand j'aurai fini, je vous appellerai s'il fait encore suffisamment jour pour visiter le haras. Sinon, ce sera pour demain.

Il se fit la réflexion que si elle venait à être blessée sur son lieu de travail à cause de cette jument nerveuse, ce serait lui le responsable. Aussi décida-t-il de garder un œil sur elle.

— Je vais vous aider. Nous ne serons pas trop de trois pour la soigner.

Il la vit froncer les sourcils, manifestement mécontente. Elle ouvrit la bouche, puis la referma, comme si elle préférait finalement ne rien dire.

— Très bien ! Si vous voulez être utile, allez dans mon bureau chercher mon appareil photo. Il est dans le tiroir de ma table de travail. Vous pourrez photographier pendant que je lui fais des points de suture. Mais vous ne devrez pas me gêner dans mon travail.

A son ton autoritaire, il déduisit qu'elle devait avoir l'habitude que les hommes se plient à ses quatre volontés. Elle apprendrait rapidement qu'il n'avait aucune intention d'être l'un de ses laquais.

- 4 -

Hannah avait du mal à se concentrer sur les soins qu'elle apportait à la jument. Elle aurait aimé trouver une façon de se débarrasser de son nouveau chef en douceur, sans provoquer sa colère ni le faire revenir sur l'accord qu'ils venaient de passer.

Elle ne pouvait s'empêcher de repenser au trouble qui l'avait saisie lorsqu'il l'avait retenue de tomber, plus tôt dans l'après-midi. Un drôle de courant lui avait traversé le corps. C'était précisément pour cette raison qu'elle aurait aimé qu'il s'en aille.

De plus, son regard d'aigle constamment posé sur elle la mettait mal à l'aise. Il devait avoir le même effet sur la jument blessée car celle-ci ne cessait de remuer nerveusement la queue. Sans compter qu'il avait retiré son polo noir de sorte qu'elle avait droit au spectacle imprenable sur ses splendides pectoraux.

Décidément, elle était pitoyable !

Elle leva les yeux et son regard croisa ses yeux sombres, par-dessus la pauvre jument. Son cœur se mit à battre de façon désordonnée.

— Quand est-ce que Jeb va revenir ? demanda-t-il de sa voix rauque et si troublante.

— Il va lui falloir un bon moment pour faire tous les tests.

— Est-ce que le personnel a l'habitude de vous laisser faire la sale besogne ?

La question relevait-elle d'une simple curiosité, ou était-il en quête d'informations qu'il pourrait ensuite utiliser contre ses collaborateurs ? elle n'aurait su dire. En tout cas, elle devait se montrer aussi maligne que lui et surveiller chacune de ses paroles.

— Ils savent que j'aime laver les bêtes blessées car cela me permet d'évaluer la gravité des blessures, et d'apprendre à connaître le cheval. Cela dit, beaucoup d'employés font du bénévolat à Find Your Center, comme Jeb. Pour la plupart d'entre nous, nous y passons une bonne partie de nos week-ends. Nos entraîneurs sont sur les champs de courses, et le personnel restant doit s'occuper des clients.

Toujours était-il que cette partie du haras était vide, à l'exception d'eux deux, et ce détail était loin d'être anodin ! Cela créait une certaine intimité qui ne faisait que compliquer la situation.

Car elle avait beau détester l'homme arrogant qui avait racheté Sutherland Farm, elle avait besoin de sa coopération et de son soutien financier pour que le FYC continue à fonctionner. Si Wyatt la licenciait, qui s'occuperait de ces pauvres bêtes ? On ne pouvait pas les proposer à l'adoption et elles n'avaient pas grande valeur à la vente. C'est pour cette raison qu'elle devait se montrer résolument sympathique avec lui, même si cela lui en coûtait.

— Merci pour votre aide, commença-t-elle. Vous verrez que ce n'est pas du temps gaspillé.

— J'en doute, dit-il.

Et sur ces mots, il referma une boîte de pommade antibiotique. Elle regarda les mains qui tournaient le couvercle. Elles étaient belles, vigoureuses, le genre de mains qu'une femme recherchait chez un amant… Non, elle ne devait pas avoir de telles pensées. Et pourtant, c'était plus fort qu'elle.

— Vous avez été doux avec la jument, dit-elle. Je pensais qu'un homme en cachemire et en Gucci rechignerait à se salir les mains. Mais vous avez appliqué la pommade sur les blessures avec un réel doigté.

Elle vit tout de suite qu'il la soupçonnait de flatterie.

— J'ai une certaine expérience en la matière.

— Je serais curieuse d'en savoir plus !

Il ne saisit pas la perche qu'elle lui tendait et demeura silencieux. Elle soupira. La seule façon de découvrir ses intentions cachées, c'était de mieux le connaître, même si elle n'en avait aucune envie. C'était la tactique qu'employait sa cousine Megan, qui était bien plus combative qu'elle. Elle arrivait toujours à trouver ce qui motivait ses adversaires et parvenait ainsi à les battre à plates coutures sur les champs de courses.

— Vous ne voudriez pas me raconter vos années à la ferme de pur-sang? insista-t-elle.

Il s'essuya les mains à un torchon avec une lenteur délibérée tout en reculant de quelques pas pour admirer le travail qu'il avait accompli.

— Il n'y a pas grand-chose à dire. Ma mère a épousé le propriétaire d'une écurie de courses quand j'avais quatorze ans. Il me confiait de petits travaux à la ferme pour que je sois occupé et que je ne tourne pas mal avant d'avoir atteint l'âge d'entrer à la fac.

Elle jeta un regard en coin à ses cheveux soignés et à sa tenue classique comme si elle avait du mal à le voir en gamin indiscipliné.

— Vous, mal tourner ? Vous n'en avez pas le genre.

— Nous avons fini ?

— Vous éludez ma question.

Il plongea les yeux dans les siens.

— Vous ne m'avez pas posé de question, et ma vie privée ne vous regarde pas.

Refrénant sa frustration, elle déclara :

— Nous avons fini pour l'instant. Nous allons la mettre en quarantaine et attendre les résultats du labo.

Elle posa la seringue dans le seau, puis, une fois ses gants retirés, voulut passer une corde au licou de la jument qui ne sembla pas apprécier, car elle se mit à secouer la tête, lui heurtant violemment l'épaule au passage.

— Elle va finir par vous blesser ! s'écria-t-il.

— Vous redoutez les dommages et intérêts que je vais vous demander, n'est-ce pas ?

— A Triple Crown Distillery, je fais tout pour que les règles de sécurité soient appliquées à la lettre. J'aimerais que ce soit la même chose à Sutherland Farm.

— Nous nous y efforçons, mais ce n'est pas une usine, ici. Nous travaillons avec des animaux vivants, dotés de personnalités. La jument ne sait pas si nous sommes amis ou ennemis et, après ce qu'elle a vécu, elle se montre méfiante, ce que je considère comme tout à fait normal. Elle doit apprendre à nous connaître pour redevenir elle-même.

Elle caressa alors le cou de la bête et ajouta :

— Viens voir ta nouvelle maison, ma belle.

Il s'interposa en se plantant devant elle. Elle fut troublée par la vision d'un tel mur de muscles.

— Je vais l'y conduire, déclara-t-il d'un ton sans conteste. Je pourrai mieux la contrôler que vous.

— C'est la remarque la plus machiste que j'aie entendue !

— Je suis plus fort que vous, c'est tout.

Elle lui tendit la corde. Après tout, elle marquait un point s'il cherchait à établir un lien avec la jument. Il lui serait plus difficile par la suite d'envisager de s'en séparer.

— On va la mettre dans le dernier box, sur la droite, annonça-t-elle.

En dépit de l'heure qu'elle venait de passer en sa compagnie, elle n'en savait pas davantage sur lui. Décidée à ne pas en rester là, elle lui emboîta le pas.

— Vos parents sont divorcés ?

— Oui.

— Vous voyez toujours votre père ?

— Non.

— Vous aimiez travailler à l'écurie ?

— Pour l'essentiel.
— Vous aimiez votre beau-père ?
— Oui.
— Vous le voyez toujours ?
— Oui.
— On ne peut pas dire que vous aimiez faire la conversation !

Elle regretta d'avoir laissé échapper un tel reproche, car elle savait qu'il se refermerait aussitôt comme une huître. Cela ne manqua pas : il se tourna vers elle, et lui lança un regard contrarié.

— Parce qu'il *faut* que je fasse la conversation ?
— Il vaudrait mieux, oui, si vous voulez vous en sortir à Sutherland Farm. Il convient d'être à la fois vendeur, homme d'affaires, diplomate et bon cavalier. Et d'après ce que j'ai pu en juger, vous ne possédez aucun de ces talents. Mais je peux vous aider.

Il fronça les sourcils, visiblement stupéfait qu'elle parvienne à retourner la situation en sa faveur.

— Et vous pensez vraiment que j'ai envie ou besoin de votre aide ?
— Oui, je le crois. Je connais beaucoup de gens dans le monde des courses, et je peux vous assurer que les relations, ça compte, dans ce domaine. Par ailleurs, je parle quatre langues couramment, ce qui signifie que je suis capable de communiquer avec la plupart de nos clients internationaux.
— Je m'en souviendrai, grommela-t-il.

Il fit entrer la jument dans la stalle et lui enleva la corde. La jument se laissa faire sans protester. On voyait clairement que tous ces gestes lui étaient familiers et elle s'en réjouit en silence. Une fois qu'il eut refermé la porte, Wyatt se retourna vers elle et lui planta son regard noir dans les yeux.

— Je crois comprendre que vous êtes une personne qui aime le détail, dit-il.

— C'est vrai, dit-elle prudemment, ne sachant où il voulait en venir.

— Vous devez donc avec des rapports détaillés sur le Find Your Center.

— Exact.

— J'aimerais les voir.

Elle fronça les sourcils. Ce n'était pas une bonne idée. Il devait d'abord voir tout le travail accompli au FYC avant de se pencher sur les comptes.

— Allons dans mon bureau, je vous montrerai le portfolio des chevaux que nous avons secourus et placés, proposa-t-elle.

— Ce sont les chiffres qui m'intéressent, Hannah. S'ils ne sont pas bons, alors le FYC n'est pas une affaire rentable.

Elle sentit sa bouche devenir soudain toute sèche. S'il pensait vraiment ce qu'il venait de dire, les conséquences seraient désastreuses pour le FYC.

— Et votre visite ? lança-t-elle.

— Elle peut attendre.

— Il va me falloir un certain temps pour rassembler les rapports. Etudiez le portfolio en attendant. Je vous les donnerai demain.

— Ce soir.

Elle se mordit intérieurement la lèvre. Cet homme ne désarmait jamais !

— Les rapports sont enregistrés dans mon ordinateur, au cottage, je les imprimerai ce soir et vous les porterai demain à la première heure.

— Je vais vous raccompagner chez vous de façon à ce que vous puissiez me les fournir directement.

C'était plus un ordre qu'une suggestion.

— Si vous insistez…

— C'est le cas. Et à l'avenir, Hannah, évitez de louvoyer. Je finis toujours par obtenir ce que je veux.

La pluie tambourinait sur le toit de la voiture, étouffant presque le bruit que faisait le pouls d'Hannah qui battait pourtant violemment.

Wyatt se gara. Elle hésita à l'inviter à entrer, mais enivrée par son odeur troublante qui se rajoutait à celle du cuir de la voiture, elle était incapable de penser de façon cohérente.

Son cottage était le seul endroit qu'il n'avait pas encore envahi. Toutefois, si elle voulait le persuader de continuer à financer le FYC, il fallait qu'elle le laisse pénétrer sur son territoire. En outre, elle avait des photos qu'il devait vraiment voir.

Résignée, elle ouvrit la porte.

— Entrez, dit-elle. Je vais vous donner ce que vous voulez.

Ils se retrouvèrent sous la véranda vitrée, et elle eut la désagréable sensation d'être suivie par un lion prêt à sauter sur sa proie. Elle n'était pourtant pas une femme sans défense, elle avait du ressort !

Elle entra dans le vestibule puis lui tint la porte pour le laisser passer devant elle.

— Mettez-vous à l'aise, lui dit-elle. Est-ce que vous voulez un verre de vin ?

— Non, merci.

La plupart des visiteurs qu'elle recevait chez elle prenaient le temps d'admirer les photos des chevaux exposées dans l'entrée, mais pas lui. Il passa devant les sofas couleur fauve, et, à pas de loup, se dirigea vers la cheminée pour observer le portrait accroché au-dessus.

— Qui est-ce ? demanda-t-il sans se retourner. Vous lui ressemblez.

— C'est ma mère, en compagnie de son cheval préféré, Gazpacho. Il a remporté plusieurs Grands Prix, et il a été deux fois champion du monde. C'était un cheval que nous avions secouru. Ma mère a fondé le FYC en sauvant Gazpacho, avant ma naissance.

Il détourna les yeux de la peinture à l'huile pour lui jeter un coup d'œil sceptique par-dessus son épaule.

— Et vous espérez trouver un nouveau champion dans chaque canasson que vous secourez ?

Le sarcasme la blessa. On aurait dit son père.

— Bien sûr que non. Je ne suis pas stupide, et je sais que les champions sont rares. La plupart de nos chevaux sont confiés à des écoles équestres thérapeutiques une fois qu'ils sont de nouveau sur pied.

— De quoi s'agit-il ?

Voilà la question qu'elle attendait. Elle prit une longue aspiration, rassembla ses pensées afin de s'exprimer le plus clairement possible.

— L'équitation thérapeutique est une forme de thérapie par le sport, elle aide les personnes souffrant d'un handicap moteur ou mental à renforcer leurs muscles fondamentaux et à améliorer leur centre de gravité. D'où le nom de ce programme.

— J'aurais tendance à considérer que c'est plutôt dangereux de faire monter sur un cheval une personne souffrant de déséquilibre. Quelle imprudence ! Et puis ce doit être un véritable cauchemar pour les assurances.

Elle retint un soupir d'impatience. Elle s'était attendue à ce que la partie soit rude, mais pas que Wyatt adopte d'emblée le point de vue des assurances. Décidément, les esprits obtus étaient les plus difficiles à convaincre.

— Nos cours sont parfaitement bien surveillés. Ils ont lieu le dimanche. Vous pourrez y assister demain. Nos moniteurs et volontaires sont formés et habilités. Nous prenons toutes les précautions possibles pour assurer la sécurité des participants. La liste d'attente est longue en raison de notre succès.

— En quoi ces leçons sont-elles rentables ?

Elle secoua la tête en signe de contrariété. Il était décidément obsédé par le profit.

— En termes de rétablissement physique, elles n'ont pas de prix.

Il sourcilla un peu plus encore.

— Et en dollars, Hannah ?

Elle se mordit la joue, certaine qu'il n'allait pas apprécier la réponse.

— C'est le haras qui nous subventionne.

— Par conséquent, le FYC n'est pas rentable.

Elle eut l'impression qu'un couperet s'abattait sur elle. Il n'avait pas fallu plus de quelques minutes à Wyatt pour décider du sort du FYC. Ce n'est pas ainsi qu'elle allait faire avancer sa cause. Sans se résigner, elle opta pour une autre tactique et désigna la collection de photos accrochées au mur.

— C'est mon mur des gagnants, dit-elle pour faire diversion. Chacun de ces chevaux a été sauvé et placé dans un nouveau foyer. Mais pour mieux comprendre l'histoire de chacun, il faut voir les photos à leur arrivée. Vous serez surpris par la transformation.

En silence, il s'approcha du mur et observa les photos. Elle avait les nerfs en pelote mais, comme il avait accepté de jeter un coup d'œil aux photos, elle pouvait considérer qu'elle avait marqué un point.

— Je ne vous vois sur aucun cheval, décréta-t-il d'un ton lent.

Elle tressaillit. Elle n'avait pas anticipé la remarque…

— Je… Je ne monte pas à cheval.

Il pivota sur ses talons et lui lança un regard stupéfait.

— Vous avez grandi dans un haras, et vous ne montez pas ? Et par-dessus le marché, vous me reprochez mon manque de connaissances en matière de chevaux ! ?

Elle se raidit. Elle ne supportait plus ses jugements à l'emporte-pièce, mais elle s'enjoignit de rester calme si elle voulait vraiment plaider sa cause.

— Je n'ai pas besoin d'être une cavalière chevronnée pour aimer les chevaux.

— Pourquoi ne montez-vous pas, Hannah ? insista-t-il.

— Je crois que c'est hors de propos, répondit-elle d'un ton sec.

C'était mal connaître Wyatt Jacobs. En trois pas, il fut devant elle, envahissant son espace vital de sa haute stature. Elle avait l'impression de sentir sa chaleur se communiquer à elle, et l'odeur enivrante de son parfum mêlée à celle de la pluie pénétra profondément ses poumons… Encore une fois, elle fut bouleversée par le curieux courant qui passa entre eux. De façon instinctive, elle croisa les bras pour se protéger avant de se rendre compte qu'elle venait de se trahir par un langage corporel si évident. Elle laissa retomber ses bras.

— Pourquoi est-ce que vous ne montez pas, Hannah ? répéta-t-il, la voix encore plus rocailleuse que d'ordinaire.

En prononçant ces mots, il avait laissé ses yeux glisser sur sa poitrine avant de relever la tête et de croiser son regard.

— Pour reprendre votre phrase, ma vie privée ne vous regarde pas.

— Exact, à condition que cela n'interfère pas avec votre travail. Tant que vous ne m'aurez pas convaincu que Find Your Center n'est pas autre chose qu'un violon d'Ingres onéreux, je n'ouvrirai pas mon chéquier.

Elle sentit son cœur flancher sous ses paroles aussi dures que son regard.

— De mon point de vue, poursuivit-il, vous êtes une âme sensible qui dépense de l'argent qui pourrait être réservé à des fins plus lucratives. Convainquez-moi du contraire, si vous le pouvez.

Elle n'était pas femme à se laisser impressionner facilement et, par ailleurs, elle avait été aguerrie par les nombreuses disputes qu'elle avait eues à ce sujet avec son père.

— Ma mère est morte suite à un accident équestre quand

j'avais dix ans, expliqua-t-elle. Voilà pourquoi j'ai choisi d'aimer les chevaux en gardant les pieds sur la terre ferme.

Ce ne fut pas de la compassion qu'elle lut dans ses yeux, mais une sorte de curiosité.

— Comment l'accident s'est-il passé ?

Elle sentit sa gorge se serrer. Même après toutes ces années, elle détestait avoir à reparler de cette période douloureuse. Ne pouvait-il au moins comprendre cela ?

— Elle me montrait comment franchir un brook, commença-t-elle avec lenteur. Cela durait car je n'y arrivais pas. Nous étions fatiguées. Sa monture — *ma* jument — a fait un faux pas, et toutes deux sont tombées. Elles ne se sont pas relevées.

Sa vie avait alors changé pour toujours…

Cette fois, quand elle leva les yeux vers lui, elle fut étonnée de lire de la compréhension dans ses prunelles. Elle en fut bouleversée.

Il fit un pas vers elle et la prit par les épaules.

— Je suis désolée, Hannah.

Comme plus tôt dans l'écurie, elle perçut la chaleur de ses mains à travers son T-shirt, et elle tressaillit à son contact.

— C'était il y a longtemps.

— Les pertes de l'enfance sont les plus difficiles à oublier.

— C'est apparemment la voix de l'expérience qui parle.

— Nous traversons tous des moments difficiles.

A cet instant, il resserra ses doigts sur ses épaules et l'air entre eux se chargea d'électricité… Elle vit ses pupilles se dilater et ses lèvres s'entrouvrir…

Elle ne pouvait plus nier ni se tromper sur la nature de ce qu'elle ressentait : c'était du désir à l'état pur qu'elle éprouvait pour son chef. Son ennemi.

Non, cela ne pouvait pas arriver. Pas avec lui.

Il pencha la tête. Chaque parcelle de sa peau lui cria alors de fuir. Mais elle ne le put pas…

Wyatt comprit qu'il avait commis une erreur avant même que sa bouche ne touche celle d'Hannah, mais la force irrésistible qui l'attirait vers elle depuis leur première rencontre avait eu raison de lui. La chaleur satinée de ses lèvres le désarma complètement. A présent, il était trop tard pour reculer.

Il la sentit se raidir mais, bien vite, elle entrouvrit la bouche, et son corps se détendit. Elle pressa alors sa poitrine contre son torse. Il la dégusta comme un nectar précieux tout en sentant que ce simple baiser n'apaiserait pas sa soif.

Quand il glissa la langue sur sa lèvre gonflée, sa saveur lui fit l'effet d'un verre de whisky avalé d'un trait et lui monta directement à la tête…

Pourquoi fallait-il que cette femme qui représentait tout ce qu'il méprisait lui fasse un tel effet ? Ne s'était-il pas déjà brûlé les ailes auprès de ses semblables ? Décidément, il ne tirait aucune leçon des erreurs passées. Il n'eut pas le temps de comprendre plus avant le magnétisme étrange qu'elle exerçait sur lui, ni de se repaître d'elle plus longuement, car elle venait de s'écarter brusquement de lui, les yeux écarquillés.

— Vous ne pouvez pas m'embrasser ! Vous êtes mon chef.

Il reprit pied dans la réalité à la vitesse de l'éclair. Il venait de commettre une sacrée erreur ! En affaires, il n'y avait pas de place pour l'attirance physique. Sa vie, son travail, sa maison étaient à Asheville. Il n'avait jamais eu l'intention de s'installer ici. Sutherland Farm était destinée à Sam.

Il y passait plus de temps que prévu du fait de la présence d'Hannah sur les lieux. Mais les souvenirs qui hantaient le regard de cette dernière et l'histoire tragique de sa mère avaient remué en lui de vieux fantômes liés à la disparition de son père : la différence, c'était que lui n'était pas mort, mais qu'il s'était volontairement volatilisé.

— Vous avez raison. Ce ne serait pas sage.

Cependant, ses paupières lourdes et ses joues rouges

ne le trompaient pas. Elle le désirait autant que lui. C'était imprudent et vraiment peu avisé, mais c'était ainsi : il avait envie d'elle.

Comme si elle devinait ses pensées, elle recula d'un pas.

— Je ne coucherai pas avec vous, Wyatt. Pas même pour sauver mes chevaux.

— Leur survie ne dépend que des rapports financiers. Nous sommes assez matures pour surmonter l'attirance physique qui existe entre nous.

Elle fronça les sourcils comme si elle ne voyait pas du tout de quoi il parlait, puis fit une moue qu'il trouva adorable.

— Il n'y a pas d'attirance entre nous.

Mensonge ! Il lui aurait été très facile de la prendre dans ses bras et de lui prouver le contraire. Facile, mais pas très intelligent.

— Montrez-moi les chiffres, Hannah, exigea-t-il en serrant les poings.

Elle pâlit légèrement et redressa le menton.

— Find Your Center est bien plus qu'une équation entre gains et dépenses.

— On dirait que vous essayez de défendre une cause perdue.

Elle désigna une pile de magazines.

— Lisez les nombreux articles qui parlent en bien de la fondation ! Des familles entières vont même jusqu'à s'installer en Caroline du Nord pour profiter de nos cours, plaida-t-elle d'un ton désespéré.

— Je veux avoir l'assurance que je ne subventionnerai pas une fondation à perte.

Elle lui adressa un regard plus résolu que jamais.

— Sutherland Farm rapporte beaucoup d'argent. Le FYC lui sert de niche fiscale.

Sa façon de tout faire pour éviter de donner une réponse claire commençait à l'irriter et, étrangement, à l'intriguer. Il s'était attendu à ce qu'une jeune femme gâtée comme elle fasse un caprice pour obtenir ce qu'elle voulait. Or, elle avançait des arguments logiques.

Une partie de lui-même ne pouvait qu'admirer sa ténacité car il partageait ce trait de caractère, mais il souhaitait avant tout que le problème soit résolu au plus vite afin de partir loin d'ici et d'échapper à son emprise.

— L'argument est intéressant, mais ce n'est pas mon problème.

— Vous savez que nous avons fait des émules ? Notre programme est repris dans d'autres écuries. Hélas, la demande est encore supérieure à l'offre et…

— Hannah…

Il la saisit par les épaules, et son désir rejaillit instantanément, comme de la lave chaude.

— Arrêtez de me vendre votre fondation ! Ce sont les chiffres qui m'intéressent. Donnez-moi vos livres de comptes ou je vous licencie.

Elle recula pour échapper à son étreinte.

— Promettez-moi d'abord de venir voir notre travail, demain.

Son audace lui arracha un rire.

— Vous n'êtes pas en position d'exiger quoi que ce soit.

— Vous vouliez visiter le haras. Le FYC en fait partie. Parlez avec nos participants et leurs familles, découvrez les miracles que nous accomplissons.

— J'ai d'autres projets pour demain, et ma patience est à bout. Donnez-moi ces fichus rapports !

— Je vais les imprimer, dit-elle, résignée, mais je dois vous expliquer…

— Inutile ! Je suis à la tête d'une société multimillionnaire. Je peux déchiffrer un tableau recensant les pertes et profits.

— Mais…

— Assez, Hannah !

Elle poussa un soupir de frustration.

— Vous ne pouvez pas débarquer ainsi et faire la révolution ! Sutherland Farm est bien plus qu'une entreprise qui ne se mesurerait que sur la base de ses dépenses et bénéfices. Vous ne prenez pas en compte les gens qui y travaillent, ni ceux dont la vie se trouve considérablement améliorée grâce à nos services.

Il devait reconnaître qu'elle était une adversaire coriace. S'il avait eu besoin d'une personne pour vendre un produit, il aurait fait appel à elle. Dommage qu'ils ne soient pas dans la même équipe.

— A qui appartient le FYC ? demanda-t-il alors.

— C'est mon nom qui figure sur les papiers.

— Pas Sutherland Farm ?

Un silence s'ensuivit et il vit passer une ombre dans ses yeux.

— Non, finit-elle par dire.

— Et je peux savoir pourquoi ?

— Mon père ne voulait pas que le FYC soit lié au haras.

— Je partage son point de vue. Et maintenant, donnez-moi les chiffres ou je fais expulser vos chevaux de ma propriété par une ordonnance du tribunal.

Elle poussa un lourd soupir.

— Comme vous voudrez. Mais vous finirez par comprendre que le FYC est essentiel à la réputation de Sutherland Farm et je vous le prouverai.

Ces arguments-là, il pouvait les entendre.

En revanche, ce désir fou qu'elle lui inspirait tout comme l'admiration qu'il éprouvait à la voir si dévouée à des animaux sans valeur le troublaient. Mais il ne voulait pas en entendre parler.

Il devait impérativement trouver une solution pour se débarrasser d'Hannah Sutherland et de son obstination avant de commettre un geste qu'il regretterait. Comme l'emmener dans son lit pour vérifier si elle était aussi passionnée entre les draps qu'envers ses chevaux.

- 5 -

— Je vous attends dans mon bureau. Tout de suite !

Hannah sentit son cœur se serrer. L'ordre que Wyatt venait de lui donner au téléphone n'était pas un début prometteur pour un lundi matin.

— J'arrive, dit-elle.

Elle remit son portable dans sa poche et se dirigea vers la maison d'un pas lourd, avec la sensation de se rendre à l'abattoir. Elle avait redouté cette convocation depuis que les comptes de Find Your Center étaient entre ses mains.

Même s'il l'avait embrassé avec passion, elle ne doutait pas un instant que cet individu au cœur froid avait l'intention de fermer Find Your Center. Elle allait s'ingénier à trouver de nouveaux arguments, puisque ceux de l'avant-veille n'avaient pas fonctionné. Beaucoup de gens comptaient sur elle. Elle ne pouvait pas laisser tomber les patients ni leurs familles. Pas plus que les animaux…

Elle aurait tant aimé que sa cousine soit là pour lui donner de bons conseils ! Mais cette année, Megan avait choisi de courir le Grand Prix en Europe car elle voulait à tout prix éviter de croiser son oncle. Elle n'avait pas du tout apprécié la vente de Sutherland Farm.

Elle n'osait pas l'appeler, sachant que sa cousine laisserait tout tomber séance tenante pour venir à sa rescousse : ses chevaux, sa carrière et son amoureux bien bâti.

Megan avait le droit d'être heureuse et elle refusait de tout gâcher. Elle redressa les épaules. Si elle voulait résoudre la situation avec le moins de dégâts collatéraux possible pour les gens et les chevaux qu'elle aimait, elle devait gagner Wyatt à sa cause.

Comme elle entrait dans le patio, la porte de la cuisine s'ouvrit, et Nellie apparut.

— Ma chérie, tu as perdu du poids ! s'exclama cette dernière. Tu ne te prépares donc pas à manger ?

Elle s'efforça de sourire tandis que Nellie la prenait dans ses bras et l'étreignait longuement.

— Tu sais bien que j'oublie de manger quand je suis occupée, et à cette période de l'année, c'est le grand rush. Comment se sont passées tes vacances ?

— Je me suis rendu compte que les croisières au large des Caraïbes, ce n'était pas forcément ma tasse de thé, mais je ne pouvais tout de même pas refuser des vacances offertes par le patron.

C'était donc Wyatt qui avait payé le voyage de Nellie ? Voilà qui était bien curieux, car elle était certaine que ce n'était pas par bonté de cœur.

— Viens, ma belle, j'ai fait des muffins aux framboises, tes préférés. Je vais t'en mettre dans une boîte en plastique pour que tu les emportes chez toi. Tu as besoin d'un homme qui te rappelle que tu dois manger. Un bel homme riche, comme le patron.

— Ne joue pas les marieuses, Nellie.

Elle ne pourrait pas le supporter, surtout que le souvenir du baiser était gravé en lettres de feu dans son cerveau.

— Pourquoi pas ? C'est ta maison. C'est ici que tu devrais vivre et pas dans ce cottage rempli d'antiquités.

— Je ne suis pas intéressée, dit Hannah en évitant le regard pénétrant de Nellie.

Elle s'immobilisa en entrant dans la cuisine. Une grande table de bois clair avait remplacé l'élégant coin cuisine de sa mère, là où elle avait passé de nombreuses heures à faire ses devoirs ou prendre ses repas. Elle inspecta le reste de la pièce.

Wyatt avait remplacé la décoration classique aux tons de bleus par un style résolument design, en vogue dans les grandes villes branchées de la côte californienne. Même les appliques avaient été remplacées par des nouvelles, en inox brillant.

— Cela fait quinze mois que tu es célibataire, enchaîna Nellie.

— Quelle importance ? Je n'ai pas de temps pour les hommes ou les complications qui semblent faire partie de leur ADN.

Nellie tapota la main d'Hannah.

— Il faut s'habituer aux changements. Wyatt a abattu une tâche considérable pendant mon absence, il a tout fait repeindre et a même remplacé mon vieux four.

Ces paroles lui rappelèrent qu'elle n'était pas la seule à subir les changements.

— Est-ce qu'il se comporte correctement avec toi ?

— Tout à fait. Il ne fait jamais de caprices, ne se plaint jamais. Il est très indépendant, et sait ce qu'il veut. Il dit toujours merci. Il m'a avertie qu'il n'avait pas l'intention de donner des dîners, comme ton père, et je trouve que c'est vraiment dommage, car cette maison est conçue pour accueillir beaucoup de monde. Mais peut-être que ça changera quand il aura fini de voyager à droite et à gauche. J'adore cuisiner, les grands repas me manquent. Et puis j'aime te voir dans de belles tenues.

— Tu penses que Wyatt voudrait que je joue les hôtesses ?

— Bien sûr. Je ne l'ai jamais vu accompagné jusqu'à présent.

Elle scruta le visage de Nellie.

— Tu me le dirais si cela se passait mal avec lui, n'est-ce pas ?

Sa gouvernante lui sourit.

— Hannah, si tu mettais pour tes propres batailles la moitié de l'énergie que tu mets pour les causes des autres, tu serais un adversaire redoutable. Mais je peux t'assurer que non, je n'ai pas de problèmes avec le nouveau patron.

Nellie désigna alors le plateau sur lequel elle avait déposé du café et des muffins.

— Tu emporteras ça quand tu le rejoindras dans son bureau.

La seule idée de manger pendant que Wyatt égrènerait les comptes de Find Your Center lui coupa l'appétit. Entre le verdict qu'il allait émettre et le baiser qu'ils n'auraient jamais dû échanger, elle avait l'estomac bien trop serré pour cela…

Elle avait oublié ce qu'étaient les lèvres d'un homme, oublié qu'elles étaient à la fois douces et fermes, impérieuses et généreuses. L'alchimie qui avait jailli entre eux était inoubliable. Jamais elle n'avait connu un tel frisson avant Wyatt.

— Comment ça va, toi et tes chevaux ?

— C'est ce que je suis venue apprendre, dit-elle en se reprochant de laisser ses pensées s'égarer. Ce maudit individu veut tout fermer.

— Je suis sûre que tu vas trouver une solution, tu es une vraie lionne quand il s'agit de tes animaux.

— Hannah…

La voix de Wyatt, derrière son dos, la fit sursauter.

— Je vous attends.

Elle se sentit rougir. Qu'avait-il exactement entendu de la conversation ? Elle se retourna et se heurta à son regard insondable. Son expression, qui ne laissait rien présager de bon, la rendit encore plus nerveuse.

Elle essayait de ne pas regarder sa bouche, de chasser le souvenir de la texture et de la chaleur de ses lèvres sur les siennes, et le contact de son torse puissant contre ses seins.

Elle ne répéterait pas l'expérience, se promit-elle alors. Il lui donnait envie de prendre des risques qui la mettraient en danger, et cela elle ne pouvait l'accepter.

— Monsieur Jacobs, j'ai fait du café et des muffins.

Prenez-les et faites en manger à cette jeune fille. Elle a perdu du poids, déclara Nellie.

De ses prunelles sombres, Wyatt l'observa alors des pieds à la tête et elle sentit son cœur cogner plus fortement dans sa poitrine. Ce n'était pas juste ! Pourquoi fallait-il qu'un simple regard la mette dans un tel état ?

Elle fut surprise de le voir prendre le plateau puis se diriger vers le bureau de son père — ou plus exactement le sien. A contrecœur, elle le suivit. En découvrant les changements qu'il avait apportés à la pièce, elle se rappela une nouvelle fois que cette maison n'était plus la sienne. Les goûts de Wyatt pour les lignes épurées et froides, sa passion manifeste pour les gadgets électroniques contrastaient fortement avec le mobilier traditionnel de son père.

Il posa le plateau sur la table basse qui se trouvait entre les deux fauteuils en cuir faisant face à son bureau. Il prit ensuite un muffin qu'il mit dans sa bouche avant de se laisser tomber dans son siège.

— Asseyez-vous, dit-il.

Elle hésita, en proie à la terrible sensation d'être prise dans un piège. Malgré tout, elle finit par s'asseoir. Il était inutile de faire un scandale. La meilleure stratégie n'était-elle pas de chercher à amadouer son adversaire ?

— Nellie m'a dit que vous lui aviez payé ses vacances. C'est généreux de votre part.

Il prit le temps de mâcher son muffin. Visiblement, la situation ne semblait pas le perturber, lui. Si c'était une tactique pour la mettre hors d'elle, c'était réussi. Mais elle n'en laisserait rien paraître.

— Je ne voulais pas qu'elle soit à Sutherland Farm pendant que je m'installais.

— Vous avez fait beaucoup de changements.

— Et c'est juste un début.

Elle perçut comme une menace dans sa voix.

— Si vous pensez réaliser de grands bouleversements, vous devriez mettre au courant le reste du personnel.

— Le seul changement qui vous concerne, c'est que je vais fermer Find Your Center et la pension gratuite pour les animaux que vous secourez. Vendez-les, donnez-les, je me fiche de la façon dont vous vous en débarrasserez, mais je ne veux plus les voir.

Ses paroles lui firent l'effet d'un coup de poignard en plein cœur.

— Vous ne pouvez pas prendre ce genre de décision sans au moins nous avoir vus à l'œuvre. Nous faisons énormément de bien aux…

— Vous perdez trop d'argent et engagez trop de dépenses sur cette activité. Le prix des assurances est exorbitant. L'argent qu'elles nous coûtent pourrait être utilisé à meilleur escient pour le haras. L'écurie qui est bloquée pour vos petits protégés est par ailleurs dans un état épouvantable.

— Mon père ne voulait pas investir pour son entretien.

— Ecoutez, Hannah, soit vous payez la pension pour ces chevaux, soit vous les déménagez.

Elle sentit la panique la gagner. Ce n'était certainement pas son salaire qui lui permettrait de faire face à de telles dépenses !

— Donnez-moi trois mois pour vous faire changer d'avis ! s'empressa-t-elle de dire.

— Non, je veux que les chevaux soient partis à la fin du mois.

Cette fois, elle laissa libre cours à sa colère.

— Je ne peux pas placer trente chevaux et trouver un nouvel endroit pour Find Your Center en trois semaines.

— Ce n'est pas mon problème.

Elle bondit sur ses pieds, jambes tremblantes.

— Vous me demandez l'impossible !

— Je vous accorderai un peu plus de temps à une seule condition.

Elle pressentait le piège, évidemment, mais avait-elle le choix ?

— Laquelle ?

Il prit un crayon et griffonna quelque chose sur un bout de papier qu'il fit glisser vers elle avant de croiser les doigts, en attendant qu'elle réagisse.

— Vendez-moi la maison et la terre que votre père vous a données par acte notarié. Mon offre est très généreuse. Avec cette somme, vous pourrez acheter votre propre écurie.

Elle retint un cri en voyant le nombre de zéros. Et pourtant, il aurait pu lui offrir le double, cela pesait bien peu dans la balance. Elle ne le laisserait pas la mettre à la porte.

— Mes grands-parents ont construit ce cottage et le mur qui l'entoure avec les pierres qu'ils ont ramassées dans leurs champs. C'est *ma* maison, *mon* héritage. Votre offre a beau être très généreuse, je ne peux l'accepter.

Elle vit un éclair de surprise briller dans ses yeux, puis il serra les mâchoires.

— Vendez-moi la propriété, et je vous autorise à vivre un an sans frais dans le cottage tout en continuant, pendant cette période, à financer votre fondation. En une année, vous aurez bien assez de temps pour trouver où vous reloger, vous et vos animaux.

Quel suborneur de première catégorie ! Bien sûr, l'offre était alléchante, étant donné la situation à laquelle il l'avait acculée... Elle ne savait quoi lui répondre. Tout en réfléchissant désespérément au meilleur moyen de se sortir d'une telle situation, elle cala une mèche de cheveux derrière ses oreilles et, ce faisant, toucha les boucles d'oreilles de sa mère. Ce fut comme un déclic. Sutherland Farm et les chevaux étaient aussi le rêve de sa mère. Elle n'était pas la seule concernée par cette bataille, il s'agissait aussi de l'héritage de sa mère, et de la trace qu'elle-même laisserait dans le monde.

— Non merci, dit-elle, enfin libérée de ses doutes.

— C'est à prendre ou à laisser.

Elle voulait d'abord faire en sorte qu'il vienne sur place observer les patients, leurs joies, leurs progrès. Elle avait pu le constater plus d'une fois par le passé : tous ceux qui voyaient ce spectacle avaient été fascinés. Tous sauf son père. Et comme lui et Wyatt étaient de la même trempe…

Si seulement Megan avait été là ! Elle aurait sans doute demandé un peu plus de temps, et trouvé une stratégie avant la date butoir.

— Je veux bien considérer votre proposition, mais voici mes conditions, dit-elle tout à trac.

Elle avait, bien entendu, la ferme intention de *ne pas* considérer sa proposition. Il était hors de question qu'elle lui vende un jour le cottage et ses terres.

Il lui fit un signe du menton, pour l'encourager à continuer.

— Accordez-moi trois mois pour trouver de nouveaux locaux… et venez passer du temps avec nos patients. Je veux que vous les voyiez en action. Que vous parliez avec leurs familles. Que vous vous rendiez compte des miracles que nous accomplissons.

Il plissa les yeux, visiblement agacé.

— Vous n'êtes pas en position d'exiger quoi que ce soit.

— Bien au contraire, monsieur Jacobs, puisque vous voulez ce que je possède.

— Vous savez, je pourrais tout simplement faire expulser vos chevaux. Et de toute façon, à la fin de l'année, je peux tout à fait vous renvoyer, vous et le reste du personnel d'ailleurs, selon les termes du contrat.

Ce fut un choc pour elle d'apprendre qu'il était capable d'aller jusqu'à renvoyer le personnel. Mais elle se reprit bien vite, refusant de se laisser impressionner.

— Un an, c'est long, et vous ne me semblez pas du genre à attendre.

— Détrompez-vous, je peux être très patient quand je veux vraiment quelque chose… Je vous donne deux mois pour trouver de nouveaux locaux. Entre-temps, je n'accepte pas de nouvelles bêtes. Et vous commencerez à financer les dépenses liées aux opérations. C'est clair ?

— Comme de l'eau de roche, fit-elle, dents serrées.

Alors, avant qu'il ne change d'avis, elle pivota sur ses talons et sortit de son bureau, désireuse de retrouver au plus vite la paix de son laboratoire. Elle venait de gagner un peu de temps, mais il lui restait tant à accomplir.

— Jolie fille ! C'est ta femme ?

La question de Sam arracha Wyatt à sa contemplation. Il avait les yeux rivés à Hannah qui s'éloignait, vibrant d'un désir qu'il aurait préféré ne pas ressentir. Son beau-père était dans le patio. *Seul.* Où était l'infirmière censée veiller sur lui ?

— Je ne suis pas marié, Sam.

Il jeta un ultime coup d'œil à Hannah. A la façon dont ses hanches chaloupaient, elle était manifestement en colère. L'éclat décidé qui avait brillé dans ses yeux, avant qu'elle ne parte, l'avait bien trop troublé à son goût.

Il devait trouver un moyen d'acquérir ses terres et de se débarrasser d'elle avant de commettre l'irréparable. Ses chevaux étaient sa plus grande faiblesse, et il avait cru que son offre lui permettrait de gagner la guerre. Mais visiblement, Mlle la vétérinaire était aussi très attachée à ses terres.

Il s'obligea à détourner les yeux de cette vue aussi tentante qu'interdite.

— Nellie a fait des muffins, dit-il à Sam. Entre, on va en manger.

Sam le précéda dans le bureau et prit un gâteau.

— J'aurais juré que tu avais acheté cette propriété car tu avais des projets de mariage. Les haras sont de bons endroits pour élever des enfants. L'air y est bon, il y a du travail. Ta mère te le confirmera.

Il avait acheté le haras pour soigner l'état de confusion mentale de Sam. Il espérait que la vue des chevaux rendrait ses moments de lucidité plus fréquents.

— Je suis sorti avec une femme, mais nous n'avions pas l'intention de nous marier.

Elle s'était enfuie dès l'instant où elle avait compris que Sam ferait partie de son futur.

— Lana ? La blonde aux longues jambes ? Un peu égocentrique et sans patience avec les personnes âgées, c'est ça ?

— Exact, marmonna-t-il.

Comment Sam pouvait-il être si perspicace dans certains domaines et complètement perdu à d'autres moments ? La maladie d'Alzheimer défiait toutes les règles de la logique.

— Où est Carol ? demanda-t-il.

— Qui ?

— Carol, ton infirmière.

— La belle brune ?

— Non, elle, c'était l'avant-dernière. Celle-ci a la cinquantaine et les cheveux poivre et sel.

Il avait espéré qu'une femme expérimentée serait plus appliquée que la précédente.

Sam fit un effort de concentration, tout en savourant son muffin.

— C'est celle qui aime les soap operas ?

— Je ne sais pas. Si tu le dis…

Une chose était certaine : si elle avait laissé Sam errer tout seul pour regarder la télévision, il la renverrait sur-le-champ.

— L'une des infirmières en était fan, je ne sais plus laquelle… Peut-être cette petite avec la tête de fouineuse qui ne parlait pas.

— Sam ?

La voix paniquée de Carol résonna dans le vestibule, puis on entendit ses pas précipités.

— Il est ici.

Elle arriva en bas de l'escalier, le souffle court.

— Sam, vous m'avez fait une peur bleue ! s'écria-t-elle.

— Il était sorti. Comment se fait-il que vous ne vous en soyez pas rendu compte ?

— Eh bien, j'étais aux toilettes…

— La porte de la suite n'était pas fermée à clé ?

Elle fit la grimace, gênée.

— Je pensais que oui. Je suis désolée, monsieur Jacobs. Je n'ai pas l'habitude d'enfermer mes patients. J'ai dû oublier d'enlever la clé de la serrure après que Nellie nous a apporté le petit déjeuner.

— Si je veux qu'il reste dans sa suite, c'est pour sa propre sécurité. Sinon, on ne sait pas où il peut aller. Il aime vagabonder.

Il détestait l'idée de mettre Sam en cage, comme un animal, mais après qu'il avait failli tomber du balcon, dans sa résidence, il n'avait guère eu le choix. Il sentit son estomac se contracter. Il aurait vraiment pu le perdre, ce jour-là…

— Je comprends, monsieur, dit Carol.

Puis elle se tourna vers son beau-père.

— Sam, vous avez déjà mangé deux muffins. Vous êtes sûr que vous en voulez un autre, après le solide petit déjeuner que vous avez pris ?

Sam cligna des yeux.

— Ah bon ? Qu'est-ce que j'ai mangé ?

— Des œufs et des toasts, car nous allons faire une grande promenade aujourd'hui.

— Où projetez-vous de l'emmener ? demanda Wyatt.

— Je pensais que ça lui plairait de visiter les écuries.

Il fut immédiatement sur le qui-vive.

— Non ! N'approchez pas des écuries. Je ne veux pas que Sam soit exposé au moindre danger.

— Mais il passe des heures à sa fenêtre à observer les chevaux dans les prés. Et puis n'a-t-il pas travaillé dans un haras ?

— Bien sûr que si, fit Sam, et arrêtez de parler de moi comme si je n'étais pas là.

— Pardonne-moi, Sam.

Certains jours, son beau-père était l'homme qu'il avait connu et admiré. D'autres jours, il n'était plus que l'ombre de lui-même.

— Je sais que les chevaux te manquent, mais nous ne connaissons pas assez bien ceux-là pour savoir si l'on peut s'approcher d'eux en toute sécurité.

Sam bomba le torse et glissa les mains dans ses poches.

— Moi, je saurai. Ce n'est pas parce que tu m'as fait prendre ma retraite que j'ai tout oublié.

— Attendons un peu d'avoir pris nos repères.

— Cela fait une semaine que nous sommes ici. Je les ai pris.

Carol passa son bras sous celui de Sam.

— Allons du côté de l'étang admirer les oies que nous avons vues passer ce matin. Elles étaient si nombreuses que nous n'avons pas pu les compter.

Sur ces mots, elle entraîna son beau-père vers la porte et jeta un coup d'œil par-dessus son épaule pour lui indiquer qu'elle avait les choses en main.

Il sentit la vague désormais familière de frustration et de tristesse l'envahir…

Depuis deux ans, Sam diminuait à vue d'œil et aucun spécialiste n'y pouvait rien, pas plus que les médicaments qu'il prenait. Mais il ne jetterait pas l'éponge ! Sam l'avait élevé, il lui devait bien ça.

- 6 -

Hannah avait soixante jours devant elle pour réaliser un miracle. Serait-ce assez de temps pour faire changer Wyatt d'avis ?

Tout en sirotant son café, elle s'appuya contre la clôture et regarda les oiseaux qui voletaient au-dessus des arbres. La jument tourna la tête et hennit, puis elle partit pour un petit galop avant de s'arrêter. Elle semblait inquiète.

— Qu'est-ce qui ne va pas, ma belle ? s'enquit-elle.

— Elle a peur des hommes, fit une voix masculine qu'elle ne connaissait pas, juste derrière elle.

Elle sursauta, et se retourna brusquement. L'étranger qui se tenait devant elle portait un jean, une chemise à carreaux et un long manteau, alors que le soleil avait chassé la fraîcheur matinale depuis un bon moment.

— Est-ce que je peux vous aider ? demanda-t-elle.

— Je me promenais… Selon moi, c'est un homme qui a infligé ces blessures à la jument.

Il désigna alors l'animal.

— Vous avez raison.

Qui était-ce ? Un client ? Une personne intéressée par les cours de la fondation ? Ou bien un agent chargé de vérifier si le rapport de maltraitance qu'elle avait rempli était exact ?

Elle se frotta les mains et tendit le bras au-dessus de la clôture.

— Je suis Hannah Sutherland, dit-elle. Et vous êtes… ?

— Sam Reynolds. Un peu de graisse de bacon permettra aux blessures de guérir plus vite.

— Je m'en souviendrai, dit-elle. Est-ce qu'on vous a envoyé me chercher ?

— Non, je vous ai trouvée tout seul. Qui s'occupe de l'animal blessé ?

— Moi.

S'agrippant alors à la rambarde, il fit mine de passer par-dessus la clôture. Il était encore robuste, mais il avait ce tremblement caractéristique des personnes âgées qui menaient une vie sédentaire. Elle s'avança vers lui, craignant qu'il ne glisse.

— Monsieur Reynolds, je préfère que vous restiez à l'extérieur.

— Ne vous inquiétez pas, mademoiselle. Je sais ce que je fais.

Et, une fois dans l'enclos, il se dirigea d'un pas assuré vers la bête. Mais cette dernière hennit et recula, apeurée.

— Je vous en prie, monsieur, quittez l'enclos.

— Donnez-nous une chance de faire connaissance.

Le cheval tremblait, tout en fixant le visiteur. Hannah était inquiète, l'animal étant imprévisible. Museau tendu, l'animal avançait à présent à pas prudents vers l'homme.

— Faites attention, elle mord, le prévint-elle quand la jument s'approcha pour le renifler.

— Il faudrait la mettre dans un enclos rond, plus petit, et vous asseoir sur la rambarde pour lui montrer qui est le chef.

Sans jeter un regard à la jument, il passa sur sa droite. La bête le suivit des yeux et quand l'homme revint vers elle, après une brève hésitation, elle lui emboîta le pas.

Hannah en fut stupéfaite.

— J'ai tout essayé avec elle, même lui murmurer à l'oreille, mais rien n'a marché.

— J'ai toujours eu un bon contact avec les chevaux.

— Effectivement ! Je suis impressionnée. Vous avez tout de suite suscité son attention et acquis sa coopération.

A cet instant, il se retourna brusquement, et la jument

ne s'enfuit pas. Alors pour la récompenser, il lui offrit sa paume à lécher et la caressa derrière les oreilles — Hannah n'aurait pas été autorisée à le faire.

— Brave bête, dit-il en s'adressant à sa nouvelle amie avant de se tourner vers Hannah, pour ajouter : Tout est dans le langage du corps. Si elle vous sent méfiante, elle l'est aussi.

— J'en suis bien consciente, monsieur Reynolds. J'ai l'expérience des chevaux et je maintiens qu'il vaudrait mieux que vous sortiez de l'enclos.

Il continua à flatter l'encolure de la jument, passant les doigts dans sa crinière emmêlée.

— Ce que cela me manque.

— Qu'est-ce qui vous manque ?

Avant qu'il n'ait le temps de répondre, une voiture surgit à vive allure dans l'allée et freina tout aussi brusquement. Une femme en bondit et la jument courut se réfugier de l'autre côté de la clôture.

— Sam, vous ne pouvez pas errer dans la propriété de cette façon !

— Je n'errais pas, je savais où j'allais. Et vous, vous venez d'effrayer la jument dont je venais juste de gagner la confiance.

— Montez dans la voiture ! M. Jacobs va être furieux s'il s'aperçoit que vous vous êtes encore échappé.

« Echappé » ? « M. Jacobs » ? Hannah eut un déclic.

— Je suis Hannah Sutherland, dit-elle alors. Pouvez-vous m'expliquer ce qui se passe ?

La femme posa les mains sur les hanches.

— Je suis Carol Dillard. Sam — M. Reynolds — n'est pas censé sortir de la maison sans moi. Et M. Jacobs ne veut surtout pas qu'il s'approche des écuries.

— Ce n'est pas l'écurie, ici, objecta logiquement Sam.

— Sam aime les chevaux, reprit Hannah en regardant la femme, et il se débrouille très bien avec eux.

— Sam est sous *ma* surveillance. Je suis infirmière et il souffre de la maladie d'Alzheimer.

Elle comprenait mieux. Toutefois…

— Sam vit avec Wyatt ?

— Arrêtez de parler de moi comme si je n'étais pas là ! fit ce dernier. Wyatt est mon beau-fils. Il s'inquiète pour moi car il m'arrive d'oublier de petites choses.

Elle fut stupéfaite d'apprendre que Wyatt prenait soin de son beau-père ! Finalement, il n'était peut-être pas totalement dépourvu d'humanité…

— Est-ce vous qui possédiez une ferme de pur-sang?

— Tout à fait.

— Wyatt m'a parlé de vous. S'il avait vu comment vous vous êtes débrouillé avec cette jument, il vous laisserait approcher les chevaux. Vous avez été plus efficace avec elle en deux minutes que moi en une semaine.

Sam sourit.

— C'est ma spécialité.

— En attendant, dit Carol, montez dans la voiture. Retournons à la maison avant que M. Jacobs n'appelle pour vérifier où nous sommes.

Ces paroles attirèrent aussitôt l'attention d'Hannah.

— Wyatt n'est pas à la maison ?

— Il a pris un avion ce matin, pour la distillerie.

Ce qui voulait dire qu'il ne verrait sans doute pas les cours d'aujourd'hui. S'il ne venait pas observer les patients et les chevaux, comment pourrait-elle le convaincre ?

Sam posa une main sur son épaule.

— Ravi de vous avoir rencontrée, Hannah, dit-il.

Elle lui sourit, puis comprit qu'elle venait de trouver la faiblesse de Wyatt : Sam. Elle n'allait plus le lâcher.

— Est-ce que vous montez à cheval ? lui demanda-t-elle une fois qu'il fut de l'autre côté de la clôture.

Un triste sourire éclaira ses traits.

— Autrefois, oui. Mais je n'ai pas chevauché depuis…

Il se gratta la tête, l'air soudain perdu.

— Bon, je ne sais plus… Mais je travaillais avec les chevaux, quand j'avais une ferme et une vie.

Elle vit ses épaules s'affaisser, et son cœur se serra.

— Vous avez toujours une vie, Sam, elle est différente, c'est tout.

Le FYC pouvait être sa chance… et vice versa ! Elle se tourna vers l'infirmière.

— Nous donnons des cours d'équitation à but thérapeutique, le dimanche. Notre tableau est complet, mais je pourrai m'arranger pour trouver une place pour Sam.

— J'en parlerai à M. Jacobs, mais je ne pense pas qu'il approuve. Il surprotège Sam.

Ce qui voulait dire qu'elle devrait elle-même affronter l'homme qu'elle s'efforçait d'éviter. L'homme qui lui avait donné un baiser renversant.

— Je m'en chargerai, dit-elle alors.

Si elle parvenait à aider le beau-père de Wyatt grâce à la fondation, alors elle mettrait ce dernier dans sa poche et une bonne partie de ses problèmes serait résolue.

Wyatt se tenait sous la véranda d'Hannah. Il n'aurait pas dû être aussi impatient de la revoir, sans compter qu'il se demandait bien pourquoi elle l'avait invité à dîner. Souhaitait-elle finalement lui vendre le cottage ou allait-elle encore tenter de l'amadouer ?

La porte s'ouvrit, et son hôtesse surgit devant lui dans un polo turquoise qui épousait ses formes et une jupe noire moulante qui laissait voir ses belles jambes de séductrice. Non ! se rappela-t-il vivement, la séduction n'était pas au programme, il était là pour affaires.

Elle lui adressa un sourire tendu.

— Bonsoir, Wyatt. Merci d'être venu.

Il s'efforça de ne regarder que son visage. Qu'avait-elle

fait à ses yeux pour avoir cet air sensuel et alangui ? Ses cheveux tombaient sur ses épaules tel un rideau de soie brillant. Son apparence était bien plus sophistiquée que d'habitude, et il sentit sa libido le trahir.

La vie lui avait enseigné que les femmes utilisaient leur beauté comme une arme. Hannah mijotait sans nul doute quelque chose, la question étant de savoir quoi.

— Pourquoi ne pouvions-nous pas discuter dans mon bureau ? demanda-t-il.

— Je pensais que nous serions plus détendus chez moi.

Sa voix rauque l'enveloppa comme un voile vaporeux, évoquant les matinées paresseuses et langoureuses après une folle nuit d'amour.

— De quoi voulez-vous parler ?

— De la propriété, bien sûr ! Entrez, le dîner est prêt.

Il la suivit dans la salle à manger, laissant malgré lui son regard glisser sur son postérieur, puis ses jambes. Il ne pouvait nier qu'Hannah Sutherland était très attirante.

Il remarqua alors les bougies sur la table, et cela lui mit la puce à l'oreille : cette intimité ne convenait pas à un dîner d'affaires.

— Que se passe-t-il, Hannah ?

Elle suivit son regard qui fixait toujours les bougies.

— Je ne cuisine pas souvent, et quand cela m'arrive, j'aime en profiter pleinement. Vous servez le vin, pendant que je vais chercher les plats ?

Et elle disparut par un passage voûté.

Il souleva la bouteille et en étudia l'étiquette. C'était un riesling de grand millésime, qui devait coûter une fortune. Après avoir rempli les verres en cristal, il observa le cottage. Lors de sa première visite, il avait tellement été obsédé par la comptabilité qu'il n'avait pas eu le temps de le faire. Puis le baiser lui avait enlevé tout sens de l'observation.

Cette fois, il eut le temps de noter les meubles antiques, donc coûteux, tout comme l'étaient ce vin, le cristal sur la table, la BMW Z4 garée dans l'allée, les diamants aux oreilles de son hôtesse… Hannah Sutherland aimait vivre dans un environnement raffiné, et ce n'était pas son salaire qui lui permettait de mener un tel train de vie. Qui l'entretenait ? Son père ? Un amant ? Il se rendit soudain compte que cette dernière pensée lui déplaisait.

Elle revint avec deux plats chinois à la main qu'elle posa sur la table.

— J'espère que vous avez faim, dit-elle. Je vous en prie, asseyez-vous.

Il lui présenta sa chaise, pour qu'elle s'asseye. Les vieilles habitudes avaient la peau dure. Des mèches satinées caressèrent alors ses doigts, et il sentit son sexe se durcir instinctivement. Ce fut alors que son parfum acheva de le troubler.

Il prit place en face d'elle.

— Ce vin, c'est un cadeau d'un de vos admirateurs ?

— En quelque sorte. Un de nos clients allemands possède un établissement viticole. Notre fondation le satisfait pleinement, et il nous envoie ses meilleurs vins en remerciement.

Son sourire un rien séducteur l'agaçait et, malgré lui, ses doigts se crispèrent sur les couverts.

— Il a été votre amant ?

— Certainement pas.

Elle semblait sincère, mais les femmes n'étaient-elles pas des dissimulatrices hors pair ?

— Toutefois, nous avons fait un beau bébé ensemble, ajouta-t-elle. Grâce à sa jument et à un étalon de Sutherland. A l'époque, j'étais fiancée.

— Ce n'est plus le cas ?

Elle fixa son verre, puis avala une gorgée de riesling en prenant son temps, ce qui la caractérisait en toute chose. Et au lit aussi ? se demanda-t-il de façon impromptue, avant de repousser vivement la question.

— Ça n'a pas marché, entre nous.

— Pourquoi ?

Elle piqua un bout d'asperge avec sa fourchette, la porta à sa bouche, mastiqua…

— Dans quelle colonne entre cette question ? interrogea-t-elle à son tour. « Ce ne sont pas vos affaires » ou « Je vous renvoie si vous ne répondez pas » ?

— Vous avez des choses à cacher ?

Elle se mit à jouer avec sa nourriture.

— Mon père aimait beaucoup Robert. Pas moi. Enfin pas assez… En théorie, nous formions un couple très assorti. Même parcours, mêmes intérêts. Nos familles se connaissent depuis toujours.

— Et il avait de l'argent, je suppose ?

— Bien sûr, dit-elle en fronçant les sourcils. Sinon, j'aurais pu croire qu'il m'épousait pour mon argent.

— Etes-vous vraiment riche, Hannah ?

— Il fut un temps où tout le monde pensait que je serais la propriétaire de Sutherland Farm…

Elle changea de position sur sa chaise, et enchaîna :

— Mangez avant que ça ne refroidisse.

Elle coupa alors un bout de viande et l'approcha de sa bouche avec lenteur. Le simple mouvement de ses lèvres s'ouvrant et se refermant sur la bouchée lui parut d'un érotisme achevé… C'était insensé, illogique, mais le baiser qu'ils avaient échangé avait donné corps à son désir… Il voulait explorer sa bouche, et cette pensée l'obsédait malgré lui.

Que lui avait-elle donc fait ? Jamais une femme ne s'était interposée entre lui et ses affaires. Il devait s'éloigner au plus vite de cette zone dangereuse. S'il avait accepté son invitation, c'était juste pour sa propriété !

— Vous avez pris une décision concernant ma proposition ? demanda-t-il.

— J'y ai réfléchi.

— Et alors ?

Elle haussa les épaules.

— Ne peut-on pas parler affaires plus tard ? Je n'ai pas

envie de gâcher le dîner. Et puis, en général, nous mangeons et buvons avec nos clients, *avant* de signer un contrat. De cette façon, vous vous familiarisez aussi avec nos méthodes.

Ravalant sa frustration, il se vengea sur la délicieuse viande de porc.

La lumière des bougies illuminait ses cheveux et prêtait des éclats luminescents à sa peau. Son parfum jouait avec ses sens, l'excitant délicieusement…

— Comment va la jument ? lança-t-il, aux abois.

— Bien mieux. Vous auriez dû venir la voir. Après quelques jours infructueux, nous avons réalisé de grands progrès. Et je préfère vous dire tout de suite que je ne la ferai pas euthanasier. Tous les tests de santé sont bons, et les blessures sont superficielles.

Elle lui sourit, puis approcha son verre de ses lèvres gonflées à souhait. Il détourna le regard. Il n'avait pas besoin d'une telle distraction ! Elle n'était pourtant pas la plus belle femme qu'il ait rencontrée dans sa vie, ni la plus sexy, ni la plus douce. Elle était en réalité la plus entêtée. Et pourtant, quelque chose en elle l'attirait, en dépit de son cottage qui retirait de sa valeur au haras, en dépit de ses faux airs de petite sainte…

Mais cette attirance tenait sans doute à son abstinence prolongée. Depuis qu'il avait compris que Sam était en danger, il avait consulté mille médecins sans obtenir de réponses satisfaisantes, puis il y avait eu la rupture avec Lana… Si l'on ajoutait une nouvelle campagne de publicité pour la distillerie et l'achat du haras, il était logique qu'il n'ait pas eu le temps de sortir.

Il en payait le prix maintenant, en se montrant incapable d'empêcher ses pensées de s'égarer face à une femme qu'il devait considérer comme une employée. Plus tôt elle sortirait de sa vie, mieux ce serait.

— Avez-vous déjà repéré des propriétés ?

— Votre ultimatum est trop récent. Je n'ai pas eu le temps.

Frustré, il avala une gorgée de vin et jeta un regard autour de lui.

— Vous collectionnez les meubles d'époque ?

— Ce sont mes grands-parents qui avaient cette passion. Tout y était déjà quand j'ai emménagé.

— Et cela vous appartient ?

— Oui, ces meubles, tout comme le haras, représentent l'histoire de ma famille.

— Vous n'êtes pas sans savoir qu'ils ont beaucoup de valeur.

— Seule leur valeur sentimentale importe à mes yeux.

Il avait du mal à la croire.

— Et la BMW ? Vous en avez aussi hérité ?

— Où voulez-vous en venir, au juste ?

— Vous vivez au-dessus de vos moyens, Hannah.

— Ça vous arrange de penser le pire de moi, n'est-ce pas ? Cette voiture, c'est mon père qui me l'a offerte, en récompense d'un prix remporté par un de mes chevaux.

Elle le fixa un instant, l'œil rieur, avant de reprendre :

— Dites-moi, Wyatt, votre distillerie se trouve très loin d'ici. Trop loin pour faire un aller et retour quotidien. Pourquoi avoir acheté ce domaine si loin de chez vous ? Il y a pourtant de belles propriétés, du côté d'Asheville.

Visiblement, elle aussi avait effectué des recherches sur lui. Mais ses affaires personnelles ne la regardaient pas.

— Je vous l'ai dit. Sutherland Farm correspond à mes besoins.

— Une envie subite de posséder un haras ? A d'autres ! Vous ne l'avez même pas visité en entier.

— Une équipe compétente la dirige. Vous préféreriez que je sois plus intrusif ?

— Non, pas du tout.

Repoussant son assiette, il s'adossa à sa chaise et plongea ses yeux droit dans les siens.

— Pourquoi m'avez-vous invité ce soir, Hannah ?

Elle se leva, visiblement agacée.

— Vous êtes décidément doué pour casser l'ambiance. Prenez votre verre et suivez-moi dans le salon. Je vais vous montrer quelque chose.

Il la suivit, tout en se demandant de quelle ambiance elle parlait. Quand il arriva dans le salon, elle était penchée en avant, en train de poser son verre sur la table basse. Ce mouvement révéla subrepticement le haut de sa poitrine et la dentelle blanche de son soutien-gorge. Il se demanda si le geste était calculé.

Elle se laissa tomber sur le canapé, et sa jupe remonta sur ses cuisses nues. Elle posa alors un épais livre sur ses genoux, puis plaça un coussin derrière son dos.

La détermination de son regard lui déplut.

— Vous allez me vendre le cottage, oui ou non ? demanda-t-il à brûle-pourpoint.

Elle sourcilla.

— Encore votre maudite impatience ! Il va falloir vous calmer quand vous recevrez nos clients internationaux. Ils seront offensés par vos méthodes trop directes. Essayez un peu la finesse. Détendez-vous en discutant. Mais pour répondre à votre question, non, je ne suis pas décidée à vendre. J'étudie toutes les options.

— N'espérez pas une meilleure offre que la mienne. J'ai été très généreux. Et de toute façon, j'ai un droit de regard sur la vente.

— Je ne compte pas vendre à un autre.

— Dans ces conditions, pourquoi m'avoir invité ?

— Je vais vous le dire.

Il ne devait pas oublier que les stratégies d'autrui en disaient long sur leurs forces et leurs faiblesses. Il s'assit à côté d'elle et, tout de suite, son parfum le troubla tandis que sa chaleur l'attirait comme un aimant.

— C'est l'histoire du FYC, dit-elle en désignant l'album.

Toute cette mise en scène, c'était donc pour lui « vendre » les bienfaits de sa fondation ?

— Cela ne m'intéresse pas, trancha-t-il.

— Il le faut, pourtant. Nous allons bientôt accueillir un visiteur de Dubaï, qui est très intéressé par un projet similaire.

— Je ne vais pas promouvoir quelque chose en quoi je ne crois pas.

— Si vous ouvrez vos yeux et vos oreilles, vous y croirez.

— Et il faut aussi que j'ouvre mon portefeuille, n'est-ce pas ?

Elle lui jeta un regard exaspéré, et ouvrit l'album qui les recouvrait maintenant tous les deux. Ses doigts fins frôlaient régulièrement ses cuisses, attisant son désir, tout comme son souffle chaud contre sa joue. Un souffle d'ailleurs saccadé, qui lui indiquait qu'elle éprouvait le même trouble que lui.

Le baiser qu'ils avaient échangé dans cette pièce même l'obsédait. Il se rappelait sa douceur, sa chaleur… Il laissa glisser son regard sur sa bouche. A cet instant, elle se passa la langue sur les lèvres… N'était-ce pas une invite manifeste ?

Il aurait dû s'en douter ! Tout jeune, à la ferme de Sam, Marlie s'était servie de son corps pour qu'il prenne soin de son cheval quand elle n'était pas là. A dix-sept ans, il était trop naïf pour comprendre le stratagème. Mais quinze ans plus tard, quand Lana avait voulu jouer de ses charmes pour qu'il lui offre des vêtements et des voyages, il avait compris que ce n'était pas lui mais son argent qu'elle aimait.

Hannah avait mis en place tous les ingrédients nécessaires à une scène de séduction en bonne et due forme, ce soir. Jupe courte, large décolleté, bougies, excellent repas… La question était de savoir jusqu'où elle était capable d'aller pour ses chevaux.

— Est-ce cela que tu veux, Hannah ? demanda-t-il abruptement.

Et sur ces mots, il glissa les doigts dans sa chevelure soyeuse et captura sa bouche…

Elle était délicieuse, encore plus savoureuse que dans son souvenir. Son cœur battait si vite qu'elle devait en sentir l'écho se réverbérer en elle…

Cette fois non plus, elle ne protesta pas. Elle inclina légèrement la tête en arrière et, en dépit des sirènes qui hurlaient dans son cerveau, il l'enlaça par la taille pour étreindre son corps brûlant… Il avait envie d'elle, et il n'était plus question d'éthique !

Une faim vorace le consumait, qui lui donnait envie de la dévorer. Quand il sentit ses ongles s'enfoncer dans sa chair, il comprit qu'il était perdu… Mais il perçut soudain un bruit sourd, et elle se détacha vivement de lui.

Elle riva alors sur lui de grands yeux confus et méfiants, puis se pencha pour ramasser l'album qu'elle pressa alors contre sa poitrine, comme un bouclier. Elle était devenue toute pâle.

— Cela n'aurait pas dû se produire.

— Ne fais pas l'innocente. Tu voulais me séduire ce soir pour que je subventionne ta fondation.

Poussant un cri d'indignation, elle se leva d'un bond, posa l'album sur la table et serra les poings.

— Certainement pas ! Si je t'ai invité chez moi, c'est pour te parler de Sam.

Soudain, il était tout ouïe.

— Sam ?

— C'est un homme très sympathique, *lui*, et contrairement à d'autres, il comprend merveilleusement bien les chevaux.

Ignorant l'insinuation offensante, il se concentra sur le problème principal.

— Je suppose que c'est Nellie qui t'en a parlé.

— Tu ne trouveras pas une employée plus loyale qu'elle, répliqua-t-elle sur le ton de la colère. Elle ne divulgue jamais les secrets.

— Dans ces conditions, comment es-tu au courant, pour Sam ?

Elle baissa les yeux.

— Je l'ai rencontré.

— Où et quand ? fit-il d'un ton dur.

Si Carol n'avait pas suivi ses ordres, il allait la renvoyer.

— Il faisait une promenade, dimanche matin, et j'étais dans les pâturages.

Elle prit alors son verre de vin dont elle se mit à caresser le pied en le regardant. Etait-ce un réflexe nerveux, ou une façon de le séduire ?

Toujours est-il qu'il sentait son pouls s'emballer. Ne se rendait-elle pas compte que son geste était des plus évocateurs ? Mais si, bien sûr, elle n'était pas stupide !

— Sam est exactement le genre de patients qui pourrait tirer un bénéfice maximal de notre programme thérapeutique, ajouta-t-elle.

Ses paroles lui firent l'effet d'une douche froide. Il devait absolument veiller à ce qu'elle n'entre pas en contact avec Sam ! Une femme aussi rusée qu'elle pourrait conduire un homme âgé et sans méfiance sur la mauvaise voie.

— Tu es vétérinaire, pas médecin. Laisse Sam aux mains de spécialistes qui savent ce qu'ils font.

— Peut-être que tu ne vois pas les bons médecins.

— J'ai consulté les meilleurs.

— Je ne crois pas, sinon Sam serait impliqué physiquement dans ce qui lui tient le plus à cœur.

Sur ces paroles, elle se dirigea vers une table de travail et revint avec une pile de papiers.

— J'ai imprimé ça pour toi, dit-elle. Lis ce que des professionnels éclairés ont écrit à ce sujet. Une activité physique améliore l'acuité mentale et la coordination. Si tu aimes vraiment Sam et que tu veux l'aider, inscris-le à nos cours du dimanche matin.

— Tu penses avoir raison de ma résistance en revenant chaque fois à l'attaque ? Nous avons déjà parlé de ça.

— Nous avons à peine effleuré le sujet. Lis ces documents.

A moins que tu n'aies peur de découvrir que j'ai raison, et que tu as tort.

Il lui prit brusquement la pile des mains. Il y jetterait un coup d'œil demain, dans l'avion, ne serait-ce que pour démonter ses arguments.

— Maintenant que j'ai rencontré ton beau-père, je sais que Find Your Center va te toucher personnellement et changer ta vie en améliorant celle de Sam, argua-t-elle. Il ne s'agit plus de générosité abstraite, mais de t'aider toi-même. Sam et le FYC, ça ne peut que fonctionner. Et ce sera grâce à toi.

Il ressentit une bouffée de colère et de frustration l'envahir. Comment osait-elle ? Il n'aurait pas cru qu'elle descendrait si bas et se servirait de Sam pour défendre ses propres intérêts et l'accuser, lui, d'être égoïste.

— Ne fais pas comme si le bien-être de Sam te préoccupait et mêle-toi de tes affaires.

— Le FYC, c'est mon affaire, et c'est aussi la tienne.

— Elle n'est pas rentable, je ne vais pas continuer à la financer.

— Tu es bien trop aveuglé par les chiffres pour admettre qu'il existe des récompenses plus grandes que le profit.

— Franchement, entendre cela de la bouche d'une femme qui vit au-dessus de ses moyens…

Elle roula les yeux.

— J'ai eu beaucoup de chance, c'est vrai, mais je travaille énormément. Je n'ai jamais obtenu de faveurs parce que j'étais la fille du patron.

— Cela reste à prouver.

— Si tu m'en donnes l'occasion, c'est ce que je ferai.

Soudain, il vit son regard se voiler d'inquiétude et elle continua :

— Oublions nos préjugés et l'argent pendant quelques instants et parle-moi de Sam. Ses connaissances m'ont frappée quand nous avons discuté et, en l'espace de deux minutes, il a fait des merveilles avec la jument.

Cette image-là, c'était celle de l'ancien Sam. Le nouveau Sam ne possédait plus cette sagesse, et pouvait mettre sa vie en danger en un rien de temps. Il n'avait pas connu pire épreuve que d'assister, impuissant, à la déchéance de son beau-père, ces dernières années. C'était aussi pour cette raison qu'il n'avait pas l'intention de venir très souvent à Sutherland Farm. Il ne pouvait supporter de le voir dans cet état.

— Sam a de bons jours et de mauvais. Tu l'as vu lors d'un bon jour. Fais en sorte qu'il ne s'approche pas des chevaux.

— Pourquoi ?

— Ils pourraient le blesser.

— Je t'ai dit que nous prenons toutes les précautions…

— Pas question qu'il monte !

— Wyatt, Sam n'est pas une caisse de whisky que tu peux stocker dans une cave en attendant qu'il s'améliore. La qualité de la vie est aussi importante que sa durée. Ne le prive pas de sa passion, en l'occurrence les chevaux. Et puis il aime se sentir utile. Si tu veux ralentir sa déchéance, laisse-le participer à nos cours. Il faut qu'il soit actif.

Elle planta son regard dans le sien et ajouta :

— A moins que tu ne veuilles pas qu'il aille mieux et que son déclin te permette d'avoir plus de pouvoir dans ta société.

— Je paie une fortune pour protéger Sam ! hurla-t-il alors, hors de lui.

— Et pourtant, tu es en train de le perdre, répliqua-t-elle calmement. La situation ne pourrait pas être pire.

— Tu ne sais pas de quoi tu parles. Tu n'as pas entendu les diagnostics des médecins, ni assisté à son déclin.

Il vit son expression s'adoucir.

— Tu as raison, je ne l'ai pas vu décliner, mais j'ai vu la magie des cours opérer sur des personnes bien plus faibles que Sam. Et des familles qui n'y croyaient pas, comme toi, renouer avec l'espoir. Le FYC fera des miracles pour toi et Sam, si tu le veux bien.

Il serra les poings. Il ne savait pas combien de temps il restait à vivre à Sam, mais il ne voulait pas écourter sa vie en le laissant prendre des risques inconsidérés.

— Je t'ai déjà dit que je ne crois pas aux miracles. Ne t'approche plus de Sam.

— Mais…

— Il est trop fragile et instable pour monter à cheval.

— Justement. Il retrouvera des forces et son équilibre si…

— Sam ne montera pas à cheval, tu m'entends bien ? Ce n'est pas négociable. Trouve-toi une autre écurie et sors de ma vie.

Sur ces mots, il pivota sur ses talons et sortit à vive allure, avant de céder aux désirs qui l'assaillaient, comme serrer son petit corps agile contre le sien et bâillonner sa bouche manipulatrice, et plus encore…

- 7 -

Peu avant midi, ce lundi-là, Jeb entra en trombe dans le laboratoire, arrachant Hannah à ses méditations sur le deuxième baiser qui n'aurait jamais dû se produire et sur le fait que Wyatt avait osé l'accuser de recourir à ses charmes pour le faire flancher.

— Il y a un vieil homme dans l'enclos, avec la jument, déclara-t-il. Il dit qu'il s'appelle Sam et il prétend que vous l'avez autorisé à entrer.

Elle sentit son cœur faire un bond dans sa poitrine et elle laissa tomber le ruban adhésif qu'elle tenait à la main. Si l'un des chevaux blessait Sam, Wyatt la renverrait séance tenante.

— Sam est le beau-père de Wyatt, dit-elle. Il habite dans la maison principale. Je vais m'occuper de lui. Est-ce que vous pouvez finir ce colis pour moi, s'il vous plaît ? Le coursier sera là dans dix minutes.

— Pas de problème.

Sur ces mots, elle se précipita à l'extérieur. Arrivée au niveau de l'enclos, elle ralentit l'allure pour ne pas effrayer la jument tout en reprenant son souffle. L'infirmière de Sam se tenait derrière la clôture, et s'époumonait pour faire entendre raison à son patient.

— Sam, sortez d'ici ! répétait-elle en vain.

Tel un maréchal-ferrant, celui-ci était posté derrière la bête et tenait l'un de ses sabots à la main, mais la jument n'avait nul besoin d'être ferrée. Hanna sentit un frisson glacé la parcourir… Un coup de pied malheureux, et ce serait le désastre.

— Que faites-vous, Sam ? demanda-t-elle avec douceur.

— J'ai apporté la graisse de bacon dont je vous avais parlé. C'est Nellie qui me l'a donnée.

— Nellie est dans le coup ?

Carol hocha alors la tête.

— Elle a dit qu'il fallait le laisser parler aux chevaux. Je ne comprends rien.

Sans lâcher Sam du regard, Hannah expliqua :

— Comme les hommes, les chevaux ont besoin de confidents. Est-ce que Wyatt sait que vous avez amené Sam ici ?

— Il s'est enfui après le déjeuner ! Il faut le surveiller comme du lait sur le feu. Et l'enfermer dès qu'on le quitte des yeux.

Choquée par cette idée, Hannah scruta l'infirmière. Celle-ci ne semblait pas plaisanter.

— L'enfermer ? C'est ce que Wyatt exige ?

— Selon lui, Sam est un danger pour lui-même. Il a installé des verrous sur toutes les portes pour l'empêcher de fuir.

— Sam a-t-il des tendances suicidaires ?

— Non, mais il a failli avoir un grave accident, dans son ancienne résidence. L'infirmière alors en charge de lui a été renvoyée sur-le-champ et, depuis, M. Jacobs est extrêmement vigilant.

— Mais de là à mettre des verrous, c'est insensé ! Et s'il y avait le feu ? A part cet Alzheimer peu virulent, y a-t-il des raisons médicales qui l'empêchent de sortir ?

— Non, il est plutôt en bonne santé pour un homme de soixante-dix ans. Je peux l'emmener en promenade, mais il ne doit pas s'approcher des écuries. Seulement, si M. Jacobs a vent de cette « promenade », elles seront désormais toutes interdites.

Sans répondre, Hannah se hissa par-dessus la clôture.

— Sam, j'arrive, lança-t-elle.

Puis elle s'avança prudemment de lui et de la jument.

— Vous savez que Wyatt ne veut pas que vous vous approchiez des chevaux, ajouta-t-elle.

— Les chevaux, c'est toute ma vie, répliqua le vieil homme. Enfin, ils l'étaient quand j'en avais une.

Elle lui sourit.

— Wyatt a peur qu'il vous arrive un accident.

— Je préférerais être mort que prisonnier.

Elle fut bouleversée par la sincérité de sa réponse.

— Vous ne pensez pas ce que vous dites.

— Oh si ! Wyatt s'envole pour New York pour s'occuper de la société dont je suis le fondateur, et il me laisse à la maison avec des puzzles, comme un écolier. Je ne veux pas vivre comme ça.

Elle n'avait nulle envie de prendre la défense du « monstre », mais voulait ménager Sam.

— Les puzzles sont un bon moyen de stimuler le cerveau.

— Mon cerveau n'a pas besoin d'exercice. Et puis les puzzles m'endorment.

— J'essaierai de discuter de nouveau avec Wyatt...

Encore qu'elle n'était pas certaine de vouloir l'approcher de près. Depuis le baiser de vendredi, elle avait du mal à trouver le sommeil. Elle était en proie à des sentiments contradictoires : d'une part, elle aimait se repasser la scène, d'autre part ce souvenir la rendait furieuse...

Jusque-là, sa vie de célibataire lui convenait tout à fait. Pourquoi avait-il fallu que ce Wyatt Jacobs vienne tout chambouler ? Ce qui la préoccupait le plus, c'était d'être attirée par un homme sans âme.

— Sam, je vais également demander à votre infirmière de lui parler, mais...

— Carol, elle s'appelle Carol. Certains jours, je ne m'en souviens pas, mais aujourd'hui, si. Aujourd'hui, je me rappelle beaucoup de choses.

Il semblait fier de lui. La jument commençant à remuer la queue et les oreilles en signe d'impatience, il ajouta :

— Laissez-moi finir ce que j'ai entrepris avant que notre lady perde patience.

Tout en se creusant la cervelle pour trouver la meilleure solution à cette situation inextricable, Hannah tint la jument par le licou tandis qu'il finissait de lui appliquer le baume. Quelle pouvait bien être la solution bénéfique à tous ?

Une fois sa tâche achevée, Sam se redressa et s'essuya les mains à un torchon qu'il avait glissé dans le ceinturon de son pantalon.

— Il faudrait compléter par un peu de soufre mélangé à de l'eau.

— Et où est-ce que je peux trouver du soufre ?

— Il y en a dans la remise du jardin. J'en ai vu lors d'une promenade avec Carol.

Le cas de Sam n'était pas aussi désespéré que le prétendait Wyatt, pensa-t-elle. Il était encore capable d'organiser ses pensées, et de concevoir des plans. Elle avait accueilli des patients bien plus gravement atteints, à la fondation, et certains avaient réalisé des progrès.

— Très bien, je m'en occuperai.

— Vous savez, les vieux remèdes sont parfois les meilleurs. Il ne faut pas croire tout ce que racontent les laboratoires pharmaceutiques. La jument sera guérie à la fin de la semaine. Comme s'appelle-t-elle ?

Elle cligna des yeux, surprise.

— Je ne sais pas… Je n'ai pas encore reçu ses papiers.

— Alors je vais l'appeler Phoenix. Elle va s'en remettre, elle est courageuse et intelligente.

Elle n'en revenait toujours pas que cet animal ombrageux reste calmement près de Sam.

— Elle est courageuse, vous avez raison…

— Et elle a besoin d'exercice, coupa Sam. Il faudrait l'emmener dans le petit enclos rond pour la faire travailler. Pour ça, j'aurais besoin d'une longe.

Elle contint les mille objections qui s'élevèrent aussitôt dans son esprit.

— Elle a besoin de travailler tout comme moi, insista Sam, pressentant sa réaction. Personne n'a envie de passer sa journée dans un pâturage.

Elle sentait son cœur se serrer de compassion. Et pourtant...

— Mais Wyatt...

— Il est à Asheville et ne revient pas avant vendredi.

Partagée entre l'envie d'aider Sam et celle de ne pas contrarier Wyatt, elle se mordit la lèvre. Si elle accédait au désir de Sam, elle s'exposait à des ennuis. Mais comment pouvait-elle le renvoyer à une vie qu'il estimait pire que la mort ? Elle devait impérativement en discuter avec Wyatt. Elle se souvenait de Terri, l'une de ses amies au lycée qui menaçait toujours de se suicider. Personne n'avait prêté attention à ses appels au secours, jusqu'au jour où elle était passée à l'acte.

— Vous savez, Sam, Carol et moi nous risquons d'être renvoyées, si nous acceptons.

— Personne ne lui dira. Et puis, il m'a défendu de m'approcher des écuries. Il n'a rien précisé pour les enclos.

Ses yeux d'un bleu très pâle brillaient de malice.

Elle lutta pour ne pas sourire. Après tout, il avait raison. Wyatt lui avait défendu de monter à cheval, pas de les entraîner avec une longe... Elle retint un soupir. Elle jouait avec la sémantique et allait récolter des tracas. Et pourtant...

Se tournant vers Carol, elle demanda :

— Est-ce que Sam est aussi alerte et heureux, à la maison ?

— Non, c'est la première fois que je le vois en si grande forme.

La question était donc réglée ! Hannah n'était pas particulièrement téméraire, contrairement à sa cousine Megan, mais cette fois, elle avait trop à perdre en ne prenant pas de risques.

— Sam, je suis d'accord, mais à deux conditions.

— Lesquelles ?

— Premièrement, je ne veux pas que vous veniez à l'improviste, il faut toujours que vous soyez accompagné par Carol.

— Pas de problème. Et la deuxième ?

— Vous ne devez pas monter les chevaux.

— Mais…

— C'est une défense absolue de la part de Wyatt, et je ne peux pas contredire les ordres de mon chef. Déjà que nous les accommodons…

— Très bien, fit-il dans un soupir.

— Je vais chercher une longe, rejoignez-moi avec Phoenix à l'enclos rond.

— Vous êtes folle ! s'exclama alors Carol. Wyatt va être furieux !

— Sam a besoin d'une stimulation physique et mentale. Je vais prendre le maximum de précautions. Apparemment, la jument apprécie beaucoup Sam. J'ai l'habitude de travailler avec des gens souffrant de handicaps. Je prends toute la responsabilité de l'affaire.

— Très bien, de toute façon, je pense que vous avez raison.

Lorsque Wyatt aurait sous les yeux la preuve irréfutable des miracles que Find Your Center pouvait accomplir sur Sam, il ne pourrait plus nier les mérites de la fondation, ni refuser de la subventionner, et peut-être même qu'il ne la harcèlerait plus pour qu'elle quitte le cottage.

Un hélicoptère noir et doré survola avec grand fracas le pâturage, évitant de justesse la cime des arbres. Les chevaux se mirent à tourner sur eux-mêmes, affolés par l'engin qui plana momentanément au-dessus de l'écurie principale avant de repartir.

Qu'est-ce que c'était que ce pilote fou ? se demanda

Hannah. Ne se rendait-il pas compte de l'endroit où il se trouvait ?

— Cela arrive souvent ? questionna le client à côté d'elle, avec son accent français très sexy.

— Jamais. En général, nos invités atterrissent à l'aéroport et regagnent le haras en voiture avec chauffeur, comme vous.

Elle fixait toujours l'hélicoptère. S'il avait survolé la propriété deux heures plus tôt, quand Sam était dans l'enclos rond avec Phoenix et que les jeunes étudiants en dressage galopaient sur le ring extérieur, ç'aurait été un désastre.

— Regardez ! s'écria son client. Il s'est posé sur votre pelouse, devant la maison.

— Curieux, marmonna-t-elle.

Qui pouvait être assez fou pour…

Wyatt !

Elle sentit son estomac se contracter violemment. Il ne devait pas revenir avant deux jours. Pourquoi avait-il abrégé son voyage et était-il revenu en hélicoptère ? *Il devait avoir découvert le travail qu'elle faisait avec Sam dans son dos.*

Elle s'efforça de masquer son angoisse et de se concentrer sur son client.

— Franco, dites-moi ce que vous pensez de ces deux-là.

— Votre cousine a raison de vous faire confiance. La jument et le hongre sont parfaits. Stacy et Natalie vont les adorer. Dans quelques années, je reviendrai acheter un étalon à mon fils. Pour l'instant, il a deux ans, et un poney docile lui convient tout à fait.

— Entendu ! dit-elle en priant pour être encore ici dans deux ans. Et en attendant, donnez-moi des nouvelles de ces deux-là. Je vais vous conduire auprès d'April qui vous aidera à remplir les papiers et s'occupera du transport de vos précieux présents.

Ils montèrent dans une confortable voiturette de golf et se dirigèrent vers l'administration du haras. Ils arrivèrent pratiquement en même temps qu'une Mercedes, conduite par

Wyatt ! Pendant quelques instants, elle crut que son cœur allait cesser de battre… Se ressaisissant, elle sortit de la voiturette, les jambes tremblantes.

Wyatt se gara derrière elle puis descendit de son véhicule. Il s'avança vers elle d'un pas déterminé, comme s'il était le maître du monde. Son costume noir lui allait merveilleusement bien, pensa-t-elle malgré elle. Et un nœud lui étreignit la gorge.

Elle redoutait qu'il ne lui fasse une scène devant son client qui s'apprêtait à lui signer un gros chèque.

— Franco, je vous présente Wyatt Jacobs, le nouveau propriétaire de Sutherland Farm, déclara-t-elle d'emblée. Wyatt, voici Franco Constantine, directeur général de Midas Chocolates and Constantine Holdings. Il a fait le voyage depuis Monaco afin d'acheter un cheval pour sa femme et un autre pour sa fille.

Pendant que les deux hommes échangeaient une poignée de main et quelques menues plaisanteries, elle ne put s'empêcher de les comparer : tous deux étaient grands, bruns et beaux, mais si les yeux de Franco étaient d'un bleu saisissant, ceux de Wyatt étaient insondables. Qui plus est, la proximité de Franco ne lui faisait pas battre le cœur plus fort, ce qui était d'ailleurs parfait, étant donné qu'il était marié et heureux en ménage. Mais elle comprenait pourquoi Megan trouvait les Français attirants.

Wyatt dirigea soudain les yeux vers elle, et elle se recroquevilla sur elle-même. Il était vraiment impressionnant quand il s'y mettait.

— Hannah, peux-tu m'accorder un moment, s'il te plaît ?

Sa voix était impeccablement rauque, et pourtant elle y perçut une note d'une froideur d'acier. L'euphorie liée aux deux millions de dollars qu'allait rapporter la vente des chevaux s'évapora d'un coup.

— Je te rejoins dans mon bureau une fois que j'aurai présenté Franco à April.

— Je t'y attendrai.

Sa déclaration ressemblait à une menace et, d'instinct, elle se prépara mentalement à l'affronter car elle était bien décidée à ne pas fuir.

Elle revint quelques minutes plus tard, d'un pas lourd, vers l'homme dont la présence menaçait à chaque instant son destin.

Il était en train d'examiner l'un de ses tableaux, mains sur les hanches, ce qui soulignait sa posture déterminée. Elle referma la porte de son bureau, pour plus de confidentialité. S'il devait la renvoyer, elle préférait que le reste du personnel ne soit pas tout de suite au courant, ou pire, n'intervienne.

Elle se glissa derrière son bureau pour dresser un mur professionnel entre eux. C'était une erreur tactique, comprit-elle lorsque Wyatt la surplomba de sa hauteur et la força à lever le menton pour croiser son regard adamantin.

— Si Constantine est ici pour acheter des chevaux, pourquoi n'est-ce pas un des vendeurs que nous rémunérons grassement qui s'occupe de lui ?

— Pour commencer, il souhaitait des renseignements détaillés sur leur pedigree et leur caractère, et c'est ma spécialité dans la mesure où les deux bêtes ont été engendrées ici, grâce à nos stocks de sperme. Deuxièmement, c'est Megan qui lui a recommandé de s'adresser à moi.

— Megan ?

— C'est ma cousine. Elle court le Grand Prix en Europe, en ce moment.

Elle désigna alors un cadre sur l'étagère, où l'on voyait Megan montée sur un champion. Et elle pensa que le sort lui avait joué un bien triste tour : c'était Megan qui avait hérité du talent et du naturel agressif des Sutherland, deux qualités essentielles pour courir des Grands Prix. Elles avaient été comme deux sœurs quand sa cousine, suite au décès de ses parents, était venue vivre au haras, quinze ans plus tôt. La perte de leurs mères respectives avait lié les cousines d'une façon que nul autre ne pouvait comprendre.

Megan lui aurait sans doute conseillé d'attaquer l'ennemi par son point faible, c'est-à-dire son ignorance totale en matière de chevaux. Seulement, elle n'avait pas encore parlé de Wyatt à sa cousine. En fait, elle ne savait vraiment pas quoi dire à son sujet. Cet homme avait le pouvoir de chambouler ses émotions.

Elle prit soudain une profonde aspiration.

— Qu'est-ce qui t'a pris de laisser ton pilote voler si bas ? S'il y avait eu des cavaliers sur des montures, comme c'était le cas un peu plus tôt dans la journée, les chevaux auraient été effrayés et les hommes seraient tombés à terre.

— J'essayais de te localiser.

— Pourquoi ? demanda-t-elle, tendue.

Il planta ses poings sur le bureau et se pencha vers elle. Elle eut l'impression qu'il venait de lui voler l'air qu'elle respirait. Sa bouche s'asséchа.

— J'ai lu les documents que tu m'as remis. Puis j'ai fait des recherches sur les études et les docteurs qui les présentaient. Tes théories ne sont pas juste des remèdes de charlatan, je le concède.

Elle ne s'attendait certainement pas à une telle entrée en matière. Elle en fut à la fois soulagée et stupéfaite. Elle avait rarement rencontré un homme qui n'avait pas peur d'admettre qu'il s'était trompé.

— C'est vrai ? Enfin, je veux dire, bien sûr que ce n'est pas du vent. Je t'ai dit que j'ai constaté des rémissions grâce à notre thérapie.

— J'ai pris rendez-vous pour Sam avec le professeur qui dirige ce programme d'études. Tu viendras avec nous. Tu seras mieux à même d'apprécier ce qu'il dit puisque tu as mis ses théories en pratique.

Le seul petit problème, c'était que si elle et Sam se retrouvaient ensemble avec Wyatt, Sam laisserait forcément échapper une allusion à Phoenix et à leur petit secret… Il était encore trop tôt pour que Wyatt soit au courant. Avant cela, elle devait lui produire des résultats incontestables.

Et puis cela voulait dire qu'ils iraient tous à l'hôtel, et il n'était pas exclu, étant donné les circonstances, que Wyatt vienne frapper à la porte de sa chambre…

— Euh… C'est prévu pour quand ? demanda-t-elle pour gagner du temps.

— L'hélicoptère nous transportera à l'aéroport dès que nous sommes prêts. Le rendez-vous a été fixé à demain après-midi. Nous prendrons l'avion ce soir pour Atlanta et nous reviendrons jeudi soir.

— Je ne peux pas vous accompagner, trancha-t-elle.

Elle vit une ombre passer sur son beau visage.

— Tu n'as pas le choix, Hannah.

— Wyatt, ce n'est pas par entêtement, mais je ne peux pas me déplacer cette semaine. Et sans doute pas non plus la suivante.

— Tu as intérêt à avoir une bonne raison pour refuser un ordre !

Elle saisit un crayon et se mit à le triturer nerveusement entre ses doigts.

— L'une de nos juments va accoucher d'un jour à l'autre.

— Et alors ? Elle ne peut pas mettre bas toute seule, ou sous la surveillance d'un autre employé ?

— Sable est âgée, et porte des jumeaux. Chez les chevaux, c'est très rare. Son accouchement s'annonce difficile.

— Pourquoi est-ce que ce n'est pas le palefrenier qui s'en occupe ?

Décidément, il était implacable, et il n'allait pas aimer sa réponse.

— Sable est l'un des chevaux que j'ai secourus.

La moue pleine de mépris ne lui échappa pas, et elle s'empressa d'ajouter :

— Si les poulains survivent, on les vendra pour compenser les dépenses.

— Si ?

Elle se mordit la lèvre et se leva.

— Les chances ne sont pas très élevées. D'ailleurs, il faut que j'aille voir la jument sans attendre, c'est l'heure. Je ne sais pas comment tu as fait pour obtenir un rendez-vous si rapidement chez ce spécialiste alors que la plupart des gens attendent des mois, mais je te suis reconnaissante d'y emmener Sam. Tu ne le regretteras pas, et je suis impatiente d'entendre ce que le médecin dira.

Elle espérait juste que Sam ne trahirait pas leur secret, sinon elle perdrait son travail. Alors son rêve — le sien et celui de sa mère — serait à jamais détruit.

Une lampe de poche à la main, Wyatt vérifiait les numéros des box, dans l'écurie plongée dans l'obscurité. Aussi fou que cela puisse paraître, il avait envie de voir Hannah. Ce soir.

Ce n'était pas seulement parce que leurs disputes lui manquaient, mais simplement parce qu'il voulait lui annoncer que le docteur soutenait sa théorie selon laquelle le contact avec les chevaux pouvait ralentir le déclin de Sam. Il comptait sur l'expérience d'Hannah pour mettre en place un programme sécurisé et efficace.

Quand elle n'avait pas répondu à la sonnette, au cottage, il en avait déduit qu'elle était aux écuries. Le gardien le lui avait confirmé en lui précisant où la trouver.

Il venait de repérer la stalle. Une curieuse énergie l'habitait. A l'intérieur, il vit une lumière rouge sinistre, mais il n'apercevait ni n'entendait Hannah. Deux chevaux minuscules gisaient dans la paille, dans un coin du box, près des lampes rouges. Servaient-elles à les réchauffer ?

Ce devait être les jumeaux qu'Hannah avait évoqués. Mais où était leur mère et pourquoi était-elle séparée d'eux ?

Hannah était elle aussi invisible. Soudain, un souffle et un léger bruit attirèrent son attention. Il s'approcha plus près des lattes verticales et il aperçut des boots, puis de longues jambes moulées dans un jean. Des jambes qu'il aurait reconnues entre toutes parce qu'elles s'étaient définitivement plantées dans ses pensées.

Il sentit les battements de son cœur s'accélérer. Hannah dormait sur la paille, la tête en arrière, dans une position qui allait lui valoir à coup sûr un torticolis, au réveil.

Il ouvrit doucement le verrou, mais le cliquetis résonna dans le silence de l'écurie et la réveilla. Elle se redressa d'un bond, jetant un coup d'œil aux poulains avant de se tourner vers lui. Elle plissa les yeux devant la lumière de la torche.

— Jeremiah ?

Sa voix rauque et endormie le transperça.

— Non, c'est Wyatt.

Qui était ce fichu Jeremiah et pourquoi l'attendait-elle au milieu de la nuit ? Il referma la porte.

— Qu'est-ce que tu fais là ? demanda-t-il à voix basse.

— Je veille sur les bébés.

— Et la mère ?

Elle pencha la tête en avant et ses cheveux recouvrirent son visage comme un rideau emmêlé.

— J'ai dû l'abattre… Je savais qu'elle avait peu de chance de survivre, mais j'espérais… Elle est partie.

Sa voix s'était brisée. Elle dut aspirer une large bouffée d'air pour se reprendre puis appuya sa tête contre le mur. Son visage était pâle, des cernes presque violets creusaient ses yeux et des traînées de larmes sèches sillonnaient ses joues. Nul doute qu'elle éprouvait un grand chagrin.

— La vie et la mort sont le lot d'un haras. Quand il n'y a plus rien à faire, le mieux est d'abattre les chevaux, ajouta-t-elle.

— Qui essaies-tu de convaincre, toubib ? Toi ou moi ?

Elle cligna des yeux.

— J'énumérais juste des faits.

Elle était à bout, mais elle ne voulait pas l'admettre. Et ce refus de se laisser aller le bouleversa profondément.

— J'ai vu comment tu te comportais avec l'autre jument. Je suis sûr que tu as fait l'impossible pour sauver celle-ci.

— J'aimerais le croire, mais on a toujours l'impression de ne pas avoir tout essayé… Et puis on garde l'espoir jusqu'au dernier moment.

Il était vrai qu'il n'était pas facile de renoncer à l'espoir, tout comme assister au déclin d'un être cher était une rude épreuve.

— Parfois, il vaut mieux en finir au plus vite.

Elle le regarda à travers ses cils épais où brillaient des larmes.

— Je n'abandonne jamais tant qu'il y a encore une chance. Je ne savais pas que Sable était enceinte quand on me l'a amenée. Lorsque je m'en suis rendu compte, j'avais le choix entre supprimer l'un des jumeaux ou espérer qu'elle vivrait… Je regrette de l'avoir sacrifiée… Mais elle semblait en si bonne forme et je ne pouvais pas…

Elle retira un brin de paille sur son jean, puis il la vit essuyer subrepticement une larme sur sa joue. Il comprit qu'elle cherchait à lui cacher ses larmes et non à le manipuler, comme l'auraient fait les femmes qu'il avait connues jusque-là.

Elle le déstabilisait bien moins quand elle le défiait, et cherchait à le piéger pour lui extorquer de l'argent. Aussi étrange que cela puisse paraître, leurs disputes lui donnaient de l'énergie. Alors que la face vulnérable qu'elle lui montrait à présent le mettait mal à l'aise. Il ne savait que faire…

Il eut soudain envie de la prendre dans ses bras, mais il n'avait jamais été très démonstratif. Ses parents ne l'enlaçaient jamais, et Sam n'était pas non plus un sentimental. Pourtant, il savait que son beau-père était très attaché à lui, sans doute plus que ses propres parents, et bien plus que toutes les femmes qui avaient prétendu l'aimer…

— J'ai commis une erreur, il faut que je le reconnaisse, dit-elle en reniflant discrètement.

La culpabilité, les regrets, cela aussi il connaissait. Il se reprochait souvent de ne pas avoir tout de suite décelé chez Sam les premiers symptômes de sa maladie. Peut-être le déclin n'aurait-il pas été aussi rapide s'il avait été traité plus tôt.

— Regarde cette pouliche, Hannah, lui dit-il alors. Elle va devenir une vraie beauté. Comment peux-tu dire que tu as fait l'erreur de lui avoir donné la vie ?

Il vit un éclair de surprise passer dans ses yeux. Il en déduisit qu'il s'était très mal comporté avec elle jusque-là… Elle esquissa un vague sourire et il se rappela le goût magique de ses lèvres.

— Tu as raison. Merci, Wyatt. Quant à ces poulains, dans quarante-huit heures, ils seront à peu près hors de danger. D'ici là, il ne faudra pas les lâcher du regard. On en est à douze heures.

— C'est un travail à plein temps. Qui va s'occuper d'eux ?

Elle releva le menton et voulut se mettre debout. Elle chancela et il se précipita pour la retenir de tomber. Il apprécia le contact, évidemment, mais aussitôt il se rappela à l'ordre : Hannah était une employée, et qui plus est, particulièrement émotive ce soir. Mieux valait garder ses distances.

— Les poulains relèvent de ma responsabilité, mais ce ne sera pas aux dépens de mon travail, si c'est ce qui te préoccupe.

La femme combative qu'il connaissait était déjà de retour. Il s'en félicita. Cette Hannah-là, il pouvait l'affronter.

— Qui va t'aider ?

Elle passa une main dans ses cheveux emmêlés. Le geste qu'elle fit souligna la courbure de ses seins et il sentit sa bouche devenir sèche. Pourquoi chacun de ses mouvements était-il une invitation à la sensualité ? Il devait faire de gros efforts pour regarder ses yeux et non ses seins.

— Quelques membres de l'équipe me relaieront, et je vais appeler l'école vétérinaire pour que des étudiants viennent aussi nous aider. Des jumeaux, c'est très rare, comme je te l'ai dit, et c'est un bon sujet d'étude… En tout cas, merci d'être passé. Bonne nuit.

— Tu ne vas pas dormir ici ?

— Je ne peux dormir nulle part ailleurs.

Il désigna une caméra, dans l'angle de l'écurie.

— C'est une vidéosurveillance, non ? Tu peux les surveiller au moins des locaux où se trouvent les moniteurs. Tu auras moins froid.

Elle lui lança un regard lourd de fatigue.

— Je ne les abandonnerai pas, Wyatt. Tu ne peux pas me faire changer d'avis.

— Tu en es vraiment sûr ?

— Il faudrait que tu demandes à la sécurité de m'emmener de force chez moi. Or je doute que tu puisses convaincre Jeremiah de faire ça. Cela fait vingt ans qu'il travaille ici.

Jeremiah était donc l'agent de sécurité. Il ne doutait pas qu'elle disait vrai car, lors des deux réunions avec le personnel, il s'était rendu compte que tout le monde était loyal à Hannah.

— Pourquoi est-ce que tu veux camper là alors que tu peux payer un palefrenier pour faire le travail ?

— Et que tu me reproches de dépenser ton argent ?

Elle fit une pause et reprit :

— Même si j'avais un généreux bienfaiteur prêt à payer l'addition, aussi élevée soit-elle, je ne partirai pas d'ici. Je n'ai pas pu sauver Sable, je veux faire l'impossible pour ses petits.

Cette jeune femme qui faisait passer des animaux orphelins avant son propre confort n'était-elle pas trop généreuse pour être honnête ? Pourtant, son regard était des plus sincères.

S'était-il trompé sur elle depuis le départ, ou bien l'attirance qu'il éprouvait pour elle avait-elle détruit son objectivité ?

En tout état de cause, cela ne changeait rien à l'affaire : elle s'interposait entre lui et ses projets pour le haras, et il devait se débarrasser d'elle. Mais si elle mourait d'hypothermie, ce ne serait pas bon pour ses affaires !

- 8 -

Sans émettre de commentaire, Wyatt pivota sur ses talons et repartit dans la direction d'où il était venu.

— Bon débarras, marmonna Hannah.

Elle n'avait pas envie qu'il reste, la nuit allait être bien assez difficile comme ça. Elle n'avait pas d'énergie à perdre avec lui : il la mettait à cran, ce qui ne laissait pas de l'épuiser.

Elle reconnaissait qu'il avait fait montre d'une sympathie inattendue en partant à sa recherche, d'autant qu'il ne semblait pas en colère. Elle en déduisit également que Sam n'avait pas dû la trahir durant leur voyage, sans quoi il lui aurait montré un tout autre visage.

A présent, elle devait l'oublier et se concentrer sur les tout jeunes poulains.

Engourdie par le froid, elle se rapprocha des lampes à infrarouge, s'efforçant de ne pas réveiller les animaux endormis. A cause de la fatigue, chacun de ses muscles était douloureux. Elle aurait dû se couvrir plus chaudement car, cette nuit, le vent soufflait fort. Mais elle s'était laissé surprendre car, en général, les nuits de fin de printemps étaient moins froides.

Elle vérifia la respiration des poulains sur l'appareil qui la mesurait, puis se blottit dans un coin, tout en se massant les chevilles.

Soudain, un bruit attira son attention. Elle scruta l'obscurité et vit une silhouette s'approcher. Elle reconnut immédiatement le pas du visiteur.

Wyatt était de retour !

Comme il se rapprochait, elle remarqua qu'il était chargé.

— J'apporte des sacs de couchage, déclara-t-il quand il fut à sa hauteur. C'est Jeremiah qui me les a donnés.

— Pourquoi y en a-t-il quatre ?

— Deux pour les lits, deux pour les oreillers.

— Il y en a deux de trop.

— Puisque tu restes, je reste aussi ! décréta-t-il.

Elle sentit ses muscles se contracter.

— Non, tu n'as pas besoin de…

— Si tu veux que je parte, Hannah, alors il faudra partir la première.

Il n'en était pas question. Et puis elle devait admettre qu'elle était un peu impressionnée par sa démarche : lui, toujours tiré à quatre épingles, passer une nuit dans une écurie ? C'était incroyable.

— Ma place est ici, insista-t-elle.

— Dans ces conditions, nous sommes condamnés à rester ensemble.

— C'est toi le chef, je n'ai pas grand-chose à dire.

Prenant deux sacs de couchage, elle les disposa sur la paille, dans l'angle du mur, puis se glissa confortablement à l'intérieur de l'un d'eux et ferma les yeux, bien décidée à ignorer Wyatt.

Elle l'entendit s'installer tout près d'elle, et cela l'agaça. Elle rouvrit les yeux.

— Mets-toi plutôt par là-bas, dit-elle, tu auras plus de place pour t'étirer.

— Tu auras plus chaud, si je m'installe ici, argua-t-il.

— Autant te prévenir : je n'ai pas l'intention de partager de chaleur corporelle avec toi sous les sacs.

— Je ne t'ai pas fait une telle proposition, que je sache.

Ce qu'il la mettait mal à l'aise… ! D'autant qu'elle sentait les ondes de chaleur qui émanaient de son corps si solide !

— Je n'ai jamais vu une écurie comme celle-ci, reprit-il.

Pourquoi est-ce que tu utilises des tapis en mousse et de la paille fraîche, au lieu de copeaux ?

— Dans les box de naissance, il faut des surfaces que l'on peut désinfecter, de sorte que tu ne devrais pas attraper de virus en couchant ici. Cela dit, si tu ne veux pas prendre de risque du tout…

— Bien essayé, toubib.

— Mais ça n'a pas marché !

Pendant quelques secondes, elle oublia qui il était et se réjouit de sa compagnie. La trêve fut de courte durée et elle retrouva promptement son bon sens : s'il restait avec elle, c'était parce qu'il devait avoir une bonne raison.

— Je n'ai jamais vu des poulains aussi petits, dit-il.

— C'est parce qu'ils sont jumeaux. Chacun pèse la moitié du poids normal. La pouliche noire est celle qui est le plus en danger mais, tant qu'elle mange, elle a une chance de survivre.

Il se tourna soudain vers elle, et leurs regards se croisèrent. Il avait perdu son air arrogant. Pour un peu, elle l'aurait presque apprécié…

Il continuait à l'observer en silence et l'écurie lui parut tout à coup trop intime, trop petite… Ce fut alors qu'elle sentit les pointes de ses seins se hérisser et elle s'en voulut de sa réaction. Elle cala le sac de couchage sous son menton. Elle ne devait pas fléchir. Wyatt était sexy, c'était indéniable, et il embrassait merveilleusement bien. Mais il n'y avait pas de quoi en perdre la tête ! Il ne se passerait rien entre eux, il était son patron, elle ne devait pas l'oublier.

— Il faut que tu dormes, maintenant, déclara-t-il de son ton supérieur habituel.

— Ce n'est pas parce que tu l'ordonnes que je vais sombrer dans le sommeil.

— C'est ma présence qui te perturbe, Hannah ?

— Pas du tout, quelle idée ! prétendit-elle. Ne sois pas ridicule.

— Ah bon ? Je suis ridicule ? ironisa-t-il.

Elle fronça les sourcils. A présent, elle n'avait plus froid du tout, la chaleur de Wyatt l'avait pénétrée, et elle se sentait bien vulnérable.

— Bonne nuit, Hannah, ajouta-t-il alors avec un petit sourire, conscient d'avoir gagné une bataille.

— Je dois les nourrir dans deux heures, annonça-t-elle sèchement.

— Je t'aiderai.

— Ce n'est pas la peine de…

— Qui est le chef, Hannah ?

Elle serra les dents. Elle aurait dû savoir que cette convivialité ne durerait pas. Au fond, c'était mieux ainsi : cela lui permettrait de retrouver le contrôle de ses pulsions.

— Je ne risque pas d'oublier qui commande puisque tu me le rappelles toutes les deux minutes. Et si tu as besoin de passer la nuit dans une écurie glacée pour prouver que c'est toi le chef, libre à toi.

Après tout, il verrait bien ce que c'était, le manque de confort. Mais elle avait beau fanfaronner, depuis qu'elle avait découvert une fibre humaine en lui, sa présence la mettait encore plus mal à l'aise.

— Hannah.

Elle ignora la voix qui l'appelait et replongea dans le sommeil avant de remonter peu à peu vers la conscience.

Ce n'était pas son père qui la réveillait pour aller à l'école. Son oreiller sentait le bois de santal et le cyprès, et il était vraiment confortable… Ce fut alors qu'elle comprit où elle était, avec qui, et contre qui elle pressait sa joue ! Elle se redressa vivement… et sentit une main enserrer son bras. Celle de Wyatt !

— Doucement, chuchota-t-il. Tu vas les effrayer.

Sa voix vibra en elle — il était si proche — et elle sentit son estomac se contracter.

Elle souffla sur les mèches de cheveux qui lui barraient le front. Wyatt était étendu tout contre elle. Il avait ouvert son manteau et portait en dessous un pull en cachemire couleur charbon. C'était ce contact qui était si doux contre sa joue, à son réveil. La confusion l'envahit…

— Je suis désolée, je…

— Ce n'est pas grave. Regarde…

Sa voix veloutée la surprit, puis ce fut son sourire qui la désarma. Il avait l'air si bon, si humain… Elle eut soudain envie de se recroqueviller contre lui et d'expérimenter de nouveaux baisers. Ses yeux glissèrent vers sa bouche…

Ce n'était vraiment pas une bonne idée, et pourtant il faisait encore nuit et, à part les rondes de Jeremiah, elle et Wyatt étaient seuls…

Il riva son regard au sien, et elle se raidit un peu plus. Les hautes parois de la stalle les séparaient du reste du monde, les enveloppant dans un cocon d'intimité… Son cœur battait la chamade et elle voyait sa pomme d'Adam monter et descendre à toute vitesse…

— Hannah. Les poulains.

Comme hypnotisée, elle ne bougea pas… Il enserra soudain son visage entre ses mains, et le désir la submergea. Mais, au moment où elle crut qu'il allait l'embrasser, il la força à regarder du côté des poulains puis la relâcha.

Le brouillard sensuel dans lequel elle baignait se dissipa d'un coup.

Elle vit la pouliche qui essayait de se mettre péniblement debout. Ses efforts encouragèrent son frère qui, en un rien de temps, se redressa avant d'adresser un regard triomphant à sa sœur.

Le rire de Wyatt la fit tressaillir. Elle tourna la tête vers lui. Comment avait-elle pu penser que ses yeux étaient froids ? Ses iris chocolat brillaient comme la bague sertie d'un œil-de-tigre qu'elle avait achetée, adolescente. Mais quand, à son tour, il la regarda, elle constata qu'une fois encore il contrôlait tout à fait ses émotions, alors qu'elle…

Elle déglutit avec difficulté.

Détachant ses yeux de son visage, elle considéra soudain son pantalon froissé.

— Je suis désolée pour tes vêtements, dit-elle pour faire diversion.

Il haussa les épaules.

— Ce n'est rien, dit-il.

— Evidemment, je comprends que tu puisses sacrifier un pantalon, étant donné que tu t'offres une propriété que tu n'as même pas visitée.

Elle avait délibérément voulu le piquer au vif pour en finir avec cette intimité qui ne lui valait rien. Et, à en juger par son visage qui s'était brusquement durci, elle avait réussi. Néanmoins, elle ne ressentit pas la joie escomptée.

— Le spectacle des poulains vaut la peine de sacrifier toute une garde-robe, dit-il alors.

Elle en eut le souffle coupé. Ce Wyatt-là lui plaisait décidément beaucoup… Mais elle ne devait pas oublier qu'il avait une calculatrice à la place du cœur ! Résolue à prendre le taureau par les cornes, elle s'éclaircit la voix.

— Cette attirance entre nous, Wyatt, ne nous mènera à rien. Tu le sais, n'est-ce pas ?

Wyatt, tout comme Robert, convoitait avant tout ses terres. Tous deux avaient l'étoffe de tyrans, comme son père d'ailleurs qui avait oublié à quel point il avait aimé le haras.

— Au moins, tu admets qu'il y a une « attirance », c'est bien. Mais tu as raison, c'est tout à fait déplacé.

Il lui sourit. Elle devait à tout prix trouver le moyen de casser l'ambiance, sinon… Et soudain, elle eut une inspiration.

— Comment s'est passée la visite de Sam chez le docteur ?

Elle le vit blêmir. Elle avait enfin réussi… Il se leva et la surplomba de sa silhouette.

— N'est-ce pas l'heure d'aller nourrir les poulains ?

— En clair, c'est une façon de me dire que cela ne me regarde pas.

— Non, ce n'est pas ça... Seulement, il faut préparer les biberons.

Il lui tendit la main. Avec réticence, elle la saisit et lorsqu'elle sentit ses doigts se fermer sur les siens, une sorte de décharge électrique la parcourut... Pourquoi fallait-il qu'elle soit si troublée par l'homme qui avait le pouvoir de détruire tout ce qui comptait pour elle ?

Ils se tenaient à quelques centimètres l'un de l'autre, et il avait les yeux fixés sur sa bouche... Les heures qu'ils venaient de passer ensemble, tout comme les baisers qu'ils avaient échangés, semblaient les encercler tel un lasso qui se serait resserré un peu plus à chaque seconde...

— Est-ce que je dois rester près des poulains ? questionna-t-il.

Elle cligna des yeux pour se reprendre, confuse d'avoir une nouvelle fois oublié les poulains. L'un des deux était encore capable de penser, c'était déjà ça !

— Non... Ils peuvent tout à fait rester seuls quelques minutes, balbutia-t-elle.

Prenant sur elle, elle secoua la main pour se dégager de son étreinte et pénétra dans la salle voisine en vue de préparer les biberons. Wyatt la suivait comme son ombre. Il l'observait plus qu'il ne l'aidait, et son regard posé sur elle la ralentissait. Elle devait penser à tout ce qu'elle faisait, comme si elle préparait des biberons pour la première fois. Soudain, un peu de lait lui éclaboussa les doigts car ses pensées s'étaient égarées dans un territoire tabou : que se passerait-il si elle s'abandonnait au désir que tous deux essayaient de nier ?

Quand les deux bouteilles furent pleines, il les lui prit des mains et retourna dans le box.

— Je m'occupe du mâle, décréta-t-il.

Mais l'animal ignora le biberon qu'il lui présentait. Alors elle lui montra quelle position adopter. Prenant conscience qu'elle l'avait touché, elle recula vivement. Il retenta l'opération et, cette fois, l'animal se mit à boire.

Elle se tourna ensuite vers la pouliche, mais la pauvre bête semblait trop épuisée pour téter.

— Fais un petit effort, ma belle, l'encouragea-t-elle. Tu dois manger.

L'animal n'avait même pas la force d'ouvrir la gueule. Un flot de désespoir l'envahit. Elle insista, présentant le biberon devant elle et, au bout d'un nombre incalculable de tentatives, la pouliche le saisit brusquement. Elle en eut les larmes aux yeux, et se mordit la lèvre pour retenir un sanglot d'émotion. Wyatt ne devait surtout pas penser qu'elle était trop sentimentale, car il en déduirait que cela l'empêchait de réaliser correctement son travail.

— Tu n'abandonnes pas facilement, observa-t-il.

Elle jeta un coup d'œil dans sa direction et, étonnée, lut de la compassion et presque de l'admiration dans ses yeux.

— Nellie me traite parfois de tête de mule, admit-elle en souriant.

Le poulain venait de terminer son biberon.

— Qu'est-ce que je fais, maintenant ?

— Caresse-le, aide-le à se relever, il faut qu'il s'habitue à être touché.

— A quoi bon, s'il ne survit pas ?

— Parce que même s'il n'a qu'une vie très limitée devant lui, il faut qu'elle soit la meilleure possible. Et si nous les sauvons, ils seront à la hauteur.

Elle voyait bien qu'il se tenait sur la réserve. Cependant, il se mit à frotter doucement le dos du poulain. L'animal répondit en fourrant son museau contre la hanche de Wyatt. Peu à peu, celui-ci se détendit, et ses caresses devinrent plus assurées. Elle le vit même sourire brièvement.

La pouliche finit elle aussi son biberon. Hannah passa

les doigts dans sa crinière, et poussa un petit soupir. Les chevaux étaient bien plus faciles à comprendre que les hommes. Leurs besoins et leurs motivations étaient simples. Elle massa doucement chaque sabot de l'animal, sous le regard de Wyatt.

— Maintenant, ils vont se rendormir, dit-elle, et le premier volontaire va venir nous remplacer.

Elle alla laver les biberons, dans la pièce à côté, et, bien sûr, il lui emboîta le pas.

— Tu avais raison au sujet de Sam, lui dit-il tout à trac. Le docteur a dit qu'il avait besoin de plus de stimulation mentale et physique. Tes chevaux pourraient être la solution.

Pouvait-elle se permettre d'y croire ?

— Il me semble entendre un « mais »…

— Eh bien, les études ne sont pas aussi substantielles qu'elles devraient l'être, et les résultats peuvent donner matière à confusion. C'est une approche peu orthodoxe et je veux d'abord voir les résultats sur Sam avant d'y croire.

Elle retint un soupir.

— Je comprends que tu aies besoin de preuves, mais qu'as-tu à perdre, Wyatt ? Laisse Sam participer à la séance de dimanche.

— Je ne veux pas qu'il monte à cheval ! Tu devrais comprendre mes réticences, étant donné ce qui est arrivé à ta mère qui était, j'en suis convaincu, une athlète au meilleur de sa forme. Sam est fragile et il n'a plus la notion du danger. S'il se cassait la hanche, à son âge, il pourrait ne pas s'en remettre. Les statistiques…

— Je connais les statistiques ! trancha-t-elle.

Elle s'adossa à l'évier et ajouta :

— Comme je te l'ai dit, nous prenons toutes les mesures de sécurité possibles avec nos cavaliers.

— Personne n'est jamais tombé ?

— Non.

— J'accepte qu'il participe au cours, mais il s'occupera des chevaux du sol, sans quoi c'est non.

— Je pourrai m'en accommoder, fit-elle.

Elle l'avait déjà fait. Mais elle n'allait pas le lui avouer, même si ce mensonge qui flottait entre eux la dérangeait.

— Je suis certain que Sam aimerait voir les poulains, reprit-il. S'en occuper.

C'était l'ouverture qu'elle attendait.

— Très bonne idée ! Je les superviserai, dit-elle.

— Non, je m'en chargerai, dans la mesure où mon travail le permettra. Sam et moi nous inscrirons pour une relève auprès des poulains.

— Sam… et toi ? fit-elle, perturbée. Mais…

— Nous deux ou rien, Hannah.

Si Wyatt rôdait trop par ici, il finirait par découvrir qu'elle avait commencé à travailler avec Sam derrière son dos, et cela pourrait refroidir toute la bonne volonté qu'il manifestait.

Elle ne savait plus que penser de lui. Devait-elle se réjouir du réchauffement de leur relation, pouvait-elle lui faire confiance ? Il lui avait dit en termes clairs qu'il visait son cottage et ses terres. Elle se demanda s'il ne cherchait pas à la persuader de vendre par la ruse.

La seule façon d'en avoir le cœur net, c'était de passer du temps en sa compagnie, comme elle l'aurait fait avec un animal peu familier.

Et elle trouverait bien un moyen pour faire abstraction de l'attirance qu'elle ressentait pour lui ! Elle n'avait pas le choix si elle voulait garder sa maison et ses chevaux.

— Entendu, répondit-elle.

La fatigue empêchait Wyatt de penser et rendait ses épaules douloureuses. Son état n'avait rien à voir avec la nuit passée sur le sol de l'écurie, mais avec une certaine brune aux longues jambes.

Cela faisait des mois qu'il ne s'était pas tenu à proximité d'un corps chaud, et les courbes douces d'Hannah, combinées à sa chevelure soyeuse, l'avaient empêché de dormir. Il était si excité…

Il avait besoin de prendre une bonne douche, froide de préférence, et de s'allonger dans un bon lit, mais il devait avant tout s'éloigner de cette femme dont le parfum collait à sa peau.

Elle s'approcha d'un tableau accroché au mur.

— Si Sam et toi assurez une relève, vous devrez indiquer l'heure à laquelle vous les avez nourris et la quantité ingérée par chaque poulain.

— Entendu.

Elle lui faisait face, manifestement gênée pour une raison qui lui échappait.

— Le moins que je puisse faire pour te remercier, c'est de te préparer du café.

— Tu m'invites chez toi ?

Elle secoua la tête.

— Il y a une cafetière, dans le salon des bureaux.

En dépit de tout bon sens, il accepta. Avec ses joues roses et ses cheveux si sensuellement ébouriffés, elle était irrésistible. Pourtant, s'il voulait la convaincre de lui vendre ses terres, il devait s'ingénier à la faire sortir de sa réserve.

— Alors ce n'est pas de refus.

La caféine lui éclaircirait les idées, espérait-il. Et il la suivit dans l'écurie principale. Elle se dirigea directement vers le coin bar. Il s'était attendu à ce qu'elle fasse une halte dans les luxueuses toilettes destinées aux clients pour se refaire une beauté. Il commençait à se rendre compte que c'était une personne bien plus complexe qu'il ne le pensait et qu'elle aimait réellement les chevaux.

A moins qu'elle ne lui ait joué la comédie…

Il fit les cent pas dans le salon pendant qu'une délicieuse odeur de café s'y répandait peu à peu. Il s'arrêta soudain devant la bibliothèque et un titre écrit en lettres d'or sur la tranche d'un livre attira son attention : *Les Chevaux*, par Hannah. Il le prit et l'ouvrit.

Il découvrit la photo d'un cheval sur papier glacé. A côté étaient précisés le nom de sa mère et de son père, et les prix que l'animal avait remportés. Il tourna les pages, remplies par d'autres chevaux et informations…

Il comprit alors qu'il avait sous-estimé Hannah. Elle s'y connaissait en génétique chevaline. Elle avait engendré et élevé des champions. Et cela compliquait sacrément la situation !

— Wyatt ?

Elle lui tendit une tasse portant l'emblème de Sutherland Farm, puis elle se mit à fixer la porte comme s'il n'attendait qu'une chose : qu'il s'en aille !

— Il y a du sucre et de la crème, si tu veux.

— Je le préfère noir, merci.

— Bien… Encore merci pour ton aide. Je dois y aller. Dis bonjour à Sam de ma part.

— Je n'y manquerai pas.

Chaque jour, il redoutait de déceler un nouveau signe de déchéance chez Sam, et il ne savait jamais dans quel état il allait le trouver, s'il aurait affaire à l'homme qu'il connaissait et appréciait ou à l'étranger qui prenait parfois possession de lui.

Il regarda Hannah s'éloigner, incapable de résister à la tentation d'admirer son postérieur moulé dans son jean. Il dut faire appel à toute sa volonté pour reprendre la lecture du livre tout en sirotant son café.

La lecture avait été instructive. Quand il referma l'album, il avait compris que s'il se débarrassait de la talentueuse Hannah, il allait prendre une très mauvaise décision pour le haras et ses affaires. Lorsque Sam ne reconnaîtrait plus son environnement, il savait d'ores et déjà qu'il vendrait Sutherland Farm. Et Hannah représenterait alors un atout indéniable pour réaliser la meilleure vente possible.

Par conséquent, il ne pouvait pas la renvoyer, même si c'était ce que lui commandait le bon sens. Il devait trouver un moyen pour la garder au haras, mais sans avoir affaire à elle. Et il devrait surveiller de près le FYC qui était pour l'instant dans le rouge. Après ce que le docteur lui avait dit sur les mérites de cette thérapie, il ne pouvait pas non plus fermer la fondation purement et simplement.

Mais pour l'instant, il devait rentrer chez lui et dormir. Le silence absolu qui régnait dans la ferme à 5 heures du matin l'enveloppa comme un lourd manteau chargé de rosée.

Des années auparavant, quand il avait commencé à travailler avec Sam, ce dernier avait insisté pour qu'il l'accompagne lors de ses inspections des écuries, à l'aube. Pendant ces heures matinales, Sam lui avait enseigné une certaine sagesse, et l'avait guidé dans sa vie. A l'époque, il était capable de reconnaître chaque oiseau à son chant et d'identifier chaque empreinte d'animal.

Ces moments de calme lui manquaient à présent terriblement. Plus tard, après qu'il avait rejoint l'équipe de Triple Crow Distillery, Sam et lui avaient pris l'habitude d'effectuer une ronde matinale tous les jours avant que les machines ne se mettent en route et brisent le silence de la nuit. Aujourd'hui, il avait gardé cette habitude de fouler chaque matin le sol de la propriété mais, sans son mentor, ce n'était plus pareil.

Soudain, il pensa qu'il avait oublié de demander à Hannah quelle tranche horaire elle souhaitait que Sam et lui prennent en charge. Il scruta l'horizon. Elle était trop loin pour qu'il l'appelle. Il sortit immédiatement son téléphone et tomba sur sa messagerie. Elle avait dû éteindre le sien.

Le temps qu'il monte dans sa voiture et démarre, elle avait disparu. Où était-elle passée ? Il remarqua alors une brèche dans une clôture et une curieuse trace dans l'herbe mouillée. Il ralentit. Au loin, il aperçut des arbres. Hannah n'était quand même pas partie se promener toute seule dans les bois, par ce froid et dans l'obscurité ! ? Il se gara et sortit de sa voiture, une lampe de poche à la main.

La rosée recouvrait ses bottes et mouillait les revers de son pantalon. Il connaissait très mal la topographie du terrain. Il prit la direction du bois, s'éclairant avec sa lampe. Il ne voyait ni n'entendait Hannah. Mais après un virage, il déboucha sur une clairière et s'immobilisa.

Le jour commençait à poindre et il découvrit un étang. Hannah était assise au bout du ponton, en face d'un pavillon. En dépit de l'air mordant, elle avait relevé son pantalon pour tremper ses pieds dans l'eau. Elle paraissait jeune et insouciante.

Une brindille craqua sous son pied et il la vit tressaillir puis tourner vivement la tête dans sa direction.

— Wyatt ! Tu m'as fait une de ces peurs !

— Tu ne devrais pas te promener toute seule dans les bois à cette heure-ci.

— Je connais cette propriété dans ses moindres recoins.

— Tu aurais pu glisser et te faire très mal.

Elle haussa les épaules.

— J'avais besoin d'un peu de tranquillité pour retrouver mes esprits.

— Tu aurais pu le faire au chaud et en sécurité chez toi.

Elle regarda la lueur rose orangé qui émergeait au-dessus des cimes des sapins longeant le mur de roc, de l'autre côté de la rive, et qui teintait l'eau des mêmes nuances acidulées.

— C'est une tradition, reprit-elle. Ma mère et moi avions l'habitude de venir ici nous recueillir quelques instants lorsque nous perdions un animal. Elle disait que l'endroit lui rappelait qu'une perte signifiait toujours le début d'une autre chose.

— Cette philosophie permet d'accepter plus facilement une perte, mais elle ne se vérifie pas dans tous les cas.

— Toujours ton pessimisme ! Ma mère recueillait tous les animaux blessés qu'elle pouvait : des chats, des chiens, des lapins, des oiseaux, des écureuils… Tout ce qui était vivant.

Elle remua les pieds dans l'eau qui forma des cercles, attirant son attention sur les ongles de ses orteils, vernis de rouge vif.

— C'était ici qu'on relâchait les animaux guéris, ou que l'on disait au revoir à ceux qui n'avaient pas survécu. J'ai gardé cette habitude, avec nos patients.

— Tes patients ?

— Oui, les membres du FYC. Ils ont souvent des problèmes de santé. Certains sont morts depuis leur inscription.

— Et tu les as tous pleurés ?

— Bien sûr.

Il ne pouvait s'imaginer porter tant de deuils. Considérant le départ de son père, la conduite de sa mère et à toutes ses petites amies qui avaient rompu, il trouvait plus raisonnable de se blinder sur le plan émotionnel.

Le lien intime qu'Hannah entretenait avec ses terres était un facteur qui jouait contre lui. Cela compliquait son problème.

— On s'épargne beaucoup de peine quand on ne s'attache pas, décréta-t-il.

Elle lui lança un regard incrédule.

— Je ne sais pas faire autrement. Si je consacre du temps à quelqu'un ou quelque chose, j'engage aussi une partie de mon cœur. Tout être, humain ou non, nous enseigne quelque chose, et l'expérience nous enrichit. Comme dit l'adage, je préfère aimer et perdre que de ne rien ressentir.

— Tu crois vraiment à cette absurdité ?

Elle haussa les épaules.

— Nous savons tous deux que tu n'es pas aussi froid et insensible que tu veux le paraître, sans quoi tu n'aurais pas acheté le haras pour Sam et tu ne m'aurais pas aidée cette nuit. Pas plus que tu ne m'aurais suivie pour t'assurer que je n'étais pas en danger.

Il se raidit.

— Tu te trompes. Je ne suis pas une personne fréquentable, c'est toi-même qui l'as dit à Nellie. « Un maudit individu », pour reprendre tes termes…

— Je suis désolée que tu aies entendu cette conversation.

— Tu le pensais ?

— Oui, mais j'ai changé d'…

— C'est bon, inutile de t'excuser. Les premières impressions sont en général exactes… Ne crois pas que je sois un héros, Hannah. Si j'ai acheté Sutherland Farm pour Sam, c'est parce que ma mère lui a fait beaucoup de mal en divorçant. Il a été contraint de revendre sa ferme de pur-sang pour lui payer la part exigée par l'ordonnance de divorce. Je le lui devais.

— Ta mère a l'air adorable, fit Hannah d'un ton sarcastique. J'imagine que je vais la rencontrer quand elle viendra te rendre visite.

— Elle ne vient jamais me voir, sauf si elle est à court d'argent et d'hommes.

Aussitôt, il se mordit la langue. Pourquoi s'était-il laissé aller à cette confidence ? Hannah n'avait pas besoin de savoir quoi que ce soit sur sa vie.

Elle regarda sa montre.

— Je suis sûre que tu as une journée chargée devant toi. Je ne veux pas te retenir.

— Je préfère m'assurer que tu rentres sans encombre.

— Tu as peur que je ne retrouve pas mon chemin ?

Son impertinence le troubla. Il aimait son sens de la repartie.

— Je ne te laisserai pas toute seule ici, reprit-il.

— Dans ces conditions, je te conseille de prendre une chaise, dit-elle. J'ai l'intention d'assister au lever du soleil.

En l'absence de chaise, il s'assit à côté d'elle, sur le ponton. Une brève idée lui traversa l'esprit quand il se déchaussa, mais il avait effectivement une rude journée devant lui.

L'eau froide se referma sur ses pieds et il émit un petit sifflement.

— Bouge tes pieds pour qu'ils ne s'engourdissent pas, lui conseilla-t-elle.

Un poisson se faufila le long de la rive, des oiseaux se mirent à pépier et une chauve-souris rasa la surface de l'eau. Il y avait si longtemps qu'il n'avait pas pris le temps de s'asseoir au bord d'un étang… La paix environnante se communiqua soudain à tout son être.

Le soleil prêtait à présent une couronne de feu aux arbres, illuminant le visage d'Hannah, renforçant le rose de ses joues et l'humidité de ses lèvres. Il éprouva un violent désir pour elle…

Comme si elle devinait ses pensées, elle tourna les yeux vers lui, et il eut l'impression qu'elle venait d'accepter l'inévitable. Les pieds d'Hannah s'immobilisèrent. L'électricité crépitait dans l'air. Il aurait dû prendre ses jambes à son cou…

Il n'avait jamais eu de liaison avec des employées, encore moins avec des jeunes filles à papa. Et pourtant, il ne fit pas le moindre geste pour fuir, continuant à fixer ses beaux yeux bleu ardoise, à savourer le magnétisme qui les attirait l'un vers l'autre.

— Si tu ne t'en vas pas tout de suite, je vais t'embrasser, déclara-t-il.

— Tu ne pourras jamais me chasser de chez moi, répondit-elle en le regardant bien droit dans les yeux. Ni m'écarter de toi. Je suis plus redoutable que tu ne crois.

- 9 -

Hannah savait qu'elle allait regretter ce baiser, mais elle était aussi consciente qu'elle aurait encore plus de regrets si elle n'embrassait pas Wyatt. Il avait le pouvoir d'allumer en elle des lumières de Noël… Et pour comprendre d'où venait cette alchimie, elle devait l'explorer jusqu'au bout. Sans doute était-ce son esprit scientifique qui lui jouait des tours.

Aussi, quand il prit sa joue dans sa main ferme et chaude pour l'attirer un peu plus près de lui, s'abandonna-t-elle. La bouche impérieuse de Wyatt s'empara de la sienne et bientôt leurs langues s'emmêlèrent avec fougue…

Cette ardeur la perturba. Il y avait quelques heures encore, elle ne pouvait pas le supporter, et puis cette nuit elle avait découvert un autre aspect de sa personnalité. Elle s'était rendu compte que derrière son masque de magnat sans cœur se cachait un homme sensible qui l'attirait énormément…

Il glissa les doigts dans ses cheveux, puis enserra sa nuque avec délicatesse avant de mordiller gentiment sa lèvre. Le souffle court, elle était incapable de penser. Dans un ultime effort pour retrouver sa capacité de raisonnement, elle posa sa main sur son torse mais, en sentant sous sa paume son cœur qui battait à tout rompre, elle fut encore plus troublée et le sien se mit à cogner de plus belle.

Il caressait sa nuque, ses épaules, et ses doigts créaient de délicieux sillages sur sa peau frissonnante. Il avait des mains de magicien. Etait-ce leur texture qui était si particulière ? Sa technique ? Ou bien était-ce une simple histoire de phéromones ?

Le désir qu'elle éprouvait lui faisait perdre ses facultés d'analyse. Soudain, il lui étreignit le bras, pressa ses cuisses contre les siennes… Elle ressentit une si vive excitation qu'elle n'eut plus qu'une envie : être encore plus proche de lui.

Elle inclina légèrement la tête et ils s'embrassèrent de nouveau avec une incroyable passion. Ses caresses exerçaient sur elle un pouvoir quasi hypnotique, et elle les lui rendait en adoptant sans s'en rendre compte le même rythme que lui.

A travers le tissu de son vêtement, il se mit à titiller ses seins, et elle eut la sensation que tout son corps s'embrasait… Elle gémit doucement, sa bouche contre la sienne, pour lui montrer à quel point cela lui plaisait.

Ce fut alors qu'il détacha ses lèvres des siennes, le souffle court, tout en l'étreignant. Il posa sa joue contre la sienne et sa barbe de la nuit la picota de façon très érotique.

— Ce n'est pas malin, murmura-t-il contre son oreille.

Elle frissonna, cherchant en elle la force de se détacher de lui. En vain.

— Tu as raison, ce n'est pas malin, répéta-t-elle.

Il la saisit alors par les épaules et plongea ses yeux dans les siens. Le désir qu'elle y lut lui coupa le souffle… Une seconde plus tard, il s'emparait de nouveau de sa bouche sans la moindre réserve.

Quand il se redressa, ce fut pour déclarer :

— J'ai envie de toi.

Son timbre rauque se réverbéra dans son être tout entier.

A quoi bon lutter ? Avec lui, elle se sentait vivante, et désirable. Evidemment, ce n'était pas raisonnable… Elle avala une large bouffée d'air, puis se heurta à son regard noir comme la passion inassouvie, à sa faim qui attisait la sienne.

— Moi aussi, j'ai envie de toi, mais je n'ai pas de préservatifs, dit-elle.

— J'en ai.

Elle sentit son estomac se contracter, sans doute parce qu'elle était au pied du mur.

— Allons dans le pavillon, dit-elle sur une impulsion.

Se levant avec une grâce tout athlétique, il lui offrit sa main. Quand elle enroula les doigts autour des siens, elle eut la sensation que tout ce qu'elle faisait était dans l'ordre des choses.

Comment la passion aurait-elle pu être une erreur ?

Il l'aida à se relever et lorsqu'elle se cogna gentiment contre lui, il l'embrassa de nouveau, laissant courir ses mains sur tout son corps avant de se plaquer contre elle. La sensation de son membre durci l'enflamma et, sans attendre, elle l'entraîna vers leur refuge.

Leurs pieds nus ne faisaient aucun bruit sur le ponton de bois. Quand elle ouvrit la porte du pavillon, la chaleur l'enveloppa immédiatement, les panneaux solaires du toit rendant la température fort agréable à l'intérieur. L'endroit était tel que sa mère l'avait aménagé en son temps, dans des tons pastel. Il y avait deux banquettes recouvertes de plaids colorés et de coussins en dentelle, ainsi qu'une table en fer blanc.

Elle n'était jamais venue ici avec un homme. C'était juste un lieu qu'elle avait partagé avec Megan et sa mère. Mais elle savait que sa cousine l'utilisait à d'autres fins que des goûters d'après-midi…

Wyatt referma la porte derrière elle, puis l'enlaça par-derrière avant d'enfouir sa tête dans sa nuque et de plaquer sa bouche ouverte sur sa peau. Sa langue déclencha des ondes de feu en elle. Puis il fit glisser ses paumes sous son T-shirt, avant de les poser sur son ventre…

Il taquinait à présent le lobe de son oreille tout en dessinant des cercles sur son ventre avec ses mains, de sorte qu'elle se sentait à la fois légère et exaltée… Elle inclina la tête en arrière sur son épaule tandis qu'il lui déboutonnait son jean…

Le tissu glissa sur ses jambes, et son désir grimpa d'un cran. Elle sentit bientôt ses doigts fourrager sur le rebord de sa culotte. Elle s'arrêta de respirer quelques secondes, puis il plongea sous la dentelle…

Il se mit à caresser les replis de sa chair humide et, se cambrant, elle noua les bras autour de son cou. Sa poitrine ainsi dressée était une invite dont elle avait parfaitement conscience. Elle ouvrit ses paupières lourdes et découvrit alors le reflet de leurs deux corps enlacés dans le grand miroir accroché à la porte. L'image la frappa. Elle ne s'était jamais vue sous l'emprise d'un tel désir. Et cela renforça encore son excitation.

Il croisa son regard dans la glace. Alors il captura un de ses seins, et en titilla le bout entre ses doigts jusqu'à le faire durcir. De son autre main, il continuait ses caresses intimes, au même rythme. Un véritable orage montait en elle.

Elle n'avait jamais connu un moment aussi érotique. Elle sentait la bouche de Wyatt lui brûler le cou, les oreilles, les joues, et ses mains s'appliquaient à titiller ses points sensibles jusqu'à ce qu'une première bouffée d'orgasme s'empare de son être et qu'elle ferme les yeux, submergée par une immense vague de plaisir…

Quand elle recouvra ses esprits, elle chercha à retrouver ses forces. Elle n'avait jamais connu un orgasme aussi fantastique, et pourtant elle avait encore faim. Elle voulait sentir la force de la passion *en* elle.

Elle s'obligea à ouvrir les yeux, et lut le même appétit dans ceux de Wyatt. Il la fit rapidement tourner sur elle-même, puis leurs vêtements volèrent sur le sol, et sans dire un mot, il l'entraîna vers la banquette la plus proche.

Il était svelte et musclé, et incroyablement excité, ainsi qu'elle le découvrit en baissant les yeux vers son sexe. Incapable de résister à la tentation, elle referma ses doigts autour de lui. Il poussa un grognement et, enfouissant ses doigts dans ses cheveux, s'empara de nouveau de sa bouche avec une impatience fiévreuse.

Alors il la fit basculer sur la couche et elle enroula

les jambes autour de sa taille, tandis que leurs langues dansaient toujours une folle sarabande. Rapidement, il enfila le préservatif mais, au lieu de la pénétrer, de combler le vide qui la rendait si fébrile, il captura l'un de ses seins, puis l'autre, lui procurant de savantes caresses. Mais elle attendait autre chose…

— S'il te plaît, Wyatt, viens.

— Attends…

Sa voix profonde et passionnée la fit frissonner. Enfin il plongea en elle. Chacun de ses coups de reins intensifiait son plaisir, et l'orgasme qu'elle ressentit bientôt fit voler en éclats tout ce qu'elle connaissait…

Peu à peu, le brouillard qui troublait sa vision se dissipa et elle revint à la réalité. Il était tout contre elle, sur la couette. Machinalement, elle se mit à lui caresser le torse, appréciant la texture de sa peau souple et chaude, la sensation de ses muscles en dessous. Puis elle tâta ses bras, son dos…

Elle se rendit compte alors qu'il était encore en elle, prêt à la prendre de nouveau. Son désir se raviva comme une flamme jaillissant d'un volcan, et ils s'étreignirent une deuxième fois… Elle entendit bientôt ses grognements de plaisir, et son cœur qui battait à tout rompre contre le sien. Puis il roula sur la banquette.

Comment étaient-ils passés de l'hostilité initiale à l'expérience sexuelle la plus explosive de sa vie ? Wyatt n'était définitivement pas l'homme froid pour qui il voulait se faire passer, et une relation si passionnée avait forcément un potentiel.

— C'était extraordinaire, murmura-t-elle alors.

A ces mots, il se figea.

Se redressant sur un coude, il la jaugea alors d'un œil aussi glacé que l'Arctique.

— Cela ne change rien à notre relation professionnelle, décréta-t-il d'une voix cinglante. Ne t'attends pas à des concessions de ma part.

Elle sentit la colère monter en elle tel un geyser. Comment osait-il l'accuser de se servir de son corps pour obtenir des faveurs, alors qu'il était encore planté en elle ?

— Je n'ai pas couché avec toi à cause des chevaux, articula-t-elle.

Devant le scepticisme qui luisait dans ses prunelles, elle ajouta :

— C'était une erreur. Toi et moi, nous ne nous apprécions même pas.

Elle attendit qu'il la contredise, mais son silence était des plus éloquents ! Le remords et l'humiliation la submergèrent. Elle le repoussa vivement par les épaules, et il se détacha d'elle. Alors il se leva et chercha son caleçon.

Elle-même eut envie de se rhabiller au plus vite, ne supportant plus d'être nue devant lui. Leur part animale avait eu raison d'eux-mêmes mais, maintenant qu'ils étaient rassasiés, la raison reprenait ses droits.

Comment avait-elle pu être aussi stupide ? se demanda-t-elle en se mettant elle aussi en quête de ses vêtements. Elle les enfila promptement, sans le regarder, avant de se rendre compte qu'il l'observait dans le miroir.

— A quelle heure est-ce que tu veux que Sam et moi prenions la relève ?

Elle cligna des yeux, surprise par sa faculté à changer de sujet. Puis elle comprit que, même si elle aurait aimé ne plus jamais le voir, c'était impossible ! Il y avait Sam, le FYC, bref, ils étaient contraints de travailler ensemble.

— Quand tu voudras, c'est toi le patron.

Il plissa les yeux devant son ton sarcastique.

— Sam et moi nous occuperons de la prochaine tétée, dit-il. Toi, rentre chez toi et dors un peu.

— En d'autres termes, tu ne veux pas me voir ?

— C'est ça.

Elle le scruta quelques secondes. Comment pouvait-il passer si rapidement d'un volcan explosif à la banquise ?

— Ne m'attends pas, Wyatt, lui dit-elle alors, sauf si tu ne peux pas retrouver ton chemin tout seul.

Il ne répondit rien, et sortit du pavillon. Elle l'entendit alors remettre ses chaussures.

Quand il quitta le ponton, elle comprit que ses jambes tremblaient. S'effondrant sur la banquette, elle prit sa tête entre ses mains. Pour la première fois de sa vie, elle avait envie de fuir de chez elle, comme Megan… Mais, pour l'avoir si souvent répété à sa cousine, elle savait parfaitement qu'une fuite ne résoudrait pas ses problèmes.

Elle devait rester et se battre si elle voulait que sa vie redevienne normale, encore qu'elle ne sache pas ce que « normal » voulait dire, depuis que ce n'était plus un Sutherland qui possédait Sutherland Farm.

La vie aurait été plus facile si elle avait pu éviter de payer ses erreurs, décida Hannah en entrant dans l'écurie. Mais se cacher dans son cottage jusqu'à ce qu'elle ait réussi à ravaler sa fierté n'était pas une solution.

Elle devait vérifier que les repas des poulains se déroulaient selon les règles. A cette étape, une erreur aurait pu être fatale. Si tout se passait selon ses calculs, elle aurait le temps de préparer les biberons et de s'éclipser avant que Wyatt et Sam n'arrivent.

De curieuses vibrations la traversaient quand elle repensait à la façon dont ils avaient fait l'amour dans le pavillon, et même si elle avait envie de l'oublier, son corps en ressentait encore les effets. Toutefois, le merveilleux bien-être qu'elle avait ressenti s'était envolé.

Elle devrait survivre. Elle avait déjà connu des fins de relations peu glorieuses, mais celle-ci ne ressemblait à aucune autre. C'était la première fois qu'elle réagissait de façon si viscérale à un homme. Il n'allait pas être facile de faire abstraction d'un lien aussi puissant que celui-ci. Mais si la vie lui avait appris une chose, c'était bien à tourner la page.

Elle devait se concentrer sur des données concrètes. Sur les poulains qui allaient requérir toute son attention. Elle les avait quittés à peine deux heures plus tôt mais, à ce stade critique, tant de complications pouvaient surgir. Elle devait être extrêmement vigilante.

Quand elle entra dans l'écurie, une voix y résonnait. C'était celle de Sam.

— Cela fait une éternité que je n'ai pas vu des poulains aussi petits, disait-il.

Elle ralentit le pas. Si Sam était là, Wyatt y était aussi. Ils étaient venus une heure plus tôt que prévu. Et elle qui voulait les éviter !

— Il a du caractère, celui-ci, déclara le vieil homme. Ce sera un sacré numéro.

— S'il survit.

— Il survivra. C'est un battant.

— On ne peut rien prédire, Sam. Il ne faut pas s'attacher à eux dès maintenant.

— Wyatt, dans la vie, rien n'est acquis, reprit Sam. C'est un fait. Mais on ne peut pas vivre en gardant toujours ses distances. Parfois, il faut se salir les mains. Ce sont les erreurs qui nous permettent d'avancer... Selon moi, la petite aussi va survivre. Elle est plus réservée, mais son regard vif ne trompe pas.

Hannah avança à pas de loup et se posta dans un angle d'où elle pouvait voir sans être vue.

Wyatt s'était rasé et avait recoiffé ses cheveux qu'elle avait ébouriffés, tout à l'heure. En dépit de la fraîcheur matinale, il ne portait qu'un T-shirt noir et un jean. Elle repensa à ses hanches étroites, à son corps souple et musclé qu'elle avait caressé, embrassé, il y avait si peu encore...

A son grand étonnement, elle sentit l'excitation se raviver en elle. L'attirance qu'elle éprouvait pour Wyatt était insensée ! Et leurs étreintes avaient été si explosives.

Sam continuait à émettre des commentaires sur les poulains, mais elle ne l'écoutait pas, tant elle était concentrée sur Wyatt. Il était si différent quand il était détendu. Il semblait aimable et tout à fait abordable.

L'entente entre les deux hommes était agréable à voir. Elle n'avait jamais connu une telle complicité avec son père, qui était plutôt du genre à donner des ordres et à tout critiquer. Il aurait voulu qu'elle soit à l'image de sa mère mais, cela, c'était impossible. Le silence de son père depuis qu'il avait quitté le haras en la laissant seule dans la tempête n'avait fait que confirmer le gouffre émotionnel qui existait entre eux.

— Ils sont très beaux, ces poulains, conclut Sam.

— Et affamés, renchérit Wyatt, d'une voix dans laquelle elle entendit un sourire qui la chavira.

Peu désireuse d'être surprise en flagrant délit d'espionnage, elle rassembla tout son courage pour se préparer à les rencontrer et se campa dans l'encadrement de la porte. Wyatt leva promptement les yeux, et elle vit son regard se durcir en une seconde.

Elle se tendit comme un arc.

— Bonjour, dit-elle.

Elle se reprocha d'avoir prononcé ce mot d'une voix qui tremblait légèrement. Wyatt n'avait pas besoin de savoir que ses paumes étaient moites et que l'eau lui venait à la bouche quand elle repensait à leurs étreintes enfiévrées. Tout comme il était préférable qu'il ignore qu'en dépit de la façon cavalière dont il s'était comporté avec elle, après leurs ébats, son corps s'enflammait toujours à la vue du sien.

Il fronça les sourcils.

— Je t'avais dit de dormir.

— Certains doivent travailler pour gagner leur vie. Et puis je ne t'ai pas montré comment préparer le lait, hier soir.

— Je sais lire les instructions sur une boîte.

— J'ajoute des nutriments parce que leur poids est insuffisant.

Si ce qui s'était passé entre eux le troublait autant qu'elle, ses yeux et son ton froids n'en laissaient rien paraître. Avait-il déjà oublié leurs baisers, leurs caresses, leurs orgasmes ? Elle n'était peut-être qu'une femme de plus pour lui. Cette éventualité la perturba plus que de raison.

Elle n'était tout de même pas en train de tomber amoureuse d'un homme qui avait couché avec elle pour la repousser aussitôt ! ?

Elle sentit son regard qui glissait sur elle. Il la regardait différemment à présent, d'une façon qui ne laissait aucun doute sur le fait qu'il l'avait vue nue, qu'il lui avait fait l'amour… Et ce regard était extrêmement troublant. Elle tenta de reprendre sa respiration.

— Ces bébés sont très beaux, Hannah. Je suis désolé que vous ayez perdu la mère.

Le commentaire de Sam la ramena à la réalité.

— Moi aussi, dit-elle. Je dois les examiner rapidement avant qu'ils ne s'alimentent.

— Nous allons sortir, fit Wyatt d'un ton froid.

— Vous avez besoin d'aide ? proposa Sam en même temps.

— Volontiers, Sam, lui dit-elle. Vous pourrez leur tenir la tête pendant que je prendrai leur température. S'ils ont de la fièvre, nous devrons les mettre sous antibiotiques.

— Entendu. Wyatt leur bloquera les flancs pour les empêcher de bouger.

Il était manifeste que ce dernier n'avait aucune envie de se trouver dans la même pièce qu'elle, mais il obéit à Sam. Elle prit promptement la température de chacun des animaux, puis les examina rapidement, tout en sentant le poids du regard de Wyatt sur elle. Elle fut heureuse quand elle eut terminé — et pas seulement parce que les poulains n'avaient pas de fièvre.

— Je vais préparer les biberons, annonça-t-elle.

— Montre-moi les nutriments qu'il faut ajouter, fit Wyatt.

— Allez-y tous les deux, dit Sam. Je reste avec la jeunesse.

Son beau-fils lui jeta un regard hésitant avant de la suivre. Le silence inconfortable qui régnait entre eux la mit à cran tandis qu'elle préparait le lait.

A un moment, il lui tendit un biberon et, en le prenant, elle effleura sa main. Elle ressentit alors comme une décharge électrique… et s'enjoignit de briser le silence.

— Tu m'as dit que ta mère ne s'était pas bien comportée avec Sam, quand ils ont divorcé. Cela n'explique toutefois pas pourquoi tu prends soin de lui.

Il positionna l'entonnoir avant de répondre :

— Je lui dois beaucoup.

— Tu lui dois quoi ?

Un long silence s'écoula encore avant qu'il ne dise enfin :

— Il m'a traité comme son fils, il a payé mes études, il m'a donné un travail à Triple Crown Distillery quand j'ai eu mon diplôme. Et j'ai fini par lui voler sa société.

Elle eut un haut-le-corps.

— C'est impossible ! s'écria-t-elle. Sinon, Sam ne t'aimerait pas et ne te ferait pas confiance.

— Qu'est-ce qui te fait penser que c'est le cas ?

— Vous vous entendez si bien, tous les deux.

— Il est sénile, il a peut-être oublié…

— Non, il a des trous de mémoire, mais il n'est pas sénile ! Si tu as pris les commandes de son affaire, c'est que tu avais une bonne raison de le faire et je suis certaine qu'il l'a comprise.

Il plongea le regard dans le sien d'un air suspicieux, comme pour la sonder.

— Comment peux-tu savoir ce qu'il pense puisque tu ne l'as vu qu'une seule fois ?

— J'ai une grande expérience des patients souffrant d'Alzheimer, se justifia-t-elle, en se rendant compte qu'elle avait failli se trahir. Que s'est-il passé pour que tu aies été obligé de prendre les commandes de la distillerie ?

— Il a commencé par ne plus se souvenir de l'endroit où il garait sa voiture ou mettait ses lunettes. Puis il a eu du mal à se rappeler les noms de nos clients, l'heure des rendez-vous. Je l'ai soutenu jusqu'à ce qu'un jour il se perde en se rendant de la maison au travail. Je ne pouvais plus lui faire confiance et j'ai dû le forcer à prendre sa retraite pour occuper son poste.

Il boucha les biberons.

— Sam avait deux motivations dans la vie : la ferme de pur-sang et Triple Crown Distillery. Ma mère lui a pris la ferme, et moi la distillerie. Le moins que je puisse faire, c'est de m'occuper de lui.

— Sam n'a-t-il pas d'autre famille ?

— Non, il n'a pas eu d'enfant avec sa première femme.

— Il y a d'autres solutions…

— Il est hors de question que j'envoie Sam dans une maison de retraite !

— Ce n'est pas ce que je voulais dire.

— D'autres l'ont dit à ta place !

— Dis-moi, Wyatt, qu'est-ce qui serait arrivé à la distillerie si tu n'en avais pas repris le contrôle ?

— Ta question n'a pas de sens.

— Si tu étais le goujat sans cœur pour qui je t'ai pris au début, tu aurais mis Sam dans une institution pour personnes âgées et tu serais parti sans te retourner.

— Est-ce que c'est ce que tu aurais fait ?

— Non, j'aurais agi comme toi. Tout comme j'essaie d'entretenir le rêve de ma mère en continuant à secourir des chevaux.

Leurs regards se croisèrent pendant quelques secondes. Finalement, ils pourraient peut-être surmonter leur situation difficile, pensa-t-elle. Mais il cligna des yeux et reprit son air méfiant.

— Ma mère a quitté Sam dès que son Alzheimer a été diagnostiqué, sous prétexte qu'elle ne voulait pas gâcher le reste de sa vie en jouant les infirmières auprès d'un homme qui retombait en enfance. Ma dernière petite amie, avec qui j'étais sorti pendant trois ans, m'a laissé tomber quand je lui ai annoncé que j'avais l'intention de m'occuper de Sam. Elle ne voulait pas que je le lui « refile » quand je serais absent.

— Toutes les femmes ne sont pas ainsi, Wyatt, dit-elle en se retenant de l'enlacer.

— Il ne s'agit pas des femmes, mais du caractère humain. L'amour ne dure que lorsqu'il sert un intérêt. Quand il devient un fardeau, on n'hésite pas à le piétiner et à l'oublier. C'est pour cette raison qu'il n'y aura jamais une autre femme dans ma vie, juste des aventures. Si tu peux t'en contenter, parfait. Mais n'essaie pas de m'enfermer dans un bel enclos.

Elle tressaillit. Elle trouvait qu'il avait beaucoup de points communs avec les chevaux blessés. Il s'agitait et mordait parce qu'il avait été blessé. Ses attaques verbales s'expliquaient par sa peur de tomber amoureux et d'être de nouveau abandonné.

Il avait besoin de retrouver confiance en l'être humain ! Mais était-elle la femme qui pourrait le guérir ? La gravité de son état excédait peut-être ses capacités… Il n'y avait qu'une façon de le savoir : en essayant. Ce serait le défi le plus grand et le plus risqué qu'elle se lancerait.

- 10 -

Ce n'était pas la première fois qu'elle était convoquée par Wyatt mais, ce jour-là, elle appréhendait particulièrement la confrontation. Etant donné l'alchimie explosive qui existait entre eux, le choix qu'elle avait fait était hasardeux et pouvait cacher des pièges émotionnels.

Pour ne pas croiser Nellie, qui aurait tout de suite compris son état d'esprit, elle passa par le patio pour gagner le bureau de Wyatt. Elle le repéra par la porte-fenêtre, assis derrière son bureau, les yeux rivés à l'écran de son ordinateur. Brusquement, il leva la tête et elle se raidit sous l'impact de son regard.

Dans sa chemise d'un blanc immaculé aux manches relevées qui dévoilaient ses muscles et sa montre Breitling en platine, il incarnait à la perfection le milliardaire qui avait réussi. Elle s'efforça de reprendre sa respiration.

Il referma son ordinateur, se leva et traversa la pièce pour venir lui ouvrir.

— Te voilà enfin !

— Je travaillais avec les étalons, se défendit-elle. Je ne pouvais pas tout arrêter séance tenante pour venir.

— Entre, dit-il.

Elle lui emboîta le pas, détaillant ses larges épaules, ses hanches sveltes dans lesquelles elle avait enfoncé les ongles tandis qu'il allait et venait en elle… A cette pensée, les battements de son cœur s'accélérèrent.

Il lui désigna une chaise et reprit place derrière son large bureau, dans son fauteuil inclinable.

Elle s'assit.

— Quelle est l'urgence ?

— Ton client de Dubaï a appelé Nellie pour l'informer qu'il arrivera dans deux jours. J'ai dit à cette dernière que je ne serai pas à Sutherland Farm et que les commerciaux le recevraient. Alors elle a insisté pour que je te parle.

— Elle ne t'a pas dit que M. Shakkar est un client bien trop important pour être reçu par les commerciaux ?

— Quand j'ai acheté cette propriété, on m'a assuré que le personnel serait en mesure de tout régler. Pourquoi ce M. Shakkar ferait-il exception à la règle ?

— C'est un client qui nous est fidèle depuis des années et qui a dépensé des millions pour acquérir nos chevaux. Il est probable qu'il en achète d'autres durant ce voyage. C'est un personnage très influent sur le plan politique et économique, il a beaucoup de relations. Mon père l'a toujours…

— Je ne suis pas ton père !

— Je sais ! Ce que je voulais dire, c'est que mon père traitait les très bons clients comme des VIP. J'accueillerai moi-même Rashed Shakkar comme il se doit, ne t'inquiète pas ! Il veut ouvrir une clinique équestre thérapeutique. Je lui montrerai ce que nous faisons au FYC et puis je l'inviterai à dîner chez moi.

Elle vit son visage se fermer.

— J'ai déjà assisté à l'un de tes dîners, et je ne voudrais pas que Shakkar en tire de mauvaises conclusions. Sauf si c'est ce que tu recherches, bien sûr.

Elle se raidit sous l'accusation à peine voilée, mais s'efforça de garder son calme.

— Ce n'est pas parce que tu t'es mépris sur mes intentions que Rashed réagira de la même façon.

Il se leva et se dirigea vers la fenêtre, devant laquelle il se campa, mains sur les hanches, dos bien droit.

— Tu t'occuperas de lui durant la journée, et je rentrerai à temps pour le dîner. Tu joueras les hôtesses le soir, comme tu le faisais avec ton père, ainsi que Nellie me l'a appris. Mais tu t'en tiendras aux affaires, compris ?

Il était presque attendrissant à force de s'obstiner à montrer de la distance, pensa-t-elle soudain. Elle devait trouver un moyen de lui faire baisser sa garde pour atteindre la forteresse de son cœur.

— Merci de l'avertissement, Wyatt ! Je sais que tu regrettes ce qui s'est passé entre nous... Bon, je vais discuter du menu avec Nellie.

— Je m'en charge. C'est moi le patron, O.K. ?

Où est-ce qu'Hannah pouvait bien être ?

Wyatt regarda une nouvelle fois sa montre alors que la limousine avec chauffeur qu'il avait loué pour accueillir son invité, à l'aéroport, arrivait à Sutherland Farm. En tant qu'hôtesse, Hannah aurait dû se tenir à son côté pour accueillir Shakkar. Mais elle n'était nulle part, et ne répondait ni à ses messages ni à ses textos. Il était parvenu à revenir de Chicago à l'heure convenue, alors qu'elle, qui était à deux pas, n'était même pas ponctuelle !

Pensait-elle que, sous prétexte qu'ils avaient couché ensemble, elle pouvait tout se permettre ? Si tel était le cas, il allait lui montrer qu'elle se trompait lourdement.

Triple Crown Distillery recevait aussi des visiteurs internationaux de première importance, il savait comment s'y prendre avec Shakkar, ce n'était pas le problème. Seulement, il avait compté sur sa familiarité avec Hannah et sur leur passion commune des chevaux pour animer la soirée. Il avait eu tort de faire confiance à cette dernière et cela renforçait sa conviction que les femmes se servaient de leurs charmes pour contourner les règles.

Masquant son irritation, il descendit l'escalier pour aller à la rencontre de son hôte. La porte arrière de la limousine s'ouvrit avant qu'il n'ait le temps de l'atteindre. Au lieu de l'homme en costume qu'il attendait, une beauté fatale en émergea. Elle portait des escarpins noirs extrêmement sexy, et montrait des courbes fort avantageuses. Tout en appréciant la vue, il se demanda mentalement pourquoi Shakkar n'avait pas précisé qu'il venait accompagné. Heureusement, Nellie saurait gérer au mieux l'imprévu ! Elle lui avait montré à plusieurs reprises, lors des crises de Sam, qu'elle ne cédait jamais à la panique.

Wyatt fit remonter son regard sur l'étoffe noire et brillante qui moulait des hanches appétissantes, une taille étroite et une adorable poitrine... pour finalement se heurter aux yeux sensuels et pétillants d'Hannah. Il s'immobilisa tout net, stupéfait.

Elle était magnifique dans cette robe fourreau fort ajustée, les lèvres rehaussées d'un rouge couleur rubis. Le désir s'empara de lui à la vitesse grand V et, quand le regard d'Hannah glissa sur lui comme une lente caresse, il sentit tout son être s'embraser. Et dire qu'il avait pris la décision de ne plus coucher avec elle !

Se détournant de lui pour reporter son attention sur la banquette arrière, elle mit fin au sortilège, et il en fut vivement soulagé, sans pour autant cesser de la détailler. Ses cheveux noirs étaient relevés en un charmant chignon qui dévoilait sa nuque et ses épaules nues. Des boucles d'oreilles en argent dansaient à ses lobes, à chacun de ses mouvements... Ce dîner allait être un sacré test pour son sang-froid, pensa-t-il. Il prit une longue et lente inspiration, et expira de la même façon.

Un homme au teint olive et aux cheveux noirs grisonnant aux tempes sortit à son tour de la limousine. Il lança à Hannah un regard appréciateur qui le mit à cran. Celle-ci prononça alors des paroles dans une langue qu'il ne comprenait pas, mais la chaleur de son timbre lui fit l'effet d'un acide versé sur une plaie à vif. Leur invité lui prit la main et la porta à ses lèvres en souriant.

— Hannah, vous êtes une véritable bénédiction. Une fête pour les yeux et l'âme.

Wyatt serra les dents devant la surenchère de flatteries.

— Bonsoir, dit-il alors.

Le beau sourire d'Hannah se crispa quand elle lui fit face.

— Rashed, commença-t-elle, j'aimerais vous présenter Wyatt Jacobs, le nouveau propriétaire de Sutherland Farm. Wyatt, voici Rashed Shakkar.

Surmontant son hostilité initiale, Wyatt lui tendit la main.

— Bienvenue, monsieur Shakkar. Je suis certain que vous avez passé un excellent après-midi avec Hannah.

Et il espérait vivement que ce temps n'incluait pas une visite à sa chambre, ni au pavillon.

— Hannah est une hôtesse remarquable, dit Shakkar. Seule sa beauté surpasse sa connaissance des chevaux.

Le regard de Wyatt fut attiré par l'éclat d'un rubis de la même couleur que ses lèvres qui scintilla alors entre ses seins. Dans un ultime effort, il dirigea son regard vers l'invité.

— Entrez ! Nellie m'a dit qu'elle vous avait concocté vos plats préférés.

— Ah, Nellie ! Un autre trésor de Sutherland Farm. Sa cuisine est toujours l'un des temps forts de ma visite. C'est une magicienne aux fourneaux, tout comme Hannah l'est auprès des chevaux.

Encore une fois, il tempéra son agacement et s'effaça pour laisser passer son hôte. La soirée allait être longue si elle se poursuivait sur le même registre grandiloquent.

Après une heure et demie d'agonie, Wyatt était résolu à abréger ses souffrances. Cela tombait bien, puisque Nellie débarrassait les assiettes à dessert.

Hannah n'avait pas cessé de faire du charme à leur invité, le flattant autant que faire se pouvait, et ne cessant de lui raconter des anecdotes qui le faisaient rire aux éclats. Il s'était senti bouillir plus d'une fois devant l'affligeant spectacle et, maintenant, il n'avait plus qu'une obsession : se débarrasser de Shakkar.

Ce dernier posa alors sa serviette près de son assiette, signe qu'il n'allait pas tarder à prendre congé.

— Wyatt, est-ce que vous vous rendez compte à quel point vous êtes chanceux qu'Hannah soit restée après que son père a pris sa retraite ? Je peux vous assurer que je ne suis pas le seul qui aimerait vous la subtiliser.

Il n'en doutait pas un instant. Il était manifeste que l'invité aurait même aimé la mettre dans son lit.

— Je suis tout à fait conscient des qualités d'Hannah, répondit-il.

Sur ces mots, il reposa son verre de cognac. Il avait peut-être précipité le cours des événements en repoussant d'emblée toute relation intime avec elle. Ils avaient une connivence sexuelle qu'il n'avait jamais connue avec une autre femme. Elle était intelligente, elle travaillait dur, et était indéniablement loyale au haras…

Après tout, si elle devenait sa maîtresse, la situation présenterait de nombreux avantages pour eux deux, songea-t-il tout à coup. Il assouvirait l'amour de la belle pour les biens matériels grâce aux nombreux cadeaux qu'il lui offrirait, tandis que sa beauté et sa conversation intelligente constitueraient un atout indéniable pour ses affaires. Il pourrait même se servir de ses relations liées au Grand Prix pour exploiter un nouveau marché. Qui plus est, elle serait la gardienne idéale des lieux pendant qu'il se consacrerait à la distillerie. Et quand il revendrait, elle resterait sur place. Il n'y aurait pas d'adieux sentimentaux, ni de scènes affreuses. Il refermerait un simple chapitre de sa vie, passionné certes, mais avec une fin annoncée.

Sa décision était prise !

Il repoussa sa chaise et vint se placer derrière elle, pour l'aider à se lever elle aussi. Une fois leur invité parti, il allait lui faire cette proposition. Avec tous les avantages qu'elle présentait pour elle, comme pourrait-elle la refuser ?

Shakkar recouvrit la main d'Hannah de la sienne avant qu'elle ne se lève.

— Hannah, merci de m'avoir consacré toute votre journée, et merci à vous, Wyatt, de l'avoir autorisée à s'occuper de moi. Je regrette de ne pouvoir rester plus longtemps, ma chère Hannah, mais avant de regagner mon hôtel, je tiens à vous faire un petit don pour votre fondation.

Shakkar sortit alors de la poche de sa veste un chèque qu'il lui tendit, et qu'elle recouvrit bien vite de la main. Wyatt eut le temps d'en apercevoir le montant : vingt-cinq mille dollars !

Cela éveilla sa méfiance. Hannah lui avait-elle fait du charme pour obtenir de l'argent et Shakkar attendait-il des faveurs en retour ? Des faveurs d'ordre sexuel ?

Sa propre mère, après avoir laissé tomber Sam, était devenue une habituée de ce genre de tactique. Hannah était-elle faite sur le même moule ? Décidément, il ne savait pas à quoi s'en tenir avec elle… Il jeta un coup d'œil dans sa direction. Ses joues roses et son sourire suave eurent le don de l'agacer au plus haut point.

— Rashed, vous êtes très généreux. Merci du fond du cœur. Comme je vous l'ai dit ce matin, je veillerai à vous trouver les meilleurs chevaux pour votre programme de réhabilitation.

— Tu pourrais lui vendre quelques-uns des tiens, intervint-il alors pour briser le concert de congratulations.

Elle se figea.

— Je n'ai pas de chevaux qui conviendraient à notre hôte, en ce moment.

Shakkar se leva enfin.

— Parfait, de cette façon, nous resterons en contact. Vous avez mon numéro direct, n'est-ce pas ? Vous pouvez m'appeler quand vous en avez envie.

— Entendu, dit-elle avec un sourire rayonnant.

— Bien… C'est à regret que je vous quitte. Je serais resté plus longtemps, mais j'ai assez monopolisé votre temps. J'attends avec impatience mon champion. Vous me préviendrez suffisamment à l'avance pour la livraison, afin que je prévoie un séjour plus long ?

— Bien sûr, Rashed. Ce sera vraisemblablement pour fin janvier.

D'ici là, elle serait sa maîtresse, pensa Wyatt, et il n'avait pas l'intention de la partager.

A son grand dam, Rashed passa son bras sous celui d'Hannah et le duo se rendit sous le porche en l'ignorant totalement. L'air humide de la nuit s'infiltra dans ses poumons. En voyant qu'elle s'apprêtait à descendre l'escalier avec l'invité, il se saisit de sa main libre, l'obligeant à rester près de lui.

Shakkar s'arrêta. Ses yeux glissèrent bien vite sur leurs mains nouées. Nul doute qu'il avait compris à quel point il avait agacé le maître des lieux.

— Je vous souhaite un bon retour chez vous, monsieur Shakkar, déclara Wyatt d'un ton qu'il espérait courtois.

— Merci, et je vous souhaite de longues années à Sutherland Farm, monsieur Jacobs.

Une fois arrivé près de la limousine, il ajouta :

— Hannah, prenez bien soin de vous, et transmettez mes amitiés à votre père. Et puis n'oubliez pas ma proposition. Si vous avez envie de changer de climat, il y a un poste pour une personne de votre qualité dans ma fondation. Et pour Nellie aussi, bien sûr.

C'était invraisemblable. Ce fichu individu essayait de lui voler Hannah et Nellie sous son propre nez !

— Bonsoir, trancha-t-il sèchement, toute politesse envolée.

L'hôte s'inclina et monta *enfin* à l'arrière de la limousine.

Dès que la voiture eut disparu, il se tourna vers Hannah.

— Pourquoi est-ce qu'il va revenir en janvier ?

— Rashed a fait un dépôt de un million huit cent mille dollars pour l'un des bébés de Commander qui vont bientôt naître.

D'une secousse, elle retira sa main de la sienne.

— Il aurait été plus convenable que je le raccompagne à son hôtel, ajouta-t-elle.

— Pour pouvoir le remercier de son généreux don ?

Elle rougit.

— Est-ce que tu es odieux par nature ou bien est-ce une attitude que tu me réserves ? Tu le fais avec tellement de talent !

— Cet homme te dévorait des yeux !

Il l'entendit pousser un soupir irrité, et son rubis, touché par la lumière de la terrasse, lança un éclair ce qui attira son attention sur ses seins. Il brûlait d'envie de les toucher et de les déguster, constata-t-il alors.

— En tant qu'hôtesse, je me dois d'être charmante, et c'est facile quand le client est aussi affable, instruit et divertissant que Rashed.

— Evidemment ! Il a flirté avec toi pendant tout le repas. Remarque, c'est peut-être à cause de ta robe.

Elle écarquilla les yeux.

— Qu'est-ce qu'elle a, ma robe ?

— Elle est provocante.

— Oh ! Par pitié !

Elle secoua la tête et ajouta :

— Peu importe. Bonne nuit, Wyatt.

Puis elle pivota sur ses talons.

Rien ne se passait selon ses plans ! Il était vrai qu'elle avait le don de lui faire perdre son sang-froid. S'élançant derrière elle, il la rattrapa par la main et lui fit faire volte-face. Il savait qu'il commettait une erreur, qu'il aurait dû attendre le lendemain pour lui parler, une fois calmé, mais c'était trop tard.

— Tu es si séduisante, Hannah, ce soir. Je ne voudrais pas que Shakkar se fasse des illusions.

Elle eut un petit rire.

— Il a presque l'âge de mon père. Et crois-le ou non, contrairement à mon récent comportement, je suis très sélective sur les hommes avec qui je couche.

Encore une fois, elle se dégagea de son étreinte puis, reculant de quelques pas, elle lui fit de nouveau face.

— Je ne comprends pas quel est ton problème, Wyatt. Tu ne veux pas de moi, mais tu estimes qu'aucun autre homme ne doit me désirer ?

Il aurait dû se douter qu'elle n'aurait pas la réaction qu'il attendait. Jusqu'à présent, elle ne lui avait réservé que des surprises.

— Je n'ai jamais dit que je ne voulais pas de toi, Hannah. Bien au contraire. Et je pense d'ailleurs que nous pourrions trouver un arrangement avantageux pour nous deux.

— Quel genre d'arrangement ? demanda-t-elle d'un ton suspicieux.

— L'alchimie qui existe entre nous est trop évidente pour que nous la niions ou l'ignorions. Si tu deviens ma maîtresse, tu peux garder ton poste, ta maison, et je continuerai à subventionner le FYC. La seule différence, c'est que, quand je serai à Sutherland Farm, tu passeras la nuit dans mon lit.

Elle suffoqua de colère…

Pourquoi se permettait-il de souffler le chaud et le froid sur sa vie ? Après s'être montré extrêmement distant et froid pendant le repas, voilà qu'il lui demandait de devenir sa maîtresse !

Pas son amante, d'ailleurs, mais sa *maîtresse* ! Ce qui en disait long sur ses intentions : il ne recherchait pas à partager une intimité autre que sexuelle avec elle. Preuve qu'il avait été blessé et que sa confiance dans les femmes était ébranlée.

L'air crépitait d'électricité entre eux. Elle le reconnaissait, elle avait forcé la note avec Rashed, avait ri un peu trop fort, bu un peu trop aussi.

Sans doute pour masquer le trouble que Wyatt lui inspirait.

— Wyatt, qu'est-ce que tu veux, au juste ? Est-ce que tu le sais toi-même ? Tu achètes un haras, alors que tu ne t'intéresses pas du tout aux courses, tu souhaites aider Sam mais, comme tu le surprotèges, tu l'empêches de faire des progrès, et maintenant, tu veux que je partage ton lit, alors que tu ne manques pas une occasion de m'humilier.

— C'est toi que je veux, Hannah, dit-il alors. Et ça…

Sur ces mots, il referma sa bouche sur la sienne et lui donna un baiser impérieux, possessif.

Il avait le goût du café et du cognac, et une saveur qui lui était propre : délicieuse, séductrice, sexy… Elle se sentit fondre. Il savait tellement bien embrasser. Mais de là à devenir sa maîtresse ? Elle ne pouvait imaginer s'engager dans une relation condamnée d'avance au court terme.

En dépit de son corps qui vibrait de passion, elle parvint à le repousser.

— Je ne savais pas que l'on pouvait voir en moi une « maîtresse ».

Son regard la transperça.

— C'est tout ce que j'ai à t'offrir, Hannah.

C'était un homme blessé, elle le savait, mais son dévouement à Sam prouvait que son cœur pouvait tisser des liens profonds avec autrui. Ce qu'elle devait faire, c'était le lui démontrer.

Au fond, devenir sa maîtresse, c'était la brèche dont elle rêvait pour gagner sa confiance et le délivrer de son passé douloureux. Alors il redeviendrait lui-même, et qui sait… ?

Elle le considéra, le cœur battant à tout rompre.

Elle le désirait, mourait d'envie de revivre les orgasmes

fantastiques qu'il lui avait donnés. Et plus encore, elle voulait qu'il refasse confiance à la vie et soit de nouveau capable d'aimer.

Evidemment, l'entreprise était risquée. Mais pour Sutherland Farm, pour la fondation, elle se devait d'essayer. Sans oublier qu'un jour, tout comme les chevaux qu'elle secourait, elle devrait le laisser repartir…

Elle déglutit avec difficulté.

— J'accepte tes conditions.

Alors ses bras vigoureux se refermèrent sur elle, et le désir l'étreignit avec une ardeur redoublée. Elle enlaça sa taille, s'abandonnant à la passion déchaînée de son baiser.

Détachant avec difficulté sa bouche de la sienne, il déclara d'une voix rauque :

— Je te veux dans mon lit.

— Tu n'as qu'à m'y conduire.

La prenant par la main, il l'entraîna dans l'escalier qui menait à l'étage, sans prendre la peine d'allumer les lumières. Mais elle était si familière des lieux qu'elle pouvait s'y déplacer les yeux fermés.

Il la mena dans la chambre qui avait été autrefois celle de son père. Elle se demanda alors si tout cela était bien raisonnable. Et si Wyatt ne reprenait jamais confiance en l'être humain ?

Mais il ne lui laissa pas le temps de réfléchir.

Ses mains caressaient ses hanches, sa taille, sa poitrine, lui volaient le souffle, la rendaient folle de désir, dissipant toutes ses réserves. Quand il posa les mains sur ses fesses, il lui fit sentir toute la puissance de son érection. Elle enfouit alors les doigts dans ses cheveux tandis qu'un frisson la traversait tout entière.

Il referma la porte avec son pied. La pièce, plongée dans l'obscurité la plus totale, donnait à Hannah l'impression que tous ses autres sens étaient exacerbés. Les effluves de son après-rasage flottaient dans l'air, son souffle lui caressait les tempes avec un érotisme achevé…

Tout à coup, il s'empara de son rubis, qu'il roula entre ses doigts.

— Il m'a rendu fou toute la soirée, murmura-t-il.

Les échos de sa voix rauque se réverbérèrent en elle, et elle sentit les pointes de ses seins se hérisser. Il chercha la fermeture Eclair de sa robe, puis chacun se mit à déshabiller l'autre avec une sorte de frénésie passionnée. De ses paumes, elle retraça les courbures de son corps, tâta ses muscles, ravie d'entendre sa respiration devenir de plus en plus hachée.

Soudain, il l'attira tout contre lui, peau contre peau, et lui mordilla l'épaule. Elle frissonna de désir… Il se mit à lui palper les seins, sachant pertinemment comment l'exciter. La fusion de leurs deux corps était magique. Impatiente de le sentir en elle, elle enserra son sexe aussi dur que satiné…

— Je ne peux plus attendre, chuchota-t-elle.

Alors il la prit dans ses bras pour la déposer sur le lit. Le contact froid du drap contre sa peau brûlante lui arracha un petit cri. Puis elle entendit un tiroir s'ouvrir et se fermer… Le matelas s'affaissa et enfin il était sur elle. Les caresses qu'il lui prodiguait étaient si extraordinaires qu'elle ne voulait plus qu'il s'arrête. Jamais un homme n'avait su tâter ses seins de cette façon-là…

Il fit ensuite glisser ses mains sur son ventre, son entrecuisse… Des sensations grisantes, exquises, prodigieuses, la traversaient…

— Encore, murmura-t-elle, cette fois, la voix saccadée. Tu me rends…

— Je te rends quoi ? demanda-t-il en glissant sur elle.

Il titillait à présent son nombril de sa langue, puis il descendit un peu plus bas, et elle poussa un petit cri tant le plaisir qu'elle éprouva était intense.

— Réponds à ma question, insista-t-il.

— Folle de désir. J'ai envie de toi.

« Pour toujours », ajouta-t-elle en silence.

— Moi aussi, dit-il.

Et il accéléra le rythme de ses caresses au point qu'elle ne fut plus qu'une boule de désir entre ses mains. Bientôt, les vagues de la volupté la soulevèrent…

Avant qu'elle n'ait le temps de reprendre son souffle, il la pénétra d'un seul coup de reins. Elle se cambra un peu, et eut la sensation d'être enfin complète lorsqu'elle le sentit entièrement en elle. Elle s'agrippa à ses hanches, enroula les jambes autour de lui…

Chaque coup de reins qu'il lui donnait ravivait sa passion, l'emportant toujours plus loin… Soudain, il roula sur le dos, et ordonna d'une voix rocailleuse :

— Chevauche-moi, Hannah.

Elle obtempéra et se mit à chalouper au-dessus de lui, comme enivrée par la sensation de son sexe en elle, par ses caresses incessantes, par l'obscurité de la pièce, par leurs gémissements mutuels… Les spasmes du plaisir la saisirent bientôt… Après un ultime coup de reins, elle l'entendit sombrer lui aussi dans les profondeurs de la jouissance…

Epuisée, elle se blottit contre son torse et écouta son cœur cogner violemment. Avec lui, elle expérimentait pour la première fois l'accord parfait des corps. Et elle redoutait fort d'avoir atteint le point de non-retour après s'être définitivement attachée à lui…

- 11 -

Un bruit inconnu arracha Hannah à son profond sommeil. Elle regarda son réveil, mais ne le vit pas. Sa chambre était curieusement noire. Y avait-il eu une coupure de courant ?

Entendant une respiration régulière à son côté, elle se rappela où elle était. *Dans le lit de Wyatt.* Elle avait accepté de devenir sa maîtresse.

A cette pensée, elle tressaillit. A présent, elle était parfaitement éveillée, assaillie par le doute… Quel pacte venait-elle de passer, au juste ?

Elle tourna la tête vers lui, mais elle ne pouvait pas le voir, juste l'entendre et sentir sa chaleur, sous les draps, ainsi que l'odeur entêtante de leur nuit passionnée.

Une urgente envie de fuir la saisit. Elle n'était pas prête à l'affronter tant qu'elle n'aurait pas compris les règles et les limites de sa nouvelle position.

Elle se redressa sur un coude. Du côté de Wyatt, sur la table de nuit, le réveil indiquait 5 h 06. Elle retint un grognement de dépit. Nellie devait déjà être debout, en train de préparer le café et de feuilleter ses livres de cuisine. Si sa gouvernante la surprenait en train de se glisser hors de la maison, elle n'aurait pas fini d'en entendre parler. Nellie était bien trop vieux jeu pour accepter une liaison basée uniquement sur le sexe.

Elle se leva avec précaution du lit, tout en surveillant la respiration de Wyatt pour vérifier que son rythme ne changeait pas. Son pied heurta quelque chose de dur. Ses escarpins. Après avoir insisté pour qu'elle les garde, Wyatt avait fini par les lui enlever pendant leurs ébats dans le noir…

Elle n'avait pas eu l'intention de rester dormir chez lui, mais quand elle avait posé la tête sur son épaule, repue et satisfaite, elle s'était endormie sans s'en rendre compte.

A tâtons, elle rechercha ses vêtements sur l'épais tapis, finit par les trouver et fit la grimace quand la fermeture Eclair de sa robe grinça alors qu'elle la remontait.

Et maintenant, comment fuir ? Par l'escalier de service ? Il menait directement aux appartements de Nellie ! Il ne restait qu'une solution : l'escalier dérobé qui débouchait dans le garage situé entre son ancienne chambre et la suite de ses parents. Elle pouvait remercier sa mère qui, passionnée de châteaux européens, avait insisté pour que l'architecte intègre cet élément fantaisiste dans leur maison.

Lorsqu'elle arriva au niveau de la porte cachée, elle pria pour que Wyatt ne l'ait pas bloquée avec un meuble. Elle adorait jouer dans ce passage, enfant, s'imaginant qu'elle était une princesse qui se cachait d'un chevalier ténébreux qui l'avait enlevée pour l'épouser.

Est-ce que Wyatt connaissait cette issue ? Elle passa sa main sur le mur, cherchant le bouton secret qui permettait au panneau de s'ouvrir. Le petit déclic la rassura. Tout fonctionnait encore. Elle tendit l'oreille : Wyatt dormait toujours. Alors elle s'éclipsa.

Elle descendit l'escalier en retenant son souffle. Elle était quasiment arrivée en bas lorsqu'elle entendit des pas. Elle se figea.

— Hannah, c'est vous ? fit une voix masculine d'un ton tranquille.

— Sam ? répondit-elle, comme paralysée.

— Mouais, c'est bien moi.

Il se tenait au bas de l'escalier, une torche à la main.

— Qu'est-ce que vous faites ici ? lui demanda-t-elle.

— J'habite ici, mais *vous*, qu'est-ce que vous faites ici ?

Elle se sentit rougir.

— Je rentre chez moi.

— Vous vous faufilez à l'extérieur, tout comme moi je me faufile à l'intérieur.

— C'est par ici que vous sortez sans être vu par Carol ou Nellie, n'est-ce pas ?

— Chut... C'est un secret. Wyatt ne peut pas m'enfermer comme un prisonnier.

Elle soupira.

— Il croit vous protéger. J'en rediscuterai avec lui. Comment allez-vous ? Vous savez que vous avez manqué à Phoenix ?

— Non, ce n'est pas possible puisque je vais la voir chaque nuit.

— Comment ? Tout seul ?

— Mouais.

Elle comprit alors pourquoi le comportement du cheval s'améliorait à vue d'œil. Elle et son personnel avaient été impressionnés par les progrès rapides que la bête avait réalisés depuis qu'elle s'était remise de ses blessures.

— Comment avez-vous fait pour éviter le garde de nuit ?

— Je connais ses horaires de ronde.

C'était un bon signe pour sa santé — mais pas pour sa sécurité !

— Sam, vous m'aviez promis de ne pas aller seul à l'écurie.

— Ah bon ? Mais vous m'aviez promis de me laisser m'occuper de Phoenix.

— C'est vrai, mais uniquement en ma compagnie.

Soudain, il la dévisagea.

— Vous êtes sur votre trente et un, Hannah.

— J'ai dîné avec Wyatt et un client, la nuit dernière.

— Et finalement vous êtes restée avec Wyatt.

Elle se sentit de nouveau rougir et descendit les dernières marches.

— En haut de cet escalier, il y a sa chambre et la mienne, souligna-t-il.

— Oui, j'ai passé la nuit ici, concéda-t-elle. Et maintenant, sans vouloir être impolie, il faut que je rentre chez moi.

Elle posa la main sur le bras de Sam.

— J'apprécie beaucoup les progrès que vous avez fait faire à Phoenix, mais promettez-moi de ne plus vous rendre seul à l'écurie. C'est terriblement dangereux pour vous. Et si Wyatt découvre que je vous ai encouragé à travailler avec les chevaux, nous aurons tous les deux des ennuis.

Sam redressa la tête et posa un doigt sur ses lèvres.

— Chut ! fit-il brusquement.

Derrière eux, la porte s'ouvrit alors de manière inattendue, et Nellie se matérialisa sur le seuil, suivie de Wyatt. Hannah crut que le sol se dérobait sous ses pieds…

— Mais enfin, mon enfant, qu'est-ce que tu fais ici ? s'écria sa vieille gouvernante.

— Oui, Hannah, renchérit Wyatt, qu'est-ce que tu fais ici ?

Son ton était dur, ses yeux glacés. Envolée, l'intimité qu'ils avaient partagée pendant la nuit !

— Je ne voulais réveiller personne.

C'était une bien piètre excuse car, dans ces conditions, elle aurait dû rester au lit. Wyatt examina alors la cage d'escalier, et son enivrante odeur — celle de leur nuit d'amour — l'envahit…

— C'est en passant par ici que tu trompes la vigilance de Carol ? demanda-t-il à Sam.

Le vieil homme se dandina sur un pied.

— Je n'aurais pas à sortir en catimini si tu ne me retenais pas prisonnier, argua-t-il.

— C'est pour ta sécurité. Tu te rappelles, quand tu as failli tomber par-dessus le balcon ?

Wyatt se tourna alors vers elle.

— Toi, tu viens dans mon bureau. Et tout de suite.

Elle sentit sa gorge se nouer.

— Wyatt…

— Tout de suite, Hannah ! Sinon, je te renvoie sur-le-champ.

Elle ne put retenir une petite exclamation indignée. Comment pouvait-il la menacer de licenciement après la nuit qu'il venait de passer ?

Qui était le réel Wyatt Jacobs ? Le tyran sans cœur qui voulait régner sur Sutherland Farm, ou l'homme qui s'occupait avec amour de son beau-père et qui faisait chanter son corps ?

Le premier, elle le détestait, et le deuxième, elle l'aim…

Non !

Elle ne pouvait pas aimer Wyatt. Elle ne le connaissait pas assez. Encore que… Force était de reconnaître qu'elle s'était éprise de l'homme qu'il s'efforçait de cacher au reste du monde.

Désespérée, elle lança un regard éperdu à Sam.

— Hannah ! répéta Wyatt, impatient.

Sam lui tapota l'épaule.

— Suivez-le, mon enfant. Il crie mais ne mord pas, chuchota-t-il.

Puisse-t-il dire vrai ! Elle jeta un coup d'œil vers Nellie… Cette dernière semblait plus furieuse que déçue, comme si elle s'apprêtait à prendre la défense de sa petite protégée, au risque de perdre son emploi.

A contrecœur, elle emboîta le pas à Wyatt.

Le bureau autrefois si familier était devenu pour elle un territoire ennemi. Comme son existence avait changé, en l'espace d'un mois ! Elle avait été précipitée hors de son monde tranquille et satisfaisant pour se retrouver au bord du gouffre, amoureuse d'un homme qui ne l'aimerait peut-être jamais en retour. Si elle ne trouvait pas une solution pour qu'il retrouve confiance en l'humanité, elle risquait de tout perdre : ses chevaux, le FYC, son travail, sa maison… et son cœur.

Il referma la porte du bureau avec une lenteur calculée. Ses gestes contrôlés en disaient davantage sur sa colère que les mots qu'il aurait pu crier.

Il vint se planter juste devant elle, les yeux brûlant de fureur.

— Tu sais parfaitement à quel point la sécurité de Sam me préoccupe, et tu l'as encouragé à travailler avec les chevaux.

— Il ne les monte pas, riposta-t-elle, envahie par la culpabilité.

— Comment est-ce que tu peux en être certaine ? Tu n'étais pas toujours avec lui, d'après ce que j'ai compris de votre conversation.

Il les avait donc espionnés. Qu'avait-il entendu exactement ?

— C'est vrai, mais il m'a promis qu'il ne monterait pas et je lui ai fait confiance…

— Confiance ? Mais la mémoire de Sam est une passoire, son raisonnement est faussé. Depuis combien de temps me mens-tu et travailles-tu avec lui derrière mon dos ?

Elle déglutit avec difficulté, cherchant les mots qui le persuaderaient de ses bonnes intentions.

— Il n'est pas venu souvent. Mais je savais que si, grâce à Sam, je pouvais te démontrer la valeur d'une thérapie par les chevaux, tu comprendrais à quel point le FYC est important.

— Tu m'as menti et tu as mis en péril la sécurité de Sam à des fins égoïstes, martela-t-il.

— Tu devrais peut-être m'expliquer comment s'est déroulé cet incident, sur la terrasse, afin que je comprenne pourquoi tu es si protecteur envers Sam ? rétorqua-t-elle.

Il poussa un lourd soupir.

— Très bien… Sam est monté sur un tabouret de bar, sur la terrasse, pour changer une ampoule, sous le toit.

Elle sourcilla, ne comprenant pas.

— Notre appartement était au quarantième étage ! précisa-t-il alors. Un faux pas, et il tombait dans le vide.

L'argument était imparable. Elle ferma les yeux pour chasser la scène horrible de sa tête.

— Est-ce qu'il s'est rendu compte que…

— Non, c'est là tout le problème ! Sam voit quelque chose à réparer, et il se précipite pour le faire sans calculer les risques. Il n'a plus toute sa tête, tu le sais bien ! En général, ce n'est pas bien grave, il ne s'habille pas en fonction du temps, ou il oublie de manger, rien de plus. Mais il arrive aussi qu'il mette sa vie en danger, comme en traversant la rue sans regarder à gauche et à droite. Parfois, il est l'homme que j'ai connu, et parfois c'est un enfant de trois ans qui a besoin qu'on le surveille.

— Wyatt, je suis désolée, s'écria-t-elle, se rendant compte qu'elle avait sous-estimé la maladie de Sam. J'aurais dû te demander ses rapports médicaux, comme je le fais pour tous mes autres patients. Mais il a toujours eu l'esprit lucide en ma présence.

— Avoue que tu l'as amadoué parce que tu espérais trouver en lui un protecteur pour tes chevaux !

— Mais qu'est-ce que tu racontes ? s'indigna-t-elle.

— Ne fais pas l'innocente, Hannah ! Si tu crois que je n'ai pas vu ton petit jeu avec Shakkar… Qui plus est, tu as admis avoir fait des recherches sur moi et la distillerie, tu sais parfaitement que Sam a des relations qui pourraient servir tes intérêts.

— Comment peux-tu m'accuser d'être intéressée ? Surtout après la nuit que nous avons passée…

A ces mots, elle vit son expression se durcir un peu plus, et elle comprit qu'elle avait commis une erreur en faisant référence à leur nuit d'amour.

— Toutes les femmes utilisent le sexe pour manipuler les hommes afin d'obtenir d'eux ce qu'elles veulent, décréta-t-il.

Elle retint un petit cri, choquée par ses propos. Sans doute avait-elle là encore sous-estimé la profondeur de ses blessures émotionnelles.

— Je crains que, jusque-là, tu n'aies pas rencontré de femmes convenables.

Il s'avança vers la porte-fenêtre.

— Tu m'as menti, Hannah ! reprit-il. Je ne peux plus te faire confiance. Pareil pour Sam. J'avais prévu de garder le domaine jusqu'à ce qu'il soit trop malade pour reconnaître son environnement. Vous m'obligez à précipiter la vente.

— Pardon ? se récria-t-elle. Tu as acheté Sutherland Farm et chamboulé toute ma vie dans l'intention de repartir aussitôt et de revendre la propriété ?

Il pivota sur ses talons avec raideur pour lui faire face.

— Sam ne cesse de parler de son ancienne ferme et de ses pur-sang. Je voulais qu'il se sente bien pour le temps qui lui restait à vivre. Mais pas au prix de sa sécurité.

— Tu l'aimes sacrément, ton beau-père, pour avoir dépensé des millions de dollars pour lui, murmura-t-elle alors, comme si elle se parlait à elle-même.

— Cela n'a rien à voir, trancha-t-il. Je t'ai déjà expliqué que j'ai une dette envers lui. Je la paie, c'est tout.

Elle fut un instant déstabilisée par la dureté de son regard… Et soudain, tout s'éclaira dans son esprit.

— Si tu as garanti nos postes pendant un an, ce n'était pas par altruisme mais apathie. Le haras ne t'a jamais intéressé, et tu prévoyais depuis le début de tout laisser tomber au bout d'un an.

— Cela aurait pu durer plus longtemps, en fonction de l'état de Sam. Mais maintenant, tout a changé.

Effondrée, elle se laissa tomber sur une chaise en cuir, et passa la main dans ses cheveux.

— Tu n'as jamais fait d'effort pour connaître le personnel parce que tu te fichais pas mal du haras, de sa mission, des gens, lui reprocha-t-elle. Tout ce qui t'intéressait, c'était d'optimiser sa rentabilité afin de le revendre au meilleur prix au moment où tu le déciderais. Voilà pourquoi tu voulais tant fermer la fondation et acheter mon cottage.

— Je ne vois pas où est le mal d'assainir ses affaires et de rechercher le profit.

— L'argent n'est pas la seule façon de mesurer son succès, Wyatt. Même si tu n'as pas daigné venir visiter la fondation, tu ne peux nier les progrès que Sam a réalisés depuis son arrivée ici. Chaque jour, il gagne en coordination, en équilibre. Le fait qu'il ait été capable de se rendre de nuit à l'écurie sans se faire prendre est la preuve que son état s'améliore. Il a même retenu les heures de ronde de Jeremiah !

— A quoi bon tous ces progrès s'ils précipitent sa mort ?

Son observation la glaça. Il avait marqué un point.

— Et nous ? reprit-elle alors. Est-ce que j'étais simplement un arrangement temporaire ? Tu n'as donc aucun sentiment pour moi ?

Aussitôt, elle regretta ses paroles, mais c'était trop tard.

Il lui jeta un regard cinglant.

— Je t'ai demandé d'être ma maîtresse, pas ma femme.

— Il est vrai que le mariage ne serait pas *rentable*, pour toi.

Parfois, avec les chevaux, il arrivait un moment douloureux où elle devait admettre qu'elle ne pouvait plus rien pour eux, comme cela avait été le cas pour Sable. Sa théorie pouvait tout à fait s'appliquer aux hommes, et en l'occurrence à Wyatt…

Elle s'était trompée à son sujet, il était l'un des rares êtres qui ne pourraient jamais refaire confiance aux autres. En devenant sa maîtresse, elle ne gagnerait pas sa confiance : elle se nourrirait de l'illusion bien folle qu'ils avaient un avenir ensemble. Mais désormais, elle savait que son cœur était barricadé et qu'il ne pourrait plus aimer personne.

Que ces pensées étaient douloureuses !

Dans un ultime effort, elle se mit debout.

— Je dois aller travailler, lui dit-elle, profondément meurtrie. Je ne voudrais surtout pas te faire perdre de l'argent. Mais il faudra te trouver une autre maîtresse, car je ne suis plus disponible.

— Laisser partir cette fille, c'était vraiment une erreur, déclara Sam de la porte qui menait au patio. Mais on apprend toujours à nos propres dépens.

Les rayons du soleil renforçaient les rides de son visage, tout comme ils soulignaient l'affaissement de ses épaules autrefois si fières.

— Hannah compromettait ta sécurité, répondit Wyatt.

— Elle m'a donné une raison de vivre. Entraîner la jument m'a rappelé que j'étais encore bon à quelque chose.

— Sam…

— Wyatt, je sais que tu es plein de bonnes intentions, mais je préférerais être enfermé dans une maison de retraite plutôt qu'ici où je peux voir la vie que je manque.

Cette constatation était le pire aveu que Wyatt puisse entendre.

— Non, tu ne penses pas ce que tu dis, tu adores les haras.

— J'adore en faire partie, pas les contempler de ma fenêtre comme si je regardais la télévision. Je sais que certains jours j'ai la mémoire qui flanche, mais je peux t'assurer qu'être enfermé ici, ce n'est pas une vie.

Wyatt sentit la culpabilité le ronger comme un couteau qu'on lui aurait retourné dans le cœur.

— Prenons notre temps, Sam, et quand tu connaîtras mieux la propriété, tu…

— Le temps, c'est précisément ce que je n'ai plus. Ma vie est derrière moi, j'aimerais mieux être mort. C'est ce que j'ai dit à Hannah, et elle m'a compris, elle.

Ces paroles l'alarmèrent.

— Tu as dit à Hannah que tu préférerais être mort ?

— Oui, et c'est pour ça qu'elle m'a laissé entraîner la jument. J'ai trahi la promesse que je lui avais faite de ne pas aller tout seul aux écuries. Enfin, je l'ai peut-être oubliée.

Il comprenait mieux la réaction d'Hannah. Toutefois…

— Elle aurait dû venir me faire part de ses soucis au lieu d'agir derrière mon dos.

— Et tu l'aurais écoutée ? Tu sais, Wyatt, je t'aime beaucoup, mais tu es trop entêté. L'obstination est utile en affaires, mais avec les gens, parfois, ça ne marche pas.

Touché par la justesse de ces propos, il se sentit fléchir.

— Je ferai en sorte que tu passes plus de temps avec les poulains, concéda-t-il du bout des lèvres.

— Je ne veux pas simplement m'occuper des bébés, je veux aussi entraîner des chevaux adultes. Comme cette jument, Phoenix. Sinon, je préfère rentrer à la maison.

— C'est impossible, Sam. Tu sais bien que nous avons vendu l'appartement.

Le vieil homme sourcilla.

— Peut-être… En tout cas, je ne pourrai jamais considérer cet endroit comme ma maison si je ne peux pas voir les gens que j'aime et faire les choses que j'aime, tant que c'est encore possible !

Sur ces mots, Sam pivota sur ses talons. Frustré, Wyatt le regarda s'éloigner. Son beau-père était en colère, mais il finirait par se calmer, comme toujours après une crise comme celle-ci, et tout rentrerait dans l'ordre.

Hannah, en revanche, l'avait trahie. Elle devait partir.

Hannah se tenait sur le seuil de la nouvelle maison de son père, en ville. C'était la première fois qu'elle lui rendait visite et elle aurait aimé le faire en de meilleures circonstances. Mais elle avait besoin de réponses.

Son père lui ouvrit la porte en peignoir. Il leva les sourcils, étonné de la voir.

— Hannah, quelle surprise !

— Il faut que nous parlions.

— Mais il est 6 heures du matin.

— Cela ne peut pas attendre !

— C'est bon, Luthor, laisse-la entrer, fit une voix féminine, au fond du vestibule.

Hannah poussa une petite exclamation.

— C'est Dana ?

La porte s'ouvrit un peu plus grand, et elle découvrit l'infirmière agréée qui avait travaillé pendant un an au FYC. Elle aussi portait une robe de chambre, et ses cheveux ébouriffés indiquaient qu'elle sortait juste du lit.

— Bonjour, Hannah ! lança-t-elle. Je dois me préparer pour aller au travail, tu peux parler tranquillement avec ton père.

Sidérée, elle laissa son regard passer de la blonde âgée d'une bonne quarantaine d'années à son père. Ainsi il avait une petite amie ? Elle ne se souvenait pas qu'il soit jamais sorti, le soir.

— Papa ?

— Viens dans la cuisine ! Le café est prêt.

Et il lui montra le chemin tandis que Dana remontait l'escalier.

Elle le suivit prudemment, pas certaine de pouvoir supporter un nouveau choc, ce matin. Elle passa devant le salon où elle repéra les deux fauteuils en cuir qui occupaient le bureau de son père, autrefois, à Sutherland Farm. Dans la cuisine, il y avait une table qu'il n'avait pas auparavant. Elle prit place sur la chaise qu'il lui désigna. Puis il remplit une tasse de café qu'il posa devant elle.

— Qu'est-ce qui t'amène de si bon matin chez moi, sans même un coup de fil pour me prévenir ?

— Je suis désolée si je t'ai dérangé.

— J'ai une vie maintenant. Et elle ne tourne plus autour des chevaux.

— Tu aurais pu me prévenir que tu voyais quelqu'un.

— Je ne savais pas comment tu l'aurais pris.

— Je suis surprise, bien sûr, mais maman est morte depuis longtemps…

Dana entra alors en coup de vent dans la cuisine. Elle

avait revêtu son uniforme d'infirmière. Elle embrassa son père sur la bouche.

— Je dois y aller, mon chéri. A ce soir. Hannah, on se voit un de ces jours ?

Et sur ces mots, elle disparut.

— Est-ce qu'elle habite ici ?

— Non.

— Cela fait combien de temps que vous sortez ensemble ?

— Six mois environ.

— C'est à cause d'elle que tu as vendu le haras ?

Il soupira et s'assit à la table.

— Non, mais c'est elle qui m'a fait réagir. La vie passait et moi je poursuivais toujours le rêve de ta mère.

— C'était aussi le tien, et le mien, observa-t-elle.

— C'était plus le sien que le mien, mais je l'aimais et je la soutenais car je voulais son bonheur. J'ai continué à vivre en fonction de ses rêves pendant longtemps, même si le cœur n'y était plus. Au début, elle me manquait terriblement et vivre avec les chevaux entretenait sa mémoire. Mais ce n'était pas pareil, sans elle.

Elle sentit sa gorge se nouer. Son père n'avait jamais exprimé son chagrin devant elle.

— Pourquoi est-ce que tu ne m'as jamais rien dit ?

Il haussa les épaules et reprit :

— Hannah, je ne veux pas que tu fasses la même erreur que moi, que tu oublies de vivre pour cultiver ton rêve… L'accident, ce n'était pas ta faute.

C'étaient des paroles qu'elle attendait depuis si longtemps ! La voix tremblant d'émotion, elle répondit :

— Papa, toi non plus tu n'es pas responsable de sa mort. Je suis désolée de t'avoir accusé de l'avoir trahie quand tu as vendu.

— Signer l'acte de vente a été la chose la plus difficile de ma vie, mais je devais le faire.

Elle sentait les larmes lui monter aux yeux, mais elle s'efforça de les retenir.

— Je comprends, murmura-t-elle.

— Peu importe le nombre de chevaux que tu sauveras, rien ne la ramènera. Nous devons avancer, toi comme moi. Je ne veux pas que tu te réveilles dans vingt ans avec une liste de regrets, comme celui de ne pas avoir fondé une famille.

— C'est pour cela que tu ne m'as pas laissé le choix, n'est-ce pas ? fit-elle d'une voix qui masquait mal sa blessure.

— Je te l'ai dit, Hannah, il faut que tu apprennes à te débrouiller toute seule.

— Tu pouvais tout à fait avoir une relation avec Dana sans vendre le haras.

— Ce n'est pas le problème ! Je n'en pouvais plus des chevaux, c'était trop accaparant. Et tu serais bien inspirée de m'imiter. Et puis, la maison, c'était ta mère qui l'avait aménagée, elle était à elle, je ne voulais pas qu'une autre femme y vive.

Il reposa sa tasse et demanda de nouveau :

— Qu'est-ce qui t'amène chez moi, ce matin, Hannah ?

Elle cligna des yeux, et revint à la réalité. Son père et elle avaient plus échangé en quelques minutes qu'au cours des dix-neuf dernières années. Cependant, à la lumière de ce qu'il venait de lui révéler, il n'était guère probable que le motif de sa visite l'intéresse. Elle devait pourtant essayer.

— Wyatt considère le haras comme un investissement. A la première occasion, il le revendra.

Son père croisa les bras.

— Qu'attends-tu de moi, au juste ?

— Rachète la propriété !

Les coins de sa bouche s'affaissèrent et il secoua la tête.

— Ce qui voudrait dire que nous reviendrions au point de départ. J'en ai assez des chevaux. Si tu veux vraiment rester dans ce domaine, trouve une solution toute seule.

— Mais papa…

— Que tu le croies ou non, Hannah, j'agis pour ton bien. Je t'aime trop pour t'aider.

Comme elle ne pouvait pas dormir, autant qu'elle travaille ! Après avoir relevé son col et fourré les mains dans les poches de son anorak, Hannah se dirigea dans le froid de la nuit vers les écuries. Le poids de la journée était trop lourd à porter pour ses épaules.

La dispute avec Wyatt, puis leur rupture avaient créé un grand vide en elle, ce qui confirmait ses doutes : ce n'était pas simplement Wyatt qu'elle avait voulu sauver par cette relation, mais elle-même.

Après sa discussion avec son père, elle avait passé la journée à chercher des financements pour racheter le haras, mais aucun établissement financier ne voulait prendre le risque de la soutenir, sous prétexte qu'elle était trop jeune et que le climat économique n'était pas favorable. Et elle ne pouvait pas appeler Rashed car, à la réflexion, Wyatt devait avoir raison : il était intéressé par bien plus qu'une relation d'affaires avec elle. Or, elle n'était pas prête à se vendre, même pour sauver Sutherland Farm.

Un cliquetis métallique attira soudain son attention. Elle se retourna et vit que la porte du petit paddock battait au vent. Aussitôt, elle s'alarma : où était Phoenix ?

La jument s'était-elle enfuie ? Elle se mit à courir, et s'arrêta en constatant que l'enclos était vide. Le cœur battant, elle scruta l'obscurité. Rien en vue.

Alors elle pensa à Sam : était-il de nouveau sorti, en dépit de l'incident du matin ? Un pressentiment lui disait que Sam et Phoenix étaient ensemble. Sans hésiter, elle sortit son portable et appela Wyatt.

— Jacobs.

Comme toujours, sa voix de baryton la troubla, mais ce n'était vraiment pas le moment.

— Est-ce que Sam est là ?

— Hannah, il est 1 heure du matin !

— Wyatt… Phoenix, la jument, a disparu. Va voir si Sam est dans son lit.

Elle l'entendit jurer, puis ses pas résonnèrent dans l'appareil…

— Il n'est pas dans son lit et ses appartements sont vides, s'écria-t-il au bout de quelques instants. Bon sang ! Ce matin, Sam m'a dit qu'il voulait quitter le haras, mais je ne l'ai pas pris au sérieux.

Un frisson la parcourut.

— Vérifie le reste de la maison, et si tu ne le trouves pas, appelle le shérif. Je vais demander à Jeremiah de m'aider à le chercher.

Elle raccrocha. Peut-être que Sam avait emmené Phoenix dans l'arène couverte pour travailler avec elle. Elle en ouvrit la lourde porte et alluma les lumières, mais l'espace était vide. Elle se mit à courir dans tout le bâtiment pour finir dans l'écurie du FYC. En vain. Sam n'était pas non plus près des poulains.

Un bruit la fit soudain se retourner. Son espoir retomba quand elle se rendit compte que c'était le gardien.

— Jeremiah, tu n'aurais pas vu Sam ou la dernière jument que l'on a secourue ?

— Non, mademoiselle Hannah, tout est très tranquille, cette nuit.

— Monte dans la camionnette et fais vite le tour de la propriété, s'écria-t-elle, la gorge nouée.

Se rendant dans la sellerie, elle s'aperçut qu'un casier était vide. La panique s'empara d'elle…

Quand elle entendit Jeremiah revenir, elle s'élança dans l'allée, au moment où la Mercedes de Wyatt y débouchait.

— Alors ? demanda-t-elle au gardien.

— La porte arrière de l'enclos est ouverte, mais je n'ai vu ni Sam ni la jument.

L'arrière de l'enclos bordait la rivière.

— Il manque une selle, dit-elle. Je pense que Sam a enfourché Phoenix et s'est enfui.

Wyatt était blême et son visage semblait aspiré par la lumière terne de la lune. Ses cheveux étaient tout ébouriffés.

— Nous allons prendre une camionnette et le rattraper.

— Ce n'est pas possible, dit-elle. Le terrain est trop escarpé, il n'y a pas de route…

Il n'y avait qu'une solution, mais celle-ci la terrifiait.

Elle finit pourtant par dire :

— Je vais seller un cheval et voir si je peux le retrouver.

— Tu n'es pas montée à cheval depuis la mort de ta mère, observa Wyatt. Tu n'as pas l'expérience suffisante. Attendons le shérif et son équipe.

— Il va lui falloir des heures pour rassembler une équipe de cavaliers. Il fait trop froid pour attendre.

— Je vais appeler le pilote de l'hélicoptère.

— Surtout pas ! L'appareil effraiera la jument. Wyatt, je connais cette propriété mieux que quiconque. Si quelqu'un peut retrouver Sam, c'est bien moi.

— Dans ces conditions, je t'accompagne, dit-il d'un ton déterminé.

— Deux personnes inexpérimentées, ce sera encore pire.

— Je ne peux pas te laisser foncer dans le noir toute seule. S'il t'arrive quoi que ce soit, nous aurons deux disparus au lieu d'un. Je viens !

Devant son obstination, elle préféra s'incliner.

— Très bien. Nous allons prendre des chevaux de la fondation, ils sont calmes et dociles. Nous allons nous en sortir.

Elle se dépêcha de seller les chevaux, chaque minute comptait. Elle était terrorisée, mais elle s'efforçait de le cacher.

— Wyatt, tu n'es pas obligé de venir, lui redit-elle. Tu peux attendre le shérif et lui donner toutes les indications quand il arrivera.

— Non, je ne veux pas rester sans rien faire. Allons-y.

Prenant appui sur l'étrier, elle se hissa sur la selle. Une sensation de vertige s'empara d'elle... Ses jambes tremblaient quand elle plaça les pieds dans les étriers et tenta de trouver son équilibre. Par chance, la jument était des plus placides.

— Prêt ? lança-t-elle.

Il était déjà en selle.

— Allons-y, dit-il.

Elle fit prendre à sa monture le chemin qui menait à l'enclos. Une fois à l'extérieur, ils n'eurent plus que la lumière de la lune pour les éclairer, et son reflet sur leurs bombes.

Elle aurait aimé chevaucher plus vite, mais le terrain, l'obscurité et le fait qu'elle avait perdu la main en matière d'équitation l'en empêchaient. Elle s'efforçait de se concentrer sur ce qu'elle faisait, et entendait la voix de sa mère : « Dos bien tendu, mains bien fermes, regard droit. Fais confiance à ton cheval, Hannah. »

— Si Sam est blessé, je t'en tiendrai responsable.

La voix de Wyatt résonna comme un coup de fouet dans la nuit.

— Si tu ne l'avais pas encouragé à soigner la jument derrière mon dos, par pur égoïsme, pour que je continue à subventionner ta fichue fondation, cela ne serait jamais arrivé.

La vérité de ses propos la bouleversa.

— Je voulais juste l'aider.

— Non, c'était toi-même que tu voulais aider. Dès que nous l'aurons retrouvé, je te licencierai. Je ne veux plus vous voir, toi et tes chevaux !

Elle sentit les larmes lui monter aux yeux... Au fond, elle ne récoltait que ce qu'elle méritait. Elle avait pris des risques inconsidérés avec Sam.

Ils continuèrent à avancer en silence. L'air humide pénétrait ses vêtements et la glaçait jusqu'aux os. Elle essayait de ne pas penser à ce qu'elle allait devenir, elle devait se concentrer sur Sam. Elle se préoccuperait de l'avenir plus tard.

— Regarde, lui dit soudain Wyatt. Il y a une trace, ici. C'est comme ça que je t'avais retrouvée, près du pavillon.

Le pavillon… Le moment magique qu'ils y avaient connu semblait comme englouti par les événements qui s'étaient ensuivis. A bien y réfléchir, elle était tombée amoureuse de lui quand il était venu s'occuper des poulains avec elle. Puis elle avait été touchée qu'il la suive pour s'assurer qu'elle allait bien.

— Il est allé vers la rivière, dit-elle alors. Un étroit sentier pierreux la longe.

— Et après ?

— Au bout, c'est l'autoroute. Si seulement je savais l'avance qu'il a sur nous.

Elle donna un petit coup de genoux à sa monture, pour qu'elle accélère un peu le pas, sentant qu'elle commençait à retrouver les réflexes d'autrefois.

— Je vais appeler Jeremiah pour qu'il demande au shérif d'envoyer des hommes du côté de l'autoroute, ajouta-t-elle.

Elle dut ralentir pour sortir son portable et passer le coup de téléphone. Wyatt s'ajusta à son pas. Puis ils reprirent de l'élan. Tout à coup, il s'arrêta.

— C'est la rivière qu'on entend ? questionna-t-il.

— Oui.

Au bruit, elle comprit que la rivière était gonflée par les pluies abondantes qui étaient tombées récemment et qu'elle était dangereuse. Son cheval, ressentant sa tension, crut que c'était un signal pour accélérer. Elle s'accrocha aux rênes. Au détour d'un virage, elle aperçut un arbre en travers du chemin. Inspectant rapidement le terrain, elle repéra Phoenix, sans cavalier… La peur l'envahit et elle stoppa sa monture. Le cheval avait-il voulu sauter, et fait tomber Sam ? Cela lui rappela bien sûr l'accident de sa mère…

Elle eut soudain la nausée.

Où était Sam ?

Phoenix ne semblait pas blessée. Pourvu que le vieil homme

ne soit pas allongé de l'autre côté de l'arbre… L'image de sa mère inconsciente sur le sol s'imposa de nouveau à elle.

— Hannah ! fit alors Wyatt.

A son ton, elle comprit qu'il l'avait appelée plusieurs fois. Il s'avança vers elle. Dans un ultime effort, elle repoussa l'image qui la hantait et descendit de cheval. Ses jambes tremblaient. Elle s'approcha de l'arbre. Wyatt lui emboîta le pas, sa lampe de poche à la main.

— Sam ! appela-t-il.

Elle posa alors une main sur son torse pour l'empêcher d'avancer.

— Reste avec les chevaux, je vais inspecter l'endroit.

— Pousse-toi de mon chemin !

— Wyatt, tu n'as pas besoin de voir…

— S'il a besoin d'aide, je veux le secourir, dit-il d'un ton adouci.

Et si c'était trop tard, comme pour sa mère ? Elle se mordit la lèvre violemment.

— Tu n'y vas pas tout seul, je t'accompagne.

La boue alourdissait leurs pas. Ils se penchèrent simultanément pour voir ce qu'il y avait derrière l'arbre. Pas l'ombre de Sam ! Elle poussa un soupir de soulagement.

— Il n'est pas là. Ce qui veut dire qu'il a dû continuer à pied.

Seul le gargouillis de la rivière lui répondit… Soudain, des bruits de pas les firent tressaillir et la silhouette de Sam se matérialisa devant eux.

— Dommage, vous m'avez trouvé. J'espérais que l'aventure durerait plus longtemps.

Elle éclata de rire, d'un rire presque hystérique, tandis que Wyatt s'élançait vers Sam pour le prendre dans ses bras. Ils s'étreignirent un bon moment, elle voyait leurs lèvres bouger sans entendre ce qu'ils se disaient.

Soudain, elle fondit en larmes sans vraiment savoir pourquoi.

Wyatt aimait vraiment Sam, il était donc capable d'amour, seulement, elle, il ne l'aimait pas. Et qui pouvait l'en blâmer ? Elle avait mis la vie de son beau-père en danger, trop absorbée qu'elle était par ses propres intérêts.

Elle déglutit avec difficulté.

Son père avait raison, elle devait cesser de vouloir secourir les gens et les animaux, cela ne lui ramènerait jamais sa mère. Qui plus est, elle pouvait blesser quelqu'un, voire pire.

La conclusion s'imposait d'elle-même : il fallait vendre le cottage à Wyatt et fuir loin de tout ce qui avait tant compté pour elle.

- 12 -

Bien trop à cran pour dormir, Wyatt était assis à son bureau, luttant contre les reflux de panique liés à ce qu'il venait de vivre.

Il avait failli perdre Sam. Et ce n'aurait pas été la faute d'Hannah ! Non, il aurait été le seul à blâmer parce qu'il n'avait pas su être à l'écoute de son beau-père au moment où celui-ci en avait le plus besoin.

Lorsqu'il était rentré à cheval avec Sam, tous deux sur la même monture, des souvenirs du bon vieux temps l'avaient submergé. Mais il s'était aussi rendu compte qu'il ne voulait pas que sa relation avec Sam se résume à leur cher passé. Il souhaitait encore emmagasiner de bons souvenirs avec lui. La seule chose qui l'en avait empêché, c'était son besoin maladif de se protéger contre la douleur de le perdre. Et c'était grâce à Hannah qu'il avait admis cette idée inconfortable.

Hannah… Il s'était complètement trompé à son sujet et il lui devait des excuses.

Les nuances roses qui pointaient à l'horizon l'attirèrent vers la porte-fenêtre. Il s'avança dans le patio. Le jour nouveau qui se levait flottait déjà au-dessus des arbres.

Le paysage n'avait pas changé et, pourtant, tout était différent aujourd'hui parce que, pour la première fois, il voyait Sutherland Farm non comme un investissement qu'il revendrait bientôt, mais à travers les yeux d'Hannah.

Les pâturages verts qui se déployaient sous ses yeux et les bâtiments de pierre racontaient l'histoire de sa famille. Quand il avait acheté Sutherland Farm, il l'en avait dépouillé.

Malgré tout, elle lui avait fait une place dans sa vie, ainsi qu'à Sam. Cette nuit, elle avait affronté et surmonté ses peurs pour eux deux.

Tout d'abord, elle était remontée à cheval pour la première fois depuis la mort de sa mère, et ensuite, bien qu'il lui ait affirmé qu'il la licenciait, elle avait voulu lui épargner l'éventuel spectacle de Sam gisant de l'autre côté de l'arbre. Etant donné sa pâleur quand elle s'était plantée devant lui, il avait aisément deviné qu'elle était en train de revivre le jour où elle avait perdu sa mère.

Une telle générosité le troublait. Lui, ce qui l'avait toujours intéressé jusque-là, c'était d'être le numéro un, alors qu'Hannah essayait toujours de sauver et de protéger autrui. Elle ne se souciait pas d'elle-même. Il avait rencontré beaucoup de femmes déterminées à le blesser, mais c'était la première fois qu'il tombait sur une femme prête à se sacrifier pour lui.

Sa conduite, la nuit précédente, lui avait révélé la profondeur de son âme. Cette femme était véritablement une bénédiction et il avait honte d'avoir été aveuglé par ses préjugés.

Son père l'avait inondée de biens matériels, et pourtant elle n'était pas devenue la petite princesse gâtée pour qui il l'avait prise au début. Bien au contraire. Elle distribuait à chacun de gros morceaux de son cœur, comme d'autres des pièces de monnaie.

Son courage lui donnait une grande leçon d'humilité. Elle s'investissait entièrement dans ses causes, alors qu'il se contentait de payer les autres pour gérer le côté émotionnel de sa vie.

Il avait cru que le fait de placer Sam dans un environnement qui lui plaisait, mais loin de sa vue, lui permettrait de le sortir aussi de ses pensées. Il s'était trompé. Sa peur d'affronter ses sentiments n'avait pas uniquement atteint Sam dans sa dignité, elle avait failli lui coûter une relation avec un homme qui avait été un bien meilleur père pour lui que son propre géniteur.

Et tout cela pourrait aussi lui coûter Hannah…

Il fut surpris de découvrir à quel point cette éventualité le contrariait. Malgré ce qu'il lui avait dit, il ne voulait pas qu'elle parte. Le problème, c'était qu'il ne la méritait pas. Ou plus exactement, elle méritait mieux qu'un homme qui l'avait maltraitée. Sa seule excuse, c'était que les sentiments qu'elle suscitait en lui l'effrayaient terriblement.

La vie lui avait appris que les investissements émotionnels n'amenaient que souffrance et déception. Hannah en revanche, quand les choses tournaient mal, retroussait ses manches et n'hésitait pas à se salir les mains, tout en laissant son cœur grand ouvert. Il devait au moins essayer de se montrer à la hauteur de son courage.

Un mouvement attira soudain son attention. Hannah venait de surgir du bosquet qui entourait son cottage et elle s'était adossée au mur qui faisait face aux écuries, un peu plus loin.

Il avait eu tort de la renvoyer, se répéta-t-il. Ici, c'était son domaine… Et il devait avoir de toute urgence une conversation avec elle !

Elle se redressa soudain et prit la direction opposée à la sienne. Il voulut l'appeler mais, avec le vent, elle risquait de ne rien entendre.

Descendant les marches de la véranda, il la suivit. Tout en traversant la pelouse vert émeraude, il repensa à son enfance, quand il courait pieds nus à la ferme, ou bien quand Sam et lui allaient à la pêche. Bien qu'il possédât un haras et une distillerie, son beau-père trouvait toujours du temps pour lui. Une faveur qu'il était bien résolu à lui rendre.

Il la vit entrer dans l'enclos, puis prendre le chemin du pavillon. Parfait ! C'était le lieu idéal pour lui présenter des excuses, personne ne viendrait les déranger. Il ralentit le pas quand il pénétra dans le bois et, lorsqu'il atteignit la clairière, la trouva déjà sur le ponton. Mais ce matin, elle n'avait pas retiré ses chaussures et ne se trempait pas les pieds dans l'eau.

Elle se contentait de scruter l'horizon, les bras frileusement croisés sur la poitrine.

Soudain, la plateforme craqua sous son pas, et il la vit se crisper en un éclair.

— Bonjour, Hannah, dit-il.

— Tu vas me faire arrêter pour avoir pénétré sans autorisation dans une propriété privée ?

Elle était pâle et de légers cernes assombrissaient son regard. Il eut une folle envie de la serrer dans ses bras.

— Non, répondit-il, avant de reprendre : Hannah, je suis désolé d'avoir perdu mon sang-froid, cette nuit. Tu n'es pas licenciée. Tu es au contraire le principal atout de Sutherland Farm. Je ne veux pas que tu partes.

Elle ouvrit la bouche, comme pour parler, puis se tourna vers l'eau.

— Comment va Sam ?

C'était une réaction typique d'Hannah : toujours penser aux autres avant elle-même.

— Il dort, après sa nuit épuisante. Pourquoi est-ce que tu ne fais pas la même chose ?

— Je n'arrive pas à trouver le sommeil.

Elle serra les bras un peu plus étroitement autour d'elle et fixa de nouveau l'étang.

— Moi non plus. Je ne veux même pas penser à ce qui serait arrivé si tu ne m'avais pas aidé à retrouver Sam. Je sais que ça a été dur pour toi. Merci.

— Je t'en prie.

Elle s'obstinait à ne pas le regarder.

Il déglutit. Il n'était pas facile de parler à cœur ouvert, mais s'il voulait la convaincre de lui accorder une seconde chance, il devait lui faire comprendre pourquoi il avait pris de mauvaises décisions.

— Tu m'as accusé d'être un sale individu, et tu avais raison. Je fuyais les difficultés de Sam parce que j'avais peur de le perdre, comme ce fut le cas avec mon père.

Elle tourna enfin la tête dans sa direction.

— Ton père est mort ?

— Non, il avait une liaison. Quand sa maîtresse est tombée enceinte, il nous a laissé tomber, ma mère et moi, sans même se retourner, et il a fondé une nouvelle famille. C'était comme si nous n'avions jamais existé.

Il vit une lueur de sympathie s'allumer dans ses prunelles.

— Quel âge avais-tu ?

— Presque quatorze ans.

— Cela a dû être dur. Vous n'êtes pas restés en contact ?

— Je ne l'ai jamais revu depuis, et ma mère est devenue froide et distante.

— En fait, tu as perdu tes deux parents à la fois.

— C'est en effet l'impression que j'ai eue. Puis elle a rencontré Sam, et elle est redevenue la mère que j'avais connue. Mais quand la maladie de Sam a été diagnostiquée, elle lui a tourné le dos, comme mon père l'avait fait avec nous.

— Je suis désolée.

— Je ne cherche pas à t'apitoyer. J'essaie de t'expliquer pourquoi j'ai toujours voulu garder mes distances avec les autres. Après le départ de mon père, je me suis juré de ne plus jamais aimer personne. C'était trop douloureux. Mais Sam est parvenu à s'immiscer dans mon cœur. Et puis, lui aussi, j'ai commencé à le perdre chaque fois qu'un souvenir lui échappait. J'ai acheté Sutherland Farm pour l'y parquer et ne pas le voir décliner à petit feu. Je préférais le quitter avant qu'il ne me quitte.

Il avait la gorge nouée. Elle lui étreignit le bras.

— Je sais combien il est difficile de voir quelqu'un qu'on aime perdre ses facultés. C'est ce qui est arrivé à ma mère. Elle est restée dans le coma une semaine avant que les médecins déclarent qu'ils ne pouvaient plus rien faire.

— Hannah…

— Ses organes ont permis à quatre autres personnes de vivre, et c'est ce qu'elle aurait voulu.

— Ta capacité à toujours voir le côté positif des choses est impressionnante. Je t'envie.

— Ce n'est pas toujours facile, tu sais…

Elle prit une longue inspiration et poursuivit :

— Mon père a raison, je ne suis pas faite pour les affaires. Les finances, tenir un budget, ce n'est pas ma tasse de thé. Cela veut dire sacrifier des animaux ou des patients parce que l'on n'a pas les moyens de les aider, et rien que cette idée me paralyse.

Elle ferma les poings avant d'ajouter :

— Mon incapacité à dire non aurait pu coûter cher à Sam. Je vais dissoudre la fondation et cesser mes opérations de sauvetage. J'enverrai tous les chevaux à Rashed.

Son ton défaitiste le frappa de plein fouet. C'était à cause de lui qu'elle avait perdu tout son allant, qu'elle ne croyait plus en ce qu'elle aimait.

— Hannah, commença-t-il, hier soir, ce n'était pas ta faute, mais la mienne. Sam s'est enfui car il ne supportait plus que je le traite comme un prisonnier. Je ne veux pas que mes erreurs ébranlent ta confiance ni qu'elles tuent ton rêve. Tu fais du bon travail, tu sais.

Elle secoua la tête.

— J'ai décidé d'accepter ton offre d'achat pour le cottage.

Sa voix se brisa, et il sentit le désespoir l'envahir… Il devait impérativement trouver un moyen de la retenir ! Il avait besoin qu'elle fasse partie de sa vie, son énergie lui était vitale.

— Mon offre ne tient plus, annonça-t-il alors.

Elle ouvrit de grands yeux.

— Mais c'était ce que tu voulais ! Tu as essayé de te débarrasser de moi depuis que tu as acheté la propriété.

— Peut-être, mais maintenant je veux que tu restes. Que serait Sutherland Farm, sans un membre de la famille Sutherland ?

— Le prochain propriétaire saura rebaptiser le domaine.

— Je ne vends plus, Hannah, déclara-t-il. Et j'ai une autre proposition à te faire.

Elle lui lança un regard suspicieux.

— Et qu'est-ce que c'est, cette fois ?

— Je transfère par acte notarié la propriété à ton nom, si tu acceptes que Sam y vive avec toi et travaille avec les chevaux tant qu'il en est capable. Après quoi, toute la propriété sera à toi.

— Où est le piège ?

Il était temps de jouer cartes sur table, quitte à s'exposer à une rebuffade.

— Hannah, tu m'as prouvé que le succès ne se limite pas à des chiffres dans un tableau. Le temps qu'il me reste à passer avec Sam est bien plus précieux que n'importe quelle somme d'argent. Je veux faire partie de sa vie. Et de la tienne, Hannah. Tu m'as démontré que nier ses émotions ne suffit pas à les éradiquer. Tu m'as appris ce qu'était le dévouement aux autres. Tes rêves sont beaux, Hannah, sous la voûte de ton âme grande ouverte. Tu ne crains pas d'être meurtrie ni déçue, et en cela je t'envie.

— Détrompe-toi, moi aussi j'ai peur ! En permanence. Blessée, je le suis parfois aussi, mais j'essaie toujours de tourner la page au plus vite et de me raccrocher aux éléments positifs.

— C'est cette faculté qui me fascine en toi et qui te rend unique. J'aime l'homme que tu as vu en moi et je veux le devenir.

Soudain, un vertige le saisit, il se sentit au bord du vide… Mais, prenant sur lui, il ajouta :

— Je suis amoureux de toi, Hannah, je t'aime. Et puisque tu ne dis jamais non aux causes perdues, j'espère que tu ne me rejetteras pas.

Elle en resta d'abord bouche bée et, pendant quelques instants, sonda son regard. Il retint son souffle, suspendu aux paroles qu'elle allait prononcer. Des larmes envahirent alors ses yeux avant qu'un léger sourire n'éclaire ses traits.

— Je ne t'ai jamais traité de « cause perdue ».

— Peut-être, mais tu l'as pensé. En tout cas, je vais changer, Hannah, c'est promis.

Il se saisit soudain de ses mains toutes froides.

— Sauve-moi, Hannah. Je veux être capable moi aussi d'ouvrir mon cœur.

— Tu l'es, Wyatt. Ton comportement envers Sam l'a prouvé.

A ces paroles, il retrouva l'espoir. Il prit son cher visage entre ses mains.

— Laisse-moi t'aimer, ma chérie. Je veux te tenir chaque nuit dans mes bras, je veux que tu deviennes ma femme, le pilier qui m'ancre dans ce qui compte vraiment.

Il vit une larme couler sur sa joue. Il l'essuya de son pouce. Elle se hissa sur la pointe des pieds pour déposer un baiser sur sa bouche.

— Tu es adorable, Wyatt, et je t'aime.

Alors il la prit dans ses bras et s'empara de sa bouche. Il ne pouvait se rassasier de sa saveur, de son odeur, de sa chaleur… Au prix d'un effort surhumain, il finit par se détacher d'elle. Tous deux avaient le souffle court.

— Tu ne regretteras pas de m'avoir donné ma chance.

— Je sais, dit-elle en relevant ses charmantes lèvres gonflées.

Mêlant ses doigts aux siens, il l'entraîna alors vers le pavillon.

— Passons un pacte, dit-il d'un ton léger. Je te montrerai comme gérer le FYC pour en faire une entreprise rentable qui te permettra d'aider encore plus de personnes et d'animaux et, en échange, tu me rappelleras, chaque fois que je l'oublierai, que la vie est plus qu'un tableau de chiffres. Mais pour l'instant, j'ai besoin de sentir ta peau contre la mienne.

Un frisson de bonheur la parcourut.

Elle ne pouvait vivre un rêve plus merveilleux…

BRENDA JACKSON

L'élan de son cœur

Traduction française de
MARIE MOREAU

PASSIONS

HARLEQUIN

Titre original :
BREAKING BAILEY'S RULES

Ce roman a déjà été publié en 2016.

Prologue

Refermant son dossier, Hugh Coker leva les yeux pour affronter les cinq regards braqués sur lui.

— Voilà, dit-il, tout est ici. J'ai rencontré ce détective privé, Rico Clairbone, qui est convaincu que vous êtes les descendants d'un dénommé Raphel Westmoreland. J'ai lu son rapport, et même si son hypothèse semble un peu saugrenue, je suis bien obligé de tenir compte des photos que j'ai vues. Bart, chacun de vos fils pourrait être le frère jumeau de l'un de ces Westmoreland. La ressemblance est stupéfiante. J'ai apporté ces photos pour que vous puissiez juger par vous-mêmes.

— Je ne veux pas voir ces photos, Hugh, tonna Bart Outlaw en se levant de son siège. Ces ressemblances ne prouvent absolument pas qu'il existe un lien entre nos deux familles. Nous sommes des Outlaw, pas des Westmoreland. Et je ne crois pas du tout à cette histoire d'accident de train vieux de plus de soixante ans, à la suite duquel une femme à l'agonie aurait confié son bébé à ma grand-mère. Je n'ai jamais rien entendu de plus extravagant.

Il se tourna vers ses fils.

— Notre société de fret vaut des millions de dollars. De quoi donner envie au premier venu de revendiquer un lien avec notre famille, afin de tirer profit de ce que nous avons accompli au prix de tant d'efforts.

— Excuse-moi, papa, fit observer Garth Outlaw, mais sauf erreur de ma part, Hugh a bien précisé que les Westmoreland étaient eux-mêmes très fortunés. Je crois que nous avons tous entendu parler du groupe Blue Ridge Land Management et de ses cinq cents filiales. Et je ne sais pas ce que vous en pensez, mais pour ma part, je n'ai aucune objection à ce que Thorn Westmoreland devienne mon cousin !

Bart ne se dérida pas.

— Je ne vois pas ce que cela change, qu'ils aient du succès dans les affaires et que l'un d'eux soit célèbre. Nous n'avons nul besoin de nouveaux cousins, conclut-il sèchement.

Maverick, le plus jeune de ses fils, laissa échapper un rire grave.

— Je crois que ce sont eux qui sont venus nous chercher, papa.

— Peu importe, grommela-t-il.

Encore contrarié, il se tourna vers Hugh.

— Envoyez-leur une lettre polie pour leur dire que nous ne croyons pas à leur histoire et qu'ils doivent cesser de nous importuner. Cela devrait faire l'affaire.

Certain que ses ordres allaient être exécutés, Bart quitta la salle de réunion sans attendre de réponse.

Sloan Outlaw regarda la porte fermée avec perplexité.

— Allons-nous faire ce qu'il a demandé ?

— Ce serait bien la première fois, répliqua son frère Cash en riant tandis que Hugh rangeait les documents.

— Laissez-nous ce dossier, Hugh, le pria Garth. Je crois que notre père a oublié que ce n'était plus lui qui commandait. Pour autant que je sache, il a pris sa retraite il y a déjà plusieurs mois, non ?

— En effet, répondit Sloan en se levant. Il a bien pris sa retraite, mais uniquement parce que le conseil d'administration avait menacé de l'évincer. D'ailleurs, que fabrique-t-il dans les bureaux ? Qui l'a invité ?

— Personne, répondit Maverick. Nous sommes mercredi. C'est le jour où il déjeune chaque semaine avec Charm.

— A ce propos, où est Charm ? demanda brusquement Garth. Pourquoi notre sœur n'a-t-elle pas assisté à la réunion ?

— Elle a dit être retenue par une affaire urgente, répondit Sloan.

— Quoi donc ?

— Des courses !

— C'est tout elle ! s'exclama Cash en riant. Alors, Garth, à ton avis, que devons-nous faire ? C'est à toi et non à notre père de prendre une décision.

Garth joua machinalement avec des trombones sur la table avant de prendre la parole.

— Je ne vous en ai jamais parlé, mais un jour on m'a pris pour l'un de ces Westmoreland.

Maverick se pencha vers lui avec curiosité.

— C'est vrai ? Quand ça ?

— L'année dernière, à Rome. Une jeune femme, une très belle jeune femme, m'a interpellé en me confondant avec un homme du nom de Riley Westmoreland.

— Je comprends sa confusion, fit observer Hugh. Regardez ça.

Il ouvrit le dossier qu'il avait posé devant lui et le feuilleta pour trouver la photo qu'il cherchait. Puis il la sortit de son étui et la plaça au centre de la table.

— Voici Riley Westmoreland.

Un murmure de stupeur se fit entendre, suivi par un silence encore plus éloquent.

— Regardez les autres, reprit Hugh. Les gènes semblent parler d'eux-mêmes. Comme je l'ai dit à Bart, chacun d'entre vous a un jumeau au sein de cette famille. C'est…

— Etrange, termina Cash en secouant la tête avec perplexité.

— Très troublant, renchérit Sloan. Il faut bien reconnaître que cela donne du crédit à leurs affirmations.

— Bon, ponctua Maverick, admettons que nous ayons un lien de parenté avec les Westmoreland. Et ensuite ? Je ne vois pas en quoi ce serait un problème.

— Moi non plus, dit Sloan.

— Alors, pourquoi notre père en fait-il toute une histoire ?

— Il est de nature méfiante, c'est tout, répondit Cash en regardant les autres photos.

— Il a eu cinq fils et une fille de six femmes différentes. Si vous voulez mon opinion, il était beaucoup trop naïf au contraire.

— Il a dû finir par retenir la leçon, plaisanta Sloan, étant donné que certaines de nos mères, sans vouloir citer personne, ont montré qu'elles n'étaient intéressées que par l'argent.

Hugh hocha la tête. Il était toujours surpris de voir à quel point les enfants de Bart s'entendaient bien, alors qu'ils étaient de mères différentes. Bart avait obtenu la garde exclusive de chacun d'eux avant qu'ils atteignent l'âge de deux ans, et il les avait élevés tous ensemble.

A l'exception de Charm, qui était entrée dans leur vie à quinze ans seulement. Sa mère avait été la seule que Bart n'ait pas épousée, mais aussi la seule qu'il ait vraiment aimée.

— En tant qu'avocat de la famille, qu'attendez-vous de moi ? s'enquit Hugh. Voulez-vous que j'envoie cette lettre, comme me l'a demandé Bart ?

— Non, répondit Garth. Je pense que nous devrions plutôt faire preuve de diplomatie. Si notre père se méfie autant, c'est sans doute à cause du moment choisi par les Westmoreland pour entrer en contact avec nous. Jess est en campagne pour les élections sénatoriales, dit-il en pensant à leur frère, et nous savons tous combien c'est important pour notre père. Il a toujours rêvé que l'un d'entre nous fasse une carrière politique. Et si cette démarche de nos prétendus cousins n'était qu'un complot pour le faire échouer ?

Il se leva et s'étira.

— Pour plus de sûreté, conclut-il, je vais envoyer Walker rencontrer ces Westmoreland. Nous pouvons lui faire confiance, et il n'a pas son pareil pour cerner les gens.

— Tu crois qu'il acceptera ? demanda Sloan, sceptique. A part pour nous rendre visite ici à Fairbanks, je doute que Walker ait quitté son ranch ces dix dernières années.

— Si je le lui demande, assura Garth, il ira.

- 1 -

Deux semaines plus tard

— Pourquoi nous envoient-ils un intermédiaire au lieu de venir nous rencontrer en personne ?

Bailey Westmoreland regarda son cousin Dillon posté à l'autre bout de la pièce. Manifestement, il n'était pas étonné de la voir prendre la parole après ce qu'il venait de dire. Il avait rassemblé ses six frères et ses huit cousins pour une réunion de famille, afin de leur faire part du coup de téléphone qu'il avait reçu la veille. Le seul absent était Bane, le plus jeune frère de Dillon, qui avait été appelé par son commando de marines pour une mission spéciale.

— A mon avis, Bailey, c'est par prudence qu'ils ont évité d'envoyer un membre de leur famille. Et je crois que je les comprends. Sans preuve, ils ne peuvent pas être sûrs que nous disons la vérité.

— Je ne vois pas pourquoi nous prétendrions être de leur famille si ce n'était pas vrai, insista Bailey. Quand notre cousin James est entré en contact avec toi il y a quelques années pour nous parler du lien qui unissait nos deux familles, je n'ai pas souvenir que tu aies mis sa parole en doute.

Dillon éclata de rire.

— C'est seulement parce que James ne m'a pas laissé l'occasion de le faire. Il s'est présenté un jour au siège de Blue Ridge avec ses fils et ses neveux en annonçant que nous étions de la même famille. Il m'a suffi de regarder le visage de Dare pour constater sa ressemblance évidente avec moi. Je ne vois pas comment j'aurais pu nier ses affirmations.

— Nous aurions peut-être dû tenter la même approche, fit observer Bailey. En leur rendant visite à l'improviste pour les prendre par surprise.

— Rico ne pensait pas que c'était une bonne idée, répliqua Megan Westmoreland Claiborne. Ses recherches lui avaient appris que les Outlaw formaient un clan très uni, assez peu enclin à s'ouvrir aux étrangers.

Rico, son mari, était le détective privé que les Westmoreland avaient engagé pour retrouver leurs cousins éloignés.

— Et j'étais d'accord avec lui, rappela Dillon. Il n'est pas toujours facile d'accueillir de nouveaux membres au sein de sa famille. Ils s'appellent Outlaw. Ils n'avaient aucune raison de se croire liés aux Westmoreland avant que Rico le leur apprenne. Si j'étais à leur place et si quelqu'un venait me voir en prétendant être mon cousin, je me méfierais aussi.

— Eh bien, leur attitude ne me plaît pas, déclara Bailey, les fixant tour à tour.

— Je crois que nous l'avons bien compris, Bay, la taquina Ramsey, son frère aîné, en lui tirant l'oreille.

Il se tourna ensuite vers Dillon.

— Alors, quand leur représentant doit-il arriver ?

— Demain. Il s'appelle Walker Rafferty. Je me suis dit que c'était le bon moment, étant donné que tout le monde sera là ce week-end pour le mariage d'Aidan et Jillian. Il pourra même rencontrer les Westmoreland d'Atlanta qui ont tous prévu de faire le voyage.

— Qu'espère-t-il apprendre sur nous ? demanda Bailey.

— Que toi, Bane, Adrian et Aidan n'êtes plus des petits sauvages, railla Stern Westmoreland.

— Va te…

Bailey s'interrompit en voyant tous les regards rivés sur elle.

— Va voir ailleurs si j'y suis, se reprit-elle.

— Arrête tes provocations, Stern, le pria Dillon d'un ton

las. Rafferty veut sans doute faire connaissance avec nous afin de confirmer à la famille Outlaw que nous sommes des gens fréquentables. Nous n'avons aucune raison de le prendre contre nous. C'est une simple précaution de leur part.

Il fit une pause avant de continuer, comme si une idée venait de lui traverser l'esprit.

— Hé, Bailey ?

— Oui ?

— Puisque c'est toi que la visite de M. Rafferty inquiète le plus, je suggère que tu ailles le chercher à l'aéroport.

— Moi ?

— Oui, toi. Et je compte sur toi pour faire bonne impression. Garde à l'esprit que tu représenteras toute la famille.

— Bailey en représentante de la famille ? objecta Canyon Westmoreland en riant. Tu es sûr que c'est une bonne idée, Dil ? Ce serait dommage qu'il parte en courant. Il suffirait qu'il l'agace pour qu'elle pique une crise.

— C'est bon, Canyon. Bailey sait se tenir et elle fera bonne impression, affirma Dillon sans se laisser influencer par le regard sceptique des membres de sa famille. Tout va bien se passer.

— Merci pour ta confiance, Dillon.

— Je t'en prie, Bailey.

Bailey sait se tenir et elle fera bonne impression.

Les mots de Dillon résonnèrent dans l'esprit de Bailey lorsqu'elle entra en trombe dans l'aéroport avec un quart d'heure de retard. Elle ne pouvait même pas prétexter un embouteillage pour se justifier.

Le matin même, sa patronne l'avait convoquée dans son bureau pour lui annoncer qu'elle était promue au poste de rédactrice en chef des chroniques. Impatiente de célébrer cette nouvelle, elle s'était empressée de téléphoner à sa meilleure amie, Josette Carter. Bien sûr, Josette avait aussitôt proposé de la retrouver pour déjeuner et, maintenant, Bailey était en retard pour la mission que lui avait confiée Dillon.

Cependant, elle refusait d'admettre qu'elle était mal partie pour se montrer à la hauteur… même si c'était le cas. Si l'avion de M. Rafferty avait du retard, elle n'en serait pas contrariée le moins du monde. D'ailleurs, en cet instant, c'était même ce qu'elle espérait le plus.

Tout en se dirigeant vers la salle de livraison des bagages, elle leva les yeux pour regarder un écran d'affichage. Manque de chance, l'avion de M. Rafferty était arrivé à l'heure.

Elle s'approcha du tapis roulant sur lequel devaient être livrés les bagages du vol qu'il avait pris, et regarda tout autour d'elle. Elle ne savait absolument pas à quoi ressemblait l'homme qu'elle était venue chercher. Elle avait bien essayé de trouver une photo de lui sur Internet, mais en vain. Pourquoi avait-elle repoussé la suggestion de Josette de préparer une pancarte avec son nom ? Avec la foule qui emplissait l'aéroport, elle regrettait maintenant de ne pas avoir suivi son conseil.

Bailey observa les hommes qui récupéraient leurs valises. Celui qu'elle cherchait devait avoir une cinquantaine d'années. C'était sans doute lui, l'individu ventripotent qui regardait sans cesse sa montre avec un air anxieux. Elle allait l'aborder quand une voix grave et rauque l'interpella.

— Je crois que c'est moi que vous cherchez, mademoiselle Westmoreland.

Bailey se retourna et se figea en découvrant l'homme debout devant elle. Certes, il était grand, mais ce n'était pas ce qui la troublait autant. Entourée de ses frères et de ses cousins, elle avait l'habitude des hommes à la carrure imposante. C'était sa beauté qui lui coupait le souffle. Jamais elle n'avait vu un regard aussi profond, aussi intense. Dès qu'elle fixa les yeux sur les siens, elle sentit son cœur battre à tout rompre. Avec sa peau mate, sa bouche sensuelle et ses cheveux un peu longs, il avait une allure à la fois sauvage et incroyablement sexy.

Elle s'efforça de recouvrer ses esprits pour lui poser la seule question qui s'imposait.

— Et vous êtes ?

— Walker Rafferty.

Serrant machinalement la main qu'il lui tendait, elle frissonna et la lâcha aussitôt, comme sous l'effet d'une brûlure. Ou d'une décharge électrique.

— Bienvenue à Denver, monsieur Rafferty, déclara-t-elle d'une voix aussi neutre que possible.

— Merci. Vous pouvez m'appeler Walker.

Respirant profondément, elle essaya d'ignorer le timbre envoûtant de sa voix pour retrouver son calme intérieur.

— Entendu, Walker. Et je suis…

— Bailey Westmoreland, compléta-t-il. Je vous reconnais, j'ai vu votre photo sur Facebook.

— Ah oui ? J'ai cherché votre profil moi aussi, mais je ne vous ai pas trouvé.

— C'est normal. Je suis apparemment l'une des rares personnes à ne pas avoir encore cédé à la folie des réseaux sociaux.

Qu'est-ce qui pouvait bien avoir le pouvoir de le faire céder ? Et surtout qui ? Elle ne pouvait s'empêcher de se le demander en observant l'autorité naturelle qui émanait de lui.

— Si vous avez récupéré vos bagages, nous pouvons y aller. Je suis garée juste devant le terminal.

— Je vous suis.

Il était si différent de l'homme qu'elle avait imaginé, songea-t-elle en marchant vers la sortie. Comment aurait-elle pu s'attendre à être à ce point attirée par lui dès leur rencontre ? D'ordinaire, les hommes qui lui plaisaient avaient les cheveux courts et le visage bien rasé, mais le charme rebelle de Walker Rafferty l'avait déjà ensorcelée.

— Alors, vous êtes un ami des Outlaw ? demanda-t-elle pour entamer la conversation.

— Oui. Mon amitié avec Garth Outlaw remonte aussi loin que je me souvienne. D'après mes parents, nous étions déjà comme les deux doigts de la main alors que nous apprenions encore à marcher.

— C'est vrai ? Et cela fait combien de temps ?

— Près de trente-cinq ans.

Il avait donc huit ans de plus qu'elle. Ou sept, puisqu'elle n'avait pas encore fêté son anniversaire cette année.

— Vous êtes exactement comme sur la photo.

— Quelle photo ? demanda-t-elle en se tournant vers lui.

— Celle de Facebook.

Et pour cause. Elle la changeait régulièrement pour qu'elle soit toujours d'actualité.

— C'est fait pour ça. Alors, ajouta-t-elle, incapable de garder ses pensées pour elle, vous êtes venu nous espionner ?

Il s'arrêta, l'obligeant à en faire autant.

— Non. Je suis venu pour faire connaissance avec vous.

— C'est la même chose.

— Non, pas du tout.

— Quoi qu'il en soit, vous ferez un compte rendu aux Outlaw à votre retour.

— En effet.

— Ils m'ont l'air de gens bien suspicieux, commenta-t-elle sans cacher sa désapprobation.

— C'est vrai qu'ils ont des doutes. Mais vous voir en personne ne fait que dissiper les miens.

— Pourquoi ? s'étonna-t-elle.

— Vous ressemblez beaucoup à Charm, la sœur de Garth.

— Quel âge a-t-elle ?

— Vingt-trois ans.

— Alors, vous vous trompez. J'ai trois ans de plus qu'elle, ce qui veut dire que c'est elle qui me ressemble.

Elle se remit en route, se dirigeant vers le parking.

Tout en suivant Bailey Westmoreland dans l'allée du parking, Walker Rafferty se rendit compte qu'il serrait la poignée de sa valise avec une force démesurée. Comme s'il avait besoin d'évacuer une tension. Cette femme était incroyablement séduisante. Il avait tout de suite remarqué sa beauté en découvrant sa photo, mais à aucun moment il n'avait imaginé que son charme aurait autant d'effet sur lui. Il y avait si longtemps qu'aucune femme n'avait éveillé son désir. Des années. Et voilà qu'il frissonnait rien qu'en respirant son parfum, alors qu'ils venaient tout juste de se rencontrer.

— Vous habitez à Fairbanks ? lui demanda-t-elle sans cesser de marcher.

Il était aussi fasciné par ses longs cheveux bruns ondulés que par son regard chaud et pétillant. Et dès qu'elle se tournait vers lui, il ne pouvait quitter des yeux sa bouche sublime.

— Non, je vis sur l'île de Kodiak, qui se trouve à une heure d'avion de Fairbanks.

— L'île de Kodiak ? répéta-t-elle avec un air concentré. Je ne crois pas en avoir entendu parler.

— Comme la plupart des gens, dit-il en souriant. C'est pourtant la deuxième plus grande île des Etats-Unis. Quand on parle de l'Alaska, on pense spontanément à Anchorage et Fairbanks, mais l'île de Kodiak est bien plus belle que ces deux villes réunies. La seule chose, c'est que les ours y sont plus nombreux que les humains.

A en juger par son expression, elle croyait qu'il plaisantait.

— Croyez-moi, je suis sérieux.

Elle eut beau acquiescer, il n'eut pas l'impression de l'avoir convaincue.

— Comment les habitants vont-ils de l'île au continent ?

— Par bateau pour la plupart d'entre eux, mais la voie aérienne est plus commode pour moi. J'ai un petit avion.

— C'est vrai ?

— Oui.

Il se garda de lui raconter que Garth et lui avaient appris à piloter à l'armée. Elle était déjà au courant de leur amitié, ce qui suffisait amplement. Elle n'avait pas besoin de savoir qu'ils avaient fréquenté la même école, la même université et la même section de marines. Ni que leurs chemins s'étaient séparés le jour où Walker avait décidé de rester en Californie. Et dire que Garth avait tout essayé pour le convaincre de rentrer avec lui en Alaska... Pourquoi ne l'avait-il pas écouté ?

A présent, cela faisait près de dix ans qu'il était de retour chez lui, et il s'était promis de ne plus jamais en repartir. Personne d'autre que Garth n'aurait pu lui faire quitter son île à l'approche de novembre, le mois de naissance de son fils. S'il avait vécu, il aurait fêté son onzième anniversaire cette année. Ce souvenir était aussi douloureux qu'un coup de poignard en plein cœur.

S'efforçant de se concentrer sur le moment présent, il se tourna de nouveau vers Bailey et ne put s'empêcher d'admirer sa démarche. Son jean ajusté et sa courte veste en daim dévoilaient sa silhouette à la fois élancée et divinement féminine. Décidément, s'il ne prenait pas garde, il risquait fort de se laisser ensorceler par sa beauté.

Bien décidé à retrouver la maîtrise de lui-même, il résolut d'aborder un sujet aussi neutre que possible. Il s'était tout de suite rendu compte que, pour la saison, il faisait doux à Denver en comparaison de l'Alaska, et il espérait ne pas trop s'y habituer au cours de la semaine qu'il allait y passer.

— Est-ce qu'il neige souvent ici ? demanda-t-il.

— Oui. A cette période de l'année, mais surtout au mois de février. Il n'y a presque plus rien d'ouvert à ce moment-là. Mais j'imagine que ce n'est rien par rapport à l'Alaska.

— Vous avez raison, dit-il en riant. Nous avons des hivers longs et très froids. Il faut s'habituer à être enfoui sous la neige une bonne partie de l'année, et savoir s'y préparer.

— Et que faites-vous sur l'île de Kodiak ? demanda-t-elle en s'arrêtant devant son 4x4.

Sa voiture lui allait à merveille. En dépit de sa délicieuse féminité, elle avait quelque chose de téméraire qui ne faisait qu'ajouter à son charme. Rien ne semblait pouvoir impressionner Bailey Westmoreland, et il n'était pas étonné qu'elle sache manœuvrer un gros véhicule comme celui-ci. Cela la rendait même encore plus sexy à ses yeux.

— J'ai un ranch d'élevage. Hemlock Row.

— Vous élevez des bœufs ?

— Non, des bisons. Ils savent se débrouiller face à un ours.

— J'en ai mangé quelquefois. J'aime bien ça.

— Ceux de Hemlock Row sont les meilleurs.

Il ne disait pas cela pour se vanter. Sa famille se consacrait à l'élevage depuis des décennies, luttant contre les ours tueurs qui s'attaquaient continuellement aux troupeaux. Après la mort de ses parents, il avait refusé de vendre Hemlock Row et de voir la propriété se transformer en pavillon de chasse ou en élevage intensif de poissons.

— Vous devrez m'envoyer un peu de votre viande pour que je la goûte.

— Peut-être viendrez-vous nous rendre visite un jour.

— J'en doute, répondit-elle en déverrouillant la portière côté passager. Je m'éloigne rarement de Denver.

— Pourquoi ?

— J'ai tout ce dont j'ai besoin ici. J'ai eu l'occasion de découvrir la Caroline du Nord, le Montana ou encore Atlanta en allant voir ma famille, et même le Moyen-Orient où vit ma cousine Delaney.

— Celle qui a épousé un cheik, c'est bien cela ? demanda-t-il en s'installant dans la voiture en même temps qu'elle.

— Jamal était en effet cheik quand ils se sont mariés, mais il est désormais roi de Tehran. Je vois que vous avez déjà fait des recherches sur les Westmoreland, alors pourquoi être venu nous rencontrer ?

Il se tourna vers elle pour la regarder fixement.

— Ma présence vous poserait-elle un problème, Bailey ?

— Et si c'était le cas, cela changerait-il quelque chose ?

— Sans doute pas, mais j'aimerais quand même connaître votre sentiment.

Elle se mordilla la lèvre, lui donnant l'impression de réfléchir à ce qu'il venait de dire. Il ne pouvait s'empêcher d'être fasciné par la ligne parfaite de sa bouche.

— Je suis contrariée par la réaction des Outlaw. Je ne vois pas pourquoi nous dirions qu'ils sont nos cousins si ce n'était pas vrai.

— Il faut les comprendre. Ils ont du mal à croire cette histoire d'une femme qui, victime d'un accident de train, confie son enfant avant de mourir.

— Aussi étonnant que cela puisse paraître, c'est ce qui s'est passé. Et de toute façon, un simple test ADN nous permettrait de connaître la vérité sur notre parenté. Ce n'est pas plus compliqué que ça.

— Pour ma part, je ne crois pas que le problème soit là. J'ai vu des photos de vos frères et de vos cousins, et les Outlaw les ont vues aussi. La ressemblance est indéniable. Je ne vois pas qui pourrait remettre en question vos liens de sang.

— Dans ce cas, quel est le problème, et que faites-vous ici ? Si les Outlaw veulent reconnaître que nous sommes cousins sans pour autant avoir de contact avec nous, ce n'est pas grave.

Walker ne pouvait qu'apprécier sa sincérité et la clarté de ses propos.

— Bart Outlaw est le seul à avoir cette position.

— Qui est-ce ?

— Le père de famille. Le fils du bébé qui est censé avoir été confié à Amelia Outlaw.

— Et Amelia n'a jamais raconté la vérité à personne ? demanda-t-elle en bouclant sa ceinture de sécurité.

— Apparemment pas.

— Je me demande bien pourquoi.

— Elle ne serait pas la première à faire d'une adoption un secret de famille, si c'est effectivement ce qui s'est passé. A en croire Rico Claiborne, Clarice, se sachant mourante, a donné son bébé à Amelia qui avait perdu son mari dans le même accident. Elle a sans doute voulu mettre cet épisode douloureux derrière elle et prendre un nouveau départ avec l'enfant qu'elle avait adopté.

Alors qu'ils sortaient du parking, Walker préféra changer de sujet.

— Alors, dit-il, que faites-vous dans la vie ?

— Vous ne le savez pas ?

— Ce n'est pas indiqué sur votre page Facebook.

— Je ne raconte pas ma vie sur Internet, fit-elle valoir en riant. Et pour répondre à votre question, je travaille pour le magazine de ma belle-sœur, *Simply Irresistible*. Vous en avez déjà entendu parler ?

— Je dois avouer que non. Quel genre de magazine est-ce ?

— Un journal pour les femmes modernes. Nous publions des articles sur la santé, la beauté, la mode, et bien sûr, les hommes.

Comme la circulation les forçait à s'arrêter, elle se tourna vers lui, et il soutint son regard intense.

— Pourquoi « bien sûr, les hommes » ?

— Parce que c'est un sujet passionnant.

— Vraiment ?

— Non, mais c'est ce que pensent de nombreuses femmes, ce qui nous oblige à parler de vous.

Manifestement, elle avait envie de le provoquer sur le sujet, mais son instinct lui conseilla d'éviter ce terrain glissant.

— Et quel poste occupez-vous au magazine ? demanda-t-il.

— Je suis rédactrice en chef des chroniques depuis aujourd'hui. Je viens d'obtenir une promotion.

— Félicitations.

— Merci.

Il frissonna en voyant le sourire qui se dessinait sur ses lèvres. Elles étaient si attirantes… Plus il les regardait, plus il brûlait de goûter leur saveur.

— C'est étrange, commenta-t-il en s'efforçant de regarder droit devant lui.

— Quoi donc ?

— Que votre famille possède une grande entreprise et que vous n'y travailliez pas.

Voyant que la circulation reprenait, Bailey détourna le regard de Walker pour se concentrer sur sa conduite. Etait-il en train de l'analyser ? Allait-il rapporter dans leurs moindres détails leur conversation aux Outlaw ?

En tout cas, son interrogatoire ne faisait que confirmer ce qu'elle avait dit à Dillon. Ces gens étaient beaucoup trop paranoïaques à son goût. Qu'ils soient ou non leurs cousins, ils avaient dépassé les bornes en envoyant Walker Rafferty en éclaireur.

Elle tenait cependant à se montrer digne de la confiance de Dillon. Et pour cela, elle n'avait d'autre choix que de tolérer la présence de cet homme… ainsi que ses questions.

— Cela n'a rien d'étrange. Aucune loi ne m'oblige à travailler pour l'entreprise familiale. Et puis, j'ai fixé certaines règles.

— Comment ça ?

Elle s'arrêta pour laisser passer un car scolaire et le regarda de nouveau.

— Etant la benjamine de la famille, j'ai dû subir pendant des années l'ingérence de mes frères et de mes cousins qui se croyaient autorisés en permanence à se mêler de mes affaires. Plus j'ai grandi, plus ils ont voulu régenter mon existence. J'ai appris à m'y habituer, mais je préfère garder mes distances, au moins pendant les heures de travail.

— Donc, si je comprends bien, c'est pour avoir de l'air que vous avez choisi de ne pas intégrer l'entreprise familiale.

— Ce n'est pas la seule raison, répondit-elle, craignant de lui laisser croire à tort qu'elle ne s'entendait pas avec sa famille. C'est aussi parce que j'ai choisi une carrière qui n'avait rien à voir avec l'activité de Blue Ridge. J'ai un diplôme de gestion, mais aussi de journalisme.

Pourquoi se sentait-elle obligée de répondre à toutes ses questions ? Après tout, elle n'avait aucun compte à lui rendre.

— Je suis sûre que Dillon sera heureux de répondre à toutes les interrogations que vous avez au sujet de ma famille. Nous n'avons rien à cacher.

— Vous sous-entendez que je crois le contraire.

— Je ne sous-entends rien du tout, Walker.

Tout en roulant, elle le vit du coin de l'œil s'installer confortablement au fond de son siège et se tourner vers la vitre pour regarder le paysage.

— C'est la première fois que vous venez à Denver ? demanda-t-elle après un silence.

— Oui. C'est une ville très agréable.

— Je trouve aussi.

Son parfum frais et épicé, délicieusement masculin, l'empêchait de recouvrer son sang-froid même quand elle évitait de le regarder.

— Il y a un instant, Bailey, vous avez évoqué les règles que vous aviez fixées.

— Oui, en effet.

Elle n'était sans doute pas la seule à fonctionner de cette façon. Toutefois, elle devait reconnaître qu'elle respectait ses règles avec une rigueur particulière.

— Je me suis rendu compte qu'il valait mieux définir à l'avance ce que j'étais prête à faire ou non. L'une de mes règles est de ne pas répondre à un trop grand nombre de questions, quelle que soit la personne qui les pose. C'est mon frère Zane qui me l'a inspirée. Il est très curieux, pour ne pas dire intrusif. Il prend son rôle de protecteur beaucoup trop à cœur.

— Rien de plus banal pour un grand frère.

— Croyez-moi, il n'y a rien de banal chez lui. Il me mettait tellement hors de moi que j'ai dû adopter cette règle.

— Vous pouvez m'en citer une autre ?

— Ne jamais engager de relation sérieuse avec quelqu'un qui n'aimera pas Westmoreland Country autant que moi.

— Westmoreland Country ?

— C'est le nom que les gens de la région ont donné à l'endroit où ma famille est installée. C'est une propriété magnifique. Je ne pourrai jamais vivre ailleurs.

— En d'autres termes, il faudra que votre mari ait envie d'habiter là, lui aussi ?

— Oui, s'il existe. Ce dont je doute. Et sinon, dit-elle pour cesser de parler d'elle, combien de membres la famille Outlaw compte-t-elle ?

— Bart, le père, est fils unique. Il a cinq fils, Garth, Jess, Cash, Sloan et Maverick, et une fille, Charm.

— J'ai cru comprendre qu'ils avaient une entreprise familiale de fret ?

— En effet.

— Ils y travaillent tous ?

— Oui. Bart ne leur a pas vraiment laissé le choix. Il a pris sa retraite l'année dernière, et désormais, c'est Garth qui dirige la société.

— Eh bien, vous avez de la chance que mon frère Aidan se marie ce week-end. Vous allez voir plus de Westmoreland que vous auriez pu l'imaginer.

— J'ai hâte de faire leur connaissance.

Bailey dut prendre sur elle pour rester concentrée sur la route et ne pas se tourner vers lui. Il était tellement sexy, tellement viril… Comment aurait-elle pu s'attendre à tomber sur un homme aussi attirant ? Elle l'avait rencontré depuis moins d'une heure, et déjà, elle se demandait quelle femme aurait pu résister à son charme.

— Et vous avez toujours vécu en Alaska ? demanda-t-elle par curiosité.

— Oui, je suis né là-bas, sur les terres où j'habite encore aujourd'hui. Mon grand-père s'est installé à Fairbanks en tant que militaire à la fin des années 1940. Au terme de sa carrière dans l'armée, il a décidé de rester et a acquis une grande propriété pour sa femme. Elle avait toujours vécu sur l'île et connaissait l'histoire de sa famille depuis l'époque où l'Alaska avait appartenu aux Russes. Et vous, que pouvez-vous me raconter sur votre famille ?

— Je serais incapable de remonter aussi loin, si c'est ce que vous me demandez, répondit-elle en souriant.

Son rire grave la fit frissonner d'excitation. Si sa voix suffisait à la mettre dans cet état, que se passerait-il s'il posait les mains sur elle ? Mieux valait ne pas l'imaginer.

Les pensées qui lui traversaient l'esprit étaient insensées. Elle venait juste de faire sa connaissance ! Pourquoi se sentait-elle aussi attirée par lui ? C'était bien la première fois qu'une telle chose lui arrivait. La plupart du temps, les hommes l'agaçaient bien plus qu'ils la séduisaient.

— Tout va bien ?

Comme elle devait de nouveau ralentir, elle se tourna brièvement vers lui et le regretta aussitôt en croisant son regard irrésistible.

— Oui, pourquoi ça n'irait pas ?

— Vous venez de frissonner.

Il avait dû l'observer avec attention pour le remarquer.

— C'est le froid.

— Je peux monter le chauffage, si vous voulez ?

Monter le chauffage ? songea-t-elle avec ironie tandis qu'il avançait la main vers le tableau de bord. Il ne se doutait pas à quel point sa seule présence faisait grimper la température de l'habitacle.

— C'est mieux comme ça ? demanda-t-il.

— Oui, merci.

Elle arrivait à peine à réfléchir. Respirant profondément, elle s'efforça de reprendre le fil de leur conversation.

— En ce qui concerne ma famille, dit-elle, nous essayons encore d'apprendre tout ce que nous pouvons sur mon arrière-grand-père Raphel. Nous ne savions même pas qu'il avait un frère jumeau avant que les Westmoreland d'Atlanta ne prennent contact avec nous pour nous annoncer que nous étions cousins. C'est alors que Dillon a enquêté sur son passé, ce qui l'a conduit dans le Wyoming. Il nous a fallu des années pour rassembler les pièces du puzzle. Voilà comment nous avons découvert notre lien avec les Outlaw.

Non sans soulagement, Bailey distingua enfin la grande grille qui signifiait la fin de leur trajet en tête à tête. Elle arrêta sa voiture et se tourna vers son passager.

— Bienvenue chez les Westmoreland, Walker Rafferty.

- 2 -

Une heure plus tard, installé dans une chambre d'amis chez Dillon Westmoreland, Walker admirait par la fenêtre les terres qui s'étendaient à perte de vue. Il apercevait au loin les montagnes, une immense vallée et un lac dont la rive longeait une grande partie de la propriété. Westmoreland Country était vraiment un endroit magnifique. Presque aussi beau que son domaine de Kodiak. Presque. Car à ses yeux aucun lieu ne pouvait rivaliser avec Hemlock Row, le ranch de sa famille.

La fierté avec laquelle Bailey parlait de chez elle ne lui avait pas échappé, et il était mieux placé que quiconque pour la comprendre, puisqu'il nourrissait le même genre d'attachement pour la demeure que lui avaient transmise ses parents. Treize ans plus tôt, une femme avait voulu se dresser entre lui et son amour pour Hemlock Row, et il s'était juré que cela n'arriverait plus jamais. A présent, il redoublait d'efforts afin de rattraper les années qu'il avait perdues loin de son île natale. Cette période pendant laquelle il aurait dû travailler auprès de son père, au lieu de s'obstiner à vivre dans un univers qui n'était pas fait pour lui.

Hélas, la volonté n'y faisait rien, et il ne pouvait changer le passé. Il ne pouvait même pas regretter d'avoir croisé un jour le chemin de Kalyn, car s'il ne l'avait pas connue, Connor ne serait jamais né. Or, en dépit de tout, des mensonges et des tromperies, son fils était le seul être ayant donné un sens à sa vie.

Il se détourna de la vitre en soupirant pour défaire ses

valises. En arrivant, il avait fait la connaissance de Dillon et Ramsey et d'une grande partie de la famille. Ses propres recherches lui avaient appris l'histoire à la fois déchirante et réconfortante des Westmoreland de Denver. Ils avaient connu des épreuves, mais aussi de grandes réussites. Deux couples, les parents de Dillon et ceux de Ramsey, avaient trouvé la mort dans un accident d'avion près de vingt ans plus tôt, laissant les deux fils aînés en charge de treize orphelins.

Les parents de Dillon avaient eu sept fils : Dillon, Micah, Jason, Riley, Canyon, Stern et Brisbane. Les parents de Ramsey, eux, avaient eu huit enfants dont cinq fils : Ramsey, Zane, Derringer et les jumeaux Aidan et Adrian, et trois filles : Megan, Gemma et Bailey. Par miracle, Dillon et Ramsey avaient réussi à garder leur famille unie et à élever les enfants placés sous leur autorité pour en faire des adultes responsables. Bien sûr, tout n'avait pas toujours été facile. Les recherches de Walker lui avaient révélé quelques accidents de parcours. Apparemment, le quatuor composé des jumeaux, de Bailey et de Bane, le petit dernier, avait donné du fil à retordre aux aînés. Mais, après une enfance et une adolescence difficiles, même les plus jeunes avaient réussi à trouver leur voie.

Les Westmoreland étaient nombreux à Denver, et ce n'était qu'un début, puisque le reste de la famille allait arriver pour le mariage célébré ce week-end. A sa grande surprise, ceux qu'il avait rencontrés pour l'instant l'avaient accueilli chaleureusement malgré la raison de sa visite. Sa présence ne semblait déranger qu'une seule d'entre eux : Bailey.

Bailey.

Oui, il devait admettre qu'elle lui avait plu dès le début. Il l'avait vue entrer de son pas énergique dans la salle de livraison des bagages, sa masse de cheveux bruns et bouclés dansant sur ses épaules, son regard déterminé brillant d'intelligence. Jamais une femme ne lui avait paru à la fois aussi adorable et aussi sexy.

Il se passa nerveusement la main sur le visage. Une très jeune femme, se rappela-t-il. Mais était-ce si important ? Kalyn lui avait appris à se méfier de toutes les femmes, quel que soit leur âge. Alors pourquoi se sentait-il aussi agité et crispé tout à coup ? Et pourquoi prenait-il brusquement conscience du temps qui s'était écoulé depuis sa dernière relation ?

S'efforçant de chasser cette pensée de son esprit, il se concentra sur le motif de son voyage. Il allait rassembler les informations dont avait besoin son cher ami Garth, puis rentrer à Kodiak sans se retourner. Il savait déjà que les Westmoreland étaient beaucoup plus avenants que leurs cousins d'Alaska. Les Outlaw étaient plutôt de nature réservée, même s'il devait reconnaître que l'ambiance était plus détendue depuis la retraite de Bart.

Walker connaissait Garth mieux que personne. L'aîné des Outlaw n'était pas aussi suspicieux que son père, mais il n'oubliait pas pour autant ses responsabilités de chef d'entreprise. Son grand-père avait travaillé dur pour bâtir cet empire, qui avait bien failli s'effondrer l'année précédente à cause d'une mauvaise décision commerciale de Bart.

C'était par prudence que Garth avait envoyé Walker en éclaireur, et les quelques heures qu'il venait de passer chez les Westmoreland lui permettaient au moins d'être sûr d'une chose : le lien de parenté entre eux et les Outlaw était bien réel. Les ressemblances physiques parlaient d'elles-mêmes. Désormais, il lui restait à découvrir si la démarche des Westmoreland était désintéressée, ou s'ils avaient des arrière-pensées.

Rien ne lui permettait pour l'instant de croire que leurs intentions étaient mauvaises, surtout après sa conversation avec Megan Westmoreland Claiborne. Il avait perçu une profonde émotion dans sa voix quand elle lui avait parlé des recherches qu'ils avaient entreprises pour retrouver tous les membres de leur famille dispersée, depuis qu'ils avaient découvert que Raphel Westmoreland n'était pas fils unique comme ils l'avaient toujours cru. Megan était convaincue qu'ils étaient loin d'avoir identifié tous leurs cousins, puisqu'ils avaient appris récemment que Raphel et Reginald avaient eu un grand frère né d'une autre mère.

Walker avait le sentiment que les efforts des Westmoreland pour rassembler toute leur famille n'étaient motivés que par leur cœur. Contrairement à ce que pensait Bart, ils n'avaient manifestement aucune intention de voler la fortune des Outlaw ni de saboter la campagne de Jess pour les élections sénatoriales.

Alors qu'il se détournait de la fenêtre, son téléphone sonna et il vit sur l'écran que celui qui l'appelait n'était autre que… Bart Outlaw. Que pouvait-il bien avoir à lui dire ?

— Allô, Bart ?

— Alors, fiston, qu'as-tu découvert ?

Walker retint de justesse un éclat de rire. *Fiston* ? Quand Bart Outlaw montrait le moindre signe d'affection, c'était qu'il avait quelque chose à demander. En l'occurrence, des informations sur les Westmoreland. Et comme il détestait avoir tort, il n'allait sûrement pas apprécier les propos de Walker.

— A quel sujet, Bart ? demanda-t-il, feignant la naïveté.

Il refusait de révéler quoi que ce soit avant d'avoir parlé à Garth.

— Tu le sais très bien, grommela Bart. Je suis au courant de la raison pour laquelle mon fils t'a envoyé à Denver. J'espère que tu as trouvé des éléments pour les discréditer.

— Pour les discréditer ? répéta Walker avec étonnement.

— Oui. Ces gens qui surgissent de nulle part, se prétendent nos cousins et nous accusent d'être ce que nous ne sommes pas… C'est bien la dernière chose dont nous avons besoin.

— Vous leur reprochez de dire que vous êtes des Westmoreland et non des Outlaw ?

— Oui. Nous sommes des Outlaw. Mon grand-père

s'appelait Noah Outlaw. C'est son sang qui coule dans mes veines, et celui d'aucun autre homme. Je te demande de garder cela à l'esprit, Walker, et de faire ce qu'il faut pour le confirmer.

Walker secoua la tête de dépit. Ce que lui demandait Bart était tellement absurde…

— Et d'après vous, comment devrais-je m'y prendre ?

— Débrouille-toi, et que cela reste entre nous. Inutile de parler de notre conversation à Garth.

Sur ces mots, il raccrocha.

Cela ressemblait bien à Bart, songea Walker en regardant son téléphone avec perplexité. Il distribuait ses ordres sans douter qu'ils seraient exécutés. Sans souffrir la moindre contestation.

En soupirant, Walker composa aussitôt le numéro de Garth.

— Salut, Walker, dit-il en décrochant. Alors, quelles nouvelles ?

— Ton père vient de m'appeler. Nous risquons d'avoir un problème.

— Alors, il paraît que Walker Rafferty est un vrai canon ?

Bailey porta sa tasse de café à ses lèvres tandis que Josette s'installait dans le fauteuil placé en face d'elle. Deux ou trois fois par semaine, elles organisaient leur emploi du temps pour prendre leur petit déjeuner ensemble. Josette, qui travaillait à son compte, réalisait des audits pour de grandes structures, et son client principal était l'hôpital au sein duquel Megan, la sœur de Bailey, travaillait comme anesthésiste.

— Tu as vu Megan ce matin, si je comprends bien ? dit Bailey, tout en regrettant de ne pouvoir contredire son amie.

Mais comment aurait-elle pu contester la beauté de Walker ? Elle était tombée sous son charme à la seconde où elle l'avait vu.

— Oui, répondit Josette, j'avais rendez-vous tôt ce matin

à l'hôpital et j'ai croisé ta sœur. Elle était très heureuse que les Outlaw aient tendu la main à votre famille.

Bailey ne chercha pas à masquer sa suspicion.

— Envoyer quelqu'un au lieu de venir en personne, je n'appelle pas ça tendre la main. Un membre de leur famille aurait pu faire le voyage. C'est tellement déplacé de se faire représenter par un intermédiaire.

— Ils auraient aussi pu ignorer votre démarche, souligna Josette. Ce n'est pas forcément facile d'accepter de nouveaux cousins du jour au lendemain. Je peux comprendre qu'ils fassent preuve d'une certaine prudence.

La serveuse de chez McKays, qui les connaissait bien, apporta spontanément une tasse de café à Josette sans attendre sa commande.

— Merci, Amanda, dit-elle avec un sourire.

Quand elles furent de nouveau seules, elle en but une gorgée avant de reprendre leur conversation.

— Alors, dit-elle en regardant fixement Bailey, raconte-moi tout. Il est comment ?

— Je n'ai pas grand-chose à dire. C'est vrai qu'il n'est pas mal, et il a l'air sympathique.

— Sérieusement, tu n'as rien appris sur lui ?

— Qu'est-ce que je devrais savoir d'autre ?

— S'il est célibataire, marié, divorcé, s'il a des enfants, ce qu'il fait dans la vie, s'il vit toujours chez sa mère !

Bailey ne put s'empêcher de sourire.

— Je ne l'ai pas interrogé sur sa situation familiale, mais je peux te dire qu'il ne porte pas d'alliance. Et je sais quel est son métier : il élève des bisons dans un ranch.

— Il n'est pas très bavard, si je comprends bien.

— Nous avons eu une conversation polie, résuma-t-elle en se remémorant le temps qu'elle avait passé avec lui la veille.

— Polie ? s'amusa Josette. Toi ?

Bailey devait reconnaître que ce n'était pas sa première qualité.

— J'ai promis à Dillon de prendre sur moi pour que tout se passe bien.

Elle finit sa tasse de café et regarda sa montre.

— Il faut que j'y aille. J'ai rendez-vous à 9 heures avec la journaliste qui doit reprendre mon poste.

— D'accord, à plus tard.

Une fois sortie du restaurant, Bailey repensa aux questions que lui avait posées Josette. Il est vrai qu'elle ne savait presque rien sur Walker.

Elle comptait bien y remédier quand elle le reverrait en fin de journée.

Walker se trouvait devant l'écurie de Dillon quand la voiture de Bailey s'arrêta à quelques pas de lui. En la regardant ouvrir sa portière, il essaya en vain d'ignorer son plaisir de la revoir. Si seulement il avait pu rester insensible à son incroyable féminité… Mais, comme la veille, il peina à chasser son trouble.

Lui qui savait si bien contrôler ses émotions, pourquoi l'avait-il cherchée du regard, ce matin, à la table du petit déjeuner ? Sachant qu'elle n'avait pas sa propre maison, il avait espéré secrètement qu'elle vivait avec Dillon et sa femme. Plus tard dans la journée, il avait appris de la bouche de Ramsey, son frère aîné, qu'elle allait d'une maison à l'autre en fonction de ses envies et des circonstances du moment. Toutefois, maintenant que presque tous les membres de la famille étaient mariés, elle demeurait la plupart du temps dans la maison de sa sœur Gemma qui habitait en Australie avec son époux Callum.

Les yeux fixés sur Bailey, il était surpris par ses propres réactions. Il avait si peu l'habitude de dévorer ainsi une femme du regard… Mais avec elle il ne pouvait pas s'en empêcher. Tout en elle captivait son attention sans qu'il puisse rien y faire. Ses frères et ses cousins l'auraient sans doute étripé s'ils avaient pu deviner les idées qu'elle lui inspirait à cet instant.

Il sourit intérieurement en la voyant en chemise, sans manteau, comme si elle ne sentait pas le froid. Sa jupe soulignait à merveille ses courbes divines, et la ligne de ses jambes était mise en valeur par ses bottes en cuir noir.

Plissant les yeux face au soleil, il l'observa tandis qu'elle faisait le tour de sa voiture pour inspecter l'état de ses pneus. Lorsque, d'un mouvement de tête, elle rejeta ses cheveux en arrière, il s'imagina enfouissant les doigts dans sa crinière brune avant d'attirer son corps contre le sien. Brûlant d'excitation, il se pencherait pour prendre possession de sa bouche et…

— Walker ? Que faites-vous ici ?

Il pouvait la remercier d'avoir interrompu le cours de ses pensées.

— Je suis là en tant qu'invité, vous avez déjà oublié ?

— Invité ? dit-elle avec un air renfrogné. Ce n'est pas ce que je dirais. Mais la question n'est pas là. Que faites-vous tout seul devant l'écurie, dans le froid ? Où sont les autres ? Et pourquoi n'avez-vous pas dit quelque chose dès que je suis descendue de voiture pour me signaler votre présence ?

— Bonsoir, Bailey, dit-il en s'appuyant contre la porte du bâtiment. Vous posez beaucoup de questions, dites-moi.

— Ah oui ? rétorqua-t-elle avec un regard noir.

— Oui, surtout pour quelqu'un qui me disait hier avoir pour règle de ne pas répondre à trop de questions, quelle que soit la personne qui les lui pose. Et si je vous disais que j'obéis à la même règle que vous ?

Avec son air agacé, elle lui parut encore plus irrésistible.

— J'ai le droit de vous demander tout ce que je veux, contesta-t-elle.

— Permettez-moi d'exprimer mon désaccord avec vous sur ce point. Néanmoins, parce que je suis poli et que vous n'avez posé aucune question indiscrète, je vais vous répondre. Si je suis ici, c'est que je reviens d'une promenade avec Ramsey et Zane. Ils sont rentrés, mais je voulais rester un peu plus longtemps dehors.

— Vous voulez dire qu'ils vous ont laissé ici tout seul ?

— Oui, bien que cela ait l'air de vous surprendre. Vous voyez, apparemment, certains membres de votre famille sont prêts à me faire confiance. Vos frères ont dû considérer que je ne représentais pas un danger pour leurs chevaux et leurs moutons, conclut-il en soutenant son regard.

— Je ne voulais pas…

— Excusez-moi, l'interrompit-il, mais je n'ai pas fini de répondre à *toutes* vos questions.

Il dut se mordre les lèvres pour ne pas rire quand elle ferma sagement la bouche. Cette bouche qu'il avait rêvé d'embrasser quelques instants plus tôt.

— Si je n'ai rien dit quand vous êtes descendue de voiture, c'est parce que j'ai vu que vous étiez concentrée sur vos pneus. Il y a un problème ?

— L'un d'eux a besoin d'être regonflé. Mais quand je me suis redressée, vous me regardiez fixement. Pourquoi ?

Elle savait forcément qu'elle lui plaisait. Quel homme sensé pouvait rester insensible à son charme ? Et il savait aussi que son attirance pour elle était réciproque. Un homme était capable de reconnaître le regard intéressé d'une femme.

Pourtant, il ne voulait pas de cette attirance. Il refusait de lui avouer que s'il n'avait rien dit c'était parce qu'il était resté muet de fascination.

— J'étais en train de repenser à la ressemblance frappante qu'il y a entre Charm et vous. Vous vous en rendrez compte quand vous la verrez.

— *Si* je la rencontre.

— Ne soyez pas si incrédule. Vous finirez par vous rencontrer toutes les deux.

— Ne soyez pas si sûr de vous, Walker.

Son prénom avait une consonance particulière dans sa bouche. Une sonorité qui lui plaisait particulièrement.

Résolu à ne pas s'attarder sur ce délicieux détail, il reprit la conversation.

— Alors, Bailey, comment s'est passée votre journée ?

Bailey savait très bien que Walker se moquait complètement de savoir si elle avait passé une bonne journée. Alors pourquoi lui posait-il la question ? Pourquoi le trouvait-elle aussi agaçant et séduisant à la fois ? Et pourquoi, lorsqu'elle avait croisé son regard, avait-elle ressenti quelque chose qu'elle n'avait jamais ressenti auparavant ?

L'intensité de son regard avait provoqué en elle une réaction physique qu'elle aurait été bien en peine de décrire. L'espace d'une seconde, elle avait même cru sentir la caresse de ses doigts dans ses cheveux, la chaleur de son souffle contre ses lèvres et l'étreinte de ses bras puissants autour d'elle.

Pourquoi son imagination allait-elle aussi loin ? Elle connaissait à peine cet homme ! Elle s'étonnait même de voir le reste de sa famille l'accueillir à bras ouverts, sans se poser aucune question. Ses proches étaient-ils si désireux de rassembler leurs cousins qu'ils faisaient fi de toute prudence ? Elle se rappelait l'époque où l'entrée d'un inconnu sur leurs terres était un signal d'alarme pour toute la famille. A tout moment, les services sociaux pouvaient effectuer des visites de contrôle surprise.

— Bien, répondit-elle à Walker. C'était mon premier jour en tant que rédactrice en chef des chroniques, et je crois avoir été à la hauteur. On peut même dire que j'ai fait un travail remarquable aujourd'hui.

— Au moins, dit-il en riant, vous ne manquez pas de confiance en vous.

— Non, pas du tout.

Le jour faisait peu à peu place à l'obscurité, et si elle restait dehors avec Walker à l'ombre de l'écurie, Bailey risquait fort de se laisser envahir par cette troublante sensation d'intimité. Pourtant, elle refusait de rentrer sans lui avoir posé la question qui la taraudait depuis son petit déjeuner avec Josette ce matin.

— Walker, demanda-t-elle sans détour, êtes-vous marié ?

Le souffle coupé, Walker regarda fixement Bailey. Il s'était attendu à tout sauf à cette question. Certes, sa réponse aurait dû être simple, d'autant que son mariage, malgré les apparences, n'avait jamais été réel. Comment pouvait-on parler d'une véritable union quand l'une des parties commettait la pire trahison possible ?

Laissant passer un long silence, il se rendit compte que Bailey devait se demander pourquoi il ne répondait pas. Il devait trouver la force de chasser les mauvais souvenirs de son esprit.

— Non, je ne suis pas marié. Et je n'ai pas non plus de petite amie, précisa-t-il. En quoi cela peut-il bien vous intéresser ?

Elle haussa nonchalamment ses épaules à peine couvertes.

— Simple curiosité. Vous ne portez pas d'alliance.

— En effet.

— Mais cela ne veut plus rien dire aujourd'hui.

— Vous avez raison. Porter une alliance ne signifie rien.

En voyant son expression de désapprobation, il comprit qu'elle ne s'était pas attendue à cette remarque de sa part.

— Alors, vous êtes de ce genre-là.

— De quel genre ?

— Du genre qui ne respecte ni le mariage, ni ce qu'il représente.

En entendant son accusation, il ne put contenir la colère qui le submergeait. Elle n'imaginait pas à quel point elle se trompait.

— Vous ne me connaissez pas, assena-t-il. Alors je vous suggère de garder vos stupides hypothèses pour vous.

Sur ces mots, la mâchoire serrée, il tourna les talons et s'éloigna.

- 3 -

Le lendemain matin, assise dans son nouveau bureau, Bailey buvait une tasse de son café préféré. La veille, jour de son changement de poste, elle avait laissé le champ libre à l'équipe technique qui avait déménagé son matériel informatique. Tout était en ordre à présent, y compris sa nouvelle grande table de travail sur laquelle trônait une plante ravissante offerte par Ramsey et Chloe.

Elle revenait de si loin, songea-t-elle avec un sourire. Seuls ses proches et elle-même étaient conscients du chemin qu'elle avait parcouru pour en arriver là.

Même si ses années de révolte étaient derrière elle, elle devait reconnaître que son esprit rebelle n'avait pas complètement disparu. Elle avait seulement appris à le dompter, ce qui ne l'empêchait pas de retrouver son ton provocateur de temps à autre.

Etre la plus jeune des Westmoreland présentait ses avantages et ses inconvénients. Ces dernières années, la plupart des membres de sa famille avaient détourné leur attention d'elle pour se concentrer sur leur mariage et leurs enfants. Elle chérissait sincèrement tous ceux qui avaient rejoint le clan Westmoreland et, au sein de sa famille agrandie, elle se sentait aimée.

Elle pensa à son cousin Riley et au bébé qu'il avait eu l'an passé. Une chose était sûre : ce ne serait pas le dernier à naître dans la famille. Toute une nouvelle génération de Westmoreland de Denver était en train de se constituer. C'était en prenant dans ses bras sa première nièce, Susan, la fille de Ramsey et Chloe, qu'elle avait eu cette révélation. Elle portait le prénom de sa grand-mère paternelle, et en la regardant, Bailey avait prié pour qu'elle ne connaisse jamais la douleur de perdre ses deux parents dans un accident. Bailey avait si mal surmonté ce drame… Bien sûr, une telle épreuve n'avait pu causer que de la souffrance à toute la famille, mais elle avait eu un effet particulièrement dévastateur sur les plus jeunes : Bailey elle-même, les jumeaux Aidan et Adrian, et Bane.

Elle se crispa en repensant à ce qu'elle avait pu dire et faire par le passé. Malgré tout, personne ne lui avait tourné le dos, et pour cela, elle ressentait une immense reconnaissance, en particulier envers Dillon et Ramsey. Dillon s'était même attaqué à l'Etat du Colorado quand les services sociaux avaient voulu placer Bailey, Bane et les jumeaux en famille d'accueil.

Il avait engagé un avocat et s'était battu pour leur garde en dépit de tous les ennuis qu'ils lui attiraient tous les quatre. Parce que, d'une certaine façon, il avait compris. Il avait su au fond de lui que leur mauvais comportement venait du chagrin et du manque causés par la perte de leurs parents, et non de l'intention de faire du mal aux autres.

« Petits sauvages ». Voilà comment les avaient surnommés les honnêtes gens de Denver. Ils avaient beau s'efforcer de faire oublier cette réputation, ce n'était pas toujours facile. Elle en avait encore eu la preuve hier soir.

C'était à cause de Walker Rafferty qu'elle avait retrouvé ses vieux réflexes. Elle ne supportait pas les hommes mariés qui jouaient les séducteurs. A ses yeux, la fidélité était sacrée, et encore plus quand on portait une alliance.

Se levant de son siège, elle gagna la fenêtre pour admirer la ville qui s'étendait à ses pieds. Denver lui paraissait encore plus belle vue de son nouveau bureau. Les immeubles étaient grands, massifs. Jamais elle n'avait contemplé de gratte-ciel plus majestueux. Mais même ce spectacle ne pouvait lui faire oublier la remarque cinglante de Walker.

Tout comme il ne pouvait lui faire oublier la peine et la souffrance que Myles avait infligées à Josette. Contre l'avis de leurs parents, ils s'étaient mariés à peine sortis du lycée, convaincus que l'amour les rendrait plus forts que tout. Au bout d'un an à peine, Josette avait découvert que Myles entretenait une relation avec une autre femme. Et comme si cette blessure ne suffisait pas, il avait rendu Josette responsable de cette tromperie en l'accusant d'avoir voulu obtenir un diplôme d'études supérieures. D'après lui, si elle ne s'était pas inscrite à des cours du soir, elle n'aurait pas trouvé son mari dans le lit conjugal avec sa maîtresse une nuit en rentrant de l'université. Il se trouve que cette femme était leur voisine de palier.

Voilà pourquoi les insinuations de Walker sur le peu de valeur qu'il accordait au mariage l'avaient rendue folle de rage. Il l'avait mise tellement en colère qu'elle était juste passée chez Dillon pour embrasser ses neveux, Denver et Dade, avant de rentrer.

De toute évidence, Walker était tout aussi furieux contre elle, mais elle ignorait pourquoi. Peut-être avait-elle réagi de manière un peu excessive, mais peu lui importait. Elle n'avait pas pour habitude de dissimuler le fond de sa pensée. S'il avait dit quelque chose qu'il ne pensait pas, il ne pouvait s'en prendre qu'à lui-même.

Elle se retourna en entendant la sonnerie de son téléphone et revint à son bureau pour répondre. C'était un appel interne de Lucia. Chloe, l'épouse de Ramsey, était la fondatrice et directrice du magazine, mais elle avait confié le poste de rédactrice en chef à sa meilleure amie Lucia. Lucia était mariée à Derringer, le frère de Bailey. Même si elle était ravie de travailler pour ses belles-sœurs, Bailey ressentait une pression encore plus grande. Elle tenait chaque jour à prouver qu'elle avait mérité sa place et qu'elle ne la devait pas au favoritisme. Elle tenait à tout prix à être à la hauteur de sa tâche et de la confiance de Chloe et Lucia.

— Oui, Lucia ?

— Salut, Bailey. Chloe est passée au bureau et elle voudrait te voir.

Qu'est-ce qui pouvait amener Chloe au magazine de si bon matin ? Il n'était même pas encore 9 heures. Depuis son mariage avec Ramsey, Chloe passait la plupart de son temps au ranch et ne venait que rarement au bureau.

— Bien sûr, répondit-elle en prenant sa veste. J'arrive.

Désireux de prendre tout son temps pour rentrer chez Dillon, Walker fit ralentir son cheval et admira le paysage alentour. Westmoreland Country lui rappelait l'île de Kodiak par de nombreux aspects, si ce n'était le climat, nettement plus clément que chez lui. Certes, il faisait froid à Denver, mais ce n'était rien en comparaison des hivers auxquels il était confronté en Alaska. En cette mi-octobre, il y avait déjà chez lui quatre fois plus de neige qu'ici.

Toutefois, ce n'était pas le temps qui le préoccupait aujourd'hui. C'étaient plutôt les rêves qui l'avaient hanté toute la nuit. Des rêves à propos de Bailey. Et du souvenir de leur conversation la veille devant l'écurie.

Il n'arrivait toujours pas à retrouver son calme après ce qu'elle lui avait dit. Elle n'avait aucun droit de faire des suppositions sur lui. Aucun. Elle ne le connaissait pas. Elle n'avait pas idée de l'enfer qu'il avait traversé ni de la douleur qui continuait à le torturer presque dix ans après. Elle était loin de savoir ce qu'il avait perdu.

En s'approchant du lac, il mit son cheval au pas et prit une profonde inspiration. A défaut de soigner son âme, l'air pur de la montagne avait au moins le mérite de le revigorer. Une fois arrêté, il mit pied à terre et contempla la vallée en contrebas. La vue était d'une beauté époustouflante.

Et malgré la colère qu'il éprouvait à l'égard de Bailey, il ne pouvait nier qu'elle aussi était d'une beauté époustouflante. Jamais aucune femme n'avait réussi à le rendre fou de rage tout en lui inspirant les rêves les plus érotiques. Depuis quand son imagination ne lui avait-elle pas fait passer une nuit aussi brûlante ? Au moins depuis son départ de Californie.

Dès son retour à Kodiak, il s'était jeté corps et âme dans le travail au ranch, à la fois par culpabilité de ne pas avoir été là quand son père avait besoin de lui et pour surmonter sa douleur après la perte de Connor. Certains jours, il s'était tué à la tâche du lever au coucher du soleil. Et les nuits où il avait eu besoin de sentir un corps de femme contre le sien, cela avait été par simple plaisir et non dans une quête d'émotion ou de sentiment. Mais même ces liaisons sans lendemain s'étaient arrêtées des années plus tôt.

Il n'espérait plus vivre une union comparable à celle de ses parents ou de ses grands-parents. Il était convaincu qu'elles appartenaient à une autre époque. Si les mariages fusionnels existaient encore, ils faisaient figure d'exceptions. Néanmoins, il avait remarqué avec quelle aisance les hommes de la famille Westmoreland exprimaient leur amour envers leur femme, sans la moindre retenue. Sans doute faisaient-ils partie de ces quelques exceptions.

Il remonta en selle pour prendre le chemin du retour. Son esprit ne s'était pas libéré de Bailey à son réveil. Même en plein jour, elle continuait à envahir ses pensées. Et cela ne signifiait rien de bon.

Après avoir dit à Dillon qu'il reprendrait l'avion le lundi suivant, il commençait à se demander s'il ne ferait pas mieux de partir aussitôt le mariage célébré. Pour sa tranquillité d'esprit, il devait au plus tôt s'éloigner de Bailey.

Il en savait déjà suffisamment sur les Westmoreland. Il allait pouvoir dire à Garth ce qu'il pensait, sans tenir compte des remarques de Bart. Si le père de son ami croyait pouvoir l'influencer de quelque manière que ce soit, il se trompait.

Personne n'avait de moyen de pression sur lui, puisqu'il avait déjà tout perdu.

En entrant dans le bureau de Lucia, Bailey trouva ses belles-sœurs en train de bavarder gaiement autour d'une tasse de café. Une fois de plus, en les regardant, elle s'émerveilla de la chance qu'avaient ses frères Ramsey et Derringer de les avoir pour femmes. En plus de leur beauté, leur élégance et leur intelligence donnaient toutes les raisons de les admirer. Elles représentaient deux véritables exemples à suivre. Elles s'étaient rencontrées en Floride, à l'université, et leur amitié n'avait fait que grandir depuis lors. Le fait qu'elles aient épousé deux frères, qui plus est aussi différents l'un de l'autre, était pour le moins amusant. Ramsey, l'aîné, avait toujours eu le sens des responsabilités, tandis que Derringer s'était attiré une réputation bien méritée de coureur de jupons. Bailey avait bien cru qu'il ne changerait jamais. Aujourd'hui, pourtant, il était non seulement un mari heureux et fidèle, mais aussi le père d'un adorable petit garçon prénommé Ringo. Il avait endossé son nouveau rôle avec une aisance déconcertante.

Chloe se leva en voyant Bailey entrer et vint aussitôt l'embrasser.

— Bay, dit-elle avec un sourire affectueux, comment vas-tu ? Tu n'as fait que passer chez Dillon hier soir et nous n'avons pas eu le temps de parler. Comment se passe ta deuxième journée à ton nouveau poste ?

— Très bien, répondit-elle avec enthousiasme. Je suis prête à me retrousser les manches pour faire publier de nouveaux articles qui attireront encore plus de lectrices.

— Je suis ravie de l'entendre, répondit Chloe, rayonnante. Je voulais te féliciter pour ta promotion et te dire à quel point j'étais fière de toi.

— Merci, Chloe.

Les mots de sa belle-sœur lui allaient droit au cœur. Elle avait commencé à travailler pour le magazine à temps partiel, quelques années plus tôt, tout en poursuivant ses études. Le métier lui avait tellement plu qu'elle avait pris le journalisme comme spécialité, choix qu'elle n'avait jamais eu l'occasion de regretter. Chloe, qui attachait une grande importance aux études supérieures, lui avait conseillé de passer aussi un master de gestion, ce qu'elle avait fait.

— Alors, qu'est-ce qui t'amène au bureau de si bon matin ?

— J'ai rendez-vous avec Pam dans peu de temps. Elle m'a demandé d'assister aux entretiens qu'elle fait passer aujourd'hui. Elle cherche un directeur pour son école.

Pam, la femme de Dillon, était une ancienne actrice. Quelques années plus tôt, elle avait ouvert une école de théâtre dans sa ville natale de Gamble située dans le Wyoming. Le succès de cet établissement l'avait incitée à en créer un deuxième à Denver.

— Viens t'asseoir avec nous une minute, dit Chloe en la prenant par le bras. Sers-toi une tasse de café et dis-moi ce que tu penses de ton nouveau bureau.

— Je l'adore ! Merci à toutes les deux. La vue est incroyable.

— N'est-ce pas ? approuva Lucia en souriant. J'ai eu des regrets quand j'ai dû quitter ce bureau. Mais je ne peux pas me plaindre, la vue est tout aussi fantastique ici.

— C'est certain.

Comme Bailey contemplait le bureau de Lucia, deux fois plus grand que le sien, son regard fut soudain attiré par son écran d'ordinateur. Elle se figea.

— Tu le reconnais ? demanda sa belle-sœur en mettant la photo en plein écran.

Bailey respira profondément pour essayer de calmer les battements effrénés de son cœur. Ces yeux et ce sourire étaient déjà gravés dans son esprit, elle les aurait reconnus entre mille.

— C'est Walker Rafferty, dit-elle d'une voix aussi neutre que possible.

Il paraissait plus jeune qu'aujourd'hui, mais tout ce qui faisait son charme et sa beauté était déjà là.

— Oui, déclara Chloe en s'approchant d'elle, c'est bien lui. A l'époque où ces photos ont été prises, la plupart des gens le connaissaient sous le nom de Ty Reklaw, star montante de Hollywood.

Bailey fixa l'écran avec stupeur. Walker avait été acteur ? Impossible. Ce tempérament réservé, presque sauvage... Certes, son caractère bourru ne l'avait pas empêché de sympathiser dès le premier jour avec ses frères et ses cousins, mais de là à l'imaginer devant les caméras !

Star montante de Hollywood ? répéta-t-elle mentalement en observant la photo. Après tout, il avait tout ce qu'il fallait pour cela. Son sourire irrésistible suffisait à lui donner des frissons.

Elle se redressa et regarda tour à tour Lucia et Chloe.

— Il est acteur ?

— Il l'était, il y a une dizaine d'années, et il a connu un vrai succès. Mais finalement Ty Reklaw a quitté Hollywood sans se retourner, expliqua Chloe en se rasseyant.

— Reklaw ? demanda Bailey. Comme la ville du Texas ?

— Je doute que ça vienne de là, répondit Lucia en lui servant une tasse de café. J'y vois plutôt le prénom Walker écrit à l'envers. Tu sais comment sont les stars de cinéma quand elles ne veulent pas utiliser leur vrai nom.

— Tu es sûre que Walker Rafferty est son vrai nom ?

Il y avait de quoi avoir des doutes, après tout.

— Oui, assura Lucia. J'ai demandé à Dillon.

— Dillon le connaissait ?

— Seulement parce que Pam lui avait dit qui c'était. Elle se souvenait de Walker parce qu'elle était à Hollywood en même temps que lui, même si elle n'avait jamais eu l'occasion de le rencontrer.

Evidemment, pensa Bailey. Elle ne voyait pas comment une femme sensée aurait pu l'oublier.

— Donc, c'était un acteur à l'avenir prometteur. Pourquoi a-t-il changé de voie ?

Lucia but une gorgée avant de lui répondre.

— D'après Pam, tout le monde a supposé que c'était à cause de la mort de sa femme et de son fils. Ils ont été tués dans un accident de voiture.

— Oh ! non. C'est affreux.

— Oui, reprit Lucia, d'autant que lorsqu'il apparaissait en public avec sa femme il était évident qu'il avait une passion pour elle. Son fils avait fêté son premier anniversaire quelques jours avant l'accident. Sans doute n'a-t-il pas eu la force de continuer après un tel drame.

— J'imagine.

Après avoir perdu ses parents dans des circonstances aussi tragiques, Bailey ne pouvait que comprendre sa douleur. Aussitôt, elle se remémora leur conversation de la veille. Quand elle lui avait demandé s'il était marié, il avait simplement répondu non, sans préciser qu'il était veuf.

Elle repensa alors à la suite de leur échange et aux mots qui les avaient tant mis en colère tous les deux. En l'entendant, n'importe qui aurait cru qu'il n'accordait pas la moindre valeur au mariage. Ou était-ce elle qui ne s'était pas donné la peine de le comprendre ?

— Bailey, est-ce que ça va ?

— Je ne suis pas sûre, répondit-elle aux deux jeunes femmes qui la regardaient fixement. Il se pourrait bien que j'aie blessé Walker hier soir.

— Pourquoi ? Que s'est-il passé ? demanda Lucia avec un air anxieux.

— J'ai peut-être tiré des conclusions un peu hâtives sur son rapport au mariage, et mes propos ont sans doute été maladroits. Comment aurais-je pu savoir qu'il avait perdu sa femme ? Maintenant, je pense que s'il a prononcé ces mots-là c'était seulement parce que l'idée de se remarier le fait souffrir.

— Sûrement, parce que d'après Pam c'était un mari et un père dévoué malgré sa célébrité grandissante.

Bailey se sentit honteuse. Quand cesserait-elle enfin de juger les gens sans les connaître ? Dillon et Ramsey l'avaient pourtant mise en garde à ce sujet. Pour une raison obscure, elle était toujours prête à accuser tout le monde du pire.

— C'est pour ça que tu n'as fait que passer en coup de vent chez Dillon et Pam hier soir ? demanda Chloe. Parce que tu t'étais disputée avec Walker ?

— Oui. Sur le moment, j'étais aussi très énervée contre lui. Vous savez ce que je pense des hommes qui collectionnent les aventures. Que ce soit avant ou après le mariage.

Chloe acquiesça.

— Oui, Bailey. Je crois que nous le savons tous. Tu as suffisamment reproché à tes frères et à tes cousins leurs nombreuses aventures d'un soir.

— Oui, et je suis très heureuse qu'ils aient fini par retrouver leurs esprits et par se marier.

Nerveuse, Bailey se mit à arpenter la pièce. Après quelques instants, elle s'arrêta et se tourna vers ses belles-sœurs.

— Je dois lui faire des excuses.

— Oui, approuvèrent-elles à l'unisson.

Comme elle buvait une gorgée de café, une question lui vint à l'esprit.

— Si Walker avait tellement de succès à Hollywood, comment se fait-il que je ne me souvienne pas de lui ?

Sa remarque fit sourire Lucia.

— Si je ne me trompe pas, il y a dix ans, tu étais bien trop occupée à faire toutes sortes de bêtises avec Bane pour t'intéresser aux acteurs à la mode. Je me souviens de lui, mais je dois dire qu'il a changé. En étant toujours aussi séduisant, il a quelque chose de plus mûr, de plus sauvage. La barbe qu'il porte maintenant le rend presque méconnaissable. Je n'aurais jamais fait le rapprochement si Pam ne nous avait pas dit qui c'était. Après avoir parlé avec elle, j'avais hâte de le revoir ce matin en connaissance de cause.

— Est-ce qu'il a tourné dans beaucoup de films ? demanda Bailey, déjà impatiente de les regarder.

— Non, deux seulement. Un de Matthew Birmingham, dans lequel il jouait le frère de l'actrice Carmen Atkins. C'était son premier rôle. Tout le monde l'avait trouvé à la fois très sexy et très talentueux, précisa Chloe en souriant. D'après Pam, beaucoup de gens du métier ont regretté qu'il n'ait pas eu de nomination pour un prix. Mais à défaut de récompense il a remporté un grand succès auprès des femmes, et surtout des réalisateurs. Très peu de temps après, il a décroché un rôle dans un film de Clint Eastwood. Un western. Il venait de finir le tournage quand sa femme et son fils ont été tués. Je ne crois pas qu'il ait assisté à la première. Il est reparti définitivement en Alaska.

Comment Bailey allait-elle bien pouvoir lui faire oublier sa maladresse ?

— Je lui présenterai des excuses quand je le verrai ce soir, conclut-elle.

— Bonne chance, lui souhaita Chloe avec humour. Quand je suis partie ce matin, Thorn était arrivé pour le mariage avec ses frères et ses cousins. Tu sais ce que ça veut dire.

Oui, Bailey le savait. Les hommes allaient passer la soirée à jouer aux cartes. Et Walker serait invité, à n'en pas douter.

Une idée soudaine lui vint à l'esprit. Ces dix dernières années, Walker avait vécu dans son ranch sur une île isolée. Il lui avait dit la veille qu'il n'était pas marié, ni même en couple. C'était donc un homme solitaire. Ce qui signifiait qu'il avait exactement le profil qu'elle recherchait pour un numéro du magazine à paraître au printemps prochain. Elle n'allait pas en parler tout de suite à Chloe et Lucia mais, s'il acceptait de lui accorder une interview, elle aurait de quoi faire un article formidable.

Seulement, il avait prévu de reprendre l'avion dès lundi, ce qui lui laissait très peu de temps.

Elle se tourna de nouveau vers la photo affichée sur l'ordinateur. Un portrait de cet homme ferait forcément décoller les ventes du magazine.

Maintenant, songea-t-elle en prenant une gorgée de café, elle n'avait plus qu'à le convaincre.

- 4 -

Walker jeta une carte sur la table avant de regarder machinalement la porte fermée. Combien de fois avait-il fait la même chose ce soir ? Et pourquoi s'attendait-il à voir arriver Bailey au milieu d'une partie de cartes entre hommes ? Peut-être justement parce que c'était Bailey, et que d'après ses frères et ses cousins elle n'obéissait qu'à ses propres règles. Mais dans leur voix il avait entendu bien plus de tendresse que d'agacement, ce qui prouvait bien qu'ils n'auraient pas voulu la voir changer.

Il était donc là, à presque minuit, dans le sous-sol considéré comme la garçonnière de Dillon, en train de jouer aux cartes avec un groupe d'hommes de la famille Westmoreland. Après avoir passé trois jours avec le clan de Denver, il découvrait à présent celui d'Atlanta, qui comprenait certains cousins vivant dans le Montana.

L'accusation de Bart, toujours persuadé que les Westmoreland ne s'intéressaient qu'à la fortune des Outlaw, lui paraissait de plus en plus ridicule. Il était évident qu'il se trompait. Le chiffre d'affaires de leur société de gestion des terres était considérable, et comme si cela ne suffisait pas, une partie de la famille avait développé une activité de dressage de chevaux qui remportait un immense succès.

— Tu crois que je ne t'entends pas ricaner, Walker ? lança Zane. Dois-je en conclure que tu as une belle main ?

— Si c'était le cas, tu serais la dernière personne à le savoir en attendant le moment décisif.

Leur échange fit rire les autres joueurs. Walker était

lui-même étonné de se sentir aussi à l'aise au sein de cette famille qu'il venait juste de rencontrer. Quand il était rentré à Kodiak après son passage à Hollywood, il s'était coupé du monde à l'exception des Outlaw qu'il considérait comme sa propre famille, et de quelques amis proches. Etant fils unique, il n'avait appris à vivre au milieu d'un clan que lors de ses incursions chez Garth, son ami d'enfance.

Thorn parlait de la moto qu'il venait de créer pour une célébrité. Il s'agissait d'un homme que Walker connaissait, mais il se garda de réagir, préférant rester concentré sur son jeu. Le client de Thorn appartenait à un passé qu'il essayait désespérément d'oublier.

Soudain, il entendit quelqu'un frapper à la porte, et le frisson qui lui parcourut le bras lui confirma ce qu'il attendait depuis le début de la soirée. C'était Bailey. La seule idée d'éprouver du désir pour elle aurait dû le glacer, surtout après les accusations qu'elle avait portées la veille au soir. Et pourtant, il se passait tout le contraire. Il avait rêvé d'elle la nuit précédente, pensé à elle toute la journée, et à présent, la perspective de la revoir allumait en lui un véritable feu.

— Entrez ! cria Dillon. Mais vous avez intérêt à être un homme !

Bailey entrouvrit la porte et avança la tête.

— Désolée de te décevoir, Dil. Je voulais m'assurer que vous étiez encore vivants et en un seul morceau. Je n'ose même pas imaginer les sommes qui ont déjà été perdues à cette heure-ci, ajouta-t-elle en entrant avec un grand sourire.

Walker fut le seul à lever les yeux vers elle. Elle était splendide. Ses longs cheveux ondulaient sur ses épaules, quant au jean et au pull bleu ajustés qu'elle portait, ils soulignaient ses formes et la rendaient incroyablement féminine et sexy.

Incapable de détourner les yeux, il rencontra soudain son regard. Ce fut comme une décharge électrique, et il était certain qu'à cet instant précis elle ressentait exactement la même chose que lui. C'était comme s'il n'y avait plus personne autour d'eux, comme s'ils étaient brusquement seuls au monde. Du reste, il était fort reconnaissant aux frères et aux cousins de Bailey d'être trop absorbés par leur jeu de cartes pour faire attention à eux deux.

Il remarqua aussitôt que l'étincelle de colère qu'il avait perçue la veille dans son regard avait disparu. Il y avait autre chose à présent. Une lueur qui le faisait frissonner d'excitation. Etait-elle bien réelle ou était-ce seulement le fruit de son imagination ?

— Va-t'en, Bay. Tu vas me porter malheur, se plaignit Durango, arrivé le jour même du Montana.

Tout en lui parlant, il gardait les yeux rivés sur ses cartes.

— Je suis sûre que tu ne m'as pas attendue pour perdre, rétorqua-t-elle d'un ton moqueur en lançant un bref regard en direction de son cousin. Si je suis descendue, c'est aussi pour secourir Walker. Votre compagnie doit commencer à le lasser, mais il est trop gentil pour le dire. Je suis donc venue le délivrer.

Walker vit alors douze paires d'yeux se fixer sur lui. Mais ces regards n'exprimaient pas la moindre curiosité, pas le moindre étonnement. Seulement de la pitié. *Désolé, il a fallu que ça tombe sur toi,* semblaient-ils tous se dire. Puis ils baissèrent de nouveau la tête.

— Nous ne sommes pas stupides, Bay, la taquina Zane Westmoreland en jetant une carte. Tu espères soutirer des informations à Walker à propos de nos projets pour l'enterrement de vie de garçon d'Aidan. Mais il connaît déjà la règle. Ce qui se dit dans cette pièce reste dans cette pièce.

— Mais oui, c'est ça, répondit-elle en levant les yeux au ciel. Alors, Walker, souhaitez-vous être délivré ?

Il n'eut pas besoin d'y réfléchir à deux fois, même s'il s'interrogeait sur les motivations de Bailey.

— Pourquoi pas, dit-il en posant ses cartes. Messieurs, surtout, n'allez pas croire que je n'apprécie pas votre compagnie. Bien au contraire, ajouta-t-il en se levant. Mais je préfère m'arrêter là avant d'avoir perdu tout mon argent. Vous êtes de vrais professionnels, je dois reconnaître que je ne fais pas le poids.

Sa remarque fit rire Dillon.

— Ian est le seul vrai pro de la famille, précisa-t-il. Nous essayons vainement de nous hisser à son niveau. Crois-moi, s'il était là, il t'aurait tout pris, jusqu'à ta chemise.

— Je suis impatient de le rencontrer, plaisanta Walker.

Traversant la pièce, il rejoignit Bailey à la porte.

— A demain, dit-il en se tournant vers les joueurs.

— Pas trop tôt, l'avertit Zane en choisissant une carte. A mon avis, nous sommes partis pour jouer toute la nuit. Nous risquons fort de faire la grasse matinée.

— C'est noté.

— Je peux savoir pourquoi vous êtes venue me délivrer, comme vous dites ?

Bailey regarda Walker tandis qu'ils marchaient en direction de l'escalier.

— Je me suis dit que vous aviez peut-être envie de sortir faire une balade.

— Une balade à cheval ? A cette heure-ci ? Et par ce temps ?

— Pas à cheval, répondit-elle en riant. En voiture. Et oui, à cette heure-ci. La nuit est belle. Et je voudrais vous parler de quelque chose.

Il s'arrêta et se tourna vers elle.

— Parce que vous n'avez pas vidé votre sac hier soir ?

Elle ne pouvait pas lui en vouloir pour cette remarque. Elle l'avait bien méritée.

— Je n'avais pas compris, reconnut-elle. J'ai tiré des conclusions hâtives.

— Ah oui ?

— Oui, et si vous êtes d'accord, j'aimerais en parler

avec vous. Mais pas ici. Alors, si vous êtes partant pour cette promenade, je connais l'endroit parfait pour avoir une conversation privée.

Elle vit à son expression qu'il se demandait de quoi elle pouvait bien vouloir lui parler. Cependant, il acquiesça sans poser aucune question.

— Entendu, je vous suis.

Elle le précéda dans l'escalier, et quand ils furent au rez-de-chaussée elle prit son manteau et attendit qu'il fasse de même. La maison était silencieuse. Tous ceux qui possédaient un minimum de bon sens étaient déjà couchés, ce qui en disait long sur ses cousins, ses frères, Walker et elle-même. Mais elle était rentrée avec la ferme décision de veiller pour avoir une chance de lui parler.

En sortant, elle sentit tout de suite que la température avait nettement baissé. Elle n'avait pas prévu qu'il ferait aussi froid.

— Kent ne mettra pas longtemps à se réchauffer, promit-elle à Walker.

— Kent ?

— Oui, mon 4x4.

Il se mit à rire.

— Vous avez donné un nom à votre 4x4 ?

— Oui. Lui et moi, nous en avons fait, des kilomètres, ensemble. Nous sommes de vieux copains. Nous prenons soin l'un de l'autre. Ou plutôt, ajouta-t-elle en souriant, Jojo m'aide à prendre soin de lui.

— Jojo est l'épouse de Stern, c'est bien cela ? La mécanicienne ?

— Oui, confirma Bailey en s'approchant de sa voiture. La meilleure de Denver. Sans doute même du pays. Et du m…

— D'accord, je crois que j'ai compris.

Elle ouvrit la portière en riant.

— Alors ? demanda-t-il quand ils furent tous les deux installés à l'intérieur. Où allons-nous ?

Elle se tourna vers lui.

— A la Baie de Bailey.

Walker avait entendu parler de la Baie de Bailey, et l'avait même vue en partie la veille, lors de sa promenade à cheval avec Ramsey et Zane. Dillon lui avait dit que les terres des Westmoreland s'étendaient sur plus de neuf cents hectares. En tant qu'aîné, Dillon avait hérité de la maison principale et des cent cinquante hectares qui l'entouraient. Tous les autres membres de la famille recevaient à vingt-cinq ans un terrain de cinquante hectares, dont ils pouvaient disposer librement. Bailey avait attribué un surnom à chaque propriété : la Toile de Ramsey, la Forteresse de Stern, le Repaire de Zane, le Donjon de Derringer et les Pâtures de Megan. Elle avait nommé la sienne la Baie de Bailey.

— Si j'ai bien compris, demanda-t-il, vous n'avez pas encore fait construire votre maison ?

Même s'il y avait eu un bâtiment sur son terrain, la nuit l'aurait empêché de le voir.

— C'est vrai. Je n'en ai pas besoin. Il y a suffisamment de chambres d'amis chez les Westmoreland. Et surtout, la maison de Gemma est inoccupée la plupart du temps, puisqu'elle vit en Australie.

Avec le temps, elle risquait pourtant de se lasser de cette façon de vivre.

— Mais vous envisagez bien de faire construire votre maison un jour ?

— Un jour, oui. Pour l'instant, Ramsey utilise une grande partie de mon terrain pour faire paître ses moutons, mais cela ne m'empêchera pas de le faire quand je serai prête. Je sais exactement où je ferai construire ma maison, et ce n'est pas à l'endroit de ses pâturages.

— Je suis sûr que ce sera magnifique.

Il avait vu toutes les autres maisons, qui étaient à la fois superbes et révélatrices de la personnalité de ceux qui les habitaient. Il se demandait quelle architecture choisirait Bailey. Une maison de plain-pied divisée en plusieurs ailes ? Une résidence à deux étages se dressant aussi fièrement qu'une œuvre d'art ? L'une ou l'autre serait trop grande pour une personne seule. Mais ne pouvait-il pas en dire autant de sa propre maison ?

— C'est bien mon intention.

Il ne doutait pas de sa volonté et arrivait même à imaginer la maison qu'elle ferait construire à son image.

— La Baie de Bailey, le terrain qui a été choisi pour moi, se trouve à côté de celui de Zane et entre ceux de Dillon et Ramsey. Ce n'est pas un hasard, ajouta-t-elle en riant. Mes frères et mes cousins ont pensé que Zane pourrait me surveiller, et que Dillon et Ramsey étaient les deux seules personnes que j'écouterais.

— C'est le cas ?

— Dans l'ensemble, oui. Mais il y a des moments où je n'écoute personne.

Il ne put s'empêcher de sourire. Bailey était une rebelle, cela ne faisait aucun doute, et c'était aussi ce qui la rendait tellement irrésistible. En plus de sa sensualité. Curieusement, elle ne semblait pas réaliser à quel point elle était attirante. Le jour où elle s'en rendrait compte, elle ferait des ravages auprès des hommes.

Ils se turent jusqu'à ce qu'elle s'arrête et coupe le moteur de sa voiture.

— Voilà, nous sommes arrivés.

La pleine lune et les étoiles qui éclairaient le ciel lui permettaient de distinguer l'étendue immense et paisible des eaux du lac. Ramsey et Zane lui avaient expliqué qu'il traversait presque tout le domaine des Westmoreland.

— Gemma Lake, c'est bien ça ?

— Oui. Raphel lui a donné le nom de mon arrière-grand-mère. Je ne les ai pas connus. Mes grands-parents non plus, du reste. Ils sont morts avant ma naissance. Mais on m'a toujours dit que c'étaient des gens formidables, et je ne peux qu'être fière de l'héritage qu'ils nous ont laissé.

Ses mots rappelèrent à Walker l'héritage qu'il avait lui-même reçu de ses parents et de ses grands-parents, et auquel il avait bien failli renoncer pour poursuivre un rêve qui n'était même pas le sien mais celui de Kalyn. Plus jamais il ne laisserait une femme avoir un tel pouvoir sur lui.

Alors que faisait-il ici ? Bailey était venue l'interrompre en pleine partie de cartes pour lui demander de la suivre, et il l'avait fait. Pourquoi ? Allait-il encore permettre à une femme de prendre des décisions à sa place ?

Il se tourna vers elle. En la voyant regarder droit devant elle, il se demanda à quoi elle pouvait bien penser. Il contempla à son tour le lac, incroyablement calme. Il se sentait bien, assis là avec Bailey. Ce moment de silence partagé lui parut soudain précieux.

Il était conscient de l'attirance qu'ils éprouvaient l'un pour l'autre. Evidemment, ils s'étaient tous les deux bien gardés de l'exprimer, mais le désir était là. A chaque fois qu'ils se retrouvaient en tête à tête, une tension érotique emplissait l'atmosphère, exactement comme à cet instant précis.

Même quand il y avait du monde autour d'eux, il ne pouvait empêcher mille pensées voluptueuses d'envahir son esprit. C'est ce qui s'était passé dès le premier soir, quand tout le monde s'était retrouvé pour dîner chez Dillon. A table, Walker n'avait cessé de la regarder, se délectant de son rire sensuel. Et comment le nier ? La veille, il l'avait délibérément attendue devant l'écurie, après avoir entendu Zane dire qu'elle passait tous les soirs chez Dillon.

L'effet qu'elle avait sur lui le contrariait, c'est pourquoi il avait décidé de partir plus tôt que prévu. Au lieu de rester jusqu'à lundi, il s'en irait dès samedi soir, aussitôt le mariage célébré. Il n'était pas question qu'il entame une relation avec Bailey Westmoreland. Jamais il ne se remarierait, et tout ce qu'il aurait à lui offrir serait une aventure sans lendemain. Ce ne serait bon ni pour elle, ni pour les liens d'amitié qu'il avait déjà forgés avec sa famille.

Il se tourna de nouveau vers elle.

— Vous m'avez dit que vous vouliez me parler, lui rappela-t-il.

Plus tôt ils auraient fini, plus tôt ils pourraient rentrer. Cette sortie nocturne présentait de trop grands risques pour qu'il se permette de la faire durer.

Malgré l'obscurité, il voyait encore combien elle était belle. L'air froid entrait par la vitre qu'elle avait entrouverte et portait jusqu'à lui son parfum frais et délicieusement féminin.

Mais il ne devait pas y penser. Sous aucun prétexte il ne se laisserait séduire par une femme susceptible de lui faire autant de mal que Kalyn.

— A propos d'hier soir.

Que pouvait-elle bien avoir à ajouter ?

— Oui ? ponctua-t-il.

— Je vous dois des excuses.

— Vous croyez ?

— Oui. Je vous ai accusé à tort.

Il ne pouvait pas la contredire sur ce point, mais d'où pouvait bien venir cette prise de conscience ?

— Qu'est-ce qui vous fait penser ça ?

— Seriez-vous en train de me dire que j'avais raison ?

— Non, ce n'est pas ce que je dis. Décidément, vous avez vraiment tendance à tirer des conclusions hâtives.

Elle se tut quelques instants et tapota le volant du bout des doigts avant de reprendre la parole.

— Je sais. Vous n'êtes pas le premier à me le dire.

— Dans ce cas, dit-il en posant la main sur son épaule, vous devriez peut-être essayer d'y remédier.

Il comprit aussitôt l'erreur qu'il avait commise en la touchant. Même si elle était beaucoup trop couverte pour qu'il sente le contact de sa peau nue, il perçut la chaleur de son corps sous ses doigts.

— Je m'y emploie.

Le son de sa voix le fit frissonner de désir.

— Peut-être devriez-vous vous donner encore plus de mal, Bailey.

Qu'est-ce qui rendait Walker aussi différent des autres hommes ? Le simple contact de sa main sur son épaule rendait Bailey plus fébrile qu'elle n'aurait su le dire. Jamais elle n'avait ressenti une telle émotion. Comment faisait-il pour lui donner tout à coup l'impression d'être incroyablement féminine et sexy ?

Elle n'était pas douée pour les relations sentimentales. Et, comme la plupart des garçons avaient trop peur de ses frères et de ses cousins pour s'approcher d'elle, elle n'avait eu qu'un seul petit ami sérieux. Mais si elle était allée au bout avec lui, c'était davantage par curiosité que par réel désir, et il ne lui avait pas donné envie de poursuivre leur aventure.

Ce qu'elle ressentait pour Walker n'était en rien comparable à ce qu'elle avait connu auparavant. En sa présence, elle sentait un véritable feu s'allumer en elle, et le simple fait d'être assise à côté de lui dans sa voiture la rendait ivre d'excitation.

En le voyant se pencher légèrement vers elle, elle se mit à frissonner tout en se demandant si elle n'avait pas rêvé. Pourquoi lui avait-elle proposé cette promenade dans la nuit ?

— Je ne suis pas parfaite, finit-elle par dire à mi-voix.

— Personne ne l'est, répondit-il dans un murmure.

Le souffle coupé, elle sentit sa main lui caresser la joue.

Non, elle ne devait pas laisser échapper ce soupir de plaisir. Elle devait absolument mettre un terme à cette folie. Il risquait de se méprendre sur ses intentions…

— Ce n'est pas pour ça que je vous ai amené ici, Walker. Je ne voudrais pas que vous vous fassiez des idées.

— D'accord. C'est pour quoi alors ? Dans quel but m'avez-vous amené ici ? ajouta-t-il en approchant un peu plus son visage du sien.

Nerveuse, elle s'humecta les lèvres. Elle sentait toujours la caresse de son doigt sur sa joue.

— Pour vous présenter mes excuses, murmura-t-elle.

— Je les accepte.

Sur ces mots, il inclina la tête et prit possession de sa bouche.

- 5 -

Walker se laissa aller au plaisir d'embrasser Bailey. Il avait beau se répéter que ce baiser était une erreur, il était incapable de résister au goût envoûtant de sa bouche. Il avait trop attendu ce moment pour l'interrompre si tôt. N'en avait-il pas rêvé dès la seconde où il l'avait vue à l'aéroport ?

Enfin, il pouvait laisser libre cours à son désir.

Les mouvements sensuels de sa langue le rendaient fou. Jamais il n'avait été en proie à une telle passion. Jamais il n'avait ressenti une excitation aussi brûlante.

Enfouissant les mains dans ses cheveux, il l'embrassa encore et encore, jusqu'au moment où il se rendit compte que cette étreinte allait trop loin. Ce qu'il ressentait était si intense, si dévorant qu'il était sur le point de perdre tout contrôle de lui-même.

A contrecœur, il abandonna ses lèvres mais ne put s'empêcher de rester tout près d'elle. Il savourait la sensation de son souffle chaud contre sa bouche. Lentement, il passa la langue sur ses lèvres avant de descendre le long de sa gorge. Puis il remonta vers sa bouche et la sentit soupirer de plaisir.

Elle ouvrit enfin les yeux pour le regarder. Il savait qu'il n'avait pas le droit de penser à cela, et pourtant, à cet instant, il brûlait de lui faire l'amour sur-le-champ.

— Je vous crois, murmura-t-elle avec un sourire, tout contre ses lèvres.

— A quel sujet ? demanda-t-il en l'embrassant sur le menton.

— Quand vous dites que vous acceptez mes excuses. Je devrais peut-être vous les présenter plus souvent.

Il rit et se redressa légèrement pour la regarder dans les yeux.

— Il vous arrive souvent de dire ou de faire des choses qui nécessitent des excuses ?

— Il paraît, oui. Je suis connue pour être un peu trop directe. Mais vous savez quoi ?

— Quoi ?

— Cette fois-ci, je pense que j'ai bien fait.

Encouragé par son regard brûlant, il ne put s'empêcher de plaquer de nouveau sa bouche contre la sienne. Leur baiser devint aussitôt encore plus ardent que le premier. Transporté de plaisir, il songea qu'il devrait garder ce moment en mémoire pour ses longues soirées d'hiver à Kodiak. Seul devant la cheminée avec pour unique compagnie celle d'une bouteille de bière, il pourrait repenser avec délice aux mouvements exquis de la langue de Bailey contre la sienne.

En la sentant frissonner entre ses bras, il sut que ce n'était pas à cause du froid. La fougue avec laquelle elle répondait à son baiser prouvait qu'elle éprouvait le même désir brûlant que lui.

Il fut tiré de cette délicieuse brume sensuelle quand elle se mit à chercher les boutons de sa chemise pour le déshabiller. S'il attendait encore quelques secondes pour mettre un terme à ce baiser, il serait trop tard. Il ne pourrait plus arrêter ce qu'ils avaient si bien commencé. Hélas, il ne pouvait pas se permettre d'aller plus loin avec elle.

S'écartant légèrement, il appuya le front contre le sien. Consumé par un feu ardent, il sentait se réveiller en lui tout le désir enfoui depuis des années. Jamais une telle force ne s'était élevée en lui, lui donnant l'envie folle d'oublier la réalité pour s'abandonner au plaisir avec la femme irrésistible qu'il serrait dans ses bras.

— Ce n'est pas pour ça que je vous ai emmené ici, Walker, dit-elle d'une voix tremblante.

— Vous me l'avez déjà dit, susurra-t-il sans bouger.

C'était si bon de sentir sa bouche tout près de la sienne… Il lui suffisait d'un léger mouvement pour retrouver la saveur de ses lèvres.

— Je le répète. Je voulais seulement parler tranquillement avec vous.

— C'est tout ? demanda-t-il en riant.

— Vous êtes bien un homme, plaisanta-t-elle à son tour. Toujours prêt à passer un bon moment avec une femme.

— Pas exactement, non. Je suis même très exigeant. Mais avec vous je ne vois pas comment je pourrais résister.

Bailey se mordilla la lèvre. Que pouvait-elle bien répondre à cela ? A vrai dire, elle n'avait pas la force de dire quoi que ce soit, surtout quand Walker la fixait de ses yeux brûlants de désir. Elle n'arrivait même pas à détacher son regard du sien. Il l'avait comme ensorcelée, et c'était loin de lui déplaire.

Il lui était arrivé exactement la même chose un peu plus tôt, quand elle avait regardé ses deux films à la suite. Ce qu'avait dit Chloe était vrai. Dans un rôle comme dans l'autre, sa performance aurait mérité un prix. Cela avait été si étrange de le voir apparaître sur son écran. Assise devant la télévision, elle avait eu l'impression de regarder une autre personne, tout en voyant parfaitement comment il avait pu atteindre le succès en si peu de temps. C'était l'acteur le plus sexy qu'elle ait jamais vu. Les scènes d'amour lui avaient même donné l'envie folle d'être à la place de sa partenaire.

Et ce soir, aussi incroyable que cela puisse paraître, son désir était devenu réalité. Un moment qui resterait à jamais gravé dans sa mémoire.

Mais elle ne devait pas oublier la raison de leur présence

ici. Certes, elle était allée le chercher dans l'intention de lui présenter ses excuses, mais ce n'était pas tout.

— Il y a une autre chose dont je voudrais vous parler, Walker.

— Ah oui ? dit-il en se redressant.

— Oui.

— Mais avant, est-ce que je peux vous embrasser encore une fois ?

Bailey savait qu'elle devait dire non. Un autre baiser de lui était bien la dernière chose dont elle avait besoin. Il risquait de lui faire perdre complètement la raison. Seulement, en sentant son pouce caresser sa lèvre, elle se trouva incapable de résister. Les sensations qu'il faisait naître en elle étaient à la fois si nouvelles et si irrésistibles…

Encouragée par son regard brûlant, elle poussa la manette qui se trouvait à sa droite pour transformer les deux sièges avant de sa voiture en banquette. Puis elle se rapprocha de lui et noua les bras autour de son cou.

— Oui, Walker. Vous pouvez m'embrasser encore une fois.

Sans attendre une seconde de plus, il se pencha de nouveau et prit sa langue entre ses lèvres avides. Elle ne put retenir un soupir de plaisir. Elle sentait dans son baiser tout son désir pour elle, et elle se surprit à y répondre avec une fièvre qu'elle n'avait jamais expérimentée auparavant. Ce qu'il lui faisait vivre était encore plus beau qu'une scène de cinéma. Il était avec elle à cet instant. Il n'y avait ni comédie ni mise en scène. Ses caresses, les mouvements de sa bouche contre la sienne, tout était bien réel et délicieusement excitant.

Quand Walker glissa la main sous son pull pour effleurer sa peau, un frisson lui traversa tout le corps. Fermant les yeux, elle savoura la sensation délicieuse de ses doigts sur sa peau nue.

Quand il abandonna sa bouche, elle se rapprocha encore de lui. Il fit alors lentement remonter ses mains jusqu'à ses seins, qu'il caressa à travers la dentelle de son soutien-gorge.

Lorsqu'il lui ôta son pull, elle se cambra instinctivement pour se plaquer contre lui.

Il semblait lire dans ses pensées pour répondre à ses désirs les plus intimes. D'un geste, il acheva de dénuder le haut de son corps et se pencha pour lui embrasser les seins. Elle sentit alors sa langue sur ses mamelons et se laissa aller quand il l'allongea sur la banquette.

A son tour, elle entreprit de le déshabiller en défaisant un à un les boutons de sa chemise. Elle brûlait de caresser sa peau nue comme il caressait la sienne. Quelques secondes plus tard, haletante, elle passait les mains sur son torse avec délice.

Elle l'entendit murmurer son prénom, puis il lui saisit les poignets pour l'immobiliser tandis qu'il dévorait son ventre et ses seins de baisers exquis. Déjà, elle avait oublié la réalité. Elle ne voulait plus penser à ce qu'elle avait à lui dire. Plus rien ne comptait hormis les mouvements de sa bouche experte.

Walker avait le sentiment que le corps de Bailey l'appelait. Et il était bien décidé à répondre à cet appel. Le goût de sa peau était si envoûtant, les mouvements de son corps si sensuels... Il n'arrivait plus à se contrôler. Il avait cru vouloir seulement un baiser dont il pourrait se souvenir longtemps, mais il découvrait maintenant qu'il désirait beaucoup plus. C'était elle qu'il voulait. Il voulait s'abandonner au plaisir avec elle, mais surtout lui donner ce que semblaient réclamer ses soupirs et les ondulations de son corps.

Redressant la tête pour la regarder dans les yeux, il la prit par la taille pour lui soulever les hanches. Il put alors déboutonner son jean et le faire glisser le long de ses cuisses avant d'en faire autant avec sa petite culotte en dentelle. Il voulait que ce moment reste à jamais gravé dans leur mémoire. Sans savoir pourquoi, il sentait que c'était important.

Ivre d'excitation, il se baissa pour plaquer la bouche contre son sexe nu et la pénétrer avec sa langue. Elle se cambra brusquement et s'agrippa à ses épaules en gémissant de plaisir. Lorsqu'elle vint à sa rencontre pour l'inciter à aller plus loin, il referma les mains autour de ses cuisses et accéléra les mouvements de sa langue, se laissant guider par elle comme dans les rêves qui le hantaient depuis leur rencontre. Le parfum et le goût de sa peau le rendaient fou, ils faisaient brûler en lui des sensations qu'il n'avait jamais connues auparavant.

Au bout de quelques instants, il sentit son corps divin se raidir et trembler sous l'effet de l'extase. Elle cria son prénom, mais il garda la bouche plaquée contre elle pour l'accompagner jusqu'au bout de sa jouissance. Tout en espérant qu'elle n'oublierait jamais ce baiser ô combien intime.

Il attendit de longues secondes avant d'ôter sa langue de son sexe. En entendant son souffle court, il remonta jusqu'à sa bouche pour l'embrasser. Puis il se redressa pour la regarder, découvrant ses yeux brillant de fougue et de plaisir.

Quand Walker abandonna ses lèvres, Bailey lutta pour essayer de reprendre son souffle. Elle n'avait plus aucune force. L'intensité de ce qu'elle venait de vivre était tout simplement indescriptible. Il l'avait emmenée si loin… Comment aurait-elle pu imaginer que de telles sensations existaient ? Jamais elle n'avait osé rêver d'un plaisir aussi divin.

— Je crois que nous ferions mieux de rentrer, murmura Walker en reboutonnant son jean avant de déposer un baiser sur son ventre.

Quand elle sentit sa langue passer autour de son nombril, elle ne put s'empêcher de soupirer de plaisir en prononçant son prénom. Prenant tout son temps, il embrassa ensuite la pointe de ses seins avant de rattacher son soutien-gorge. Puis il baissa son pull et l'aida à se redresser pour s'asseoir.

Elle aurait tellement voulu rester allongée là, à rêver de ce qui venait de se passer entre eux…

— Tu as vraiment des seins magnifiques, tu sais, Bailey.

Elle secoua doucement la tête. Non, elle ne le savait pas. Aucun autre homme ne lui avait jamais fait de compliments sur sa poitrine.

Elle respira profondément, reposa la tête en arrière et ferma les yeux. Etait-ce un rêve ? Un homme qu'elle connaissait à peine venait-il vraiment de lui donner un orgasme à l'avant de sa voiture ?

— Le lac est beau ce soir.

Comment arrivait-il à parler de la beauté du lac alors qu'il venait de lui donner du plaisir au point de lui faire perdre le sens de la réalité ? Et dire qu'il l'avait emmenée aussi loin sans même lui faire l'amour… Elle osait à peine imaginer ce qu'elle ressentirait s'ils allaient jusqu'au bout.

Il ouvrit lentement les yeux et contempla le lac à travers le pare-brise. Elle savait qu'il voulait lui laisser le temps de recouvrer ses esprits et de se rhabiller correctement. Mais comment faire pour avoir les idées claires alors qu'il lui semblait sentir encore sa bouche sur ses seins et entre ses cuisses ?

— Oui, répondit-elle après un silence. Très beau. J'adore venir ici. De jour comme de nuit. A chaque fois que j'ai besoin de réfléchir.

— Ça ne m'étonne pas que cet endroit soit propice à la réflexion.

Elle savait maintenant qu'il était propice à tout autre chose, mais elle se garda de le lui faire remarquer. En se tournant vers lui, elle vit que sa chemise était restée ouverte et elle dut prendre sur elle pour ne pas se pencher et dévorer son torse musclé de mille baisers.

— Nous avons eu tort de faire ce que nous avons fait ce soir, Bailey. Mais je ne le regrette pas.

Elle ne le regrettait pas non plus. La seule chose qu'elle

regrettait était de ne pas être allée jusqu'au bout avec lui. Ils étaient adultes. Si cela leur avait plu à tous les deux, où était le problème ?

— Et pourquoi avons-nous eu tort ?

— Parce que tu mérites mieux qu'une liaison sans lendemain et que c'est tout ce que j'aie à t'offrir.

Elle ne lui avait rien demandé de plus.

— Qu'est-ce qui te fait penser que je veux autre chose, Walker ? Moi non plus, je n'ai pas envie d'une relation sérieuse. C'est tellement plus compliqué.

— Pourquoi ? demanda-t-il avec un air étonné.

— Les hommes ont tendance à devenir possessifs, à considérer les femmes comme leur propriété privée. Ils en deviennent fous parfois. Crois-moi, j'en sais quelque chose. J'ai longtemps vécu au milieu de douze garçons. Voilà pourquoi j'ai établi des règles.

— Les fameuses règles de Bailey, c'est ça ?

— C'est ça.

— Mais même si tu ne t'engages pas, j'imagine que tu sors avec des garçons de temps en temps.

— Quand j'en ai envie.

Elle n'avait pas besoin de lui dire qu'elle n'avait jamais eu d'histoire sérieuse.

— Toi aussi, poursuivit-elle, j'imagine que tu as des aventures.

— Oui, quand j'en ai envie, répondit-il en répétant ses mots.

— Alors nous nous comprenons, conclut-elle tout en se demandant si c'était vraiment le cas.

— Oui, on peut dire ça, approuva-t-il en reboutonnant sa chemise. Et puisque nous sommes ici tous les deux, j'en profite pour te prévenir que j'ai décidé de rentrer à Kodiak dès samedi soir, juste après le mariage, au lieu d'attendre jusqu'à lundi comme prévu.

Elle resta une seconde muette de stupeur.

— Tu pars samedi ?

— Oui.

— Pourquoi ?

Il se tourna vers elle.

— Je n'ai pas besoin de rester plus longtemps. Ce que j'ai à dire aux Outlaw ne va pas changer. Ils n'ont aucune raison de se méfier de ta famille, et si Garth et ses frères décident d'écouter Bart et de ne pas vous rencontrer, ils auront perdu quelque chose.

Tout en l'écoutant, elle songeait à son projet de le faire interviewer par l'une de ses journalistes.

— Il faudrait que tu restes jusqu'à lundi… Au moins.

Il la fixa avec un regard interrogateur.

— Pourquoi faudrait-il que je reste jusqu'à lundi ?

Elle sentit qu'elle avait intérêt à choisir ses mots avec soin.

— Tu te souviens, tout à l'heure ? Je t'ai dit que je voulais te parler de quelque chose.

— Oui, je m'en souviens.

— Eh bien, en fait, j'aurais un service à te demander.

— Quel genre de service ?

Elle ne put s'empêcher de se mordiller nerveusement la lèvre.

— Aujourd'hui, j'ai appris que tu avais été acteur autrefois. Sous le nom de Ty Reklaw.

Il laissa passer un long silence avant de réagir.

— Et alors ? demanda-t-il finalement. Quel rapport avec le fait que je passe le week-end ici ?

Sa voix semblait crispée tout à coup, comme s'il était agacé qu'elle lui ait parlé de son passé.

— Si j'ai bien compris, tu étais à l'apogée de ta carrière quand tu as quitté Hollywood pour l'Alaska. J'ai eu beaucoup de peine en apprenant que tu avais perdu ta famille. Ce moment a dû être tellement dur pour toi.

Elle fit une pause mais, comme il ne disait rien, elle poursuivit.

— C'est arrivé il y a près de dix ans et tu vis toujours seul, sur ton île. Il se trouve que *Simply Irresistible* prépare un dossier sur les hommes qui ont décidé de vivre en solitaire. J'aimerais beaucoup centrer l'article sur un portrait de toi.

Il continuait à se taire. Il la regardait à peine. L'espace d'un instant, elle hésita à poser la question qu'elle avait préparée.

— Serais-tu d'accord pour accorder un moment à une journaliste du magazine ? Pour répondre à une interview ?

Ce ne fut qu'à ce moment, dans la faible lumière du clair de lune, qu'elle vit ses traits se durcir. Des éclairs de colère apparurent brusquement dans ses yeux.

— Non. Et tu ne manques pas de culot. C'était donc pour ça, Bailey, ce petit tour en voiture ? Jusqu'où comptais-tu aller pour me faire dire oui ?

Elle le scruta avec effarement.

— Je te demande pardon ? Tu insinues que j'ai voulu te séduire pour obtenir ce que je voulais ?

— Pourquoi pas ? J'ai connu beaucoup de journalistes qui étaient prêtes à tout pour une interview.

— Eh bien, je ne suis pas comme ça. Si je t'ai amené ici, c'était avant tout pour te présenter mes excuses après mon comportement d'hier soir. Et ensuite, je souhaitais te demander un service.

— Et pourquoi je voudrais qu'il y ait un portrait de moi dans le journal ? J'ai quitté Hollywood pour une raison précise et je n'ai jamais eu la moindre envie de revenir en arrière. Pourquoi aurais-je envie de revivre le passé pour une interview ?

— Tu as dû mal me comprendre. L'article que nous souhaitons publier ne parlera pas de ta vie à Hollywood. Tu es un solitaire, et cela nous intéresse de savoir ce qui pousse certains hommes à choisir ce genre de vie.

— Tu ne t'es jamais dit que tout le monde n'avait pas forcément envie de vivre en permanence au milieu des autres ? Ce n'est pas comme si je vivais en ermite. J'ai des amis. De vrais amis. Des amis qui savent respecter mon intimité quand j'en ai besoin. C'est leur compagnie que je recherche, un point c'est tout.

— Oui, mais…

— Mais ça, tu ne peux pas le comprendre. Toute ta vie dépend de ta famille. Ton travail, ton bonheur, ta raison d'être. C'est d'ailleurs pour ça que l'une de tes règles est de ne jamais t'éloigner d'ici.

Ses propos la mirent hors d'elle.

— Et je peux savoir ce qu'il y a de mal à ça ?

— Rien, si c'est un choix de ta part. Cela ne regarde personne. Tout comme les choix que j'ai faits pour ma propre vie. Qu'est-ce qui peut bien te faire penser que j'ai envie de raconter à tout le monde le mode de vie que j'ai choisi après avoir perdu les deux êtres les plus importants à mes yeux ?

Pourquoi refusait-il de la laisser parler ?

— Si tu me laisses finir, je pourrai t'expliquer pourquoi…

— Il n'y a rien à expliquer. Tu viens d'être nommée rédactrice en chef des chroniques et tu cherches une bonne histoire à raconter dans ton journal. Désolé, ne compte pas sur moi. Tu devras t'adresser à quelqu'un d'autre.

Une heure plus tard, de retour dans sa chambre, Walker ne comprenait toujours pas comment Bailey avait eu l'audace de lui demander de répondre à une interview sur sa vie privée. Ne se rendait-elle pas compte de ce que ce service représentait pour lui ? Ou s'en moquait-elle tout simplement ? Le fait de vivre en communauté l'empêchait-elle de comprendre la préférence d'autres personnes pour la solitude ? Tout le monde n'avait pas forcément envie de vivre en famille, à la fin !

Il y avait longtemps qu'il ne s'était pas senti aussi en colère. Et dire qu'il s'était promis de se méfier des femmes qui savaient utiliser leurs charmes aussi bien que Kalyn…

Au lieu d'écouter son bon sens et de garder ses distances avec Bailey, il s'était laissé aller à l'embrasser. Après cela, il avait été incapable de se contrôler.

Même en cet instant, des souvenirs de leurs baisers hantaient son esprit et son corps. Comment pouvait-elle avoir un tel pouvoir sur lui ?

Il laissa échapper un soupir de frustration. En moins d'une semaine, il avait permis à Bailey d'atteindre une partie de lui qu'il avait crue endormie à jamais. Et ce soir, quand il l'avait serrée, brûlante, contre lui, le désir de faire l'amour avec elle avait été plus intense qu'il n'aurait pu l'imaginer. Comment avait-il trouvé la force d'y résister ? Il l'ignorait encore. Mais heureusement qu'il ne l'avait pas fait. Elle aurait sûrement été prête à tout pour obtenir cette interview.

Si seulement il avait pu se convaincre qu'elle n'était qu'une femme parmi les autres et qu'il n'aurait aucun mal à l'oublier. Mais à quoi bon se mentir ? Comme elle, il s'était fixé des règles, et elle lui avait prouvé qu'elle était plus forte que toutes ses bonnes résolutions.

Qu'elle le fasse sourire ou qu'elle le mette en colère, il était sûr d'une chose : elle le faisait réagir de façon tout à fait excessive.

Il entendit une porte s'ouvrir et se refermer en bas et en conclut que la partie de cartes suivait son cours. Et il était bien décidé à ce qu'il en soit de même pour sa propre existence.

Le choix qu'il avait fait était le seul possible pour lui. Bailey appelait cela vivre en solitaire. Mais pour lui, c'était tout autre chose. De la survie.

Bailey se gara devant chez Ramsey et, descendant de voiture, consulta sa montre. Elle avait enchaîné les réunions et les rendez-vous toute la journée pour faire connaissance avec sa nouvelle équipe, écouter chacun tout en présentant également sa façon de travailler et la direction qu'elle souhaitait prendre.

Mais en dépit de toutes ses occupations elle n'avait cessé de penser à Walker. Il était furieux contre elle. Encore plus qu'il l'avait été deux soirs plus tôt. Sa colère était-elle justifiée ? Etait-elle allée trop loin en lui demandant de répondre à une interview pour le magazine ?

Elle lui en voulait d'avoir insinué qu'elle s'était servie de ses charmes pour obtenir gain de cause. Ce n'était pas son genre, et le fait qu'il pense le contraire la mettait hors d'elle. Les torts étaient partagés, en somme. Ils avaient sans doute tous les deux dit des choses qu'ils regrettaient aujourd'hui. Mais elle devait garder en mémoire que Walker était ici en tant qu'invité, et elle ne voulait surtout pas se rendre coupable de grossièreté envers lui. Dillon lui faisait confiance. Si elle avait blessé Walker, sa famille ne le lui pardonnerait pas.

Il fallait absolument qu'elle en parle à quelqu'un avant de revoir Walker, et les deux personnes vers qui elle pouvait toujours se tourner pour demander conseil étaient Dillon et Ramsey. Mais comme elle risquait, chez Dillon, de tomber sur Walker, il lui avait paru plus sage de s'adresser à Ramsey. Il aurait sûrement de bonnes idées pour l'aider à rattraper sa maladresse.

Elle trouva son frère aîné dans son grand garage de six places, la tête enfouie sous le capot de sa jeep. Elle s'était toujours sentie bien chez lui, et avant qu'il rencontre Chloe, elle y avait passé le plus clair de son temps. Pour elle, les deux années qu'il avait passées en Australie avaient été un véritable déchirement.

Il leva la tête en l'entendant approcher et lui sourit affectueusement.

— Salut, Bay. Comment ça va ?

— Bien. Je t'embrasserais volontiers, mais je n'ai pas très

envie d'avoir du cambouis sur moi. Pourquoi tu t'occupes toi-même de ton huile, alors que Jojo pourrait le faire ?

Ramsey s'essuya les mains en riant.

— Parce qu'il y a des choses que j'aime mieux faire moi-même, comme m'occuper de mon bébé ici présent. Elle m'accompagne depuis toujours.

Bailey acquiesça d'un signe de tête. Elle savait que cette jeep avait été la première voiture de son frère et le dernier cadeau qu'il avait reçu de leurs parents pour son anniversaire, alors qu'il était encore étudiant.

— Tu as su la garder en très bon état.

— Je me donne du mal.

Il s'appuya contre la carrosserie et observa Bailey avec curiosité.

— Alors, Bailey Joleen Westmoreland, dis-moi ce qui t'arrive.

Mieux que quiconque, il savait tout de suite quand elle était préoccupée.

— C'est Walker.

— Ah bon ? Que se passe-t-il ?

Elle baissa les yeux et fixa un moment la pointe de ses boots avant de lui répondre.

— J'ai peur de l'avoir offensé.

En relevant la tête, elle le vit croiser les bras et afficher une expression mécontente.

— Comment ?

— C'est une longue histoire.

— Explique-moi. J'ai tout mon temps.

Elle lui raconta presque tout, en prenant soin d'omettre certains détails. Par exemple, l'attirance qu'elle avait éprouvée pour Walker dès leur rencontre, mais aussi leurs vains efforts pour ignorer le désir qui n'avait fait que s'intensifier au fil des jours. Et bien sûr, ce qui s'était passé entre eux dans la voiture.

— Voilà, Ram. Je lui ai présenté mes excuses hier soir, je

lui ai dit que je regrettais d'avoir mal interprété ses propos sur sa vision du mariage. Mais je l'ai de nouveau mis en colère quand je lui ai demandé de répondre à l'interview.

Ramsey secoua doucement la tête.

— Attends un peu, dit-il. Tu as découvert que Walker était une ancienne star de cinéma et qu'il avait quitté Hollywood après la mort de sa femme et de son fils, et en sachant ça, tu voulais quand même l'interviewer sur la vie de solitaire qu'il mène depuis cet événement ?

Il avait l'air sidéré à l'idée qu'elle ait pu faire une chose pareille.

— Mais ce ne devait pas être l'angle de l'interview, se défendit-elle. *Simply Irresistible* n'est pas un journal people. Je n'allais pas lui demander de nous raconter les détails de son ancienne vie de star. Les femmes sont curieuses de connaître les hommes qui vivent à l'écart de la société. Elles ne sont pas forcément attirées par ceux qui sortent tous les soirs. Les solitaires leur paraissent plus mystérieux, et elles ont envie d'en savoir davantage sur eux. J'ai pensé qu'un portrait de Walker aurait été idéal, puisqu'il vit seul depuis dix ans dans son ranch en Alaska. J'espérais qu'il pourrait éclairer nos lectrices sur ce choix de vie.

— Réfléchis un peu à ce que tu lui as demandé, Bay. Tu as voulu t'immiscer dans sa vie privée, lui faire rendre publiques des choses qui relèvent pour lui de l'intimité. Je suis sûr que si tu avais parlé de ton idée à Chloe ou Lucia elles t'auraient dissuadée. Ton projet était pour le moins indélicat, tu ne trouves pas ?

Vu sous cet angle, elle devait bien reconnaître que son frère avait raison. Mais ce n'était pas du tout de cette façon qu'elle avait considéré les choses. Sans réfléchir, elle avait saisi la chance qui s'était présentée.

— Je ne l'aurais pas fait parler de sa vie à Hollywood, insista-t-elle. Je voulais me concentrer sur sa vie en solitaire. C'est ce que j'ai essayé de lui expliquer.

— Et comment comptais-tu séparer ces deux aspects de son existence ? Nous sommes tous façonnés et influencés par notre passé, par les épreuves que nous avons traversées. Regarde-toi. Comme lui, tu as été confrontée à la perte de deux êtres chers. Et même quatre. Regarde comment tu as réagi. Tu aimerais bien que quelqu'un vienne te proposer une interview pour en parler ? Comment pourrais-tu définir la Bailey que tu es aujourd'hui sans faire référence à celle que tu étais autrefois et à tout le chemin que tu as fait pour devenir adulte ?

Sa question la fit réfléchir quelques instants.

— Et je pense que tu as commis une erreur, ajouta-t-il.

— Laquelle ?

— Tu es partie du principe que solitaire était synonyme d'asocial. Mais on peut être solitaire tout en ayant des amis proches. Tout le monde a besoin d'un peu de temps pour soi. Certains plus que d'autres. Moi, par exemple, j'étais très solitaire avant de rencontrer Chloe. Tout en vivant au milieu de vous tous, j'étais renfermé. Le soir, quand je me retrouvais tout seul ici, j'espérais que personne ne viendrait me déranger.

— Et c'est exactement ce que je faisais, se souvint-elle, honteuse.

— Oui, affirma-t-il en souriant.

Lui en voulait-il d'avoir troublé ses précieux moments de tranquillité ?

— Non, Bay, ajouta-t-il, comme s'il lisait dans ses pensées. Tes visites impromptues ne m'ont jamais contrarié. Je veux juste te faire comprendre que tout le monde n'a pas besoin de compagnie en permanence.

C'était pratiquement ce que Walker lui avait dit. En fait, il était même allé plus loin en lui disant qu'elle était dépendante de ceux qui l'entouraient. Les membres de sa famille.

— On dirait que je vais encore devoir présenter mes excuses à Walker. Si je continue, il va finir par croire que je commence toutes mes phrases par « désolée ». Je vais aller le voir tout de suite.

— Ça me paraît difficile.

— Pourquoi ? s'étonna-t-elle.

— Parce que Walker n'est pas là. Il est parti.

— Parti ?

— Oui, parti. A cette heure-ci, il est en voyage vers l'Alaska. Zane l'a conduit à l'aéroport à midi.

— Mais… Mais… Il avait prévu de rester jusqu'au mariage. Il n'a pas pu rencontrer tout le monde… Les autres cousins n'arrivent que demain.

— Nous n'avons pas pu lui faire changer d'avis. Il a dit qu'il avait une affaire urgente à régler chez lui, au ranch.

Sans le dire explicitement, Ramsey semblait sous-entendre qu'il était en fait parti à cause d'elle.

— Soit. Il est parti. Mais je vais quand même lui présenter mes excuses.

— Euh, si j'étais toi, je ne demanderais pas le numéro de téléphone de Walker à Dillon, surtout si tu lui racontes la même histoire qu'à moi.

Bailey se mordilla la lèvre. Comment allait-elle bien pouvoir réparer les dégâts qu'elle avait causés ?

- 6 -

— Et redis-moi pourquoi tu as écourté ton séjour ?

Walker lança un regard noir en direction de son meilleur ami qui, installé comme chez lui à la table de sa cuisine, dévorait un bol de céréales.

— Pourquoi ? Je te l'ai déjà expliqué. Les Westmoreland sont fiables. Je n'avais pas besoin de rester plus longtemps pour le savoir. Comme je te l'ai dit, en dépit de ce que pense Bart, je crois que vous devriez les prendre au sérieux, tes frères et toi. Ce sont des gens bien.

Walker se tourna vers l'évier au prétexte de rincer sa tasse de café. S'il pensait ce qu'il venait de dire à Garth, il avait tout de même un doute concernant Bailey.

Bailey.

Il lui avait semblé inenvisageable de rester un seul jour de plus sous le même toit qu'elle. Il s'en voulait tellement de l'avoir laissée prendre autant d'emprise sur lui… Une fois de plus, sa faiblesse avait bien failli lui jouer un mauvais tour ! Mais quel homme aurait eu la force de lui résister ?

Il avait fallu qu'elle lui fasse cette demande d'interview pour qu'il comprenne enfin son petit jeu. Si elle faisait preuve d'autant d'audace, c'était qu'elle devait avoir l'habitude d'obtenir ce qu'elle voulait des hommes. Mais elle s'était trompée en croyant qu'il était comme ses frères et ses cousins. Contrairement à eux, il n'avait aucune raison de céder à ses moindres désirs.

— Tu as vraiment joué aux cartes avec Thorn Westmoreland ? demanda Garth avec incrédulité.

— Oui. Il nous a parlé de la moto qu'il construisait pour je ne sais quelle célébrité.

— Ah bon ? Et tu lui as dit que tu avais été acteur et que tu connaissais beaucoup de monde à Hollywood ?

— Non.

— Pourquoi ?

Walker se retourna pour lui répondre.

— J'étais là pour essayer de savoir qui ils étaient, pas pour leur raconter ma vie. Tout ce qu'ils avaient besoin de connaître de moi, c'était que j'étais un ami des Outlaw désireux de faire connaissance avec eux en toute bonne foi.

Mais cela ne les avait pas empêchés de découvrir son passé. Il ignorait qui exactement était au courant, puisqu'une seule personne lui avait parlé de sa vie à Los Angeles. Bailey. Si les autres savaient aussi, ils avaient eu la délicatesse de ne pas aborder le sujet. Mais Bailey, elle, n'avait apparemment que faire de sa vie privée. Tout ce qu'elle avait vu dans son histoire, c'était un bon moyen de vendre du papier.

— Je crois que je vais suivre ton conseil et suggérer aux autres que nous allions rendre visite aux Westmoreland. En fait, j'ai même hâte de les rencontrer.

— Tu ne seras pas déçu, affirma Walker en ouvrant le lave-vaisselle pour y mettre sa tasse. Mais comment comptes-tu t'y prendre avec Bart ? Sais-tu ce qui le rend aussi hostile à l'idée de nouer des liens avec vos nouveaux cousins ?

— Non, mais ça m'est égal. Il faudra bien qu'il s'y fasse. Je suis désolé, ajouta Garth en regardant sa montre, je suis obligé de filer. J'ai rendez-vous à Fairbanks dans trois heures. Cela laisse tout juste le temps à Regan de me ramener en avion sur le continent pour que je sois à l'heure au bureau.

Regan Fairchild pilotait l'avion privé de Garth depuis deux ans. Elle avait succédé à son père le jour où il avait pris sa retraite.

— Je te raccompagne.

Comme ils traversaient le salon, Garth regarda Walker.

— Le jour où tu auras envie de me parler de la vraie raison pour laquelle tu as quitté Denver plus tôt que prévu, n'hésite pas à me le faire savoir. N'oublie pas que je lis en toi comme dans un livre ouvert.

Walker préféra couper court à cette conversation.

— Evite de perdre ton temps. Va lire un autre livre.

Ils allaient sortir quand quelqu'un sonna à la porte.

— C'est sûrement Macon, dit Walker. Il doit passer aujourd'hui pour essayer le tracteur qu'il veut m'acheter.

Sûr de lui, il ouvrit sans vérifier qui était là et se figea en découvrant la femme qui se tenait sur le seuil de sa maison.

— Bonjour, Walker.

Malgré lui, il mit quelques secondes à recouvrer ses esprits.

— Bailey ! Mais qu'est-ce que tu fabriques ici ?

Au lieu de lui répondre, elle se tourna vers Garth qui se trouvait à côté de lui.

— Tiens, vous ressemblez à Riley, dit-elle en souriant.

— Et vous, répondit Garth avec le même sourire, vous ressemblez à Charm.

— Non, corrigea-t-elle en riant, c'est Charm qui me ressemble. Il paraît que je suis plus âgée qu'elle.

— Pardon de vous interrompre, mais je peux savoir ce que tu fais ici, Bailey ? insista Walker sans cacher son irritation.

— De toute évidence, dit Garth, cette jeune femme est venue te voir, c'est pourquoi je vais vous laisser tous les deux. Il faut vraiment que j'y aille.

Il franchit la porte et lança à Walker un regard qui semblait dire : *Tu ne t'en sortiras pas comme ça*. Puis il regarda Bailey.

— Bienvenue à Hemlock Row, lui dit-il. Je vais prévenir la famille que vous êtes là. Avec un peu de chance, Walker vous offrira un tour en avion pour que vous nous rendiez visite à Fairbanks.

— N'y compte pas trop, répliqua Walker à mi-voix.

Mais Garth marchait déjà vers sa voiture et ne l'avait

sans doute pas entendu. Quel toupet, tout de même ! De quel droit souhaitait-il la bienvenue à quelqu'un dans une maison qui n'était pas la sienne ?

Se tournant vers Bailey, il s'efforça d'ignorer les frissons qui traversaient son corps. Il ne devait surtout pas se laisser troubler par sa beauté infiniment sensuelle ni par son parfum envoûtant. Cette fois, au moins, il était prévenu et savait qu'il devait prendre garde.

— Alors ? demanda-t-il en croisant les bras avec autorité. Je t'ai posé deux fois la question et tu ne m'as pas encore répondu. Qu'est-ce que tu fabriques ici ?

Bailey respira profondément et croisa les bras pour contenir un frisson.

— Tu veux bien que nous en parlions à l'intérieur ? Je suis gelée.

Il y eut un moment de suspens, comme s'il hésitait à lui claquer la porte au nez. Mais il s'effaça finalement pour la laisser entrer. Elle se précipita dans la chaleur de la maison. Elle avait eu beau se couvrir deux fois plus qu'à Denver, toutes ses couches de vêtements étaient loin de la protéger contre le froid de l'Alaska.

— Tu devrais t'approcher de la cheminée pour te réchauffer.

— Merci.

Son hospitalité soudaine était pour le moins surprenante. Elle laissa glisser le sac qu'elle avait sur l'épaule, puis ôta ses gants, son manteau et sa veste.

Plutôt que de louer une voiture, elle s'était fait conduire jusqu'ici par un taxi malgré le coût du trajet depuis l'aéroport. Fatiguée, pressée d'arriver chez Walker, elle avait opté pour la solution la plus facile et la plus rapide.

Soucieux de lui faire la conversation, le chauffeur lui avait appris que Walker recevait rarement de la visite, tout en essayant de lui faire dire pourquoi elle venait le voir. Elle l'avait laissé parler, et quand il s'était rendu compte qu'elle ne lui dirait rien, il s'était tu. Mais seulement pendant un instant. Après quelques minutes de silence, il lui avait montré les grands arbres à feuilles persistantes qui bordaient la route en lui disant que c'étaient des sapins-ciguës, très présents en Alaska. Il lui avait parlé de la tempête de neige qui approchait, en lui disant qu'elle était arrivée sur l'île juste à temps pour ne pas être bloquée au milieu de son voyage. Mais, étant donné que son vol de retour était prévu dans quarante-huit heures, ses projets risquaient bel et bien d'être contrariés par la météo. Le chauffeur de taxi était né sur l'île et connaissait la région par cœur. Après lui avoir raconté encore quantité d'histoires, il avait finalement quitté la route principale pour prendre la direction du ranch de Hemlock Row. C'est là qu'elle avait découvert la grande et magnifique maison trônant au milieu d'une immense propriété. C'était un spectacle digne d'une carte postale. Les baies vitrées, les grandes cheminées en pierre, la véranda… Tout était d'une beauté à couper le souffle. Ce paysage entièrement recouvert de neige, cet isolement auraient pu l'angoisser, mais ils la fascinaient au contraire. La dernière maison qu'elle avait vue sur la route se trouvait à au moins vingt kilomètres !

La maison de Walker n'était pas aussi grande que celle de Dillon, mais on s'y sentait tout aussi bien. Elle était en si parfaite harmonie avec la nature…

— Tiens, dit Walker en lui tendant une tasse fumante.

Trop occupée à admirer le cadre qui l'entourait, elle ne s'était même pas rendu compte qu'il s'était absenté.

— Merci, dit-elle en buvant une gorgée.

Cela ressemblait à un mélange de café et de chocolat chaud, avec une goutte de thé. C'était absolument délicieux. Tout comme la vue de Walker debout juste en face d'elle, pieds nus, dans un jean taille basse et un sweat-shirt incroyablement sexy. Quel homme était aussi séduisant à cette heure matinale ? Et dire que cela faisait déjà une semaine qu'il avait quitté Denver. Une semaine au cours de laquelle elle n'avait pensé qu'à lui, au point de décider d'entreprendre ce long voyage jusqu'à l'île de Kodiak afin de lui présenter ses excuses en personne.

— Bon, maintenant que tu es réchauffée, peux-tu enfin répondre à ma question ?

Levant les yeux, elle croisa son regard. Quand elle avait raconté à Lucia et Chloe ce qu'elle avait fait et ce qu'elle prévoyait de faire pour se rattraper, elles lui avaient fait remarquer qu'il ne serait peut-être pas ravi de la voir. A en croire l'expression de son visage, elles avaient vu juste.

— Je suis venue pour te voir. Je te dois des excuses pour ce que j'ai dit. Ce que je t'ai proposé, pour le magazine.

— Pourquoi des excuses ? répliqua-t-il froidement. J'ai pourtant l'impression que c'est ton genre de faire quelque chose d'aussi peu délicat et égoïste.

C'était blessant, mais elle ne pouvait pas lui en vouloir de s'en prendre à elle. Hélas, elle lui avait donné des raisons d'avoir une aussi mauvaise opinion d'elle.

— Ce que tu viens de dire montre à quel point tu te trompes sur moi, et surtout à quel point j'ai mal agi pour t'amener à penser ça.

— Peu importe. Tu n'aurais pas dû te donner tant de peine. Je ne crois pas que tu puisses dire ou faire quoi que ce soit pour me faire changer d'avis.

Cette fois, ses propos la mirent en colère.

— Je n'imaginais pas que tu portais des jugements aussi catégoriques sur les gens.

— Cela nous fait au moins un point commun, alors.

Etait-il nécessaire d'exprimer autant d'amertume et de colère ? En tout cas, après le voyage qu'elle venait de faire, elle n'avait pas l'énergie de s'engager sur ce terrain. Son vol, censé durer quinze heures, lui avait pris sept heures de plus que prévu à cause d'un retard qui lui avait fait manquer sa correspondance. Et pour couronner le tout, ses bagages avaient été égarés dans l'aventure. La compagnie aérienne avait seulement pu lui promettre qu'ils seraient retrouvés et livrés sous vingt-quatre heures à l'adresse qu'elle avait indiquée. Elle l'espérait vivement, étant donné qu'elle devait repartir d'ici deux jours !

— Ecoute, Walker. Mes intentions étaient bonnes, et en dépit de ce que tu penses de moi, je suis vraiment venue ici en personne pour te faire des excuses.

— Très bien. C'est chose faite. Maintenant, tu peux partir.

— Partir ? Je viens juste d'arriver ! Où veux-tu que j'aille ?

— Comment es-tu arrivée ici ?

— J'ai pris un taxi à l'aéroport.

-- Eh bien, tu n'as qu'à le rappeler pour qu'il vienne te chercher, répondit-il d'une voix sévère.

Il ne pouvait pas dire cela sérieusement…

— Et qu'il m'emmène où ? Mon vol pour Denver ne part que dans quarante-huit heures.

— Dans ce cas, je te suggère de te faire héberger par tes cousins de Fairbanks. Tu as déjà rencontré Garth. Il te présentera les autres.

Elle se crispa en voyant qu'il restait intraitable.

— Pourquoi je ne peux pas attendre ici ? insista-t-elle.

— Parce que tu n'es pas la bienvenue ici, Bailey.

Walker fut stupéfait par la dureté de ses propres mots. Il les regretta à l'instant même où ils sortirent de sa bouche. Il voyait bien qu'il avait blessé Bailey. Il se rappela la façon dont il avait été reçu chez elle, par sa famille, qui l'avait accueilli comme un ami sans le connaître. Quoi qu'il pense de Bailey, elle ne méritait pas un tel traitement. Mais pourquoi était-elle venue chez lui à l'improviste ?

Il la regarda poser sa tasse sur la table et remettre sa veste. Puis elle alla chercher son manteau.

— Non, mais qu'est-ce que tu fais ? demanda-t-il avec une brusquerie qui le fit presque sursauter lui-même.

Se redressant avec fierté, elle le regarda tout en boutonnant son manteau.

— A ton avis ? Je m'en vais, voilà ce que je fais. Tu as dit clairement qu'il n'était pas question que je reste chez toi, et je n'ai pas l'habitude de m'imposer.

Il se mordit les lèvres pour ne pas rire. Ses frères et ses cousins ne s'étaient pas privés de lui révéler avec tendresse qu'elle se joignait souvent à leur groupe, ignorant leur volonté de rester entre hommes. Selon eux, il lui était même arrivé de gâcher une soirée en couple pour faire fuir la petite amie qu'elle n'aimait pas.

— Oublie ce que j'ai dit. J'étais en colère.

Quand elle eut boutonné son manteau presque jusqu'au col, elle lui lança un regard noir.

— Et tu l'es toujours. Je n'ai pas fait tous ces kilomètres pour me faire insulter, Walker. Je suis venue présenter mes excuses.

— Je les accepte.

Le souvenir de ce qui s'était passé la dernière fois qu'il avait prononcé cette phrase lui revint soudain à l'esprit. Il l'avait embrassée, avec une fièvre et un plaisir qu'il avait crus éteints à jamais.

Il vit dans ses yeux qu'elle pensait à la même chose que lui. Ce fut sans doute pour cette raison qu'elle se détourna pour regarder fixement les flammes qui dansaient dans la cheminée. Trop tard. Une tension érotique envahissait déjà la pièce.

— Tout bien réfléchi, dit-elle en se tournant de nouveau vers lui, ce n'est peut-être pas une bonne idée que je reste.

Elle avait raison. Ce n'était pas une bonne idée. Mais elle n'avait plus le choix désormais.

— Une tempête de neige se dirige droit sur nous, alors peu importe ce que tu penses.

— C'est important pour moi si tu ne veux pas me voir ici, riposta-t-elle sur un ton brusque.

Il se passa la main sur le visage en soupirant.

— Ecoute, Bailey. Je pense que nous pourrons nous supporter pendant les deux prochains jours. En plus, c'est tellement grand ici que je ne suis même pas sûr de te croiser.

Pour plus de précaution, il l'installerait dans une chambre de l'aile sud. Cette partie de la maison était inoccupée depuis quinze ans.

— Où sont tes bagages ? demanda-t-il.

Plus tôt elle se retirerait dans ses quartiers, plus vite il pourrait ignorer sa présence.

— La compagnie aérienne les a perdus. On m'a promis qu'ils me seraient livrés sous vingt-quatre heures.

Il doutait fort que cela arrive.

— Au cas où les choses ne se passeraient pas comme prévu, dit-il simplement, je peux te prêter un T-shirt pour dormir.

— Merci.

— Si tu as faim, je peux te préparer quelque chose. J'ai des restes à réchauffer.

— Non, merci. Je n'ai pas faim. Mais je te serais reconnaissante si je pouvais prendre une douche et me reposer un moment. Le vol depuis Anchorage était un peu agité.

— C'est souvent le cas, malheureusement. Suis-moi, je vais te montrer ta chambre.

- 7 -

Bailey se réveilla en sursaut en entendant une porte claquer. Se redressant pour s'asseoir sur son lit, elle s'efforça de rassembler ses idées pour se rappeler où elle était. Les événements de ces dernières heures lui revinrent peu à peu à l'esprit. L'île de Kodiak, en Alaska. Le ranch de Walker.

Elle se recoucha et pensa au moment où elle avait décidé de venir ici. Quelle mauvaise idée… Certaine que des excuses par téléphone ne suffiraient pas, elle avait préféré lui dire en face combien elle était désolée.

Et puis, elle devait reconnaître qu'elle avait eu envie de le voir. Tout le monde chez elle avait été étonné qu'il parte si tôt, et même si personne ne le lui avait dit directement, elle avait senti qu'on la soupçonnait d'être responsable de ce changement de programme. A juste titre. Elle n'avait donc surpris personne en annonçant son départ pour l'Alaska. Toutefois, Dillon l'avait prise à l'écart pour lui demander si elle était sûre de vouloir faire ce voyage. Elle lui avait assuré que oui, en lui disant qu'elle devait à Walker des excuses qu'elle voulait lui présenter en personne.

Voilà comment elle était arrivée ici, dans un coin aussi sauvage que les parties les plus reculées de Westmoreland Country. La beauté des paysages qu'elle avait traversés en taxi pour venir jusqu'ici l'avait émerveillée. Après ce qu'elle avait vu, elle avait hâte de découvrir le reste du domaine.

En entendant de nouveau une porte claquer, elle regarda le réveil posé sur la table de nuit. Avait-elle vraiment dormi quatre heures d'affilée ?

Une odeur alléchante vint lui chatouiller les narines. Manifestement, Walker s'était mis en cuisine. Elle espérait au moins qu'il ne s'était pas donné trop de mal pour elle. Mais elle avait tellement faim tout à coup…

Sans se poser plus de questions, elle se leva pour descendre au rez-de-chaussée. Elle se souvenait que Walker lui avait fait monter deux escaliers pour la conduire dans sa chambre. Et quand il l'avait fait entrer, elle s'était curieusement sentie chez elle. Exactement comme dans le salon, au coin du feu.

Etait-ce le mobilier en chêne qui rendait cette pièce aussi chaleureuse ? Ou son grand lit délicieusement confortable ? Elle se réjouissait déjà à l'idée de s'y recoucher ce soir. De se glisser sous la couette pour s'enrouler dedans au lieu de s'allonger dessus comme elle l'avait fait pour sa sieste.

Avant de descendre, elle passa dans la salle de bains, soulagée d'avoir au moins son bagage à main avec sa trousse de toilette.

Quelques minutes plus tard, fraîche et reposée, elle sortit dans le couloir en espérant que l'humeur de Walker s'était adoucie.

Walker consulta la minuterie de la cuisinière avant de soulever le couvercle de la cocotte pour remuer son ragoût. Bailey dormait depuis au moins quatre heures à l'autre bout de la maison, et malgré cela, elle arrivait à perturber sa petite routine. A cet instant, il aurait dû être dehors en train d'inspecter le bétail et de s'assurer que tout était prêt en vue de la tempête de neige. Au lieu de cela, il avait dû se contenter du compte rendu de Willie, le manager du ranch, qui s'était occupé de tout.

Après avoir tourné et retourné la question dans sa tête depuis l'arrivée de Bailey, il n'avait trouvé qu'une seule raison pour expliquer la présence de Bailey. Ses excuses ne pouvaient être qu'un prétexte. En réalité, elle devait espérer le faire changer d'avis au sujet de l'interview.

Si c'était le cas, elle perdait son temps. Même s'il était forcé de reconnaître qu'il lui avait fallu du courage pour entreprendre ce voyage. Du courage et même une certaine folie. Le jour de leur rencontre, il lui avait dit que les hivers en Alaska étaient bien plus rudes que les jours les plus froids qu'elle avait pu connaître à Denver. Apparemment, elle ne l'avait pas cru et se trouvait maintenant confrontée à la dure réalité. Elle était arrivée presque congelée.

Presque congelée, mais plus sublime que jamais. En la voyant apparaître sur le pas de sa porte, puis en la regardant se découvrir près de la cheminée, il avait aussitôt senti tout son désir pour elle le consumer.

En se réveillant ce matin, il s'était senti prêt à tout. Il s'était attendu à la visite imminente de Garth. A l'arrivée de la tempête, un événement presque banal sur l'île de Kodiak. Mais comment aurait-il pu prévoir la venue de Bailey ? En quittant Denver, il avait été convaincu qu'il ne la reverrait plus jamais. Qu'il n'aurait aucune raison de croiser de nouveau son chemin. Même si les Westmoreland en venaient à se lier aux Outlaw, il resterait certainement à l'écart, puisqu'il ne quittait que rarement le ranch pour se rendre à Fairbanks.

— Désolée d'avoir dormi aussi longtemps.

Il se retourna au son de sa voix et le regretta aussitôt. Elle portait les mêmes vêtements qu'à son arrivée, puisqu'elle n'en avait pas d'autres, mais cela ne l'empêcha pas d'être surpris. Son visage démaquillé et ses cheveux noués en queue-de-cheval lui donnaient une allure à la fois juvénile, délicate et excessivement sexy.

— Aucun problème, répondit-il en se concentrant de nouveau sur son ragoût.

Il refusait de la contempler plus longtemps. Il craignait trop de perdre tout contrôle. Le fait de la voir debout au milieu de sa cuisine, là où il ne l'avait jamais imaginée, faisait naître dans son esprit des pensées insensées. Il avait soudain l'impression folle qu'elle était parfaitement à sa place ici, là où Kalyn elle-même ne s'était jamais tenue. Et pour cause. Sa femme avait toujours refusé de venir à Kodiak. Elle n'avait pas voulu voir l'endroit où il était né. Elle considérait cette terre comme un endroit reculé, à l'écart de toute civilisation. Et si elle avait exclu le simple fait d'y séjourner, s'y installer avait évidemment été inenvisageable. Elle n'avait juré que par la Californie. N'avait vécu que pour la plage, les orangeraies et Hollywood. Le reste n'avait pas eu la moindre valeur à ses yeux.

— Que prépares-tu ? Ça sent très bon.

Malgré sa contrariété, il sourit intérieurement. Etait-ce sa façon de lui dire qu'elle avait faim ?

— Un ragoût de bison. La recette de ma grand-mère.

— Voilà pourquoi ça a l'air aussi délicieux.

Que de compliments tout à coup, songea-t-il avec ironie. Mais il n'était pas dupe. Il savait qu'elle avait une idée derrière la tête.

— Assieds-toi, nous pourrons bientôt passer à table.

— Je peux te donner un coup de main. Grâce à Chloe, je me débrouille plutôt bien en cuisine. Que veux-tu que je fasse pour t'aider ?

— Pourquoi Chloe ?

— En plus de ses nombreux talents, c'est une cuisinière hors pair. Elle prépare souvent le petit déjeuner pour Ramsey et son équipe. Un jour, je te raconterai comment ils se sont rencontrés tous les deux.

Il se retint juste à temps de lui dire qu'ils n'auraient sans doute pas l'occasion d'en reparler.

— Merci. Dans ce cas, je veux bien que tu mettes le couvert. Tu trouveras ce qu'il faut dans ce tiroir.

Il ne prenait jamais ses repas à table, mais il espérait mettre de la distance entre eux en lui donnant quelque chose à faire. Comme si cela pouvait lui faire oublier sa présence si troublante…

Ce fut finalement la sonnerie de son téléphone portable qui vint à son secours. C'était un appel de Willie.

— Allô ? Qu'y a-t-il, Willie ?

— C'est Marcus, patron, répondit-il d'une voix affolée. Il s'est réfugié dans une hutte pour se protéger d'un ours et il ne peut plus sortir. Nous n'arrivons pas à faire fuir l'animal. Nous avons tiré des coups de fusil, mais aucun de nous n'a réussi à le toucher.

— Oh ! non. J'arrive tout de suite.

Il se précipita vers le placard où étaient rangés ses manteaux et ses bottes.

— Je dois sortir, dit-il dans un souffle. C'était Willie Hines, le manager du ranch. Un ours brun a coincé un de mes hommes dans une hutte, il faut que j'y aille.

— Je peux venir ?

Il se tourna vers elle pour lui dire non, mais en voyant son regard suppliant il changea d'avis.

— D'accord, mais reste à l'écart. Va chercher ton manteau, ton écharpe et ton bonnet. Et dépêche-toi. Il faut faire vite.

Il mettait ses bottes quand elle revint avec son équipement. Il attrapa un fusil et la vit avec stupeur en prendre un aussi.

— Tu es sérieuse, là ?

— Je ne suis pas mauvaise en tir. Qui sait, je pourrai peut-être me rendre utile.

Il n'avait pas le temps de discuter. Il ne lui restait plus qu'à espérer qu'elle se tiendrait tranquille.

— Bon. Allons-y.

— Je croyais que les ours hibernaient en hiver, dit Bailey en s'agrippant à la poignée de la jeep.

Walker conduisait comme un fou et sa ceinture de sécurité ne suffisait pas à la caler sur son siège. Et pour ne rien arranger, son gros manteau de laine était loin de la protéger du vent glacial et des flocons qui commençaient à tomber.

— L'hiver n'a pas encore officiellement commencé. Et je pense que cet ours est celui qui nous a déjà posé des problèmes l'année dernière. Il n'a pas un comportement normal. Sa tête est mise à prix depuis un bon moment.

Bailey l'écoutait avec curiosité. Même si les ours étaient présents dans les Rocheuses, on ne les y voyait que rarement. A Westmoreland Country, elle n'avait entendu parler que d'un seul incident provoqué par un ours. Dillon avait appelé les autorités, qui avaient capturé la bête pour la relâcher ailleurs. C'est là qu'elle se rappela ce que lui avait dit Walker le jour de leur rencontre : sur l'île de Kodiak, les ours étaient plus nombreux que les humains.

Il freina brusquement devant trois hommes qui devaient être ses employés. A peine avait-il coupé le moteur qu'il se précipita dehors en lui intimant l'ordre de rester dans la voiture.

Elle obéit à contrecœur et le regarda courir vers les hommes qui l'attendaient. Ils pointèrent du doigt pour lui indiquer l'endroit où se déroulait la scène, à une trentaine de mètres. La créature qu'elle aperçut alors ne ressemblait pas à l'idée qu'elle s'était faite d'un ours brun. C'était un énorme grizzly qui rugissait en donnant des coups de griffes dans une hutte en bois qu'il avait déjà considérablement abîmée. La rage avec laquelle il essayait d'atteindre la personne cachée à l'intérieur était terrifiante. Il semblait tellement déterminé… Si personne n'agissait, il ne tarderait pas à obtenir ce qu'il voulait. Mais toute tentative de tir représentait un danger pour l'homme pris au piège.

Elle n'eut pas besoin d'entendre l'échange entre Walker et son équipe pour comprendre qu'ils cherchaient à établir une stratégie pour faire diversion et éloigner l'animal. Et elle ne tarda pas à deviner que Walker s'était porté volontaire pour jouer le rôle de l'appât. Quitte à mettre sa propre vie en péril.

Horrifiée, elle le regarda courir vers l'ours pour attirer son attention. Il ne s'arrêta qu'à quelques pas de lui. Au début, elle eut l'impression que rien ne pouvait distraire l'animal de son objectif. Plus que quelques coups de griffes et de crocs et la hutte serait détruite. Il pourrait se jeter sur sa proie. De là où elle se trouvait, elle entendait les cris du pauvre homme qui appelait au secours et suppliait qu'on intervienne avant qu'il soit trop tard.

Walker ramassa alors une grosse branche et s'en servit pour frapper l'ours. Cette fois, il avait attiré son attention. Retenant son souffle, Bailey vit l'énorme bête se retourner pour charger Walker. Il devait maintenant l'éloigner de la hutte pour permettre à ses hommes d'avoir un meilleur angle de tir. Le stratagème semblait se dérouler comme prévu, quand Walker trébucha et tomba.

En une fraction de seconde, Bailey était dehors, fusil en main. Elle s'approcha des trois hommes et se mit en position de tir.

— Vous ne l'aurez jamais d'ici, ma petite dame, lui dit l'un d'eux.

Elle ne l'écouta pas. Elle savait que Walker allait se faire déchiqueter si elle ne faisait rien. Elle n'avait plus que quelques secondes avant que la bête ne se jette sur lui.

Elle visa et tira.

L'ours s'écroula, faisant trembler la terre sous son poids.

— T'as vu ça ?

— Comment elle a fait ? Qui est-ce ?

— J'arrive pas à croire qu'elle ait eu le grizzly d'ici, avec une arme aussi rudimentaire.

Sans prêter attention aux commentaires des trois hommes, Bailey se précipita vers Walker.

— Tu n'as rien ?

— Non, c'est bon. Je me suis juste cogné la jambe contre cette pierre en tombant.

Elle posa son fusil et se pencha pour regarder sa blessure. Il saignait abondamment.

— Il est blessé ! cria-t-elle aux hommes qui continuaient à la fixer avec curiosité. Il faudrait que deux d'entre vous le portent jusqu'à la voiture. Et si le troisième pouvait aller voir celui qui est dans la hutte, je crois qu'il s'est évanoui.

— Je t'assure que ça va, Bailey, protesta Walker. Je peux marcher.

— Pas sur cette jambe. Soulevez-le doucement, dit-elle aux deux employés qui arrivaient.

— Je vous l'interdis, dit Walker. J'ai dit que je pouvais marcher.

— Non, tu n'es pas en état, riposta-t-elle.

Elle se tourna ensuite vers les deux employés qui restaient immobiles, ne sachant à qui ils devaient obéir.

— Allez, portez-le ! lança-t-elle avec autorité.

Son tir avait dû lui apporter une certaine crédibilité, car ils suivirent finalement ses instructions, ignorant les jurons rageurs de Walker.

— Je vais appeler le Dr Witherspoon pour qu'il vienne au plus vite, dit l'un d'eux quand Walker fut installé dans la jeep. Et nous allons vous suivre en voiture pour vous aider à le porter jusqu'à la maison, une fois là-bas.

— Merci, répondit-elle en s'asseyant au volant.

Elle regarda Walker, qui était désormais inconscient, et respira profondément pour calmer son sentiment de panique. Elle s'était préparée à affronter beaucoup de choses en venant en Alaska. Mais pas à tuer un grizzly.

- 8 -

Walker se réveilla, puis referma les yeux en sentant une vive douleur dans sa jambe. Il mit un long moment à les rouvrir. A cet instant seulement, il comprit qu'il était allongé dans son lit, sur le dos. Puis il se souvint comment il s'était retrouvé dans cet état. Le grizzly.

— Bailey ? murmura-t-il en entendant un bruit dans sa chambre.

— Elle n'est pas là, Walker.

Il reconnut aussitôt la voix grave qui venait de lui répondre.

— Dr Witherspoon ?

— Fidèle au poste. Il faut toujours que vous frôliez la mort pour que j'aie l'occasion de vous voir.

— Je n'ai jamais frôlé la mort.

— Cette fois, si. D'après ce qu'on m'a raconté, cet ours vous aurait dévoré tout cru si cette petite dame ne vous avait pas sauvé.

Ses derniers mots rappelèrent à Walker ce que le médecin avait dit un instant plus tôt.

— Bailey n'est pas là ? Où est-elle ?

— Elle est partie à l'aéroport.

A l'aéroport ? Elle rentrait déjà à Denver ?

— Docteur, j'ai dormi pendant combien de temps ?

Il avait l'esprit tellement confus... Il semblait avoir perdu toute notion du temps.

— Votre sommeil a duré près de quarante-huit heures, entrecoupé de brefs moments de conscience. Notamment parce que je vous ai donné assez d'antalgiques pour endormir un éléphant. Bailey a approuvé ma suggestion. Vous aviez besoin de vous reposer. Du reste, vous étiez un patient très indiscipliné.

En quoi l'avis de Bailey avait-il la moindre importance puisqu'elle n'était plus là ?

Peu à peu, il se remémora les détails de ce qui s'était passé deux jours plus tôt.

— Comment va Marcus ?

— Il était sous le choc, mais je lui ai donné un traitement, et il va mieux maintenant. Et comme c'est un vrai séducteur, les femmes se succèdent à son chevet pour jouer les infirmières.

Walker hocha la tête tout en essayant de ne plus penser à Bailey. C'était ridicule. Pourquoi son départ l'accablait-il à ce point ? Elle lui avait dit dès son arrivée qu'elle ne resterait que quarante-huit heures. Il n'avait aucune raison d'être surpris, et encore moins déçu, étant donné qu'il ne l'avait accueillie qu'à contrecœur. Il lui avait bien dit qu'elle n'était pas la bienvenue chez lui. Alors pourquoi se sentait-il soudain aussi abattu ? C'était sans doute l'effet des médicaments.

— Vous avez une méchante coupure à la jambe, Walker. Très profonde. Vous avez perdu beaucoup de sang, et j'ai dû vous faire des points de suture. Vous avez aussi de nombreuses ecchymoses, notamment au niveau des côtes, mais rien de cassé. Si vous ménagez votre jambe autant que possible et si vous suivez mes instructions, vous serez remis d'ici une semaine environ. Je reviendrai vous voir d'ici quelques jours.

— Si vous voulez, grommela-t-il.

Walker savait que le Dr Witherspoon ne prenait pas sa mauvaise humeur pour lui. Il le connaissait trop bien pour cela, et pour cause, puisque c'était lui qui l'avait mis au monde.

Walker referma les yeux. Il n'aurait su dire combien de temps il avait dormi mais, quand il se réveilla, il fut accueilli par un parfum de femme. Prenant garde à ne pas bouger sa jambe blessée, il tourna la tête et aperçut Bailey, assise dans un fauteuil, en train de lire. Etait-ce un rêve ? Ce ne serait pas étonnant. Depuis son départ de Denver, elle était souvent venue hanter son sommeil. Seulement, il n'avait jamais rêvé d'elle assise auprès de son lit, mais toujours nue entre ses bras.

Il cligna des yeux une fois, puis une deuxième. Elle était toujours là. C'était donc bien réel ?

— Le médecin m'a dit que tu étais partie à l'aéroport.

Elle se tourna vers lui et leurs regards se croisèrent. Frissonnant de désir, il se demanda une fois de plus pourquoi sa seule présence le troublait à ce point. Le fait de la voir dans sa chambre ne lui donnait qu'une seule envie : qu'elle le rejoigne dans son lit.

Elle baissa les yeux et lissa son chemisier d'un geste machinal.

— En effet, j'y suis allée. Les vingt-quatre heures étaient écoulées, et je n'avais toujours pas reçu mes bagages.

— Tu es allée à l'aéroport chercher tes affaires ?

— Oui.

Le soulagement qu'il ressentit était inexplicable. De toute façon, il était trop épuisé pour y réfléchir, et la douleur l'empêchait d'avoir les idées claires.

— J'ai cru que tu étais repartie pour Denver.

— Désolée de te décevoir.

Une fois de plus, songea-t-il avec frustration, elle avait mal interprété ses propos. Mais il se garda bien de lui dire à quel point elle se trompait.

— Et alors, tu as pu récupérer tes bagages ?

— Oui. Les gens de la compagnie les avaient retrouvés, mais prenaient tout leur temps pour les faire livrer ici. Manifestement, je n'étais pas leur priorité.

Ils regrettaient sûrement d'avoir commis une telle erreur. Il imaginait très bien la scène qu'elle avait dû leur faire.

— Tu veux manger quelque chose ? lui proposa-t-elle. Il reste plein de ragoût de bison.

Oui, se souvint-il, le ragoût qu'il avait préparé juste avant de recevoir le coup de téléphone au sujet de Marcus. En entendant Bailey lui en parler, il se rendit compte qu'il mourait de faim.

— Oui, merci.

— Je reviens tout de suite.

Il la regarda se lever, poser son livre et sortir de sa chambre. Au moins, son état lamentable ne l'empêchait pas d'apprécier les courbes divines de son corps.

Une fois seul, il ferma les yeux et se remémora chaque seconde de son face-à-face avec l'ours. Un souvenir surpassait tous les autres et résumait à lui seul toute cette aventure : Bailey Westmoreland lui avait sauvé la vie.

— Oui, Walker va bien, il s'en tire avec des contusions et quelques points de suture.

Debout dans la cuisine, Bailey était au téléphone avec Ramsey pour lui donner des nouvelles.

— Cela m'a fait vraiment mal de tuer cet ours, poursuivit-elle, mais c'était Walker ou lui. Il était énorme et très agressif.

— Tu as fait ce qu'il fallait, Bay. Walker a dû être bien content que tu sois là.

— Peut-être. De toute façon, maintenant, il n'a plus le choix. Il est cloué au lit et a besoin de quelqu'un pour l'aider. Le médecin lui a recommandé de ne pas prendre appui sur sa jambe blessée. Par conséquent, je vais devoir demander à Chloe et Lucia quelques jours de congé supplémentaires. Peut-être une semaine.

— Eh bien, tu as de la chance, Lucia est ici. Je vais donc pouvoir te les passer toutes les deux. Je t'embrasse.

— Moi aussi. Vous me manquez tous.

— Tu nous manques aussi. Mais ce n'est pas désagréable de passer quelques jours sans toi, ajouta-t-il pour la taquiner comme il aimait tant le faire.

— Oui, c'est ça, répondit-elle en riant.

Elle raccrocha quelques minutes plus tard. Chloe et Lucia avaient compris la situation et lui avaient dit de prendre tout le temps nécessaire pour prendre soin de Walker. Une fois de plus, elle se rendit compte de la chance qu'elle avait de travailler pour elles.

Respirant profondément, elle promena le regard autour d'elle. Ces trois derniers jours, elle avait eu tout le temps de s'habituer à la maison. Elle connaissait la place de chaque ustensile de cuisine et avait même trouvé un livre de recettes qui avait appartenu à la grand-mère de Walker. Il y avait aussi un album de photos de famille dans l'un des placards. Elle n'avait pu s'empêcher de le feuilleter et de sourire en voyant Walker à tous les âges, entouré par les siens. Du moins par ses parents et ses grands-parents, qu'elle avait reconnus sans les avoir jamais rencontrés. En revanche, elle avait eu la surprise de ne trouver aucune photo de sa femme ni de son fils. Pas même un souvenir du jour de son mariage.

Elle se tourna vers la fenêtre. La neige tombait aussi fort que les deux jours précédents. Elle avait eu l'occasion de rencontrer tous les employés du ranch, qui étaient venus se présenter et lui assurer qu'ils s'occupaient de tout en l'absence de leur patron. Le récit de sa rencontre avec l'ours s'étant répandu en quelques heures, la plupart des hommes la regardaient avec stupéfaction. Ils formaient un groupe extrêmement sympathique. Certains travaillaient ici depuis de nombreuses années et avaient connu Walker enfant. A en juger par la façon dont ils demandaient de ses nouvelles, ils étaient tous très attachés à lui.

De toute évidence, songea-t-elle avec ironie, le Walker qu'elle connaissait était bien différent de celui qu'ils fréquentaient au quotidien. Mais par chance elle n'avait pas l'occasion de se disputer avec lui en ce moment, puisqu'il était assommé par les calmants et dormait la plupart du temps. Elle avait bien proposé de l'aider à faire sa toilette, mais il lui avait opposé un refus catégorique. Il prenait tout de même soin de ménager sa jambe, conformément aux recommandations du médecin, et se déplaçait sur les béquilles que lui avait apportées un de ses employés.

La neige avait redoublé et recouvrait désormais tout le paysage d'un épais manteau blanc. Les hommes du ranch avaient apporté des réserves de bois pour la cheminée, et Bailey s'était assurée qu'il y avait suffisamment de provisions dans la cuisine. A présent, elle vivait au jour le jour en attendant que Walker se rétablisse.

Garth avait téléphoné pour parler à son ami et elle lui avait raconté ce qui s'était passé. Il lui avait laissé son numéro de téléphone en lui disant de l'appeler si elle avait besoin de quoi que ce soit ou si Walker persistait à se rebeller. Mais, comme elle le lui avait dit, le blessé avait passé la plupart de ces trois derniers jours à dormir. Quand il était réveillé, elle se contentait de lui apporter ses repas et de s'assurer qu'il prenait ses médicaments. Le reste du temps, elle le laissait tranquille.

Mais pas aujourd'hui, décida-t-elle. Elle n'en pouvait plus de le voir passer ses journées dans une chambre morne et sombre. Même s'il ne faisait pas beau, elle avait la ferme intention d'ouvrir les rideaux pour qu'il voie enfin la lumière du jour. Et de le forcer à sortir de son lit, au moins le temps qu'elle change ses draps.

Elle avait appris en parlant avec Garth que Lola Albright, la gouvernante de Walker, venait toutes les semaines, quelle que soit la météo. Ayant trouvé ses coordonnées dans un tiroir de la cuisine, Bailey lui avait téléphoné pour lui recommander de rester chez elle cette fois-ci. Mme Albright savait déjà ce qui était arrivé à Walker. Après avoir complimenté Bailey pour son habileté au tir, elle l'avait remerciée pour son appel en se mettant à sa disposition en cas de besoin. Elle et son mari habitaient une ferme à une quinzaine de kilomètres de chez Walker, ce qui faisait d'eux ses plus proches voisins.

Après avoir rempli un bol avec la soupe de poulet aux vermicelles qu'elle avait préparée plus tôt, Bailey le mit sur un plateau et se dirigea vers la chambre de Walker. Elle poussa la porte et s'arrêta net, surprise de le voir déjà hors de son lit, assis dans le fauteuil depuis lequel elle l'avait veillé.

Elle remarqua tout de suite qu'il s'était changé et rasé et ne put s'empêcher de le dévorer des yeux. Enfin, elle le revoyait tel qu'elle l'avait trouvé en arrivant chez lui. Cependant, elle était partagée entre la satisfaction de voir qu'il avait réussi à se lever tout seul et le regret qu'il n'ait pas voulu lui demander son aide.

— C'est l'heure du déjeuner, dit-elle en portant le plateau jusqu'à la table située à côté de lui.

Elle voulut croire qu'il lui avait dit merci, même si elle n'avait entendu qu'un vague murmure. Elle posa le plateau et traversa la chambre pour ouvrir les rideaux.

— Qui t'a demandé de faire ça ?

Elle continua sans le regarder.

— Tu as sûrement envie de regarder un peu dehors.

— Je veux que les rideaux soient fermés.

— Eh bien, désolée, ils sont ouverts maintenant.

Elle se retourna finalement et frissonna en croisant son regard. Son regard *noir*, observa-t-elle intérieurement. Mais sa mauvaise humeur ne l'impressionnait pas. Avec cinq frères et une ribambelle de cousins, elle avait eu tout le temps d'apprendre à affronter un homme contrarié.

— Je suis ravie de te voir debout. Je voulais justement changer les draps, ajouta-t-elle en s'approchant du lit.

— Lola, ma gouvernante, vient demain. Elle pourra s'en occuper à ce moment.

— J'ai appelé Lola ce matin pour lui dire que ce n'était pas la peine qu'elle se déplace par ce temps. Je peux m'occuper de la maison tant que je suis là.

Il ne dit rien mais, à en juger par son expression renfrognée, cette initiative ne lui plaisait pas du tout. Et tandis qu'elle changeait ses draps, elle sentit que, derrière elle, son regard scrutateur ne la quittait pas. Quand elle se tourna vers lui après avoir fini, elle vit la crispation sur son visage.

— Fais attention, Walker, dit-elle pour le taquiner. Si tu gardes cet air méchant et revêche, tu risques de rester comme ça toute ta vie.

Il eut l'air encore plus énervé.

— Tu peux faire tout ce que tu veux, grommela-t-il, je ne changerai pas d'avis à propos de l'interview. Tu perds ton temps.

S'il avait voulu la mettre en colère, c'était réussi. Elle poussa un soupir rageur et s'approcha de lui pour le regarder dans les yeux.

— Espèce de sale ingrat ! lâcha-t-elle.

Elle poursuivit avec quelques obscénités qu'elle n'avait pas prononcées depuis la dernière fois que Dillon lui avait lavé la bouche avec du savon, bien des années plus tôt.

— Tu crois toujours que je suis là pour ça ? Que si j'ai tué cet ours, si je suis restée ici et si j'ai supporté ton humeur de chien, c'est pour obtenir une interview ? Alors, écoute-moi bien. Je ne veux pas t'interviewer. Tu n'es plus un candidat envisageable. Les femmes s'intéressent aux hommes qui sont solitaires mais corrects, pas ceux qui sont tellement amers qu'ils ne reconnaissent même pas un acte purement altruiste, même quand…

Comment aurait-elle pu prévoir ce qui se passa à cet instant ? Saisissant une mèche de ses cheveux, il attira son visage près du sien et la fit taire en plaquant sa bouche contre la sienne. Aussitôt, son baiser la transporta de plaisir, lui rappelant le soir où ils s'étaient garés devant le lac.

Malgré elle, elle se surprit à répondre à son baiser et à

soupirer de plaisir en sentant sa langue contre la sienne. Elle aurait tant voulu trouver la force de résister… Mais après le plaisir qu'il avait su lui donner ce fameux soir dans sa voiture, après des nuits passées à rêver de lui, elle ne pouvait que céder.

Lentement, il glissa la main sous sa jupe et remonta le long de sa cuisse. Puis il passa le doigt sous l'élastique de sa petite culotte et entra en elle.

Ivre de plaisir, incapable de mettre un terme à ce moment de délicieuse sensualité, elle ferma les yeux et s'abandonna tandis que ses baisers et ses caresses la menaient vers la jouissance.

Walker trembla d'excitation en entendant le cri d'extase de Bailey. C'était si bon de sentir le plaisir qu'il lui donnait, de savourer de nouveau le goût de sa bouche…

Cela faisait des jours qu'il rêvait d'elle. A chaque fois qu'il l'avait vue entrer dans sa chambre, il s'était senti comme un lion en cage, fou de rage à l'idée de devoir rester couché sans bouger au lieu de l'embrasser avec toute la fièvre qui le consumait.

Faisant semblant de dormir, il n'avait pu s'empêcher d'entrouvrir les paupières pour l'observer à la dérobée. Il l'avait entendue pester contre sa mauvaise humeur, non sans sourire de la créativité dont elle faisait preuve en matière de jurons.

Finalement, une fois calmée, elle s'était assise à côté de lui pour lire ou feuilleter l'un de ses magazines de nature et d'environnement. Il gardait aussi en mémoire le jour où elle lui était apparue vêtue d'un sweat-shirt et d'un leggings. Lorsqu'elle s'était hissée sur la pointe des pieds pour poser quelque chose sur une étagère du haut, il l'avait dévorée des yeux, brûlant de se lever pour prendre possession de son corps ensorcelant.

Aujourd'hui, en se réveillant, il avait enfin trouvé la force de se lever. Il avait fait sa toilette, s'était changé et l'avait attendue, assis dans son fauteuil. Il n'avait pas prévu de l'embrasser mais se félicitait de l'avoir fait.

Quand il l'entendit reprendre peu à peu son souffle, il abandonna ses lèvres et ôta les doigts de son sexe. Puis il se redressa pour la regarder dans les yeux.

— Merci de m'avoir sauvé la vie, Bailey, murmura-t-il.

Visiblement, elle était étonnée de l'entendre dire ces mots. Mais elle n'était pas au bout de ses surprises. Il avait beaucoup d'autres projets à réaliser avec elle avant qu'elle ne quitte le ranch pour retourner à Denver.

- 9 -

Dans quoi t'es-tu encore embarquée, Bailey ?

Debout dans la véranda de la maison de Walker, Bailey ne cessait de se poser cette question. Pour la première fois depuis son arrivée sur l'île de Kodiak, le temps s'était suffisamment amélioré pour qu'elle profite un peu de l'extérieur. La neige recouvrait le paysage à perte de vue.

La veille, au téléphone, Josette lui avait dit qu'une tempête de neige avait frappé Denver et que les autorités allaient peut-être devoir ordonner la fermeture de l'aéroport. Bailey avait souvent connu ce type d'intempéries à Denver, mais ce n'était rien en comparaison des torrents de grêle et de neige mêlées qui s'étaient abattus sur l'Alaska ces derniers jours. Même si cet endroit lui rappelait parfois les terres où elle avait passé toute sa vie, ici, quand elle regardait par la fenêtre de sa chambre pour admirer le détroit, ce n'étaient pas des montagnes mais d'énormes glaciers qu'elle apercevait. Et l'un des étangs de la propriété de Walker était entièrement gelé depuis son arrivée.

Elle referma les mains autour de sa tasse de café et la porta à ses lèvres. Avait-elle la moindre chance de trouver la réponse à sa question ? Cette réponse existait-elle ? Tout ce qu'elle savait, c'était qu'elle devait rentrer chez elle avant…

Avant quoi ?

Walker semblait l'avoir privée de toute capacité à réfléchir calmement. Dès l'instant où il l'avait embrassée dans sa chambre, elle n'avait plus eu les idées claires. Et il avait fait bien plus que l'embrasser. Il l'avait menée jusqu'à l'extase, pour la deuxième fois. Puis il l'avait embrassée encore et encore.

Finalement, elle avait trouvé la force de sortir, et de garder ses distances jusqu'à l'heure du dîner. Par chance, en remontant plus tard dans sa chambre, elle l'avait trouvé endormi et s'était contentée de déposer son plateau-repas à côté de son lit. Puis Willie était venu rendre visite à Walker dans la soirée, et c'était lui qui avait redescendu le plateau dans la cuisine. Elle était tout de même retournée le voir avant d'aller se coucher, juste le temps de s'assurer qu'il n'avait besoin de rien.

Trois jours s'étaient écoulés depuis, au cours desquels elle avait soigneusement évité de passer du temps avec lui. Elle n'était allée le voir que pour lui apporter ses repas. A chaque fois, elle l'avait trouvé habillé et assis dans son fauteuil. De toute évidence, il se rétablissait. Alors pourquoi n'avait-elle pas encore organisé son retour à Denver ?

Elle attendait seulement que le Dr Witherspoon lui assure que Walker pouvait s'en sortir tout seul. C'était du moins ce qu'elle se répétait. Et peut-être allait-elle bientôt avoir cette confirmation, puisque le médecin était arrivé une heure plus tôt et se trouvait en ce moment même avec son patient. Elle allait sûrement pouvoir prendre ses dispositions pour quitter le ranch et recouvrer enfin ses esprits.

Sentant soudain le froid qui la saisissait, elle se décida à rentrer. Alors qu'elle refermait la porte, elle aperçut le Dr Witherspoon dans l'escalier.

— Alors, docteur, comment va notre blessé ? demanda-t-elle à celui qui lui faisait davantage penser à un bûcheron qu'à un médecin.

— Il va bien. J'ai pu lui enlever ses points de suture, et il devrait pouvoir descendre et monter l'escalier d'ici un jour ou deux. Je lui ai recommandé de le faire, pour chasser la raideur de ses jambes.

Elle acquiesça et posa sa tasse sur la table.

— Donc, il peut se débrouiller de nouveau tout seul ?

— Plus ou moins. Je ne voudrais pas qu'il s'épuise. Comme vous le savez, Walker ne fait pas toujours ce qu'on lui dit. Je suis heureux que vous soyez là pour l'empêcher de se surmener.

Elle se mordilla la lèvre.

— Mais je ne pourrai pas rester ici éternellement. J'ai un travail qui m'attend à Denver. Vous avez une idée du moment où je pourrai partir ?

— Si vous avez besoin de rentrer chez vous, vous ne devez pas hésiter. Je suis sûr que Lola sera d'accord pour s'installer ici le temps que Walker soit complètement remis.

Le Dr Witherspoon venait de lui donner le feu vert pour qu'elle s'en aille. Alors, pourquoi ne sautait-elle pas sur l'occasion ? Pourquoi persistait-elle à croire qu'on avait besoin d'elle ici ?

— Vous n'aurez qu'à me dire quand vous aurez l'intention de partir, et je ferai ce qu'il faudra, ajouta le médecin. Vous devinez comme moi que Walker préférerait rester seul après votre départ, mais ce ne serait pas prudent. Personnellement, je pense qu'il a besoin de vous.

Il ne se doutait pas à quel point il se trompait. Certes, Walker semblait prendre plaisir à l'embrasser. Mais cela ne voulait nullement dire qu'il avait besoin d'elle.

— Permettez-moi d'en douter, répondit-elle. Au contraire, je pense même qu'il sera ravi de me voir partir.

— Oh ! je ne crois pas. Je connais Walker depuis toujours. Je l'ai vu naître et j'avais hâte de mettre son fils au monde, mais sa femme n'a pas voulu en entendre parler. Elle tenait à ce que leur bébé naisse en Californie. Elle n'aimait pas beaucoup l'île.

Il se tut et eut un regard étrange, comme s'il regrettait d'en avoir trop dit.

— En tout cas, reprit-il, si vous décidez de partir avant la fin de la semaine, prévenez-moi pour que j'en parle à Lola.

— Je n'y manquerai pas.

Juste avant de passer la porte d'entrée, il se retourna vers elle.

— Au fait, j'allais presque oublier. Walker voudrait vous voir.

Elle le regarda avec étonnement.

— Ah bon ?

— Oui, assura-t-il avant de sortir.

Qu'est-ce que Walker pouvait bien avoir à lui dire ? Ils s'étaient déjà vus le matin même, quand elle lui avait monté son petit déjeuner, mais elle était restée juste assez longtemps pour poser son plateau et voir qu'il avait ouvert les rideaux.

Inspirant profondément, elle s'avança vers l'escalier. Si Walker voulait la voir, c'était certainement pour lui signaler qu'il était grand temps pour elle de faire ses valises.

— Le Dr Witherspoon m'a dit que tu voulais me voir.

Walker se retourna en entendant la voix de Bailey. Debout sur le seuil de sa chambre, elle semblait se tenir prête à repartir à tout moment. S'était-il montré d'aussi mauvaise humeur que le prétendait son médecin ? Si c'était vrai, cela voulait dire que Bailey avait supporté ce qui aurait fait fuir n'importe quelle autre femme.

— Entre, Bailey, je ne vais pas te mordre.

S'il n'avait pas l'intention de la mordre, il mourait d'envie de goûter de nouveau ses lèvres.

Elle passa le seuil, hésitante, regardant tout autour avant de se décider à poser les yeux sur lui. Ces quelques secondes avaient donné à Walker l'occasion de la contempler, plus sexy que jamais avec ses vêtements moulants et ses cheveux attachés. Décidément, plus il la voyait, plus il était subjugué par sa beauté.

— Voilà, je suis entrée, dit-elle une fois debout devant lui.

Il nota tout de même qu'elle laissait un espace entre eux, comme une distance de sécurité.

— Tu es debout, dit-elle.

— Je ne devrais pas ?

— Si, répondit-elle avec un haussement d'épaules. Mais j'ai l'habitude de te voir assis dans ce fauteuil.

— Oui. Ce fauteuil a une signification particulière pour moi.

— Ah oui ? Pourquoi ?

— Il appartenait à ma mère autrefois. On m'a raconté qu'elle s'y asseyait souvent pour me bercer quand j'étais bébé. Evidemment, je ne m'en souviens pas, mais je me rappelle très bien l'époque où je venais dans cette chambre et où je m'asseyais par terre pendant que, installée dans ce fauteuil, elle me lisait une histoire.

— Je t'ai entendu dire à Dillon que tu étais fils unique. Tes parents ne souhaitaient pas avoir d'autres enfants ?

— Ils en voulaient beaucoup, c'est pourquoi ils ont fait construire une si grande maison. Mais ma naissance a été difficile, et le Dr Witherspoon a déconseillé à ma mère d'être de nouveau enceinte.

— Ah.

Elle laissa passer un silence avant de reprendre la parole.

— Tu ne m'as toujours pas dit pourquoi tu voulais me voir.

Les yeux fixés sur sa bouche sensuelle, il lutta pour ne pas se laisser décontenancer.

— J'ai des excuses à te faire. Je n'ai pas été très facile ces derniers jours.

Il se garda de lui répéter les remontrances que lui avait faites le Dr Witherspoon à propos de son comportement.

— Ce n'est pas grave, tu sais. C'est vrai que tu as été un peu grognon, mais j'ai connu pire. Je te rappelle que j'ai cinq frères et quantité de cousins. J'ai eu maintes fois l'occasion de me rendre compte que les hommes, quand ils souffraient, pouvaient être plus difficiles que des bébés malades.

— Quoi qu'il en soit, ce n'était pas une raison pour te faire subir ma mauvaise humeur, et je le regrette.

— J'accepte…

Elle s'interrompit, comme si elle venait de se remémorer les baisers qui avaient suivi ces mots depuis leur rencontre.

— Merci pour ces excuses, reprit-elle.

Puis elle tourna les talons pour s'en aller.

— Attends !

— Oui ? demanda-t-elle.

— Le déjeuner.

— Eh bien ?

— Je me suis dit que nous pourrions déjeuner ensemble.

Stupéfaite de la proposition de Walker, Bailey le fixa avec attention.

— Pourquoi voudrais-tu que nous déjeunions ensemble ? demanda-t-elle.

— Pourquoi pas ? Bien sûr, j'apprécie toute l'aide que tu m'apportes depuis quelques jours, mais tu es toujours mon invitée. Je vais mieux, et le Dr Witherspoon m'a conseillé d'emprunter l'escalier pour faire de l'exercice. Alors aujourd'hui, je pourrais descendre déjeuner dans la cuisine. Honnêtement, je commence à en avoir assez de rester enfermé entre ces quatre murs.

Elle n'avait aucun mal à l'imaginer.

— D'accord, je te servirai à déjeuner dans la cuisine.

— Et tu te joindras à moi ?

Comment expliquer que le simple fait de respirer le même air que lui la trouble à ce point ? Même en cet instant, elle était incapable de penser à autre chose qu'au plaisir qu'il lui avait donné quelques jours plus tôt dans cette chambre. En sa présence, elle se sentait incapable de réfléchir et de se comporter normalement.

De quoi parleraient-ils en tête à tête à table ? Une chose

était sûre, elle le laisserait faire la conversation. Après toutes ses accusations, elle ne comptait pas lui donner des raisons de croire qu'elle l'interrogeait à son insu.

En entrant dans sa chambre quelques instants plus tôt, elle ne s'était pas attendue à le trouver debout au milieu de la pièce. Et aussitôt, elle l'avait trouvé irrésistible dans son jean usé et sa chemise en flanelle. Il ne semblait absolument pas diminué par son état. Son corps était toujours aussi imposant, aussi viril et aussi sexy.

Elle n'arrivait pas à comprendre pourquoi il lui proposait ce déjeuner. Voulait-il simplement faire preuve d'un minimum de politesse avant qu'elle retourne à Denver ? Après cela, ils n'auraient plus aucune raison de se croiser. Walker reverrait peut-être ses frères et ses cousins si des liens se créaient entre les Outlaw et les Westmoreland, mais elle n'aurait aucune raison d'être conviée à ces réunions entre hommes.

— D'accord, répondit-elle finalement. Nous n'avons qu'à déjeuner ensemble.

- 10 -

— Alors, Bailey, dis-moi, qui t'a appris à tirer ?

Assis en face de Bailey, Walker la dévorait du regard tandis qu'elle dégustait son sandwich.

— Tu devrais plutôt me demander qui ne m'a pas appris à tirer, répondit-elle avec un sourire. Mes frères et mes cousins ne demandaient qu'à me donner des cours, surtout Bane. Il était tellement doué qu'il est devenu tireur d'élite pour un commando de la marine. C'est lui qui m'a appris à toucher une cible. Si j'ai acquis un bon niveau, c'est sans aucun doute grâce à lui.

— Et je suis bien placé pour dire que tu es une excellente élève. Je dirais même que j'en suis la preuve *vivante*, ajouta-t-il en insistant sur le dernier mot. Je suis sûr que ce grizzly aurait eu ma peau si tu n'étais pas intervenue.

— Eh bien, je suis contente d'avoir été là.

Et lui donc ! Elle l'avait vraiment impressionné. En voyant cet ours, combien de gens seraient restés tétanisés ? Mais Bailey, elle, avait gardé son sang-froid. Et elle avait tué l'animal à une distance qui l'aurait peut-être fait échouer lui-même, s'il avait été à sa place. Les trois hommes présents avaient reconnu qu'ils avaient eu trop peur de blesser Walker en tirant d'aussi loin.

— Maintenant, mes hommes sont en admiration devant toi. Tu les as épatés.

Elle baissa les yeux.

— Je ne cherchais à épater personne, Walker. J'ai seulement fait ce que je pensais avoir à faire.

Voilà ce qui la rendait si différente des autres, songea-t-il. La plupart des femmes qu'il connaissait étaient prêtes à tout pour se faire remarquer. A commencer par Kalyn, qui avait toujours été obsédée par le regard des autres.

— Je crois que le vrai héros, dans cette histoire, c'est toi, Walker. Tu as risqué ta vie en faisant diversion pour éloigner l'ours de Marcus.

— Tout comme toi, j'ai seulement fait ce que je pensais avoir à faire. Je ne cherchais à épater personne, ajouta-t-il avec un clin d'œil.

Elle lui répondit par un merveilleux sourire.

Mais que faisait-il au juste ? Il y avait si longtemps qu'il n'avait pas pratiqué le jeu de la séduction… Ces dix dernières années, il n'avait eu que des liaisons brèves et sans importance. Aucune femme ne l'avait vraiment attiré depuis Kalyn… Jusqu'à maintenant.

— C'est délicieux, dit-il en mordant dans son sandwich. J'espère que ma présence ne t'a pas dérangée pendant que tu préparais le déjeuner, mais je ne pouvais pas rester dans ma chambre une minute de plus.

— Merci, et non, tu ne m'as pas dérangée.

Mais il s'était bien rendu compte qu'il la rendait nerveuse. En arrivant dans la cuisine, il l'avait trouvée en train de fouiller dans le réfrigérateur. Voyant qu'elle lui tournait le dos, il avait soigneusement évité de manifester sa présence afin de pouvoir l'observer à la dérobée, non sans délectation. Et quand, en se retournant, elle avait soudain vu qu'il était là, elle avait bien failli faire tomber les pots de moutarde et de mayonnaise qu'elle tenait. Une fois remise de sa surprise, bien entendu, elle lui avait reproché d'avoir descendu l'escalier sans lui demander son aide, mais il l'avait ignoré. Il n'avait pas pour habitude de laisser quelqu'un d'autre commander chez lui.

Elle l'avait fait asseoir à table en lui donnant un magazine livré plus tôt par le facteur. Mais au lieu de le feuilleter il avait préféré contempler Bailey pendant qu'elle s'affairait dans la cuisine. A chaque fois qu'elle avait surpris son regard, il s'était hâté de baisser les yeux en faisait mine de lire un article.

Il ne pouvait nier que l'atmosphère de sa maison avait changé. A présent, un parfum de femme flottait dans l'air. Bien qu'il ait pris soin de l'installer à l'autre bout de la maison, il avait senti l'odeur du jasmin dès qu'il était sorti de sa chambre. C'est là qu'il s'était rendu compte que, pour la première fois depuis la mort de ses parents, quelqu'un d'autre que lui occupait cette maison. Il était privé de son intimité, et curieusement cela ne le dérangeait pas le moins du monde. Bailey avait réussi à faire sa place ici.

— As-tu l'intention de remonter dans ta chambre après le déjeuner ? demanda-t-elle.

— Non, j'ai des choses à faire.

— Comme quoi ?

Il l'interrogea du regard. En quoi ses occupations la concernaient-elles ?

— J'espère juste que ce que tu as prévu ne risque pas d'entraîner une rechute, ajouta-t-elle, comme si elle avait lu dans ses pensées.

Il sentit aussitôt que l'inquiétude qu'il percevait dans sa voix et dans son regard était sincère. Voilà donc ce qui lui avait manqué pendant toutes ces années. Une femme qui se souciait de lui.

Une femme pour qui il éprouvait du désir.

Même s'ils n'avaient jamais fait l'amour, ils étaient allés bien au-delà d'un simple baiser. Comment oublier la forme parfaite de ses seins, la musique sensuelle de ses soupirs et la chaleur de son corps tremblant de plaisir ?

Oui, il avait envie d'elle. Passionnément. A chaque fois qu'il la voyait, il pensait à tout ce qu'il rêvait de faire avec elle. Il n'avait pas eu de liaison depuis longtemps, mais cela ne suffisait pas à expliquer un désir aussi brûlant. Il avait envie de Bailey parce que c'était Bailey. Dès leur rencontre, ils avaient été attirés l'un par l'autre. Elle le savait aussi bien que lui. Tout comme le fait que cette attirance n'avait fait que s'intensifier au fil des jours.

Combien de temps allaient-ils continuer à faire comme si de rien n'était ?

— Il n'est pas question que je rechute. Je vais suivre les instructions du Dr Witherspoon.

— Bien.

Se rendait-elle compte qu'elle tenait systématiquement à avoir le dernier mot ?

— Je dois regarder mes comptes, refaire mes stocks et passer quelques commandes. Je ne vais pas faire de folies.

Elle hocha la tête en signe d'approbation avant de se lever de table pour débarrasser.

— Je peux m'en occuper, dit-il en voyant qu'elle allait prendre son assiette. Je suis content que tu sois là, mais je ne veux pas que tu te sentes obligée de me servir. Je vais mieux.

Ce qu'il ne lui disait pas, c'était qu'il était même suffisamment rétabli pour qu'elle rentre chez elle. Car pour une raison obscure il n'avait aucune envie de la voir partir.

— Entendu, répondit-elle en rangeant les ingrédients qu'elle avait sortis.

Il essaya vainement de se concentrer sur sa tasse de café. Il ne se lassait pas de regarder Bailey aller et venir autour de lui.

— Je peux savoir pourquoi tu me surveilles ? finit-elle par lui demander en se retournant vers lui.

Elle avait l'air plus jeune aujourd'hui. Plus douce. Peut-être sous l'effet de la lumière du jour qui entrait par les fenêtres.

— Tu as des yeux derrière la tête, Bailey ?

— Non, mais j'ai senti ton regard.

Dans ce cas, il n'avait pas besoin de mentir.

— Je ne te surveille pas, je te regarde. Cette tenue te va très bien.

— Tu plaisantes ? Je n'ai jamais rien porté d'aussi banal. Tu as dû prendre un cachet de trop ce matin.

— Non, répondit-il en souriant. Je ne fais qu'énoncer un fait.

Il voyait bien qu'elle ne le croyait pas. Elle se passa la main dans les cheveux, comme si sa remarque lui avait donné l'impression qu'au contraire quelque chose n'allait pas dans son apparence. Ne se rendait-elle pas compte qu'elle était magnifique, quoi qu'elle porte ?

Elle se tourna vers l'évier, comme pour échapper à son regard.

— Tu comptes rester assis là ? demanda-t-elle après un silence. Je croyais que tu devais aller dans ton bureau.

— Je crois que je vais rester assis là un moment.

— Ça ne se fait pas de fixer les gens comme ça.

— Il paraît, oui.

Elle se tourna brusquement vers lui.

— Alors regarde ailleurs, Walker.

— Mais il n'y a rien dans cette cuisine que j'aie envie de regarder plus que toi, répliqua-t-il en toute sincérité.

— Je crois que tu as de la fièvre.

— C'est possible, mais j'en doute.

Elle raccrocha le torchon qu'elle avait à la main.

— Alors, qu'est-ce qui t'arrive, à ton avis ?

Voilà une question à laquelle il était facile de répondre, se dit-il en reposant sa tasse.

— J'ai envie de toi, Bailey.

Si Bailey avait frissonné plusieurs fois en sentant sur elle le regard de Walker, ses mots venaient d'allumer en elle un véritable feu. Elle avait été si loin d'imaginer qu'elle pouvait être attirante dans ses vêtements d'intérieur… Mais Walker avait le don de faire en sorte qu'elle se sente incroyablement féminine et sexy, quelles que soient les circonstances. Et à cet instant, elle voyait bien qu'il pensait à la même chose qu'elle.

— Tu peux venir, dit-il en se levant lentement. Ou alors, c'est moi qui viendrai vers toi.

De toute évidence, il était sérieux. Et elle ne pouvait pas ignorer le désir qui la consumait. Mais était-elle prête pour ça ? Une liaison passagère avec Walker ? Car c'était bien tout ce qu'il avait à lui offrir. Il le lui avait dit dès le soir où ils s'étaient embrassés pour la première fois. A ce moment-là, elle lui avait répondu qu'elle n'en demandait pas plus. Que son avenir était lié à Westmoreland Country et non à un homme. Elle restait convaincue qu'elle n'aimerait jamais quelqu'un au point de s'éloigner de sa famille.

Mais il ne s'agissait pas d'amour à présent. Ce qu'elle ressentait, c'était un désir dévorant. Plus brûlant que tout ce qu'elle aurait pu imaginer. Elle ne comprenait pas ce qui lui arrivait, mais ce qu'elle savait, c'était que son corps avait besoin de celui de Walker. Et si les choses devaient se passer ainsi entre eux, elle ne pouvait que l'accepter. Elle n'avait ni l'envie ni la volonté de résister à la force qui les attirait l'un vers l'autre.

— Nous n'avons qu'à nous retrouver à mi-chemin, proposa-t-elle avec une audace qui la surprit elle-même.

Il acquiesça et avança vers elle tandis qu'elle s'approchait de lui. Quand ils ne furent plus qu'à quelques centimètres l'un de l'autre, il la prit par la taille et noua les bras autour d'elle.

— Fais attention à ta jambe, murmura-t-elle dans un souffle.

— Ne t'inquiète pas pour ça.

Quand il plaqua son corps contre le sien, elle sentit aussitôt son désir viril et frissonna d'excitation. De toute évidence, sa blessure ne l'avait pas affaibli.

Il se redressa légèrement pour la regarder, et elle vit briller une flamme dans ses yeux tandis qu'il refermait les mains sur ses fesses.

— Notre première fois devrait se passer dans un lit, susurra-t-il d'une voix brûlante, mais je ne suis pas sûr de pouvoir attendre jusque-là. J'ai tellement envie de toi, Bailey.

— Moi aussi, Walker, j'ai envie de toi.

Elle tenait à lui parler en toute honnêteté. Trop souvent, elle avait vu des couples se mentir et tricher sans comprendre comment ils avaient pu en arriver là.

— Il faut quand même que je te dise quelque chose, dit-il en la serrant contre lui.

— Quoi donc ? demanda-t-elle, intriguée.

— Cela fait très longtemps que je suis célibataire. Plusieurs années. A peu près cinq.

Cette confidence l'émut sans qu'elle sache vraiment pourquoi.

— Pour moi aussi, ça fait longtemps, confia-t-elle à son tour. Plus de cinq ans.

Il sourit et elle devina pourquoi. Etant entourée par des hommes depuis toujours, elle savait que, pour la plupart d'entre eux, il y avait deux poids deux mesures. Ils pouvaient multiplier les aventures sans tolérer le même comportement de la part des femmes qu'ils fréquentaient.

Elle noua les mains derrière son cou.

— Et pour ta jambe ? Comment comptes-tu t'y prendre ? Tu as des idées ?

— J'en ai plein, et je suis bien décidé à les mettre toutes en application.

Elle sentit son cœur cogner contre sa poitrine.

— Vas-y, montre-moi, Walker Rafferty.

— Fais-moi confiance, murmura-t-il d'une voix rauque.

Puis il inclina la tête et l'embrassa.

- 11 -

Ivre d'excitation, Walker serra Bailey contre lui et l'entendit gémir de plaisir quand leur baiser redoubla de passion. En sentant sa langue venir à la rencontre de la sienne, il fut submergé par une vague de désir brûlant.

Tout était si parfait à chaque fois qu'ils cédaient à leur attirance mutuelle… Il lui semblait qu'elle était faite pour ses bras, pour ses caresses, pour ses baisers.

A contrecœur, il abandonna sa bouche.

— Enlève tes vêtements, murmura-t-il tout contre ses lèvres.

— Ici ?

— Oui. Je veux te faire l'amour ici. Nous aurons tout le temps de visiter les autres pièces après.

— Eh bien, quelle énergie ! ironisa-t-elle.

— Je te l'ai dit, ça fait cinq ans.

— Dans ce cas…

Elle recula de quelques pas et commença à se déshabiller. Retenant son souffle, il regarda son corps sublime apparaître peu à peu sous ses yeux, jusqu'à ce qu'elle n'ait plus que ses sous-vêtements sur elle. Il eut alors besoin de prendre appui sur le bar pour ne pas défaillir tandis qu'elle ôtait lentement son soutien-gorge, puis sa petite culotte. Cette fois, il ne put retenir un soupir d'excitation.

Puis il se figea, en pensant à un détail essentiel.

— Oh ! non.

— Que se passe-t-il ? demanda-t-elle avec un air inquiet.

— Les préservatifs. Je n'en ai pas ici. Ils sont là-haut, dans le tiroir de ma table de chevet.

— Nous n'en avons pas besoin, à moins que tu y tiennes pour des raisons de santé. Je prends la pilule pour régler mon cycle.

— Non, je n'y tiens pas. Si tu es d'accord, nous pouvons nous en passer.

— Je suis d'accord.

Il prit alors tout le temps de la contempler, nue à quelques pas de lui.

— Tu es magnifique, Bailey. Chaque partie de ton corps est une pure merveille.

Bailey n'avait jamais été émue par les compliments des hommes. Jusqu'à aujourd'hui. Walker avait l'air si sérieux, il y avait tant de sincérité dans son regard… En entendant ses mots, elle sentit son cœur se serrer. Elle n'aurait su dire pourquoi elle attachait autant d'importance au fait qu'il la trouve belle, mais elle ne pouvait nier à quel point sa remarque la touchait. Sans hésiter, elle se rapprocha de lui et se hissa sur la pointe des pieds pour effleurer ses lèvres. Puis elle se fit plus provocante en suivant du bout de sa langue les contours de sa bouche.

Elle sourit de plaisir en entendant son soupir rauque. C'était si bon de sentir qu'il avait envie d'elle autant qu'elle avait envie de lui.

— A ton tour de te déshabiller, Walker. Et j'ai bien l'intention de t'aider.

Elle prévoyait de faire bien plus, mais il le découvrirait bien assez tôt.

Comme il s'appuyait contre le bar, elle se pencha pour lui enlever ses chaussures et ses chaussettes. Puis elle entreprit de défaire un à un les boutons de sa chemise, s'interrompant entre chacun pour l'embrasser.

Elle fit ensuite glisser sa chemise le long de ses bras et lui ôta son T-shirt, dévoilant son torse musclé, qu'elle se mit à caresser et à dévorer de baisers.

— Bailey, dit-il dans un souffle, j'ai envie de toi.

Elle aussi avait envie de lui. Mais avant…

Elle déboutonna son jean et fit glisser sa fermeture Eclair. Puis elle posa la main sur son sexe pour sentir son érection.

— Nous devrions peut-être nous débarrasser de ton jean et de ton caleçon, tu ne crois pas ?

Sans le laisser répondre, elle l'embrassa encore, attisant leur excitation avec les mouvements de sa langue.

— Je ne crois pas que je pourrai tenir longtemps comme ça, dit-il d'une voix rauque.

— Oh ! ne te sous-estime pas, Walker, murmura-t-elle en finissant de le déshabiller.

Puis elle se releva et le regarda avec fascination.

— Tu es tellement…

Elle n'eut pas le temps de finir sa phrase. Déjà, il l'attirait contre lui et glissait la main entre ses cuisses.

— Pas si vite, protesta-t-elle en riant. Si je suis ton invitée, nous allons faire selon ma convenance aujourd'hui.

Elle prit alors son sexe durci dans sa main et le caressa doucement, avec délice.

— Pitié, murmura-t-il, ne me torture pas.

Sans doute était-il loin d'imaginer ce qui allait se passer maintenant. Impatiente de lui donner autant de plaisir qu'il lui en avait donné, elle se mit à genoux et le prit dans sa bouche.

— Bailey !

Walker enfouit la main dans les cheveux de Bailey et la regarda avec fascination tandis que sa bouche allait et venait autour de son érection. Il sentait tous ses muscles trembler sous l'effet du plaisir. Chaque mouvement de sa langue contre son sexe lui faisait un peu plus perdre le contrôle, et il ne tarda pas à sentir l'extase monter en lui.

Alors, il referma les mains autour de ses boucles sauvages et se retira de sa bouche. Elle leva les yeux vers lui et lui sourit.

— Je veux entrer en toi. Maintenant.

Il avait atteint sa limite.

Dans un mouvement rapide, il la souleva et l'assit sur la table de la cuisine en lui ouvrant les jambes. Puis il se pencha et enfouit sa langue entre ses cuisses. Encouragé par ses gémissements sensuels, il l'embrassa encore et encore. Elle referma les jambes autour de son cou et se cambra pour l'inciter à continuer.

Quand il sentit que son plaisir devenait encore plus intense, il se redressa, la prit par les hanches et la pénétra. Il remua d'abord très lentement, avançant un peu plus à chaque mouvement, jusqu'au moment où ils se mirent à aller et venir de plus en plus vite. Elle resserra encore les jambes autour de lui. Ensemble, ils atteignirent l'orgasme.

Comment expliquer cette harmonie si parfaite entre eux ? Il n'aurait su le dire. Il savait seulement qu'il n'avait jamais éprouvé de telles sensations auparavant. Ce qu'ils venaient de vivre était tout simplement exceptionnel, et il voyait dans ses yeux qu'elle était du même avis.

Bailey se réveilla dans les bras de Walker et se remémora comment ils étaient allés de la table de la cuisine au canapé du salon. Elle se redressa et tenta de se dégager de son étreinte pour éviter de peser sur sa jambe blessée.

— Tu crois que je vais te laisser partir ? murmura-t-il en resserrant les bras autour d'elle.

Elle le regarda et frissonna en repensant à tout ce qu'ils avaient fait ensemble. Puis elle leva les yeux vers l'horloge et vit qu'il était près de 20 heures. Ils avaient passé tout l'après-midi dans les bras l'un de l'autre.

— Ta jambe, lui rappela-t-elle en fixant les yeux sur les siens.

Son regard fatigué était incroyablement sexy.

— Ma jambe va bien.

— Tu n'as pas pris tes médicaments à 17 heures.

Un sourire se dessina sur ses lèvres.

— Il se trouve que j'ai pris un autre médicament qui me plaît beaucoup plus.

Elle secoua la tête.

— On verra si tu dis toujours ça quand la douleur reviendra.

— Je suis sûr que oui. Crois-moi, faire l'amour avec toi est un bien meilleur remède que toutes les potions que le Dr Witherspoon pourrait me prescrire.

Il l'embrassa voluptueusement, mais elle rompit leur baiser en entendant son téléphone portable sonner. Elle reconnut aussitôt la sonnerie personnalisée.

Se levant à la hâte, elle se précipita jusqu'à la table basse.

— Allô, Dillon ? Que se passe-t-il ?

— Salut, Bay. J'appelais pour prendre des nouvelles de Walker.

Elle regarda Walker, allongé nu sur le canapé.

— Il va bien. Son état s'améliore de jour en jour. Le médecin est très content.

— Je suis ravi de l'apprendre. Et toi, comment vas-tu ? Il fait assez froid pour toi là-bas ?

— Je vais bien, merci.

Il n'imaginait pas à quel point, songea-t-elle en regardant son corps dévêtu.

— Il y a eu une grosse tempête de neige ici, ajouta-t-elle.

— J'en ai entendu parler. Tu avais emporté des vêtements bien chauds au moins ?

— Oui, oui, ne t'inquiète pas.

— As-tu une idée de ta date de retour ?

La gorge soudain nouée, elle détourna les yeux pour regarder par la fenêtre.

— Non, je ne sais pas encore quand je vais rentrer. Je ne voudrais pas laisser Walker trop tôt. Mais dès que le médecin me dira qu'il peut s'en sortir tout seul, je reviendrai.

— D'accord. Salue-le bien de notre part, et dis-lui que tout le monde ici lui souhaite un prompt rétablissement.

— Oui, je vais lui transmettre le message. Au revoir, Dillon.

— Salut, Bay.

Elle raccrocha et garda son téléphone quelques secondes à la main avant de le reposer.

— Quel était le message ? lui demanda Walker.

— Toute ma famille te souhaite un prompt rétablissement.

— C'est gentil, dit-il en s'asseyant.

Elle lui sourit et vint s'installer à côté de lui.

— Les membres de ma famille sont tous très gentils.

— Ce n'est pas moi qui vais te contredire. Au fait, tu ne m'as pas raconté comment s'était passé le mariage.

— C'était formidable, répondit-elle avec gaieté. Jill était une mariée magnifique. Je ne sais pas qui de Jill, Pam et leurs deux autres sœurs a pleuré le plus.

Elle fit une pause avant d'ajouter :

— Ian, Reggie et Quade ont beaucoup regretté de ne pas avoir pu te rencontrer.

— Je regrette aussi de ne pas les avoir croisés.

Comment ne pas se souvenir qu'il était parti à cause d'elle ? Elle s'en voulait tellement…

— Tu penses que tu reviendras à Denver un jour ? demanda-t-elle en le regardant dans les yeux.

Il l'attira près de lui pour l'embrasser.

— Est-ce que je serai bien récompensé si je reviens ? demanda-t-il en passant la langue dans son cou.

Elle ferma les yeux et soupira avec délice.

— Je ne peux rien te promettre, mais je verrai ce que je peux faire.

Il se redressa pour la regarder, et elle vit comme une ombre passer sur son visage.

— Dillon t'a demandé quand tu comptais rentrer, dit-il.

— Oui, c'est vrai. Je lui ai répondu que j'attendais que tu ailles mieux.

— Je vais mieux.

Insinuait-il qu'il était temps qu'elle parte ?

— Dois-je comprendre que je ne suis plus la bienvenue ?

Il lui prit le poignet avec douceur et le porta à ses lèvres.

— Je ne vois pas comment ce serait possible.

Elle préféra ne pas lui rappeler qu'étant de tempérament plutôt solitaire il n'aimait pas avoir de la compagnie pendant trop longtemps.

— Dans ce cas, je pourrais rester une semaine de plus.

— Ou deux ? proposa-t-il avec un sourire irrésistible.

Elle était si étonnée qu'elle se demanda un instant si elle avait bien entendu.

— Ou deux, approuva-t-elle en lui caressant la joue.

Comme pour lui montrer combien il était satisfait de sa réponse, il se pencha vers elle et prit de nouveau possession de sa bouche.

- 12 -

Walker sortit de la salle de bains et se tourna vers son lit, où dormait la femme la plus envoûtante qu'il ait jamais connue. C'était la troisième nuit qu'elle passait avec lui, et il avait déjà du mal à se rappeler le temps où il avait dormi seul ici. Au fond, il n'avait pas vraiment envie de s'en souvenir.

Et pourtant, songea-t-il en se passant la main sur le visage. Il ne devait pas s'habituer à se réveiller dans les bras de Bailey. D'ici moins de deux semaines, elle serait partie, et il reprendrait le cours normal de son existence.

Ce qui voulait dire qu'il recommencerait à vivre seul. Garth se moquait souvent de sa vie déprimante de célibataire endurci. Walker avait toujours balayé ses remarques d'un revers de la main, mais à présent il ne pouvait plus nier que la présence de Bailey lui faisait du bien. Sa présence dans son lit, mais pas seulement, et c'était ce qui l'inquiétait le plus.

Il avait repris le travail la veille, et à cette occasion elle avait trouvé dans son bureau un endroit pour installer l'ordinateur portable qu'elle avait emporté. De cette façon, elle avait pu elle aussi rentrer en contact avec son équipe et avancer sur ses projets en cours.

C'est ainsi qu'ils avaient passé la journée, travaillant côte à côte dans un silence concentré et réconfortant. Sa délicieuse présence lui avait fait comprendre ce qu'était la solitude, car en la regardant il s'était senti incapable de penser au moment où elle ne serait plus là.

S'efforçant une fois de plus de chasser cette pensée de son esprit, il traversa la pièce pour attiser le feu dans la cheminée. Alors qu'il remuait les bûches avec le tisonnier, il entendit Bailey bouger derrière lui et se retourna. Elle paraissait petite dans son grand lit. Mais aussi sublime, et parfaitement à sa place.

Il se retourna rapidement vers le feu en essayant de penser à autre chose qu'à Bailey Westmoreland. Il se remémora la visite de Morris James, l'un des propriétaires de ranch de l'île, qui avait tenu à venir rencontrer Bailey après avoir entendu parler de ses exploits. Il avait aussi été chargé de lui remettre la prime de dix mille dollars que lui avait value son acte de bravoure.

Elle avait catégoriquement refusé la récompense en disant à Morris qu'elle souhaitait en faire don à une association, de préférence une œuvre qui venait en aide aux enfants. Walker avait bien failli éclater de rire en voyant la mine stupéfaite de Morris. Quelle personne saine d'esprit était prête à renoncer à dix mille dollars ? Et pourtant, quelques instants plus tard, elle avait signé en leur présence les documents qui attestaient sa renonciation.

Malgré lui, il se rappela un autre moment qu'il avait partagé avec elle, le jour où il était sorti sur la véranda pour la première fois depuis une semaine. Tout en sirotant une tasse de café, il avait regardé Bailey faire un bonhomme de neige. Et quand elle l'avait invité à se joindre à elle, il n'avait pas hésité. Il n'avait pas fait de bonhomme de neige depuis son enfance, et il devait reconnaître qu'il s'était bien amusé.

Lui qui avait eu l'habitude de protéger sa vie privée comme un trésor… Avec Bailey, sa petite routine était pour le moins bousculée ! Ce matin, en descendant prendre son petit déjeuner, il avait même trouvé ses quatre employés assis à la table de la cuisine. Elle avait appris, il ne savait comment, que c'était l'anniversaire de Willie, et elle avait tenu à célébrer l'événement. Au début, il avait été contrarié de voir qu'elle avait organisé cette petite fête sans lui en parler, mais sa tendance à faire ce qu'elle voulait ne pouvait que le faire sourire.

Contrairement à lui, elle avait besoin d'avoir du monde autour d'elle. Elle n'avait pas l'habitude de la solitude. L'isolement du ranch risquait peut-être de lui peser, à force. Ne risquait-elle pas d'en avoir assez et d'avancer son départ ?

Mais en quoi cela devrait-il le préoccuper ?

Il reposa le tison en soupirant. Demain, il aurait de nouveau la visite du Dr Witherspoon. Pourvu que ce soit la dernière avant un bon moment. Il avait hâte d'être de nouveau libre de ses mouvements, de reprendre les commandes de son avion pour survoler son domaine. Et surtout, pour une obscure raison, il était impatient d'emmener Bailey avec lui.

— Walker ?

Il se retourna. Assise dans son lit, les cheveux en désordre, elle avait un regard doux et endormi. Elle était irrésistible.

— Oui ?

— J'ai froid.

— Je viens juste d'alimenter le feu.

— Mais ça ne me suffit pas. Je suis sûre que tu peux faire beaucoup mieux que ça.

Absolument ! se dit-il en enlevant son peignoir pour la rejoindre. Il se glissa sous les draps et la serra contre lui, conscient qu'il devait profiter de ce plaisir pendant qu'elle était là.

Il ne put retenir un soupir en pensant au jour où il serait privé d'elle.

— Ça ne va pas ? demanda-t-elle en l'observant avec un air soucieux.

— Si, si.

— C'est ta jambe ?

— Non, ça va. Elle est comme neuve. Je n'ai plus que cette petite cicatrice pour me rappeler ce qui s'est passé.

— Ne t'inquiète pas pour ça, dit-elle en riant, tu auras

toujours suffisamment d'atouts pour faire oublier cette cicatrice à une femme.

Il sentit sa main prendre son sexe et vit l'excitation briller dans ses yeux. Où son imagination débordante allait-elle les mener cette fois ? se demanda-t-il en souriant. Il avait onze jours devant lui pour profiter de son goût pour les jeux érotiques. Onze jours pour profiter de ce qu'il considérait comme la période la plus réjouissante de toute sa vie.

Dans les jours suivants, Walker se surprit à vivre avec Bailey comme si c'était la chose la plus naturelle du monde. Maintenant qu'il avait retrouvé la pleine possession de ses moyens, il se levait tous les matins à 5 heures pour sortir travailler avec ses hommes. Puis à 9 heures, au lieu de partager avec eux l'encas préparé par Willie comme il le faisait d'habitude, il retournait chez lui où Bailey lui servait son petit déjeuner. Il avait eu beau lui dire à maintes reprises qu'elle n'avait pas à faire tout ça pour lui, elle n'avait rien voulu entendre. Elle s'obstinait à lui préparer les repas les plus exquis, tout en s'extasiant sur la beauté de sa cuisine. Elle ne cessait de lui répéter que ce cadre aurait donné envie à n'importe qui de se mettre aux fourneaux.

Intrigué, il s'efforça de voir sa cuisine à travers ses yeux et finit par comprendre ce qu'elle voulait dire. Pendant toutes ces années, il n'avait vu que l'aspect fonctionnel de la pièce. Bailey, elle, appréciait son charme rustique. Et ce qu'elle aimait plus que tout, disait-elle, c'était s'asseoir à table pour admirer la vue sur le détroit. Par temps calme, les eaux lui paraissaient aussi limpides et fascinantes que celles de Gemma's Lake. C'était par ces petites remarques qu'elle lui rappelait, sans doute inconsciemment, combien Denver lui manquait. Ne lui avait-elle pas dit qu'elle évitait depuis toujours de s'éloigner de chez elle trop longtemps ?

Garth était venu le voir deux fois depuis son accident,

et comme il téléphonait tous les jours pour prendre de ses nouvelles, il n'avait pas été surpris de trouver Bailey chez lui. Il n'avait pas eu l'air plus étonné de voir qu'elle avait totalement pris ses marques dans la maison. Et Walker avait surpris plus d'une fois le sourire malicieux qu'il avait eu en les regardant tous les deux.

Son ami avait raconté à Bailey qu'il était entré en contact avec sa famille et qu'il avait eu l'occasion de parler à Dillon et Ramsey. Avec ses frères, il prévoyait de faire le voyage jusqu'à Denver d'ici à quelques semaines. Bailey lui avait répondu qu'elle serait rentrée lors de sa visite, et qu'elle serait enchantée de l'accueillir avec le reste de sa famille. Ses propos n'avaient fait que rappeler à Walker que son temps avec elle était compté.

Lola, qui avait repris le travail, n'avait pas manqué de lui dire combien elle appréciait Bailey. Sans doute se réjouissait-elle d'avoir enfin quelqu'un avec qui faire la conversation dans cette maison. Elle n'était pas dupe de la nature de leur relation, étant donné qu'elle n'avait qu'un lit à faire. Elle devait être pleinement satisfaite, elle qui avait si souvent dit à Walker qu'il avait besoin d'une femme dans sa vie et que ce n'était pas bon pour lui de vivre seul au ranch.

Il but une gorgée de café et, tout en contemplant le détroit par la fenêtre, il repensa au jour où ils étaient allés faire des courses en ville. Il s'était rendu compte qu'elle était devenue célèbre, non seulement parce qu'elle avait tué cet ours, mais aussi parce que Morris avait raconté à tout le monde qu'elle avait fait don de sa prime à Kodiak Way, l'orphelinat de l'île. Cela faisait des années que Walker n'était pas allé rendre visite aux enfants qui y vivaient, et il avait décidé d'y emmener Bailey, afin qu'elle voie l'institution qui allait bénéficier de sa générosité.

Son attitude là-bas l'avait bouleversé. Mais il n'aurait pas dû être surpris, après l'avoir vue avec ses neveux et ses nièces. Ils étaient même restés plus longtemps que prévu à Kodiak Way, car elle n'avait pas pu résister à l'envie de faire un bonhomme de neige avec les enfants.

Il se rappela ensuite le jour où il l'avait emmenée dans son avion monomoteur pour lui faire visiter sa propriété depuis le ciel. Les yeux émerveillés, elle n'avait cessé de dire à quel point c'était beau. Puis elle lui avait demandé où il avait appris à piloter, et c'est là qu'il s'était confié sur son passé dans la marine avec Garth. En l'écoutant, elle lui avait donné l'impression d'être passionnée par tout ce qu'il avait à raconter.

La journée avait été parfaite pour un tour en avion. Un ciel bleu, quelques cumulus de beau temps. Il lui avait montré ses endroits préférés : les lacs, les petites criques, les cavernes secrètes et les sommets montagneux. Et il s'était entendu lui promettre qu'un jour il l'emmènerait faire le tour de ses terres en jeep.

Puis il y avait eu ce jour où elle l'avait fait asseoir à son bureau et s'était installée sur ses genoux pour lui montrer la vidéo qu'elle avait téléchargée. Jillian et Aidan, de retour de leur voyage de noces de trois semaines en France, en Italie et en Espagne, avaient envoyé à toute la famille le film de leur mariage. Bailey avait tenu à ce que Walker le voie, puisqu'il n'avait pas assisté à la fête.

Il avait ainsi pu voir les membres de la famille Westmoreland qu'il n'avait pas rencontrés lors de son passage à Denver. Bailey avait raison, Jill et Aidan formaient un couple magnifique, et l'amour qu'ils éprouvaient l'un pour l'autre transparaissait à l'image.

En regardant Jillian remonter l'allée centrale au bras de Dillon pour rejoindre son futur époux devant l'autel, Walker n'avait pu s'empêcher de repenser à son mariage. Une véritable mascarade, avait-il songé avec amertume. Ses parents et Garth avaient bien essayé de le mettre en garde, mais hélas il ne les avait pas écoutés. Quelques nuits plus tôt, il avait rêvé de Kalyn et Connor. Son rêve s'était transformé en cauchemar, et son agitation avait réveillé Bailey.

Le lendemain, même s'il avait vu son regard interrogateur, elle ne lui avait posé aucune question. Et il avait préféré ne rien lui dire.

Il prit une autre gorgée de café et regarda sa montre. Bailey allait sans doute descendre d'une minute à l'autre pour le petit déjeuner. Ayant fini plus tôt que d'habitude son travail en extérieur, il avait été tenté de la rejoindre dans sa chambre pour la réveiller en douceur. Mais il savait que s'il cédait à cette envie ils risquaient fort de passer toute la journée au lit.

Par chance, il avait été distrait par le coup de téléphone qu'il avait reçu de Charm. Apparemment impatiente de rencontrer son sosie, elle avait demandé à Walker de venir à Fairbanks ce week-end avec Bailey. Sans s'y engager, il avait promis à Charm d'en parler à son invitée.

Il ne tarda pas à entendre des pas au premier étage, et une fois de plus cette délicieuse présence le combla de joie et d'excitation mêlées. Il savait pourtant qu'il ne devait pas s'y habituer. Il commençait déjà à voir dans son regard à quel point Westmoreland Country lui manquait. Il n'avait qu'à repenser à leur première rencontre pour se souvenir qu'elle avait prévu d'y rester toute sa vie. Et comme il n'avait pas non plus l'intention de quitter Kodiak, tout rêve d'avenir avec elle ne représentait qu'une perte de temps.

Eh oui, songea-t-il avec ironie. Souvent, elle avait reproché aux hommes leur nature jalouse et possessive, et voilà qu'il devenait pareil dès qu'il pensait à elle. Mais il ne pouvait s'en prendre qu'à lui-même ! Il savait depuis le début que s'il devait se passer quelque chose entre eux ce ne pourrait être qu'une relation passagère.

Il allait devoir retrouver le contrôle de ses sens et de ses sentiments. Il n'avait pas le choix. Il se contenterait de garder en mémoire le souvenir de tous ces bons moments passés avec elle ; ils lui tiendraient compagnie lors de ses longues soirées en solitaire.

Comme elle ne descendait pas, il l'imagina en train de se préparer et sentit un désir brûlant gagner tout son corps. Incapable de résister plus longtemps, il posa sa tasse et se dirigea vers l'escalier pour assouvir les fantasmes qui envahissaient son esprit.

- 13 -

— Qu'est-ce que je vais faire, Josette ? Comment ai-je pu faire la bêtise de tomber amoureuse de Walker Rafferty ?

Debout dans la chambre de Walker, Bailey faisait les cent pas en parlant au téléphone avec son amie.

Ce matin, en se levant, elle avait regardé par la fenêtre avant d'entrer dans la salle de bains. Elle avait aperçu Walker au loin, avec ses hommes, enfoncé dans la neige jusqu'aux genoux, occupé à charger un camion. Même dans ses vêtements de travail, il lui était apparu comme l'homme le plus séduisant du monde. Elle avait repensé à la façon dont il lui avait fait l'amour durant la nuit, au baiser qu'il avait déposé sur ses lèvres avant de sortir ce matin. Et tout à coup, en le regardant, elle avait compris que l'émotion qui brûlait en elle n'était pas une simple passion physique. C'était de l'amour.

Elle était tombée folle amoureuse de Walker.

— Tu te rends compte, Josette ? Non mais quelle idiote, franchement.

— Calme-toi, Bailey. Il n'y a rien d'idiot dans le fait de tomber amoureuse.

— Si, quand l'homme qu'on aime est loin de partager les mêmes sentiments. Walker m'a dès le début dit qu'il n'avait rien de plus à m'offrir qu'une liaison sans lendemain. Je le savais, et ça ne m'a pas empêchée de tomber amoureuse de lui.

— Qu'est-ce qui te fait croire qu'il n'a pas changé d'avis ? Il s'est passé beaucoup de choses entre vous, depuis votre rencontre. Les choses ont pu évoluer.

— Je n'ai aucune raison de croire qu'il va regretter de me voir partir. Surtout après mon exploit de l'autre jour. Inviter ses employés pour le petit déjeuner sans lui avoir demandé son avis. Il n'a rien dit, mais je sais que ça ne lui a pas plu.

— As-tu l'intention de lui dire ce que tu ressens ?

— Sûrement pas ! Tu voudrais que je me ridiculise plus encore ?

— Alors, qu'est-ce que tu vas faire ?

— Rien, répondit-elle après une pause. Juste profiter du temps qu'il me reste à passer avec lui. Je pense que s'il refuse de s'engager c'est parce qu'il aime toujours sa femme. Je ne peux rien y changer et je n'ai pas l'intention d'essayer.

Elle raccrocha au bout de quelques minutes et s'approcha de la fenêtre. Le temps semblait plus clair que les jours précédents. Denver lui manquait, mais pas autant qu'elle l'aurait cru. Internet était là pour l'aider à rester en contact avec sa famille, et Ramsey lui avait dit qu'aucune des naissances attendues n'avait encore eu lieu. Tout le monde attendait son retour et espérait pouvoir fêter Thanksgiving avec elle.

Elle avait mis en place avec Lucia une organisation qui lui permettait de travailler à distance. Grâce à cela, elle s'occupait en l'absence de Walker, et les journées lui paraissaient moins longues. Mais cela ne l'empêchait pas, le soir, d'attendre son retour avec impatience.

Toutefois, même si leur cohabitation se passait à merveille, elle savait qu'elle n'était que temporaire. Walker pensait toujours qu'elle partirait la semaine suivante. De toute évidence, leurs nuits ensemble lui apportaient autant de plaisir qu'à elle, mais il n'aurait aucun mal à passer à autre chose le moment venu.

Cependant, elle voyait bien que quelque chose le préoccupait. Le hantait même. Plusieurs fois, en se réveillant au milieu de la nuit, elle l'avait vu debout près de la fenêtre ou en train de nourrir le feu. Une nuit, il s'était même réveillé en hurlant : « Non, Kalyn, ne fais pas ça ! Connor ! Connor ! »

Elle s'était alors approchée de lui pour le prendre dans ses bras, et il s'était calmé en la serrant contre lui. Le lendemain matin, à la table du petit déjeuner, elle s'était attendue à ce qu'il aborde le sujet, mais il ne l'avait pas fait. Soit il ne s'en était pas souvenu, soit il n'avait pas voulu en parler. Mais sa curiosité l'avait poussée à faire des recherches sur Internet, et elle avait découvert que Kalyn était le prénom de sa femme et Connor celui de son fils.

Le bruit de la porte attira son attention, et elle vit Walker entrer dans la chambre, les yeux déjà brillants de désir. Il ôta sa veste et la posa dans le fauteuil. Il n'était même pas 9 heures, et il la regardait comme s'il était parti toute la journée, comme s'il brûlait de faire l'amour avec elle après des heures de travail.

— Bonjour, Walker, murmura-t-elle en le regardant déboutonner sa chemise.

— Bonjour, Bailey.

Sans la quitter des yeux, il s'assit pour enlever ses chaussures et ses chaussettes.

— Tu as déjà fini ce que tu avais à faire aujourd'hui ?

— Non.

— Non ?

— Oui, non. Les garçons ont dû apporter mon tracteur chez le mécanicien, ce qui veut dire qu'ils ne seront pas là avant plusieurs heures. Et je suis obligé d'attendre leur retour pour me remettre au travail.

— Je vois.

— Je suis rentré prendre une tasse de café, et je t'ai entendue à l'étage.

Il défaisait maintenant la fermeture Eclair de son jean.

— Et ?

— Et…

Il acheva de se déshabiller et se tint nu devant elle.

— Viens par-là, conclut-il.

— Est-ce que je dois enlever mes vêtements d'abord ? demanda-t-elle en s'humectant les lèvres.

— Non, c'est moi qui vais le faire.

Tremblante d'excitation, elle s'approcha de lui. Il posa les mains sur ses épaules, et elle sentit la chaleur brûlante de son corps à travers son chemisier. Puis il l'attira entre ses bras et plaqua sa bouche contre la sienne.

En embrassant Bailey, Walker ressentit de nouveau ce qu'elle critiquait tant : une possessivité virile qui tendait à la folie. Oui, quand il la tenait ainsi entre ses bras, il était fou de désir… et d'amour.

Sans cesser de la caresser, il mêla sa langue à la sienne, et elle répondit à son baiser avec une fièvre qui le rendit encore plus fou. Il referma alors les mains sur ses fesses et les massa tout en pressant son érection contre elle pour lui faire sentir son désir.

Comment aurait-il pu imaginer qu'il connaîtrait un jour de telles émotions ? Bailey Westmoreland avait accompli ce qu'aucune autre femme n'aurait pu faire. Elle était sur le point de le combler, de lui donner envie de croire de nouveau en l'amour. De réparer les blessures que Kalyn avait infligées à son âme et qu'il avait crues irrémédiables.

Il interrompit leur baiser le temps de lui ôter son chemisier et son soutien-gorge. Il fit ensuite glisser sa jupe et sa petite culotte le long de ses cuisses pour les laisser tomber sur le sol, puis il prit le temps de la regarder. Elle était tellement belle. Dès qu'il la voyait, il éprouvait une attirance, un besoin qu'aucune femme n'avait jamais suscités avant elle.

Y compris Kalyn.

Le cœur battant, il la souleva pour la porter jusqu'à son lit. Il avait prévu de prendre son temps ce matin, mais apparemment elle en avait décidé autrement. Dès qu'il fut allongé avec elle, elle se précipita contre lui et le dévora de baisers en promenant ses mains partout sur son corps. Tout en la caressant et en l'embrassant, il sentit sa langue sur ses épaules, puis sur son torse, jusqu'au moment où il changea de position pour mettre la bouche entre ses cuisses. Elle se mit à gémir de plaisir, et, se cramponnant à ses épaules, elle ondula au rythme des mouvements de sa langue contre son sexe. Bientôt, il sentit son corps trembler et l'orgasme la fit crier.

Il attendit à peine quelques secondes avant de se redresser. Il s'étendit alors au-dessus d'elle et, tout en la regardant dans les yeux, il la pénétra. Quand elle se cambra pour qu'il entre plus profondément en elle, il dut respirer profondément pour contrôler son plaisir. Alors qu'elle nouait les bras autour de son cou, il se mit à aller et venir, jusqu'au moment où elle se resserra autour de lui. Il bougea alors plus vite, plus fort, et ils ne tardèrent pas à s'envoler ensemble vers les cimes du plaisir.

Ils restèrent immobiles pendant de longues secondes, peinant à retrouver leur souffle. Puis il s'allongea à côté d'elle et la prit dans ses bras.

Si seulement ce moment avait pu durer éternellement… Mais la fin de cette période idyllique approchait. Bailey voulait retrouver les siens ; quant à lui, il avait promis à son père de ne plus jamais quitter Hemlock Row. Aucun d'eux n'était prêt à faire un compromis pour donner une chance à leur relation de durer.

Mais il lui restait quelques jours avec elle, au cours desquels il comptait bien créer d'autres souvenirs qu'il chérirait pour toujours.

— Charm a téléphoné.

Ereintée, Bailey dut rassembler ses forces pour ouvrir les yeux. Où Walker trouvait-il encore l'énergie de parler ?

— Ah oui ? répondit-elle paresseusement.

— Oui, et elle m'a demandé de te conduire à Fairbanks ce week-end. Enfin, elle me l'a pratiquement ordonné.

Bailey ne put s'empêcher de rire.

— Moi qui croyais que personne n'osait te donner d'ordres.

— Je peux dire que Charm n'hésite pas à le faire. Elle me considère comme l'un de ses frères, et elle croit pouvoir faire ce qu'elle veut de nous. Un peu comme toi avec tes frères et tes cousins.

— Cette époque est révolue, répondit-elle en souriant. Et alors, est-ce que tu vas le faire ? Tu vas m'emmener à Fairbanks ?

— Je croyais que tu ne voulais pas rencontrer les Outlaw.

— Je n'ai jamais dit ça. Ce que je n'ai pas aimé, c'est qu'ils t'envoient à Denver au lieu de venir eux-mêmes. Mais je ne leur en veux plus, ajouta-t-elle en se blottissant contre lui. Si tu n'avais pas servi d'intermédiaire, je ne t'aurais jamais rencontré.

En fin de compte, songea-t-elle, les Outlaw lui avaient rendu un grand service. Même si ses sentiments n'étaient pas réciproques, elle avait maintenant la chance de savoir ce que voulait dire tomber amoureux. Faire don de son cœur et de son âme. Découvrir des choses sur soi-même que l'on n'avait jamais soupçonnées.

Aujourd'hui, elle comprenait ses sœurs. Elle avait toujours cru que Megan et Gemma avaient dû perdre la raison pour accepter de vivre loin de Westmoreland Country. Surtout Gemma, car Megan y passait tout de même six mois par an. Mais elles avaient toutes les deux décidé de faire passer l'amour avant tout le reste. Elles avaient compris que chez elles c'était là où se trouvait l'homme qu'elles aimaient.

Bailey venait de le comprendre elle aussi.

— Tu ne dis plus rien.

Elle regarda Walker et sourit.

— Parce que j'attends que tu répondes à ma question. Alors, est-ce que tu vas m'emmener à Fairbanks ?

Elle était consciente de l'effort que cela représentait pour lui ; il lui avait dit assez souvent qu'il ne quittait que rarement son ranch.

— D'accord, si tu acceptes de m'accompagner quelque part demain.

— Où ?

— Tu le sauras quand nous y serons.

Que pouvait-il bien vouloir lui montrer ? Elle n'en avait aucune idée, mais elle savait qu'elle l'aurait suivi au bout du monde s'il le lui avait demandé.

— Entendu, répondit-elle, je viendrai avec toi.

- 14 -

Le lendemain matin, Walker se réveilla le cœur lourd, comme chaque année à cette date depuis dix ans. C'était l'anniversaire de Connor. Jusque-là, il avait toujours passé cette journée seul. Même Garth se gardait de lui téléphoner, sachant qu'il valait mieux le laisser. Mais Bailey était là, et sans savoir pourquoi, il lui avait demandé de l'accompagner sur la tombe de son fils. Sans qu'elle le sache.

— Tu ne veux toujours pas me donner un petit indice ? lui demanda-t-elle quand il mit son chapeau pour sortir.

Emmitouflée dans son écharpe et son gros manteau, elle lui adressa un sourire enjôleur.

— Ne gaspille pas ton énergie. Tu sauras quand nous y serons.

Elle avait essayé de le faire parler la veille au soir, puis ce matin, et même s'il avait apprécié ses efforts de séduction, il n'avait pas cédé.

— Je ne te savais pas si mesquin, Walker.

— Moi, en revanche, j'ai toujours su que tu étais obstinée. Allez, viens, ajouta-t-il en la prenant par la main pour la guider vers le garage.

Dès qu'il ouvrit la porte coulissante, elle se précipita à l'intérieur avec des cris d'admiration.

— Oh ! mais elles sont fantastiques ! s'écria-t-elle en découvrant les deux motoneiges noires rutilantes. Elles sont à toi ?

— A Garth et moi. Il a décidé de laisser la sienne ici

pour l'avoir sous la main quand il vient. Mais aujourd'hui, c'est nous qui allons nous en servir.

— C'est vrai ? demanda-t-elle en bondissant presque de joie.

Sa réaction l'émut autant qu'elle le surprit.

— Oui. Toi, tu vas prendre celle de Garth. Il m'a dit qu'il te la prêtait volontiers. Il s'est dit qu'une femme capable d'abattre un grizzly à trente mètres pouvait sûrement conduire cet engin correctement.

Elle se mit à rire.

— Je n'étais pas tout à fait à trente mètres, mais en effet, je suis capable de conduire ça. Riley en a une. Il l'emporte quand il va skier. Il adore le froid.

Walker ouvrit un coffre en bois et en sortit deux casques à visière.

— Nous n'allons pas très loin.

— Bon, répondit-elle en mettant son casque. Et je n'ai toujours pas droit à un indice ?

— Non, pas même un tout petit.

Bailey croyait avoir tout imaginé, mais à aucun moment elle n'avait pensé qu'il l'emmenait dans un cimetière. Quand ils avaient garé leurs motoneiges devant le grand portail en bois, elle s'était même demandé si elle n'était pas en train de rêver.

Sans lui demander d'explications, elle le regarda sortir une petite brosse de son coffre et venir vers elle.

— C'est par ici, dit-il en prenant sa main gantée dans la sienne.

Marchant dans la neige, il franchit l'entrée du petit cimetière où se trouvaient plusieurs pierres tombales. Ils s'arrêtèrent devant les deux premières.

— Mes grands-parents, dit-il d'une voix douce en chassant avec sa brosse la neige qui recouvrait leurs noms.

Walker et Lora Rafferty.

— Tu portes le prénom de ton grand-père ?

— Oui. Et de mon père. Mon grand-père était militaire, attaché à la caserne de Fairbanks. On l'a envoyé sur l'île un été avec d'autres soldats, pour une mission d'un an. Il est tombé amoureux de l'île. Et d'une jeune habitante de l'île.

— Celle qui connaissait l'histoire de sa famille depuis l'époque où l'Alaska appartenait à la Russie ?

Il sourit en voyant qu'elle se rappelait ce qu'il lui avait dit le jour de leur rencontre.

— Oui, c'est bien elle. Ils se sont mariés et il a acheté plus de cinq cents hectares grâce à une donation foncière du gouvernement. Lora et lui se sont installés sur cette propriété et ont eu un fils unique : mon père.

Ils avancèrent pour s'arrêter devant les deux pierres tombales suivantes, qui devaient être celles de ses parents. *Walker et Darlene Rafferty.* C'est là qu'elle se rendit compte qu'ils étaient morts à six mois d'intervalle.

— Que s'est-il passé ? demanda-t-elle à mi-voix.

Elle crut d'abord qu'il n'allait pas lui répondre.

— Ma mère est tombée malade, murmura-t-il finalement. Quand les médecins ont découvert que c'était un cancer, c'était trop tard. Ils ne pouvaient plus rien faire. Elle tenait à rendre son dernier souffle à Hemlock Row, sur ces terres qu'elle aimait tant. Alors nous l'avons fait sortir de l'hôpital et nous l'avons ramenée chez elle. Elle est morte moins d'une semaine plus tard.

— Tu étais là quand c'est arrivé ?

— Oui.

En regardant les dates gravées sur la pierre, Bailey se rendit compte que Walker avait perdu sa femme et son fils trois mois avant sa mère, puis son père. Fuyant Hollywood, il s'était réfugié ici dans l'espoir de retrouver la paix, mais au lieu de cela il avait dû affronter deux nouvelles tragédies. Comment s'étonner qu'il se soit renfermé sur lui-même après cela ? En moins d'un an, il avait perdu les quatre personnes les plus importantes à ses yeux.

— Je crois pouvoir dire que mon père est mort parce qu'il avait le cœur brisé, ajouta-t-il en serrant plus fort sa main dans la sienne. Ma mère lui manquait tellement. Six mois. Je suis même surpris qu'il ait tenu tout ce temps sans elle. Elle était toute sa vie.

La gorge nouée, Bailey se rappela le jour où Ramsey lui avait dit qu'au moins leurs parents étaient morts ensemble. Il n'aurait pu imaginer l'un sans l'autre. Comme les parents de Walker, les siens avaient connu une relation fusionnelle.

— J'ai eu un père formidable, reprit-il. Il adorait Hemlock Row, et quand j'étais adolescent, il m'a fait promettre de prendre toujours soin du ranch et de ne jamais le vendre, afin qu'il reste dans la famille. Je lui ai promis de respecter son souhait.

Elle savait que son père et son oncle avaient fait la même promesse autrefois. Voilà pourquoi tous leurs descendants se sentaient chez eux à Westmoreland Country, ce domaine qui avait été transmis de génération en génération. Ce domaine que leur arrière-grand-père Raphel avait obtenu et fait grandir à la force du poignet.

Enfin, Walker l'attira vers la dernière pierre tombale. Avant même qu'il ait fait apparaître le nom de celui qui reposait à cet endroit, elle sut qui c'était. Son fils.

Connor Andrew Rafferty.

Les dates inscrites sous son nom lui apprirent qu'il était mort quatre jours après son anniversaire, qui aurait été célébré… aujourd'hui.

Elle leva les yeux vers Walker, qui fixait la pierre avec un regard empli de gravité. Si son fils avait vécu, il aurait eu onze ans aujourd'hui même.

En cet instant, même si elle était incapable de prononcer le moindre mot, elle ressentait tout le chagrin de Walker. Une douleur aussi vive qu'au premier jour. Alors, elle fit la seule chose qu'elle pouvait faire. Elle se serra contre lui. Et loin de la repousser, il ouvrit le bras pour l'enlacer avec tendresse.

Ils se recueillirent ainsi en silence devant la tombe de Connor. Walker se remémorait certainement ses souvenirs avec lui.

— C'était un petit garçon adorable, dit-il avec douceur. A dix mois, il marchait déjà. Il adorait jouer à cache-cache.

Retenant ses larmes, Bailey se força à sourire. Elle imaginait si bien Walker en train de s'amuser avec son fils…

— Savait-il trouver de bonnes cachettes ?

— Oui, mais son petit rire le trahissait à chaque fois.

Il se tut et laissa passer un nouveau silence avant de la prendre par la taille pour la tourner vers lui. Puis, du pouce, il lui effleura la joue.

— Merci de m'avoir accompagné aujourd'hui.

— Merci de m'avoir emmenée. J'ose à peine imaginer combien ce jour est douloureux pour toi.

— Oui, répondit-il en regardant les montagnes enneigées. Chaque année, c'est comme un coup de poignard dans le cœur. Il y a des choses dont on ne se remet jamais.

Elle acquiesça en silence, puis chercha une autre pierre tombale. Il n'y en avait pas.

— Et ta femme ?

— Eh bien ?

— N'est-elle pas enterrée ici ?

Il hésita un instant, puis lui répondit simplement :

— Non. Viens, ajouta-t-il en serrant de nouveau sa main dans la sienne. Il est temps de rentrer.

Ce soir-là, alors que Bailey dormait déjà dans ses bras, il repensa au moment qu'ils avaient passé ensemble au cimetière. Pour la première fois, aujourd'hui, il avait voulu partager ses émotions et son chagrin avec quelqu'un d'autre.

Puis il lui avait raconté l'histoire de sa famille, comme il l'avait fait avec Kalyn bien des années plus tôt. Mais la réaction de Bailey avait été l'opposé de celle de sa femme.

Kalyn avait bien montré que ses récits ne l'intéressaient pas. Elle lui avait même dit qu'il devait oublier le passé pour avancer. Pour elle, quitter Hollywood avait été inenvisageable. Elle n'avait même pas mis un pied sur l'île de Kodiak au cours des trois ans qu'avait duré leur mariage. Pour une raison obscure, elle s'était mise à détester le ranch sans s'y être rendue une seule fois, allant jusqu'à dire à Walker que le jour où il en hériterait il devrait le vendre. Puis elle avait fait la liste de tout ce qu'ils pourraient acheter avec l'argent.

Bailey, elle, avait écouté avec intérêt tout ce qu'il lui avait raconté. Elle l'avait même remercié de lui avoir confié tout cela.

Ne trouvant pas les mots pour lui exprimer sa gratitude, il l'avait prise dans ses bras en arrivant chez lui pour la porter jusque dans sa chambre et lui faire l'amour comme il ne l'avait fait à aucune autre femme avant elle.

Il s'écarta doucement d'elle et, se levant, s'approcha du feu pour regarder fixement les flammes qui dansaient devant lui. Ce soir, il n'avait cessé de se répéter qu'il ressentait seulement du désir pour elle. Du désir et rien d'autre. Car il n'était pas question qu'il partage de nouveau sa vie avec une femme. Bien sûr, il appréciait la compagnie de Bailey, mais il préférait la solitude. Cette aventure prendrait fin tout naturellement le jour où elle partirait. Puisqu'elle allait partir, cela ne faisait aucun doute. Elle tenait à Westmoreland Country autant qu'il tenait à Hemlock Row.

Non, il n'avait pas besoin d'elle. Il n'avait besoin de personne.

Mais qui essayait-il de convaincre au juste ?

Il ne mit pas longtemps à trouver la réponse à cette question. Il devait à tout prix s'en convaincre lui-même s'il ne voulait pas commettre les mêmes erreurs à cause d'une femme. La leçon avait été durement apprise…

Quand Bailey s'était rendu compte que Kalyn n'était pas enterrée avec les autres membres de sa famille, il avait été tenté, l'espace d'un instant, de se confier à elle. De partager avec elle l'histoire sordide de sa femme et de sa trahison. Mais il n'en avait pas trouvé la force. La seule personne qui connaissait toute la vérité était Garth, et il n'y avait aucune raison que cela change.

— Walker ?

Il se tourna vers le lit.

— Je suis juste là, répondit-il.

— Reviens près de moi.

Il ne se fit pas prier. Combien de temps allait-il ressentir une telle dépendance physique à l'égard de Bailey ? En tout cas, il risquait de rêver d'elle longtemps après leur séparation. Mais pour l'instant il devait profiter des quelques jours qu'ils avaient encore à passer ensemble, et faire en sorte qu'ils deviennent de merveilleux souvenirs pour elle comme pour lui.

- 15 -

— C'est vraiment incroyable ! s'exclama Charm Outlaw en regardant Bailey. Nous nous ressemblons comme deux gouttes d'eau. Je suis bien obligée de croire Garth et Walker, maintenant. Bienvenue à Fairbanks, chère cousine, conclut-elle en embrassant chaleureusement Bailey.

Consciente elle aussi de leur ressemblance frappante, Bailey était touchée par l'accueil enthousiaste de Charm. Ses cinq frères étaient également le portrait des garçons de sa famille.

— Merci beaucoup de m'avoir invitée. Je ne m'attendais pas à tout ça.

Elle parlait de la soirée que Charm avait organisée. Walker avait pris les commandes de son avion pour les conduire tous les deux jusqu'à Fairbanks, où Garth avait envoyé une limousine pour les récupérer à l'aéroport. Le chauffeur était passé par le centre-ville pour le faire découvrir à Bailey, qui avait été sous le charme. Walker lui avait raconté l'histoire de la ville, dont la diversité devait beaucoup à la présence de l'armée. De nombreux militaires attachés à la base de Fairbanks avaient décidé de rester dans la région, une fois libérés de leurs obligations.

Après s'être accordé deux heures de repos à l'hôtel, ils étaient montés dans une autre limousine, chargée de les conduire à la propriété des Outlaw, où Bailey avait fait la connaissance de la famille de Garth : Charm, Jess, Sloan, Cash et Maverick. Elle avait déjà eu l'occasion d'apprendre que la ressemblance des garçons avec les Westmoreland n'était pas seulement physique. Ils étaient célibataires tous les cinq et, d'après Charm, ils considéraient tous le mariage comme inenvisageable. Jess, qui était avocat, semblait le plus raisonnable de la bande. Elle ne fut donc pas étonnée d'apprendre qu'il était en campagne pour devenir sénateur de l'Alaska. Il connaissait de réputation le sénateur Reggie Westmoreland, et bien qu'ils ne se soient pas encore rencontrés il avait été sous le choc en apprenant qu'ils avaient un lien de parenté. Il l'admirait beaucoup et se sentait maintenant encore plus impatient de faire sa connaissance. Il avait également beaucoup entendu parler du père de Chloe, le sénateur Jamison Burton, et espérait comme beaucoup qu'il décide un jour de faire campagne pour être candidat à l'élection présidentielle.

— Voici les Outlaw au complet, à l'exception de notre père, dit Charm. Il ne vit pas très bien toute cette histoire et a préféré rester à l'écart aujourd'hui.

Garth s'éclaircit la voix, comme pour faire remarquer à sa sœur qu'elle en disait trop. Mais Bailey n'était pas choquée. Walker avait profité du trajet pour lui faire part des sentiments de Bart Outlaw, et à vrai dire elle avait beaucoup de mal à comprendre ses réticences. Pourquoi rejetait-il aussi violemment l'idée que son père ait pu être adopté ?

Walker lui avait aussi expliqué que tous les enfants étaient nés de mères différentes, mais que les garçons avaient été confiés à leur père avant l'âge de deux ans. Charm, elle, n'avait rejoint la famille qu'à l'adolescence. Sa mère l'avait envoyée chez Bart, car elle n'arrivait plus à la contrôler. Manifestement, Charm et Bailey avaient beaucoup de choses en commun, excepté que Dillon ne l'avait jamais chassée de Westmoreland Country à cause de son comportement.

A mesure que la soirée avançait, Bailey se rendit compte que Walker ne la quittait pas d'une semelle. C'était loin de la contrarier, mais elle était surprise de voir qu'il ne cherchait pas à dissimuler la nature de leur relation.

Elle découvrait un autre Walker au milieu des Outlaw dont il était si proche. Un peu moins réservé, toujours prêt à plaisanter.

— Combien de temps comptes-tu rester à Fairbanks, Bailey ? demanda Charm. J'espère que tu es là pour quelques jours, poursuivit-elle. Nous pourrions aller faire un peu de shopping ensemble.

Sans lui laisser le temps de répondre, Walker intervint.

— Désolé de te décevoir, Charm, mais Bailey repart pour Denver lundi.

— Oh ! quel dommage.

Bailey but une gorgée de vin pour se donner une contenance. Manifestement, Walker comptait les jours.

— Mais de toute façon, ajouta Charm, je ne laisserai pas mes frères partir sans moi quand ils iront à Denver.

— Nous pourrons nous rattraper à ce moment-là, assura Bailey en essayant d'oublier les mots de Walker. Toutes les femmes de la famille adorent le shopping.

Charm lui répondit par un immense sourire.

— Shopping devrait être le deuxième prénom de Charm, plaisanta Garth. Bien, ponctua-t-il en regardant sa montre, je crois que le dîner est prêt.

Charm prit Bailey par le bras et la conduisit vers la salle à manger en lui chuchotant à l'oreille :

— Alors, Bailey, dis-moi tout. Est-ce qu'il y a de beaux et jeunes célibataires à Denver ?

La mâchoire serrée, Walker écoutait Garth dire à son père ce qu'il pensait de son comportement. Bart avait mérité ce coup de colère de son fils aîné. Il avait fini par les rejoindre à table, mais au cours du dîner il avait pour ainsi dire ignoré Bailey. Pourtant, son regard l'avait trahi quand il était entré dans la salle à manger et qu'il avait vu les deux jeunes femmes côte à côte. Mais le fait d'être confronté à l'évidence semblait avoir renforcé son ressentiment. Personne ne comprenait pourquoi il réagissait de cette façon, et apparemment Garth avait bien l'intention de le faire parler.

A la fin du dîner, alors que le dessert n'avait pas encore été servi, Garth avait suggéré à Charm de faire visiter la maison à Bailey. Profitant de ce moment pour emmener son père à l'étage, il avait demandé à ses frères et à Walker de les accompagner.

— Papa, tu as été incroyablement grossier avec Bailey.

— Ce n'est pas moi qui l'ai invitée ici, grommela Bart.

— Nous, c'est nous. Et nous avions de bonnes raisons de le faire. C'est notre cousine.

— Non, pas du tout. Nous sommes des Outlaw, pas des Westmoreland.

— Tu n'es pas aveugle, papa. Tu as vu la ressemblance entre Charm et Bailey. Et Bailey a même remarqué à quel point tu ressemblais à son père et à son oncle.

— Je ne vois pas ce que ça prouve.

Garth poussa un soupir excédé.

— Pourquoi ? Pourquoi es-tu aussi hostile à l'idée que ton père ait pu être adopté ? Cela ne veut pas dire que ce n'était pas un vrai Outlaw. Cela signifie seulement qu'il a une deuxième famille, à laquelle il est lié par le sang, et que nous pourrions faire connaissance avec elle. Pourquoi veux-tu nous priver de ça ?

Silencieux, Bart observa ses fils avant de lancer un regard noir à Walker.

— Tu étais censé t'en occuper, Walker. Les choses n'auraient jamais dû aller aussi loin. Tu devais trouver un moyen de les discréditer.

— Ça suffit, papa ! s'exclama Garth. Comment as-tu osé demander ça à Walker ?

Pour toute réponse, Bart se leva d'un air furieux et quitta la pièce.

— Qu'est-ce qui lui arrive ? demanda Jess, aussi effaré que ses frères.

Garth secoua tristement la tête.

— Franchement, je n'en sais rien. Tu n'étais pas là le jour où Hugh nous a parlé pour la première fois des Westmoreland. Papa lui a opposé un refus catégorique. Il ne voulait pas en entendre parler. Quand il a découvert que j'avais envoyé Walker à Denver contre son avis, il était furieux.

— Il y a forcément une raison pour qu'il réagisse comme ça, souligna Sloan.

— C'est vrai, approuva Maverick en se levant. Il y a quelque chose de bizarre.

— Je suis d'accord avec vous, renchérit Walker. Le déni de votre père est insensé. Cela cache quelque chose. Je sais qu'il peut être têtu, mais de là à se montrer complètement irrationnel… Ça ne lui ressemble pas.

— Vous avez raison, dit Cash. Il t'a vraiment demandé de trouver un motif pour discréditer les Westmoreland ? demanda-t-il à Walker sur un ton incrédule.

— Tu l'as entendu, il l'a avoué lui-même.

— Oui, conclut Sloan, il y a quelque chose qui cloche. Et puisque notre père ne veut pas nous dire ce que c'est, je suggère que nous engagions quelqu'un pour le découvrir.

— Pour découvrir quoi ? demanda Cash.

— Justement, j'aimerais bien le savoir !

Il y eut un silence, jusqu'au moment où Walker reprit la parole.

— Vous ne pensez pas qu'il a pu se passer quelque chose au sein de votre famille ? Un événement ancien qui serait resté secret, et qui justifierait pour Bart le fait de défendre sa lignée coûte que coûte ?

Garth se servit un verre d'alcool avant de se rasseoir.

— Je dois admettre que cette idée m'a traversé l'esprit, confia-t-il.

— Si c'est le cas, conclut Jess, nous devons savoir de quoi il s'agit.

— Tu as peur qu'un scandale éclate et nuise à ta campagne ? lui demanda Sloan.

— Je ne sais pas. Mais s'il y a quelque chose, j'aimerais mieux être au courant avant les journalistes.

— Bon, nous sommes tous d'accord, dit Garth. Nous nous pencherons sur le sujet au plus vite.

Tous acquiescèrent.

— Tu sais, Bailey, je suis désolée pour le comportement de mon père pendant le dîner. Je ne sais vraiment pas ce qui lui a pris, dit Charm tandis qu'elles finissaient la visite de l'étage.

— Tu n'as pas à être désolée. Walker m'avait préparée à une réaction de ce genre. Il m'avait bien dit que ton père prenait très mal toute cette histoire.

— Dis donc, répondit Charm avec un sourire malicieux. A propos de Walker. Vous allez bien ensemble, tous les deux. Je suis heureuse qu'il ait enfin laissé derrière lui son passé avec sa femme.

Bailey n'était pas du tout sûre que ce soit le cas. Selon elle, il n'avait pas encore fait le deuil de sa famille. Loin de là. Et son chagrin l'empêchait d'ouvrir son cœur à quelqu'un d'autre.

— Il ne faut pas se fier aux apparences, Charm.

— Dois-je comprendre que tu vas vraiment repartir à Denver lundi ?

— Je n'ai aucune raison de rester. Encore une fois, il ne faut pas se fier aux apparences.

— Tu sais, insista Charm, je ne crois pas me tromper. J'ai bien vu la façon dont Walker te regardait. Il te regarde…

Comme un homme regarde une femme avec qui il prend

du plaisir, compléta Bailey intérieurement. Il n'y avait rien de plus entre eux.

A cet instant, elle entendit son portable sonner. Elle s'en voulut aussitôt d'avoir oublié de l'éteindre mais, en reconnaissant la sonnerie de son cousin Bane, elle n'eut pas le cœur de rejeter l'appel.

— Je suis vraiment désolée, dit-elle à Charm en prenant son portable dans son sac pour décrocher. Ne quitte pas, dit-elle à Bane.

Gardant son téléphone à la main, elle se tourna vers Charm.

— Excuse-moi, il faut que je décroche. C'est Bane, mon cousin. Il est en mission spéciale pour l'armée, et je ne sais pas quand il pourra me rappeler.

— Je comprends. Si tu veux être au calme, tu peux entrer dans l'une des chambres qui donnent sur le couloir. Je t'attends en bas, dans le salon.

— Merci infiniment.

Tandis que Charm s'éloignait, Bailey entra dans la chambre la plus proche et alluma.

— Bane ? Que se passe-t-il ? Où es-tu ?

— Je ne peux pas te le dire. Et je n'ai pas beaucoup de temps pour te parler. Mais je vais avoir besoin de ton aide.

— Mon aide ? Pour quoi faire ?

— Il faut que je retrouve Crystal.

Elle réprima de justesse un soupir.

— Bane, tu sais ce que t'a demandé Dillon.

— Oui, Bay. Dillon m'a demandé de grandir et d'assumer les conséquences de mes actes. D'accomplir quelque chose avant d'envisager de reconquérir Crystal. J'ai tenu la promesse que je lui avais faite. J'ai attendu assez longtemps. D'ici deux semaines, je serai en permission prolongée.

— En permission prolongée ? Bane, est-ce que tout va bien ?

— Tout ira bien si je trouve Crystal. J'ai besoin de toi, Bay.

Tout le monde était retourné dans la salle à manger pour le dessert, à l'exception de Garth et Walker qui continuaient à discuter autour d'un verre.

— Alors, dit Garth, tu penses que notre père nous cache quelque chose ?

— Pas toi ? répliqua Walker en se calant sur le canapé.

— Si, et j'ai bien l'intention d'engager un détective privé. Je préfère ne pas m'adresser à Hugh. Il travaille pour mon père depuis des années, et je ne voudrais pas le placer dans une situation délicate.

— Tu as raison. Et pourquoi pas demander à Regan ? Il me semble qu'il y a un détective dans sa famille.

— Oui, le mari de sa sœur. Je l'ai rencontré une fois. Il est sympathique et a très bonne réputation. Je l'appellerai peut-être demain.

— Je pense que ce serait une bonne idée.

Garth laissa passer un silence avant de reprendre la parole.

— Alors, demanda-t-il finalement, qu'est-ce qui se passe entre Bailey et toi ?

— Qu'est-ce qui te fait croire qu'il se passe quelque chose ?

Garth esquissa un sourire moqueur.

— Je ne suis pas aveugle, Walker.

— Ce que tu as vu, c'est que j'étais attiré par une jeune femme sexy. C'est très agréable de partager mon lit avec elle, surtout après ces longues années de célibat. Tu l'as entendue. Elle s'en va lundi. C'est très bien comme ça.

Bailey se figea devant la porte fermée, incapable de croire à ce qu'elle venait d'entendre. Après avoir fini sa conversation avec Bane, elle avait raccroché avant de sortir dans le couloir. C'est là qu'elle avait entendu les voix de Garth et de Walker. Quand ils avaient prononcé son prénom, elle s'était arrêtée devant la porte de la pièce où ils se trouvaient.

Les yeux emplis de larmes, elle recula d'un pas, se retourna brusquement et percuta Charm.

— Bailey, j'étais en bas, je me demandais si tu t'étais perdue ou… Bailey ? demanda-t-elle en voyant qu'elle pleurait. Que se passe-t-il ? Ça ne va pas ?

— Si, si, balbutia-t-elle en s'essuyant les joues.

— Je vois bien que non.

Elle se tourna vers la porte en entendant à son tour les voix de Walker et de Garth.

— Qu'y a-t-il ? Qu'est-ce que tu as entendu ? Quelqu'un a dit quelque chose qui t'a bouleversée ? Papa est là, c'est ça ? C'est lui qui t'a fait de la peine ?

Comme Bailey ne répondait pas, Charm se dirigea vers la porte d'un air furieux. Elle semblait déterminée à en découdre avec celui qui avait dit quelque chose de méchant.

— Non, s'il te plaît, dit Bailey en lui prenant la main pour l'arrêter. N'y va pas. Ce n'est pas grave.

Elle s'essuya de nouveau les yeux du revers de la main.

— Charm, merci à toi et à ta famille pour votre hospitalité, mais je vais devoir partir.

Elle ne pouvait pas rester une seconde de plus sous le même toit que Walker.

— Tu voudrais bien appeler un taxi pour moi ? ajouta-t-elle. Il faut que j'aille à l'aéroport.

— A l'aéroport ? Et Walker ? Qu'est-ce que je suis censée lui dire ?

D'aller se faire voir ! se retint-elle de répondre.

— Tu n'as qu'à lui dire que j'ai reçu un appel. D'un membre de ma famille. Et que j'ai dû repartir en urgence.

Charm la regarda avec suspicion.

— C'est vraiment ce que tu veux que je lui dise ?

— Oui.

— D'accord, accepta Charm après un long silence. Mais je n'appelle pas de taxi. Je t'emmène moi-même à l'aéroport.

Garth lança un regard sévère à Walker.

— Tu dis n'importe quoi et tu le sais très bien.

— Ah bon ? répliqua Walker en portant son verre d'alcool à ses lèvres.

— Oui. Tu es tombé amoureux de Bailey. Reconnais-le.

Walker laissa passer un long silence. Garth le connaissait bien.

— Tant pis si tu penses que je dis n'importe quoi.

— Non, Walker, c'est important. Quand vas-tu enfin laisser ton passé derrière toi ? Quand vas-tu comprendre que Bailey représente peut-être ton avenir ?

— Là, tu te trompes. Bailey s'est juré de ne jamais quitter Denver, et moi, j'ai promis à mon père sur son lit de mort que je n'abandonnerais plus jamais Hemlock Row.

— Mais tu es prêt à admettre que tu l'aimes ?

Walker ferma les yeux et laissa échapper un soupir.

— Oui, je l'aime. Je l'aime tellement. J'ai essayé de toutes mes forces de lutter contre mes sentiments, mais c'était impossible. Les trois semaines que je viens de passer ont été les plus belles de ma vie. Je croyais pouvoir vivre éternellement dans l'amertume et la solitude, mais depuis que je l'ai rencontrée j'ai envie d'autre chose. Elle a fait entrer la vie dans ma maison. Et elle aime Hemlock Row.

— Alors, où est le problème ?

— Le problème, c'est que je ne fais pas le poids face à sa famille. Elle a besoin de ses proches bien plus que de moi.

— Tu es sûr de ça ?

— Oui. Denver lui manque. Franchement, je ne m'attendais pas à ce qu'elle reste aussi longtemps en Alaska. Elle a déjà enfreint l'une de ses règles.

— Elle avait peut-être une bonne raison de le faire. Toi, par exemple.

— J'en doute fort.

Garth allait reprendre la parole quand quelqu'un frappa à la porte.

— Entrez.

Sloan apparut sur le seuil.

— Charm vient de partir avec Bailey.

— Comment ça ? s'étonna Walker. Où sont-elles allées ? Ne me dis pas que ta sœur l'a convaincue d'aller faire la nocturne du centre commercial.

— Non. Apparemment, Bailey a reçu un coup de téléphone d'un membre de sa famille et elle a dû partir. Je ne connais pas les détails, mais Charm l'emmène à l'aéroport. Bailey repart à Denver ce soir.

- 16 -

— Madame, veuillez attacher votre ceinture s'il vous plaît. Nous allons décoller dans une minute.

Bailey sourit à l'hôtesse de l'air et suivit ses instructions. Elle était arrivée à l'aéroport de Fairbanks sans aucun bagage, si bien qu'elle avait pu embarquer sans attendre. Charm avait promis de récupérer les affaires qu'elle avait laissées à l'hôtel et chez Walker, et de les lui renvoyer à Denver.

Par chance, elle avait pu changer son billet moyennant un supplément, et peu lui importait d'avoir deux correspondances à Seattle et à Salt Lake City. Tout ce qui comptait, c'était que d'ici à douze heures elle serait de retour chez elle. Elle n'avait même pas appelé sa famille pour prévenir qu'elle arrivait plus tôt que prévu. Elle louerait une voiture à l'aéroport et se rendrait directement chez Gemma. Elle avait besoin de passer un peu de temps toute seule avant d'être confrontée aux questions qui l'attendaient.

Respirant profondément, elle essaya en vain de ne pas penser à Walker. Mais ce qu'elle l'avait entendu dire à Garth résonnait encore et encore dans son esprit. Et dire qu'elle l'avait cru digne de son amour… Quelle idiote !

Mais après tout, ne lui avait-il pas dit dès le début qu'il ne voulait rien d'autre qu'une aventure sans lendemain ? Il lui avait prouvé le peu de cas qu'il avait fait de leur relation.

Sachant qu'elle avait au moins deux heures devant elle avant d'arriver à Seattle, elle ferma les yeux pour essayer dc se calmer. Tout ce qu'elle espérait, c'était qu'elle ne reverrait plus jamais Walker.

— Ce n'est pas vrai, grommela Walker en enfouissant ses vêtements dans la valise ouverte sur son lit.

Il allait rentrer à Kodiak dès ce soir. Il n'avait aucune raison de rester à Fairbanks. C'était pour Bailey qu'il était venu ici. Et elle, que faisait-elle ? Elle partait sans le prévenir au premier coup de fil de sa famille.

Enfin, c'est ce qu'elle avait prétendu, car il savait maintenant que c'était faux. Croyant qu'elle avait eu une urgence familiale, il avait téléphoné à Dillon qui ne savait pas de quoi il s'agissait. Il ignorait même que quelqu'un avait appelé Bailey.

Oui, en plus de tout, elle lui avait menti. Elle n'avait pas pu attendre jusqu'à lundi ? Il avait fallu qu'elle parte tout de suite ? Elle n'avait même pas pris ses affaires ! Qu'était-il censé en faire maintenant ?

Il sursauta en entendant quelqu'un frapper à la porte de sa chambre d'hôtel. Il espérait au moins que ce n'était pas Garth venu pour essayer de le dissuader de partir. Il n'était pas question qu'il reste. Il voulait rentrer chez lui, retrouver sa solitude. Oublier son chagrin avec un verre d'alcool bien fort.

Comme son visiteur insistait, il alla ouvrir et se trouva face à Garth et Charm.

— Je pars ce soir, Garth, et rien de ce que tu diras ne me fera changer d'avis.

Ils entrèrent tous les deux sans attendre qu'il les y ait invités.

— Je suis d'accord, il faut que tu partes ce soir. Mais pas à Hemlock Row.

— Ah ? ponctua-t-il en dévisageant son ami avec stupeur. Je devrais aller où, alors ?

— Rattraper Bailey avant qu'elle ne soit trop loin, répondit Charm.

— Je ne vois vraiment pas pourquoi je ferais ça.

Les poings sur les hanches, Charm lui lança un regard noir.

— Parce que si elle est partie c'est à cause de toi et Garth. Je ne sais pas ce que vous avez dit sur elle tout à l'heure, quand vous étiez tous les deux, mais elle vous a entendus et en a pleuré. J'ai cru que papa était avec vous et que c'était lui qui avait dit quelque chose de méchant sur elle. Alors, je m'en suis pris à lui, mais il m'a répondu que vous étiez seuls dans cette pièce au moment où Bailey vous avait entendus.

— Eh bien, sache que je n'ai absolument rien dit qui aurait pu…

Il s'interrompit brusquement et se tourna vers Garth.

— Tu ne crois quand même pas qu'elle a entendu…

— Les idioties que tu as prononcées ? compléta Garth. J'espère que non. Mais si c'est le cas…

Walker se passa nerveusement la main sur le visage.

— Mais enfin, je n'en pensais pas un mot. J'ai même reconnu quelques instants après que j'étais amoureux d'elle.

— Tu l'aimes ? demanda Charm avec un grand sourire.

— Oui.

— Eh bien, je doute qu'elle ait entendu cette partie-là. Je suis même à peu près sûre qu'elle ne l'a pas entendue. Elle pleurait comme si elle avait le cœur brisé.

Walker regarda sa montre.

— Il faut que je la rattrape.

— Oui, absolument, approuva Garth.

Puis il se tourna vers Charm.

— Sais-tu quel vol elle a pris ? Elle a sûrement une correspondance quelque part.

— Elle en a deux, répondit Charm à son frère. La première à Seattle, la seconde à Salt Lake City.

— Je vais appeler Regan pour qu'elle prépare le jet. Si nous nous dépêchons, dit-il à Walker, tu pourras être à Seattle en même temps que Bailey. Peut-être même un peu avant elle. Et au cas où tu l'aurais oublié, Ollie est le directeur de la sécurité des transports à Seattle. Cela peut servir.

Oliver Linton avait servi dans la marine en même temps que Garth et Walker, et ils étaient restés amis avec lui.

— Tu as raison, dit Walker en prenant son chapeau et son manteau.

Comme Bailey, il allait monter dans l'avion avec pour seuls bagages les vêtements qu'il avait sur lui.

Bailey but une gorgée de café et soupira en pensant à l'heure qu'elle allait encore passer à faire les cent pas dans l'aéroport de Seattle. Et une fois à Salt Lake City, elle aurait encore deux heures d'attente avant de pouvoir enfin embarquer dans l'avion qui la ramènerait à Denver.

Chez elle.

Pourquoi ne ressentait-elle pas l'excitation qui s'emparait d'elle à chaque fois qu'elle rentrait après un long voyage ? Pourquoi n'éprouvait-elle que de la peine et de la douleur ?

La réponse était facile à trouver. Elle était amoureuse, et l'homme qu'elle aimait ne ressentait rien pour elle. Voilà tout.

Tout aurait sans doute été différent si elle était repartie lundi comme prévu. Mais les mots de Walker lui avaient fait l'effet d'un coup de poignard en plein cœur. C'était si dur de savoir que ces trois semaines n'avaient absolument pas compté pour lui…

Son café fini, elle serra son manteau autour d'elle en frissonnant. Il lui semblait sentir encore le froid de l'Alaska. Cela lui faisait mal de l'admettre, mais Hemlock Row lui manquait déjà. Elle aurait voulu pouvoir penser au ranch sans penser à Walker. Elle voulait se souvenir de Willie, de Marcus et des garçons, mais aussi de Mme Albright. Elle voulait se souvenir de la vue sur le détroit de Chelikhov et des nombreux moments qu'elle avait passés dans cette fabuleuse cuisine.

— Pardon, mademoiselle.

Elle leva les yeux et vit un homme mûr portant l'uniforme de l'agence de sécurité des transports.

— Oui ?

— Etes-vous Bailey Westmoreland ?

— Elle-même.

Pourvu qu'il n'y ait pas de problème avec sa correspondance, songea-t-elle avec angoisse.

— Puis-je vous demander de me suivre, s'il vous plaît, mademoiselle ?

— Oui, mais pourquoi ? demanda-t-elle en se levant. Il y a un problème ? Que se passe-t-il ?

Etant donné qu'elle n'avait aucun bagage, ils ne risquaient pas d'avoir trouvé quelque chose de suspect dans ses affaires. Et elle avait consciencieusement changé son billet au guichet de la compagnie, il ne devait donc pas y avoir de problème.

— Je ne suis pas en mesure de vous le dire, répondit l'agent. Mon directeur m'a demandé de vous conduire dans son bureau.

— Votre directeur ?

Elle commença à s'inquiéter. Cela avait l'air sérieux. Peut-être portait-elle le même nom qu'une personne recherchée par les autorités ?

— Monsieur, il doit y avoir une erreur. Je suis une citoyenne respectueuse des lois. Je travaille pour un magazine célèbre. Je possède une arme, oui, mais je ne l'ai pas sur moi. Une arme de chasse, précisa-t-elle en réponse au regard perçant de l'agent. J'ai tous les permis et les licences qu'il faut pour cela.

Se contentant de hocher la tête, il l'escorta dans un couloir et ouvrit une porte.

— Je vous prie d'attendre ici. Ce ne sera pas long.

Elle voulut protester, mais elle n'en avait pas la force. Ellc était trop épuisée et trop triste pour cela. Elle n'avait qu'à attendre le directeur pour découvrir ce qu'il lui voulait. Si elle avait besoin d'un avocat, elle n'aurait qu'à appeler l'un de ceux de sa famille.

— Bien. J'attends.

Elle entra dans la pièce et regarda autour d'elle. Au moins, il faisait plus chaud ici que dans le terminal. Cela ressemblait à une salle de réunion, se dit-elle en enlevant son manteau pour le poser sur une chaise. Il n'y avait pas de fenêtre. Seulement un bureau, des sièges et une corbeille. Deux des murs étaient ornés de cartes : une de l'Etat de Washington et l'autre des Etats-Unis. Elle venait de repérer la cafetière pleine quand elle entendit le bruit de la porte derrière elle. Au moins, le directeur ne l'avait pas fait attendre trop longtemps. Avec un peu de chance, elle ne manquerait pas sa correspondance.

Elle se retourna et se figea, bouche bée. L'homme qui entrait dans la pièce n'était pas le directeur de l'agence de sécurité. C'était l'homme qu'elle avait cru ne plus jamais revoir.

— Walker !

- 17 -

Walker entra dans la salle et referma la porte derrière lui. A clé. A quelques pas de lui se trouvait la femme qu'il aimait plus que tout au monde. Elle l'avait entendu prononcer des paroles atroces qui n'étaient que des mensonges et, maintenant, il devait la convaincre qu'il ne pensait pas un mot de ce qu'il avait dit.

— Bonjour, Bailey.

Elle recula, manifestement sous le choc.

— Walker, qu'est-ce que tu fais ici ? Comment es-tu arrivé là ? Et pourquoi ? demanda-t-elle, le souffle court.

Sa voix était pleine de colère, mais il voyait surtout dans ses yeux à quel point il l'avait fait souffrir. Il s'en voulait tellement…

— Je suis venu te parler, répondit-il d'une voix aussi calme que possible. J'ai pris l'avion privé de Garth. Et je suis là parce que je te dois des excuses.

— Tu n'aurais pas dû te donner cette peine, lâcha-t-elle sèchement. Je ne vois vraiment ce que tu pourrais dire ou faire pour me faire accepter tes excuses.

Il se souvenait lui avoir dit à peu près la même chose le jour où elle était arrivée à Hemlock Row.

— Si je me suis donné cette peine, c'est parce que je sais que tu as entendu ce que j'avais dit à Garth.

— Oui, je t'ai entendu, répondit-elle en croisant les bras avec autorité. Je t'ai même très bien entendu. J'ai compris ce qu'avait représenté pour toi mon séjour à Hemlock Row, et surtout, que tu étais impatient de me voir partir.

— Je ne pensais pas ce que j'ai dit.

— Bien sûr que si. Si je sais au moins une chose sur toi, c'est que tu dis toujours ce que tu penses.

Il s'appuya contre le mur, releva le bord de son chapeau et respira profondément. L'odeur de son parfum le fit frissonner. Comme il aurait voulu pouvoir la prendre dans ses bras, l'embrasser et glisser les mains sous ses vêtements pour sentir sa peau nue sous ses doigts…

— Pourrions-nous nous asseoir pour parler ? demanda-t-il en s'efforçant de prendre sur lui.

— Franchement, je n'ai aucune envie d'entendre ce que tu as à me dire.

— S'il te plaît. Les deux fois où tu m'as présenté tes excuses, je les ai acceptées.

— Tant mieux pour toi, mais je n'ai aucune intention d'accepter les tiennes.

Puisqu'elle ne lui laissait pas le choix, il allait devoir se montrer un peu plus ferme.

— Que tu veuilles m'écouter ou non, nous allons discuter. J'ai fermé cette porte à clé.

Il ôta son chapeau et le déposa avant de traverser la salle pour aller s'asseoir.

— Et je ne l'ouvrirai que quand je l'aurai décidé. J'ai oublié de préciser que le directeur de l'agence de sécurité était un vieil ami de l'armée.

Elle le fusilla du regard.

— Ça ne vous donne pas le droit de me retenir contre mon gré. Je vous ferai un procès à tous les deux.

— Fais-le si tu veux. Mais avant cela, nous allons rester ici jusqu'à ce que tu acceptes d'écouter ce que j'ai à dire.

— Je n'écouterai pas.

— J'ai tout le temps d'attendre que tu changes d'avis.

Il s'adossa et ferma les yeux. Il l'entendit alors marcher jusqu'à la porte et essayer de l'ouvrir. Comme elle n'y arrivait pas, elle se mit à donner des coups de poing et des coups de pied dedans.

En désespoir de cause, elle revint se poster devant lui.

— Laisse-moi sortir, ordonna-t-elle.

Il l'ignora, non sans peine. Il eut surtout du mal à garder son sérieux quand elle se mit à proférer les pires injures qu'il ait jamais entendues. Il avait beau savoir que la colère pouvait lui faire dire des grossièretés, il n'avait pas imaginé qu'elle était capable d'aller aussi loin.

Très bien, il allait la laisser dire ce qu'elle avait à dire, même s'il ne s'agissait que d'un torrent d'insultes. Ensuite, ce serait à lui de s'exprimer. Il lui dirait tout. Il lui dirait qu'il l'aimait. Bien sûr, il ne s'attendait pas à ce qu'elle l'aime en retour. Il était trop tard pour cela. Et même en d'autres circonstances, ce ne serait sans doute jamais arrivé. Elle aimait trop Westmoreland Country pour sacrifier la vie qu'elle menait là-bas.

Comme elle ne semblait pas vouloir s'arrêter, il décida de mettre un terme à son monologue obscène. Il avait bien compris ce qu'elle pensait de lui. Lentement, il ouvrit les yeux et la regarda fixement.

— Ta bouche est beaucoup trop belle pour prononcer des horreurs pareilles. Faut-il que je t'embrasse pour te faire taire ?

Ses yeux lançaient des éclairs.

— Essaie un peu pour voir.

— D'accord.

Il l'attrapa par la taille, la fit tomber sur ses genoux et l'embrassa. L'espace d'un instant, elle essaya de le repousser. Puis, comme guidée par son instinct, elle commença à répondre à son baiser. Cela dura de longues et merveilleuses secondes, jusqu'au moment où elle s'écarta brusquement, sans pour autant se lever.

— Je te déteste, Walker !

— Et moi, Bailey, je t'aime.

Elle avait pris sa respiration, sans doute pour l'insulter encore, mais elle resta bouche bée en entendant sa déclaration. Au bout d'un long moment, une lueur triste passa dans son regard.

— J'ai entendu ce que tu as dit à Garth.

— Oui, mais si tu avais écouté un peu plus longtemps, tu l'aurais entendu me répondre que je disais n'importe quoi, parce qu'il savait ce que je ressentais pour toi. Il me connaît par cœur. Et finalement, j'ai reconnu que j'étais amoureux de toi.

Elle le fixa alors avec une intensité qui le bouleversa. Que pensait-elle ? Pourquoi ne disait-elle plus rien ?

— Tu ne peux pas m'aimer, murmura-t-elle finalement.

— Pourquoi je ne peux pas t'aimer ?

— Parce que tu es toujours amoureux de ta femme. Tu la pleures depuis dix ans, et tu voudrais me faire croire que je t'ai permis de faire ton deuil en moins d'un mois ?

Il savait qu'il devait lui dire la vérité. Toute la vérité. Il devait lui dire ce que Garth et lui étaient les seuls à savoir. Cela allait le forcer à réveiller des souvenirs douloureux, mais par amour il lui devait cette vérité.

— Oui, j'imagine que ce serait difficile à croire si je pleurais en effet Kalyn depuis dix ans. Mais j'ai cessé d'aimer ma femme plusieurs mois avant sa mort. J'ai cessé de l'aimer le jour où j'ai découvert qu'elle avait une liaison avec un autre homme.

Stupéfaite, Bailey regarda Walker dans les yeux. Elle avait été si loin d'imaginer une telle révélation…

— Ta femme t'a trompé ? demanda-t-elle pour s'assurer qu'elle avait bien compris.

— Oui, entre autres choses.

Cette remarque la surprit encore plus.

— Quelles autres choses ?

A cet instant, elle ne put retenir ses larmes. Aucun homme ne méritait d'endurer ça. Comment avait-il réussi à survivre après cette épreuve ?

— Mais ce n'est pas tout, poursuivit-il. Après l'enterrement, quand je suis rentré chez moi, j'ai trouvé une lettre que Kalyn avait laissée dans ses affaires, assez en évidence. Elle m'était destinée. En la lisant, j'ai appris que leur mort n'avait pas été un coup du sort. Kalyn a fait exprès d'avoir cet accident de voiture.

Bailey se figea. Elle eut la sensation que les battements de son cœur venaient de s'arrêter.

— Tu veux dire que…

— Oui. Kalyn s'est suicidée. Elle ne s'est pas remise d'avoir été rejetée par son amant. Et elle a voulu prendre avec elle l'enfant qu'elle croyait être de lui.

Bailey vit des larmes briller dans ses yeux. Elle comprenait maintenant pourquoi seul son fils était enterré dans le cimetière familial.

— Garth était le seul à être au courant pour la lettre. Il était avec moi quand je l'ai trouvée. Nous nous sommes dit que cela ne servirait à rien de la remettre aux autorités. Mieux valait que tout le monde continue à croire à un accident.

— As-tu su qui était l'amant de Kalyn ?

— Non. J'avais mon idée sur la question, mais je n'en ai jamais eu la confirmation. Après tout cela, poursuivit-il, je me suis dit que je ne pourrais plus jamais aimer ou faire confiance à une autre femme. Et c'est ce qui s'est passé. Jusqu'à ce que je te rencontre. Je ne voulais pas tomber amoureux de toi, Bailey. Je me suis battu bec et ongles contre mes sentiments. En vain. Quand j'ai dit ces bêtises à Garth, j'étais dans le déni. J'essayais d'étouffer les émotions qui emplissaient mon cœur. Je te demande pardon d'avoir prononcé ces mots. La vérité, c'est que je t'aime. Je t'aime comme un fou, plus que je n'ai jamais aimé.

Se levant, elle s'approcha de lui pour le serrer dans ses

bras. Il avait dû surmonter tant de souffrances. Comment Kalyn avait-elle pu prendre intentionnellement la vie de leur enfant ?

— Je sais qu'il ne pourra jamais rien y avoir entre nous, murmura Walker en plongeant les yeux dans les siens. Je comprends que tu ne m'aimes pas. Je serais mal placé pour te reprocher de faire passer Westmoreland Country avant tout, moi qui suis si attaché à Hemlock Row. J'ai promis à mon père que je n'abandonnerais pas le ranch, et je tiendrai parole.

— Tu viens de dire que tu m'aimais, dit-elle dans un souffle. Et pourtant, tu serais prêt à me laisser repartir à Denver ?

— Oui, puisque ton cœur est là-bas. Je n'ai pas oublié ce que tu m'as dit dès notre rencontre. Jamais tu ne pourras vivre loin de chez toi.

— C'est ce que j'ai cru toute ma vie. Et pourtant, c'est bien ce que je m'apprête à faire.

Il se tut et la regarda avec une intensité qui la fit frissonner.

— Qu'est-ce que tu dis ? demanda-t-il à mi-voix.

Elle sourit et noua les mains autour de son cou.

— Je dis que je t'aime aussi. Je l'ai compris il y a des semaines. Je crois même que c'est pour ça que je suis venue jusqu'à Kodiak pour te présenter mes excuses. Tu me manquais, même si je refusais de l'admettre. Je t'aime, Walker, et s'il y a une chose que je désire plus que tout, c'est fonder un foyer avec toi à Hemlock Row.

— Mais… Et Westmoreland Country ?

— Je suis attachée aux terres de ma famille, répondit-elle en riant, mais Gemma et Megan avaient raison. L'amour passe avant tout. Et celui que j'aime, c'est toi.

Ivre d'amour, elle l'embrassa en songeant avec bonheur que sa vie avec lui commençait aujourd'hui.

Quelques jours plus tard, alors que Walker se levait, Bailey posa la main sur sa cuisse pour le garder au lit avec elle.

— Ne me laisse pas.

— Je vais juste attiser le feu. Je reviens tout de suite.

— Tu as intérêt.

Walker se mit à rire. Il avait encore du mal à croire à son bonheur. Tout le monde se réjouissait de les savoir amoureux, et la semaine prochaine ils allaient célébrer Thanksgiving à Westmoreland Country.

Il se leva et s'approcha de la cheminée, mais quand il eut fini de s'occuper du feu, il ne retourna pas tout de suite se coucher. Il ouvrit le tiroir de la commode et en sortit le paquet qu'il y avait placé un peu plus tôt. Puis il rejoignit la femme qu'il aimait.

— Bailey ?

Elle ouvrit les yeux pour le regarder.

— Oui ?

— Veux-tu m'épouser ?

Elle sursauta en voyant l'écrin en velours qu'il tenait.

— Tu me demandes en mariage ?

— Oui.

— Mais… Mais… Je suis au lit, toute nue, et…

— Nous venons de faire l'amour. Je ne vois pas de meilleur moment.

Il ouvrit la petite boîte en velours pour dévoiler la bague étincelante qu'il avait choisie pour elle.

— Walker, elle est magnifique.

— Tout comme ma future femme, dit-il en plaçant la bague sur son doigt.

Il interrompit son geste.

— Tu n'as pas dit oui.

— Oui !

Il fit glisser l'anneau jusqu'au bout avant de l'attirer dans ses bras.

— Mes parents t'auraient adorée, murmura-t-il tout contre son oreille.

— Je les aurais aimés aussi. Et j'aurais été folle de Connor.

— Vous vous seriez bien entendus tous les deux. Je voulais faire ma demande avant notre voyage à Denver, ajouta-t-il en lui prenant la main pour l'admirer. Je ne voudrais pas que ta famille croie que je profite de toi. Quand tes proches verront cette bague, ils sauront que je veux vraiment passer ma vie avec toi. Tu n'as plus qu'à fixer la date. Je ne te demande qu'une chose : ne me fais pas attendre trop longtemps.

— Promis.

Envoûté par son sourire, il prit possession de ses lèvres en pensant à tous les baisers qu'ils allaient échanger au cours de leur vie.

Il était l'homme le plus heureux du monde.

Retrouvez prochainement,
dans votre collection

PASSIONS

Un dangereux pari, de Karen Booth - N°924

Mindy est furieuse : l'entrepôt qu'elle convoitait pour son entreprise a été acheté par son ex, Sam Blackwell ! Bien décidée à négocier son rachat, elle se rend dans son bureau. Sam accepte à une condition : Mindy doit l'inviter au mariage de sa sœur, un événement mondain très utile au développement de sa société. Mais Mindy hésite : elle a peur de ranimer la flamme qui brûle toujours entre eux…

Un si séduisant célibataire, de Katherine Garbera

Pendant la vente aux enchères des célibataires, événement caritatif à Cole's Hill, Pippa est déterminée à avoir Diego Velasquez. Elle gagne l'enchère, et ils passent une merveilleuse nuit ensemble. Tout chez Diego lui donne envie de le revoir, or Pippa sait bien que leur relation ne peut être qu'éphémère car elle doit bientôt rentrer à Londres… Dès lors, que choisir ? Écouter son cœur et laisser une chance à leur amour naissant ou suivre sa raison et retourner en Angleterre ?

Une proposition très tentante, de Naima Simone - N°925

« Épouse-moi. » Reagan est sous le choc. Ezekiel, un ami d'enfance, vient de lui proposer de se marier avec lui afin qu'elle puisse toucher l'héritage de sa grand-mère. Cependant, il a été très clair : il ne sera pas question d'amour entre eux. Le cœur de Reagan est sur le point d'exploser : évidemment cette offre est très tentante, mais elle veut plus qu'une union de convenance. Et comment respecter les termes du contrat quand elle se noie déjà dans le regard d'Ezekiel ?

Les secrets d'une fiancée, de Yahrah St. John

Minée par des problèmes familiaux, Morgan se réfugie dans les bras de Jared Robinson. Face à lui, elle sent dans tout son corps se réveiller une chose qu'elle a fait taire depuis très longtemps : le désir. Jared ne tarde pas à lui proposer un marché qu'elle ne peut refuser : jouer sa petite amie pour qu'il puisse améliorer son image en tant que P-DG. Morgan accepte, bien qu'elle redoute cette intimité nouvelle…

Un nouveau départ à deux, de Janice Maynard - N°926

SÉRIE : LES HÉRITIERS DE STONE RIVER TOME 2

Ivy doit à tout prix trouver un travail. Depuis le décès de son mari il y a plusieurs mois, elle se retrouve sans ressources, avec son bébé. Aussi est-elle plus que soulagée lorsque Farrell Stone l'engage pour qu'elle s'occupe de sa maison dans le nord du Maine. Enfin, elle va pouvoir souffler et reconstruire sa vie avec sa fille. Mais comment cohabiter avec cet homme qui fait déjà battre son cœur bien trop vite ?

Une nuit pour l'éternité, de Joss Wood

Lachlyn vient d'apprendre qu'elle est la fille illégitime de Connor Ballantyne. Elle se retrouve héritière d'une fortune colossale et la cible des paparazzis. Alors, pour la protéger, sa nouvelle famille fait appel à un garde du corps, Reame Jepsen. Dès que celui-ci pose son regard sur elle, elle se sent plus désirable, plus femme que jamais... Pourtant tout avenir entre eux est impossible, car Lachlyn ne veut plus souffrir à cause d'un homme...

Un héritier aux yeux bruns, d'Andrea Laurence - N°927

« Où est mon fils ? » Ces mots, Sabine a tant redouté de les entendre qu'elle reste un moment interdite, face à Gavin. Bien sûr, elle comprend sa colère – ne lui a-t-elle pas caché l'existence de Jared depuis deux ans ? Pourtant, elle ne peut regretter d'avoir soustrait son enfant à une éducation austère, au destin tout tracé de l'héritier de la famille Brooks. Et, si Gavin a eu le pouvoir de lui ravir son cœur, elle ne lui laissera jamais celui de détruire la vie de leur fils.

Mariée à son ennemi, d'Ann Major

Pour sauver sa sœur d'un mariage arrangé, Kira se rend chez Quinn Sullivan, l'homme d'affaires sans scrupule qui ne songe qu'à mettre la main sur l'entreprise familiale. Mais, quand elle se retrouve face à lui, elle se sent étrangement troublée par l'aura sensuelle de cet homme qu'elle devrait haïr. Jusqu'à ce qu'il lui fasse une proposition si odieuse qu'elle la ramène brutalement à la réalité : il ne renoncera à épouser sa sœur que si Kira la remplace au pied de l'autel...

Pour le sourire de Connor, de Maureen Child - N°928

Nicole n'en revient pas. Comment s'est-elle retrouvée dans le jacuzzi de Griffin King, son si troublant voisin ? Et dire qu'elle s'était juré de garder ses distances avec cet homme à la réputation sulfureuse ! *Une nuit, juste une nuit*, s'entend-elle lui murmurer. Oui, c'est ce qu'elle veut, rien de plus : une aventure sans lendemain. Inutile de rêver : Griffin n'est pas le genre d'homme intéressé par l'amour. Encore moins par les femmes seules avec enfants. Comme elle et son petit Connor…

Baisers interdits, de Barbara Dunlop

Danielle est une femme réfléchie. Et pourtant, chaque fois qu'elle croise Travis Jacobs, un rancher aussi suffisant qu'exaspérant, elle perd tous ses moyens. Aussi, le jour où ils se retrouvent par hasard à Las Vegas, a-t-elle envie de fuir, loin de lui, loin de la tentation que représente pour elle son regard teinté de défi. Mais, dans la ville où toutes les folies sont permises, les baisers interdits peuvent être les plus exquis…

OFFRE DÉCOUVERTE !

Vous souhaitez découvrir nos collections ? Recevez **votre 1er colis gratuit* ave 1 cadeau surprise !** Une fois votre colis de bienvenue reçu, si vous souhaite continuer à recevoir nos livres, cela se fera automatiquement. Vous recevrez alor vos livres inédits** en avant-première.

Vous n'avez aucune obligation d'achat et cette offre est sans engagement de durée

*1 livre offert + 1 cadeau / 2 livres offerts pour la collection Azur + 1 cadeau.
**Les livres Ispahan, Sagas, Gentlemen et Hors-Série sont des réédités.

☛ COCHEZ la collection choisie et renvoyez cette page au
Service Lectrices Harlequin – CS 20008 – 59718 Lille Cedex 9 – France

Collections	Références	Prix colis*
❑ **AZUR**	Z1ZFA6	6 livres par mois 29,39€
❑ **BLANCHE**	B1ZFA3	3 livres par mois 24,15€
❑ **LES HISTORIQUES**	H1ZFA2	2 livres par mois 16,89€
❑ **ISPAHAN**	Y1ZFA3	3 livres tous les 2 mois 23,85€
❑ **PASSIONS**	R1ZFA3	3 livres par mois 25,59€
❑ **SAGAS**	N1ZFA3	3 livres tous les 2 mois 28,26€
❑ **BLACK ROSE**	I1ZFA3	3 livres par mois 25,59€
❑ **VICTORIA**	V1ZFA3	3 livres tous les 2 mois 26,19€
❑ **GENTLEMEN**	G1ZFA2	2 livres tous les 2 mois 17,35€
❑ **HARMONY**	O1DFA3	3 livres tous les mois 20,16€
❑ **ALIÉNOR**	A1ZFA2	2 livres tous les 2 mois 17,35€
❑ **HORS-SÉRIE**	C1ZFA2	2 livres tous les 2 mois 17,85€

N° d'abonnée Harlequin (si vous en avez un) |_|_|_|_|_|_|_|_|_|

Mme ❑ Mlle ❑ Nom : ______________________

Prénom : ______________________ Adresse : ______________________

____

Code Postal : |_|_|_|_|_| Ville : ______________________

Pays : ______________________ Tél. : |_|_|_|_|_|_|_|_|_|_|

E-mail : ____

Date de naissance : ______________________

Date limite : 31 décembre 2021. Vous recevrez votre colis environ 20 jours après réception de ce bon. Offre soumise à acceptation et réservée aux personnes majeures, résidant en France métropolitaine, dans la limite des stocks disponibles. Prix susceptibles de modification en cours d'année. Vous pouvez demander à accéder à vos données personnelles, à les rectifier ou à les effacer. Il vous suffit de nous écrire en nous indiquant vos nom, prénom et adresse à : Service Lectrices Harlequin CS 20008 59718 LILLE Cedex 9. Service Lectrices disponible du lundi au vendredi de 9h à 17h : 01 45 82 47 47.